T0280166

La pirámide blanca

NACHO ARES

La pirámide blanca

Grijalbo

Papel certificado por el Forest Stewardship Council®

Primera edición: abril de 2022

Printed in Spain – Impreso en España

ISBN: 978-84-253-6093-0
Depósito legal: B-3.193-2022

Compuesto en La Nueva Edimac, S. L.

Impreso en Rotoprint by Domingo, S. L.
Castellar del Vallès (Barcelona)

GR 6 0 9 3 0

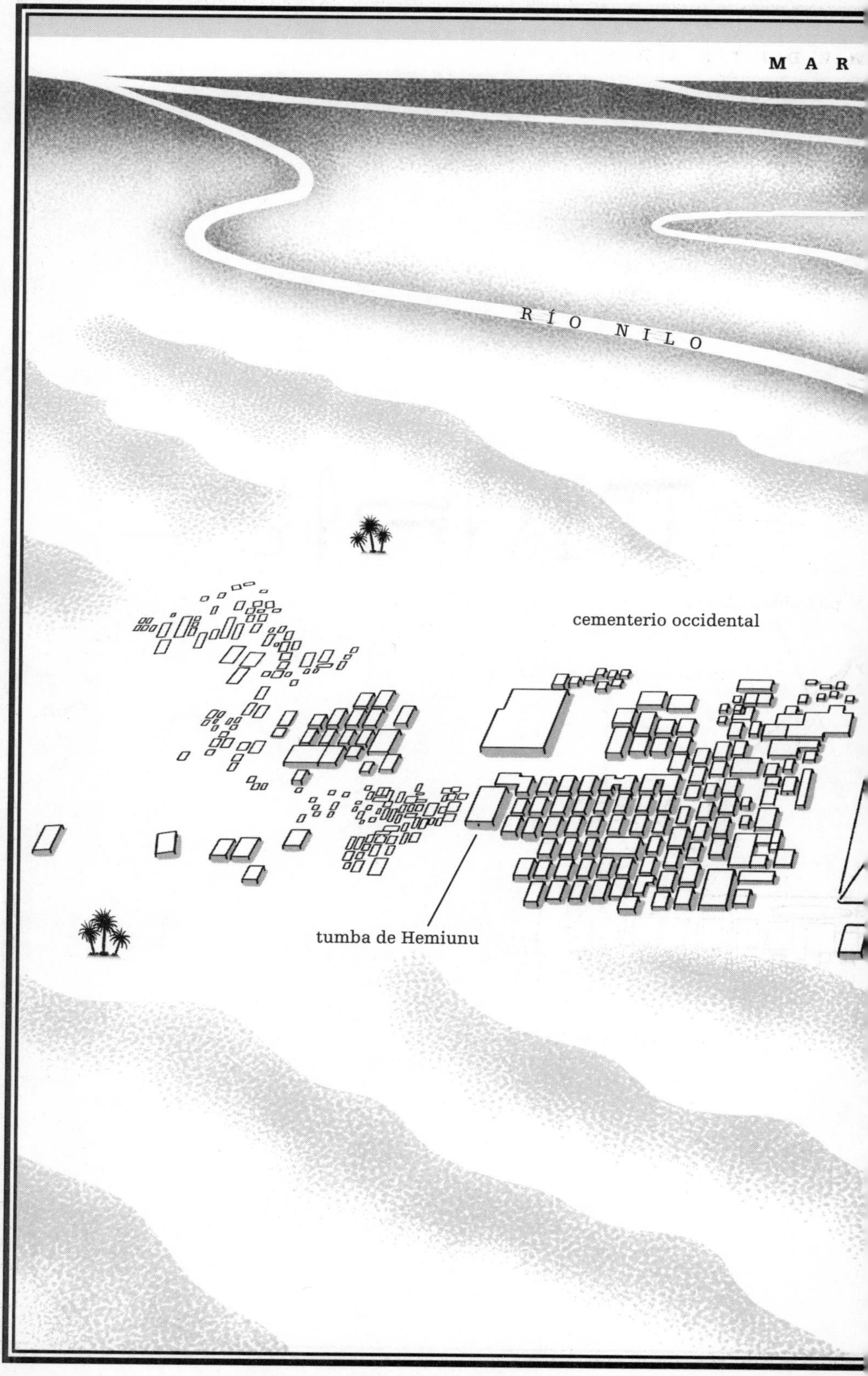

M A R

RÍO NILO

cementerio occidental

tumba de Hemiunu

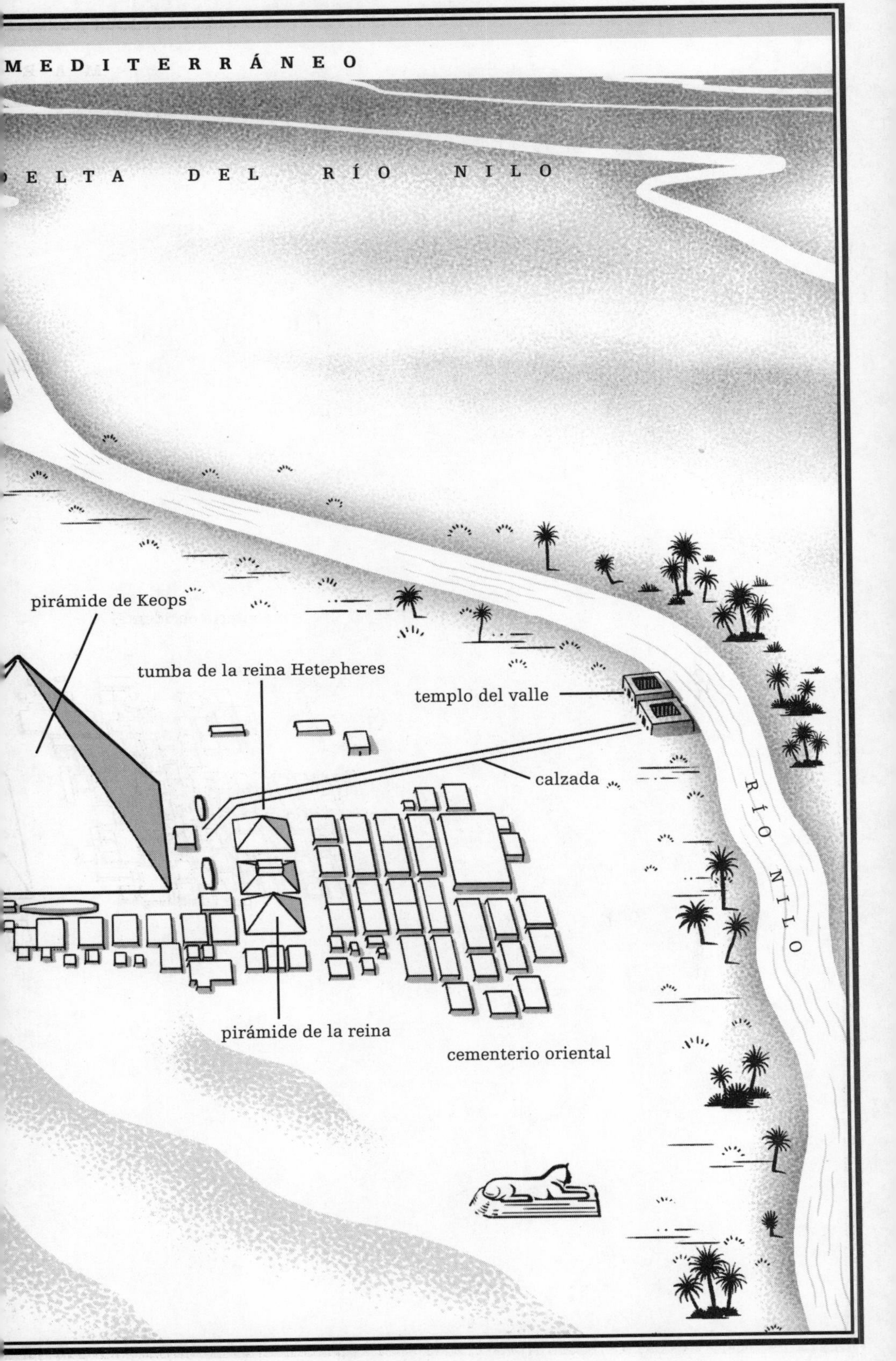

M E D I T E R R Á N E O

E L T A D E L R Í O N I L O

pirámide de Keops

tumba de la reina Hetepheres

templo del valle

calzada

R Í O N I L O

pirámide de la reina

cementerio oriental

Primera parte

En la frontera del reino de Osiris

1

Necrópolis de Ineb-Hedy,
la pirámide brillante (2589 a. C.)*

No podemos retroceder. Sería más arriesgado que avanzar. Hemos dado nuestra palabra de que lo haríamos hoy. Es nuestra última oportunidad. Por lo tanto, debemos ir con determinación, sin titubeos.

La voz de Hapi, firme y decidida, sonó como un estruendo en mitad de la calurosa noche estival.

Durante las últimas semanas, los cinco ladrones habían repetido en varias ocasiones la visita furtiva a la pirámide para ir abriendo un paso seguro por el que llegar a la cámara funeraria del faraón. Conocían el interior, y en la galería de acceso, con tesón y paciencia, habían conseguido demoler el duro granito que impedía continuar hacia las partes más sagradas de la construcción. Y esa noche, por fin, sus sueños se verían cumplidos.

La pirámide de Esnofru era una enorme mole de piedra levantada en mitad del desierto. A su alrededor podían verse las casas de los obreros que trabajaban en su mantenimiento y de los sacerdotes encargados de los ritos diarios que, desde el enterramiento, debían llevarse a cabo para garantizar la vida eterna del soberano. Aquella escalera hacia el cielo era un remedo de la montaña primigenia de

* Nombre con el que se conocía en la Antigüedad la Pirámide Roja de Esnofru, hoy Dashur. Ineb-Hedy, «el Muro Blanco», y más tarde Men-Nefer, «la de Belleza Estable», han sido en la historia de Egipto dos denominaciones para la antigua ciudad de Menfis.

la que surgió la vida y en ella el monarca la recuperaría para toda la eternidad.

El enorme edificio contaba con una única entrada situada en el lado norte y sus cuatro caras estaban cubiertas de piedra blanca. Durante el día era una estrella sobre el desierto. Pero en una noche oscura como aquélla se confundía con el entorno convirtiéndose en una construcción fantasmal entre la arena.

El silencio lo cubría todo. Acostumbrados al ajetreo y el bullicio diario en los templos cercanos, el ir y venir continuo de sacerdotes, cantoras del dios y oficiales de la administración, aquel ambiente falto de ruidos los sobrecogió.

Hapi aprovechó esa circunstancia para llegar hasta el sepulcro sin ser visto. Como el resto de sus acompañantes, apenas tenía una veintena de años. Cuantos conformaban el grupo trabajaban en el templo vinculado a la pirámide o en los talleres de los artesanos que suministraban productos para el culto. Su relación con el lugar había sido muy estrecha desde que se decidió levantar allí una pirámide para el soberano.

Pero el trabajo era muy duro y con él apenas si conseguían lo mínimo para subsistir. Muchos compañeros preferían esperar un momento de suerte, prepararse para convertirse en sacerdotes y con ello vivir plácidamente de las ofrendas de los habitantes de la ciudad durante el resto de sus días. Sin embargo, la vida había curtido a Hapi y su grupo. La existencia de un habitante de la tierra de Kemet* era breve, y se habían propuesto disfrutarla con intensidad.

Durante unos instantes, Hapi recordó las penalidades sufridas durante su infancia y su juventud, que hacía poco había dejado atrás. Perdió a sus padres por una plaga de peste cuando no había cumplido aún cuatro años. Creció con la familia de su tío, en un hogar en el que nunca se sintió querido, lo que despertó en él un espíritu observador y rebelde al mismo tiempo. Sabía que la vida podía brindarle más, y era consciente de que si él no buscaba sus propias oportunidades nadie iba a ofrecérselas. Por eso aprendió a servir en el templo, fue un alumno aventajado entre los

* Kemet, «la Tierra Negra», era el nombre que los egipcios daban a Egipto.

maestros de obras y, finalmente, se convirtió en uno de los saqueadores más esquivos de la necrópolis.

El joven Hapi se había propuesto alcanzar sus objetivos acortando el camino para empezar a disfrutar cuanto antes de una existencia holgada.

Todos, de una manera u otra, se encontraban en la misma situación. Procedían de familias muy humildes. Podrían haberse conformado con el escalafón social que habían alcanzado en el templo, pero querían más. Buscaban prosperar, y eso les daba fuerzas para justificar sus acciones, pensando que esa ambición era un sentimiento lícito. Al menos ellos no engañaban a nadie como hacían los miembros más elevados del clero, quienes robaban a manos llenas de las ofrendas que los ciudadanos, incluso los más pobres, presentaban en el templo de Ineb-Hedy con la esperanza de que los dioses les fueran favorables.

Pero para lograr el éxito antes debían sobrevivir a muchos contratiempos. Y ése era quizá uno de los más delicados pues se trataba de una operación muy peligrosa. No obstante, la avaricia había tentado a esos jóvenes hasta extremos insospechados. Realmente, aquel trabajo era un encargo. Nadie sabía quién estaba en la sombra, aunque no les importaba. Por lo que Hapi había contado a sus compañeros, debía de ser alguien muy importante, a buen seguro un cargo elevado de uno de los templos con quien el faraón fallecido no mantuvo una buena relación. No era más que una venganza de la que ellos saldrían beneficiados. Se les había dicho que podrían quedarse con cuanto sacaran en sus bolsas de aquella rapiña. Lo repartirían a partes iguales, y a eso habría que sumar la recompensa que les entregaría el misterioso personaje que les había hecho el encargo a través del líder del grupo. El propio solicitante se ocuparía de que la seguridad fuera laxa para que trabajaran sin problemas.

Sólo con los tesoros conseguidos esa noche podrían vivir de forma holgada el resto de sus vidas. Y esperaban que fueran largas y confortables. Si a eso añadían el premio que recibirían una vez cumplido el acuerdo, mejor que mejor. Todo eran buenos augurios.

La oscuridad les impedía ver a qué altura de la enorme pared inclinada que tenían frente a ellos se encontraba la puerta. Los sillares del lado septentrional estaban pulidos como espejos de bronce. Eran de un blanco extraordinario, por lo que deberían trepar con sumo cuidado para no ser vistos.

Una vez más, su ascenso no sería una tarea sencilla. Aun así, lo habían hecho en las últimas semanas varias veces y los cinco jóvenes no tendrían por qué tener problemas en esa ocasión. Si habían conseguido entrar y salir en ese tiempo sin ser advertidos por la guardia, entonces tampoco debían ser descubiertos ahora.

—¿Estáis preparados? —preguntó el cabecilla con voz enérgica mientras apretaba los puños.

Los otros cuatro ladrones se miraron con decisión, refrendando el ánimo con un leve movimiento de cabeza.

Hapi fue el primero en subir. Él era el contacto del misterioso personaje que se encontraba detrás de todo. Había trabajado en la construcción de la pirámide y conocía muchos detalles de su estructura interna. Por eso se decidió que era la persona idónea para liderar el grupo. Eran muy buenos argumentos para convertirlo en el jefe de la banda.

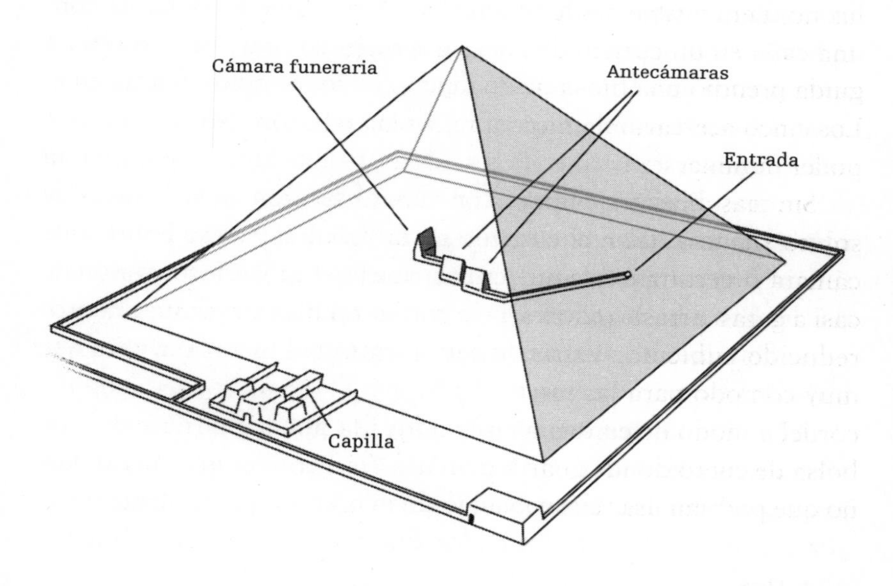

Su delgado cuerpo le permitió ascender por los primeros sillares con la velocidad y la agilidad de un reptil. Aferrándose a los salientes de los bloques, cuando estuvo a una altura de 10 codos* se detuvo, miró hacia abajo e hizo una señal a sus compañeros para que lo siguieran.

Los otros imitaron sus pasos, repitiendo con calculada precisión cada uno de los movimientos que Hapi hacía con pies y manos sobre las aristas de caliza. Recién pulida, la piedra mantenía sobre su superficie una finísima capa de polvo blanco que dificultaba aún más la ascensión.

A pesar de todos los obstáculos, no tardaron en alcanzar la entrada situada a una altura extrema, casi 55 codos. Días atrás, habían dejado allí varias herramientas de trabajo, fuera de la vista de los guardias y los sacerdotes que vigilaban o deambulaban por la necrópolis hasta la puesta del sol.

Los jóvenes se sacudieron las manos para librarse del polvo blanco y se miraron. Debían seguir adelante con la misma decisión que los había conducido hasta allí.

En sus pequeños hatillos llevaban unas pocas herramientas y lámparas, que encendieron en el interior de la galería para que la luz no fuera visible desde el exterior. Hapi hizo girar con fruición una caña en un cuenco de madera repleto de paja y aceite. Enseguida prendió una brasa que, al instante, se transformó en llama. Los cinco acercaron la mecha de sus lámparas con premura para poder iluminarse.

Sin más dilación, empezaron a descender por la galería en absoluto silencio hacia el corazón de la pirámide. Para llegar a la cámara funeraria había que cruzar dos habitaciones. Caminaban casi a gatas, arrastrando los pies por la fría piedra que formaba el reducido cubículo. Vestían apenas un faldellín de lino grueso, muy cómodo para las tareas del campo, anudado con un simple cordel a modo de cinturón en el que cada uno llevaba sujeta una bolsa de cuero donde guardaban instrumentos de pequeño tamaño que podrían usar en su trabajo furtivo, como una delgada hoja

* Un codo real egipcio equivale a 0,52 metros.

de metal para cortar o una piedra con la que hacer fuego. Cruzado sobre el pecho, todos portaban un hatillo de piel de animal que esperaban llenar muy pronto con los tesoros más preciosos.

Acercarse a la tumba de un rey era peligroso. Lo sabían. Pero el botín de un asalto de esa magnitud era mucho más suculento que el que podía encontrarse en la morada de un noble. Las sepulturas de los oficiales del gobierno contaban con un acceso y un diseño más enrevesado. Además, en ellas los tesoros eran menores. Sin embargo, las puertas del enterramiento de un faraón sólo estaban protegidas por la piedra y las personas cuyo corazón podía corromperse fácilmente con un puñado de metal.

En realidad, la estructura interna de la pirámide era muy simple. Se componía tan sólo de una galería descendente, dos habitaciones conectadas entre sí y la cámara funeraria. Allí no había relieves ni pinturas con figuras extrañas, como sucedía en las tumbas de los oficiales. Los espíritus de la pirámide no tenían rostro en la piedra, pero sin lugar a dudas eran mucho más poderosos. Sobre las paredes no había figuras ni textos; era aquella vacuidad, sumada a la oscuridad, lo que hacía estremecer a los ladrones. Hapi pensó que quien hubiera diseñado esas habitaciones tan austeras tal vez conociera de primera mano el mundo de los muertos.

Los cinco avanzaron lentamente por el pasillo descendente en busca de algo que colmara sus ambiciones. Avanzaban con torpeza, midiendo cada uno de sus movimientos. El techo era muy bajo y su anchura apenas permitía el paso de dos personas.

Al final de la galería se llegaba a la primera de las tres salas con que contaba la pirámide. Su pericia con los cinceles de cobre durante varias semanas había conseguido reducir a polvo una parte importante de la puerta de granito que separaba el pasillo de las estancias reales, y ahora tenían vía libre.

En esas salas los jóvenes habían visto incontables muebles durante sus visitas anteriores, sobre todo arcones de cuyo interior habían sacado ya joyas y piezas de oro y plata. Pero su avaricia los había hecho llegar hasta las entrañas del sepulcro.

La luz anaranjada de sus lámparas desvelaba ante ellos un entorno fantasmagórico. Parecía el camino que todos recorrerían al final de sus días hacia Occidente, hacia el reino de Osiris, el dios de Rostau.*

Avanzaban con pasos cortos al tiempo que acariciaban con las manos la piedra lisa de la pared. Incluso Hapi, que ya había advertido a sus compañeros que allí no había trampas, desconfiaba. No era la primera vez que, en la segunda visita a una tumba, un ladrón inexperto caía por un pozo cuya existencia le había pasado inadvertida hasta entonces.

Allí dentro el ambiente era cada vez más asfixiante. La humedad y el calor de las lámparas hicieron que los jóvenes comenzaran a sudar con profusión. Cada pocos pasos debían restregarse los ojos con la mano para evitar que las gotas de sudor acabaran cegándolos, lo que podría ser terrible. Al más mínimo descuido o desatención, sus vidas correrían peligro.

Sus corazones se serenaron cuando entraron en la primera de las habitaciones construidas en el centro del monumento. Se incorporaron por fin y se estiraron para desentumecer los músculos después del esforzado descenso por la angosta galería. Allí había toda suerte de muebles por los que no mostraron ningún interés. En el extremo opuesto había otra puerta que conducía a una segunda habitación. También en ese caso en sus visitas anteriores habían abierto parcialmente el bloque de granito colocado para impedir el acceso de los ladrones. Apenas era un resquicio por el que arrastrarse hacia el interior de la segunda sala, pero les bastaba.

Una vez más, los muebles que había en ella no centraron su interés. Su verdadero objetivo estaba en la parte superior de esa cámara, sobre la pared sur. Allí, a 15 codos de altura, se encontraba la galería más importante, el último obstáculo para alcanzar la cámara funeraria.

—Alumbradme para que pueda encajar el listón de madera en la entrada —pidió Hapi con premura.

* Rostau, una de las acepciones del Más Allá para los antiguos egipcios, hace referencia al extremo occidental del cielo, donde gobernaba Osiris, dios del mundo funerario.

Señaló la pequeña abertura de piedra que había sobre sus cabezas, casi en el límite del techo. Allí, donde las paredes prácticamente se unían formando una extraña bóveda, estaba la puerta que daba a la cámara sepulcral.

Fueron necesarios dos intentos hasta que al tercero por fin la madera se introdujo como una afilada garra y quedó fijada entre las jambas de la puerta.

Tras limpiarse una vez más el sudor de la frente con el antebrazo derecho, el cabecilla del grupo consiguió ascender por la cuerda que pendía desde lo alto que uno de sus secuaces, un trepador experto, había dejado ya dispuesta en días anteriores. Hapi se sujetó una maza y un cincel en la cinturilla del faldellín y trepó con agilidad hasta alcanzar el agujero.

Desde abajo, los otros cuatro ladrones observaron sin pestañear los veloces movimientos de su líder mientras subía por la pared de la habitación. Su impaciencia era máxima. Después de un rato interminable golpeando con fuerza sobre el extremo de la losa, un enorme bloque de piedra cayó a la cámara inferior tras un sonoro mazazo. Luego, el silencio.

Una vez abierta la puerta y tras asegurar el listón de madera, Hapi hizo una señal a sus compañeros, y uno a uno fueron pasando al interior de la habitación.

La cámara funeraria era enorme. Debía de medir 8 por 19 codos. Los jóvenes alzaron sus lámparas para formarse una idea de la altura de aquella sala, pero no lo consiguieron ya que la elevada techumbre se perdía de vista en una interminable aproximación de hiladas de piedra blanca pulida con precisión.

Aun así, lo sorprendente estaba a sus pies. Los ladrones miraron a su alrededor, y en sus rostros empezó a dibujarse una sonrisa nerviosa. Un enorme sarcófago de piedra se levantaba en el centro de la cámara sepulcral. Estaba rodeado de todo tipo de arcones, cajas y vasijas, que debían de contener las joyas más preciosas con las que el faraón quiso emprender su viaje a las estrellas, al reino de Osiris. El olor a incienso y mirra lo impregnaba todo. Los sacerdotes no habían reparado en gastos para ungir con los mejores afeites el cuerpo y los objetos sagrados del rey-dios.

Con parte de aquellos tesoros podrían vivir el resto de sus vidas, y no sólo ellos sino también sus hijos y los hijos de sus hijos. Si a eso sumaban el premio que esperaban recibir de la persona que les había ordenado aquel trabajo, nadie dudaba de que se trataba del mejor golpe de su carrera.

—No debemos entretenernos ni tentar a la suerte —se apresuró a ordenar Hapi reaccionando con rapidez—. Abrid vuestros hatillos y llenadlos con las joyas más valiosas, pero que sean fácilmente transportables. Más tarde nos las repartiremos a partes iguales, como acordamos. ¿Lo habéis entendido?

Todos asintieron con la cabeza y procedieron de inmediato. Abrieron sin miramientos los arcones que había junto al sarcófago. Ricas telas, vasijas con los aceites más exquisitos, espejos de metal, sillas de maderas provenientes de tierras lejanas..., todo acabó revuelto y diseminado por el suelo de la cámara en medio de un ruido ensordecedor. Sólo les interesaban el oro y las joyas. De los collares y los pectorales arrancaron las partes de metal dorado, y lanzaron el resto a un rincón con el mayor de los desprecios, sin tener en cuenta el valor mágico y simbólico de cada pieza. Para ellos no eran más que trozos de metal precioso que acabarían fundiendo en un horno en pocos días.

Cada uno fue llenando profusamente el hatillo que llevaba al pecho con piezas de oro y plata. Al poco, lo sopesaron para comprobar la cantidad de joyas que habían cogido. En la habitación también había recipientes con ricos y costosos aceites, pero, al igual que hicieran con los que había en las dos antesalas de la cámara funeraria, descartaron los objetos grandes con los que no podían cargar.

Pasado un tiempo, escrutados ya todos los muebles de la habitación, sólo quedaba el sarcófago del rey.

Los cinco ladrones se detuvieron un instante y lo observaron con ojos desorbitados.

—Continuemos —dijo con voz inquieta uno de los jóvenes mientras se lanzaba sobre la pesada losa que cubría el cuerpo del monarca—. Debemos acabar y salir de aquí cuanto antes.

Comenzaron a empujar con ahínco en la misma dirección

para mover la cubierta de granito. Pero los aceites empleados en el ritual de enterramiento se habían secado creando un denso adherente y habían sellado el sarcófago. Hapi, acostumbrado a ese tipo de contratiempos, acercó la llama de su lámpara para calentar los ungüentos. Finalmente, con la ayuda de palancas que improvisaron con las patas de algunos de los muebles que acababan de desvencijar, lograron mover la pesada tapa del sarcófago.

Al abrirlo emanó el olor intenso de las resinas usadas durante el proceso de momificación. Varios de los ladrones dieron un respingo al ver el rostro del faraón, que parecía mirarlos fríamente desde el inframundo. Dentro del sarcófago de piedra había un ataúd antropomorfo que reproducía los rasgos del rey. Todo él estaba cubierto de oro. Impávido, Hapi se acercó y, de un certero manotazo, arrancó la máscara de oro que lo cubría, haciendo que el faraón adquiriera un gesto grotesco. En efecto, allí había tanta cantidad de metal precioso que sería imposible apoderarse de todo en un solo día. Como si fueran alimañas devorando la carroña de un cadáver, comenzaron a saquearlo. Tomaban de aquí y de allá las partes de oro que podían retirarse con facilidad. Amuletos, cetros, símbolos regios... fueron desapareciendo paulatinamente del ataúd para acabar en los hatillos, cuyo peso y volumen iban en aumento.

Cuando ya no quedaba más oro sobre la tapa, dejando al aire la madera desnuda, decidieron abrirlo. No hubo miramientos ni respeto alguno ante la figura del faraón. La momia del monarca conservaba aún húmedas de ungüentos las vendas. Las manos expertas de Hapi sabían dónde estaban los objetos más preciosos. Rasgó sin contemplaciones las tiras de lino e introdujo los dedos en el cadáver del soberano para arrebatarle pectorales, anillos, pulseras..., todo de oro, el metal del que estaba hecha la piel de los dioses.

Los otros cuatro observaban los movimientos del cabecilla, que había hecho esa misma operación decenas de veces. Sabían que sería la última.

De cuanto sacó de la momia, Hapi tomó un anillo de oro que el monarca tenía en la mano derecha. Se trataba de una joya excepcional, rematada con un escarabajo de lapislázuli y el nombre del faraón, Esnofru, grabado en el metal. De su hatillo extrajo un saquito de cuero anudado con un cordón blanco. Dejó la lámpara apoyada en el grueso sarcófago de piedra y, con todo el cuidado del que fue capaz, lo abrió e introdujo el anillo en él, no sin antes examinarlo con detenimiento para cerciorarse de que ésa era la joya que buscaba.

—Sí... Es ésta. Tal como me la habían descrito —dijo Hapi con apenas un hilo de voz.

Cerró el saquito con fuerza y, tras atar el cordón, se lo colgó en el cinturón de esparto del faldellín.

Aquel gesto llamó la atención de los otros cuatro ladrones.

—¿Qué haces? ¿Acaso no acordamos que todas las joyas irían a un fondo común que luego repartiríamos a partes iguales? —protestó uno de ellos.

—Ésta es la única excepción.

—No hay excepciones, amigo —adujo otro, e hizo amago de tirar de la bolsa en la que Hapi se había guardado el anillo—. Un acuerdo es un acuerdo. Si no lo respetas, todos haremos lo propio y nos guardaremos los objetos más valiosos.

—¡Cállate, estúpido! —Hapi dio un manotazo al que pretendía arrebatarle la bolsa con el anillo—. Esto es para quien nos ha encargado este trabajo. Debo entregárselo. Es la prueba que ha pedido para cerciorarse de que hemos llegado a la cámara funeraria y hemos alcanzado la momia del faraón. Hasta que no le entregue este anillo, no nos pagará lo prometido.

El grupo admitió la explicación y los ánimos se calmaron.

—Debemos ser prudentes —continuó el jefe cuando parecía haber finalizado su trabajo—. Todo lo que nos llevemos de aquí no ha de venderse hasta la próxima estación. Es muy probable que no se percaten de que la tumba ha sido saqueada. Nadie viene por aquí arriba ya que el ritual se realiza en su templo del lado oriental. Pero si nos ven, no tardarán en darse cuenta de que ha habido un robo. Para entonces es preciso que nos hallemos lo más lejos posible de Ineb-Hedy, en el sur, distantes de las pesquisas que puedan llevarse a cabo tanto en la aldea como en el templo.

—Pero se percatarán de nuestra ausencia en el santuario y lo relacionarán con el robo —señaló el más joven.

—¿Y qué quieres hacer? —le preguntó Hapi clavando su mirada furibunda en él—. ¿Pretendes quedarte aquí esperando a que te cojan y te arranquen la piel a tiras para luego empalarte a la vista de todos?

El resto de los ladrones asintió al unísono. Les embargaba una mezcla de terror y emoción. En poco tiempo todo habría acabado y no tendrían que trabajar el resto de sus días. Podrían casarse y formar una familia, adquirir incluso una pequeña villa con la que seguir prosperando.

Con todos esos sueños revoloteando en sus cabezas, cerraron sus hatillos y, después de atárselos con fuerza a la espalda, se dispusieron a abandonar la cámara funeraria.

Uno tras otro descendieron con habilidad empleando la cuerda que habían usado para subir. El último fue Hapi. Antes de abandonar la cámara, se volvió hacia la destartalada estancia, levantó la lámpara y echó un último vistazo al terrible espectáculo generado por la destrucción y el robo. Junto a él había una vasija llena de aceite. Intentó quitarle el sello, pero un tapón hecho con cortes de papiro se lo impedía. Rompió de un golpe seco el delgado cuello del recipiente y buena parte de su contenido se derramó descontrolado por las losas del suelo. Acto seguido, arrojó el resto por encima de la momia, que aún era visible en el interior del ataúd, tomó un retal de lino procedente del interior de uno de los arcones saqueados, lo impregnó en el aceite y lo acercó a la lámpara que portaba en la mano. El tejido no tardó en prenderse. Sin perder tiempo, el ladrón lo arrojó hacia uno de los laterales de la cámara, lejos de donde se encontraba. Las llamas pronto se propagaron por los muebles y el resto de los objetos esparcidos por el suelo.

La escena era caótica.

Atrapado por la fastuosidad de aquella imagen hipnótica, Hapi se quedó unos instantes disfrutando del espectáculo, contemplando cómo el fuego consumía lentamente el legado eterno del soberano. Las maderas crujían con el calor y los objetos de cuero se retorcían y adoptaban formas insólitas.

Se adelantó un par de pasos y observó cómo ardía el cuerpo momificado del monarca. El joven ladrón no creía en las historias de fantasmas que sus colegas de profesión le habían contado. Algunos hablaban con horror de compañeros que no consiguieron abandonar la tumba saqueada, atrapados por el *ka** del difunto. Una falacia, seguro. De existir algo así, el espíritu habría actuado para evitar su destrucción en el instante preciso en que pusieron un pie en el interior de la tumba. Para Hapi, los textos de los sacerdotes carecían de valor. Las inscripciones de los muebles y del ataúd de madera no estaban impidiendo que las llamas devoraran el cuerpo del faraón. Nadie había regresado nunca del Más Allá para contar lo que allí se sentía. Aun así, se dijo que toda precaución era poca. Por eso había optado por quemarlo todo y no dejar huella alguna de su paso por la pirámide.

—¡Hapi! ¿Qué sucede? ¡No te retrases! —gritó desde la galería inferior uno de los ladrones.

Con un movimiento rápido, el joven se descolgó por la cuerda anudada. Una vez abajo, con el crepitar del fuego de fondo, dio la orden de que lo siguieran. Pero de pronto se detuvo.

—¡Falta el muchacho del templo! —exclamó mientras iluminaba a sus compañeros con la lámpara que portaba en la mano derecha.

—Se ha adelantado —dijo uno de sus compañeros—. Estaba asustado.

Hapi atravesó a la carrera las dos habitaciones inferiores y al llegar a la galería que ascendía dirigió su mirada hacia el exterior. Allí vio la silueta del muchacho que faltaba. Subía raudo por la empinada pendiente de piedra.

Con los hatillos repletos de joyas bien sujetos a la espalda y la cintura, los cuatro jóvenes ladrones se apresuraron a seguirlo.

—¡No te acerques a la puerta con la lámpara, que alguien podría verte! —gritó Hapi, nervioso, apretando los puños.

* El *ka* era una suerte de doble espiritual, uno de los cinco elementos que formaban al ser humano junto con el nombre, el *ba* (nuestra alma), el *akh* (un espíritu) y la sombra.

El muchacho se detuvo de inmediato. Puso la luz en el suelo y, humedeciéndose las yemas de los dedos con saliva, apagó la mecha, que dejó escapar un diminuto hilo de humo.

Luego, simplemente, desapareció en la oscuridad.

Cuando Hapi y los otros tres saqueadores alcanzaron el extremo de la puerta norte de la pirámide no hallaron a nadie. Junto a la entrada estaba la lámpara con la mecha aún humeante que el quinto miembro del grupo había dejado justo antes de volatilizarse.

Los jóvenes se miraron contrariados. ¿A qué había venido esa huida repentina poco antes de llegar al final?

—Seguro que en el hatillo de ese malnacido había algo que no quería compartir —se quejó receloso uno de los ladrones.

—Acordamos que, al margen de lo que cada uno de nosotros hubiera cogido, esta noche haríamos cinco partes iguales —añadió Hapi al tiempo que buscaba al desertor en la oscuridad—. Con este gesto, lo único que va a conseguir es perderse la suma que nuestro confidente nos dará. Estúpido... Pero eso da igual ahora, no es momento de lamentarse. ¡Vamos!

Hapi pensó de nuevo en las maldiciones. Aunque desconocía el significado de las palabras de los dioses, la escritura, estaba convencido de que en la cámara funeraria no había nada. Pero quizá el muchacho sí temía los peligros que podían acecharlo desde el mundo de los espíritus y por eso había huido. Fuera como fuese, no quiso dar más vueltas al asunto, debían alejarse de la pirámide cuanto antes.

—¡Seguidme!

Dicho esto, se dejó caer sentado y se deslizó por la superficie lisa del exterior de la construcción. Sus compañeros lo imitaron con el mayor sigilo del que fueron capaces. Los cuatro jóvenes acabaron rodando por el suelo de la explanada que se abría delante del monumento, junto a uno de los templos de culto.

Ante ellos se levantaba a poca distancia el muro que rodeaba la pirámide. Nada había cambiado. Desconocían cuánto tiempo habían estado dentro de la sepultura del faraón. El silencio seguía cubriéndolo absolutamente todo. Aún faltaba bastante para que amaneciera y los habitantes de la aldea parecían dormir en las pequeñas casas cercanas al recinto. Siguiendo las instrucciones de quien les había encargado el robo, se encaminaron sin hacer el menor ruido hacia la zona septentrional, donde un guardia sobornado les habría dejado la puerta abierta en el momento convenido para que pudieran salir sin que nadie oyera ni viera nada. Así había sucedido los días previos, y esa noche sucedería lo mismo.

Encorvados y pegados a la pared de piedra que rodeaba la pirámide, fueron recorriendo su perímetro hasta llegar a la entrada acordada. Los árboles que se alzaban junto al muro ocultaban aún más su furtiva presencia en tierra sagrada. Al verse a un par de pasos de la puerta, los jóvenes se irguieron y sonrieron. Al otro lado se encontraba la libertad y el inicio de una vida repleta de lujos y parabienes.

Echaron un último vistazo al monumento funerario del faraón. Rodeada de estrellas en un cielo prístino, la pirámide del soberano les parecía ahora igual de accesible que la tumba de un escriba.

Tal como esperaban, allí no había nadie. Confiados, a un gesto de Hapi los tres ladrones que aún le eran fieles lo siguieron con decisión.

No muy lejos de allí, se veían las residencias de los sacerdotes, las casas donde algunos de ellos mismos vivían y las primeras viviendas de la aldea. Sin más pensamiento en mente que llegar cuanto antes a sus hogares, alcanzaron en dos zancadas el umbral de la puerta. Pero antes de cruzarla, el sonido de una voz les heló la sangre.

—¿Quiénes sois vosotros y qué hacéis aquí de noche?

Los cuatro ladrones dieron un respingo mudando el gesto al instante.

Por primera vez en su vida, Hapi pensó que las maldiciones que acompañaban los enterramientos de los faraones eran más poderosas de lo que nunca hubiera sospechado.

2

Unos meses después (2588 a. C.)
Palacio real de Ineb-Hedy

Tienes miedo a la muerte?

Hemiunu no se esperaba esa pregunta. Jamás pensó que una cuestión tan natural podría trastocarlo de esa manera. Por unos instantes, todos los pilares en los que sus creencias se habían sustentado desde que era niño se derrumbaron ante él. El constructor apretó con fuerza el rollo de papiro que portaba en las manos mientras rumiaba una explicación consistente que pudiera ayudarlo a esquivar ese imprevisto.

Las dudas no procedían de la pregunta en sí, sino de quien acababa de formulársela. El propio Hemiunu se la había planteado cientos de veces ante momentos de incertidumbre. ¿Y quién no? Pero nunca esperó que Keops, el faraón, el portador del sello *bit*,* señor de las Dos Tierras,** pudiera albergar esas dudas tan trascendentales, y mucho menos apenas iniciado su reinado.

La pregunta tuvo más sonoridad debido al eco que reverberó entre las columnas de aquel salón prácticamente vacío. El palacio de Ineb-Hedy era uno de los lugares más ostentosos de toda la tierra de Kemet. El brillo de la piedra blanca, pulida a tal extremo que parecía la superficie cristalina de un estanque, y la vivacidad cromática de las pinturas que cubrían sus paredes lo convertían

* Con este título, los antiguos faraones se presentaban como reyes del Alto y el Bajo Egipto, las Dos Tierras que conformaban su reino.

** Así se denominaba a la tierra de Egipto, haciendo referencia al Alto-meridional y el Bajo-septentrional Egipto.

en un espacio onírico en el que los visitantes quedaban subyugados. Plantas, aves de todos los colores, marjales de frescos papiros y lotos recorrían las paredes de aquella sala íntima donde el faraón recibía a sus allegados y personas de mayor confianza.

Era un edificio de grandes dimensiones rodeado por un elevado muro blanco, del mismo color que el que circundaba toda la ciudad. El lienzo exterior de la muralla del palacio contaba con entrantes y salientes que daban consistencia a la estructura, un diseño que pronto se había convertido en una seña de identidad para el propio faraón. Muchos reyes se hacían enterrar en sarcófagos decorados con ese mismo diseño para representar así la fuerza de la gran casa donde seguiría gobernando el país desde el Más Allá.

El salón de recepciones se encontraba en una de las plantas inferiores del palacio. Para llegar hasta él había que cruzar innumerables puertas, todas ellas custodiadas por los soldados más fieles de la guardia del faraón.

En los aposentos reales la brisa fresca que llegaba del cercano río inundaba el interior de las estancias, aplacando las tórridas temperaturas que esa parte del valle alcanzaba a lo largo del día. La tierra de Kemet era un lugar caluroso, pero las genialidades de los constructores hacían que todas las habitaciones de la residencia real estuvieran orientadas o ubicadas en puntos estratégicos en los que podían beneficiarse de las ventajas de los cercanos jardines y estanques, anexos que, por otra parte, compensaban además la relativa estrechez de las estancias. Muchos campesinos creían que el palacio del faraón contaba con salones espaciosos y suntuosos, con columnas que se elevaban hasta el cielo y muebles confeccionados con las maderas más exquisitas venidas de tierras lejanas, cubiertas de oro y pastas coloridas. Sin embargo, la realidad era más mundana. Aquel salón de recepciones era relativamente pequeño, si bien la luz, el cromatismo, la frescura del aire alejado de las zonas de ganados y aguas estancadas lo convertían en un auténtico santuario real. En cuanto al mobiliario, el único mueble que había en él era el trono del faraón, que se hallaba sobre una pequeña tarima a la que se accedía por medio de tres escalones. El sillón dorado brillaba con un fulgor especial, destacando aún más entre las paredes de colores planos que lo envolvían.

Allí estaban Hemiunu y el faraón Keops charlando de manera distendida de uno de los temas más trascendentales para cualquier ser humano: la muerte.

El atuendo de ambos hombres era similar: una escueta camisa de lino blanco con faldellín y unas sandalias de papiro, así como una peluca que cubría sus cabezas afeitadas. Cosido al cuello de la camisa, el soberano ostentaba un pectoral fabricado con cuentas de vivos colores: azul, verde, rojo, amarillo... Además, Keops lucía, bien ceñida a la cintura, una elegante faja con incrustaciones doradas cuyo extremo colgaba hasta rozarle prácticamente las rodillas.

Sin embargo, las joyas que cada uno de ellos llevaba no dejaban lugar a dudas de su posición social. A pesar de ser un importante oficial y de pertenecer a la familia real, Hemiunu sólo hacía gala de un modesto collar de cuentas de brillante fayenza azul, su color predilecto. El faraón, por el contrario, portaba todo tipo de anillos y alhajas de oro con los que irradiaba su poder divino, un dorado que lo asemejaba al propio sol.

Keops observó durante unos instantes al jefe de los constructores, quien contemplaba las espigadas columnas del salón del palacio real de Ineb-Hedy. Hemiunu no sabía qué responder y era consciente de que el faraón se había percatado de ello.

—Veo que la pregunta te desconcierta, mi fiel constructor —señaló el soberano al tiempo que acariciaba el brazo de su trono de madera cubierto de oro, en un intento de aliviar la presión que la cuestión había generado en su hombre de confianza.

—Eres la encarnación de la divinidad —dijo Hemiunu centrando de nuevo la vista en el monarca mientras señalaba todas las joyas que así lo evidenciaban—. No deberías abrigar temor respecto de los acontecimientos que puedan suceder después de la muerte, mi señor.

—Es cierto —reconoció Keops—, pero ser la encarnación no elimina los miedos de la carne. Quizá más que miedos son vacilaciones las que desbordan mi corazón... Ha de ser forzosamente un viaje duro.

La afirmación retumbó entre las coloridas columnas, cubiertas de imágenes de ánades que revoloteaban entre plantas de papiro huyendo de las garras de un felino.

El faraón aspiraba ahora la fragancia procedente de las flores del jardín contiguo al salón. Resultaba complicado hablar de un viaje dramático en un ambiente tan hermoso y apacible. Un grupo de músicos acompañaba la charla desde una de las esquinas del jardín. El sonido del arpa y la flauta, entremezclado con el canto de los pájaros en el marjal, apenas perturbaba la conversación del faraón con su maestro de obras.

Tanto el constructor como el monarca pertenecían a la misma familia y eso los unía, más allá de las distancias que marcaban el trono y la divinidad que rodeaba como un poderoso halo la figura de Keops. Hemiunu era un nieto más de los muchos que el rey Esnofru, padre de Keops, tuvo. Era hijo del príncipe Nefermaat, hermanastro del actual soberano, pero el papel que desempeñaba en la corte se había visto reducido a tareas comunes, lejos del gobierno, aunque de relevancia en los trabajos que se llevaban a cabo en ella.

En el entorno familiar más cercano al constructor, la muerte había causado estragos durante uno de los últimos episodios de peste que la tierra de Kemet había sufrido. Su esposa y sus dos hijos varones habían fallecido sin que él, con su posición, ni el mismo faraón pudieran hacer nada para evitarlo. Sólo le restaba una hija, que lo ayudaba en las tareas del taller y que mostraba cualidades, algo provechoso en un futuro incierto como aquél, en el que nadie se libraba de miedos y peligros. Por todo ello, la pregunta del soberano le había resultado a Hemiunu, cuando menos, inesperada.

El constructor, un hombre maduro y grueso, poco más podía esperar de la vida. Estaba a punto de cumplir cincuenta años, superando con creces la esperanza que tenían muchos de sus coetáneos, los más afortunados de los cuales apenas llegaban a la treintena. Su vientre prominente era símbolo de su estatus social, por lo que nunca ocultaba sus holgadas carnes. Sin embargo, Keops, aun siendo la encarnación del dios, no demostraba su opulencia con carnes flácidas. Al contrario, el soberano era un hombre ligeramente más joven que él, con apenas cuarenta años, a quien le gustaba disfrutar de la caza y de la pesca en las riberas del río Hapy.* Todos los días dedicaba parte de su tiempo de ocio a realizar actividades físicas en las zonas pantanosas. De ahí su gusto por la naturaleza y la frondosidad del paisaje que rodeaba su palacio.

—Y a pesar de toda esta belleza, el viaje ha de ser duro —repitió el soberano recordando el espectáculo de flora y fauna que el dios creador de Ineb-Hedy les ofrecía a diario.

—Nadie dijo que no lo fuera —convino Hemiunu—. Es un viaje duro. Tanto para los que se van como para los que se quedan sin consuelo. Ha de ser así. De lo contrario, sería innecesario llevar a la tumba toda suerte de herramientas mágicas, amuletos, textos... que contribuyen a dulcificar y proteger ese camino, mi señor. De igual modo, a quienes nos quedamos todo ello nos aporta consuelo y confianza en que el futuro de aquel que se va será próspero durante toda la eternidad.

Keops dirigió la mirada hacia uno de los ventanucos de la parte superior del salón. Desde su atalaya, una abubilla de cresta anaranjada y largo pico ligeramente curvo los observaba al tiempo que repetía una y otra vez su característico soniquete.

—Te haré la misma pregunta pero de otra manera —añadió el faraón al cabo de unos instantes—. ¿Crees que esas fórmulas mágicas de las que hablabas ayudan en el viaje a la tierra de Occidente?**

Keops, que conocía la desgracia que había golpeado a Hemiunu durante los últimos años, no quiso preguntarle directamente por los muertos de su familia. Sin embargo, pensó que esa experiencia quizá le habría proporcionado una perspectiva diferente de la realidad trascendental a la que se enfrentaban.

El ánimo de Hemiunu volvió a zozobrar. Fatigado, enarcó las cejas y miró al faraón con incredulidad.

—Así ha sido siempre, mi señor —respondió casi con indolen-

* Así llamaban los antiguos egipcios al río Nilo.

** Occidente era el lugar por donde se ponía el sol; por lo tanto, donde comenzaba el viaje de la noche y, paralelamente, el viaje funerario.

cia, separando los brazos y levantando las manos—. Durante generaciones se ha hecho de esa forma. No veo por qué no debemos creer y confiar en las fuerzas de nuestros sacerdotes.

Al oír hablar de los sacerdotes, Keops se levantó de inmediato del trono y descendió los tres escalones de la tarima. Sus lujosas sandalias de papiro con ornamentos de cuentas de oro y lapislázuli crujieron sobre las pulidas losas de calcita que cubrían el suelo.

—Nadie conoce la respuesta, ni siquiera el sumo sacerdote del templo. Si dice lo contrario, miente —señaló Keops con firmeza—. El pueblo ha perdido la fe en los sacerdotes. Mi padre ya me advirtió de ello y me previno de su mala influencia. Sé que sólo hablan mal de mí y presiento que ese malestar irá en aumento toda vez que continúe la política de mi padre de atajar sus intenciones de hacerse con más poder. Eso es lo que les seduce de las campañas militares que estamos realizando en Nubia, así como de las victorias que hemos cosechado contra los temibles beduinos que habitan la Cueva de Hathor* para controlar las minas de turquesa y de cobre.

—He de reconocer que has hecho muy bien en moderar su poder colocando a personas de tu absoluta confianza en la dirección de los grandes templos de Ineb-Hedy e Iunu.** Ése es el único medio para dominar y someter al ambicioso clero de los templos. Si no se toman medidas rápido, pronto conseguirán controlar no solamente el pueblo sino también la corte. Y eso podría ser muy peligroso.

La advertencia del constructor era propia de un consejero del faraón, pero Keops reconoció que tenía razón.

—En los últimos años han adquirido poder de forma deshonesta e inmoral. —El soberano torció el gesto—. Piensan que el

* Nombre que recibía un antiguo santuario dedicado a la diosa vaca Hathor, al sur de la península del Sinaí, y vinculado a la extracción de turquesa de las minas que había en la zona.

** Iunu era la Heliópolis de los griegos y la On de la Biblia. Literalmente, significa «Columnas». En la actualidad hay un barrio de El Cairo, al norte, cerca del aeropuerto, que conserva el nombre de Heliópolis.

faraón les es deudor de sus éxitos en la guerra contra los extranjeros, ya que son los dioses los que guían los pasos de los soldados hasta la victoria.

El constructor nunca pensó que la fuerza de los ejércitos faraónicos estuviera condicionada por la lectura de un texto religioso, pero tampoco sería capaz de renegar de esa tradición tan enraizada en Kemet. Una vez más, Keops sorprendía por su tajante e inusual forma de comprender los designios que durante generaciones habían sido el alma del palacio real de Ineb-Hedy.

—¿Ves por qué te digo, mi fiel Hemiunu, que las fórmulas mágicas de los sacerdotes para proteger las tumbas no tienen ninguna utilidad? —apostilló el soberano enarcando las cejas—. Si tan fuertes son sus hechizos en el campo de batalla, ¿por qué no surten el mismo efecto para proteger una pirámide? Son simples patrañas con las que los sacerdotes creen que nos engañan. Pero ten por seguro que no será así desde hoy.

Hemiunu no quiso interrumpir las reflexiones de su señor. Se limitó a observarlo desde la corta distancia que los separaba, igual que en tantas otras ocasiones.

De pronto se percató de su naturaleza humana. Era el faraón, la encarnación de la divinidad, pero esas dudas internas hacían que su aspecto humano hiciera sombra al divino y lo convirtiera en un personaje frágil. Claro que era hijo de los dioses. De lo contrario, no estaría ocupando el trono de las Dos Tierras. Aun así, al fin y al cabo, el rey albergaba los mismos temores que cualquier campesino. Y aquél fue el momento en el que Hemiunu se dio cuenta de ello.

—¿Acaso no has iniciado la construcción de tu tumba?

La pregunta volvió a turbar al constructor, dejándolo mudo al tiempo que levantaba el rollo de papiro con los planos de un nuevo proyecto. El faraón sabía que sus servidores no podían iniciar su sepultura hasta que él hubiera decidido dónde construir la tumba real. La ceremonia de entronización había acabado hacía pocos meses, y la tradición señalaba que Keops debía elegir la ubicación para su descanso eterno al inicio de su reinado. Pero sus dudas le habían hecho retrasar tal decisión.

—No, mi señor —reconoció Hemiunu bajando la cabeza levemente—. Todos esperamos tu gesto para que tus sirvientes más fieles te acompañemos en el viaje. Hasta que no decidas dónde quieres levantar tu morada de eternidad, nosotros no sabremos dónde construir la nuestra y acompañarte como fieles asistentes... Eso sí, sólo cuando llegue el momento de cada cual.

El maestro de obras había recalcado la última frase. Pocas generaciones antes de Keops, muchos sirvientes eran sacrificados a la muerte del soberano. Sin embargo, esa horrible tradición se había transformado en un simple ritual mágico.

Pero el faraón no parecía prestar mucha atención en ese momento a los comentarios del jefe de los constructores. Seguía caminando con la mirada perdida entre las columnas del salón, sumido en una maraña de pensamientos que Hemiunu no quiso perturbar.

—Soy la encarnación del dios en la tierra de Kemet, pero yo nunca he visto ese poder. Mi familia ha sufrido como cualquier otra. ¿Con qué ventajas cuento? ¿Es que ser un dios consiste tan sólo en disponer de más recursos para el disfrute de los placeres? Tú también gozas de toda clase de lujos, ¿no es así, Hemiunu? Tienes una gran villa donde vives con tu hija, posees tierras para cultivar y sirvientes que las atienden... ¿Te sientes tú acaso como un dios encarnado?

El constructor no supo qué contestarle. Permaneció en silencio, impasible, aguantando la mirada del soberano. Una vez más, volvió el mutismo al salón del trono.

—¿Conoces a alguien que haya regresado de ese viaje hacia la eternidad? —añadió el faraón poco después en tono melancólico—. Yo no he vuelto a ver a mi padre. ¿Has visto tú a tu familia, mi fiel Hemiunu?

—Es un viaje sin retorno, mi señor —respondió el constructor de forma tajante, esquivando la nueva embestida a los pilares más sólidos de las creencias en la tierra de Kemet—. Nadie lo ha hecho nunca. Ni siquiera Osiris, que fue el primero en resucitar, volvió a esta tierra. Permanece para toda la eternidad en Rostau, gobernando con equidad y justicia.

—Mi padre lo emprendió hace apenas un año, y los informes que me ha proporcionado mi hijo Hordjedef no son muy halagüeños. Sin embargo, de su espíritu nadie ha tenido noticia alguna.

Hemiunu torció el gesto al oír el nombre del príncipe, pues el maestro de obras no se contaba entre los favoritos del joven. Cualquier contratiempo que Hemiunu tuviera en su trabajo sería recibido con alborozo por Hordjedef, quien no tardaría en ir corriendo a contárselo a su padre. El príncipe, como constructor de la casa real, anhelaba el puesto de jefe de los constructores del soberano. Pero Hemiunu seguía ostentando ese cargo después de la muerte del padre de Keops.

—Esnofru, Vida, Salud y Prosperidad, comenzó su viaje con las mejores herramientas que los sacerdotes y los magos pudieron proporcionarle —esgrimió Hemiunu, que intentaba contrarrestar los miedos del faraón con los argumentos de la tradición—. Su camino de regreso a las estrellas está garantizado.

—Yo solamente juzgo lo que veo —respondió el faraón clavando la mirada en su maestro de obras—. Su pirámide ha sido saqueada sin miramientos, así que no creo que pueda garantizarse que su legado entre nosotros permanezca íntegro y custodiado para siempre. Parece que el culto y la vigilancia de su tumba se relajaron en los últimos meses, lo que facilitó la entrada de los ladrones. Es más, según mi hijo, los oficiales desconocen incluso cuándo sucedió el primer asalto.

—Los ladrones que cometieron tal crimen han pagado con su vida —apostilló Hemiunu para apaciguar los ánimos de su señor—. La premura de la muerte de tu padre el faraón impidió culminar algunos aspectos de la seguridad. De haber tenido más tiempo, simplemente cumpliendo los plazos que nos habíamos marcado en un principio, todo habría salido bien.

—¿Me estás diciendo, Hemiunu, que la destrucción de la tumba de mi padre se debe a que no dio tiempo a acabar su pirámide porque murió antes de lo previsto?

—No..., mi señor —respondió titubeante el jefe de los constructores ante el reproche que acababa de recibir por parte del faraón—. No quiero dar a entender que estoy excusándome.

—Pues es lo que parece —señaló el soberano, más calmado ya. Keops tenía claro que Hemiunu era una persona íntegra y de toda confianza—. Si no supiera quién eres realmente, dudaría de tus palabras.

—En cualquier caso, se ha hecho justicia, como no podía ser de otra manera —dijo el constructor, que pretendía reconducir la conversación lejos de esas arenas movedizas en las que habían entrado—. Los tesoros se han repuesto en la cámara funeraria, y ésta ha sido restaurada y vuelta a sellar. En este tiempo, mis obreros han tenido la oportunidad de cerrar los accesos de manera más sólida con puertas dobles de granito, acabando con ello el trabajo y protegiendo así el espíritu del faraón Esnofru. Además, se ha multiplicado la vigilancia para que lo ocurrido no se repita.

—¿Sabes que los oficiales de mi guardia, atentos a los comentarios de algunos sacerdotes, me han contado que posiblemente se trató de un encargo? —La pregunta del faraón cogió por sorpresa a Hemiunu—. Bien pudo ser un sacerdote del templo de Iunu, son los peores. Alguien habría reclutado a un grupo de saqueadores para hacer el trabajo. Da igual que haya diez o cien guardias, si luego se dejan sobornar con facilidad.

—No creo que fuera un encargo, mi señor. —El constructor negó con la cabeza—. El precio que habría que pagar sería demasiado alto. Nadie rinde cuentas por robar un tesoro de esa calidad. He conocido muchos casos similares, aunque no de tal gravedad, desde luego. Asaltar la tumba de un faraón es un hecho abyecto, pero he de reconocer que es parte de la realidad y que hay personas que se prestan a ello por motivos muy variados. De haberse tratado de un encargo, como te han contado tus oficiales, los ladrones, al ver lo que había allí dentro, se habrían negado a entregar los objetos saqueados, conscientes de que, corriendo el mismo riesgo, ganarían mucho más actuando solos. No, mi señor, si me permites darte mi opinión, creo que tus hombres se equivocan. Esos malnacidos siempre actúan solos. Para evitar este tipo de problemas es necesario doblar la seguridad.

—El problema no es la seguridad, mi fiel constructor..., es el olvido.

—Mi señor, la pirámide es el símbolo del Estado y de la divinidad encarnada en el soberano y su dinastía. Nadie puede olvidar el legado de un dios. Su orientación es exacta hacia la posición en el firmamento con que cuentan esos dioses. Isis, Osiris..., todos están presentes en el funcionamiento de esta máquina de resurrección.* Los nombres de los reyes permanecen guardados en los anales que hay en los templos para que en...

—¿En los anales de los templos? ¿Únicamente se me recordará porque mi nombre quedará grabado en un documento? —lo interrumpió Keops, si bien en un tono reposado, pues trataba de mantener la calma. Señaló el rollo de papiro que portaba el maestro de obras con los planos de su morada—. ¿Tanto esplendor para que sólo un nombre y un puñado de años aparezcan entre otros muchos en un sencillo papiro que quién sabe qué suerte correrá? Lo más probable es que acabe ardiendo, como tantas otras bibliotecas.

Hemiunu no respondió. Sabía que su señor era un hombre sereno y sosegado. Lo conocía desde que apenas era un niño, siendo príncipe. Nunca le había visto alzar la voz, pero la falta de respuestas a preguntas tan trascendentales parecía incomodarlo en exceso.

Keops caminó unos pasos más, sumido en sus atormentados pensamientos.

—Imagino que, a pesar de todo, habrá que erigir una morada de eternidad —señaló con cierto desaliento—. El príncipe Hordjedef me ha insistido en más de una ocasión en la necesidad de mejorar los ingenios que garanticen la seguridad de la tumba. Sospecho que es la razón que te trae esta mañana hasta aquí.

—Así es —atajó el constructor, en un intento de reencauzar la conversación.

El faraón se dirigió a su trono con pasos lánguidos. Con la mano derecha se acariciaba la barbilla, como si con ello pudiera atrapar la idea que le rondaba la cabeza. Hemiunu, que no quería

* Isis (Sirio) y Osiris (Orión) desempeñaban un papel preponderante en la orientación de las pirámides.

perturbarlo, lo observó mientras jugueteaba con las cuentas azules de su collar de fayenza.

Keops se detuvo delante del trono, dando la espalda a su maestro de obras.

—Hagámoslo como nunca se ha hecho. —El soberano había recobrado su habitual entusiasmo—. Levantemos una morada de eternidad en la necrópolis del Occidente Iunu...

—Pero, mi señor, todos tus ancestros han erigido ahí su lugar de reposo y... ya conoces el resultado —adujo Hemiunu, precavido.

—Siempre se ha perdido la parte material, la más pobre, esa que sólo los mezquinos y miserables desean... Me refiero al tesoro. Por ello mi padre ha sufrido un saqueo absolutamente inhumano y deleznable. Sin embargo, su *ka*, su espíritu, como acabas de reconocer —dijo señalando a Hemiunu con el índice—, ha trascendido a las estrellas, ha conseguido la eternidad...

El jefe de los constructores no recordaba haber dicho nada de eso, al menos con esas palabras ni con esa vehemencia, pero desestimó la idea de corregir al faraón. Keops parecía emocionado con la quimera que empezaba a forjarse en su mente.

—Hagámoslo como nunca se ha hecho —repitió el monarca con mayor entusiasmo aún—. Hagamos que nadie encuentre mi morada de eternidad... aunque esté a la vista de todos.

—Mi señor... —Hemiunu se adelantó un paso para reforzar su posicionamiento—. En otras ocasiones hemos intentado levantar corredores para engañar a los ladrones, y el resultado nunca ha sido efectivo. Otros constructores descartaron ya las dobles puertas de piedra y los pasadizos en zigzag. Se han usado sin ningún éxito en tumbas de altos oficiales de la administración.

Keops esbozó una sonrisa y se sentó de nuevo en el trono.

—Creo que no me comprendes, Hemiunu —añadió bajando el tono de voz—. Lo que me cuentas es, con toda seguridad, la base del proyecto que traes bajo el brazo. Pero quiero algo más. Un elemento que lo convierta en único. ¿Tienes algo de eso?

Hemiunu frunció el ceño. El faraón se percató al instante de que su jefe de los constructores no lo había entendido. Estaba hablándole de cosas a las que muy pocos tenían acceso, de algo que ni todo el oro del desierto podía comprar y que no se heredaba ni podía robarse del lugar más sagrado de un templo.

—Dejemos abierta mi morada de eternidad, si así lo deseas, para que todos puedan entrar en ella —continuó el faraón en su explicación—. Será un secreto entre nosotros. Hagamos que los ladrones se confundan, engañémoslos. Creerán que han saqueado mi lugar de reposo, pero no será así ya que, en realidad, estarán pisando un sueño, un lugar irreal donde se los conducirá por el camino del ardid, de la trampa.

El maestro de obras escuchaba con atención. En un principio, creyó que Keops se había vuelto loco. Eso mismo se había hecho en ocasiones anteriores, y con nulo éxito. ¿O no estaba refiriéndose a lo mismo?

A medida que reconsideraba las palabras del faraón, empezó a descubrir cuál era el verdadero sentido de su deseo. No hablaba de trampas que hicieran perder la vida a los ladrones. No describía pozos o enormes bloques de piedra que obstruyeran su paso, como ya se había hecho en la necrópolis de Ineb-Hedy y no habían servido de nada. ¿O quizá sí estaba refiriéndose a todo ello?

—Mi señor, lo que me pides es… ¿*heka*?

Keops esbozó finalmente una sonrisa y pareció tranquilizarse.

—Veo que sigues mi camino, mi fiel constructor —dijo, y dejó escapar todo el aire que le oprimía los pulmones.

—La magia de los dioses…

—¡*Heka*, sí! —exclamó el faraón levantando levemente la voz en un momento de excitación—. El arma insondable de los dioses y… también de los seres humanos. ¿Has oído hablar del santuario sagrado de Thot?

3

La Casa de la Vida* del templo de Ptah era uno de los lugares de encuentro de los hijos de las familias pudientes de Ineb-Hedy. El trabajo diario era intenso, y el sacrificio que debían hacer para seguir la enseñanza hacía que muchos de ellos desistieran en el esfuerzo. Sin embargo, si uno era tenaz y sabía compartir con los compañeros su pasión por el estudio, siempre encontraba momentos de asueto en los que disfrutar de aquel lugar con otros niños y niñas.

No era extraño toparse con pequeños que procedían de hogares menos acomodados. Los sacerdotes estaban ojo avizor para descubrir críos que, de forma innata, mostraran interés o cierta predisposición a aprender y estudiar. En muchas ocasiones los niños ricos, criados en entornos donde todo les era regalado, no valoraban el esfuerzo. Pero los sacerdotes solían fijarse más en quienes, a su juicio, podrían rendir en las tareas del templo, sin necesidad de forzar su predisposición. Algunos jóvenes decían que las clases eran tan largas como el río, y era cierto. El trabajo era duro y, para poder pasar los exámenes a los que se veían sometidos en la escuela, los alumnos debían memorizar y copiar con denuedo obras de la literatura más antigua, tales como la biografía de Osiris o los textos de las moradas de eternidad, así

* La Casa de la Vida era el nombre de una institución de enseñanza que había en los antiguos templos egipcios, una suerte de escuela en la que niños y niñas aprendían humanidades y ciencias.

como resolver complicados problemas matemáticos y conocer el movimiento de las estrellas, entre otras exigencias. Y todo ello para convertirse en un buen escriba y desempeñar ese trabajo, ya fuera en el templo, en la administración, en la escuela de los escribas..., pues eran muchos los lugares donde esos oficios eran requeridos.

Había finalizado una de las clases y un grupo de niños charlaba animadamente en una de las esquinas del patio trasero de la Casa de la Vida. Resguardados del sol bajo dos palmeras, los muchachos reían y se gastaban bromas buscando un momento de distensión después de los largos periodos de aprendizaje.

De pronto, una de las niñas del grupo dio un codazo a uno de sus compañeros para llamar su atención y, al instante, no sólo ambos sino también todos los demás cesaron de hablar y reír. Se volvieron y fijaron la mirada en un joven sacerdote que, con paso decidido, caminaba hacia la puerta. Había salido de una de las torres de la esquina del patio de la escuela y parecía dirigirse a la zona donde se hallaban las casas de los sacerdotes.

Los niños sabían quién era, lo conocían perfectamente. Se llamaba Djedi, y tenía fama de ser algo distante y misterioso. De él se contaban toda clase de prodigios. Sus padres les habían referido verdaderos milagros imposibles de creer si no fuera porque ellos mismos decían haberlos presenciado. Aseguraban que Djedi era capaz de devolver la vida a un fallecido y también que podía traspasar paredes, que hasta lo habían visto entrar a través de un muro en un horno de pan y salir como si nada.

No obstante, no pocos de los que habían hablado con él en alguna ocasión afirmaban que era mucho más afable en el trato de lo que aparentaba. Quizá se lo tenía por un personaje siniestro porque casi siempre llevaba el rostro y la cabeza cubiertos con el paño de lino característico de los sacerdotes de su rango, y lucía el recargado maquillaje propio del clero, con una gruesa línea negra que enmarcaba sus ojos y se extendía casi hasta las sienes.

—Hola, chicos, ¿cómo estáis?

El joven sacerdote se había detenido delante del grupo. No era muy común que Djedi se detuviera a hablar con los niños. Ninguno respondió. Amedrentados por su presencia, cada cual pensó que otro respondería por todos. Pero nadie lo hizo.

—¿Habéis acabado ya las clases por hoy?

Sólo una de las chicas se atrevió a asentir levemente con la cabeza antes de salir corriendo, asustada. El resto de los compañeros hizo lo mismo salvo uno, el menor de todos que, sorprendido por la rápida reacción de los demás, se quedó como una estatua, sujetando con firmeza la tabla cubierta de yeso que usaba a modo de escritorio y la paleta que le colgaba del hombro derecho con los instrumentos necesarios para escribir.

—¿Cómo te llamas? —preguntó Djedi con una enorme sonrisa con la que pretendía tranquilizar al muchacho.

—Me llamo Ankhaf —respondió el chiquillo después de comprobar que lo habían dejado solo y que no tenía escapatoria.

—Muy bien, Ankhaf. ¿Por qué tus compañeros han echado a correr? ¿De qué tienen miedo?

El niño se limitó a encogerse de hombros. Conocía la respuesta, al igual que Djedi, pero prefirió no expresarla.

—Imagino que me temen por la magia que hago, ¿no es así?

—Dicen que eres un mago poderoso y que usas la *heka* de los dioses para cosas malas.

Djedi lanzó una risotada al oír al pequeño hablar de él en esos términos.

—Agradezco tu sinceridad, Ankhaf.

—A mí me gusta la magia —reconoció el muchacho, más tranquilo—. He leído algunos papiros que hablan de *heka*. En la biblioteca de la Casa de la Vida hay muy buenos tratados.

—¿Me dejas que te cuente un secreto? —preguntó Djedi, y se agachó para mirar a los ojos al niño.

Ankhaf se limitó a asentir.

—Observa esto que voy a mostrarte. —El sacerdote se sacó una cajita de una bolsa de cuero que le colgaba del cinturón—. Esta caja que ves es una herramienta llena de *heka* —dijo al tiempo que se la ofrecía.

El chico la cogió y la examinó con todo detalle. Era una sencilla caja de madera negra, pequeña pero muy hermosa. Se abría desplazando la tapa que tenía en la parte superior.

—Aquí no hay ningún texto mágico —dijo Ankhaf—. Nuestro maestro dice que si no hay un texto grabado sobre un objeto, la magia no surte efecto. Esto no es más que una simple caja.

Djedi sonrió ante la repentina locuacidad del muchacho.

—Tienes razón. Sin embargo, la magia también puede estar en tus manos. ¿Me dejas eso? —preguntó a la vez que señalaba uno de los anillos de oro que el crío lucía en la mano derecha.

Ankhaf asintió y, curioso por lo que estaba viviendo, se colocó entre las piernas sus enseres de escriba y se sacó el anillo para dárselo al sacerdote.

—La magia no sólo está en las palabras, sino también en los gestos y en la sabiduría que transmiten los textos antiguos. Tú puedes crear *heka* a voluntad, para eso los dioses te han dado una serie de cualidades. Observa. Desliza la tapa de la cajita y pon tu anillo en su interior.

El chico hizo lo que Djedi le decía, y el mago corrió la tapa para cerrar la caja.

—¿Oyes el sonido del anillo? —dijo mientras agitaba levemente la cajita—. Tu anillo sigue aquí.

Djedi retiró apenas la tapa para que el muchacho viera la joya. Volvió a cerrar la caja y la sacudió de nuevo en el aire para hacer sonar el anillo. Lo hizo una vez, otra más y a la tercera... no oyeron ya nada.

Djedi puso cara de sorpresa emulando la expresión del niño.

—*Heka* es una herramienta muy poderosa que también reside en las intenciones y en la sabiduría de tu corazón.

Acabando esas palabras, el sacerdote abrió de nuevo la caja, pero estaba vacía. El anillo había desaparecido.

Ankhaf se sobrecogió. Había sido testigo de un gran milagro.

—¿Dónde está mi anillo? ¡Mi madre me regañará! —exclamó el muchacho evidenciando su mayor preocupación.

—¿Quieres que vuelva? —preguntó Djedi. Antes de que acabara la frase, el chiquillo asintió con firmeza—. No tienes más que desearlo.

Siguiendo las instrucciones del mago, Ankhaf cerró los ojos con fuerza para potenciar así su deseo. Entonces Djedi volvió a agitar la caja una vez. No se produjo ningún sonido.

—Debes desearlo con más fuerza —instó a Ankhaf.

El sacerdote mago volvió a sacudir la caja delante de él. Pero el resultado fue el mismo. Al tercer intento, no obstante, algo sonó en el interior de la cajita.

Djedi se la ofreció, y el muchacho vio en su interior el anillo de oro. Lo tomó, lo examinó para asegurarse de que era el suyo y estaba en buen estado, y volvió a ponérselo en el dedo con una sonrisa.

—¿Te ha gustado? —le preguntó Djedi mientras le acariciaba la cabeza.

—Sí. ¿Cómo lo has hecho? —preguntó Ankhaf lleno de curiosidad.

—Bueno, no encontrarás este milagro en ninguno de los papiros sobre magia de la Casa de la Vida. Es un pequeño secreto que yo mismo inventé. Quédate la caja, te la regalo, Ankhaf.

El muchacho, lleno de alegría ante el obsequio que acababa de hacerle, le sonrió de nuevo.

—Gracias, Djedi.

—Veo que sabes quién soy —señaló el mago lanzando una carcajada.

—Todos los sabemos. —Y al darse cuenta de que el sacerdote se disponía a retirarse, añadió—: ¿Es que no vas a explicarme cómo lo has hecho?

—Eres un mago inteligente, Ankhaf. Seguro que das con la clave por ti mismo. No es más que *heka*. Cuando regreses a tu casa recuerda todos los movimientos que hemos hecho y observa la caja. No hay textos en ella, es cierto, pero es *heka* pura.

Djedi se alejó y cruzó la puerta trasera del patio de la Casa de la Vida hacia donde estaban sus habitaciones. En cuanto desapareció de la vista del niño, éste, incapaz de esperar a llegar a su casa para hacer lo que el sacerdote mago le había pedido, empezó a inspeccionar la caja. Sabía que muchos ingenios de ese tipo funcionaban con un doble fondo en la parte inferior o en uno de los lados. Pero no lo había en esa cajita. Era de madera sólida; no había engaño. Sin embargo, al abrirla de nuevo el inteligente muchacho se percató enseguida de dónde descansaba la magia de aquel milagroso artilugio. Era mucho más sencillo que un doble fondo y, también, más imperceptible. Ankhaf reconoció para sí que, tal como le había dicho el sacerdote mago, era *heka* en estado puro.

4

Cómo dices, mi señor? —preguntó Hemiunu mostrando falso desconocimiento.

—El santuario sagrado de Thot. ¿Has oído hablar de él? —repitió el faraón sin apartar la mirada de su maestro de obras.

La pregunta cayó como una losa sobre la cabeza de Hemiunu. No supo qué responder, pero el instinto lo obligó a asentir con resignación.

No era la primera vez que alguien en palacio hablaba de aquel maravilloso lugar, el santuario sagrado de Thot. Keops nunca lo había hecho ante Hemiunu, pero el constructor sabía, por otros compañeros, que el monarca estaba obsesionado con ese lugar del que todos habían oído hablar si bien nadie había visitado nunca. El santuario de Thot era un espacio sagrado y mágico, un recinto donde se condensaba todo el conocimiento de los constructores de monumentos, el cuantioso saber de su pueblo. Si había *heka* en la tierra de Kemet, la magia divina, era allí donde debían buscar. Pero Hemiunu no estaba seguro de poder ayudar al faraón. Ni siquiera estaba seguro de la existencia de ese misterioso templo. Nadie lo había visto nunca, y si alguien afirmó haberlo visto se demostró después que no era sino un embuste en una charla de taberna. Del santuario de Thot nadie, absolutamente nadie, conocía nada salvo el nombre.

—Tan sólo conozco las historias que se cuentan de él, mi señor —reconoció Hemiunu intentando enfriar la conversación, aunque sin éxito.

—¿Qué historias, Hemiunu? —inquirió el soberano de forma sibilina—. Cuéntamelas. No tengas secretos para mí, soy tu faraón.

Las palabras de Keops sonaron como una invitación previa a la amenaza.

—Mi señor..., la verdad es que no conozco muchos detalles de ese santuario —respondió Hemiunu con firmeza, empeñado aún en quitar importancia al relato de Thot—. Nadie lo ha visto nunca, podría tratarse de una simple superstición que...

—Sin embargo, sabes de alguien que lo conoce —lo atajó el soberano con rotundidad—. Puedo verlo en tus ojos.

El maestro de obras jugueteó de manera distraída con el rollo de papiro que tenía en las manos sobre su enorme vientre intentando eludir aquel comentario.

—En las tabernas del puerto de la ciudad de vez en cuando se oye mencionar el nombre de ese misterioso lugar, pero nadie ha conseguido nunca dar con él ni aportar siquiera testigos que confirmaran su historia. Parece tratarse de una antigua superstición, y desconozco cuál es su origen. Aprendí mi trabajo como constructor en la Casa de la Vida y mediante mi propia experiencia, no en un lugar de fantasía.

La voz de Hemiunu sonó tajante, pero no hizo desistir al faraón.

—Siempre se ha dicho que el santuario cuenta con un número determinado de cámaras secretas que otorgan cierta magia poderosa al templo y que por eso nadie lo ha visto jamás. He intentado recabar información sobre él, pero nunca he conseguido obtener detalles más concretos —añadió el faraón en tono levemente irritado.

Hemiunu escuchó a su señor con atención. Los rumores que desde joven había oído acerca de ese lugar no eran más que eso, rumores, aunque en su memoria empezaron a entremezclarse recuerdos reales con ciertas ensoñaciones que acabaron turbándolo. El faraón no tardó en percatarse de ello e insistió para satisfacer su curiosidad.

—¿Hay algo que quieras contarme? ¿Está relacionado con ese

número de cámaras secretas? Es justo lo que me interesa, no dónde está el santuario sagrado de Thot.

El jefe de los constructores se mantenía reacio. Miró nervioso a ambos lados. No se sentía cómodo manteniendo una conversación como ésa, en la que se abordaba una cuestión tan ambigua e irreal. Sin embargo, al final, cedió.

—Hay un sacerdote que, según se cuenta, conoce el número de cámaras secretas del santuario sagrado de Thot.

—¿Dice saber su número? Si es así, lo habrá visitado.

—Lo desconozco, mi señor —respondió Hemiunu con sinceridad pues no deseaba crear falsas expectativas a Keops—. Su nombre es Djedi y no vive lejos de aquí. Es uno de los sacerdotes más reputados del clero de Ptah en Ineb-Hedy.

Al oír esas palabras Keops enarcó las cejas.

—¿Y cómo es que nadie me ha hablado de él hasta ahora? En numerosas ocasiones he preguntado por ese lugar y nadie ha sabido darme la información que ahora tú me proporcionas.

—Djedi es un joven esquivo, mi señor —alegó el constructor para no poner en evidencia a sus compañeros ante el faraón—. Además...

El silencio permitió que se oyera el canto de los pájaros en el cercano jardín.

—Además... ¿qué, Hemiunu? —El soberano se mostró impaciente—. Si Djedi es un alto sacerdote del clero de Ptah en Ineb-Hedy eso sólo puede significar una cosa.

Hemiunu se percató enseguida de que el faraón había descubierto quién era en realidad el misterioso sacerdote.

—En efecto, mi señor. Djedi es miembro de la familia real. Es el hijo de tu hermano el príncipe Rahotep. Precisamente tu hijo Hordjedef, su primo, es a quien he oído hablar de Djedi en varias ocasiones. Quizá sea Hordjedef la persona indicada para entablar contacto con él.

Hemiunu había preferido rechazar ese compromiso lanzando la brasa encendida al hijo del faraón.

Durante unos instantes Keops permaneció en silencio. Le costaba creer que alguien de su familia fuera conocedor de ese saber y que hasta ese momento él no se hubiera enterado. Pero no se enojó. Al contrario, comenzó a soñar con lo que aquello supondría y cómo podría beneficiarse de ese conocimiento sagrado que hasta entonces nadie había empleado.

—¿Cómo es que mi propio hijo no me lo ha advertido? —señaló el faraón en tono de reproche—. Tú, además de dirigir todas mis construcciones, conoces a los escribas de la corte. Es de suponer que estás al corriente del contenido de los textos sabios que se atesoran en los templos.

El constructor no supo qué responder. Era obvio que una sola persona no podía ser conocedora de la sabiduría milenaria de su pueblo; sin embargo, no se atrevió a contradecir al soberano.

Keops se percató de ello enseguida.

—¡Haced llamar inmediatamente al príncipe! —gritó.

Antes de que el faraón hubiera finalizado la frase, el sonido de unos pasos raudos procedentes del otro extremo del salón evidenció la presteza con la que los oficiales apostados a la entrada trataban de cumplir los deseos de su señor.

—¿Sabes lo que significa conocer el número de cámaras secretas del santuario sagrado de Thot? —dijo el faraón retomando la charla con su maestro de obras.

—*Heka*..., mi señor —respondió el jefe de los constructores al instante.

—En efecto, Hemiunu, *heka*... Exactamente lo que nuestro plan precisa. —Keops asintió con rotundidad—. La herramienta que los dioses emplean para alcanzar objetivos que nos parecen imposibles. Y ahora, después de nuestra conversación, creo que uno de ellos es la vida eterna. Si contamos con la magia de los dioses, tendremos éxito en el proyecto.

—Preferiría que no fueras tan optimista, mi señor —dijo el jefe de los constructores—. Nadie te había advertido de ese detalle sobre Djedi porque nadie da crédito a la historia del santuario de Thot.

La sinceridad de Hemiunu agradó de nuevo al soberano.

—No perdemos nada si lo intentamos. Por otra parte, no entendería que un sacerdote importante del clero de Ptah pudiera inventarse algo así.

Hemiunu, que ya se disponía a replicar, optó al final por permanecer en silencio. Una vez más, jugueteó nervioso con el rollo de papiro que tenía en las manos. No estaba tan seguro de lo que el faraón pretendía. La primera preocupación que le vino a la cabeza era que el trabajo que había estado realizando los últimos meses no serviría para nada. Debería rehacer absolutamente todo para amoldarse a la magia de un santuario, en el mejor de los casos, imaginario. O, mucho peor todavía, quizá sería relevado de su puesto para que un joven sacerdote ocupara su lugar.

La charla se vio interrumpida por la llegada de un apuesto joven al que acompañaba un par de hombres de la guardia. A una señal del faraón, éstos saludaron respetuosamente y volvieron sobre sus pasos, dejando al príncipe solo en la sala de recepciones junto a su padre, el faraón, y el jefe de los constructores.

Hordjedef lucía una camisa con faldellín regio, tejido con el mejor lino de los talleres de palacio. Las joyas que portaba señalaban su noble cuna. No era el primogénito, ya que por delante de él en la línea directa al trono de las Dos Tierras estaba su hermano Djedefra. La madre de Hordjedef, la reina Meririt, no había logrado hacer más para situar a su vástago al frente de la sucesión. Henutsen, la otra esposa real, parecía contar con mayores favores del soberano de Kemet. Aun así, como hijo de Keops, la posición de Hordjedef en la corte era indiscutible. Había sido formado como escriba y estaba al cargo de todos los trabajos que se llevaran a cabo para su padre. Aunque el príncipe no lo veía así. Su verdadero oficio estaba lejos de abordar los cargos de los que disfrutaba. Todos sus títulos se habían convertido en algo simplemente ceremonial, cosa que lo irritaba. Era constructor, pero apenas se limitaba a hacer aburridos informes de lo que sucedía aquí o allí en una necrópolis, en un edificio de palacio o en las casas de los oficiales de la corte. Ni siquiera una suerte de cargo honorífico que poseía, el de supervisor de los pescadores, era auténtico. Hordjedef odiaba pescar, y todo lo relacionado con las actividades que se realizaban en el sagrado río Hapy le generaba un gran rechazo.

Precisamente el hecho de que no desempeñara de facto el trabajo de sus titulaturas hacía que otros tuvieran que hacerlo en su nombre. Escribas de poca formación se encargaban de muchas de las tareas que, de hecho, el príncipe debía dirigir. No eran muy complicadas, pero ahí residía la ambición que en ocasiones arrastraba a Hordjedef, haciéndole perder el sentido de su papel en la corte y el valor que tenía en realidad. Quería más, aunque era evidente que no hacía nada para conseguirlo.

Cuando estuvo frente al soberano, se limitó a agachar la cabeza en un gesto anodino.

—Padre...

Volvió la vista hacia el jefe de los constructores y le dirigió una sonrisa apática. En opinión de Hordjedef, el puesto de Hemiunu debía ser suyo. Había trabajado duro para formarse como arquitecto. Cierto era que bajo tal responsabilidad algunos de los proyectos que se había aventurado a desarrollar no habían acabado bien. Casas que se venían abajo o, incluso, edificios que colapsaban porque se sustentaron sobre menos columnas de las necesarias... Para todos, los culpables de esos accidentes habían sido los albañiles, que habían cometido errores gravísimos sobre los dibujos que él entregó. Muchos lo dejaron pasar o miraron a otro lado, pero el poso del fracaso siempre estuvo presente.

Hemiunu respondió al saludo del príncipe de la misma manera. El constructor, más experimentado en las luchas internas de palacio, no temía que aquel pretencioso joven pudiera quitarle el puesto. Estaba muy lejos de conseguirlo. Aun así, no dejaba de ser una persona molesta con la que ya había tenido más de un desencuentro.

—Me has hecho llamar con premura, padre —señaló el príncipe resoplando—. ¿En qué puedo ayudarte?

—¿Recuerdas a Djedi?

—Claro. —El joven se encogió de hombros por lo extraño de la pregunta—. Hace tiempo que no lo veo. Creo que se le otorgó un puesto importante en el templo de Ptah y que vive allí actualmente.

Keops detectó de inmediato la animadversión que su hijo sentía por su primo.

—¿Es cierto que Djedi conoce el número de cámaras secretas del santuario sagrado de Thot?

Hordjedef enarcó las cejas.

—Se cuentan muchas cosas de él —respondió para quitar importancia al relato—. Todos oímos hablar de ese documento cuando estábamos en la escuela, pero no existe. El santuario sagrado de Thot es una invención de la literatura antigua.

—Pero así se lo contaste a Hemiunu —añadió el faraón presentando a su jefe de los constructores como testigo.

—Cierto, así es —reconoció Hordjedef—. Todos sabemos que mi primo Djedi es bastante retraído. Fue decisión suya apartarse de nuestra familia para vivir el resto de su vida entre papiros con cuentos de todo tipo. Debido a sus rarezas, se le ha hecho protagonista de muchas excentricidades. Algunos comentan que engulle a diario quinientos panes, una pata de buey y cien jarras de cerveza...

Hordjedef lo había explicado con una carcajada, sin dar credibilidad a la cuestión. Entendía que sólo eran rumores que se habían esgrimido para cubrir con cierto halo de misterio la vida del sacerdote.

—¿Y qué es eso de las cámaras del templo de Thot? —insistió Hemiunu.

—Cuanto puedo decir es que hace años, en una charla que mantuve con Djedi en la escuela, sacó el tema. Desconozco si es cierto o no. Mi primo siempre ha estado rodeado de una extraña aureola... Le encanta la magia, y me consta que pasaba mucho tiempo en la biblioteca de la Casa de la Vida aprendiendo antiguas historias relacionadas con *heka*. Hay quien asegura que lo ha visto separar la cabeza de un animal y luego volver a colocársela, haciéndolo revivir como si nada hubiera pasado.

Al oír el sucinto relato sobre Djedi, Keops dirigió la mirada a su maestro de obras. Hemiunu no sabía qué decir. Habían llegado a sus oídos infinidad de historias parecidas de otros sacerdotes magos que, a la hora de la verdad, no eran más que supersticiones y fraudes; por eso tampoco le había dado credibilidad al caso de Djedi.

—Llevo mucho tiempo pensando en replicar el santuario sagrado de Thot en mi propia tumba —reconoció el faraón—. Ha llegado el momento de hacerlo, y sólo una persona parece conocer lo que preciso.

Keops se acarició la barbilla rasurada con la mirada fija en el ventanal del salón.

—Hemiunu —añadió el príncipe, que trataba de poner en un compromiso al jefe de los constructores—, conociendo tu afición por los lugares sagrados y su arquitectura, seguro que has oído hablar de ese maravilloso sitio.

—Príncipe Hordjedef..., en efecto, siempre me ha interesado el mundo de las artes intangibles —mintió Hemiunu, pues deseaba mostrarse ante el faraón como un perfecto conocedor de antiguos conocimientos constructivos—, aquellas que ni siquiera los sacerdotes más versados en los libros ancestrales son capaces de dominar.

—Hay asuntos que no aparecen ni siquiera en los papiros más viejos —replicó el príncipe—. Su conocimiento se transmite de generación en generación dentro del templo, estando prohibido que queden reflejados en los rollos de papiro, para guardar el secreto durante toda la eternidad.

—¿Afirmas, pues, que Djedi miente? —El soberano frunció el ceño—. ¿Crees que los dioses consentirían una cosa así?

—No, al contrario, padre. —El príncipe alzó la mano para tranquilizar al faraón—. Los sacerdotes lo escriben absolutamente todo. Afirman que hay cosas que sólo se pasan de padres a hijos en el templo por medio de la tradición, pero luego descubres que es falso. La memoria es muy frágil, y han tenido más de un problema en ese sentido. Por eso digo que lo escriben todo. De ahí que cualquier lego pueda descubrirlo y leerlo.

—No me consta que ningún otro escriba o sacerdote haya admitido ser conocedor de tal secreto. —Keops volvió a fruncir el ceño—. Y es extraño... Las miserias humanas hacen que muchos falten a la verdad o que manifiesten tener conocimientos en los que en realidad no están versados.

Hordjedef no contestó. No era la persona indicada para responder a esa pregunta. No era algo a lo que hubiera prestado atención.

—Bueno, tampoco nadie ha demostrado todavía que las afirmaciones de Djedi sean reales —añadió Hemiunu.

El constructor se percató de que el soberano hablaba con los miedos propios de un hombre de carne y hueso. Se refería a los dioses como seres distintos a él, como si no tuviera nada que ver con ellos. Había visto esos miedos en los campesinos, en los artesanos, en las gentes corrientes de la ciudad. Algunos textos literarios que estudió en la Casa de la Vida, siendo un muchacho, hablaban de esos temores. Pero nunca los había percibido en un faraón.

—Sé que cuentas con algunos proyectos interesantes —continuó Keops cambiando de tema mientras señalaba el papiro que el constructor portaba apoyado sobre su orondo vientre—. Algunos de mis oficiales me han hablado muy bien de ti. Los trabajos que realizaste para mi padre fueron extraordinarios. No puedo culparte de lo sucedido en su morada de eternidad. Sé que no estaba entre tus planes, del mismo modo que también sé que nunca has hecho un trabajo así.

—Son halagos no merecidos, mi señor —señaló el maestro de obras al tiempo que bajaba la cabeza en señal de falsa modestia—. Sin embargo, para lo que pretendes, los dibujos de mis papiros necesitan el complemento de la magia. Sólo así estará garantizado el éxito.

—Hordjedef, habla con quien sea necesario para ir al encuentro de Djedi. Haz que tu primo venga a verme con premura.

Al oír esas palabras, aunque a regañadientes, el príncipe abandonó la sala. No acertaba a comprender que su padre se propusiera basar su gran proyecto funerario en algo que, según todos, no era más que una vieja superstición.

—Puedes retirarte tú también, Hemiunu.

Sumiso, el jefe de los constructores se limitó a agachar la cabeza de nuevo y, sin darle la espalda, salió de la estancia por la puerta principal. En su cabeza solamente había una idea: debía conocer a Djedi para hacerse con el secreto del santuario sagrado de Thot, si es que existía.

5

El faraón Keops disfrutaba de un espectáculo de lucha sobre balsas de papiro en uno de los estanques del palacio. En sendas embarcaciones, dos hombres mantenían como podían el equilibrio ante las embestidas del contrincante. Llevaban tan sólo un escueto fajín ceñido a la cintura, pues la desnudez les permitía mayor libertad de movimientos. En ese tipo de lucha todo estaba permitido. Unos portaban un palo y otros el tallo de un loto con el que, a modo de látigo, fustigaban a su oponente o trataban de desestabilizarlo enrollándoselo en las piernas. También había quien hacía uso de toda suerte de golpes bajos, cumpliendo unas normas no escritas, y menos virtuosas, que, aun así, eran habituales. Con todo, lo acostumbrado e incluso aceptado, más aún si el soberano era un espectador de excepción, como en ese caso, era emplear las manos para aferrar al adversario y derribarlo. Ése, precisamente, era el objetivo del juego: hacer caer al oponente al agua. Una vez logrado, se daba por finalizado el juego.

La reina Meririt, esposa de Keops, era testigo mudo del espectáculo. Se encontraba a cubierto en un pequeño quiosco construido con maderas exóticas pintadas de blanco. El techo estaba formado por una simple redecilla de esparto en la que se habían entrelazado ramas de higuera para dar sombra. La reina tejía un hermoso vestido de lino, acompañada de varias de sus sirvientas. Entretenida en la labor manual de enlazar los hilos, pasaba el tiempo disfrutando de la brisa y de la escasa conversación que le ofrecían algunas de sus sirvientas más íntimas. Cualquier cosa antes que acercarse al borde del estanque y observar aquel absurdo juego, corriendo el peligro de que en cualquier momento el chapuzón de uno de los contrincantes acabara con su tranquilidad. Detestaba ese entretenimiento y, además, no estaba obligada a atenderlo. Para la reina no pasaba de ser un momento de asueto.

Los rápidos movimientos de los jóvenes para tratar de esquivar a su contrario formaban parte de ese arte del que tanto disfrutaba la casa real. Bien podía considerarse una suerte de danza o baile místico en el que los cuerpos se contorsionaban sobre las barcas para evitar las acometidas con vivas piruetas. Su belleza estética hacía que fuera una de las distracciones preferidas del faraón. Por ello, no eran infrecuentes los enfrentamientos de luchadores para solaz del soberano en el enorme estanque rectangular del jardín principal del palacio de Ineb-Hedy.

En el fragor de esa lucha entre marjales de papiros y lotos, algunas gotas de agua habían caído a los pies de Keops. El portador del abanico real ni se inmutó al notar las salpicaduras, pero varios de los sirvientes se apresuraron a secar las losas de caliza pulimentada que formaban el pavimento del jardín. Sin embargo, retrocedieron, sumisos, a un gesto del faraón. El espectáculo se hallaba en su punto de máxima tensión y Keops no quería que nadie lo importunara. Aquello era más que un juego. Era una representación del momento de la creación, donde sobre las oscuras aguas del *Nun*, el No-Ser, el caos, se libraba una terrible batalla entre las fuerzas del bien y del mal. De ella nacería victoriosa la vida, surgiendo así el cosmos habitado por dioses y seres humanos.

Uno de los luchadores amenazó con su tallo de loto a su contrincante y éste amagó un movimiento que no lo libró de recibir un golpe fuerte en la pantorrilla. El pie se le deslizó un palmo de su posición de equilibrio sobre el entrelazado de papiro de la balsa, y su contendiente aprovechó para rematar el envite, atizándole en la otra pierna. De inmediato, el joven cayó al agua del estanque en un sonoro chapuzón, dándose por acabado el combate.

Keops y los oficiales que lo acompañaban aplaudieron con efusividad la demostración de fuerza, resistencia y dominio del equilibrio sobre las aguas del estanque que acababan de hacer los dos jóvenes. El vencedor, que jadeaba con sonoridad debido al terrible gasto de energía, se volvió en la balsa de papiro y se inclinó para saludar respetuosamente al soberano. Acto seguido, esperó con paciencia y deportividad a que su compañero derrotado nadara hasta la orilla y, ya en ella, jadeando también por el denodado esfuerzo, se sumara al saludo al faraón. Sólo cuando Keops se levantó de su silla para retirarse a una sala interior del palacio, los dos contrincantes se incorporaron y abandonaron el jardín.

—Ha sido una lucha extraordinaria —sentenció Keops, complacido, dirigiéndose al jefe de los constructores.

Hemiunu se limitó a asentir con falso entusiasmo. Él nunca había disfrutado de ese juego, y no sabía qué añadir al comentario del faraón. Por otro lado, no era un hombre dado a las proezas deportivas, menos aún acuáticas, ya que su obesidad se lo impedía. Y tampoco eran de su interés. Sólo recordaba una vez en la que al final de una fiesta con motivo del año nuevo, después de haber bebido varias jarras de vino, acabó con su enorme barriga en las aguas y tuvieron que rescatarlo varios sirvientes para evitar que muriera ahogado. Entonces se prometió a sí mismo no volver a beber en exceso y, también, no intentar ninguna hazaña de aquella naturaleza.

Pasaron junto al quiosco donde se hallaba la reina Meririt. El constructor se detuvo un instante para saludarla con un leve gesto de la cabeza. Keops, por el contrario, siguió de largo sin prestar la menor atención a su esposa.

El maestro de obras sudaba copiosamente, y las gotas se deslizaban a toda prisa por su rostro y caían sobre la camisa que cubría su abultado vientre. En todo momento tuvo cuidado de que el papiro que portaba en sus manos no se humedeciera. Se enjugó la frente con un pañuelo de lino. A pesar del calor de ese día, el perfume del jardín y de las esencias con las que Hemiunu se había aseado por la mañana ayudaban a que el ambiente fuera agradable. Para su desgracia, aun siendo un trabajador reconocido en la corte y pese a contar con toda clase de servicios, junto a él no había ningún portador de abanico que refrescara el aire a su alrededor.

—El príncipe Hordjedef ha encontrado a Djedi —casi susurró el maestro de obras al oído del faraón—. Mandó una pequeña comitiva en su busca con las pocas premisas con que contábamos y ha tenido éxito. Si te parece bien puedes recibirlo, mi señor, como acordamos.

—Nada me complacería más, Hemiunu. Lo recibiré, sí. Que lo llamen cuanto antes.

Recordando aún los movimientos de los contrincantes sobre el agua, Keops caminó entre las columnas del salón donde solía recibir visitas después del ocio. En uno de los laterales se encontraba el príncipe. Pero su presencia no perturbó el ánimo del faraón, quien posó de inmediato la mirada en el otro joven que se hallaba en el centro del salón. Aquél debía de ser, sin lugar a dudas, el mago del que todos hablaban maravillas, Djedi.

El joven saludó agachando la cabeza con estudiada sumisión al todopoderoso soberano de las Dos Tierras.

Tenía el semblante serio, con los ojos enmarcados por gruesas líneas negras que oscurecían aún más su expresión. Muchos hombres y mujeres llevaban ese maquillaje para evitar el brillo de los rayos del sol, si bien en el caso de los sacerdotes esas líneas eran más exageradas. Sobre la cabeza, completamente afeitada como todos los miembros del clero, llevaba un paño blanco que le ocultaba en parte el rostro, proyectando sobre él una negra sombra que enfatizaba todavía más el halo tenebroso que lo rodeaba. A pesar de ello, Keops se percató al instante de que su sobrino era un joven de porte atlético y bien parecido. Debía de tener la edad del príncipe, unos veinte años. Djedi no era como otros sacerdotes de vida regalada y ociosa que desde niños comían con glotonería y engordaban como ánades cebados. Por el contrario, alejado de la idea convencional que se tenía de una persona sabia, la de un anciano cuyo bagaje vital le había reportado experiencias y conocimientos con los que otros no contaban, él parecía austero y templado. Vestía un traje de lino del blanco más puro, la ropa que usaban los sacerdotes. Nadie habría dicho que se trataba de un religioso de rango elevado. Djedi nunca hacía gala de ello fuera del templo, y cuando salía se limitaba a vestir con la mayor humildad. Ni siquiera para esa ocasión tan especial se había engalanado con pulseras, pectorales u otras joyas ligadas a su condición de sacerdote mago. Y unas simples sandalias de papiro, toscas pero impolutas, completaban su atuendo. Con todo, avisado de su encuentro con el faraón, se había preparado sin dejar nada al azar dentro de su conocida sobriedad.

Hemiunu no recordaba haberlo visto. Quizá durante alguna fiesta familiar en palacio, años atrás, cuando el mago era un niño, pero lo había borrado de su mente por completo. De aquel de quien se decía que conocía el número de cámaras secretas del santuario sagrado de Thot sólo había oído rumores, algunos casi legendarios e increíbles. Keops, por el contrario, dado que era tío de Djedi había convivido hacía tiempo con él, si bien no recordaba cuándo dejó de ser asiduo en la corte. El faraón nunca lo echó en falta ni imaginó que pudiera ser portador del conocimiento que ahora tanto anhelaba.

—Mi querido Djedi... —lo saludó el monarca, quien evitó traslucir la alegría que sentía por encontrarse ante el portador de tan importante sabiduría.

—Es un honor inmerecido volver a encontrarme con el señor de las Dos Tierras, Vida, Salud y Prosperidad —respondió Djedi en señal de respeto y obediencia.

Sin embargo, la expresión de su rostro no varió por hallarse ante Keops. Otros súbditos mostraban cierto temor en presencia del rey, incluso aunque se los hubiera llamado para felicitarlos por alguna acción que así lo mereciera. El faraón era la encarnación terrenal de los dioses ancestrales, y estar ante un dios vivo imponía a cualquiera. Pero Djedi, criado en palacio, estaba familiarizado con todo aquello. No apartó sus profundos ojos negros ni un instante del soberano, siguiendo con detalle todos y cada uno de sus movimientos. Sabía muy bien que él era el protagonista.

Desde un lateral, Hordjedef observaba la escena con cierto recelo. Había acudido a esa reunión porque sentía curiosidad por volver a encontrarse con el joven del que todos hablaban. Hacía años que no lo veía, y le pareció que estaba muy cambiado; es más, le costó reconocerlo con todos aquellos aditamentos que marcaban la clase sacerdotal a la que pertenecía.

Al príncipe le dolía que su padre ni siquiera se hubiera molestado en saludarlo, cuando, a su juicio, debía agradecerle que hubiera dejado de lado sus ocupaciones para organizar la búsqueda de Djedi, aunque luego no fuera una tarea difícil. Djedi era una persona popular en el templo de Ptah, y los enviados del príncipe dieron con él en cuanto llegaron pues todos sabían dónde estaban sus habitaciones en la zona residencial del recinto sagrado.

Keops miraba al invitado y parecía intrigado. Djedi esperó a que el faraón le hablara antes de abrir de nuevo la boca. En el templo le habían enseñado desde niño a apaciguar con paciencia su innata curiosidad. Solamente así podría controlar cualquier situación.

—Confío en que el viaje resultara de tu agrado —dijo el faraón en tono cordial.

—Los hombres de Hordjedef han sido extraordinariamente atentos. No podría haber tenido mejor anfitrión —respondió Djedi con amabilidad, y señaló a su primo.

Ni siquiera entonces Keops se dignó mirar a su hijo. Tenía mil y una preguntas que hacer a su invitado.

El sacerdote fue escueto en sus respuestas, tal como le habían advertido que sería. El mago era un joven reservado y, como se le anunció, bastante prudente.

Pero a Keops eso le daba igual y fue directo a lo que le interesaba. Para eso era el faraón.

—¿Sabes por qué te he hecho llamar?

—Lo desconozco, mi señor —admitió Djedi, y no añadió nada más.

—Me han dicho que conoces el número de cámaras secretas del santuario sagrado de Thot.

Djedi permaneció en silencio, sin mover un solo músculo del rostro, durante unos instantes. Su expresión no reflejaba en absoluto la sorpresa que lo embargaba. Mantuvo la mirada clavada en los ojos del faraón, en un gesto que traslucía control ante una situación que a cualquier otro mortal le habría hecho amedrentarse.

—Realmente no sé el número, mi señor —contestó poco después—. Pero sí sé dónde se encuentra esa información.

El joven continuó mirando al faraón. No tenía nada más que añadir.

Al oír esa lacónica respuesta, Keops enarcó las cejas. No le molestó su brevedad, sino que no esperaba oír una noticia así.

—¿Y dónde se encuentra ese secreto? —quiso saber el monarca, que se aferraba con fuerza a los brazos de su trono.

—Vi el papiro en la biblioteca del templo de Iunu. Está en el interior de una caja de sílex. Recuerdo que leí los datos por los que me preguntas ahora, pero los he olvidado. Tendría que volver a verlos. En aquella ocasión no les di mayor importancia. Mis intereses estaban en otros asuntos.

Keops resopló, consciente de que su anhelo se alejaba un par de pasos cuando parecía que ya lo alcanzaba. A pesar de todo, no perdió la esperanza.

—Es importante hacerse con ese papiro. Hemiunu, mi jefe de los constructores, te pondrá al tanto de ello.

—Ese papiro es uno de los más antiguos del templo —reconoció el sacerdote—. En la Casa de la Vida, cuando era estudiante, se contaban muchas estupideces sobre su existencia, historias que iban creciendo luego en las casas de la cerveza del puerto. Sin embargo...

Djedi guardó silencio de nuevo.

—Sin embargo... ¿qué? —lo apremió Hemiunu adelantándose al faraón.

—Sin embargo, ese papiro es real.

—Es real... —repitió el faraón.

El joven sacerdote se limitó a asentir dejando caer la mirada.

Por primera vez Keops dirigió la vista hacia su hijo. El príncipe se percató enseguida de qué era lo que sucedía... y no le agradó. Molesto, saludó a su padre con cierto desdén y abandonó la estancia en dos zancadas.

Cuando estuvieron solos en la sala de audiencias, Keops volvió a dirigirse a su invitado. Djedi aguardaba impasible y respetuoso a que el faraón le hablara.

—Hemiunu y yo hemos pensado que puedes ser de gran ayuda para la construcción de mi morada de eternidad.

Para sorpresa de Keops y Hemiunu, Djedi se apartó con cuidado el paño que le cubría la cabeza y mostró sus emociones abriendo de manera ostensible los ojos.

—Pero soy un simple sacerdote —alegó el mago de inmediato con falsa modestia—. Desconozco los principios elementales de ese arte. No sé en qué podría ayudarte, mi señor. En palacio trabajan infinidad de buenos maestros. Hemiunu es el mejor de todos y Hordjedef es un gran constructor también, y aparte hay muchos otros que te servirían mejor que yo.

—Tu labor no tendría nada que ver con la construcción —intervino Hemiunu para reconducir la esquiva respuesta del enigmático mago—. Yo mismo he diseñado un proyecto que es de la satisfacción del faraón, siguiendo la tradición de nuestros ancestros.

Keops asintió para respaldar las palabras del jefe de los constructores.

—Entonces ¿para qué me queréis? —Djedi se encogió de hombros—. No entiendo en qué puedo ayudaros. Mi trabajo en el templo se limita al culto a los dioses y a unas pocas...

—Y a *heka* —lo atajó el faraón, que cortó de forma abrupta el discurso del sacerdote.

Djedi permaneció inmóvil con la boca entreabierta, sorprendido por el giro de la conversación. Lo último que habría imaginado era que se le pidiera magia para el faraón. Podía entender el deseo de Keops por conocer los secretos del santuario sagrado de Thot, pero no esperaba que detrás de ese interés se hallara su dominio de *heka*, la magia más ancestral.

El incómodo silencio que reinaba en la sala no pareció perturbar al mago.

—Deseamos incorporar esa herramienta en la construcción de la pirámide del faraón. —Hemiunu alzó el rollo de papiro que llevaba en la mano—. Nunca se ha hecho algo así, y podría ser de gran utilidad, a la vista del poco éxito que han tenido los textos sagrados con los que se han querido exorcizar las tumbas de los reyes hasta el momento.

Djedi no supo qué responder. Desconcertado, siguió mirando al faraón y al jefe de los constructores.

—¿*Heka*...? —dijo al cabo de un instante, como si quisiera confirmar lo que acababa de oír.

—Sí, Djedi..., magia.

El joven bajó la mirada y la posó en las relucientes losas del suelo, en un intento de asimilar la propuesta que el soberano le hacía.

De alguna manera, ese interés no carecía de lógica. El conocimiento del santuario sagrado de Thot implicaba un dominio preclaro de la magia. Si alguien buscaba una cosa era obvio que tarde o temprano se toparía con otra. Sin embargo, aunque costara creerlo, nunca nadie había empleado una herramienta tan poderosa en la construcción de una morada de eternidad. ¿Y por qué no se había hecho antes? Por absurdo que pareciera, no había ninguna ley que lo prohibiese. Más aún, el faraón podría haber conseguido esos papiros mágicos, pese a que eran secretos y estaban ocultos en el templo.

—Se dice que sabes unir una cabeza cortada. ¿Es eso cierto? —lo sondeó Keops cambiando de tema, y la pregunta consiguió sacar al joven sacerdote de sus cavilaciones.

Djedi esbozó una sonrisa. Lo último que esperaba en una reunión con el faraón era que le hablara de eso. Había realizado el mismo prodigio decenas de veces y, al parecer, su fama como mago lo precedía.

—Sí, en efecto, sé cómo hacerlo, mi señor —respondió con absoluta franqueza al tiempo que miraba al faraón y, enseguida, volvía la cabeza para observar la reacción de Hemiunu.

El jefe de los constructores estaba tranquilo. Era consciente de que había satisfecho uno de los anhelos del rey.

—¡Oficial! ¡Que me traigan un condenado a muerte que esté en prisión y que se ejecute su sentencia aquí mismo! —ordenó Keops al instante.

—Pero no puedo hacer eso, mi señor... —Djedi levantó una mano, desconcertado por la petición. Al oírlo, el oficial se detuvo en seco—. No debe hacerse una cosa así con un ser humano, da igual cuál sea su condición, esclavo o noble… Los dioses no permiten que se emplee ese tipo de *heka* en el rebaño elegido.

A Keops le resultó insólita la naturalidad con la que el mago osaba contravenir el designio de un faraón. Ni siquiera los asesores más cercanos del monarca manifestaban sus opiniones de una manera tan tajante. ¿Quién era en realidad ese extraño joven que parecía haber transformado su vida al entrar en el templo de Ptah? Keops no lo recordaba así. Nadie lo recordaba así. Apenas podía ver sus rasgos, pero a simple vista se parecía a su padre, Rahotep. Djedi no lucía el delgado bigote que caracterizaba a su progenitor, pero la expresión grave y digna de su rostro era la misma. Resultaba evidente que era el hijo de un príncipe de la casa real.

Lejos de molestarle la reacción de su sobrino, por el contrario, le agradó. Ante sí tenía a la persona que sabía cómo acceder al número de cámaras secretas del santuario sagrado de Thot, y eso no estaba al alcance de cualquiera, ni siquiera del propio faraón.

—Bien… Entonces ¿qué nos propones? —preguntó Keops clavando la mirada en Djedi—. Con algo tendrás que mostrarnos tus habilidades.

Hemiunu observó con recelo el giro que había dado la conversación, aunque prefirió no intervenir en la pequeña disputa. Por un momento, las dudas sobre la veracidad del relato que había oído de Djedi empezaron a hacerle desconfiar de él. Temeroso, comenzó a cavilar cómo podría resolverse aquella situación si al final se demostraba que los prodigios del sacerdote mago eran una invención de nadie sabía quién, y que cuanto se contaba de él no era más que el producto de la imaginación desbordante de unos borrachos en la taberna del puerto.

—Un ganso estará bien, mi señor —respondió Djedi finalmente, y de nuevo asintió y bajó la cabeza de una forma tan circunspecta que empezó a sacar de quicio al maestro de obras—. Será lo mejor, sí.

Antes de que acabara la frase, Keops ya había levantado el brazo derecho para dar la orden. Uno de sus oficiales salió a la carrera hacia el jardín para tomar de las aguas del estanque uno de los gansos. Poco después regresó con un ejemplar de buen tamaño entre las manos. El ganso tenía un plumaje blanco tan brillante que reflejaba con intensidad los rayos del sol que penetraban por las celosías de la estancia real.

El guardia entregó el animal a Djedi, y éste lo acarició con suavidad para tranquilizarlo.

—Préstame tu daga —solicitó el mago al oficial.

El guardia dudó un instante. No estaba permitido que ninguna visita portara armas en la sala donde se encontraba el faraón. Pero a un aspaviento de Keops, accedió y se sacó del cinturón un cuchillo cuya hoja de metal bruñido brillaba tanto como el plumaje del ganso.

Djedi tomó la daga asintiendo con la cabeza. El soldado dio un paso atrás para proteger al soberano. Pero la atención de Keops estaba en otras cuestiones. Tanto él como Hemiunu observaban sin pestañear todos los movimientos del mago.

El sacerdote se apartó el velo que le cubría el rostro a fin de ejecutar la acción con comodidad, y su semblante remarcado por las gruesas líneas de maquillaje que delineaban sus ojos quedó a la vista de todos. En un gesto raudo, cortó el cuello al animal. El ganso no tuvo tiempo ni de desplegar las alas. La sangre comenzó a brotarle a borbotones, creando un gran charco a los pies del mago.

Djedi devolvió la daga a su dueño y caminó hacia el lado occidental de la sala de audiencias. Allí depositó el cuerpo sin vida del ave. Seguidamente, anduvo hasta la pared oriental, donde puso la cabeza. Sobre el suelo de piedra de la estancia, la sangre del ánade había dejado una línea roja.

De vuelta en el centro de la sala, frente al trono desde el que Keops observaba su proceder, Djedi se detuvo y comenzó a recitar en voz baja una serie de fórmulas.

El murmullo de su voz incrementó la tensión del momento. Al cabo de un instante, el joven extrajo un retazo de lino blanco de una bolsa que llevaba en su cinturón y se acercó a donde estaba el cuerpo del ganso. Lo tomó y lo envolvió en la tela. Desde allí caminó hasta el lado opuesto de la sala de audiencias, donde estaba la cabeza del ave, que también envolvió en el retazo de lino. Luego regresó al centro de la sala, frente al trono, justo donde estaba el charco de sangre.

Con las dos partes del ganso envueltas en la tela, Djedi declamó nuevos conjuros mágicos. Keops y Hemiunu asistían a la escena casi sin respirar, atentos a todos los movimientos del sacerdote. De pronto, para sorpresa de ambos, el mago abrió el lino, y el ganso se levantó aleteando y graznando como si nada hubiera pasado.

¡Increíble!

Hemiunu se estremeció ante aquel prodigio. Un escalofrío le recorrió la espalda y se le erizó el vello de los brazos. ¿Cómo había hecho aquel milagro? El constructor permanecía de una pieza observando al vivaz ganso entre las manos del mago. No tenía ni siquiera manchas de sangre. Su plumaje volvía a estar completamente blanco y brillante. Había oído muchas historias acerca del sobrino del faraón, pero lo que acababa de contemplar sobrepasaba con creces todas ellas. Verlo con sus propios ojos lo había sobrecogido. ¡Ese hombre había arrebatado la vida a un animal para poco después entregársela de nuevo! Eso tan sólo estaba en manos de los dioses. Ni el propio faraón tenía tal poder sobre los seres humanos o los animales.

Keops era incapaz de articular palabra. Se aferraba con fuerza a los brazos de su trono mientras un halo de terror le cubría el rostro. Los guardias fueron prestos a protegerlo. ¿Quién era ese sacerdote capaz de contravenir la acción de los dioses quitando y devolviendo a su antojo la vida a un animal?

Djedi, que se sentía el centro de la atención de los presentes y, aun así, se mostraba tranquilo, se acercó al extremo de la sala que daba al jardín y depositó con cuidado al ganso en el suelo para que regresara por su cuenta al estanque.

—No temas, mi señor —señaló levantando la mano en un gesto de sosiego—. No es más que *heka*.

—Pero... ¿cómo lo has hecho? —quiso saber el faraón, que no hallaba explicación al milagro del que acababa de ser testigo—. Hemiunu, dime que no estoy soñando.

Pero Hemiunu estaba igual de atónito que el monarca y no podía articular palabra.

—El conocimiento está en la biblioteca del templo, mi señor —respondió Djedi sin dar importancia al prodigio mientras volvía a cubrirse con el velo.

—¿Cómo es que nadie me había hablado de la existencia de estos portentos?

Desde luego que esa pregunta no estaba destinada a Djedi. Sintiéndose observado, Hemiunu farfulló unos extraños sonidos como si quisiera explicarse.

El misterio y la expectación generados en torno a la figura del mago se habían multiplicado de forma exponencial. El rey, el constructor, incluso los hombres de la escolta habían bajado la guardia ante el resultado de aquella maravilla.

—Eso es lo de menos ahora —zanjó el soberano, y levantó la mano a la vez que un gesto de alivio aparecía en el rostro del jefe de los constructores—. No debemos perder más tiempo. Aunque sea un trabajo para la eternidad, tenemos que ser raudos.

Desconcertado, Djedi dirigió la mirada hacia el faraón y su maestro de obras sin comprender a qué se referían. Hemiunu se percató de ello e intervino.

—Como decía antes —apostilló el jefe de obras—, es el deseo de Su Majestad que colabores en el proyecto de construcción de su morada de eternidad.

—Desde luego es una oferta muy generosa la que mi señor me hace al encomendarme esta tarea, pero he de insistir, una vez más, en que yo no soy constructor —repitió el joven mago, ajeno aún a lo que el futuro le deparaba.

Pero el faraón estaba a punto de revelárselo.

—La fuerza de tu magia es muy poderosa, Djedi, acabas de demostrárnoslo. —Keops alzó levemente la voz, desconcertado todavía por el inexplicable prodigio del que acababa de ser testigo—. Sólo alguien como tú, que, además, conoce el número de cámaras secretas del santuario sagrado de Thot... o sabe dónde encontrarlo, puede conseguir algo así. Dices que la información está en un viejo documento que se guarda en el templo. Ninguno de nosotros ha oído nunca historias como las que se cuentan de ti. Y no son rumores infundados sobre extrañas visiones producidas ante borrachos en una taberna. No, Djedi, porque hemos presenciado tu magia. Por lo tanto, estoy convencido de que, con tu intervención, el proyecto alcanzará el éxito que tanto anhelaron mis padres y los padres de mis padres.

El joven sacerdote observó al faraón sin saber qué responder. Guardó silencio durante unos instantes en los que pudieron oírse de nuevo los cánticos de las aves que revoloteaban en el cercano estanque.

—La magia que represento no es la clase de *heka* que otros esperan de mí. Lo que acabo de hacer no era más que un truco, una ilusión —explicó el enigmático joven—. Nadie es capaz de quitar la vida a un animal y devolvérsela a su antojo. La realidad está tan sólo en la mirada del observador, en la mente del testigo —añadió, pues pensaba que quizá no se había explicado bien cuando hizo gala de sus poderes como mago.

Keops se percató de su indecisión.

—¡*Heka*! —exclamó levantando aún más la voz—. ¿Superstición...? ¿Engaño...? Eso ahora no es de nuestro interés, y, sobre todo, no es del interés de nadie. Usaremos *heka*, la magia que tú conoces y que es la que convertirá este proyecto en algo extraordinario.

Djedi miró sorprendido al jefe de los constructores, y éste se limitó a asentir levemente y a esbozar una sonrisa con la que lo invitaba a acercarse.

Junto al trono de Su Majestad había una pequeña mesa. Era lo bastante ancha para extender el papiro que Hemiunu portaba entre las manos desde el comienzo de la reunión.

Cuando lo desenrolló, en la sala sólo se oyó el crujir del documento al abrirse y el característico olor del papiro recién fabricado. En cuanto estuvo extendido, lo que se vio, abocetado sobre la superficie amarillenta, fue el dibujo de un cuadrado sólido que representaba la base del monumento. En su interior, el bosquejo de varias estancias, de perfil, lo que parecían cámaras interconectadas por galerías y pasillos de diferentes dimensiones, daban forma a una extraña construcción.* A su alrededor había números y jeroglíficos que Djedi no llegaba a comprender, si bien pronto dedujo que se trataba de una serie de códigos en clave que sólo el constructor conocía para evitar que pudieran descifrarse si el plano caía en manos de un ladrón de tumbas.

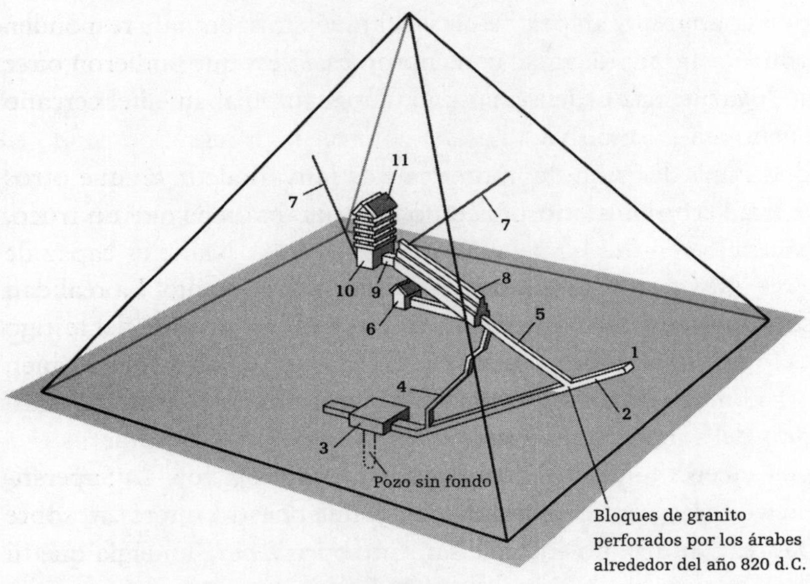

1. Entrada
2. Corredor descendente
3. Cámara subterránea
4. Corredor de los ladrones
5. Corredor ascendente
6. Cámara de la reina
7. Pasadizo del alma
8. Gran galería
9. Antecámara
10. Cámara del rey
11. Cámaras de descarga

—La pirámide del faraón se erigirá en el cementerio que hay en el Occidente de Iunu.**

Djedi enarcó las cejas al oír ese nombre.

* Los planos que han llegado a nuestros días no evidencian alzados en altura, la visión más normalizada para nosotros. Los antiguos egipcios dibujaban para que todo se observara desde arriba, combinando esta visión cenital con visiones frontales o de perfil de las salas y las puertas.

** Se trata de la actual meseta de Gizeh, al sudoeste de El Cairo.

—En lo que me concierne, el sitio donde se haga me resulta indiferente. —El sacerdote levantó las palmas y se encogió de hombros—. Aun así, ¿no es un lugar demasiado apartado de la capital para construir tu pirámide, mi señor? Ya sólo llegar hasta allí por el sagrado Hapy requiere casi media jornada.

Hemiunu alzó la mirada de inmediato, sorprendido de nuevo por la aparente impertinencia del joven. Sin embargo, a Keops volvió a agradarle aquel comentario casi desvergonzado. Otro en su lugar habría ordenado a uno de sus guardias que le cortara el cuello allí mismo. Nadie osaba cometer tal afrenta, poniendo en duda una decisión del monarca por muy alocada o errada que fuera. Pero el misterioso sacerdote empezaba a convertirse en una excepción en todo.

—Me complace tu sinceridad, Djedi. —Keops esbozó una sonrisa—. Es cierto que el Occidente de Iunu no está cerca, pero es lo que buscamos.

El mago hizo un gesto para confirmar que entendía las palabras del soberano. El clero de Iunu fue uno de los primeros grupos sacerdotales que cayó bajo el control del rey. La fama del nuevo faraón entre ellos, tal como había ocurrido en el caso de su padre, Esnofru, no era precisamente buena, pero en el palacio se llegó a la conclusión de que era la única manera de intervenir todas sus actividades, cada vez más alejadas de lo que se esperaba de un clero dedicado al culto divino, y más cercanas a la corrupción y al poder terrenal en la corte.

—Existe al pie de la planicie una pequeña ciudad que nos servirá para acoger a los obreros —continuó Keops—. Y también hay una villa real en la que podremos instalarnos cuando nuestra presencia sea precisa.

—Te refieres, mi señor, al recinto del santuario de la imagen viviente de Horemakhet.* —El joven asintió—. Lo conozco muy

* *Seshep Ankh*, «imagen viviente», y Horemakhet, «Horus en el horizonte», literalmente, son nombres que recibía la Esfinge de Gizeh en la Antigüedad.

bien. Es uno de los lugares más antiguos de culto a Ra.* La protección de las obras estará garantizada sólo con su presencia. ¡Extraordinaria elección!

—Por eso hemos elegido ese enclave para levantar allí la pirámide —añadió Hemiunu—. Cuenta con sus propios santuarios, la imagen del león de piedra que ahora estamos transformando para que tenga los rasgos del faraón... Por otra parte, contamos con la magia de los sacerdotes, aunque se ha demostrado que nunca funciona, y ahora... tenemos tu *heka*.

—Todo puede explicarse con *heka*, mi señor —afirmó el sacerdote frunciendo el ceño—. Es un campo muy amplio en el que conviven artes muy diferentes. Yo domino una que quizá es la más... ¿práctica? Reconozco que no gusta a algunos de mis compañeros. Consiste en transformar la realidad para que simule ser lo contrario de lo que es. Con ello se consigue, aparentemente, contravenir las leyes que los dioses han delimitado en la naturaleza. No todos conocen sus secretos, y desde luego yo pongo todo mi empeño en que esos secretos sigan siendo un misterio insondable para ellos.

—Sabemos que tu magia es poderosa, por eso queremos contar con ella. —Keops señaló el proyecto de la pirámide dibujado con trazo grueso sobre el papiro—. Como bien dices, ha demostrado ser más fuerte que la de otros sacerdotes. Nunca había visto hacer algo igual a lo que acabas de realizar aquí. Tus compañeros del templo se limitan a cantar plegarias sin sentido, algo que ha demostrado ser inútil por completo.

Keops se removió en el trono. Estaba muy decepcionado con los miembros del clero. Se sentía engañado por ellos. Ésa era una de las razones por las que deseaba remodelar el rostro de la imagen viviente de Horemakhet para que tuviera sus rasgos. De esa forma, se sentiría presente siempre allí, para que los sacerdotes lo vieran durante toda la eternidad cuando él no estuviera.

—No sabemos cómo lo harás —prosiguió el soberano—. Y así

* Ra, dios sol que en esta IV Dinastía de la historia de Egipto empezó a desempeñar un papel destacado en el culto real.

debe seguir siendo para todos. Cuantas menos personas sean conocedoras de tu trabajo en el proyecto, más acorde será todo con el deseo de los dioses. Ni siquiera yo he de conocer el secreto que se esconde detrás. Menos aún ha de saberse en la corte, pues es el círculo de influencias más peligroso y donde nacen todos los recelos. Y los obreros tampoco deben conocerlo. Será una labor absolutamente personal, Djedi. Trabajarán para ti, pero ignorarán qué hacen.

Keops dirigió la mirada a Hemiunu y éste asintió, confirmando así los deseos de su señor.

—Nadie verá nada ni oirá nada —insistió el maestro de obras—. Los obreros no tendrán acceso a los planos y se limitarán a recibir órdenes respecto a la ubicación de los bloques. Se cambiarán los turnos de trabajo varias veces al día para que ningún hombre sepa qué ha hecho el compañero que lo precedió. Además, podremos organizarlos en la ciudad de los constructores para que las cuadrillas tampoco tengan contacto entre sí. Y siempre con la inestimable ayuda de nuestro sacerdote mago...

Hemiunu desvió la mirada hacia Djedi para convertirlo de nuevo en el centro de atención y apartar de sí mismo la razón última del éxito del proyecto.

El sacerdote asintió respetuosamente con la cabeza. Sabía que no tenía elección. Su faraón lo llamaba para trabajar, no podía negarse. Hacerlo le comportaría el destierro o, lo más probable, la muerte.

—Será un honor poder ayudar a mi señor en todos los trabajos para los que se me requiera —respondió el joven, casi sumiso.

—Mantenedme al tanto de los planes que os traigáis entre manos —dijo el faraón a su jefe de los constructores y a Djedi, con lo que daba por finalizada la reunión.

6

Con los primeros rayos del sol, la enorme polvareda que levantaban las gacelas impedía la visión del camino. Se trataba de un grupo formado por varias familias de bóvidos. La sinuosa curva de sus cuernos las convertía en hermosas criaturas de la naturaleza. De vez en cuando, una de ellas se detenía un instante y volvía la cabeza para comprobar si el peligro había cesado. En la distancia, su color pardo podía confundirse con el horizonte de arena del desierto. Pero al ver de nuevo a los dos jóvenes que corrían tras ellas, aunque fuera en la lejanía, movían la pequeña cola negra con velocidad y salían como rayos en dirección a ninguna parte ocultas entre el polvo.

Hordjedef apenas podía distinguir lo que había a pocos pasos por delante de él. Sus pies avanzaban todo lo rápido que le permitían la dificultad del camino y las pocas fuerzas que le restaban después de una noche descontrolada. Las patas de las gacelas eran fuertes y robustas, pero la arena era capaz de apaciguar las zancadas, ralentizando su avance. Si todo salía bien, la caza sería magnífica.

El desierto era el mejor lugar para hostigar a los animales. Un enorme manto de arena y pedregal cubría la extensión de tierra hasta donde alcanzaba la vista. El tono malva que proyectaban los primeros rayos del sol convertía el paisaje en una especie de viaje por el inframundo en el que, tras doblegar a las fuerzas oscuras de la noche, por fin Ra volvía a nacer con las primeras luces del día, regenerando el mundo una vez más.

Realmente, la caza no le interesaba. El príncipe y su amigo Ranefer se habían puesto como meta el palacio, que ahora costaba ver en la distancia. Rodeados de una nube enorme de polvo, los jóvenes ascendían la loma de una duna que descendía luego hasta una zona llana que conectaba directamente con el edificio principal. Allí la carrera sería más igualada y, por supuesto, mucho más ágil y rápida. Ambos portaban a la espalda el arco y el carcaj repleto de flechas con las que pretendían hacerse con media docena de animales, al menos.

A toda velocidad, comenzaron la persecución hasta el palacio. Su pretensión era que las gacelas acabaran acorraladas en el patio que se abría delante del edificio, donde no tendrían escapatoria y resultaría más fácil abatirlas.

Ranefer se percató de que su compañero desde la infancia iba quedándose cada vez más retrasado. El príncipe estaba pagando los excesos de la noche anterior. Lo adelantó y se situó a pocos pasos frente a él. El polvo y la gruesa arena de aquella parte del desierto de Ineb-Hedy no tardaron en ralentizar aún más la velocidad del príncipe. La ventaja del jefe de los escribas en el último tramo fue incrementándose a tal extremo que decidió frenar y acercarse casi caminando hasta la puerta del palacio, donde los aguardaban varios sirvientes.

Mientras tanto, la manada de gacelas, más rápidas y perspicaces que ellos, descubrió un punto de fuga por el cual evitó acceder al patio. Todas regresaron en tropel al desierto para perderse en el horizonte bajo los rayos del nuevo sol. Hordjedef y Ranefer no tuvieron tiempo siquiera de montar el arco que llevaban a la espalda. Todo había sido en vano.

Cuando Ranefer se percató de la derrota, refrenó aún más el paso y poco después se detuvo delante de la puerta principal.

Dos sirvientes lo atendieron. Uno de ellos portaba una bandeja repleta de fruta y también una jarra con agua con la que el jefe de los escribas se refrescó el rostro. Acto seguido dirigió la mirada hacia su espalda y distinguió la figura de su amigo no lejos de allí. Hordjedef se acercaba.

El príncipe llegó exhausto. Apenas tenía fuerzas para mantenerse en pie y necesitó la ayuda de dos sirvientes, que lo llevaron en volandas junto al escriba. Lo primero que hizo el hijo del faraón fue buscar dónde estaba el vino. Luego se quitó el arco y el carcaj y los dejó caer en el suelo para que los sirvientes los recogieran.

—Sabes que no es bueno correr en las condiciones en las que estás, Hordjedef —le dijo Ranefer en tono de reproche—. Tu padre no lo aprobaría, no me cabe la menor duda.

El hijo del faraón no contestó y se limitó a echar mano de una copa de barro repleta de vino. Cuando sació su sed, la estampó contra el muro de adobe haciéndola estallar en mil pedazos. Todos se sobrecogieron ante el arrebato del joven. Había mostrado muchas veces su tendencia hacia actitudes caprichosas y consentidas, pero nunca había ofrecido una faceta tan violenta de su carácter. Acto seguido vomitó junto al muro de entrada a la residencia cuanto había bebido. Uno de los muchachos que formaban parte del servicio se estremeció y dio un paso hacia atrás torciendo el gesto.

—Hordjedef, estás borracho —le recriminó de nuevo Ranefer—. Vamos adentro antes de que armes un escándalo que acabe llegando a oídos del faraón.

Liberado el estómago del peso que lo oprimía durante la carrera, el príncipe se sintió más aliviado y entero.

—Estoy perfectamente —señaló negando la evidencia—. Déjame en paz.

Los dos amigos se acomodaron en una pequeña estancia que había junto al patio central del palacio. No era muy grande, pero era la que consideraban más cómoda. Se habían reunido allí cientos de veces desde que eran prácticamente unos niños.

Ranefer había conseguido su apreciado cargo, jefe de los escribas en palacio, gracias a la amistad que lo unía con Hordjedef desde la infancia y porque, además, siempre había demostrado ser una persona equilibrada y trabajadora. Años atrás, el faraón, cuando era príncipe todavía, y su esposa Meririt vieron con buenos ojos la relación de ambos muchachos, pensando que la mesura que mostraba Ranefer podría influir de manera positiva en el espíritu alocado de Hordjedef. Sin embargo, pronto descubrieron que parecían llevar caminos opuestos y que esa amistad no siempre modificaba para bien los anhelos vitales que mostraba su hijo.

Los dos jóvenes compartían su pasión por la caza y el ejercicio. Físicamente eran muy parecidos. Por su trabajo y su posición, Ranefer solía llevar una peluca hecha con cabello natural, muy ornamentada y pulcra, ceñida a la cabeza por medio de una diadema de vivos colores. Pero al contrario que buena parte de los hombres, que se maquillaban para protegerse el rostro de la intensa luz solar, él nunca usaba maquillaje. No lo lucía ni en los ojos ni en los labios. Alegaba que su labor se desarrollaba siempre en los despachos de los escribas y que allí no había sol. Además, el tiempo que otros de sus compañeros perdían en acicalarse él lo empleaba en trabajar más. Sus ropas, fabricadas en los talleres vinculados al palacio, eran exquisitas, y casi siempre llevaba elegantes accesorios que marcaban su importante posición en la corte.

El jefe de los escribas observaba a su amigo mientras éste caminaba nervioso por el centro de la habitación. Daba vueltas en círculo sin ningún sentido. Olía a sudor, a cerveza y a vino. En sus ropas blancas se veían las manchas que la bebida le había dejado cuando, ya sin fuerzas, el contenido de la última copa se le derramó encima.

Hordjedef había pasado la noche en vela, compartiendo el lecho con varias mujeres y bebiendo hasta que ya no le cupo más en el estómago. Ahora, además de encontrarse mal, estaba agotado. Salir de caza al amanecer no había sido la mejor idea para recuperarse. Aún sentía en la boca el sabor de la bebida caliente y espesa con la que había intentado emborracharse. Pero no lo había conseguido y eso lo frustraba aún más. O cuando menos así lo creía, ya que apenas podía mantener el equilibrio en cada uno de los giros que daba.

Ranefer lo observaba a poca distancia. El jefe de los escribas desempeñaba un trabajo muy importante y absorbente que le ocupaba casi todo el día, de modo que no era frecuente que acompañara a su amigo de la infancia en muchas de sus jaranas nocturnas. Sobrio, miraba con una sonrisa cómo el hijo del rey daba vueltas sobre sí mismo, incrementando así el mareo que ya de por sí le habían proporcionado la cerveza y el vino. Le profesaba un sincero afecto, a pesar de que, en los últimos tiempos, había empezado a preocuparse por esos hábitos disipados que debería haber abandonado ya a su edad. Ranefer no le daba más de tres pasos antes de que se desplomara.

Y así fue.

El pensamiento de Ranefer resultó profético. El hijo de Keops se cayó al suelo de tierra apisonada con tal virulencia que hizo tambalear un arcón que estaba cerca, junto al lecho. El pomo de la cubierta se desprendió y fue rodando hasta casi dar con la sandalia del jefe de los escribas.

—Ésta no es manera de solucionar los problemas, Hordjedef —censuró a su amigo.

El príncipe continuaba con la mirada perdida. Decidió no moverse del suelo. De ese modo, pensó, no podría volver a caerse. Observó los rayos que entraban por una de las celosías que había en lo alto de los muros. Era la primera vez que miraba esa parte de la estancia. Sus ojos siguieron la columna que se erigía con elegancia en el centro de la misma. Tenía un hermoso capitel, tallado en piedra de las canteras de Ineb-Hedy, de hojas de palmera. Entre ellas había marcas de pintura de vivos colores para representar una profusión de hojas y tallos. El fuste, de un rojo intenso, marcaba una línea casi infinita que unía el suelo con el techo.

—La vida en forma de abundante vegetación surgió de las aguas del caos al comienzo de los tiempos —dijo el príncipe recordando una de las letanías que todos los muchachos aprendían en la escuela cuando les enseñaban a escribir las complicadas palabras de los dioses—. Del caos a la vida. La noche y el día. La muerte de Ra con el atardecer y su renacimiento al alba.

Ranefer no sabía si su amigo deliraba o simplemente consideraba con profundos pensamientos alguna idea que, en su estado, acababa de brotar en su mente.

—Voy a ordenar que cubran de estrellas el techo de esta habitación —añadió el hijo de Keops frunciendo el ceño y la boca—. Un cielo azul intenso cubierto de estrellas doradas de cinco puntas. Así la vida estará completa.

—¿Y por qué no mandas pintar el viaje de Ra por el transcurso del día? —propuso Ranefer siguiendo el juego a su amigo al tiempo que se encogía de hombros—. ¿Qué necesidad tienes de describir la noche en esta estancia? La luz ha de vencer a la oscuridad.

Hordjedef comenzó a reírse a carcajadas, y rodó por el suelo para no ahogarse.

—Hablas como lo hacía nuestro maestro en la Casa de la Vida —dijo el príncipe con lágrimas en los ojos—. ¿Lo recuerdas? El viejo aquel que no hacía más que sentenciar con proverbios absurdos para advertir sobre los peligros de la noche, la oscuridad del desierto y otras estupideces. —Se incorporó y observó, no sin esfuerzo, a Ranefer—. ¿Tú te creías todo eso?

El príncipe, apoyado en el suelo sobre su codo derecho, forzó la vista para enfocar mejor a su amigo.

—La vida te abofetea todos los días con una realidad que nada tiene que ver con las historias de los dioses —respondió Ranefer—. Hordjedef, tu nombre significa «Duradero como Horus» —añadió, y fue a colocar el pomo del arcón en su lugar—. Sin embargo, creo que no hace referencia a tu paciencia, porque percibo que se te está acabando más rápido de lo que nadie en la corte esperaba.

El príncipe rodó un poco más por el suelo hasta quedar boca abajo. Flexionó las piernas y con cierta dificultad acabó poniéndose en pie.

—Tengo más paciencia de la que todos creéis —espetó, tambaleante, y se sacudió los restos de arena de la ropa—. Llevo muchas inundaciones esperando mi oportunidad. He aguantado con mi abuelo y ahora con mi padre todo tipo de desencuentros que otro en mi lugar habría atajado de una forma más violenta. Bien al contrario, he sido discreto, y he permanecido sereno y sosegado. Eso no puedes negármelo, querido amigo.

Hordjedef pronunció la última frase levantando el dedo índice de la mano derecha mientras mantenía el equilibrio como podía.

—Hasta que tu primo Djedi ha aparecido en la corte, retomando el papel olvidado que siempre soñaste tener —completó Ranefer en tono distraído.

El príncipe clavó la mirada en el escriba. La sola mención del nombre del sacerdote mago hizo que abriera sus enormes ojos negros, inyectados en sangre ahora. Se le iluminó el rostro con una expresión que Ranefer nunca le había visto.

El jefe de los escribas se estremeció.

—Creo que deberías sosegarte... aún más —dijo con la intención de apaciguar los ánimos del hijo de Keops—. Con esa actitud no conseguirás nada.

—Ranefer, nos conocemos desde hace mucho. Sabes que he luchado con denuedo para obtener el favor de mi padre —respondió el príncipe intentando justificar su actitud—, para que ahora venga un advenedizo a relegarme a la espalda del faraón. Si cree que va a conseguirlo, está muy equivocado.

—Estaba muy cambiado, ¿no es así? Hacía años que no lo veías. Todos cambiamos con el paso del tiempo —sentenció Ranefer, que pretendía que la conversación tuviera un tono más amable.

—Apenas caí en la cuenta de quién era cuando lo vi en palacio —afirmó Hordjedef—. Y luego en la recepción no tuve casi oportunidad de acercarme a él. Aun así, vi su rostro cubierto con el maquillaje de los sacerdotes —añadió en un tono de absoluto desprecio—. Pronto mi padre pensó que mi presencia sobraba en aquella reunión. Si me lo encontrara ahora caminando por las calles de la ciudad me costaría reconocerlo.

—¡Puede que el Djedi que viste fuera un impostor! —bromeó Ranefer, que deseaba dar un giro a la conversación—. Los sacerdotes son capaces de cualquier cosa con tal de interferir en las decisiones del monarca. Quizá se enteraron de que el faraón lo buscaba y mandaron a un espía.

—No, era Djedi —aseveró Hordjedef—. Sólo él podría hacer ese despliegue de magia con la que sorprendió a mi padre y a Hemiunu. Su *heka* es poderosa. Lo hallé muy cambiado porque nunca lo había visto con la cabeza afeitada y ese maquillaje de los sacerdotes. Al porte serio del que siempre ha hecho gala, ahora, además, hay que añadir su distanciamiento. Pero era él. La vida nos ha llevado por caminos distintos para volver a reencontrarnos.

—Nunca fue un muchacho afable. Por lo que recuerdo, no debo de haber coincidido con él más que un par de veces. Me percaté de quién era por las cosas que se decían de sus prodigios; de lo contrario, no me habría fijado nunca en Djedi. Sois demasiados en la casa real...

—Yo tampoco tuve mucho trato con él —reconoció Hordjedef obviando la broma de su amigo—. Sus milagros eran célebres, pero apenas se dejaba ver, ni siquiera en las reuniones de la familia en palacio.

—Tu padre lo ha requerido para construir una pirámide. No tiene mucho sentido. Cuenta con Hemiunu para eso. Pero dices que quieres desempeñar su papel... ¿Acaso sabes construir pirámides, Hordjedef? —preguntó el jefe de los escribas intentando racionalizar la situación—. ¿Conoces el número de cámaras secretas del santuario sagrado de Thot?

Las preguntas del escriba parecían lógicas.

—Djedi reconoció que tampoco lo sabía —se defendió el príncipe, que no deseaba quedar por debajo de su primo—. Sólo conoce el sitio donde puede estar esa información, pero ignora el dato exacto y mucho menos el valor que tiene.

—Eso lo desconoce... pero, en cualquier caso, ya sabe más que tú y que yo. A pesar de que soy el jefe de los escribas, no sabría ni dónde mirar —espetó Ranefer con desdén—. Ni siquiera aunque me dijeran que está en los rollos de la gran biblioteca del templo de Iunu. Allí se conservan miles de libros. Habría que buscar con denuedo. Sólo un golpe de suerte te haría dar con él en caso de ignorar su ubicación exacta. El celo con que los sacerdotes guardan sus secretos es extremo. Únicamente los más avezados conocen los entresijos de esa biblioteca, y me temo que uno de ellos es... Djedi.

—Pero podríamos adelantarnos a él.

Hordjedef había acompañado esas palabras con una sonrisa maliciosa. Caminó con los ojos entornados, producto de la embriaguez, hacia una esquina de la habitación, donde se dejó caer apoyándose lentamente en la pared blanca hasta que dio con todo su peso en el suelo.

Ranefer lo miraba con sorpresa. Parecía que su amigo tramaba un plan para hacerse con la información que tanto anhelaba su padre.

—Veo que no has entendido nada de lo que te he dicho, Hordjedef.

—Te he entendido a la perfección.

Ranefer se acercó al príncipe.

—Tu preocupación inicial te ha llevado a plantearte la posibilidad de hacer algo... —añadió el jefe de los escribas—. Algo a lo que no me tienes acostumbrado, querido amigo.

El hijo de Keops no respondió. Se limitó a observarlo al tiempo que su sonrisa se volvía más siniestra.

—¿Puedo hacerte una pregunta, Hordjedef? —insistió Ranefer.

—Claro que sí, ¿de qué se trata?

—Sabiendo que tu padre anhelaba averiguar el número de cámaras secretas del santuario sagrado de Thot y sabiendo que se rumorea desde hace tiempo que Djedi es conocedor de esa información, ¿por qué no has actuado antes? ¿Por qué esa prisa ahora por alcanzar una meta que ni siquiera estás seguro de que sea real?

—¡Djedi tiene esa información! —exclamó el hijo de faraón revolviéndose.

—No puedes afirmarlo con rotundidad, Hordjedef. Quizá esté engañándonos a todos y no tenga conocimiento de nada.

—¿Crees que Djedi se jugaría el cuello mintiendo al propio faraón?

—Después de oír contar la historia de lo que hizo ante él con aquel ganso al que tajó el cuello con un cuchillo, separó la cabeza del cuerpo para luego volver a juntarla, no creo que le preocupe lo que vaya a suceder con su propio cuello. Una fórmula mágica, y su cabeza rodaría hasta encontrarse con su cuerpo. ¿Te lo imaginas?

Ranefer soltó una carcajada ahogada al oírse.

Al príncipe no pareció agradarle el comentario de su amigo.

—Estoy hablando de cosas muy serias. —Lanzó una mirada maliciosa a Ranefer—. El proyecto que mi padre planea con Hemiunu, en el que ahora ha incorporado a Djedi, debería estar entre mis atribuciones. ¿Por qué no cuentan conmigo? Ni tan siquiera se ha molestado en proponerme nada. Al final, lo único que conseguirá con esta locura será vaciar las arcas reales.

El escriba frunció el ceño al oír esas palabras.

—¿Eso es lo que te preocupa realmente? ¿Que tu padre gaste en una gran pirámide todo el dinero obtenido en las campañas en el extranjero? Las incursiones en tierras foráneas han sido fructuosas. De lo conseguido se ha beneficiado tu padre, pero también el pueblo llano y, sobre todo, los sacerdotes. Aun así, esos tesoros venidos desde los cuatro extremos de la tierra de Kemet son muy cuantiosos, y podrán sufragar la construcción de una nueva pirámide. Tu abuelo levantó tres pirámides, acuérdate, a cada cual más costosa, y las arcas del palacio no se vieron afectadas. Todo el oro provenía de las minas en Nubia o del comercio con piedras del desierto. Kemet es un país muy rico.

El príncipe se incorporó. Al hacerlo, el sudor de su espalda dejó una enorme mancha gris en la pared en la que había estado apoyado.

—La situación ha cambiado ahora, Ranefer. Si algún día llego al ser el jefe de los constructores, no quiero que las arcas se encuentren vacías. —Hordjedef se sumió en sus pensamientos un instante—. Aunque podría aspirar a un puesto mayor en la corte... ¿Por qué no apuntar a lo más alto, de hecho?

El jefe de los escribas se estremeció al oír esas últimas palabras del príncipe. Su tono tajante traslucía decisión, una decisión que no se correspondía con la personalidad de Hordjedef. Si por lo general el futuro le resultaba indiferente, ahora parecía verlo con claridad.

—¿Qué pasa con tu hermano? —preguntó Ranefer con la mayor naturalidad con que supo afrontar esa situación—. Hordjedef, él está por delante de ti en la línea de sucesión al trono. Sabes que, al igual que yo, no eres el primogénito. Por esa razón desempeñamos los cargos que tenemos. Los dioses no nos fueron favorables en el nacimiento, pero tampoco considero que debamos quejarnos por nuestra vida. Asómate a la ventana y fíjate bien en cómo sobreviven muchos de los sirvientes que trabajan para ti, ocupados de sol a sol en el campo, cubiertos de fango y polvo todo el día, para luego comer tan sólo un trozo de pan lleno de piedras del molino y cerveza agriada.

—Lo sé —reconoció Hordjedef—. Eso nunca lo he negado. Pero ¡quiero ser el jefe de los constructores! —declaró con decisión—. Quiero construir la pirámide que haga a mi padre inmortal. Sé que puedo hacerlo y sé cómo conseguirlo. El resto, si el destino me es propicio, lo aceptaré agradecido. También mi padre, sin ir más lejos, tenía hermanos que lo precedían en la sucesión al trono, y míralo, ahí está, ¡el faraón de la tierra de Kemet! Pero no quiero basar mi futuro en quimeras. Prefiero ser el jefe de los constructores, con acceso a las arcas reales, y sin las enormes responsabilidades que conlleva ser el faraón.

—Por el momento, ya hay un jefe de los constructores, y goza del favor de tu padre. Así que, antes de dar un paso en falso, te recomiendo que seas prudente... —le advirtió el escriba con cierto titubeo—. Las arenas en las que pretendes moverte pueden arrastrarte hasta un pozo oscuro.

El hijo de Keops abrió los ojos y clavó su desorbitada mirada en el jefe de los escribas. Parecía que de pronto había conseguido recuperar tanto la sobriedad como la cordura perdidas durante la noche.

—¿Me ayudarás?

—Primero has de saber qué sucede en la casa de Hemiunu —dijo Ranefer en tono sosegado—. Allí está su lugar de trabajo.

—Si metemos la cabeza en ese taller pronto descubriremos si lo que Djedi afirma en relación con el número de cámaras secretas del santuario sagrado de Thot es real o no.

—Los sirvientes con que cuenta proceden de una familia con la que mantengo una buena relación —explicó Ranefer—. Algunos también trabajan para mí. No me costará mucho descubrir quién entra en la casa y qué planean.

—Me resulta inconcebible tener que recurrir a los chismes de un sirviente para conocer qué se trae entre manos mi propio padre. ¡Es inaudito!

—Tranquilízate, Hordjedef. —Ranefer levantó la mano al ver que su amigo comenzaba a mostrarse irascible y a subir el tono de voz—. No es conveniente que los hombres de tu servicio oigan lo que hablamos... Son gente de la que hay que desconfiar, capaces de vender sus secretos por un puñado de trigo.

El hijo de Keops caminó hacia el arcón que un rato antes se había tambaleado y sacó de su interior un retazo de lino recio. Estaba doblado varias veces. Lo desplegó y se secó el sudor del rostro y del pecho para refrescarse.

—Así haremos, Ranefer —dijo el príncipe, y estrechó la mano a su compañero—. Ven a verme cuando tengas noticias.

—Sea, príncipe Hordjedef —respondió el jefe de los escribas en tono solemne mientras esbozaba una leve sonrisa.

Ranefer caminó hacia la puerta y abandonó la habitación dejando a su amigo entre pensamientos de muerte y frustración.

7

El ulular de una lechuza sacó a Djedi de sus pensamientos. Caminaba a paso ligero por las calles que rodeaban la zona residencial de los oficiales de alto rango de Ineb-Hedy. No lejos de allí estaba el palacio del faraón, aunque la tranquilidad era absoluta en ese momento. Por no haber, ni tan siquiera había guardias a la vista.

Poco antes del amanecer, Djedi estaba a punto de abandonar la residencia de los sacerdotes de Ptah en la ciudad del Muro Blanco. Había tenido el tiempo suficiente para asearse y maquillarse con kohl delante del espejo de bronce bruñido que usaba a diario para tal fin. Aquella misteriosa pasta negra no era un producto barato. Sólo los más pudientes podían hacerse con una cantidad de buena calidad. Además de ser una manera de protegerse de los rayos del sol, también evitaba las infecciones en los ojos. El frasco de kohl de Djedi era una verdadera obra de arte. Se trataba de un recipiente de fayenza de un azul brillante con forma de tubo estrecho y decorado con la imagen de la diosa Isis, la Grande en Magia. Ayudándose con una pajita, el sacerdote mago tomó del interior una pequeña porción del ungüento y se dibujó una gruesa línea negra alrededor de los ojos. Observó su perfil en el espejo y, satisfecho con el resultado, lo dejó a un lado de la mesa, dispuesto a salir. Antes, sin embargo, se acercó a un cofre que había en el suelo junto a la puerta de la habitación. Se agachó y después de abrirlo rebuscó entre los paños que contenía, aparentemente sin ningún orden, hasta que dio con una bolsa de lino blanco.

—Esto es lo que busco —dijo sonriendo.

Sacó de la bolsa un magnífico collar de cuentas de cornalina y lo acercó a la luz de la lámpara para disfrutar del precioso detalle de aquellas piedras rojizas perfectamente talladas. Era uno de los collares más hermosos que hubiera visto nunca. Después de abrochárselo, apagó la luz de la lámpara y abandonó sus aposentos, adonde se había trasladado el día anterior para pasar la noche y poder descansar antes de ir a la casa de Hemiunu.

El frío de la incipiente mañana no invitaba a pasear, de modo que caminaba dando zancadas con el fin de entrar en calor. Incluso dio gracias por llevar el paño blanco que le cubría la afeitada cabeza; todo ayudaba a conservar la temperatura. De su boca salía un aliento cálido que, al contacto con el aire gélido de la calle, se convertía en un nebuloso vaho. Los meses de invierno eran muy fríos para los habitantes de Kemet. Acostumbrados al vivificante calor diurno, la diferencia térmica con la noche en esas semanas era tal que muchos dejaban encendido en sus casas un buen fuego ya al atardecer para pasar el tiempo de oscuridad al abrigo de las llamas.

Por ello, aferrado a su manto, Djedi caminaba a buen paso y sin otro pensamiento en mente que llegar cuanto antes a la casa de Hemiunu. Allí había quedado con el jefe de los constructores para comenzar a trabajar en el proyecto planeado por el faraón.

La luz de la luna, que aún no se había retirado, apenas se reflejaba en las blancas paredes de las casas que dibujaban el trazado de las calles, todas ellas muy estrechas. Aquel barrio, como sucedía con otras partes de la ciudad, se había planificado así para crear zonas de sombra durante el día, cuando el sol estaba en lo alto y las temperaturas, sobre todo en verano, eran extremas.

Y salvo el sonido de algunos animales como el ululato de aquella lechuza o el ladrido de un perro que se levantó precipitadamente de su descanso al ver al joven pasar a toda prisa, el silencio lo cubría todo, a tal extremo que el sacerdote oía sus pisadas en el suelo de tierra, compactada por el caminar de los vecinos durante años y años.

Poco después, sobre las paredes de las casas que tenía a su izquierda, Djedi comenzó a ver la luz de los primeros rayos del sol. Ra había conseguido una vez más derrotar a la serpiente Apofis, el demonio de oscuridad de la noche, logrando renacer en un nuevo día.

Con aquellos atisbos de luz, empezaron a abrirse las puertas de algunas de las villas de los adinerados oficiales y los altos cargos del gobierno que allí residían. Conforme se adentraba en las calles principales, Djedi comenzó a oír las voces de los sirvientes, que ya deambulaban de aquí para allá preparando las tareas del día, y vio que de algunos patios salía el humo de los hornos en los que estaban cociéndose los primeros panes para la jornada.

Descubrió un zorrillo sobre una duna, un poco más allá. Lo observaba con curiosidad mientras se relamía saboreando los últimos mordiscos de la pieza que seguramente había sido su desayuno. Era uno de los tipos de cánidos que vivían en el desierto. Era un animal de pequeño tamaño con un suave pelaje, blanco y dorado, y una cola gruesa acabada en una mata de pelo negro. Sus enormes orejas lo ayudaban a percatarse de cualquier peligro o a percibir a un desorientado roedor que hubiera en las cercanías.

Djedi se detuvo un momento para tomar aliento y aprovechó para contemplar al curioso animal, que lo miraba desde una distancia de apenas diez pasos. A la par que el mago se paraba, el zorro interrumpió sus movimientos. Durante unos instantes, el cánido sostuvo la mirada al misterioso humano. Después irguió las orejas para percibir todos los sonidos que había a su alrededor y, como si se hubiera cansado de esperar, decidió dar la espalda al sacerdote e internarse en el cercano desierto que se abría tras las últimas casas de la ciudad. Sin embargo, se detuvo al poco y se volvió hacia donde estaba Djedi. Éste, en un gesto que luego consideró absurdo, levantó la mano para saludar al zorrillo. Desde niño había disfrutado de los animales. En el palacio donde creció eran comunes los gatos, los servales, los perros o los monos adiestrados. Pero, aunque eran muy abundantes en el cercano desierto, los zorros siempre rehuían la presencia humana y aprovechaban la noche pasa salir a cazar y alimentarse.

Tres pieles de aquel animal, atadas por los extremos, eran el símbolo de «dar a luz» en la escritura de los dioses. Djedi no sabía cuál era el origen de ese dibujo ni por qué se había elegido ése y no otro para tan importante momento de la naturaleza. Fuera como fuese, le resultó curioso encontrarse con el cánido esa mañana fría y desagradable. Debía de ser una buena señal enviada por los dioses.

Cuando el zorrillo retomó su senda, el sacerdote hizo lo propio con la suya. Apenas había comido un par de piezas de fruta antes de salir de las casas de los sacerdotes del gran templo de Ptah. Confiaba en la hospitalidad del arquitecto Hemiunu, con quien había quedado después del amanecer, para desayunar en condiciones y saciar así su hambre y su sed.

El enigmático sacerdote conocía el camino gracias a la descripción que le habían proporcionado de la villa. En palacio le propusieron que alguien fuera a buscarlo para acompañarlo hasta la casa del constructor. Incluso le ofrecieron enviarle una silla con andas. Pero esos lujos no iban con la naturaleza de Djedi. Todas las mañanas acostumbraba a pasear por los campos que rodeaban el gran templo. Y esa mañana sustituyó su paseo matinal por la caminata hasta la casa de Hemiunu.

Se trataba de la casa grande que se levantaba junto a una de las pequeñas capillas de Isis que había en el barrio, a apenas tres calles de la gran taberna que todos los estudiantes de la Casa de la Vida conocían. Djedi no tardó en reconocer la vivienda cuando la tuvo a la vista. Se acercó, y confirmó que en el dintel de madera de la puerta principal estaba escrito el nombre de su dueño: «Hemiunu, jefe de los constructores del faraón».

No había duda. Había llegado a su destino, y en el momento acordado.

El maestro de obras era primo lejano de Djedi, aunque como la familia real era tan numerosa y dispersa apenas había contacto entre la totalidad de sus miembros. El harén era un lugar frío y distante donde pocas veces una madre cruzaba el destino de sus hijos con los de otra princesa. Todas ellas eran muy celosas del porvenir de sus vástagos y no solían dejar que unos jugaran con otros. Sucedía todo lo contrario si el origen de un muchacho era humilde. Con éstos sí se propiciaba el contacto toda vez que las madres estaban seguras de que por sangre nunca iban a suponer un obstáculo para los príncipes. Ésa era la razón por la que los niños de la familia real sólo coincidían en lugares de enseñanza, de culto o en fiestas oficiales. El padre del jefe de los constructores, el príncipe Nefermaat, hijo de Esnofru, había tenido en torno a una decena de hijos, y Djedi apenas sabía quiénes eran los hermanos de Hemiunu. Únicamente tenía noticia de éste por el cargo que ostentaba. De no ser por ello, habría perdido su rastro como lo había hecho con los hijos de otros príncipes.

La puerta de la casa estaba abierta, y el sacerdote empujó la gruesa hoja de madera de palma para acceder al patio. El sol cubría con una luz anaranjada los árboles frutales y el pequeño estanque que había a un lado del jardín. Miró a derecha e izquierda buscando a quien preguntar por el señor de la casa. Conocía las desgracias que habían asolado a la familia en los últimos años. Hemiunu vivía allí en compañía de su hija, pues sólo ella sobrevivió a la peste que arrastró a la muerte a casi todos sus miembros. Acostumbrado a su sobria habitación en el templo de Ptah, a Djedi la casa le pareció un lugar inmenso para dos habitantes, y le apenó pensar cómo los recuerdos de aquel lugar debían de atormentar al dueño.

Allí no había nadie a quien presentarse ni tampoco se oía ruido alguno, por lo que decidió entrar en el patio con el fin de buscar a algún sirviente en las habitaciones que se veían junto al estanque. Descubrió que un poco más allá había una con la puerta abierta y, al ver herramientas de trabajo en su interior, dedujo que estaría el jardinero. Se encaminó hacia allí.

El suelo del patio era completamente distinto del polvoriento pavimento que cubría las calles. Los sirvientes de la casa se habían encargado de humedecer la tierra para pisarla a continuación y dejar así una superficie compacta, rojiza y lisa. El mago jugaba con una de sus sandalias sobre la tierra cuando una voz detrás de él llamó su atención.

—Buenos días.

Djedi se dio la vuelta y descubrió a una joven parada justo a su espalda.

—Buenos días —respondió sintiéndose como un ratón cazado en una ratonera. Había entrado en la casa sin tener la posibilidad de avisar de su llegada—. Lamento esta intromisión, pero acabo de llegar y al no ver a nadie me he acercado a este rincón del patio por si encontraba, cuando menos, a alguno de los jardineros.

La joven lo observó con detenimiento y cierta desconfianza. Aquellos ojos oscuros remarcados por el maquillaje la hipnotizaron. Las ropas del recién llegado indicaban claramente que se trataba de un sacerdote; así pues, no debía de estar allí para robar, se dijo. Además, Ineb-Hedy era una de las ciudades más seguras, y los robos y los asesinatos sólo se producían en las casas de la cerveza.

—Aquí no hay nadie, sólo dejamos las herramientas para el estanque. ¿Qué es lo que quieres?

El mago tragó saliva, nervioso.

La voz de la joven había sonado con firmeza, acompañada del canturreo de los pájaros que empezaban a revolotear sobre las copas de los árboles que había junto a ellos. Al parecer, la muchacha no entendía qué hacía un sacerdote tan temprano en la casa del maestro de obras. Djedi supuso que sería una de las sirvientas pues lucía un sencillo vestido blanco de trabajo.

—Mi nombre es Djedi —se presentó el mago, todo lo tranquilo que fue capaz—. Soy sacerdote del templo de Ptah. Había quedado en verme esta mañana poco después del alba con Hemiunu, el jefe de los constructores del faraón.

La joven volvió a inspeccionarlo. Le extrañaba que su padre no le hubiera comentado nada de esa cita.

—No te muevas de aquí y espérame —respondió ella en un tono tan seco que sonó imperativo.

Un hombre los observaba desde el extremo opuesto del patio. Llevaba en la mano unos aperos de labranza, de modo que Djedi aventuró que se disponía a ocuparse de las plantaciones que había en un pequeño huerto cercano. Contrariado por la situación, no dio más importancia a la presencia de aquel hombre, y sin embargo éste no le quitó ojo al sacerdote cuando la joven abandonó el patio por una de las entradas que conducía al interior de la vivienda.

El joven esperó su regreso pacientemente sin moverse del sitio. El sol ya había despuntado con firmeza por encima del muro que rodeaba la villa y el calor de sus rayos empezaba a notarse con fuerza.

El mago se entretuvo en observar con detenimiento la casa del constructor. No era muy distinta de otras grandes villas que había tenido la oportunidad de visitar. Le recordaba en muchos detalles a aquella en la que él creció. Sus padres, Rahotep y Nofret, como miembros de pleno derecho de la familia real, contaban con una residencia a la altura de un hijo del faraón. Djedi se acordó con nostalgia del jardín que rodeaba el magnífico estanque repleto de peces y aves acuáticas que durante su infancia fue lugar de juegos y distracciones para él y sus hermanos.

Se había agachado para acariciar uno de los lotos que flotaba sobre las aguas del estanque junto al que ahora se hallaba y que acababa de abrirse, dando la bienvenida a los rayos del sol, cuando la joven apareció de nuevo.

—Es una de las flores más hermosas del jardín —reconoció la muchacha, quien sonrió por primera vez, dejando de lado el tono arisco con el que se había dirigido antes al sacerdote.

Djedi le devolvió la sonrisa.

—Hemiunu te espera. Sígueme, por favor.

Su voz volvía a ser imperiosa. Se dio la vuelta y, tras atravesar el patio, entró en esa ocasión por la puerta principal de la residencia, justo frente a uno de los extremos del estanque. Djedi la seguía a pocos pasos con el mayor de los recogimientos posibles, como si participara en una procesión sagrada en un día festivo.

Al cruzar la entrada accedieron a una sala, amplia y de techo alto, que hacía las veces de recibidor. En una de las paredes había una capilla en la que Djedi vio una figura votiva del dios Ptah. Las paredes eran blancas y el suelo, como sucedía con el exterior, estaba hecho de tierra compactada, aunque en este caso el tono era amarillento, alejado del color rojizo que predominaba en el jardín. Le sorprendió la austeridad cromática de la sala. Apenas un friso con elementos vegetales pintados de rojo, verde y azul rodeaba todo su perímetro. También en eso le recordaba a la casa en la que él había crecido, pensó Djedi. En cambio, no tenía nada que ver con el interior de las estancias del gran templo de Ineb-Hedy, donde todos los relieves y las columnas que sustentaban los techos estaban repletos de vivos colores que plasmaban la vida y la creación del dios Ptah.

Al pie de una de las dos columnas que sujetaban la techumbre había una mesa baja con un par de platos con frutas. Djedi hizo amago de detenerse. Observó a ambos lados, pero no vio a nadie y siguió caminando detrás de la muchacha. Al pasar junto a la mesa se percató de que eran, en realidad, los restos de una comida, a buen seguro de la noche anterior. Alzó la mirada y continuó avanzando.

No lejos de allí, en la sala contigua, se abría otro espacio amplio. Estaba profusamente iluminado por medio de grandes ventanales que dejaban entrar la luz del sol, e incluso una parte de la estancia carecía de techumbre, lo que permitía que hubiera claridad todo el día.

Allí estaba Hemiunu. Conversaba con un individuo que parecía ser uno de sus subordinados. El sacerdote supuso que llevaba ya mucho levantado y que ahora lo sorprendía en medio de una tarea en su lugar de trabajo.

—Buenos días, Djedi —lo saludó educadamente el jefe de los constructores—. Veo que llegas justo a tiempo para nuestra cita. Me gusta que seas atento. Dice mucho en tu favor.

El mago bajó la cabeza en señal de respeto, agradeciendo el comentario. Le agradó que Hemiunu lo tratara como a un igual, sobre todo porque se había temido que aceptara con desgana su presencia, tal como había hecho Hordjedef, y que intentara evitar que se entrometiera en sus planes.

El hombre que poco antes conversaba con el arquitecto enrolló el papiro que estaba mostrándole y se marchó presto.

—Quería que nos viéramos pronto para dejar listo cuanto antes el plan de trabajo —prosiguió Hemiunu al tiempo que se acariciaba la prominente barriga, que le colgaba por encima del cinturón de cuero y abalorios con que se sujetaba el faldellín—. El faraón está impaciente por conocer como será su morada de eternidad.

Se acercó a una mesa en la que había una bandeja con varios vasos de brillante fayenza azul y una jarra. Vertió vino en dos de ellos y ofreció uno al recién llegado.

—Si no precisas nada más de mí, vuelvo a mi tarea.

La voz de la joven hizo que el sacerdote se percatara de que seguía allí.

—Por supuesto, Seshat —le dijo Hemiunu en tono distraído haciendo un gesto con el vaso para indicarle el camino—. Si te necesitamos para algún detalle técnico te haré llamar. Siempre eres de gran ayuda.

Djedi se sorprendió al oírlo. Pensaba que esa hermosa joven que, según calculó, debía de tener su misma edad, unos veinte años, no era más que una sirvienta malencarada con la que se había topado en el patio. La observó mientras atravesaba la sala con pasos sinuosos hasta alcanzar la puerta. No volvió la mirada hacia Hemiunu hasta que perdió de vista a Seshat. No le agradaba que hubiera testigos en ese tipo de reuniones en las que trataban asuntos tan sensibles como la seguridad de la morada de eternidad del faraón.

El jefe de los constructores se percató de la expresión de sorpresa que traslucía aún el rostro de Djedi.

—Seshat es mi hija y trabaja conmigo —especificó con la mayor naturalidad.

—Se ha mostrado muy atenta a mi llegada —mintió el sacerdote, y esbozó la mejor de sus sonrisas.

A modo de pensamiento fugaz, el mago encajó las piezas del tablero de la vida de Hemiunu. «Claro, es la hija que le sobrevivió a la peste que se llevó al resto de su familia», se dijo.

El sacerdote se puso a juguetear de forma distraída con algunos objetos que había en la mesa principal de Hemiunu.

—¿Qué es esto? —preguntó mientras sostenía en la mano una pequeña esfera de granito.

—Es una herramienta —respondió Hemiunu sin prestar mucha atención—. Esa esfera y los otros objetos son símbolos de la construcción. Esa bola es la herramienta que usamos para romper la piedra. La regla de madera de cedro que ves junto a ella simboliza las medidas que nos ayudan a dar sentido a nuestros edificios.

—¿Y esto? —quiso saber el joven mago al tiempo que cogía de la mesa un extraño objeto con forma de doble arpón hecho de cobre y bronce.

—También es un símbolo de la construcción. Cuando estemos levantando la pirámide verás esa herramienta en pleno funcionamiento. Seguro que te sorprende lo que puede hacerse con uno de ésos. Ayuda enormemente en los trabajos.

Djedi asintió, aunque sentía indiferencia por la utilidad que pudieran tener esos objetos. Sólo pretendía mostrarse educado con su nuevo compañero.

—Djedi, ¿tienes miedo a la muerte?

El sacerdote recibió la pregunta con sorpresa. Torció el gesto como si no entendiera lo que Hemiunu le decía.

—El propio faraón me planteó esa cuestión hace unos días —le explicó el constructor mientras dejaba en la mesa el vaso de vino ahora vacío—. ¿Tienes miedo a la muerte? —repitió.

—Realmente no —respondió serio y sin mover un solo músculo del rostro.

Hemiunu no esperaba esa contestación. Nadie en la tierra de Kemet estaba libre de cualquier percance que lo llevara en un momento inesperado a la tierra de Osiris. La mayoría de las personas luchaban a diario por subsistir. La salida del sol cada amanecer era un nuevo regalo para muchos. ¿Y si el mago ocultaba algo?, se cuestionó el constructor. Quizá la respuesta que acababa de darle estaba relacionada con las extrañas artes que conocía.

Pese a sus recelos, Hemiunu cerró los ojos como si aprobara el comentario de su invitado.

—Es natural —reconoció aparentando normalidad—. Eres un hombre joven, sano e inteligente. Y a pesar de las responsabilidades de tu trabajo, no cuentas con cargas sobre tus hombros que te comporten graves preocupaciones... al menos hasta ahora.

Djedi desconocía a dónde se proponía llegar Hemiunu. Se limitó a seguirle el juego de la conversación y a mirarlo sin borrar la expresión seria de su rostro en ningún momento.

—Cuentas con una serie de virtudes que me sorprenden, he de ser sincero. —El jefe de los constructores dirigió sus pasos hacia otra mesa que había en el centro de la habitación en la que varios rollos de papiro abiertos mostraban extraños dibujos y diseños—. Desconozco cómo hiciste lo del ganso delante de nuestro faraón, pero también estoy seguro de una cosa... Aquello no era *heka*. ¿Me equivoco?

—La magia está en los ojos de quien observa las cosas —respondió Djedi en tono tajante—. Los misterios de la vida pueden tener un millar de explicaciones y todas ellas ser válidas al mismo tiempo. Algunos prodigios son naturales, hechos por el ser humano; otros son sobrenaturales, para los que sólo los dioses tienen respuesta. Lo único que hay que hacer es mirar con atención y entender lo que se acaba de ver. La explicación que uno dé a esos prodigios es secundaria. Puede tratarse de una simple cuestión de percepción.

Hemiunu volvió a asentir ante la evidencia de lo que acababa de exponer el sacerdote. Éste se acercó a su vez a la mesa llena de papiros frente a la que se encontraba Hemiunu.

—*Heka* es una herramienta poderosa con la que cuentan los dioses y los seres humanos para obrar prodigios. —Djedi enfatizó las últimas palabras—. Se contravienen, aparentemente, las leyes de la naturaleza. Si observas el collar de cuentas de cornalina que llevo puesto no tardarás en percatarte de que se trata de una obra magistral realizada en los talleres de joyería del templo.

Hemiunu examinó con detenimiento el collar que le mostraba el sacerdote. En efecto, era una joya magnífica. Estaba hecha con decenas de cuentas rojas muy pulidas en forma de gota, engarzadas en anillas de oro que, encadenadas unas a otras, conformaban una alhaja digna de un sacerdote de alto rango, como era el caso de su invitado.

—Prefiero la fayenza vidriada, del mismo azul que las copas que suelo usar en mi trabajo —bromeó Hemiunu, y señaló los vasos vacíos que había junto a la jarra de vino—. La piedra de cornalina es natural y para encontrarla solamente se necesita paciencia. Su color es hermoso, pero me recuerda a la sangre derramada en los sacrificios y en la guerra. Sin embargo, la fayenza es fruto de un trabajo manual en el que, para obtener el color azul deseado, se requiere el conocimiento perfecto de una tradición heredada de padres a hijos durante generaciones. Es más parecido a lo que yo hago. La cornalina es *heka* que sólo está en la mano de los dioses, y la fayenza, según lo que acabas de explicar, es *heka* hecha por el ser humano.

—Precisamente contamos con la magia para colmar nuestros sueños, querido Hemiunu. La cornalina es una piedra creada por los dioses, quizá con la sangre de muchos hombres, pero la fayenza es una pasta hermosa creada por los humanos. Aunque, como bien señalas, su color es muy difícil de conseguir.

Diciendo esto, el sacerdote acarició con los dedos de su mano derecha las cuentas del collar y, al contacto de las yemas, el color rojizo de las piedras fue transformándose en azul. Para sorpresa del jefe de los constructores, un delicado collar de cuentas de cornalina se había convertido en una exquisita joya con amuletos de fayenza azul con un brillo y una hermosura como nunca había visto.

—¿Có... cómo... lo has hecho? —balbuceó Hemiunu.

El prodigio se había producido ante sus ojos, como en el caso de los milagros atribuidos a Djedi de los que tanto había oído hablar en la corte. Con el ceño fruncido, clavó la mirada en el sacerdote mostrando cierto recelo y temor.

Djedi se limitó a sonreír y a quitarse el collar para que Hemiunu lo observara con detenimiento.

—*Heka* es una herramienta muy poderosa —insistió el mago mientras Hemiunu, sobrecogido por la belleza de la joya, jugueteaba con las cuentas—. Considéralo un regalo. Sé que disfrutarás de su color.

El jefe de los constructores, que no acababa de creerse aquel prodigio, buscaba en el collar alguna anomalía, restos de pintura, por ejemplo, que desvelara el truco empleado. Pero no encontró nada que satisficiera su curiosidad. Era un collar de fayenza del más vivo azul, auténtico, procedente de los talleres de joyería del templo.

Dejó la joya en la mesa en la que estaban los planos y volvió la mirada hacia su invitado. Examinó la vestimenta del sacerdote en busca de una respuesta lógica a las numerosas preguntas que bullían en su atormentada cabeza.

—*Heka*... —sentenció finalmente Hemiunu, y apartó el collar hacia un extremo de la mesa a fin de dejar espacio suficiente para los planos del monumento en el que estaba trabajando para el faraón—. Si sabes manejarla, es lo que buscamos para los planos de la pirámide. Prefiero la *heka* de los seres humanos —bromeó el constructor—. Al menos, puedo saber que es real, aunque no la entienda. Pero ése no es mi trabajo, sino el tuyo. No haré preguntas al respecto. Me limitaré a hacer lo que el faraón me ha encargado y dejaré que tú hagas lo que te ha pedido.

El misterioso mago centró su atención en los planos como si no hubiera pasado nada. No estaba acostumbrado a dibujos como aquéllos, si bien en varias ocasiones había visto en la biblioteca del templo planos de santuarios que habían guardado allí los diferentes constructores que habían trabajado para Ptah.

Hemiunu hizo que se fijara en un rollo extendido en el centro de la mesa. Sobre sus esquinas había gruesos bloques de lapislázuli para evitar que el papiro volviera a enrollarse. El lapislázuli era una de las piedras más caras. Y aquél, además, no era un lapislázuli cualquiera. El brillo de las vetas de oro incrustadas en la roca azul testimoniaba su gran calidad, y constituía una evidencia más del elevado poder económico del maestro de obras y de su pertenencia a la familia real.

En el papiro, de un color amarillo muy tenue, casi blanco, había dibujado un enorme cuadrado. Por doquier, el sacerdote vio números y nombres que, una vez más, como le sucedió cuando contempló el plano en el palacio del faraón, le resultaron ininteligibles. Dentro del cuadrado tan sólo había una galería que partía de una de las caras, la norte, según pudo entender por una de las inscripciones, hasta alcanzar prácticamente el centro del monumento, donde se abría una habitación no muy grande. Djedi no dudó en interpretar ese lugar como la cámara real en la que estaría depositado el sarcófago del soberano.

—El dibujo es muy sencillo —dijo Hemiunu, y apuntó el dedo índice de su mano derecha hacia la entrada de la pirámide para luego recorrer con la yema el itinerario de la galería, hasta la habitación.

—Es cierto —convino Djedi, sorprendido por la simplicidad del interior propuesto por el arquitecto una vez que comprendió su significado—. Desconozco cómo eran las tumbas anteriores, no soy constructor y el mundo de los edificios es ajeno a mi conocimiento e interés. Pero las de mis familiares son más complejas, con varias habitaciones y accesos abiertos para ir a depositar ofrendas los días festivos. Pensé que las de los reyes eran igual.

—Hay de todo —reconoció Hemiunu en un tono complaciente con el que pretendía demostrar sus dotes y el conocimiento que tenía de esas artes—. Keops desea una construcción que supere todo lo que se ha hecho hasta ahora. Pero al mismo tiempo quiere que se eviten los enrevesados pasillos que, cruzándose unos con otros, pretendían engañar a los ladrones… sin éxito.

Djedi guardó silencio durante unos instantes, los necesarios para levantar la mirada y echar un vistazo rápido a la estancia para asegurarse, una vez más, de que estaban solos.

—A los ladrones no se los engaña tan fácilmente —aseveró con expresión seria—. En la biblioteca del templo de Ptah han desaparecido muchos planos de lugares secretos, robados por sirvientes o sacerdotes que, descuidando sus responsabilidades, se han decantado por seguir un camino erróneo.

Con la mirada fija en el fondo de la sala de trabajo, las últimas palabras del joven sonaron con cierta rabia. Hemiunu se percató de ello.

—Sea cual sea la situación, el problema está ahí y debemos atajarlo con rapidez —respondió Hemiunu ensombreciendo la mirada—. La tumba de la madre del faraón, la reina Hetepheres, también ha sido saqueada. Ya he planificado en el nuevo proyecto un espacio para ella. Keops quiere que su madre descanse junto a él.

—Entonces habrá que remodelar con más habitaciones la pirámide.

—No, el faraón no pretende que compartan el monumento sagrado —corrigió el constructor—. Su idea es descansar en un lugar especial de la necrópolis, en el lado oriental.

Los dos hombres guardaron silencio. La situación era mucho más grave de lo que habían imaginado en un principio. El aumento de los robos en las tumbas reales, incluso en las más humildes, en aldeas pobres y apartadas, se había convertido en una verdadera plaga. Y poco podía hacerse para evitarlo. El grado de corrupción en algunos estamentos del clero y de la guardia hacía muy difícil cortar de raíz el saqueo.

—Creo que los ladrones que llegaron a la cámara funeraria de la pirámide que construí para Esnofru pertenecían al cuerpo sacerdotal de Ptah.

—A todos se los sorprendió en el momento de cometer el robo, se los identificó y pagaron cara su osadía —afirmó Djedi con determinación.

—Todos menos uno —lo corrigió el constructor—. Al ser interrogados, los detenidos mencionaron a otro individuo, un joven extraño que salió huyendo antes de que el grupo abandonara la pirámide.

—Qué raro... ¿Cómo se llamaba?

—Al parecer, nadie conocía el nombre de nadie, sólo el del cabecilla del grupo, un tal Hapi. Es algo que suelen hacer los ladrones, es más seguro para ellos.

—¿Y aún no se ha dado con él? —Djedi hizo una mueca de disgusto con la boca—. Tengo entendido que todos ellos provenían del mismo templo. Nuestra comunidad es relativamente pequeña.

—Desconozco los detalles de la búsqueda. Lo más probable es que ese malnacido esté ahora muy lejos de aquí. Han pasado varios meses, demasiado tiempo, más que suficiente para esconder su parte del botín y escapar. Puede que lograra cruzar el desierto y esté campando a sus anchas en algún país extranjero... con el tesoro, incluso.

—O, con un poco de suerte, ha sucumbido presa de su avaricia en su intento de huida, y ahora está siendo devorado por las alimañas. Eso no volverá a suceder —sentenció Djedi con la mirada clavada en uno de los papiros que había en la mesa mientras pensaba en la suerte que habría corrido ese ladrón.

—Así lo espero. Confío que entre mis aportaciones como constructor y las tuyas como poderoso conocedor de la magia consigamos que un diseño sencillo como este que propongo acabe convirtiéndose en algo útil y, sobre todo, seguro.

—La pirámide es el símbolo real por antonomasia —arguyó el mago como si estuviera lanzando una arenga a un grupo de fieles en el templo—. Es el símbolo de nuestro pueblo y de la majestad del faraón. ¿Sabemos ya en qué lugar va a levantarse en la necrópolis del Occidente de Iunu?

—Existe allí una planicie elevada —explicó Hemiunu abriendo los brazos—. Cuenta con una gran ventaja: hay un montículo de piedra que podría aprovecharse como núcleo de la construcción. Eso rebajaría considerablemente el tiempo de trabajo y el esfuerzo de los hombres que se requirieran. Hemos calculado que casi una tercera parte del volumen de la pirámide podría ser esa loma rocosa natural.

—Sé cuál es. No está lejos de la imagen viviente. Queda a la espalda del león, a unos quinientos pasos. ¿El faraón ha visto los planos y el lugar?

—Keops quiere que mañana visite el sitio con él. Me gustaría que vinieras —dijo Hemiunu, y el sacerdote asintió aceptando la invitación—. Sería una buena oportunidad para que tú también lo conocieras.

El ruido de unos pasos a su espalda puso en alerta al sacerdote. Un hombre, el mismo que había visto a su llegada en el patio, entró y retiró los vasos vacíos y la bandeja que había en otra de las mesas. A una señal de Hemiunu, asintió y abandonó la estancia por donde había venido.

—No es bueno que los miembros del servicio entren y salgan a su libre antojo cuando estamos hablando de la seguridad de la tumba del faraón —dijo Djedi en tono de reproche en cuanto se cercioró de que el sirviente había salido de la habitación.

—Hesiré es uno de mis hombres de confianza —respondió Hemiunu en tono tranquilizador—. Aparte de mi hija, Seshat, es el único colaborador que tiene permiso para entrar cuando estoy trabajando. Además, no te confundas, no es un sirviente, aunque lo veas recoger cosas. Se trata de un excelente constructor. Empezó siendo un sirviente, es cierto, pero ha ido aprendiendo el arte de erigir edificios y ahora me resulta de gran ayuda.

—Creo, Hemiunu, que deberías tomar más precauciones dado lo extraordinario de este cometido.

El jefe de los constructores reconoció para sí que Djedi tenía razón, aunque, puestos a malpensar, también debería ser receloso del misterioso sacerdote. Pero no replicó y continuó hablando como si nada.

—¿Tienes alguna duda? —preguntó al ver que Djedi permanecía cauto observando los planos—. ¿Has pensado ya en cómo aplicar tus artes a un proyecto de estas características?

Djedi se limitó a asentir.

—No advierto confianza en tu rostro... Sabes que después de ver estos dibujos no tienes más opción que seguir adelante. Yo también podría desconfiar de ti —confesó, ahora sí.

—Lo sé —contestó el sacerdote.

—¿Conoces realmente el número de cámaras secretas del santuario sagrado de Thot?

—Ya respondí a Su Majestad —dijo el sacerdote con firmeza—. Sé dónde encontrar esa información. No obstante, debo decir que su secreto no está en el número real, sino en las cámaras que se ven y las que en verdad existen.

Hemiunu torció el gesto como si no entendiera a qué se refería Djedi. Desconocía los secretos de los libros sagrados del templo de Iunu, pero empezaba a temerse que esos misterios fueran a echar por tierra su proyecto.

—Estaba pensando que quizá sería necesario incluir más habitaciones —dijo el sacerdote señalando la galería que llevaba a la cámara funeraria del monumento.

—¿Más habitaciones? ¿Para qué quieres más habitaciones? —exclamó el arquitecto encogiéndose de hombros—. Tu *heka* es poderosa, el proyecto no necesita mucho más. Si colocas aquí una trampilla disimulada o un doble fondo en el suelo, como los que debes de usar en tus trucos, seguro que…

—Acabas de preguntarme si conozco el número de cámaras secretas del santuario sagrado de Thot, ¿no es así, Hemiunu?

El maestro de obras no respondió. Permaneció en silencio aceptando el correctivo del sacerdote. Una expresión de preocupación empezó a cubrir su rostro. Sabía que tenía que modificar y ampliar su trazado inicial, pero ignoraba cómo y con qué.

—Mi *heka* es poderosa, tienes razón, Hemiunu —añadió Djedi—. Pero al igual que los planos de tu pirámide son un secreto para mí, comprende que mis poderes sean también un secreto para ti. Es el secreto de la pirámide… Necesito más habitaciones.

8

Quién anda ahí?

El ruido provocado por la caída de una lámpara en el pasillo de acceso a la biblioteca distrajo al sacerdote lector.

El templo de Iunu era un lugar de grandes espacios y habitaciones amplias. El más mínimo ruido reverberaba en los muros de adobe con un eco violento.

El hombre hizo ademán de levantarse, pero estaba demasiado a gusto en su esterilla y prefirió esperar; quizá aquel ruido no volvería a repetirse. Prestó atención. Pero no se oyó nada.

No era extraño. Algunas veces, en las estancias del templo aparecían gatos que jugueteaban con los muebles o los pies de las lámparas y provocaban desperfectos sin importancia. Supuso que se trataría de un pequeño felino, y al poco de comprobar que nadie aparecía por allí tomó un poco de vino de una jarra que había junto a él. Luego volvió a agachar la cabeza y continuó con la lectura del papiro que tenía desenrollado en su regazo. El texto era un complicado tratado de matemáticas y requería de toda su concentración.

La habitación en la que se encontraba estaba junto a la puerta de la biblioteca. Un gran ventanal iluminaba con profusión el interior. Las paredes, pintadas de color blanco, reflejaban la luz y hacían que la lectura fuera cómoda, evitando el uso de lámparas. Siempre que era posible, procuraban no emplearlas para no correr el riesgo de provocar un incendio que acabara con los tesoros que se guardaban allí con tanto celo.

La obligación del sacerdote era vigilar la entrada. Allí se conservaban grandes joyas del conocimiento ancestral de la tierra de Kemet. Nadie que no tuviera permiso para hacerlo podía entrar. Sin embargo, la acostumbrada tranquilidad que reinaba en aquel lugar del santuario de Iunu hacía que los sacerdotes guardianes se relajaran con más facilidad de la esperada y dejaran de lado sus obligaciones.

El mediodía era el mejor momento para leer. Todos los compañeros del sacerdote estaban almorzando y nadie molestaba con peticiones o accesos a salas restringidas en las que se guardaban rollos de papiro comprometidos. Lo habitual era que los estudiantes de la Casa de la Vida pidieran algún ejemplar de literatura tradicional para sus ejercicios de clase, o antiguos textos religiosos con oraciones y plegarias a los grandes dioses. Con ellos hacían copias con las que practicaban la caligrafía y, al mismo tiempo, aprendían a base de repetir hasta la saciedad los pilares de la sabiduría faraónica. Al resto del material sólo tenían acceso los sacerdotes de mayor rango.

Cuando volvió a su lectura, el sacerdote no se percató de la presencia de una sombra. Antes de que pudiera darse cuenta, ya lo había agarrado por el cuello. En pocos instantes la asfixia le hizo perder el conocimiento y caer como un saco lleno de piedras sobre el suelo de la habitación.

En cuanto Hordjedef comprobó que el sacerdote no se movía, pero aún respiraba, se incorporó y echó un vistazo a su alrededor para asegurarse de que nadie lo había visto. Había aprendido esa técnica de control siendo casi un chiquillo. Varios de sus compañeros la usaban en las cacerías del desierto cuando un león los sorprendía. Se trataba de un juego muy peligroso en el que apretando el cuello del contrincante se generaba un estado de asfixia controlada por el que, si todo salía bien, este último sólo perdía el conocimiento durante un breve espacio de tiempo. En ese caso, el suficiente para buscar en la biblioteca el rollo de papiro que lo había llevado hasta allí.

El príncipe conocía el lugar muy bien, aunque pocas veces había ido a leer o a coger algún rollo de papiro de las numerosas estanterías en las que se amontonaban documentos de todo tipo. Había trabajos sobre ciencias, filosofía, literatura, medicina, religión y... construcción. La sección donde se guardaban los papiros con los planos de las antiguas moradas de eternidad de los reyes de Kemet era una de las más suculentas de la biblioteca. En más de una ocasión habían desaparecido textos. Sacerdotes maliciosos se hacían con ellos para copiarlos y luego restituirlos, o bien directamente robarlos y no devolverlos nunca. Conocer el interior de las tumbas ayudaba a los asaltantes a llegar con rapidez al tesoro. Una parte del reparto final del botín era para el ladrón de la información. Un trabajo sencillo que algunos sacerdotes impíos no habían dudado en llevar a cabo, aunque después hubieran pagado con su vida al ser descubiertos. En los últimos años, los planos de las tumbas no se guardaban en la biblioteca hasta pasado un tiempo. Lo que se quería conseguir con ello era que el acceso a la sepultura se olvidase. Pero fue en vano. Las tumbas seguían siendo saqueadas. Los ladrones ya no necesitaban de los planos para entrar en las moradas de eternidad; bastaba con que hubieran participado en su construcción o en el cortejo funerario para conocer la ubicación, la estructura interior y, sobre todo, el contenido que les interesaba.

Pero lo que Hordjedef buscaba no era el plano de una tumba para hacerse con sus tesoros. Por suerte para él, el oro no era algo que faltara en su vida. Al contrario, como hijo del faraón lo poseía en grandes cantidades. Sin embargo, no contaba con el conocimiento del papiro que lo había llevado hasta allí. Como escriba, sabía exactamente dónde mirar y qué buscar.

Seguro de sí y confiado porque conocía muy bien el lugar, el joven príncipe fue directo al interior de la biblioteca. La sala que quería examinar no se encontraba lejos de la entrada. Eso ayudaría a que su furtiva visita se desarrollara con rapidez. Con movimientos ágiles, se deslizó sin temor dentro de una estancia iluminada por un ventanuco en el techo. En ella, las cuatro paredes estaban repletas de estanterías de madera en las que se amontonaban cientos de rollos de papiro. Aunque en apariencia se diría que reinaba el desorden, era todo lo contrario, ya que estaban numerados y archivados de manera rigurosa, siguiendo un estricto registro.

Hordjedef guardó silencio durante unos instantes hasta cerciorarse, una vez más, de que no había nadie alrededor. Como príncipe, nadie podría negarle el acceso a la biblioteca, pero prefería que esa visita pasara desapercibida a los ojos de los sacerdotes. Era mejor que no hubiera testigos. Por ello había ido hasta el templo de Iunu sin avisar a nadie y completamente solo, sin ni siquiera hacerse acompañar de un par de soldados de su guardia como solía hacer muy a menudo. Además, se había vestido con ropas como las de cualquier persona de la ciudad, sin joyas ni accesorios que lo señalaran como un hombre de palacio.

Con el oído alerta, fue directo hacia uno de los muros de la habitación. Allí se conservaban los planos y la descripción de varios monumentos ancestrales. Había tenido la corazonada de que lo que buscaba tenía que encontrarse allí. Tumbas de faraones, nobles, templos, recintos sagrados... Leyó el nombre de la necrópolis de Sokaris, el antiguo cementerio donde estaban enterrados los reyes de la generación anterior. La pirámide escalonada de Zoser o la tumba del mismísimo Imhotep, el sabio que hizo levantar la primera pirámide en piedra, desvelaban sus secretos en esos papiros que Hordjedef tenía frente a él. Toda la historia de la tierra de Kemet estaba en esos misteriosos rollos. Pero al príncipe no le interesaba el legado de sus antepasados. Tenía muy claro qué debía encontrar. Sólo pensaba en un templo en concreto, y pronto lo descubrió.

—Aquí estás, querido amigo... —susurró satisfecho al encontrar el tesoro que estaba buscando.

En el extremo derecho del muro, casi en la esquina, una estantería albergaba los secretos de muchos edificios sagrados. El príncipe sólo estaba interesado en uno de ellos: el del santuario sagrado de Thot.

—¿Todo por este simple papiro...?

El príncipe permaneció pensativo unos instantes. No podía ser. De manera instintiva miró a ambos lados pensando que se trataba de una trampa. Pero allí no había nadie.

El papiro estaba prácticamente nuevo, como si nunca hubiera sido leído o manipulado. Sabía, por comentarios de Djedi, que aquel insólito documento siempre había estado a la vista de todos pero nadie se había preocupado de estudiarlo, como así parecía ser. Otros papiros de esa estantería revelaban un uso continuado, en cambio. Él mismo, se recordó, había entrado en alguna ocasión en esa habitación para coger algún rollo. Junto a él estaban los secretos de los santuarios de Ptah en Ineb-Hedy; los insondables misterios del propio templo de Iunu, donde ahora se encontraba; los templos funerarios de varios faraones desde tiempos inmemoriales... Pero el del santuario sagrado de Thot parecía intacto. Y no cabía la menor duda de que era el correcto. Así lo especificaba la cinta de cuero que servía para cerrarlo, de la que colgaba un sello de barro con el nombre del santuario.

Aun así, para confirmar que no se equivocaba en su elección, Hordjedef rompió el sello y desenrolló el papiro. El documento no era muy grande. Medía poco más de un codo de largo por dos palmos de ancho. En su superficie había seis columnas de texto grabadas con mano firme en la escritura de los dioses. En la esquina superior derecha y en ideogramas de color rojo, el príncipe leyó de nuevo el nombre del santuario de Thot. Después comenzaba el texto sagrado donde se describía el célebre santuario del dios con cabeza de ibis, protector de la magia, las artes y las humanidades, originario de la ciudad de Khemnu.*

—«Palabras dichas por el dios Thot —leyó el príncipe en un susurro casi inaudible—, señor de la ciudad de Khemnu, hijo de Horus, señor de la escritura y de la sabiduría... En su honor se ha levantado este templo utilizando para ello las piedras más ricas procedentes de las mejores canteras de la tierra de Kemet. Su planta es cuadrada. Cuenta con un número par de habitaciones en su subterráneo, doce en total. Todas ellas están fabricadas con piedra de granito duro, traído de las canteras del sur...».

* Se trata de la ciudad de Hermópolis Magna, que los griegos identificaron con Hermes; en la actualidad, El Ashmunein, antigua capital religiosa del dios Thot, en el Egipto Medio.

El hijo del faraón levantó el rostro con expresión demudada. ¿Era aquello lo que buscaba? Permaneció unos instantes con la mirada perdida, fija en el fondo de la habitación. Parecía haber logrado su objetivo. Sin embargo, de repente cayó en la cuenta de algo. Se alarmó al recordar un detalle de la conversación que había podido oír entre Djedi y el faraón: el sacerdote había dicho a Keops que aquel tesoro estaba dentro de una caja de sílex. Examinó con esmero entre el resto de los rollos de papiro que había en la estantería, pero allí no había caja alguna. En realidad, ninguno de los documentos allí custodiados estaba dentro de una caja. Es más, ni en todos sus años de estudios en la Casa de la Vida ni en sus visitas a la biblioteca había visto un papiro conservado en una caja. Todos estaban cuidadosamente amontonados y etiquetados, pero en las propias estanterías.

—Seguro que Djedi ha querido engañarnos —farfulló el príncipe mientras volvía a enrollar el papiro y lo anudaba con la tira de cuero que aún sostenía en la mano.

No deseaba perder más tiempo, así que ocultó el documento debajo de su camisa de lino y avanzó con premura hasta la entrada de la biblioteca. Antes de abandonarla, echó un vistazo a la habitación donde se encontraba el sacerdote cuidador. En esos momentos empezaba a despertarse.

Aturdido por la falta de aire, el religioso se incorporó como pudo. Lo primero que miró fue la jarra de vino. Estaba vacía y no recordaba nada de lo que había pasado. Observó la posición del sol mirando por el ventanal y se percató de que apenas había pasado tiempo desde la última vez que se asomó.

—Maldito brebaje... —renegó creyendo que el vino era la causa de su sopor.

No era la primera vez que el líquido rojo de la diosa Sekhmet* le hacía perder el conocimiento. Escondió la jarra, temeroso de que alguien descubriera lo que había sucedido. Abrió los

* La diosa leona Sekhmet estaba vinculada a la guerra, pero también a la medicina, y en su mito el vino desempeña un papel importante al ser confundido con la sangre de los humanos.

brazos para desperezarse y, en cuanto se aseguró de que no había nadie en la biblioteca, volvió a sentarse en el suelo. El sacerdote quiso retomar la lectura del papiro matemático, pero el aturdimiento se lo impedía. No se encontraba bien. Maldijo de nuevo al vino y se incorporó otra vez. En poco tiempo, pasado ya el rato del almuerzo, empezarían a llegar usuarios a la biblioteca y no quería que lo encontraran en ese estado. Con paso vacilante y apoyándose en la pared, fue a refrescarse a un estanque que había en el patio del templo, cerca de la entrada al edificio de la Casa de la Vida donde se hallaba la biblioteca. En cuanto llegó se humedeció el rostro con ambas manos. Acto seguido, se restregó los ojos y movió el cuello, y fue entonces cuando sintió cierta molestia en el lado derecho.

Cuando el sacerdote volvió a la biblioteca, el príncipe ya se encontraba muy lejos y se dirigía con pasos apresurados hacia el embarcadero, donde lo esperaba su barco para regresar a palacio.

9

A la mañana siguiente, Djedi repitió el camino del día anterior y al amanecer ya estaba delante de la casa del maestro de obras. En esa ocasión no hacía tanto frío, aunque de todos modos volvía a llevar la capa. Conocer el trayecto le relajó el paseo, y disfrutó con calma de las casas que iba viendo.

Al llegar al extremo de la ciudad donde la calle lindaba con el desierto, se detuvo a mirar la cercana duna sobre la que había visto al zorrillo el día anterior. Como si fuera una suerte de juego de la mente en el que la misma escena volvía a repetirse, allí estaba de nuevo el cánido, observando los movimientos del sacerdote.

—Esto sí parece *heka* de verdad —balbuceó el joven fijando la vista en el animal.

El zorro lo miraba sin pestañear. Tenía las enormes orejas blancas muy tiesas, esperando percibir cualquier sonido, por mínimo que fuera, que lo alertara de una presencia inesperada. Pero no hubo nada. Djedi aguardó a que hiciera algún tipo de movimiento.

Recordó mientras tanto la conversación que había mantenido con el faraón y con el jefe de los constructores. El sentido de la magia dependía de la interpretación de la persona que era testigo de un prodigio. Sólo el poderoso dominio que los dioses tenían de *heka* obraba logros sobrenaturales. La que él obtenía como sacerdote del templo de Ptah era más sencilla. Bastaba con tener un conocimiento profundo de los objetos, las circunstancias de un encuentro y ser hábil y rápido con las manos para, literalmente, engañar y conseguir el mismo objetivo. Pero en ciertas ocasiones los prodigios de la naturaleza escapaban a su entendimiento, y ése, en el que el zorro parecía conocer sus intenciones y lo esperaba en el mismo punto del día anterior, se le antojó uno de ellos. Había buscado numerosas veces en los papiros mágicos de la biblioteca una explicación racional para lograr entender esos reencuentros inesperados. Algunos maestros lo llamaban azar, algo incontrolado, pero Djedi consideraba que debía de haber una respuesta relacionada con el mundo de la magia.

Curioso, el zorro descendió la duna y se dirigió hacia el mago. El sacerdote nunca había visto nada igual. Esos animales eran terriblemente escurridizos y tenían comportamientos que no se amoldaban a los de los humanos. Confiado, el cánido siguió avanzando y se detuvo a menos de un paso de Djedi. El joven lo observó con interés. En el templo, muchos compañeros tenían miedo de las alimañas del desierto. «Allí solamente hay muerte y desolación», decían unos. «Ninguna bestia que venga de las tierras rojas que forman los extremos del valle puede traer cosas buenas», pensaban otros. Por eso siempre las rehuían y temían. Sin embargo, ese zorrillo parecía especial.

Con su enorme cola blanca rematada en un penacho negro, miraba al sacerdote con intriga. Djedi se dio cuenta de que ese gesto no estaba motivado por la búsqueda de comida pues se lo veía perfectamente alimentado.

Aquel zorrillo le parecía pura magia. Se agachó con la intención de acariciarlo y se apartó el velo que le cubría la cabeza para no perderse detalle de la misteriosa escena. Nunca había hecho una cosa así. Su relación con los animales domésticos era nula pues, aunque cuando era niño en su casa siempre hubo perros y gatos, él siempre prefirió jugar con papiros y objetos cotidianos con los que hacer *heka*. Ya de adulto, tan sólo en alguna ocasión, como durante el encuentro con el faraón, había usado un ganso para lograr sus fines.

El cánido acercó el hocico, olisqueó la mano que Djedi le tendía y, sin previo aviso, dio media vuelta y salió corriendo hacia la cercana duna de la que había descendido. A mitad del ascenso se detuvo y volvió la mirada hacia él. Vio que aquel misterioso hombre permanecía en el mismo lugar, observándolo, y retomó el camino hacia su madriguera.

—Pura *heka*...

Djedi, tras asegurarse de que el animal no regresaría, continuó su paseo y no tardó en alcanzar la plazoleta que se abría cerca de la casa de Hemiunu. Mientras avanzaba seguía dando vueltas al extraño reencuentro que acababa de vivir. Desconocía qué podía significar aquella cercanía del animal. Quizá sólo se debía a la simple curiosidad del zorro.

Al doblar la esquina, el ruido de la comitiva que aguardaba en la puerta de la casa de Hemiunu lo sacó de sus pensamientos. En esa ocasión no necesitó entrar en el patio. Todo estaba preparado para iniciar la marcha hacia la necrópolis del Occidente de Iunu, el enclave más alto de la región, donde el faraón había decidido levantar su pirámide.

El dueño de la casa lo esperaba junto a su hija Seshat y un nutrido grupo de sirvientes, entre los que Djedi vio a Hesiré, el hombre de confianza del constructor. El embarcadero se encontraba a poca distancia de la villa, y Hemiunu acostumbraba a ir caminando hasta él, rechazando la comodidad del servicio de unas andas. Su enorme vientre no parecía ser obstáculo para aquel ejercicio matutino. Además, conocía el gusto de Djedi por caminar e ir de acá para allá a pie, huyendo de lujos que no casaban con su personalidad, y pensó que sería de su agrado dar aquel breve paseo.

—Buenos días —saludó cortésmente Djedi cuando se halló delante del grupo.

—Buenos días, Djedi —respondió con afecto el jefe de los constructores mientras su hija miraba hacia otra parte obviando la presencia del recién llegado—. Hoy es un día magnífico para navegar hasta nuestro destino. El viento parece favorable, y si a eso añadimos la corriente del río, no creo que tardemos demasiado en alcanzar nuestro destino.

—Salgamos con premura —dijo Seshat en tono arisco y cortante—. Debemos llegar antes de que lo haga el faraón. —Y como si fuera la líder del grupo, comenzó a caminar en dirección al cercano puerto.

Hemiunu debía de estar acostumbrado a los prontos y los rudos gestos de su hija. Con toda naturalidad, levantó la mano para invitar a Djedi a que siguiera sus pasos mientras éste todavía conservaba en el rostro la sorpresa de ver a la joven en la comitiva y de descubrir que la descortesía de la que había hecho gala el día anterior era algo habitual en ella.

El trayecto desde la ciudad de Ineb-Hedy hasta la planicie donde querían iniciar los trabajos lo antes posible era largo. En el puerto los esperaba una embarcación con la vela desplegada. En ella estaba grabado, con grandes jeroglíficos, el nombre y el título del maestro de obras. En realidad, el empleo de la vela no era necesario ya que las aguas del río eran propicias para llevar corriente abajo la embarcación hasta su destino, pero la presencia de viento favorable aceleraría el viaje. Como Seshat había señalado, debían llegar a la elevada planicie rocosa cuanto antes.

En el centro de la embarcación había un pequeño quiosco de madera cubierto con un recio paño blanco destinado a dar sombra a los principales. Hemiunu subió por la rampa acompañado de Djedi y de Seshat, que llevaba bajo el brazo varios rollos de papiro aferrados con fuerza. El mago dedujo que eran los esbozos que había visto el día antes. Todos se acomodaron debajo del toldo. Era tan temprano que el sol apenas empezaba a despuntar por el horizonte, pero pronto la luz y el calor incomodarían a los viajeros.

La embarcación no era muy grande, aunque mostraba claramente la elevada posición social de su dueño. El casco estaba pintado con diferentes líneas de color azul y verde, y tachonado de huecos para colocar los remos. Esa mañana estos últimos se habían retirado, no obstante, porque no eran necesarios y, además, para aligerar el peso. Los expertos marinos se servirían del viento favorable. En la proa destacaba un estandarte con un ojo de Horus, como elemento protector. En cuanto a la popa, estaba rematada por una gigantesca flor de loto que daba estabilidad a la embarcación y proporcionaba defensa durante los viajes.

Tres marineros se movían con rapidez sobre la cubierta, atando y desatando con destreza los recios cabos con los que la embarcación estaba amarrada al muelle. A una señal de quien parecía ser el capitán, se soltó el último y la nave, arrastrada por las aguas del sagrado Hapy, comenzó a moverse hacia su destino.

Djedi se fijó en que muchos campesinos que ya estaban trabajando en los campos de cultivo cercanos a la ribera del río se incorporaban para mirar el barco al pasar junto a ellos. Algunos niños que realizaban tareas más sencillas al lado de sus padres se acercaron a la orilla para saludar a los tripulantes. Djedi sonrió. Aquel gesto era infrecuente en él, pues no solía mostrar sus sentimientos. En muchas ocasiones, su rostro aparecía serio y relajado, aunque sin expresar nada negativo, más bien anodino.

—Es conmovedor. Todos esos chiquillos todavía no son conscientes de la vida que los espera, llena de sacrificios y trabajo abnegado.

El mago se volvió hacia la persona que le hablaba a la espalda. Apoyada en una de las cuatro columnas que sustentaban la techumbre del quiosco, Seshat contemplaba la escena de los campos de cultivo.

Se sorprendió al verla. Jamás habría imaginado que en el corazón de aquella joven consentida cupiera la compasión. No obstante, se alegró del descubrimiento. Sus ojos miraban con cariño a los niños que correteaban por la orilla. Por primera vez, el sacerdote creyó ver un amago de sonrisa en su rostro. Y le agradó en extremo ese gesto. Sobre todo porque nunca la había visto demostrar sentimiento alguno por lo que la rodeaba.

—Ni siquiera tu *heka* más poderosa conseguiría cambiarles la vida... —bromeó Seshat con cierta resignación.

—La magia no está destinada a solucionar esos contratiempos —se excusó el sacerdote, que mantenía el semblante serio y distante del que siempre hacía gala—. Puede tener efectos beneficiosos en asuntos puntuales, pero no conseguiría cambiar la vida de una persona. El cambio al que te refieres sólo se fundamenta en el esfuerzo personal de cada uno y en aprovechar las oportunidades que los dioses le ofrecen a lo largo de la vida.

—Eso es cierto —reconoció Seshat apartándose de los ojos un mechón negro.

Entonces Djedi reparó en que eran muy bellos. Eran pequeños, pero de un negro intenso, como si fueran dos engarces de alabastro pulido. Una gruesa línea, también negra, los perfilaba y se extendía levemente hacia las sienes. La hija de Hemiunu lucía un vestido de lino muy ajustado que resaltaba sus sinuosas curvas. Djedi se había percatado de ello con anterioridad, así como otros miembros de la tripulación, quienes de vez en cuando echaban una mirada a su cuerpo. En un escote generoso, Seshat lucía un collar hecho con piedras semipreciosas y cuentas de pasta vítrea de bellos colores. Las había verdes, azules, rojas..., y todas con un brillo especial. Del collar pendían, como lágrimas, una miríada de pequeñas cuentas de lapislázuli, que, como en el caso de su padre, era uno de sus colores preferidos. No era una gran joya, pero su belleza radicaba precisamente en la sencillez con la que los tonos estaban combinados. Seshat llevaba también una espléndida peluca ceñida por una cinta blanca en la que se habían grabado diferentes motivos florales rojos y verdes. Era evidente que la joven se había arreglado pensando en la reunión que iban a tener en breve con el faraón. A pesar de que sabía que ella no desempeñaría un papel destacado en las conversaciones, era consciente de que debía cuidar hasta el menor detalle en situaciones como aquélla.

—Los dos hemos nacido en la familia real y eso nos ha permitido contar con ciertos favores —señaló Seshat en tono vehemente haciendo volver a Djedi a la realidad—. La Casa de la Vida nos lo ha dado todo, al menos en mi caso.

—El conocimiento de los libros sagrados es de gran valor para nuestro trabajo —reaccionó el mago, encantado de descubrir que la joven también estaba entusiasmada y agradecida con los libros sagrados de la Casa de la Vida—. Toda la magia que conozco la he aprendido en esos documentos, en el templo. Un conocimiento de esa naturaleza deja poco margen a la improvisación.

—Mi padre me ha contado que eres capaz de lograr cosas sobrenaturales con tu magia. ¿Es así? —preguntó Seshat, y esa vez sonrió abiertamente.

Djedi empezaba a disfrutar de la conversación. Conocía la fama que tenían sus prodigios y lo que se decía de ellos. Lo había oído en decenas de ocasiones, y no era la primera vez que se lo preguntaban. Pero sí era la primera vez que se sentía cómodo hablando de aquel asunto. No era un comentario pernicioso como los que había oído en algunas casas de la cerveza entre marineros borrachos. En las palabras de la joven descubrió verdadera curiosidad y anhelo de aprender.

—¿Qué te ha contado tu padre, con exactitud? Si te ha referido esa historia de que conseguí atravesar una pared para escapar de la guardia del templo cuando me perseguían después de haber hecho desaparecer todas las ofrendas al dios, te advierto ya que no es más que una leyenda. Ignoro dónde se originó, aunque me consta que es muy popular en las casas de la cerveza. Me conocen como el hombre que es capaz de atravesar hasta los muros más sólidos.

—No me refiero a esa historia. —Seshat se echó a reír al imaginarlo en una situación tan ridícula—. Pero dicen que puedes unir la cabeza de un ave muerta y devolverle la vida después. Mi padre me contó también que puedes convertir piedras de cornalina en hermosos amuletos de fayenza. Y le creo. Los he visto con mis propios ojos y son de un azul extraordinario, obra de los mejores talleres de joyería del templo.

El sacerdote guardó silencio. Notó los rayos del sol en el rostro y para protegerse se bajó un poco el velo de lino que le cubría la cabeza.

Djedi pensó que, al menos, el relato se acercaba a la realidad y no sucedía como en otras ocasiones cuando se hablaba de leones o incluso bueyes decapitados a los que les había devuelto la vida con sólo declamar en voz alta unos ensalmos. La cerveza de las tabernas hacía que, a veces, un simple juego de manos pasara a ser un milagro digno de un dios.

—¿Cómo haces esas cosas? —insistió Seshat en un susurro para que nadie oyera su conversación—. Sé que no es *heka*. Yo no creo en ella. Pero sé que puedes hacer todo eso simplemente con ciertas habilidades.

—Si no crees en *heka* tampoco estarás conforme con mi trabajo en el proyecto junto a tu padre para levantar el Horizonte de Keops, su morada de eternidad.

La respuesta de Djedi sonó tajante, hecha en un tono tan rudo como el que ella había empleado con él en otras ocasiones. Aun así, la joven no se amilanó. Al contrario, persistió en su intento de sonsacar al mago la realidad que trascendía en torno a su magia.

—Seguro que tienes una forma más sencilla de lograrlo —afirmó riendo con picardía.

Entonces Djedi mostró su mano derecha y la volvió para que Seshat comprobara que no tenía nada en la palma. Luego la cerró y la acercó a su rostro.

—Sopla, por favor —dijo muy serio.

Seshat esbozó una sonrisa. Le hizo gracia el juego del sacerdote y sopló con suavidad mirándolo a los ojos.

Cuando Djedi abrió la mano, sobre la palma había un amuleto de lapislázuli con el rostro de la diosa Hathor, la diosa vaca del cielo nocturno y divinidad protectora de la montaña occidental donde descansaban los muertos y comenzaba el viaje sagrado hacia la eternidad.

Seshat abrió sus hermosos ojos negros desmesuradamente y se llevó la mano a la boca ahogando un grito de sorpresa.

—¡Es precioso! —sentenció en tono quedo para no llamar la atención en exceso, sintiéndose protagonista del milagro que acababa de producirse ante ella—. ¿Cómo lo has hecho? ¡Acabo de ver que tu mano estaba vacía!

El sacerdote recuperó su rostro más amable.

—Es *heka*, nada más —afirmó con la misma rotundidad—. No es más que un legado divino que hemos heredado de nuestros ancestros, los dioses que llegaron del cielo y nos donaron todo lo que hoy tenemos en el valle. Así lo cuentan los textos sagrados en los que aprendí a hacerlo.

Seshat permaneció unos instantes en silencio. Los dos jóvenes se escrutaron, observándose con detenimiento en un intento de descubrir cuáles eran los pensamientos del otro.

—¿Quién eres realmente, Djedi? —La pregunta sorprendió al

sacerdote—. Sé que eres hijo del príncipe Rahotep. Mi padre me dijo que Hordjedef sabía de ti porque los dos crecisteis en la Casa de la Vida. Sin embargo, después de salir de allí tu existencia es un misterio para todos, hasta que, de pronto, apareces en el templo de Ptah... ¿Quién eres, Djedi?

Pero el mago no contestó. Se sintió incomodado. En su opinión, no era el lugar ni el momento. Estropeaba la armonía del juego que acababa de hacer ante la joven. La observó sin decir nada, sin pestañear ni mover un solo músculo del rostro medio oculto por el paño que le cubría la cabeza.

—Comprendo que no quieras responder. Seguramente tu misterio está relacionado con *heka*, aunque yo sólo creo en lo que ven mis ojos —dijo Seshat. Cansada de esperar a que dijera algo, se volvió sin perder su sonrisa en dirección a la proa, donde había varios cajones repletos de papiros y material de prospección. Antes de alejarse, añadió—: Quizá en otro momento puedas darme respuestas que arrojen un poco de luz sobre los enigmas que rodean tus prodigios.

El mago continuó observándola con detenimiento. Se percató de que en la mano derecha blandía como un preciado tesoro el amuleto que acababa de obsequiarle. Y tuvo que reconocer que ese gesto le complació. Por primera vez desde que Seshat se cruzó en su camino, la joven le agradó.

—Djedi, acércate.

La voz de Hemiunu sacó de su ensimismamiento al sacerdote mago. El jefe de los constructores estaba bajo el quiosco removiendo algunos de los papiros que había extendido sobre la mesa habilitada para el trabajo.

—Ayer decías que necesitabas más habitaciones.

—Así es —respondió Djedi, con la imagen de Seshat y la conversación que acababa de mantener con ella todavía en mente.

—¿Cuántas?

—¿Cómo... dices?

—Digo que cuántas habitaciones precisas... —repitió el maestro de obras mientras seguía moviendo papiros sobre la mesa de forma distraída.

—Las mismas que el número de cámaras secretas del santuario sagrado de Thot.

La respuesta del mago cayó como una plomada. Hemiunu dejó lo que estaba haciendo y levantó la mirada para clavar los ojos en su nuevo compañero de trabajo. Decir eso era como no decir nada. Nadie, salvo Djedi, conocía el número de cámaras de ese lugar sagrado.

—¡Pero debería saber su número para poder trabajar en consecuencia! —protestó el constructor—. Algo he de explicar a Keops. ¿Te burlas de mí? ¡Nos preguntará por las modificaciones del plano interior de la pirámide y no sabremos qué contestarle!

—No te equivoques —lo atajó Djedi—. Nadie debe conocer ese número, ni siquiera el faraón. Añade unas pocas habitaciones y yo me encargaré de completarlo hasta alcanzar la realidad sagrada de Thot.

—Per...

El enigmático sacerdote se retiró dejando al arquitecto con la palabra en la boca. Hemiunu veía que estaban a punto de presentar al faraón el nuevo proyecto y éste, literalmente, se sustentaba en un número que nadie salvo el mago parecía conocer.

¿Acaso no habría visitado en esos días la biblioteca con el fin de hacerse con los datos que necesitaba para completar el conocimiento que el soberano le exigía? ¿Existía realmente ese libro en la biblioteca del templo con la información que Keops anhelaba, tal como Djedi había afirmado? ¿Ese secreto lo era a tal extremo que nadie sabría lo que hacía el otro? Por primera vez, Hemiunu empezó a dudar sobre el éxito de aquella extraña misión y comenzó a temerse que quizá todo lo que el sacerdote le había dicho no era más que una patraña. ¿Y si Djedi fuera tan sólo un embaucador, un simple mago callejero, y no supiera nada de lo que aseguraba conocer? Prefirió borrar de su mente esa idea tan terrible de inmediato.

En ese momento la nave impactó de forma abrupta contra el embarcadero. Todos tuvieron que aferrarse a lo que tenían más a mano para no caer al suelo. Varios hombres saltaron al agua, seguramente miembros de la guardia real, avezados marineros, para guiar la embarcación y amarrarla en un lugar seguro. Uno de ellos arrastró un enorme tablón que había en el muelle para que sirviera de pasarela. Después, comenzaron a descender todos los viajeros. El primero en hacerlo fue el propio Hemiunu, acompañado de su hija, con varios rollos de papiro debajo del brazo. Los seguía Hesiré, quien portaba una pequeña caja de madera en cuyo interior había otros esbozos, bocetos y más bocetos de un edificio que nadie sabía con qué estructura iba a contar.

El joven sacerdote fue el último en desembarcar. El sol ya brillaba con fuerza en lo alto del horizonte, de modo que se retiró el paño de la cabeza para observar la magnificencia de la necrópolis en todo su esplendor. Era el mejor momento para estudiar el lugar donde iban a levantar la pirámide del faraón. El emplazamiento no quedaba lejos. Desde el propio muelle podía verse el promontorio rocoso del que Hemiunu había hablado, sobre el cual se construiría la tumba.

Apenas llevaban unos instantes en el muelle contemplando el peñón cuando los marineros que los habían ayudado a descender empezaron a moverse inquietos de aquí para allá. Djedi miró hacia el río y comprendió la razón del revuelo. La comitiva real se aproximaba. Estaba formada por varias embarcaciones. La más grande de ellas, en el centro, era la del faraón. Una enorme vela con el nombre del soberano iba abriéndose vía con fuerza sobre las tranquilas aguas del sagrado río Hapy. Los campesinos no lanzaban desde ambas márgenes gritos alegres, como habían hecho con ellos. Al contrario, se arrodillaban y saludaban con devoción el silencioso paso de la encarnación de la divinidad solar en la tierra de Kemet.

Dos naves pequeñas tomaron la delantera para preparar la arribada de la embarcación real y amarrarla en el muelle. Decenas de marinos llenaban el pequeño puerto sin dejar apenas espacio para nada más. Muchos iban armados, y dirigieron sus pasos hacia el camino que en breve debería tomar el faraón. Todos iban a pecho descubierto, llevaban cascos y escudos de cuero, una pequeña lanza y caminaban con ritmo marcial formando un par de hileras.

Djedi los observó. No era la primera vez que veía tal movimiento de soldados. Durante su infancia lo había presenciado multitud de veces en palacio, e incluso hubo temporadas en las que deseó prepararse como infante para dirigir las tropas del soberano en tierras extranjeras. Pero al poco cambió de idea. Muchos de los soldados, como también algunos de los oficiales de alto rango, mostraban varias cicatrices, producidas a buen seguro en algún combate reciente. Eso había hecho cambiar de idea a Djedi, quien prefirió orientar su carrera hacia la tranquilidad de los dioses y los libros.

De pronto, todos se detuvieron y miraron hacia la orilla. El barco de Keops atracaba ya. Era mucho más grande que el de Hemiunu y el quiosco central era de madera. Grandes remos marcaban el movimiento de la nave, cuya vela comenzó a arriarse en cuanto se detuvo al impactar con sonoridad contra el muelle.

Del interior surgió una plataforma con pasamanos al extremo de la cual estaba Keops como si fuera una aparición sobrenatural. Al instante, todos se postraron ante él en señal de respeto y sumisión. Solamente quedaron de pie algunos de los soldados de la guardia más cercanos.

El faraón descendió del barco en una lujosa silla de ricas maderas con incrustaciones de oro y pasta vítrea de vivos colores que portaban en andas ocho hombres. El trono brillaba con un fulgor especial bajo los rayos del sol de la mañana. Keops vestía un sencillo faldellín, una camisa de lino y unas sandalias de cuero ricamente engalanadas con cuentas de metal precioso y pasta vítrea. Lucía en los tobillos alhajas de oro y plata, y sus brazos estaban repletos de brazaletes y pulseras que remarcaban su carácter divino. Pero lo más representativo de su aspecto sagrado era la corona roja y blanca que llevaba en la cabeza afeitada. La doble corona era el símbolo de la unión de las tierras altas y bajas de Kemet; la zona sur y la norte, respectivamente, fundidas en una sola entidad divina y bienaventurada.

Todos aquéllos eran elementos a los que Djedi y Hemiunu estaban habituados. Sin embargo, muchos de los presentes, en especial los soldados que habían sido llamados para ese día, veían por primera vez de cerca al monarca. O al menos sentían su presencia, porque ninguno de ellos se atrevió a levantar la mirada un solo instante.

Sólo lo hicieron cuando el faraón se detuvo finalmente delante del jefe de los constructores y del sacerdote mago.

—Buenos días, Hemiunu y Djedi —dijo el soberano, y su voz sonó con fuerza en el silencio del muelle.

—Buenos días, majestad —lo saludó Hemiunu mientras, a la par que Djedi, bajaba la cabeza en señal de respeto.

—Me complace veros en este día y en este lugar —señaló el soberano desde lo alto de su silla. Volvió la cabeza y echó un vistazo al horizonte de piedra y arena que los rodeaba—. Por fin podremos comenzar los trabajos. Ardo en deseos de conocer vuestros planes. Muéstrame, Hemiunu, cuál es el lugar donde se levantará mi pirámide.

El maestro de obras se limitó a extender la mano y señaló el camino para que el faraón fuera el primero en avanzar. Sin mediar más palabras, los hombres que portaban la silla se dirigieron hacia la zona rocosa que despuntaba sobre la planicie. Detrás procesionaba el resto del séquito. Se trataba de un nutrido grupo formado por varias decenas de hombres y mujeres con las ocupaciones más variadas y pintorescas, todas para solaz y regocijo del faraón.

La arena amarillenta se extendía hasta donde alcanzaba la vista. A medida que ascendían por la loma rocosa, la imagen del desierto se convertía en un paisaje casi onírico en el que el tiempo parecía haberse detenido. Y allí precisamente, una vez alcanzado el punto más alto de la planicie, se detuvo la comitiva. El sonido del viento generaba una atmósfera turbadora. Estaban en la orilla occidental, el lugar donde comenzaba el viaje nocturno del sol, la tierra de los muertos y, por lo tanto, donde debían construirse todas las tumbas.

Desde allí arriba se veían las canteras en la parte meridional de la meseta de donde se extraía la piedra blanca que luego se transportaba hasta muchas de las construcciones que se realizaban en Iunu. Precisamente desde ese punto se divisaba esa ciudad sagrada dedicada al dios sol.

A pesar de que corría una fresca brisa matinal, la temperatura era muy agradable.

—¿Éste es el peñasco al que te referías? —preguntó Keops al ver ante sí una elevada extensión de piedra caliza que alcanzaba casi los 40 codos de altura.

Hemiunu dio un paso al frente y, sin desprenderse en ningún momento de sus rollos de papiro, se acercó hasta donde estaba el soberano de las Dos Tierras.

—Así es, majestad —confirmó el constructor—. Su abrumadora extensión y su altura nos ayudarán sobremanera en los trabajos que nos hemos propuesto.

—¿De dónde extraerás la piedra? —preguntó curioso Keops. Dirigió la mirada hacia el horizonte en busca de algún espacio que pudiera usarse para ello. Sabía que no lejos de allí había lugares de donde sus antepasados habían extraído piedra de calidad, pero desconocía si ésta sería propicia para los menesteres que su maestro de obras había ideado.

—Contamos con varias canteras a poca distancia de aquí —respondió Hemiunu, y señaló con el dedo no lejos de allí para reforzar su discurso. Al menos, esa parte del proyecto la tenía clara. Ignoraba cómo distribuiría la piedra dentro de la pirámide, pero sabía de dónde obtenerla—. Una de ellas está a unos pocos cientos de pasos de donde nos encontramos. En el caso de las piedras más duras, como el granito, deberemos traerlas del sur, de Suenet.*

—Cuenta con las embarcaciones que preciséis para ello —añadió Keops—. Suenet está lejos de aquí, cerca de la frontera meridional. Es una zona peligrosa que deberemos pacificar. Hay que ser prudentes en los trabajos que hagamos.

—Lo hemos tenido presente, mi señor. Obtendremos la mayor parte de la piedra de las cercanías —añadió Hemiunu dando la sensación, una vez más, de falso control—. Solamente necesitare-

* Se trata de la actual ciudad de Asuán y la Siena de los clásicos, a casi 900 kilómetros al sur de Ineb-Hedy (El Cairo), cerca de la frontera con la antigua Nubia, hoy Sudán.

mos el granito para lugares muy concretos de tu morada de eternidad y, además, no se construirán en los primeros años de la obra, así que disponemos de cierto margen de tiempo para hacernos con esos materiales de la pirámide.

—Justo de eso quería que habláramos hoy.

Las palabras del soberano estremecieron a Hemiunu. Con aparente serenidad, asintió. Llevaba en sus manos los papiros con los mismos planos que, en días anteriores, Keops había visto ya. Debido al mutismo de Djedi, no había podido añadir nada, y eso lo aterraba. ¿Habían organizado aquel viaje tan sólo para que Keops se paseara por el suelo rocoso del cementerio del Occidente de Iunu? No lo creía. El faraón siempre quería ser conocedor de todos los datos que rodeaban cualquier operación de la que era responsable. Y ésa era quizá la más importante de todas. Pero, lamentablemente, Hemiunu no sabía con qué rendir cuentas.

A una señal del monarca, los hombres que portaban sus andas bajaron la silla hasta el suelo para que descendiera. En cuanto puso un pie sobre la rocosa planicie, dos soldados se acercaron para escoltarlo mientras caminaba por el lugar donde se construiría su monumento funerario.

Keops se arrodilló y acarició con las yemas de los dedos la fría piedra blanca que se extendía ante él formando un enorme círculo.

—Hemiunu, muéstrame tus nuevas ideas —dijo el faraón al tiempo que daba un chasquido con los dedos y se incorporaba.

Al instante, el jefe de los constructores se adelantó con los papiros en la mano, acompañado de dos de sus ayudantes que acomodaron en la roca una mesa plegable.

—Djedi... —El soberano llamó la atención del sacerdote—. ¿Qué te parece este lugar? Deseo conocer tu opinión.

—Majestad —respondió el mago con solemnidad avanzando ya hacia él—, no creo que haya mejor lugar en toda la tierra de Kemet para levantar tu pirámide.

—Tus palabras suenan a adulación exagerada —le espetó Keops lanzando una mirada de reproche al joven sacerdote.

—Al contrario, majestad —respondió Djedi, que agachó la cabeza y bajó la mirada—. Ayer estuve hablando con Hemiunu de este asunto y los dos coincidimos en que será el lugar predilecto de los dioses, el Occidente de Iunu. Tu recuerdo estará a salvo en esta parte del valle.

—Me gustaría ver los cambios que habéis hecho. Imagino que habréis incorporado ya el secreto del santuario sagrado de Thot, ¿no es así?

En cuanto hubo pronunciado esas últimas palabras, Keops echó una mirada a la pareja de soldados que lo escoltaban, y, al instante, los dos fornidos hombres dieron varios pasos hacia atrás para distanciarse tanto de la conversación como de la visión de la mesa sobre la que Hemiunu se disponía a extender sus papiros con los supuestos planos de la pirámide.

El maestro de obras miró con cierta envidia a Djedi, que se mostraba seguro y tranquilo mientras él se sentía tan inquieto.

—Sólo... es necesaria una serie de añadidos que Djedi debería confirmar en breve —se excusó Hemiunu—. En cualquier caso, se han dado las órdenes hace varios días para que comiencen los trabajos en las canteras. Varias decenas de bloques están preparados y listos para ser trasladados a este lugar. Su tamaño y el proceso de extracción no cambiará, con independencia del diseño de la pirámide, por lo que preferimos mantener el calendario de obras en la cantera. Únicamente hay que dar la última orden para que se traigan aquí.

—Todo está preparado, majestad, tal como has propuesto para este día —añadió Djedi.

Esas palabras sorprendieron a Hemiunu. Pero no se atrevió a contradecirlo y se limitó a entregar uno de los rollos de papiro al faraón.

Keops retiró el lazo que lo mantenía cerrado y lo extendió ante sus ojos con precaución para que nadie, salvo ellos tres, pudiera ver su contenido.

Como si fuera una cuenta atrás, Hemiunu esperaba el momento en que su señor lanzara algún improperio por no tener el plano avanzado mínimamente para, al menos, comenzar los trabajos. Sin embargo, Keops esbozó una sonrisa de enorme satisfacción y asombro hacia Djedi.

—¿Así es el santuario sagrado de Thot? —le preguntó.

—En efecto. —Djedi asintió con la cabeza—. Los libros sagrados del templo de Iunu son claros. Hemiunu ha sabido adaptar su estructura al diseño de una pirámide. Es un extraordinario constructor.

—Me agrada que hayáis conseguido combinar vuestros esfuerzos —señaló el faraón mirando a su arquitecto.

El jefe de constructores permanecía quieto con una sonrisa bobalicona en la cara. Una gota de sudor comenzó a caerle por la frente. Nervioso, prefirió no enjugársela. No sabía lo que estaba pasando. Miró a su hija desde la distancia, pero Seshat tampoco entendía nada; ni siquiera oía la conversación que estaban manteniendo. El papiro que acababa de entregar al faraón era el mismo que había mostrado a Djedi el día anterior y el mismo que pocos días antes había llevado al palacio real. No había podido cambiar nada por culpa del enigmático silencio del sacerdote.

—Es radicalmente distinto de cuanto se ha visto en una pirámide hasta ahora —reconoció Keops, y extendió el papiro sobre la mesa mientras hacía una señal a los dos hombres para que se acercaran y ocultaran su contenido—. Os doy la enhorabuena —añadió bajando la voz—. Es preciso que los trabajos comiencen cuanto antes y que la construcción de la pirámide no se demore más. Hay muchas estaciones por delante, no será sencillo, pero contamos con un arma única y poderosa que nunca nadie ha tenido a su disposición.

Hemiunu se acercó a la mesa para ver el papiro que acababa de entregar al faraón. Y su sorpresa fue mayúscula al descubrir un plano del que no tenía noticia alguna. Levantó la mirada con expresión interrogante hacia el mago.

—En efecto, majestad. *Heka* será vuestra arma más poderosa.

Las palabras de Djedi sobrecogieron una vez más a Hemiunu. Ante sí tenía un plano que nunca había visto. Miró los otros papiros que había bajado del barco. A pocos pasos de ellos estaba su fiel ayudante Hesiré, quien permanecía quieto y mudo, con las manos cruzadas y sin portar ningún papiro en ellas. ¿Cuándo había realizado Djedi aquel misterioso cambio?

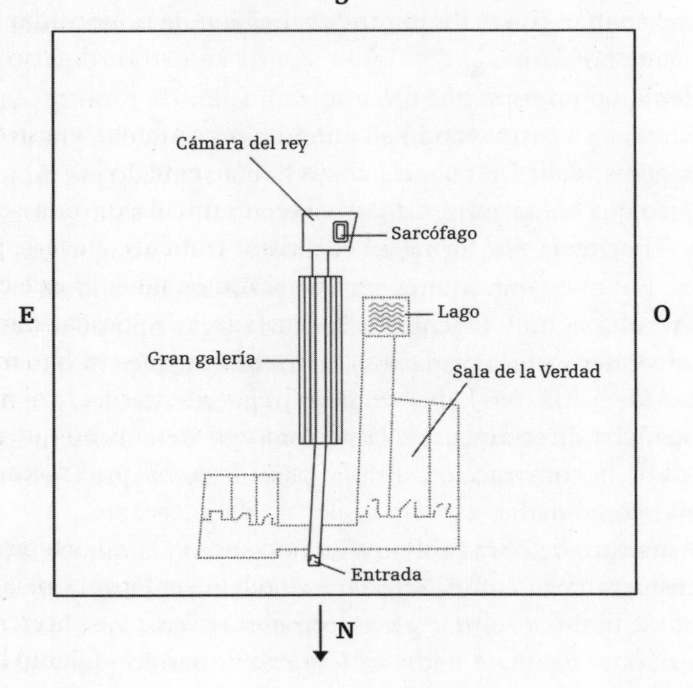

El dibujo de un enorme cuadrado cubría la práctica totalidad del papiro. La galería inicial que Hemiunu había ubicado en el lado norte y que conectaba con la cámara funeraria situada en el corazón del monumento se había convertido en una extensísima galería que llevaba hacia el inframundo de la meseta, donde había una habitación subterránea. A mitad de camino de esa galería descendente, un nuevo pasillo se abría en el interior de la pirámide, ascendiendo hasta un punto del que nacía una enorme galería. Calculaba que debía de tener más de 15 codos de altura y conducía hasta un pequeño pasillo en el que se abría la cámara funeraria que él había diseñado semanas atrás y había compartido con el propio Keops y con Djedi. Por encima de esa habitación destinada a albergar un sarcófago de piedra, había otras habitaciones.

El sencillo esquema se consumaba con otro corredor que nacía en la galería de mayor tamaño y que daba acceso a la cámara del sarcófago. Desde allí, un pasaje llevaba hasta una nueva habitación, parecida a la superior, de donde salían pequeños accesos que conectaban con otros puntos del interior de la sepultura. Sencillamente fantástico...

Hemiunu no supo qué decir ante aquello. De pronto, la preocupación de su rostro mudó en admiración. ¡Aquello era una absoluta genialidad! Desconocía cómo había acabado ese dibujo en el papiro que había entregado al soberano o si el santuario sagrado de Thot tenía esa forma en realidad. Todo aquello era lo de menos. Lo único importante era que el diseño interno de la pirámide resultaba muy ingenioso. Permitía todo tipo de artimañas para esconder y ubicar espacios con los que jugar para proteger la cámara funeraria. No había trampas ni puertas dobles, no. Aquello engañaba directamente a la persona que desconociera los entresijos de la construcción. Era la clase de *heka* que Djedi sabía manejar como nadie.

El maestro de obras volvió a interrogar con la mirada a quien ya consideraba su compañero en esa aventura. Pero el joven sacerdote se limitó a sonreír y a asentir entornando los ojos.

—¿Cómo es que a nadie se le había ocurrido algo parecido hasta hoy?

La misma pregunta que hacía el soberano era la que Hemiunu se planteaba en ese momento. Pero por ahora no tenía la respuesta. Quizá en verdad fuera la magia la que debiera dar respuesta a tan inquietante enigma.

—Nadie ha de conocer este secreto —insistió Keops bajando la voz y lanzando una mirada furibunda al constructor y al sacerdote—. El secreto del santuario sagrado de Thot por fin se revela ante mis ojos con una brillantez única. Su magia cautivará a las generaciones venideras y me permitirá descansar por siempre en un viaje hacia la eternidad que nadie antes ha logrado.

Keops enrolló de nuevo el preciado papiro y se lo entregó a Djedi. Después, éste lo tendió hacia Hemiunu, quien lo tomó con entusiasmo.

—Me agrada que desde aquí se vea la ciudad de Iunu —dijo el monarca, que contemplaba ahora la orilla oriental.

—Ya te dije, mi señor, que era el mejor lugar para levantar tu pirámide.

La voz de Djedi sonó complaciente. Mientras tanto, Hemiunu escudriñó el papiro que el sacerdote acababa de entregarle con el plano de la pirámide. Pero como si se tratara de un objeto embrujado, en él ahora sólo podía verse el trazado que él mismo había hecho días atrás. ¡Era imposible! Tenía que haberlo sustituido ante los ojos de todos los presentes sin que nadie se percatara del cambio. Lanzó una mirada inquisitiva a Djedi, pero éste, una vez más, la esquivó.

Ayudándose de su bastón de mando, Keops ascendió no sin dificultad a lo más alto del promontorio rocoso. Desde allí se veía a gran distancia, a unos 50.000 codos, la ciudad de Iunu. Los edificios, sus enormes obeliscos y los templos de la ciudad sagrada de su padre, el dios sol, eran visibles desde la ubicación de su futura sepultura. Y mayor sería la cercanía cuando su cuerpo descansara a gran altura en el corazón del monumento.

Era un paisaje sobrecogedor y hermoso al mismo tiempo. Una vez acabada, su pirámide destacaría como una inmensa montaña artificial por encima de cualquier otra construcción levantada hasta entonces. Al sur, la pirámide escalonada del faraón Zoser o las que tiempo después levantara su padre podían verse claramente. Todas ellas habían sido saqueadas hasta la saciedad e incluso los restos de sus moradores habían sufrido todo tipo de tropelías. Pero Keops estaba convencido de que aquello ya era parte del oscuro pasado que su familia había tenido que sufrir como si se tratara de una maldición.

Todo eso iba a cambiar.

—¡Que comiencen los trabajos ya! ¡Hoy empieza mi viaje hacia la eternidad!

10

Antes de que el sol se pusiera por el horizonte, aprovechando la relajación de las cuadrillas al final de la dura jornada, el príncipe Hordjedef había decidido visitar la cantera.

Los trabajos habían avanzado a buen ritmo. El núcleo de roca natural del suelo se había rellenado con mortero y argamasa para ir preparando los espacios en los que se asentarían los bloques de piedra nuevos. Casi la mitad de la primera hilera de la pirámide estaba ya completada.

El príncipe se presentó sin haber avisado de su llegada y acompañado de su inseparable amigo el escriba Ranefer. Los dos jóvenes habían tomado desde el palacio real una pequeña embarcación, cómoda y rápida, para ir hasta el muelle que se había habilitado junto a la cantera, al pie del promontorio donde estaba empezando a construirse la pirámide.

Después de robar en el templo el papiro en el que estaba el secreto del santuario sagrado de Thot, Hordjedef quería ver por sí mismo cómo se desarrollaban las obras.

La cantera estaba situada al sur de la meseta, en el recién bautizado como Occidente de Iunu. La zona ya mostraba la apariencia de una pequeña ciudad. No lejos del yacimiento se habían levantado barracones de adobe para albergar a los primeros cientos de trabajadores que, enseguida, comenzaron a trasladar los bloques hasta su ubicación definitiva en lo más alto de la loma. Venían de todas las regiones del país, reclutados por los emisarios del soberano para participar en ese singular proyecto. La gran mayoría nunca había trabajado en una cantera o en la construcción de un edificio grande, y mucho menos en un monumento de esa envergadura. Eran simples agricultores, pero, en cualquier caso, contaban con brazos fuertes, habituados a las duras tareas del campo y predispuestos a cualquier tipo de esfuerzo. Todos habían tenido que hacerse sus propias casas, si bien éstas eran sencillas, hechas con ladrillos de adobe que nada tenían que ver con los enormes bloques de piedra que estaban preparándose en las canteras ni con la complejidad constructiva de aquella obra.

El príncipe se fijó en el semblante de los obreros. Muchos reflejaban un sentimiento de desorientación. Parecían perdidos en un mar de grupos de personas y de tareas. Habían llegado de tierras lejanas, nunca habían salido de sus aldeas y ese cambio radical de costumbres había generado cierta consternación en ellos. Llamaban la atención los que venían del sur, casi en la frontera con Nubia. Su piel era más oscura y físicamente eran más delgados, aunque en el trabajo eran igual de fuertes que los habitantes de zonas más septentrionales, en el delta del río, próximas al mar.

—¿Por qué mi padre ha decidido construir su tumba en un lugar tan alejado de la capital? —murmuró el príncipe.

Mientras contemplaba aquel espacio tan insólito, Hordjedef no cesaba de hacerse la misma pregunta. Los obreros se movían de un sitio a otro como si fueran hormigas deambulando por interminables galerías subterráneas. La confusión de voces lanzando órdenes y avisos se sumaba al ruido ensordecedor de los cinceles de metal que eran golpeados con mazos de madera sobre las vetas de piedra blanca que asomaban desde las entrañas de la tierra.

—Bueno, sólo desde un punto de vista simbólico, ya es importante que la pirámide pueda verse desde toda la planicie del valle —respondió Ranefer intentando dar un sentido práctico a la pregunta de su amigo—. El faraón Keops continúa con la política de Esnofru de apartar al clero de Iunu. Es lo que se comenta en el templo y en algunas salas del palacio real. Tu padre sólo pretende destacar en un emplazamiento que esté vinculado al sol, pero sin contar para ello con su amenazador clero.

—Sin embargo, el hecho de estar en una zona del desierto tan apartada comporta muchos problemas de seguridad —adujo el príncipe frunciendo el ceño.

Lo que Ranefer decía tenía lógica. Su abuelo ya se había sentido contrariado con los sacerdotes de Iunu, y le constaba que su padre también. Pero esa explicación no debía de ser la única que diera respuesta a su pregunta.

—Deberíamos conocer la razón por la que han arriesgado hasta tal límite esa decisión —añadió Hordjedef.

Ranefer pensó que estaba en lo cierto. Ante sus ojos había cientos de obreros que eran cientos de ladrones en potencia. ¿Cómo podía estar seguro el faraón de que al finalizar las obras no usarían sus conocimientos del lugar para pergeñar un elaborado plan para saquear la pirámide? Alejado de la ciudad, las cuadrillas de ladrones no tardarían en acechar, merodeando por la noche para acabar asaltando el sepulcro, por muy monumental que fuera. Los vigilantes estarían más relajados, y sobornarlos sería fácil y rápido.

Pero lo que el príncipe desconocía era la naturaleza del proyecto. El papiro tan sólo ofrecía un esbozo de la idea. Únicamente cuando vieran su desarrollo sobre el terreno alcanzarían a comprender su magnitud. Y eso era lo que se proponía descubrir con su visita a la cantera esa mañana.

Sin embargo, su objetivo no iba a ser sencillo. Hemiunu había conseguido que, por primera vez, los equipos de trabajo realizaran sus tareas de forma independiente. El caos que veían los dos jóvenes era sólo aparente. Nadie sabía lo que hacía su compañero, y no por ello se pisaban o se entorpecían unos a otros. En los últimos meses las obras se estaban desarrollando con éxito, adquiriendo pronto una rutina que permitía dar pasos importantes para ir consolidando el inicio del proyecto. Al pie de la cantera se veían decenas de bloques de piedra perfectamente desbastados, dispuestos para ser transportados sobre trineos arrastrados por bueyes hasta el punto donde se colocarían.

Fuera como fuese, y a pesar de los progresos, Hordjedef y Ranefer no tardaron en percatarse de que los trabajos no estaban siendo sencillos. El príncipe se estremeció al oír el grito de un obrero.

No lejos de donde se encontraban se formó de inmediato un remolino de hombres. Uno de los trabajadores estaba herido, producto del desprendimiento inesperado de un gran bloque de piedra que se estaba excavando en un nivel superior. Por suerte, sólo le había afectado a la parte inferior de la pierna derecha. Un palmo más y el bloque de roca le habría caído en la cabeza, acabando al instante con su vida.

Dos compañeros se abrieron paso entre los curiosos y llevaron en brazos al pobre desgraciado con la pierna en carne viva hasta un espacio habilitado para curas. Allí, junto a la entrada de la cantera, había un médico que, además de ocuparse de heridos graves como aquél, atendía a diario también a decenas de trabajadores con pequeñas contusiones o cortes, pues muchos de aquellos hombres no habían cogido un mazo y un cincel de cobre en su vida, y no eran diestros en el manejo de las herramientas.

El grupo pasó frente a los dos visitantes sin percatarse de quiénes se trataban. Pero el jefe de la guardia reconoció de inmediato al hijo del faraón y fue corriendo hasta él acompañado de dos soldados.

—Príncipe Hordjedef... —El oficial agachó la cabeza ante el príncipe—. Nadie nos ha avisado de tu llegada. De lo contrario, yo mismo...

—Lo he decidido en el último momento. —Hordjedef intentó quitar importancia al hecho—. Estaba dando un paseo en mi embarcación por los alrededores, y he aprovechado para acercarme y ver cómo van los trabajos de la tumba de mi padre —mintió de nuevo el hijo del faraón—. Seguro que agradece las noticias que pueda llevarle.

—No te preocupes, yo mismo atenderé al príncipe. Bienvenido, Hordjedef.

El hijo de Keops se dio la vuelta y se topó con el jefe de los constructores, Hemiunu. Junto a él estaba Seshat, su bella hija. Ambos se habían acercado al ver el revuelo surgido en torno al obrero herido y la presencia inesperada del hijo del faraón.

—Hola, Hemiunu —lo saludó el príncipe con falsa cortesía.

El constructor respondió agachando levemente la mirada. Seshat, por el contrario, manteniendo su proceder habitual, permaneció inmóvil como si fuera una figura invisible.

—¡Qué agradable sorpresa! —exclamó con entusiasmo Hemiunu—. No esperábamos tu visita. El acceso a esta zona de los trabajos está terminantemente prohibido, pero siendo quien eres, haremos una excepción. Será un placer mostrarte las obras, si así lo deseas.

Hordjedef miró a Ranefer, que aguardaba a su espalda, sorprendido por la inesperada oferta de Hemiunu. Su amigo asintió complacido. No debían desaprovechar una oportunidad así.

—Me encantará que tú mismo me muestres el avance de los trabajos en la pirámide..., la pirámide de mi padre —recalcó el príncipe para dejar claro quién era y qué razones lo habían llevado hasta allí—. Agradecerá cualquier buena noticia que le transmita.

—Su Majestad recibe a diario los informes del desarrollo de los trabajos —le espetó Hemiunu con aparente cordialidad—. Estoy seguro de que estará ya al tanto de cualquier cosa que le digas. Los mensajeros son veloces. No hay mucho que mostrar ya que las tareas han empezado hace poco; sin embargo, seguro que hay detalles que te agradará descubrir. Sígueme, pues.

Hemiunu dio un paso al frente y echó a andar con Hordjedef hacia la zona donde se picaba la piedra a martillazos. Ranefer los siguió a cierta distancia. A veces no estaba de acuerdo con los métodos de su amigo, y ésa era una de ellas.

El soniquete de los mazos de madera golpeando los cinceles de cobre se convirtió en ruido estridente cuando se encontraron justo delante de los obreros. Los golpes eran tan potentes que saltaban esquirlas del metal. Varios reponedores permanecían cerca de los canteros, dispuestos a reemplazar las herramientas cuando fuera necesario. Los cinceles mellados se llevaban al taller para que los remodelasen enseguida a fin de que volvieran a ser útiles en el trabajo. La extracción de la piedra no debía interrumpirse. Tenía que ser constante. Cuanto antes salieran los bloques de piedra, antes podrían colocarse en el monumento.

—La erección de la pirámide llevará muchos años —señaló el príncipe observando la lentitud de los canteros—. Mi padre no ha querido adelantarme detalles de la construcción.

—Así es, príncipe Hordjedef —admitió el arquitecto—. Ningún trabajo de estas características es sencillo. Y mucho menos el de la obra que el faraón anhela para su descanso eterno. Aunque nos será de gran ayuda aposentar la estructura sobre ese enorme peñasco de piedra y tener que cubrir tan sólo el suelo rocoso con sillares amoldados a esas zonas. De esta forma, nos ahorraremos hacer varias decenas de miles de bloques —añadió mientras se volvía hacia la planicie y señalaba el saliente de roca de la parte más elevada de la meseta.

—Tengo entendido que cuentas con la ayuda de un mago excepcional —comentó Ranefer, inmiscuyéndose en la conversación.

Durante unos instantes, Hemiunu permaneció en silencio. A la voz de uno de los jefes de las cuadrillas de obreros, los trabajos cesaron de inmediato y su histriónico repicar fue sustituido por el del viento del atardecer.

—Así es —respondió al fin—. Se trata de Djedi, un sacerdote mago que posee muchas virtudes. Sus secretos nos serán de gran ayuda para proteger el destino eterno del faraón. Llegamos hasta él gracias al príncipe Hordjedef —añadió, y dirigió la mirada hacia el hijo de Keops al tiempo que sonreía con educación.

—Usaréis magia en la pirámide del faraón… —dijo Ranefer, si bien parecía una pregunta más que una afirmación.

Hemiunu guardó silencio de nuevo. Miró a Seshat en busca de apoyo, pero la joven no movió ni un músculo del rostro. Siempre se comportaba de manera brusca, pero sabía que estando la casa real de por medio lo mejor era mantenerse al margen.

—Eso es algo que, como comprenderás, y seguro que el príncipe está de acuerdo, no puedo compartir con nadie…, ni siquiera con el hijo del faraón. Mi señor no me lo permite.

Las palabras del jefe de los constructores sonaron tajantes. Hordjedef torció el gesto, consciente de que nadie iba a aportarle ningún dato sobre el secreto de la pirámide.

—Todo será por el bien del faraón y de su divino legado —apostilló Hemiunu al ver la expresión contrariada del príncipe.

—Lo mismo decían de las otras pirámides de Ineb-Hedy —adujo Hordjedef en tono burlón—. Ni siquiera tú conseguiste que mi abuelo pudiera estar tranquilo más allá de unos pocos meses en su morada de eternidad.

Aquel comentario fuera de lugar resultaba humillante para el maestro de obras, pero no quiso entrar en el juego del menosprecio hacia el que el príncipe quería arrastrarlo.

—En esta ocasión todo será distinto, tenlo por seguro —respondió Hemiunu guardando la calma—. Ninguno de esos hombres sabe lo que hacen los demás. Las cuadrillas están organizadas para que roten cada dos días, de tal manera que ni el trabajo que realizan ni los obreros que las integran son los mismos.

—Intuyo con ello que lo que me mostrarás ahora no será más que una burla para que Ranefer y yo nos vayamos como un par de niños con un dulce en la mano, felices e ingenuos.

—No, al contrario, príncipe —intentó justificarse Hemiunu esquivando otro comentario inapropiado—. No me gustaría que te llevaras esa idea. Para mí será un placer que observes el trabajo para apreciar por ti mismo la seguridad que lo rodea y cómo...

—Al poco de ser cerrada, un grupo de ladrones accedió al interior de la pirámide de Esnofru —lo atajó sin miramientos Hordjedef—. Por lo que pude saber, se hicieron con las joyas y, lo peor de todo, quemaron la momia del faraón. No mucho después sucedió lo mismo con la reina Hetepheres, mi abuela. No veo que en este proyecto haya cambiado un ápice de aquello que hizo que el padre de mi padre hallara una segunda muerte.

—¿A qué proyecto te refieres, príncipe Hordjedef? —La voz de Seshat, cansada de los desprecios que recibía su padre, resonó en el silencio del atardecer. Su tono bronco y directo estremeció también al constructor.

Hordjedef volvió la cabeza despacio hacia donde estaba la joven y la miró a los ojos. Seshat no se amilanó y aguantó el desafío con decisión.

—Lógicamente, me refiero al proyecto de la pirámide de mi padre —respondió Hordjedef en tono no menos burlón.

—¿Acaso lo conoces? ¿Acaso hablas con propiedad cuando comparas este proyecto con el del faraón Esnofru, Vida, Salud y Prosperidad?

A Ranefer casi se le escapó una carcajada, consciente de que la joven acababa de desmontar los argumentos de su amigo con una buena reprimenda.

Hemiunu decidió intervenir para evitar que la conversación alcanzara un tono todavía más descortés.

—El trabajo que observas en la cantera no tiene nada que ver con el alma del proyecto y sus planos —dijo con voz calmada y pausada—. El único que tiene acceso a ellos es el faraón, así que no puedes calificar algo que desconoces.

—No me cabe la menor duda —dijo Hordjedef con una escueta sonrisa, a la que se unió Ranefer—. Ni yo ni nadie tiene, al parecer, acceso a ese proyecto tan secreto y maravilloso.

El príncipe sabía que poseer el papiro que contenía el número de cámaras secretas del santuario sagrado de Thot iba a proporcionarles cierta ventaja.

—Tendréis que ser muy cautos en los trabajos —intervino de nuevo Ranefer mientras se ajustaba la cinta que le ceñía la peluca de cabello negro a la cabeza—. Algunos secretos se diluyen de una forma casi sobrenatural..., casi mágica.

—¿Es una advertencia? —replicó Seshat, a quien no le tembló el pulso para contestar a la impertinencia del jefe de los escribas.

—No, al contrario —respondió el príncipe en tono indolente—. No malinterpretes a mi amigo, pero nunca está de más que se guarden ciertas reservas ante la posibilidad, siempre eventual, de que suceda algo que eche por tierra lo que es, y no cabe duda, un trabajo extraordinario. Buenas tardes.

Hordjedef decidió abandonar la cantera. Era evidente que su visita no había sido bienvenida, a pesar de que el propio Hemiunu lo había conducido hasta allí.

—Id en paz —respondió con falsa cordialidad el jefe de los constructores—. Pediré a un par de mis guardias que os acompañen hasta la embarcación y os atiendan en cuanto tú y tu amigo preciséis, Hordjedef.

—No será necesario —respondió enfadado el príncipe.

—Insisto.

Hemiunu no quería que los dos jóvenes siguieran husmeando a sus anchas en la cantera. Ignoraba qué se traían entre manos, pero conocía al hijo de Keops desde hacía años y nunca se había caracterizado por su honestidad. Prefirió que abandonaran el lugar acompañados.

Dos de los soldados de confianza de Hemiunu se percataron al instante de lo que sucedía. A una mirada del constructor, se unieron al príncipe y su amigo, yendo tras ellos hasta la embarcación que tenían anclada en el muelle de la cantera. Seshat y su padre se limitaron a observar cómo se alejaban bajo los últimos rayos de sol, que empezaban a brillar en un tono amarillento anaranjado sobre el horizonte.

Cuando sus figuras desaparecieron entre las casas que había en el muelle, Hemiunu volvió la cabeza hacia Seshat. Ésta tenía la mirada fija ahora en el cielo. La visita del príncipe no les había agradado.

—No te preocupes, hija, que todo saldrá bien —dijo el constructor, y le acarició el brazo.

Seshat parecía perturbada. La irrupción de Hordjedef y Ranefer había roto la armonía del trabajo. Incluso los obreros que abandonaban en ese momento la cantera y se dirigían hacia sus viviendas para descansar marchaban cariacontecidos por lo que acababa de suceder.

—Padre, quizá tengamos un problema aún mayor que el de ocultar el enterramiento del faraón en el interior de la pirámide.

11

Djedi se dirigió a la casa de Hemiunu sin perder tiempo, a la carrera; ni siquiera se detuvo, como en otras ocasiones, para ver al zorrillo de la duna. Al templo de Ptah habían llegado los rumores del desencuentro sufrido con el príncipe Hordjedef en las obras. Unos hablaban de una simple conversación en un tono elevado, pero otros mencionaban la presencia de guardias y, si eso era así, sin duda se debía a que había habido cierto grado de violencia; una pelea, unos empujones y puñetazos o, lo peor para algunos, el empleo de armas. El joven sacerdote estaba preocupado y, antes de esperar a que los rumores fueran creciendo sin poder confirmarlos, prefirió acudir a la fuente original. El palacio real estaba más cerca del templo que la casa del jefe de los constructores, mucho más, pero no consideró que fuera buena idea ir a preguntar al príncipe en persona.

Sabía que las noticias volaban tan rápido como los pájaros, pero el sacerdote también era consciente de que, en ocasiones, esos relatos podían tergiversarse. No era la primera vez que un accidente leve en un andamio de construcción del templo se había convertido en una exagerada catástrofe con decenas de heridos e incluso varios muertos. Sin embargo, en aquel caso, por ser el protagonista quien era y conociendo el carácter del príncipe, había algo que inquietaba al mago. De entrada, que Hordjedef hubiera ido a entrometerse en los trabajos de la pirámide de su padre ya era una anomalía, y no podía significar nada bueno.

Conocido como un habitual en la casa, los encargados de

atender el jardín y el estanque en ese momento de la tarde saludaron con respeto al recién llegado. Djedi caminó hacia las habitaciones que el constructor solía emplear para trabajar, al lado del salón grande.

—¡Hemiunu! —gritó el sacerdote al tiempo que irrumpía en la estancia.

Seshat, sobresaltada, levantó la cabeza de sus ocupaciones como impulsada por un resorte similar a aquellos que los sacerdotes usaban en las fuentes y las puertas de los templos.

Djedi miró a su alrededor, pero sólo vio a la joven observándolo con ojos encendidos y desorbitados. El mago se enjugó un par de gotas de sudor que le caían por el rostro en un intento baldío de calmarse.

—Mi padre está en la cantera trabajando con los obreros —dijo Seshat con falsa serenidad, torciendo el gesto con desdén sin hacer nada para ocultar su malestar—. Había un problema con las medidas de unos bloques que habían encargado.

—No será una nueva artimaña de...

—No, tranquilízate, Djedi —se apresuró a añadir, impidiendo que el sacerdote terminara la frase—. No tiene nada que ver con lo sucedido ayer, lo que, imagino, será el origen de tu preocupación y de tu inesperada visita.

—Entonces... es cierto lo que me relataron en el templo esta mañana.

—Desconozco qué te han contado en el templo —contestó la hija del constructor, y volvió la mirada hacia los documentos que tenía delante—. Realmente no me interesa, pero sí, el príncipe se presentó ayer en las obras con muy malas maneras, casi como acabas de hacer tú ahora mismo... Mi padre tuvo que...

—¿Lo sabe el faraón? —preguntó el sacerdote cortando a su interlocutora.

—Keops tiene cosas mejores en las que pensar. Y nosotros también, desde luego. Además de esa preocupación, ¿qué es lo que se te ofrece, Djedi?

Seshat dejó de nuevo lo que estaba haciendo para mirar, irritada, al sacerdote. Djedi se ajustó el velo que le cubría la cabeza, que se le había descolocado por la carrera. Hizo una mueca, como si no fuera capaz de explicarse por qué la joven parecía estar siempre enfadada.

—Lo cierto es que sólo he venido para ver a Hemiunu y preguntarle qué sucedió ayer en la planicie —respondió en un intento de dar normalidad a su visita con una disculpa—. El motivo es ése. Siento mucho la intromisión. Me he comportado de manera descortés. Mi intención no era molestar. No volverá a suceder... —Djedi se bajó el velo hasta casi ocultarse el rostro y dio media vuelta para retirarse—. Buenos días, Seshat, hija de Hemiunu —añadió el mago mientras salía de la estancia, dispuesto a regresar a pie al templo.

Se dio cuenta de que había hecho un largo camino hasta allí para nada. Cuando estaba en medio de la sala central que tenía el techo sustentado por columnas, una voz lo llamó.

—¡Djedi!

El mago se detuvo en seco y lentamente se volvió. Seshat estaba apoyada en el marco de la puerta de la estancia. La luz de las celosías de la zona alta de la pared reflejaba las pinturas multicolores que decoraban el friso que rodeaba toda la sala. Las columnas, de un rojo brillante, tenían capiteles vegetales que emulaban las plantas que surgían de las aguas primigenias en el momento de la creación del mundo. Y como si fuera la primera de las flores de esa creación, allí estaba Seshat diciendo su nombre.

—No... no te vayas aún... Es posible que mi padre... no tarde en llegar —mintió Seshat entre balbuceos al ver que el mago la escrutaba con sus ojos perfilados con la gruesa línea negra del maquillaje sacerdotal—. Puedes esperarlo mientras comentamos algunos aspectos de los planos de la pirámide. Así adelantaremos trabajo... y tu visita no habrá sido en vano. Hay mucho que hacer, y cuanto más avancemos, mejor será.

La excusa de la hija de Hemiunu no convenció al sacerdote. Sabía que no tenía ningún interés en hablar con él, pero aceptó la invitación por simple cortesía.

—Bueno, ¿dónde están esos planos? —preguntó Djedi y, recuperando un semblante de cierta normalidad, desanduvo sus pasos.

Como era costumbre, la habitación estaba repleta de rollos de papiro repartidos sobre las mesas. El aire fresco que entraba por el acceso que daba al segundo patio de la casa la convertía en un lugar apropiado para el trabajo. Alejada de las ruidosas zonas en las que los sirvientes iban y venían continuamente camino de las cocinas, los jardines del patio principal del estanque o el pequeño huerto que había detrás de la casa, aquella ala de la villa de Hemiunu era un remanso de paz y tranquilidad.

—Quería disculparme por mi actitud durante estos días —dijo Seshat sorprendiendo al sacerdote.

—No sé a qué te refieres —mintió el mago. Y volvió a hacerlo cuando añadió—: Siempre te has portado conmigo de una forma correcta.

—Eres muy amable, Djedi, pero los dos sabemos que no es así —reconoció Seshat, y por primera vez ese día le dedicó una sonrisa.

El joven sacerdote no replicó y continuó como si no hubiera pasado nada. Ver sonreír a aquella joven tan poco dada a hacerlo lo maravillaba. Su hermoso rostro perdía la acritud que solía mostrar para lucir de un modo completamente distinto, amable.

Era consciente de que Seshat se había comportado con él de una forma desconsiderada desde el día que se conocieron, y su carácter no iba a cambiar de la noche a la mañana. Aun así, agradeció el gesto. Era un primer paso. Siempre resultaba agradable contemplar un rostro hermoso sonriendo.

—Veo que habéis añadido algunos cambios al número de habitaciones de la pirámide —comentó Djedi para dejar a un lado las disculpas y volver al trabajo.

—No ha sido fácil —dijo Seshat, zanjando también ella la conversación anterior—. Mi padre ha seguido al pie de la letra tus claras instrucciones sobre el número de habitaciones que la pirámide ha de tener —añadió con retintín, volviendo a mostrarse arisca.

A Djedi, que no había hablado con Hemiunu del número de habitaciones en modo alguno, le pareció divertido. La hija del jefe de los constructores lo observaba en silencio.

—Eres muy extraño, Djedi —le espetó con la mirada clavada en los ojos negros del mago—. He de reconocer que no tengo un carácter demasiado afectuoso, pero en mi opinión tu aparente cordialidad no es más que una máscara con la que quieres ocultar algo..., algo que todavía se me escapa.

—¿Estás diciendo que soy un maleducado, una persona arisca, un impertinente...?

—No, Djedi. Todo lo contrario. Eres una persona extremadamente educada, amable y cordial. —Calló un instante. Y añadió—: ¿Quién eres en realidad?

—Soy Djedi, sacerdote mago del templo de Ineb-Hedy, hijo de Nofret y del príncipe Rahotep, hermano del faraón.

—Eres extraño. Sé que escondes algo... Ignoro qué es, aunque no creo que sea algo malo. ¿Dónde estudiaste? El otro día hablamos de tu preparación en la Casa de la Vida del templo de Ptah. Es un lugar extraordinario para aprender.

—Lo es. Cuenta con una biblioteca que atesora conocimientos de muchas materias —dijo el joven mago, que deseaba reconducir la conversación—. Mis temas preferidos siempre fueron la magia y los textos antiguos.

Seshat lo observó con detenimiento y, esbozando otra sonrisa, negó con la cabeza. Sabía que Djedi estaba esquivando el tema y que no le sonsacaría nada. No insistió.

Al tiempo, Djedi, sintiéndose vencedor, se mantuvo en silencio. Estaba acostumbrado a que la gente viera en él esa imagen de ocultamiento. No era la primera vez que oía rumores al respecto, si bien desconocía por qué producía esa sensación en los demás. Quizá se debía a las artes incomprendidas con las que trabajaba, pensó, aunque le parecía un sinsentido ya que los papiros mágicos estaban al alcance de todo el mundo, cualquiera podía consultarlos, a pesar de que nadie lo hiciera. Nadie en el templo sabía de su pasado, ni tampoco parecía preocuparles. Siempre había estado rodeado de rollos de papiro, conocimiento y magia, y seguramente esas aficiones hacían que muchas personas lo consideraran un hombre intrigante.

—Te presentas en casa de mi padre y transformas un collar de cuentas de cornalina en un hermoso collar de amuletos de fayenza —continuó la joven ante el mutismo del mago—. Delante del propio faraón, sin que éste sea consciente de ello, haces que sobre un papiro en el que apenas hay unas líneas esbozadas aparezca, de pronto, lo que Keops quiere ver, algo que nadie sabe si es o no el santuario sagrado de Thot. Y por si fuera poco haces el prodigio del ganso en el mismísimo palacio real de Ineb-Hedy. Y todo con la sempiterna excusa de...

—*Heka*, sí —la atajó el sacerdote—. No es ninguna excusa. Es algo real que conceden los papiros sagrados de Thot a quien es sabio y diestro en el arte de la magia.

—¡Djedi! —La hija de Hemiunu había alzado la voz—. ¡Tú y yo sabemos que esa clase de *heka* no existe! ¡Son simples juegos de manos! Una habilidad con la que quieres comprar favores y extender el miedo incluso ante la cara de ingenuidad del propio faraón. ¿Cómo lo haces?

Djedi permaneció en silencio una vez más. A lo largo de su corta carrera como sacerdote mago, sólo se había encontrado con la inocencia y la superstición de la gente del pueblo. Nadie se hacía preguntas. Relacionaban los milagros que obraba con el poder de los dioses que se manifestaba a través de sus manos. Incluso había hecho dudar al propio faraón y al jefe de los constructores con sus juegos. A la gente del pueblo llano, sin cultura, todo aquello la desconcertaba y sobrecogía. A los ricos y los nobles les hacía dudar y les generaba mil y una preguntas que les causaban temor. Pero Seshat parecía tenerlo muy claro.

Djedi se dio cuenta de que la hija de Hemiunu era inteligente. Era alguien especial, diferente de la mayoría de las gentes. Y eso lo atraía. Pensó que quizá había encontrado una persona igual a él. Alguien que era lo suficientemente perspicaz e inquieta, que se planteaba dudas, se hacía preguntas y buscaba con lógica la solución a los problemas. Alguien que parecía entender mejor que nadie el mundo que los rodeaba.

—Espera —dijo el sacerdote intentando darle una oportunidad.

No había nadie más en la habitación que se abría al patio.

Djedi vio un amuleto de fayenza sobre una de las mesas y lo cogió con la mano derecha. Era un extraordinario ejemplar que representaba el corazón de un difunto, el lugar en el que los habitantes de Kemet creían que descansaban las acciones y los sentimientos de la persona. Era pesado si estaba lleno de pecados y malos actos. Pero era ligero como la pluma de la diosa Maat si estaba cargado de justicia y bondad.

—¿Ves este pequeño amuleto *ib*? —preguntó Djedi con naturalidad—. Es un corazón, el reflejo de nuestra alma, el lugar donde descansan nuestros sueños y anhelos, pero también nuestros miedos y nuestras malas acciones, nuestros pecados. Tómalo en tu mano. No temas.

Seshat le siguió el juego sin perder de vista ninguno de sus movimientos. Sabía que estaba a punto de engañarla y debía estar alerta.

Cuando Seshat acercó la mano, él se la abrió. Se estremeció al tocarla. Eran unas manos muy bonitas, cuidadas, y que evidenciaban el delicado trabajo de su dueña. Procuró apartar de sí esos pensamientos y, lentamente, depositó en la palma de la joven el amuleto del corazón para que ella lo examinara de cerca.

—Quiero que cierres la mano muy despacio y que sientas el amuleto en su interior. —El mago dio un paso atrás y alzó los brazos como si estuviera a punto de ocurrir un milagro—. Aprieta con fuerza para que nada pueda entrar. ¿Notas el *ib*?

Seshat asintió. Apretaba con fuerza el puño y percibía con claridad la forma del amuleto bajo sus dedos largos y delgados.

—Ahora quiero que imagines que ese corazón que tienes en tu mano es el mío —continuó Djedi mientras la joven levantaba las cejas con extrañeza—. Piensa qué es lo que quisieras hacer ahora mismo con él, después de haberme acusado de mentir, falsear y ocultar...

—Seguramente acabaría contigo —bromeó Seshat siguiéndole el juego, y le sonrió.

—Eso no me deja en muy buen lugar... —El mago se llevó la mano a la barbilla, pensativo, y entornó los ojos—. Pero si es lo que deseas ahora mismo, es tu voluntad contra la mía. Es posible que los dioses atiendan tu petición. Yo no puedo hacer nada para evitarlo... Abre la mano.

Seshat lanzó una pequeña carcajada mientras obedecía, dispuesta a ver el amuleto en su palma. Pero la risa se heló en su rostro cuando constató que entre sus gráciles dedos no había ningún objeto de fayenza azul en forma de corazón, sino un puñado de cenizas. Asustada, las arrojó al suelo y se sacudió la mano para librarse de aquella fatal impureza. Como no acababa de verse la mano limpia, atemorizada, tomó un paño de una de las mesas, lo humedeció en una copa que contenía agua y se la frotó a conciencia hasta que quedó limpia de los restos del corazón aniquilado del mago.

—Lo siento, Djedi —se excusó Seshat al creer que había destruido al sacerdote—. Yo sólo quería...

Se detuvo cuando vio en el rostro del joven una enorme sonrisa maliciosa que rara vez mostraba.

—Veo que no me tienes en gran consideración, cuando deseas mi destrucción.

—¡Has vuelto a engañarme, Djedi! Sólo ha sido un truco —respondió airada la hija del constructor—. ¿Cómo lo has hecho? No creo en tu *heka*... Aun así, he visto con mis propios ojos cómo cogías el amuleto de la mesa y lo dejabas en mi mano. ¡Incluso lo he notado entre los dedos!

Djedi se acercó a Seshat, le mostró las manos vacías y a continuación le acarició el cabello negro. Acto seguido se las puso delante de los ojos, y la muchacha se sorprendió al ver de nuevo entre sus dedos el amuleto del corazón.

—Es *heka*, Seshat, no es más que *heka*. Mi corazón está bien. Sólo existe una magia...

Djedi tomó las manos de la joven muy despacio.

—He preguntado por Hemiunu al entrar en tu casa, pero quien me preocupaba de verdad eras tú, Seshat. He venido para ver cómo estabas tras enterarme de lo sucedido ayer en la cantera.

Por primera vez en su vida la hija del constructor se sintió arrinconada. Había oído declaraciones como aquélla, decenas de veces. Muchos jóvenes se habían acercado a ella durante los descansos en la Casa de la Vida, pero Seshat siempre reaccionaba del mismo modo, ya fuera dando la espalda a sus pretendientes o, si consideraba que se excedían en sus intenciones, propinándoles un sonoro bofetón. Ahora, sin embargo, permanecía absorta y sin saber qué hacer.

—Todavía no me has dicho quién eres —dijo por fin al tiempo que liberaba una de sus manos para acariciar el rostro del mago.

Djedi se la besó.

—¡Aún tienes cenizas! —bromeó intentando salir de aquella situación embarazosa para él.

El comentario hizo que la joven volviera a reír, y su mirada brilló iluminando toda la estancia.

—No voy a decirte quién soy, pero sí voy a enseñarte cómo hacer lo que acabo de mostrarte.

—Me tomas el pelo, Djedi —desconfió la joven, remolona.

—¿No quieres conocer el secreto? Piensa que cuando te lo revele habrá perdido toda su esencia y su valor.

La hija de Hemiunu se limitó a asentir con la cabeza. Le daba igual no volver a experimentar esa sorpresa que embargaba a todos aquellos que disfrutaban de la magia. En la balanza del conocimiento, su curiosidad pesaba más que la ilusión y, en aquel instante, estar con Djedi le importaba aún más.

—No me está permitido desvelar el secreto de la sagrada magia de Thot —reconoció el sacerdote comportándose de nuevo con su habitual apatía—. Incurriría en un grave delito y el castigo sería instantáneo. Lo que sí puedo hacer es repetir todos mis movimientos, lentamente, sin revelarte nada, pero con la intención de que observes cuanto hago para que comprendas el funcionamiento.

Seshat asintió otra vez, emocionada y entusiasmada por conocer de primera mano esos secretos ancestrales. Se sentía privilegiada de poder hacerlo.

Djedi se dispuso a repetir todos los movimientos que había realizado con anterioridad. Los haría más despacio para que ella no se perdiera ningún detalle y fuera testigo de lo que sucedía en cada instante. No le ocultaría nada. Así pues, con gestos parsimoniosos, cogió de nuevo el amuleto, lo levantó en el aire y se lo mostró para que la joven se asegurara de que era el mismo *ib*, de sólida fayenza; llegó incluso a golpearlo contra la mesa de madera para que su sonido demostrara que así era. De eso Seshat estaba segura porque era un objeto que conocía a la perfección por haberlo visto siempre en el tablero de su padre.

—Ahora fíjate bien... —le pidió el mago reclamando de nuevo su atención—. Voy a repetir el resto de los pasos, lentamente. El poder de *heka* se aparecerá ante tus ojos con la misma fuerza con que lo hace en el tribunal de los dioses.

Y así fue. Djedi tomó la mano de la joven, le puso el amuleto en la palma y se la cerró con fuerza. Sólo en ese instante, el secreto del poder de Djedi se manifestó ante los ojos de Seshat de una manera clara y precisa. Su rostro se iluminó al ser consciente de dónde residía el secreto de aquel juego.

—Mi intención no es engañarte, sino hacerte disfrutar de la magia —puntualizó Djedi al leer el pensamiento de la joven—. *Heka* es lo que ves. Es un secreto, algo natural que los dioses nos han dado y que todos podemos emplear. Es cierto que puede usarse con fines maléficos. Pero una piedra puede ayudarte a matar a una persona o puedes usarla para levantar el más hermoso templo en honor de los dioses, y no por ello la piedra se convierte en un objeto maldito... Se trata de *heka*, que convierte algo cotidiano en algo fantástico, pensado para ser capaz de ayudar a quien más lo necesita. No busques averiguar cómo se ha hecho, porque seguramente perderá todo su encanto. Disfruta de tu reacción.

—¡Es... brillante! —exclamó la joven, boquiabierta.

—Es *heka*... Esto es *heka*, Seshat. Y esto es lo que hará que la pirámide del faraón Keops sea un monumento especial al que nadie podrá acceder nunca.

—Entonces ¿el número de cámaras secretas del santuario sagrado de Thot es una farsa? —preguntó la joven, que trataba de ordenar sus pensamientos.

—No, al contrario —respondió Djedi con firmeza—. La magia es real, siempre lo es a los ojos del observador. Los que intenten entrar en la pirámide verán una realidad, algo que podrán tocar con las yemas de sus dedos y sentirlo como si estuviera allí, como si fuera real..., pero será su realidad. No podremos evitar que los saqueadores accedan a la pirámide. Nadie puede evitarlo. El ser humano es terriblemente avaricioso. Pero los ladrones se conformarán con el señuelo que vamos a colocar para ellos. Creerán que han conseguido colmar sus anhelos de riqueza y, sin embargo, no habrán logrado nada, sólo una ilusión que los devolverá a la realidad más desgraciada. Mientras tanto, en el corazón de la pirámide el faraón continuará su viaje hacia la eternidad con el mismo sosiego que sintieron los dioses al principio de los tiempos cuando hicieron ese peligroso recorrido.

—¡No será real! —repitió la joven, emocionada, como si de pronto acabara de comprender todo lo que Djedi había tratado de explicarles durante los últimos meses. Ahora la idea de la construcción de la pirámide de Keops se presentaba clara ante sus ojos—. ¡Y al mismo tiempo será real!

—Todo será real, Seshat. Para las otras personas lo será porque sólo verán la realidad que tienen frente a ellas. No conocerán otra cosa. Supondrá la verdad de la pirámide. En eso consiste el número de cámaras secretas del santuario sagrado de Thot...

La muchacha se apartó del sacerdote y, sumida en sus pensamientos, caminó con paso sosegado entre las mesas y las delgadas columnas que sustentaban el pórtico que daba al jardín lateral de la casa. Allí no había ningún estanque como en el patio principal, pero la vegetación y los pájaros cantores hacían, en ese momento de la tarde, que aquel entorno fuera muy agradable. Finalmente se detuvo y levantó la mirada hacia la mesa donde estaban los planos de la pirámide.

—Creo que mi padre aún no ha entendido nada de su trabajo —dijo mordiéndose el labio inferior—. Él cree que consiste en replicar en el interior de la pirámide la estructura de otro edificio, el santuario sagrado de Thot, y ajustar sus formas a los cálculos matemáticos necesarios para evitar que todo se venga abajo y tenga sentido.

—Yo también lo creo —añadió Djedi, cariacontecido—. Pero en definitiva ése es el trabajo de un constructor, ¿no es así? Realmente no tiene por qué saber más. Él no conoce mis secretos, yo no conozco los suyos. Es una especie de acuerdo implícito.

Seshat miró a los ojos al sacerdote.

—Entonces ¿por qué me lo cuentas? ¿Por qué me haces partícipe de ese secreto?

—No, hija de Hemiunu —respondió el mago con serenidad—. No te he contado nada. ¿De qué te sirve saber el resultado de una suma si desconoces qué cifras he empleado para llegar a ese número? ¿Conoces acaso cuántos bloques de piedra dan forma a esta columna que sustenta el techo de estos aposentos? —Djedi acarició el colorido y esbelto elemento arquitectónico que tenía ante sí—. Puedes ver un objeto hermoso, pero ignoras cómo está hecho. ¿Cuántos bloques hay debajo de la pintura? ¿Tres, cuatro, cinco...? Te enseñaré algo más.

Djedi rebuscó entre los objetos que había en la mesa. Junto a los planos de la pirámide vio un boceto en un montoncito de papiros que había en un extremo.

—¿Puedo usar esto? No parece gran cosa...

Seshat asintió. En aquel pequeño papiro sólo había garabateado un cuadrado con varias frases a los lados que explicaban la posición de determinados tipos de bloques de piedra, materiales y huecos repletos de arena.

—Interesante secreto —bromeó Djedi tomando el papiro—. Quiero que lo dobles, no que lo enrolles, que sería lo habitual, sino que lo dobles como si fuera un retazo de lino.

—El papiro se estropeará —le advirtió la joven—. No es valioso, pero luego tendremos que dar explicaciones a mi padre.

—Confía en *heka*. Algo sorprendente va a suceder.

Ensimismados en el juego, ni Djedi ni Seshat se percataron del revuelo que había en la entrada de la casa. Allí estaba Hordjedef, quien, una vez más, se había presentado sin avisar, acompañado de cuatro hombres de su guardia. Los sirvientes de Hemiunu, al ver las insignias reales, no pudieron hacer nada para evitar que el hijo de Keops entrara en la villa de forma brusca.

—¿Dónde está Hemiunu? —preguntó el príncipe, que miraba ya a ambos lados intentando hallar por sí mismo al jefe de los constructores.

Era evidente que regresaba de una jarana nocturna. Aunque guardaba el equilibrio, su voz pastosa delataba que estaba ebrio.

—Alteza, el constructor no está aquí —se adelantó a contestar uno de los jardineros mientras agachaba la cabeza en señal de respeto y sumisión—. Fue a la cantera antes de que saliera el sol. Creo que había un problema con…

—¿Quién está en la casa? —exigió saber Hordjedef, sin permitir que el sirviente finalizara sus explicaciones.

—Está Seshat, su hija, ocupada en el proyecto del faraón casi desde el amanecer.

El hijo de Keops esbozó una sonrisa maliciosa y avanzó a grandes pasos hasta la parte trasera de la villa, donde se hallaban las habitaciones de trabajo.

Una de las mujeres del servicio se interpuso en el camino del príncipe. Hordjedef se detuvo y la miró con indolencia.

—¡Apártate! —gritó.

—Alteza, debemos avisar de tu presencia antes de que entres en la casa.

De un manotazo, el príncipe apartó a la mujer, que a punto estuvo de caer al suelo. El jardinero hizo amago de intervenir, pero dos de los guardias se lo impidieron.

Acompañado de sus hombres, Hordjedef accedió al interior de la casa por otra de las cámaras. Escuchó al fondo la voz de Seshat y hacia allí se dirigió, pero antes hizo una señal a sus guardias para que no lo siguieran. Su séquito se limitó a cumplir la orden y permaneció en silencio bloqueando el paso a cualquier persona que pretendiera pasar.

El príncipe intentó aguzar el oído, lo que no le resultó fácil dado el estado de embriaguez en el que se encontraba. Entornó los ojos para concentrarse en el sonido de la voz y avanzó unos pasos. Cuando alcanzó el segundo patio, descubrió la escena. Se apostó detrás de una columna y vio a Djedi de costado con un papiro en la mano.

—Dóblalo como te digo. Mi *heka* es poderosa...

Seshat obedeció e hizo lo que el sacerdote le pedía. Dobló con fuerza el fino papiro en cuantas partes le fue posible hasta dejar un pequeño cuadrado de un tamaño menor al de la palma de la mano.

Djedi lo tomó con la punta de los dedos para dejar claro que no hacía ningún movimiento sospechoso. Lo acercó a una lámpara de barro de llama titilante y, sin ningún miramiento, lo prendió. En unos instantes, el documento con el boceto se convirtió en una pequeña bola de fuego que Djedi se apresuró a dejar caer sobre un plato de cobre que había en la mesa. Ante los ojos de los dos jóvenes, la hoja fue consumiéndose hasta que de ella no quedó más que un montón de humeantes cenizas. Un intenso olor a papiro quemado lo inundó todo.

Hordjedef, detrás de la columna, observaba la escena a apenas unos pasos de donde estaban ellos. Seguía detenidamente los movimientos del mago. De vez en cuando entornaba los ojos intentando enfocar la mirada. Pero su estado de embriaguez apenas le permitía mucho más.

Djedi tomó el plato con las cenizas.

—Extiende las manos —pidió a Seshat.

Cuando las tuvo bien abiertas, el mago dejó caer en ellas el contenido del plato con mucho cuidado para que no se desbordara nada.

—He de hacerlo con esmero, pues no debe perderse el conocimiento que hay en este papiro transformado ahora en cenizas —dijo a Seshat con una sonrisa burlona, pues ambos sabían que el papiro tan sólo contenía garabatos—. Sería terrible que eso ocurriera. De ser así, el secreto de la tumba del rey estaría en peligro —añadió, continuando con la broma.

Hordjedef escuchaba sobrecogido la retahíla de adornos con los que Djedi trataba de generar una atmósfera de misterio y sacralidad. Al ver que prendía fuego al papiro con el supuesto plano de la pirámide estuvo a punto de intervenir, pero tuvo paciencia. Si todo salía como él esperaba, podría estar ante la última deslealtad de su primo.

—Ahora cierra las manos y no dejes escapar las cenizas. De ello depende que la magia de este sortilegio funcione o no.

Seshat, ya sí, se tomó completamente en serio las palabras del mago. Apretó las manos con fuerza, aunque antes se aseguró con un último vistazo de que en ellas tenía, en efecto, las cenizas del papiro. Una vez cerradas, se frotó las palmas para comprobar de nuevo que sólo había cenizas entre ambas.

Como en la ocasión anterior, el sacerdote dio un paso atrás y levantó las manos. Cerró los ojos y canturreó una pequeña salmodia aumentando así la tensión del momento.

—El conocimiento del santuario sagrado de Thot no puede perderse con esta magia —dijo Djedi.

Acto seguido, tomó a la joven por las muñecas y, muy despacio, le separó las manos. No había cenizas en ellas. Tampoco estaba el papiro. Seshat se sorprendió al descubrir que en su lugar había un pequeño sello. Y lo reconoció de inmediato. Pertenecía a una de las cajas que Hemiunu usaba para guardar los documentos más sensibles de su trabajo, un cofre de marfil bellamente taraceado que se encontraba sobre uno de los muebles en los que su padre solía trabajar.

Hordjedef pudo ver el sello cuando la hija del jefe de los constructores lo levantó para observarlo con detalle. También se percató de que en sus manos no había el menor rastro de cenizas. «Eso es imposible —pensó—. Está empleando un tipo de magia negra para embaucar a la hija de Hemiunu».

Ajena a los desleales ojos que contemplaban la escena, Seshat se acercó al cofre de marfil. Allí comprobó que el sello que había aparecido entre sus manos era un fragmento del que pendía del pomo. Todos los días su padre cerraba ese cofre después de la jornada de trabajo, sellándolo para asegurarse de que nadie lo abría. Dentro guardaba los documentos que consideraba más importantes para el nuevo proyecto. El sello coincidía a la perfección con la porción que tenía en la mano. Las dos partes formaban el nombre de Hemiunu y su título principal, el de jefe de los constructores del faraón.

Ante un gesto de Djedi, la hija de Hemiunu retiró la parte del sello que ataba el cordón que unía la tapa con el cajón. Lo abrió lentamente y dentro vio un papiro que le resultó familiar. Lo tomó con cuidado, lo desenrolló y constató que era el mismo papiro que había doblado y que se había quemado sobre el plato de bronce hacía sólo unos instantes.

El príncipe Hordjedef no daba crédito a lo que estaba viendo. Aquello era más increíble que los cientos de rumores que había oído sobre los logros portentosos de Djedi. Resultaba imposible hacer algo como lo que había presenciado... A no ser que el mago hubiera hecho un pacto con fuerzas maléficas.

Antes de que la hija del constructor pudiera manifestar su sorpresa, el príncipe salió de su escondite.

—¡No me queda más por ver! —La voz airada de Hordjedef interrumpió la escena.

Djedi y Seshat se sobrecogieron al percatarse de la inesperada presencia del hijo de Keops. En cuanto lo reconoció, el mago intentó cubrirse el rostro con el velo.

—No es necesario que te escondas —masculló el príncipe—. Sé que eres tú, Djedi. Es más, no creo que haya ningún otro sacerdote capaz de emular la magia negra que acabas de mostrar.

—Hordjedef, te equivocas —dijo Seshat interponiéndose entre los dos jóvenes.

—No tienes nada que explicarme, hija de Hemiunu. —Se volvió hacia Djedi de nuevo y añadió—: Creo que el faraón, mi padre, debe saber de estas malas artes que empleas. Sin lugar a dudas, son un peligro para la doble corona que ostenta y para la seguridad de su pirámide, cuyo trabajo descansa ahora en tus sucias manos.

Dicho esto, Hordjedef dio media vuelta y salió de manera precipitada hacia donde lo esperaban sus guardias. Era consciente de que no tendría mejor oportunidad que aquélla. Antes de reunirse con el soberano, debía hablar con Ranefer para que actuara con celeridad.

Abandonó tan raudo la casa de Hemiunu que ni él ni sus guardias repararon en el extraño testigo que los observaba desde lo alto de una pequeña duna, no lejos de la entrada. Era el pequeño zorro. El animalillo no distinguió a su joven protegido entre aquel grupo de hombres que abandonaban la villa de forma tan misteriosa. Fiel a su amigo, mantuvo la mirada fija en la puerta aguardando su salida.

12

Seshat permanecía apoyada en una de las mesas del estudio con la mirada perdida en el enlosado. Azorada por lo que acababa de ocurrir, intentaba asimilar las posibles consecuencias de todo aquello. Comprendía que el príncipe pudiera ir a la cantera para ver los avances de la pirámide de Keops. Ser hijo del faraón y un alto funcionario encargado de informar sobre los trabajos que se hacían para el soberano le otorgaba el derecho a hacerlo. Pero la aterrorizó que irrumpiera de un modo tan descortés en la casa de su padre, en su propia casa. Si había hecho aquello, ¿a qué estaría dispuesto para conseguir su objetivo? Y lo más inquietante de todo: ¿qué era lo que Hordjedef se proponía?

La joven se sentía ultrajada. Consideraba que entrar en las habitaciones de trabajo de su padre era peor que entrar en su alcoba en mitad de la noche y sacarla del lecho para abusar de ella.

Su rostro desencajado era una mezcla de miedo e ira por lo que acababa de suceder. La presencia de Djedi, estar compartiendo con él un momento tan privado, la sobrepasó y le impidió reaccionar. De haberse encontrado sola cuando el príncipe llegó no habría dudado en enfrentarse a él. Lo habría tratado como solía hacer con aquellos jóvenes ebrios que a veces cruzaban la delgada línea de los buenos modales en las fiestas de palacio. Un buen bofetón a tiempo solía sacarlos de su embriaguez y los devolvía a la realidad.

El joven mago sentía aún más preocupación, consciente de lo que significaba aquella visita y lo que supondría. Al contrario que

Seshat, Djedi sabía qué era lo que el príncipe Hordjedef buscaba con aquellos actos tan desabridos e impertinentes. El hijo de Keops quería marcar territorio e imponerse por la fuerza mediante sus habituales malas artes para lograr lo que en otras ocasiones había conseguido por medio de la extorsión y el miedo. Pero el joven sacerdote no estaba dispuesto a consentir que el príncipe se saliera con la suya. Debía reaccionar cuanto antes.

—He de irme —sentenció el sacerdote—. No es bueno que me vean aquí, en la casa de Hemiunu, contigo... a solas.

—Ya te han visto, Djedi. No sé de qué serviría. Ahora el príncipe puede inventar cuanto desee. De nosotros, de tu magia, del proyecto de mi padre..., de lo que sea.

Seshat, nerviosa, comenzó a caminar por la habitación. Pronto el sol iniciaría su descenso, y los sirvientes habían encendido ya algunas lámparas de aceite. Esas luces hacían que su sombra corriera con ella de un extremo a otro de la estancia y que todo, papiros con planos, cajones, útiles de escritura, muebles..., quedará envuelto en una atmósfera umbría. Parecía una presencia fantasmal que deambulaba sin rumbo aturdida por pensamientos y preguntas sin respuesta.

De pronto, la joven levantó la cabeza y miró al sacerdote. Djedi se fijó en que le temblaba el labio inferior. Nunca la había visto así, vulnerable. Jamás pensó que la hija del jefe de los constructores pudiera amedrentarse por algo. Y le resultó insufrible. Su habitual frialdad se desvaneció. El mago se acercó a la joven y la abrazó con delicadeza. Seshat estalló en llantos sobre su hombro.

—Nuestras vidas están en peligro —sollozó ella—. Digamos lo que digamos, todo se tergiversará. Hordjedef es un manipulador, una víbora... Mentirá acerca de cuanto ha visto para salirse con la suya. —Suspiró—. ¿Qué pretende conseguir?

Djedi la apartó de sí lo justo para mirarla a los ojos.

—¿Aún no te has dado cuenta? ¿Estás ciega?

—Bueno..., tengo una teoría. Pero ¿tú qué crees que pasará? —inquirió la joven distanciándose de él un poco más y tomándolo de las manos.

—A mi entender, es muy evidente.

—¿Quiere quedarse con el proyecto? —La pregunta sonó desesperada—. No tardará en ir corriendo a ver a su padre, el faraón, para contarle vete a saber qué historias sobre *heka* y papiros misteriosos. Inventará cualquier cosa para apartarnos de las obras. Por eso creo que nuestras vidas están en peligro.

Djedi se soltó de la joven y se llevó las manos al rostro. Al hacerlo se embriagó del perfume de Seshat cerrando los ojos.

Cuando volvió a abrirlos, la joven seguía allí, frente a él, esperando una respuesta. Pero Djedi no dijo nada y se limitó a sonreírle.

Entonces la besó. Seshat, sorprendida, no supo cómo reaccionar. Tampoco quiso. Se dejó llevar por la pasión del momento.*

—Tienes razón, nuestras vidas corren peligro —reconoció el mago—. Y después de este beso aún más.

Seshat se echó a reír.

—No sé lo que ha pasado, Djedi —dijo, más relajada ya—, pero no quiero buscar ahora una respuesta a todo esto. —Volvió a cogerle las manos—. Lo único que lamento es que este momento de felicidad venga acompañado de los mayores temores.

—Seshat, a pesar del riesgo que corremos, no olvides que nosotros vamos un paso por delante de Hordjedef.

La hija del constructor sacudió la cabeza como si no entendiera nada.

—Sí, mi querida Seshat —añadió el mago, y acarició el rostro de su amada—. El papiro obra en nuestro poder y, lo que es más importante aún, sabemos cómo leerlo.

—Pero si deciden quitarnos de en medio, pronto se harán con todos los documentos.

Djedi no contestó. Se encogió de hombros intentando transmitir sosiego y tranquilidad en un momento tan complicado.

* En el antiguo Egipto, los sacerdotes no guardaban celibato. Estaban casados y formaban familias como cualquier otro grupo de la sociedad, incluso se constituían dinastías de religiosos puesto que los hijos heredaban los cargos que sus padres habían desempeñado en los templos.

—¿Qué crees que debemos hacer? Te veo indiferente.

—No es indiferencia lo que siento. Tampoco seguridad. Simplemente soy consciente de que no podemos hacer otra cosa que esperar —reconoció el sacerdote—. Es cierto que contamos con la ventaja de tener el papiro de Thot y el proyecto muy avanzado. Pero, insisto, no podemos hacer nada antes de saber cuáles son las intenciones de Hordjedef.

—De lo contrario, podríamos delatarnos.

—Exacto, Seshat —respondió el joven mago echando un vistazo a su alrededor. Tenía muy claro qué había que hacer en primer lugar—. Debemos tomar algunas medidas, pero este asunto ha de limitarse a nosotros, un círculo muy pequeño. Ni tu padre ni Hesiré pueden saber nada —añadió con una sonrisa maliciosa.

Caminó hasta una mesa cercana y rebuscó entre los papiros que había sobre ella. Allí vio planos de todo tipo, anotaciones sobre medidas, clases de materiales, canteras de donde obtener las mejores piedras, el grado de inclinación y la longitud de las rampas, avituallamiento de trineos, cuerdas y obreros...

—¿Qué buscas, Djedi? Quizá pueda ayudarte.

—Es muy sencillo. A tu padre no le di nunca el texto completo del papiro con el número de cámaras secretas del santuario sagrado de Thot, pero sí le anoté en un fragmento pequeño algunos detalles nimios que lo ayudarían a diseñar la estructura subterránea de la pirámide. Son una serie de medidas sin las cuales jamás podría otorgar un significado mágico a esa habitación y a los pozos que la acompañan.

Seshat puso una expresión de horror al caer en la cuenta de que en su casa había una parte del papiro de Thot.

—Pero tener esa información aquí es muy peligroso. Podría ser la razón por la que Hordjedef ha venido esta tarde. ¿Y si envía a sus hombres a buscarlo? No se detendrían ante nada para obtenerlo.

—No, no temas, Seshat —respondió el mago. Alzó la cabeza y detuvo un instante su búsqueda en la mesa del estudio—. Al contrario, esa información por sí sola no sirve para nada. Es pura magia..., *heka* muy potente. Y hay que saber utilizarla. Un profano sólo vería números e imágenes en ese documento. No entendería nada. Aun así, debo recuperarlo.

—¿Te refieres a esto?

Seshat portaba en la mano un fragmento de papiro muy usado y deshilachado.

Al verlo, Djedi esbozó una enorme sonrisa.

—¿Dónde estaba?

—Mi padre lo guarda siempre en esa arqueta de hueso junto con retazos viejos de lino que emplea en la limpieza de las lámparas. Nunca le pregunté, pero el hecho de saber que lo guardaba ahí como algo sin importancia, aunque no hacía más que consultarlo, me llevó a pensar que podría tratarse de algo valioso. Veo que no me equivoqué.

—Eres muy inteligente, Seshat —exclamó el sacerdote, y se acercó a la joven para tomar el fragmento de papiro y premiarla con un suave beso.

Miró a ambos lados con recelo. No quería llevarse ninguna sorpresa más. Fue hasta la puerta de la habitación y luego hasta la galería que llevaba al patio trasero para asegurarse de que nadie los espiaba. Cuando estuvo seguro de que se encontraban solos en esa parte de la casa, examinó el extraño documento. En él no había más que cifras y frases sin aparente conexión. Algunas figuras acompañaban los números, complicando aún más su significado. Se trataba de cantidades que nadie descifraría ni sabría dónde usar. Aun así, Djedi se quedó más tranquilo después de haberlo recuperado.

—¿Tu padre lo ha usado últimamente?

—No, hace ya varios días que no lo mira. Me fijé en que lo empleaba cuando estudiaba la parte subterránea de la pirámide. Me comentó que habías hablado ya con él sobre esa cuestión y que todo estaba arreglado. Cuando pasó a la estructura de la pirámide, con las primeras hileras de piedra sobre la planicie, lo guardó en esa arqueta y no ha vuelto a usarlo. Creo que los papiros están aquí.

La hija de Hemiunu se acercó a otra arca de las muchas que había en la habitación, ésta protegida por unos sellos. Era única.

En ella se custodiaba el verdadero secreto de la pirámide de Keops. Ya daba igual lo que pasara, se dijo Seshat. Debería hablar con su padre y contarle lo que había sucedido; así pues, ¿por qué no romper, ya puestos, los sellos y abrir el arca?

En cuanto lo hizo, Djedi vio en su interior varios rollos de papiro colocados con mimo. Cada uno estaba atado con una cinta de un color diferente. A su vez, cada cinta estaba sellada para que nadie pudiera descubrir sus acertijos sin dejar rastro.

Seshat supo al instante qué rollo tenía que coger. Rompió el sello que lo protegía y lo desenrolló sobre la mesa acercando una de las lámparas de aceite que había en una esquina para poder iluminarse.

Djedi no necesitó mucho tiempo para formarse una idea de lo que tenía delante. No era constructor, pero lo que le interesaba era saber si Hemiunu había previsto para la habitación subterránea las medidas y el diseño que aparecía en aquel fragmento del papiro de Thot.

—Tu padre es un genio —afirmó el mago al tiempo que sus ojos se movían con rapidez de un lado a otro del papiro comprobando que todo era correcto—. Ha hecho un trabajo magnífico. Ya no necesita más este otro fragmento, así que será mejor que nos deshagamos de él.

Enrolló el gastado papiro con las anotaciones y lo acercó a la llama de una lámpara. De inmediato, todo él prendió y el mago se vio obligado a dejarlo caer al suelo para no quemarse. Después de sofocar el pequeño fuego con su sandalia, se agachó para recoger las cenizas, que a continuación dejó, mezcladas, en el plato de metal que había usado en el juego de manos que hizo con Seshat.

Ella volvió a sellar el papiro con los mismos instrumentos que usaba su padre casi a diario y lo depositó en el interior del arca con el resto de los planos acabados de la pirámide. También selló el arca, y la devolvió a su sitio, entre otras cajas de diferente aspecto y valor.

—Si quieres esconder algo, ponlo a la vista de todos —sentenció el mago cuando la hija de Hemiunu colocó el arca en su ubicación.

Al acabar, Seshat se acercó de nuevo a Djedi y se abrazó a él.

—Tengo miedo.

Por primera vez en su vida, la joven se encontraba segura junto a otra persona, sin contar a su padre. Sentía algo especial que hasta entonces no había experimentado. Acurrucada sobre el pecho del sacerdote, se tranquilizó mientras escuchaba los latidos de su corazón.

—No podemos hacer nada más que esperar. Sólo...

Djedi se detuvo antes de concluir la frase. Seshat, sin separarse de él, alzó la cabeza para mirarlo.

—¿Qué sucede? ¿Qué ibas a decirme?

—Quizá sea el momento de que sepas algo más del proyecto.

—¿A qué te refieres? Mi padre me ha contado todo lo que estamos haciendo. En esa arca están los planos de las partes que se construirán en los próximos años. ¿Qué más he de saber?

—Bueno, lo cierto es que tu saber se centra exclusivamente en la construcción...

Seshat leyó en los ojos del joven cuáles eran sus pensamientos e intenciones.

—No, Djedi. Eso sería muy peligroso para los dos. —La joven se apartó de él de forma brusca—. Romperías un juramento sagrado, y nos pondrías en un compromiso tanto a mi padre como a mí... Especialmente a mí.

—Al contrario, Seshat, eso garantizaría la continuidad del proyecto si a uno de nosotros le sucediera algo. Nadie tiene por qué saberlo.

—Pero el dominio de la magia no se aprende de la noche a la mañana. Tú mismo me has explicado más de una vez que te ha llevado años comprenderlo todo.

—Porque no tuve maestro, Seshat. Y porque la gente que se acerca a los textos sagrados de la biblioteca no lee el documento completo.

La hija del jefe de los constructores arqueó las cejas, desconcertada, mientras escuchaba al mago.

—¿Cómo que nadie ha leído el texto al completo? ¿Eso qué significa?

—El papiro de Thot es un compendio de varias partes. Muchos papiros mágicos tienen esa estructura. Poseen un texto en verso que desarrolla una historia y luego cuentan con un documento que explica su contenido o, mejor dicho, marca el significado real de lo que se ha explicado hasta ese momento.

—¿Y eso es lo que ha pasado con el papiro del santuario sagrado de Thot?

—En efecto. Nadie lo ha leído hasta el final... He sido el primero en hacerlo.

—No te entiendo, Djedi. Siempre has dicho que el papiro estaba en la Casa de la Vida en el templo de Iunu y que cualquiera podía acceder a él, si bien su dificultad lo hacía prácticamente incomprensible. Sólo el estudio, durante años, te ha permitido alcanzar su comprensión, dijiste.

—Te lo explicaré. El papiro de Thot no es más que...

—No, aquí no. —Seshat le puso un dedo en los labios para sellarlos—. Aquí podrían volver a sorprendernos. Sígueme hasta mi alcoba. Allí nadie nos importunará. Tenemos toda la noche por delante para que me lo expliques. Ya regresarás al templo de Ptah después del alba... Quiero saber quién eres realmente..., y me he propuesto descubrirlo antes del amanecer.

Djedi no pudo negarse. Seshat lo tomó de la mano y, procurando que nadie los viera, se abrió camino en la oscuridad de la casa hasta su alcoba.

13

Al día siguiente por la tarde, después de descender de la lujosa embarcación que lo había llevado hasta sus estancias en la residencia real, Hordjedef avanzó por el camino de tierra que unía el embarcadero con la parte trasera del palacio. Caminaba tan aprisa que algunas piedrecitas saltaban debajo de sus sandalias de papiro. Muchos de los sirvientes lo observaban con curiosidad. Otros, acostumbrados al loco comportamiento del príncipe, no se sorprendieron lo más mínimo. Pensaron que vendría de una de sus jaranas habituales.

Al reconocerlo, los guardias lo dejaron pasar sin poner ningún impedimento. Un enorme muro blanco decorado con entrantes y salientes rodeaba el recinto palaciego. Aquella defensa perimetral era tan soberbia que la ciudad entera era conocida por él y muchos la llamaban el Muro Blanco.

Una recia puerta de madera de cedro daba acceso al patio trasero del conjunto. Hordjedef solía encontrarse allí con Ranefer, lejos de las miradas indiscretas de otros oficiales del faraón que podrían sentirse inclinados a chismorrear sobre el díscolo comportamiento del príncipe.

En cuanto cruzó la puerta buscó con la mirada a su amigo. Se había citado con él en aquel patio. Y Ranefer no se retrasaba nunca.

—Te veo preocupado.

El jefe de los escribas surgió de entre los arbustos como una aparición. El príncipe se sobresaltó.

—¿De dónde vienes, Ranefer? Creí que te encontraría esperándome.

—Ayer estuve trabajando hasta tarde y casi me duermo después del almuerzo —se excusó el escriba—. ¿Qué tal te ha ido?

—Debemos actuar con celeridad —dijo al instante Hordjedef en tono quedo para preservar la privacidad del momento.

—¿Es por lo que te sucedió con Djedi y con Seshat en la casa de Hemiunu?

La pregunta del escriba hizo que el príncipe se sobresaltara de nuevo.

—¿Cómo lo sabes? ¿Quién te lo ha explicado?

—Ya te dije que tengo un contacto en el interior de la casa del jefe de los constructores. Al parecer, entraste de malos modos —añadió Ranefer riéndose—. Y los descubriste en la zona de trabajo... Pero me gustaría oírlo de tus labios.

—En efecto, ayer estuve en la casa de Hemiunu y vi a Djedi... en un encuentro secreto con Seshat, la hija del constructor.

La expresión del rostro del jefe de los escribas se tranquilizó y amagó un conato de risa.

—¿Estás molesto por haber descubierto ese encuentro del sacerdote, que tú llamas secreto, con Seshat o porque has sido testigo de algo peligroso?

Hordjedef no prestó atención al impertinente comentario de su amigo. Seshat era una joven muy hermosa. No podía negarlo. Cualquier hombre habría puesto sus ojos en ella. Pero aquél no era el caso.

—No parecía un encuentro casual...

El príncipe intentó relajarse y, después de una pausa, relató con todo lujo de detalles lo que había visto la tarde anterior en la casa del constructor. No obvió ningún pormenor de lo ocurrido, por muy insignificante que fuera. Era la primera vez que era testigo de algo tan increíble. Las cenizas, el fuego, la arqueta, el papiro recompuesto por arte de magia... Había oído hablar del prodigio que Djedi hizo ante su padre. Cortar la cabeza de un ganso y volverla a juntar al cuerpo como si nada era algo que solamente se permitía hacer a los dioses. Así estaba descrito en todos los textos sagrados que había leído en la Casa de la Vida siendo apenas un muchacho. Pero no todos los dioses realizaban gestos bondadosos. Muchos eran divinidades maléficas que conseguían escapar a las fuerzas que emanaban del sol en su viaje nocturno. Sólo uno de esos seres oscuros podría llevar a cabo esa suerte de prodigios tan escalofriantes.

Ranefer escuchó con atención. No interrumpió a su amigo en ningún momento. Éste ofrecía detalles sorprendentes de lo que, según él, había sucedido en la casa de Hemiunu.

Al acabar de oír la historia, Ranefer frunció el ceño en actitud pensativa, recuperando la expresión de preocupación de antes. Daba la sensación de que nunca había oído hablar de un prodigio como el que el príncipe había presenciado en el hogar del jefe de los constructores.

—¿Qué más te contó tu contacto en la casa? —quiso saber el príncipe.

—Aparte de que irrumpiste bruscamente, poco más. Sólo que oyó voces en la zona de trabajo y que tú ibas un poco borracho... Lo que acabas de contar supera con creces los relatos que había oído acerca de Djedi —reconoció el escriba en tono preocupado—. La mayoría de ellos no suelen ser más que invenciones de taberna, contadas por jóvenes embriagados que, uno tras otro, van añadiendo detalles de su cosecha que acababan distorsionando lo sucedido en realidad.

—¿Recuerdas lo que se decía en las casas de la cerveza la noche en que Djedi se había presentado ante mi padre poco antes? Sabemos que decapitó un ganso del estanque al que luego devolvió la vida uniéndole la cabeza al cuerpo. Pero eso no era lo que corrió por la taberna como el agua del río después de la crecida. Entre los chismorreos que se oían, algunos oficiales de la guardia del faraón afirmaban haber presenciado, y lo juraban por los dioses de Kemet, que después de decapitar y revivir al ganso, el mago había hecho lo mismo con un buey y luego con un león.

—Lo recuerdo —asintió Ranefer—. Según aquellos guardias, la prueba estaba en la cuantiosa sangre que había quedado en el salón de recepciones. Parecía que habían degollado a una docena de hombres, dijeron. Más tarde, yo mismo me encargué de hablar con unos sirvientes del faraón que me aseguraron que en el salón la única sangre que vieron fue un reguero de gotas que, según parece, habían caído del paño de lino que Djedi usó para envolver la cabeza del ganso. Pero esto que acabas de relatarme es un prodigio del que nunca había oído hablar —reconoció Ranefer llevándose la mano a la barbilla—. Confío en que hayas sido fiel en la descripción.

—¿Acaso lo dudas? —protestó el príncipe—. Estoy completamente sobrio.

—Lo estás ahora, Hordjedef, pero cuando visitaste la casa de Hemiunu habías bebido. Las mujeres del servicio que trataron de impedirte la entrada así lo atestiguan.

—Todo lo que he dicho lo vi con mis propios ojos —se reafirmó el hijo del faraón—. Podría haber exagerado diciendo que Djedi surgió de una nube de humo, que la casa de Hemiunu se llenó de llamas o que estaba asistido por mil y un seres maléficos. Pero no fue así, Ranefer. Presencié cuanto te he contado..., lo vi con mis propios ojos como ahora te veo a ti. ¡Y no te imaginas el semblante de Seshat mientras observaba lo que Djedi hacía...! Su expresión de sorpresa demuestra que lo que sus ojos contemplaban era lo mismo que estaban viendo los míos.

Ranefer asintió a las últimas palabras de su amigo con la mirada fija en el fondo del jardín. No podía presentarse en la casa de Hemiunu para preguntarle a su hija qué había presenciado, por lo que tenía que conformarse con la descripción del relato de Hordjedef.

—El uso del fuego confiere a ese extraño ritual un halo de oscuridad que nunca habría relacionado con Djedi —reconoció por fin el escriba—. Es un paso más hacia el tenebroso camino de nuestro sacerdote... Los miembros del clero lo emplean en los ritos diarios de los templos para purificar, para limpiar, pero también para atacar a los enemigos. Es una herramienta poderosa que aparece con profusión en los textos sagrados como arma de los dioses. Muchos magos callejeros lo usan para actuar contra una persona a quien otra ha denunciado por cualquier circunstancia, por algo que no le agrada. Son turbios rituales de magia en los que, por lo que parece, Djedi está versado. En la biblioteca de la Casa de la Vida hay una zona llena de papiros que tratan de estos ritos. ¿Llegaste a oír alguna clase de salmodia?

La pregunta del Ranefer estaba encaminada a descubrir cierta lógica en el ritual que su amigo acababa de describirle con tanto detalle.

—Como ya te he dicho, Djedi me daba la espalda y no oí gran cosa. De todos modos, es posible que canturreara alguna salmodia, sí... Permaneció unos instantes con los brazos en alto como si elevara una plegaria.

Extrañado, el escriba caminó por el patio. Bajo un enorme tamarindo había una lámpara de barro en cuyo cuenco se distinguían todavía las cenizas de la noche anterior. Ranefer se acercó hasta ella pisoteando las vainas del árbol que aún contenían frutos y que habían caído en las últimas semanas. Era un simple plato redondo, lo suficientemente profundo para contener un par de dedos de aceite. El joven tomó en la mano las cenizas de la mecha y reflexionó una vez más sobre lo que acababa de escuchar.

—Es posible que Djedi, además del uso de la magia blanca, *heka*, también tenga conocimiento del lado más oscuro de ese arte —dijo al fin Ranefer en tono preocupado—. ¿No pudo tratarse de un simple juego de manos que desató tu imaginación?

El jefe de los escribas intentaba ser lógico y pragmático. Sabía de magos muy hábiles que realizaban actos tan sorprendentes como convencer a alguien de que hacían desaparecer objetos pequeños, lo que conseguían desviando su atención.

—Acuérdate de lo que hemos visto innumerables veces en las casas de la cerveza —insistió el escriba—. Me refiero a esos magos itinerantes que nos hacen creer que han logrado volatilizar las piedrecitas que había debajo de unos cuencos de barro. Son tan rápidos en sus movimientos y los testigos estamos tan ebrios que creemos haber presenciado un gran prodigio. Pero es puro espectáculo.

—Estuve atento a todos los movimientos que hizo —repitió Hordjedef.

—No obstante, acabas de decir que te daba la espalda. Entonces ¿cómo pudiste ver todos sus movimientos?

—El rostro de Seshat me lo confirmó —insistió el hijo de Keops—. Además, ella estaba cerca del mago y palpó el papiro. ¡Lo tenía entre sus manos, Ranefer! Y de pronto se convirtió en fuego. Desapareció entre las cenizas para luego regenerarse dentro de un arca que estaba sellada, como si fuera un engendro de la noche.

Ranefer le rogó con un gesto que bajara la voz. La emoción y el deseo de que su amigo lo creyera habían hecho que Hordjedef la elevara ligeramente. Con otro gesto, el escriba invitó al príncipe a que entrara con él en una de las habitaciones en las que solían encontrarse. En cuanto estuvieron dentro cerró la puerta. Se apoyó en ella y recorrió el interior con la mirada.

—Propongo que ejecutemos cuanto antes el plan que hemos urdido para acabar con Djedi —dijo el príncipe—. No dispondremos de otra oportunidad. Contamos, además, con el papiro del santuario sagrado de Thot. Djedi es ya completamente prescindible. Convenceré a mi padre para que lo aparten del proyecto.

—Querido amigo, tu padre nunca te hará caso —le señaló Ranefer esbozando una sonrisa—. Sueles quejarte de ello. ¿Qué te hace pensar que en esta ocasión te confiaría un trabajo de esas características? Antes deberías cambiar tu forma de ser, y eso, créeme, es imposible.

—Lo que esta vez me da confianza es tener el papiro del santuario sagrado de Thot.

El príncipe señaló un cofre de madera de casi cuatro palmos de largo. Se trataba de una simple caja, vieja y llena de rasguños por el uso continuado durante muchos años. Su valor residía en el secreto que contenía. Hordjedef alzó la tapa, y Ranefer vio en su interior una maraña de telas y collares de piedras de colores, muy ordinarios, que no llamarían la atención de nadie. Sin embargo, entre todo ese revoltijo de fruslerías había una pequeña arca de marfil ornada con incrustaciones de pasta vítrea en cuya tapa estaba grabada la imagen de un ibis, el dios patrón Thot, divinidad de la magia y las letras. A simple vista, no parecía gran cosa, un objeto decorativo más en una habitación modesta empleada para reuniones improvisadas. Nadie miraba en esa parte de la estancia.

El tirador de la tapa estaba atado a un pomo colocado en uno de los laterales del arca. Ambas piezas eran de cornalina y brillaban con intensidad gracias a la luz que entraba por uno de los ventanales superiores.

—Cuando quieras esconder algo a los demás, ponlo a la vista de todos —exclamó Hordjedef con una sonrisa maliciosa—. Nadie sospecha lo que contiene ese sencillo cofre. ¡Por todos los seres del inframundo...! ¡Nadie se enterará de que el papiro del santuario sagrado de Thot ha desaparecido de la biblioteca! Ni siquiera saben que está allí.

Ranefer se acercó al cofre de marfil y lo abrió. En él se hallaba todavía el rollo de papiro sagrado, el preciado documento que contenía la magia necesaria para que Keops levantara su pirámide y nadie pudiera profanarla en toda la eternidad.

—Aquí está la magia que permite convertir una tumba tradicional en un amuleto poderoso e imperturbable —sentenció el amigo del príncipe.

Ranefer volvió a dejar el papiro en el interior del cofre y lo cerró rodeando de nuevo el pomo de cornalina de la tapa con el cordón de esparto.

—Aunque tampoco podemos olvidarnos de Hemiunu —dijo Hordjedef después de una breve pausa—. Él posee el conocimiento del santuario sagrado de Thot, se lo habrá revelado Djedi. Deshacernos del sacerdote no impedirá que siga trabajando en la pirámide.

Ranefer torció el gesto. Su amigo tenía razón, pero no le gustaba el cariz que estaban tomando los acontecimientos.

—A mi padre no le agradará saber que el inspirador de su morada de eternidad es, en realidad, un sacerdote mago que se dedica a usar sus habilidades en artes secretas —espetó el príncipe, convencido de la solidez de su argumento—. Por ello, el eslabón más débil es, precisamente, Hemiunu. Deberíamos apartarlo de la corte, que cayera en desgracia. Y después de acusar a Djedi de turbios arreglos, me presento ante mi padre con el papiro de Thot bajo el brazo, como garante de la tradición.

Ranefer no hizo ningún comentario al planteamiento de su amigo. En la mente del hijo de Keops bullían un montón de ideas y sugerencias que ignoraba aún cómo llevar a cabo. Sin embargo, las veía como la gran solución al problema que lo atormentaba desde que era poco más que un niño. Tenía ante sí ahora la posibilidad de revertir esa situación y convertirse en uno de los hombres más influyentes de la corte, ser por fin alguien importante a ojos de su padre, el faraón. Y, a su juicio, para alcanzar ese objetivo no había más que un camino. El más expeditivo, el más rápido y, al mismo tiempo, el más efectivo.

El hijo del faraón dejó en el cofre la caja que contenía el papiro y se dirigió hacia la puerta.

—¿Adónde vas, Hordjedef? —quiso saber Ranefer.

—A hacer algo que debo llevar a cabo solo.

14

El sonido de las tablillas al chocar contra la mesa resonó como un estruendo en la pequeña habitación del palacio. Al caer la tarde, casi con los últimos rayos del sol, Keops y Hemiunu se habían alejado de la habitual sala de recepciones para mantener un encuentro más privado en una estancia apartada de miradas indiscretas. No era su intención hablar de ninguna cuestión sensible ni tampoco conspirar o cotillear sobre los últimos rumores que corrían por los pasillos de la residencia real. Sencillamente querían estar solos, en privanza, sin que nadie los molestara. Ni siquiera había guardias dentro de la estancia, si bien dos de ellos se habían quedado apostados en el pasillo, al otro lado de la puerta.

En un ambiente austero, sentados frente a frente, sirviente y señor luchaban de manera denodada por vencerse en una nueva partida de senet, uno de los juegos de mesa más populares en la tierra de Kemet. La gente se divertía con él en las casas de la cerveza, en las terrazas de los hogares o, simplemente, en la calle dibujando en el suelo de tierra apisonada y alisada las treinta casillas del tablero, distribuidas en una cuadrícula de tres por diez, y empleando cantos rodados como fichas.

Sin embargo, el tablero del faraón era una verdadera joya. La superficie de las casillas estaba montada sobre una caja alargada que servía para guardar las fichas y los dados al final del juego. Estaba fabricada con madera pintada de blanco. Las líneas que demarcaban las cuadrículas se habían incrustado empleando piedra de lapislázuli proveniente de Oriente. Las cinco fichas con que contaba cada jugador eran de fayenza, blancas las de uno y de un azul intenso las del otro. Hemiunu jugaba con estas últimas. El faraón, sabedor de que al jefe de los constructores le gustaba ese color, se las había cedido.

La habitación donde tenía lugar aquel singular enfrentamiento no era muy grande. Únicamente contaba con una pequeña ventana, que daba al patio en el que se hallaba el estanque donde el soberano solía disfrutar de las luchas sobre embarcaciones de papiro. No entraba nada de luz, y sólo si se fijaba la mirada con atención podían verse algunas estrellas y la luna llena. Las paredes, pintadas de un blanco muy puro, reflejaban la luz anaranjada de un par de antorchas que, poco antes de iniciar la partida, dos sirvientes habían colocado junto a la puerta. Un friso formado por varias líneas de color, azul, rojo y verde, imitando motivos vegetales, era la única decoración que lucía la sencilla habitación.

—Cuatro, y vuelvo a tirar —señaló Keops esbozando una sonrisa que anticipaba su victoria.

Hemiunu lo observaba a la luz de las antorchas con resignación. El faraón se había quitado las coronas que solía llevar en las recepciones oficiales. Las gotas de sudor habían hecho que el maquillaje protector que perfilaba sus ojos se hubiera corrido en algunas zonas, entremezclándose con los aceites corporales. En el rostro manchado del soberano despuntaba ya la barba; todo indicaba que era necesario un nuevo aseo, pero eso podía esperar por el momento.

La temperatura era muy agradable e invitaba al solaz. Se diría que el tiempo se había detenido, y el hombre y el dios jugaban con tranquilidad. La jornada había sido pesada. Hemiunu había luchado contra toda suerte de contratiempos en la cantera y el faraón estaba cansado, casi harto, de los mandatarios extranjeros a los que había tenido que recibir. No eran más que jefes de beduinos del desierto oriental y occidental que, sometiéndose al poder del soberano de las Dos Tierras, querían con ello sumarse a la paz de la región. Keops prefería atenderlos personalmente antes que delegar en problemáticos oficiales y luego tener que arrepentirse. Los dos necesitaban ese rato de asueto y el juego les brindaba la mejor posibilidad para conseguirlo.

El senet era una suerte de juego de estrategia en el que cada jugador debía colocar sus fichas y aprovechar las oportunidades que sus dados le daban para alcanzar cuanto antes la meta. Keops era un buen estratega y un gran jugador. En muchas ocasiones trasladaba su experiencia en el campo de batalla al tablero.

El objetivo del juego era muy sencillo. No había más que sacar del tablero todas las fichas propias antes de que el contrario lo hiciera. Para avanzar, se empleaban cuatro dados en forma de tablillas de hueso. Cada uno poseía un lado curvo y otro plano, de tal manera que tenían un valor u otro dependiendo de sobre qué lado cayeran en la mesa.

Antes de abandonar el tablero debían evitarse algunas paradas letales. Pero era necesario eludir con estrategia, y un poco de suerte, que el contrincante devorara tus fichas y te enviara de nuevo a la casilla de salida. Poco antes del final del recorrido estaba la casilla de las aguas del caos, el No-Ser. Caer en ella era una auténtica desgracia ya que significaba volver al inicio del tablero y comenzar de nuevo el viaje al Más Allá.

En ese punto de la partida, tanto Keops como Hemiunu contaban con tan sólo una ficha, pero el faraón sacaba mucha ventaja al constructor. Éste había sido devorado por el terrible monstruo Amit y se había visto obligado a volver a empezar, mientras que el soberano había aprovechado el percance para avanzar muchas casillas. Keops estaba a punto de vencer. Lo lograría si sus dados le eran favorables en el siguiente lanzamiento.

El rey de las Dos Tierras cogió las tablillas de hueso con la mano derecha y las agitó, un gesto inocente con el que quería atraer la ayuda de los dioses.

—¡Oh, Maat, diosa de la justicia y el orden, asísteme en este momento crucial!

Hemiunu se vio entre la espada y la pared. Si el resultado de la tirada era favorable para su real oponente, ya podía dar la partida por perdida. Contuvo la respiración cuando el faraón lanzó los dados sobre la mesa.

Keops esperó con impaciencia y los ojos muy abiertos el desenlace de la jugada.

—¡Tres! —maldijo chascando la lengua al tiempo que movía su última ficha blanca hasta la casilla de las aguas del caos para luego devolverla al comienzo del tablero.

Hemiunu relajó la mirada y soltó el aire aprisionado en sus pulmones. Al menos, tendría una nueva oportunidad para vencer al faraón. Ahora la ficha azul que quedaba en el tablero tenía por delante la mitad del recorrido hasta alcanzar la meta.

—El senet es un fiel reflejo de la vida. ¿No lo crees así, Hemiunu? —dijo Keops con desazón después de perder la oportunidad de ganar.

El constructor detuvo el lanzamiento de los dados y miró al soberano. Se había quitado la peluca, que estaba ahora en el suelo, con el fin de sentirse más cómodo y fresco. Los dos hombres parecían abandonados al relax, dejando de lado cualquier tipo de protocolo.

En realidad, el senet no era un simple juego, pues contaba con numerosos elementos mágicos y simbólicos que lo relacionaban con una suerte de viaje iniciático, un camino que el individuo debía recorrer para lograr la vida eterna. Hemiunu pensó en muchas de las tumbas que él mismo había levantado en las que los fallecidos se hacían representar junto a su esposa o algunos familiares jugando al senet en una partida eterna contra el destino. En otras ocasiones el rival era invisible, al otro lado del tablero no había nadie, una metáfora de la muerte y de la lucha por la vida eterna.

—El camino de las fichas hasta el final del tablero es un remedo del itinerario que cada uno de nosotros desarrolla en su vida hasta alcanzar la eternidad —respondió el constructor—. Nadie se libra de esa pizca de suerte, algo intangible a lo que ni siquiera los dioses tienen acceso, para poder conseguir los propios objetivos. No creo que nuestro destino esté definido desde antes del nacimiento. Está en nuestras manos la posibilidad de actuar de una forma o de otra. Todos hemos tenido tentaciones a lo largo de nuestra existencia, y creo, al menos por el momento, que hemos actuado correctamente.

—Así es, mi querido amigo —convino el soberano, y se recostó en el respaldo de su silla—. Un gesto de la mala fortuna te impide alcanzar tu anhelado destino, la vida eterna, y te ves abocado a la derrota, la segunda muerte, la destrucción total.

Las palabras del faraón sonaron rodeadas de cierto halo de desazón y nostalgia.

—Para evitar esos contratiempos se usa la magia, mi señor —dijo Hemiunu en un intento de tranquilizar al soberano.

—Pero ¿acaso no me has oído invocar a la diosa Maat para que me asistiera sin que haya atendido mi petición? —se quejó el faraón, contrariado.

—Son situaciones distintas, mi señor —respondió el constructor, que buscaba dotar de lógica sus palabras—. Todos usamos amuletos y conjuros convencionales. Si las cosas fueran así de sencillas, tal como nos han dicho, cualquiera podría convertirse en...

—¿Faraón? —lo atajó Keops—. Entonces ¿qué se cruzó en el destino de mi padre, el faraón Esnofru, para que su pirámide fuera ultrajada de una forma tan abyecta?

Hemiunu guardó silencio. No se sentía cómodo cuando le hablaban de la poca seguridad de la tumba de Esnofru. De algún modo, puesto que él la había proyectado y construido, lo atenazaba cierto sentimiento de culpa al respecto de lo sucedido, aunque sabía que no debía sentirse así. Él no tenía nada que ver con aquello. La culpa de todo la tenían las miserias humanas que llevaban a los ladrones de cementerios a hacer cualquier cosa por robar. En otras ocasiones, era simplemente el hambre y la desesperación lo que empujaba a unos pobres desgraciados a cometer aquellas tropelías.

El jefe de los constructores aprovechó el momento para lanzar sus tablillas. No quería contravenir los pensamientos de su señor.

—La magia de Djedi es especial —apuntó al tiempo que adelantaba cuatro casillas hacia la salida con la única ficha que le quedaba en el tablero—. Nada puede compararse a la *heka* de la que él hace gala.

—Entiendo, entonces, que cuando caes en una de las casillas

del senet que refleja el mundo del caos o la muerte es una llamada de atención: «Cuidado, que van a robar tu tumba».

El tono jocoso que el faraón acababa de emplear tranquilizó a Hemiunu. En un primer momento pensó que, llegados a aquel punto, la conversación tomaría otros derroteros. Pero no fue así.

—¿Sigues manteniendo la misma actitud ante la muerte, Hemiunu? ¿No la temes?

—Todos la tememos, mi señor —respondió el constructor clavando la mirada en el faraón—. Pero podemos utilizar herramientas que dulcifiquen el tránsito y que posibiliten que cuando crucemos la puerta lo hagamos de una forma sosegada.

—Veo que has cambiado tu manera de afrontar el problema —señaló Keops al recordar la conversación que mantuvieron tiempo atrás—. Me agrada saberlo. ¿Quizá ahora cuentas con más respuestas que alivian las preguntas que pesan en tu corazón?

Hemiunu tomó aire antes de responder.

—En cierta ocasión oí una hermosa reflexión de boca de un hombre en una casa de la cerveza —comenzó a explicar el constructor. Frunció el ceño mientras recordaba la historia—. Hablaba con un vaso en la mano. Quizá estuviera borracho, pero sus palabras eran las de un hombre sabio.

—¿Qué es lo que dijo? —preguntó Keops con curiosidad a la vez que apoyaba la cabeza en su mano derecha.

—Podría considerarse una herejía, un insulto a los dioses y a las tradiciones más ancestrales de nuestro pueblo.

—¿Insultó a los dioses de nuestra tierra?

—No, al contrario —lo corrigió el maestro de obras—. A pesar de sus vicios, todos sabían que siempre había sido un hombre sabio y respetuoso tanto con las creencias de Kemet como con las de los extranjeros que nos visitan desde tierras lejanas. Alguien le hizo la misma pregunta que me has hecho tú en varias ocasiones: «¿No tienes miedo a la muerte? ¿Crees que hay algo más allá de la vida en el valle?».

—¿Y qué fue lo que respondió ese hombre? —inquirió el soberano, cada vez más curioso.

—Su respuesta fue muy sabia. Dijo que él respetaba todas las opiniones. Veía cosas a su alrededor que a veces le hacían dudar sobre la existencia de una vida en la tierra de Osiris. Los dioses acompañaban o abandonaban a las personas a su antojo. No aceptaba que el éxito de alguien en la vida o la consecución de un reto estuviera planeado a partir de las ofrendas que se dejaran a un dios determinado en el templo.

—Ese hombre me gusta. Estoy con él. Continúa, te lo ruego —le pidió el soberano mientras apuraba un vaso de vino.

—Entonces lanzó una frase que me ha acompañado siempre. Dijo: «Si hay algo en el reino de Osiris, ¿de qué te preocupas? Prepárate para ello y emprende el viaje de la mejor manera que puedas. Y si no hay nada, tampoco debes preocuparte. Habrás sido feliz en tu vida preparando el viaje y sosegando tu corazón para estar alegre. Si no hay nada más, sólo oscuridad y olvido, no podrás ver nada ni sufrir. Así pues, no hay razón para preocuparse».

Las palabras de Hemiunu hicieron recapacitar a Keops. Dejó el vaso en la mesa que había junto a ellos y se quedó mirando el fondo de la habitación. Él mismo se había planteado algo similar en numerosas ocasiones, exactamente las mismas dudas.

—Es curioso —sentenció el faraón poco después.

Hemiunu no contestó. Con un movimiento de los ojos invitó al soberano a proseguir.

—Es una respuesta satisfactoria para todas las preguntas. Aun empleando grandes esfuerzos en el viaje, como construir una pirámide, si al cruzar el umbral de la muerte no hay nada…

—No podrás ser consciente de ello —concluyó el constructor.

—¡Pero tiene que haber algo! —insistió Keops nuevamente—. Con ello no doy la razón a los sacerdotes. Antes que ellos ya había dioses, y todos podemos verlos casi a diario. Están ahí, ayudándonos o castigándonos.

—Estoy contigo, mi señor. El corazón humano necesita beber de fuentes espirituales para calmar su sed; de lo contrario, seríamos piedras arrojadas al desierto. Ésa es la razón por la que yo también creo. Y por ello he tomado la decisión, si me lo permites, de elegir un buen lugar para construir mi morada de eternidad y la de mi familia —anunció el constructor.

—Lo celebro, Hemiunu. ¿Dónde será? —preguntó el faraón con notable interés—. ¿Dónde comenzarás tu viaje hacia la eternidad? Porque seguro que ese viaje existe.

—Muy cerca de tu horizonte, mi señor. Quería consultártelo antes de dar la orden a los obreros para que inicien el pozo sobre el que levantar luego la tumba.

—Sabes de antemano, mi fiel constructor, que tienes mi beneplácito. Elige el lugar que te plazca. Me consta que otros oficiales de la corte han empezado ya a excavar en el lado oriental de la planicie donde está erigiéndose mi pirámide.

—Así es, majestad —confirmó Hemiunu. Recogió los cuatro dados y se los ofreció al soberano para que jugara su turno—. Aunque hemos de ser precavidos. Si empezamos a excavar en los alrededores de la meseta, tanto en el lado oriental para la familia real más cercana, como en el occidental, el de los nobles y los oficiales de la corte, podemos colapsar la zona y entorpecer el movimiento de los obreros. Si no lo organizamos bien, unos interferirían en el trabajo de otros, chocarían entre sí. Sería terrible...

Keops lanzó una risotada. En un instante, el tiempo trascendental de profundos pensamientos que acababan de compartir se deshizo como una torre de arena. Por un momento se imaginó a cientos de obreros obstruyéndose unos a otros, caminando desorientados por la enorme superficie de la meseta.

Hemiunu lo observó sin mover un solo músculo del rostro. Pero al faraón parecía darle igual la reacción de su constructor.

—Me han informado del reciente robo de tumbas en la necrópolis de Ineb-Hedy —comentó Hemiunu, que trataba de dar un giro a la conversación—. Se diría que estamos ante una nueva plaga.

—Un grave problema, sí... Mis oficiales de confianza me lo comunicaron ayer —señaló el monarca lanzando las tablillas sin prestar mucha atención a la jugada—. Todo indica que los sistemas de seguridad convencionales no impiden la entrada de los ladrones.

—Majestad, el problema no es tanto la seguridad de la tumba como la debilidad de los hombres que vigilan las necrópolis. Se corrompen fácilmente, y por una bolsa llena de metal de cobre son capaces de hacer la vista gorda y permitir el acceso a cualquiera que lo pida.

—Me han dicho que son partícipes del botín, es la condición que ponen para dejar pasar a los ladrones, en ocasiones durante varias noches ya que los trabajos en la tumba para romper las compuertas de piedra son arduos y tediosos.

—Así es. —Hemiunu cogió las tablillas para lanzarlas sobre la mesa y continuar con la partida de senet—. De ahí que los turnos de guardia se hayan fijado en días alternos. De esta forma, un vigilante corrupto no está más de una noche seguida en el mismo puesto. Corromper a un guardia no es difícil, pero a dos o tres, para poder entrar de continuo, es más complicado.

—¿Los soldados de la mañana siguen comprobando el estado de las tumbas cuando se incorporan con los primeros rayos de sol? —preguntó el soberano.

—Por supuesto, mi señor. Eso dificulta los trabajos de los ladrones enormemente. Si alguien ha intentado hacer algo en una tumba, a la mañana siguiente el relevo de la guardia se percata de ello. Hemos decidido premiarlos si denuncian que algo extraño ha sucedido en una sepultura.

—¿Y cómo explicas lo que ha ocurrido en la necrópolis que hay junto a la pirámide de mi padre? —quiso saber Keops mientras ejecutaba su turno y avanzaba dos casillas con la única ficha que le quedaba en el tablero.

—Se trataba de un grupo de personas de corazón duro que contaba con la ayuda de varios de los guardias que custodian los accesos, tan ruines como ellos. En apenas dos noches, consiguieron llegar a la cámara funeraria y hacerse con lo que había allí.

—Pero ¿cómo lograron atravesar las losas de granito que impedían el paso por la galería?

Hemiunu tragó saliva. La respuesta era tan ridícula que le dio apuro confesar un error tan grave.

—Las losas de granito estaban insertadas en un pasillo de piedra caliza muy blanda, por ello no supusieron obstáculo para los saqueadores. En un par de días de trabajo, llegaron al otro lado del pasillo, dejando intactas las puertas de granito que pensamos que les impedirían el acceso...

Keops no hizo comentario alguno y siguió jugando al senet.

—La magia del papiro de Thot ofrecerá otra perspectiva, más segura.

Las palabras del monarca pretendieron tranquilizar a su fiel constructor.

—Seguro que sí, mi señor.

—¿Has visto ya los avances que Djedi ha propuesto para las primeras estancias subterráneas de la pirámide? Me dijo, sin entrar en detalles reveladores, que había acordado contigo una serie de cambios trascendentales.

Hemiunu no se sentía cómodo con el faraón hablando de esos temas, consciente de que la discreción debía ser extrema. Ni siquiera el detalle más insignificante relativo a la construcción podía llegar a oídos del dueño de la tumba.

—Así es —respondió reticente—. He de reconocer que ese sacerdote sabe lo que se trae entre manos. No soy un avezado conocedor de la magia ni de los cultos antiguos, pero me doy cuenta de que lo que propone es lógico y, al mismo tiempo, poderoso, muy poderoso.

Keops levantó la mirada hacia su maestro de obras. Enarcó las cejas interrogándolo de nuevo.

—Eso es lo que buscamos, desde luego. ¿Qué es lo que Djedi ha propuesto? ¿Algún pasadizo oculto? ¿Una puerta falsa que no lleva a ningún sitio? ¿Una trampa para los ladrones como nunca se ha visto?

Hemiunu alzó la vista, y su mirada y la del faraón se cruzaron un instante. No debía revelar nada, se repitió. En su silencio descansaba precisamente el éxito de todo.

—No, al contrario —señaló el constructor, y se sintió orgulloso, por un momento, de conocer algo que el propio faraón ignoraba—. No se trata de ningún sistema de seguridad. Tu pirámide no tendrá trampas de ningún tipo.

—Pero de alguna forma habrá que despistar o ahuyentar a los

ladrones, ¿no? Además de la magia, quizá sería conveniente incluir, al menos, alguna herramienta disuasoria.

—Irá de la mano de un nuevo sistema de construcción que he ideado para tu pirámide.

—Vi que los miles de obreros que movían bloques de piedra en las pirámides de mi padre empleaban rampas por las que arrastraban trineos de madera. ¿No lo harás así en esta ocasión?

Hemiunu guardó silencio de nuevo. Debía ser discreto. No obstante, consideró que la explicación del método de trabajo no supondría peligro alguno para la magia del monumento.

—Haremos rampas por fuera —contestó al cabo—, como siempre se ha hecho... Pero también he pensado construir una rampa en el interior de la pirámide.

Keops frunció el ceño al oír la respuesta de su maestro de obras.

—No entiendo cómo puede hacerse eso.

—Si no lo has visto nunca, es difícil de entender —reconoció Hemiunu—. Se trata de una rampa que recorre el interior de la pirámide. Aprovecharemos así la altura del monumento. Cuanto más alta es la pirámide, más alta es la rampa. Con ello evitamos construir en una enorme extensión fuera del edificio, al tiempo que dejamos espacio para que en los cementerios aledaños puedan irse excavando las tumbas de quienes pretendemos acompañarte en el viaje a la tierra de Osiris, mi señor.

El faraón abrió los ojos de manera desmesurada al entender el sistema de construcción que Hemiunu había pensado para su pirámide.

—Me parece extraordinario, querido amigo. Te refieres a una rampa que vaya recorriendo el perímetro del monumento a medida que vaya ascendiendo —señaló Keops mientras con el dedo dibujaba en el aire una espiral ascendente—. ¿Y qué sucederá con esa rampa cuando se acaben las obras? Los ladrones podrían utilizarla para llegar al corazón de la pirámide. Mi tumba estaría en peligro.

—La magia que Djedi propone es muy poderosa —respondió Hemiunu con una sonrisa que reflejaba cuán seguro se sentía de lo que hacía—. No puedo explicar nada que desvele su secreto; si lo hago, perdería toda su fuerza.

A Keops se le iluminaron los ojos en medio de la penumbra. El brillo de su mirada entusiasmó al jefe de los constructores. Hacía tiempo que no veía tan emocionado a su soberano.

—El secreto de la pirámide... —susurró el faraón.

—No es sólo el secreto de la pirámide, mi señor. Es el secreto del santuario sagrado de Thot —remató Hemiunu leyendo los pensamientos del monarca—. Algo a lo que únicamente tú tendrás acceso en esta vida y en la otra, para iniciar un viaje hacia las estrellas. Me parece emocionante, extraordinario. Tienes en tu mano la respuesta a muchas de las preguntas que aún seguimos planteándonos.

Keops se dejó llevar por su imaginación. En su mente bullían ideas increíbles acerca de objetos mágicos y secretos, extraños mecanismos que tan sólo había intuido en el interior de los templos. Hemiunu disfrutó con ese nuevo escenario en el que el faraón se presentaba como un niño impaciente ante la llegada de un regalo inesperado. No era la primera vez que lo veía inspirado por esos sueños. Era el soberano, la encarnación de un dios, una entidad todopoderosa sobre la tierra de Kemet, y sin embargo más humano quizá que muchos de sus súbditos.

—No es necesario que profundices en los detalles. —Keops retomó la conversación. Había hecho ese comentario de forma distraída, como no queriendo dar importancia a algo que empezaba a corroerlo de curiosidad—. Pero seguro que hay algún dato más, intrascendente por otra parte, que puedas compartir conmigo.

Hemiunu volvió a sentirse incómodo. El faraón parecía exigirle que desvelara parte del secreto de la construcción de la pirámide, y él no podía hacerlo. Reflexionó durante unos instantes sobre cómo afrontar esa fatigosa situación, y al cabo halló una solución intermedia.

—Recuerda, mi señor, la conversación que mantuvimos en la meseta hace un tiempo, cuando fuiste a ver por primera vez el emplazamiento donde iba a levantarse la pirámide. Djedi desplegó ante ti un papiro con algunas de las claves que queríamos incluir.

Keops frunció el ceño. Mientras trataba de recordar aquel primer encuentro, desvió la mirada a un lado y se llevó la mano a la barbilla. Sí, recordaba el diseño del interior de la pirámide, y no se parecía a nada de cuanto sus padres y sus abuelos habían hecho con anterioridad.

Pasados unos instantes, clavó los ojos en los del jefe de los constructores.

—¡Imágenes! ¿No es así? ¡Figuras que den vida a los protectores del inframundo!

Hemiunu se limitó a sonreír. No asintió ni negó. Con ello no contravenía su juramento y, al mismo tiempo, respondía al soberano.

—Mi pirámide tendrá imágenes. Amuletos vivos que protejan con su magia el monumento. ¡Me parece extraordinario! —exclamó Keops—. Nunca nadie lo ha hecho, ¿me equivoco?

Hemiunu asintió esa vez, confirmando el derrotero que habían tomado los pensamientos del faraón.

—Las pinturas sagradas de los dioses... —continuó el soberano, en cuya imaginación seguían bullendo mil y una ideas—. Podrán ir acompañadas de textos, las palabras de Thot, que refuercen su poder y su... *heka*. Eso no lo ha hecho nadie antes, ¿verdad, Hemiunu?

—Djedi es un genio. —El constructor reconoció el valor del sacerdote—. Un joven muy inteligente. Conoce como nadie las tradiciones más antiguas. Poemas que han sobrevivido al paso del tiempo gracias a que se han transmitido de maestros a pupilos dentro del templo. Se ha molestado en transcribir muchos de ellos por primera vez y ha ido recopilándolos para que por fin puedan estar en tu pirámide reforzando tus ansias de resurrección en las estrellas.

Keops dejó volar su imaginación una vez más. Nunca se había construido una pirámide de esas características. Todos sus ancestros habían levantado monumentos funerarios donde la tradición había señalado que los textos estuvieran fuera de la cámara, en las capillas de acceso o incluso en los templos aledaños. Por primera vez, él, Keops, señor de las Dos Tierras, haría algo original siguiendo las premisas del libro de Thot, el más sagrado de todos.

—Por supuesto, en tu pirámide evitaremos emplear los mismos sistemas de seguridad..., al menos en la parte visible de la tumba —añadió Hemiunu completando su descargo al tiempo que lanzaba las tablillas—. Por cierto, ¿quién te ha informado de esos recientes saqueos?

El jefe de los constructores había preferido retomar la conversación anterior en lugar de seguir por las turbulentas aguas del secreto de la pirámide.

—Mi hijo, el príncipe Hordjedef —señaló el faraón, y se acomodó en la silla de juego—. Se lo comunicaron algunos de los oficiales con los que tiene una relación más estrecha, quienes le refirieron ciertos detalles que hacen resurgir los temores que teníamos en un principio.

Alertado al oír el nombre del príncipe, Hemiunu levantó la cabeza.

—Hace unos días tuvimos la inesperada visita de Hordjedef en las canteras donde están realizándose los trabajos junto a tu pirámide —comentó de forma relajada—. Vino acompañado del jefe de los escribas, Ranefer.

—Siempre andan juntos —respondió el faraón mientras lanzaba los dados sin prestar mucha atención—. ¿Qué quería?

—Dijo que no se trataba más que de una visita rutinaria. Sólo deseaba ver por sí mismo cómo se desarrollaban las cosas. Me pareció extraño...

—¿Por qué razón? Inspeccionar las obras de la residencia real o de la necrópolis forma parte de su trabajo. Elabora informes que luego se depositan en la biblioteca de palacio. Además, la construcción sólo está en sus inicios. No creo que te moleste mucho.

—Desde luego, majestad. Me he limitado a hacer una observación que no tiene mayor trascendencia —mintió el maestro de obras—. Todos tus hijos son extraordinarios y conseguirán afianzar con fuerza el poder de la dinastía en la tierra de Kemet.

—El sucesor al trono, Djedefra, será un buen faraón —dijo Keops, orgulloso ante los comentarios de Hemiunu—. Está poniendo todo su empeño en ello. Cuenta con muchas cualidades que lo hacen destacar entre sus hermanos menores. Es fuerte, inteligente, tiene sentido del deber y, sobre todo, no le tiembla el brazo si ha de tomar alguna decisión en su entorno que, aun siendo justa, pueda causarle problemas.

—Aunque el destino es impredecible, majestad... —pensó en voz alta el constructor al recordar su propia experiencia vital.

—Así es, Hemiunu, no lo niego. La guerra y la enfermedad son las dos principales batallas con las que luchamos de manera denodada.

—Y siempre con resultado incierto.

—A pesar de esa incertidumbre, sé que los dioses están ahí. Es una bendición que todos los hijos que me han dado mis esposas, la reina Meririt y mi fiel Henutsen, sean conscientes del papel que Hordjedef desempeña en la corte y en palacio, y que entre ellos no haya rencillas ni celos que lo único que harían sería debilitar el poder del faraón y del reino.

—Así es, sólo puede ser una bendición de los dioses —comentó un tanto incrédulo el maestro de obras, aunque Keops no se percatara de ello.

—Exacto, mi querido Hemiunu. Tú también tienes suerte con tu hija. Las circunstancias de tu familia no han sido sencillas. La plaga te arrebató a los tuyos, sólo te quedó Seshat. Pero siempre has trabajado duro, y te has esforzado por sacarla adelante. Es más, has conseguido inculcar en ella tu modelo de trabajo —se admiró Keops. Y añadió—: Muchos creen que quien trabaja en palacio tiene una vida regalada. —Guardó silencio un instante—. A veces te envidio, Hemiunu.

—¿Por qué, mi señor? —preguntó curioso el constructor—. ¿Qué podría envidiar de mí un faraón capaz de conseguir cualquier cosa?

—Antes lo hemos mencionado. Las miserias humanas son siempre perniciosas y en ocasiones temibles, querido amigo.

Hemiunu prefirió no preguntar a qué se refería su soberano

con ese críptico mensaje y se decantó por concentrarse en la partida que disputaban. Ya habría tiempo para insistir en sus reclamaciones y temores respecto del príncipe.

Keops miró el tablero. Seguía sin prestar demasiada atención al juego. Su contrincante estaba a pocas casillas del final. Si Hemiunu conseguía un seis en la siguiente tirada le vencería. El jefe de los constructores estaba tan absorto en la conversación, las inoportunas visitas de Hordjedef y los problemas de la seguridad de la pirámide, que no se percató de la ventaja que tenía. Tomó los dados de manera distraída y los lanzó sobre la mesa con desdén. Sólo cuando vio el resultado, un seis, fue consciente de que con ello derrotaba al faraón.

Evitó sonreír. Sabía que su señor se tomaba muy en serio la competición y que no le gustaba perder... ni en un inocente juego de mesa ni en ninguno de los proyectos que acometía.

El constructor movió muy lentamente la mano para tomar la ficha y contar las seis casillas que lo llevaban a la victoria. No era necesario, pero también quería marcar su territorio delante del faraón.

Sólo entonces Keops se percató de lo que sucedía. Observó el lateral de la mesa donde estaban los dados con el número seis y las casillas que Hemiunu debía recorrer hasta el final de aquel misterioso viaje al mundo de Osiris. Sonrió, y destensó el cuerpo recostando la espalda en el respaldo de su silla de madera dorada.

—Enhorabuena, Hemiunu, me has vencido —admitió sin perder esa sonrisa de reconocimiento que su contrincante nunca había visto en él—. Espero que el resultado de esta partida no anuncie ninguna desgracia para el vencedor. Ya sabes lo que dice el pueblo sobre el senet: «Si ganas una vez es una victoria temporal sobre la muerte, pero si vences muchas veces ésta se toma la revancha de forma temprana».

Hemiunu no concedió importancia a esa sentencia. En otras ocasiones Keops le había vencido y no por ello se había anunciado su muerte al día siguiente. Eran comentarios que se hacían en las calles de los barrios más pobres de Ineb-Hedy, no había duda de ello, por lo que simplemente guardó silencio.

—Ya es tarde, mi fiel amigo. ¿Cuándo comenzáis mañana los trabajos en la planicie? —preguntó el soberano mientras se levantaba de la mesa.

—Con los primeros rayos del sol los obreros empiezan en las canteras. Debemos aprovechar al máximo el tiempo. Yo llego muy temprano también, poco después del alba, y mis ayudantes me ponen al día de cuanto acontece.

—Ve a descansar, pues. Te espero mañana por la tarde para que me informes de todo.

Dicho esto, Keops abandonó la habitación dejando a Hemiunu en la penumbra de las antorchas. En cuanto se abrió la puerta, los dos guardias que la custodiaban desde el exterior se cuadraron al ver salir al soberano.

El constructor permaneció un rato solo en la estancia contemplando la mesa de juego; el tablero vacío de senet y las fichas blancas y azules junto a él. Tan sólo quedaba en una de las casillas la ficha blanca que Keops no había podido salvar de aquella segunda muerte.

15

Seshat se levantó temprano, poco después de que el sol asomara con sus primeros rayos por el extremo oriental del valle. La orientación de la ventana de su alcoba permitía que en ese momento la luz empezara a entrar en la habitación.

La hija del jefe de los constructores solía dormir en una esterilla sobre varios cojines rellenos con plumas de ganso, a los que le gustaba abrazarse. La habitación no contaba con mucho más. En dos arcones alargados guardaba las prendas de vestir cotidianas y las que usaba las noches de invierno para cubrirse si la temperatura descendía.

Sin ayuda de nadie, como era costumbre en ella, se aseó. Por lo general, utilizaba para lavarse una jarra de agua que los sirvientes de la casa le habían dejado junto a la esterilla al caer la tarde, aunque en otras ocasiones se bañaba en el estanque contiguo a las habitaciones.

Después de acicalarse, se acercó a la bandeja en la que solía haber frutas, queso, pan y vino. No tenía mucho apetito, por lo que apenas bebió una copa y tomó un poco de queso con pan. Tras el frugal desayuno fue al almacén en el que se guardaba parte del material de trabajo con el propósito de coger los rollos de papiro en blanco que usaría ese día. Tomó un par de ellos de uno de los arcones que había en el centro de la sala y salió cerrando la puerta con cuidado.

El silencio que reinaba en la casa le llamó la atención. No se topó con nadie mientras se dirigía hacia las habitaciones de trabajo que había junto al segundo patio. Se extrañó también al entrar, pues encontró todo tal como lo había dejado el día anterior. Y lo que más la extrañó fue advertir que no había rastro de su padre ni de los ayudantes. Su intranquilidad se acrecentó. Hacía días que no veía a su padre. Cierto era que a veces se retrasaba, otras incluso no dormía en casa, si las obras estaban lejos de la vivienda, como en ese caso. Además, las condiciones del río no siempre facilitaban una navegación rápida. Bien podría haberse quedado en la cantera, en una tienda confortable que los obreros habrían levantado para él en la entrada del recinto.

Sin embargo, sabía por un sirviente de la casa, a quien el propio Hemiunu había dado aviso, que la noche anterior debía regresar. Seshat iba con la idea de comentarle lo sucedido tras la nueva e inesperada visita del hijo del faraón, pero allí no había nadie.

La invadió un sentimiento de preocupación. Dejó sobre una de las mesas los rollos de papiro y se encaminó hacia el patio principal para comprobar si su padre se encontraba con los jardineros.

Lo primero que vio al salir a los soportales sustentados por columnas coloridas que recreaban tallos de papiro fue a dos mujeres acompañando al hombre de confianza de su padre. Hesiré, con el semblante desencajado, tenía la mirada clavada en el estanque que se abría en el centro del patio. Seshat aceleró el paso para ver cuál era el objeto de ese desasosiego. Y al descubrirlo se le heló la sangre.

Sobre las aguas del pequeño lago flotaba, boca abajo, el cuerpo de un hombre grueso. La calidad de los vestidos y las sandalias, pero sobre todo el contrapeso del collar de amuletos de lapislázuli que lucía sobre la espalda no dejaba lugar a dudas sobre la identidad del cadáver.

—¡Padre!

Hesiré se abalanzó hacia ella para tomarla por el brazo antes de que alcanzara el borde del estanque.

Al tiempo que los lamentos de las mujeres ya llenaban el pórtico del patio, Seshat comenzó a llorar, desconsolada, incapaz de asimilar aquel duro e inesperado golpe. No entendía nada. En un instante, su apacible existencia se había quebrado en mil pedazos como un jarro de barro al caer al suelo. Primero perdía a su madre y sus hermanos, y ahora, cuando parecía que la normalidad comenzaba a asentarse en su vida, un nuevo revés daba al traste con todo.

—¿Qué ha sucedido? —preguntó con voz entrecortada.

—No lo sabemos todavía —respondió Hesiré con dulzura, turbado pero intentando serenar a la joven—. Lo hemos descubierto hace un rato, poco después del amanecer. Uno de los jardineros lo ha visto cuando ha salido para retomar sus trabajos junto a los tamarindos. Ha reconocido al instante a su señor y ha venido corriendo a contármelo. He mandado aviso enseguida a palacio, para que estuvieran al tanto de todo. —Y añadió—: Iba a ir a comunicártelo, pero... he preferido aguardar a que te despertaras y...

—¿Cuándo llegó de la cantera? —lo interrumpió Seshat.

—Uno de los jardineros lo vio ayer con Djedi después de ponerse el sol. Tu padre había estado en el palacio, visitando al faraón, y debió de encontrarse con el sacerdote, que pasaba por aquí antes de dirigirse al templo de Ptah. El hombre me ha explicado que los vio a la entrada de la casa hablando de forma airada durante bastante tiempo.

La hija del constructor frunció el ceño al oírlo. No sabía que Djedi hubiera estado allí el día anterior ni se lo imaginaba discutiendo con su padre.

—¿Por qué discutían?

—Lo ignoramos. —Hesiré negó con la cabeza al tiempo que se mordía los labios—. El jardinero no oyó de la conversación más que palabras sueltas. Por lo que parece, debían de hablar del santuario sagrado de Thot. El jardinero se fue a descansar... Fue la última persona de la casa en ver a tu padre con vida. Djedi debería saber qué sucedió después.

—¿Estás diciendo que Djedi podría estar relacionado con la muerte de mi padre? —Seshat clavó la mirada en el secretario de su padre.

—Él fue el último en...

—Djedi sería incapaz de hacer algo así —lo atajó de inmediato Seshat—. No tenía razón alguna para asesinarlo.

—Claro que no, Seshat. Nadie puede asegurar tal cosa. Y tampoco que tu padre haya sido asesinado. Hasta que no venga un médico no sabremos qué ha pasado. Cabe la posibilidad de que sufriera un accidente y cayera al estanque... Aun así, es incuestionable que la última persona que estuvo con Hemiunu fue Djedi y que, según afirma el jardinero, estuvieron discutiendo por el proyecto de la pirámide.

—Pero tú mismo acabas de decir que ese hombre se fue cuando discutían todavía. Podría haber aparecido otra persona... ¿Quién es ese jardinero? ¡Quiero hablar con él inmediatamente!

Hesiré señaló hacia una de las esquinas del estanque. Allí estaba Ipy, uno de los sirvientes de confianza de la familia pues había crecido en la casa, junto con sus padres, quienes también estaban al servicio de Hemiunu.

Al verlo, Seshat se echó a llorar de nuevo. No tuvo fuerzas para encararse con él y preguntarle qué había sucedido con exactitud.

Dio unos pasos hacia las columnas que había en el lateral para alejarse del borde del estanque y de la horrible visión de su padre en el agua. Hesiré la siguió. En ese momento llegaban varios hombres del servicio acompañados de dos médicos. Prestos, los sirvientes entraron en el agua para sacar el cuerpo sin vida del jefe de los constructores y ponerlo a la sombra.

Entre lágrimas, la joven hizo amago de acercarse al cadáver de su padre, pero Hesiré se lo impidió.

—Es mejor que dejemos trabajar a los médicos —le aconsejó—. Ellos nos dirán luego qué ha pasado, y a partir de ahí podremos tomar una decisión.

—Ayer me retiré pronto a mis aposentos —confió Seshat al secretario intentando justificar que no hubiera sido testigo del fatídico encuentro entre Djedi y Hemiunu—. Me fui directamente a mi alcoba desde las habitaciones de trabajo para descansar. Estaba agotada.

Seshat comenzó a sollozar de nuevo, abrumada por un sentimiento de culpabilidad. Hesiré nunca había visto a la hija del jefe de los constructores tan abatida. La joven de gesto serio, a veces arrogante, con la que estaba acostumbrado a tratar de pronto se había desmoronado ante sus propios ojos como un templo hecho de arena. Ni siquiera con la desaparición de su madre y sus hermanos, ocurrida pocos años atrás a causa de la peste, Seshat había reaccionado de ese modo. Era una muchacha fría que nunca exteriorizaba sus sentimientos. Pero quizá la muerte de su padre, su única familia ya, había sido la gota que colmaba la copa y ahora ésta se desbordaba, generando en ella un sentimiento de soledad que no había experimentado jamás con tanta intensidad. ¿Qué haría a partir de entonces? ¿Seguiría trabajando como constructora para el faraón? Aunque las obras en sí se hallaban en sus inicios, el proyecto de la pirámide estaba muy avanzado. ¿Keops querría contar con ella..., con una mujer? Demasiadas preguntas que en aquel momento de zozobra no tenían respuesta.

De pronto Seshat dejó de sollozar y guardó silencio con la mirada puesta en el patio. Un matorral de papiros que había junto al saliente del agua del estanque estaba repleto de ocas. Se fijó en el color de las aves por primera vez. Tenían el plumaje de un gris brillante con zonas anaranjadas en el pecho y el arco que les cubría los ojos, del mismo tono que el pico. Desde niña habían sido sus animales preferidos. No le agradó que Djedi empleara un ganso para demostrar ante el faraón su *heka*, sus juegos de manos. La figura del joven sacerdote regresó de nuevo a su mente, y cayó en la cuenta de que necesitaba su apoyo en aquellas circunstancias tan trágicas.

—¿En qué piensas, Seshat? —quiso saber el secretario de su padre.

—Me preguntaba cómo afrontaremos el proyecto —mintió la hija de Hemiunu—. Tendremos que hablar con el faraón y con Djedi para averiguarlo. Pero es evidente que todo cambiará a partir de ahora.

En cuanto acabó esa última frase, Seshat volvió a sollozar de manera incontrolada. Las piernas perdieron su fuerza y, apoyada en una de las columnas con capitel en forma de loto que sustentaba el soportal que rodeaba el patio, la hija del constructor cayó de rodillas y se cubrió el rostro con las manos. Permaneció así durante unos instantes, inmersa en su tristeza y en los recuerdos que había dejado en ella aquel hombre bueno que la vida acababa de arrebatarle de manera tan cruel.

No vio al joven que entraba corriendo desde la calle. Pero Hesiré sí, y se dirigió hacia él. Era uno de los correos que solía llevar mensajes al palacio del faraón.

Seshat entreabrió los ojos, cegada por el sol y las lágrimas, y vio que Hesiré se acercaba a aquel joven y hablaba unos instantes con él. El correo había traído un pequeño papiro con una misiva del palacio de Ineb-Hedy, la residencia real. El secretario lo desenrolló después de romper el sello que protegía el secreto del mensaje. El texto jeroglífico no era muy largo. Apenas un par de líneas, que demudaron el rostro Hesiré. Guardó silencio, y tomando la caña y el tintero que el mensajero le ofrecía, escribió con trazo fluido la respuesta debajo. Lo releyó todo para asegurarse de que estaba en orden y sopló con fuerza sobre la tinta para acelerar el secado. Acto seguido, enrolló el papiro, lo sujetó con una cinta y tomó de uno de los asistentes un sello de barro. Finalmente, Hesiré presionó su anillo sobre él para garantizar la privanza del mensaje real.

El correo partió tal como había venido, a zancadas, en dirección al cercano puerto donde volvería a tomar la embarcación que lo llevaría hasta el palacio del faraón.

Hesiré regresó entonces junto a Seshat, apoyada ahora en la misma columna.

—¿Qué sucede? ¿Qué quería ese mensajero?

—Ha llegado hasta Keops la horrible noticia de la muerte de Hemiunu y manda sus condolencias.

La joven asintió levemente con la cabeza y trató de esbozar una sonrisa para agradecer el mensaje.

—Al parecer, no han tardado en tomar una decisión para reconducir los trabajos en la pirámide —añadió el secretario torciendo el gesto.

—No te entiendo, Hesiré —dijo Seshat mientras se esforzaba por descifrar una respuesta clara en el semblante preocupado del secretario—. ¿Qué decía con exactitud el texto del faraón?

—Keops quiere que Hordjedef continúe el proyecto de tu padre. Desde hoy, el príncipe es el nuevo jefe de los constructores del soberano —contestó sin gastar ambages Hesiré, quien nunca se había caracterizado por ser una persona enrevesada o huidiza; una vez más, se había mostrado franco y directo, y su respuesta no dejaba lugar a duda alguna.

Seshat tardó en reaccionar. Se quedó muda, y no emitió ni un sonido durante unos instantes. El sol despuntaba ya al otro lado del patio, frente a ella, y buscó la sombra de la columna de nuevo.

—¿Cómo dices? ¿Hordjedef... encargado de las obras del faraón? ¿Va a construir la pirámide que mi padre proyectó cuando aún no ha sido enterrado?

—Así es, Seshat —reconoció el secretario, quien tampoco lograba entender el giro de los acontecimientos.

—¿Cómo ha podido tomar Keops esa decisión sin haber siquiera hablado con nosotros? ¿Qué planos se seguirán? ¿Acaso piensa ese cretino de Hordjedef, después de lo que ha hecho, que le permitiré entrar en nuestra casa para que nos arrebate el trabajo concienzudo que mi padre y yo hemos realizado durante tanto tiempo y lo tire por la borda? ¡Me niego! —exclamó Seshat—. Alguien tiene que desempeñar el cargo de jefe de los constructores a partir de ahora, eso no voy a negarlo. No pido que el faraón te nombre a ti..., menos aún a mí. Pero hay muchos maestros de obras al servicio de Keops, amigos de mi padre, que han demostrado su saber hacer en numerosas ocasiones. ¿Qué ha hecho Hordjedef para merecer ese importante puesto? Yo te lo diré, Hesiré: absolutamente nada.

—Comparto tu malestar —respondió el secretario asintiendo con la cabeza—. Estoy de acuerdo en que hay personas mejor preparadas que el príncipe. Pero siendo una decisión del faraón, me temo que es muy poco lo que podemos hacer al respecto.

—Y no olvides otra cosa importante, Hesiré... Dudo que Djedi consienta echar una mano al príncipe después de que se presentara aquí de una manera tan descortés y nos amenazara como si fuera un vulgar fullero.

—De Djedi también hablaba el mensaje...

Seshat leyó en el rostro contrariado del secretario que algo no iba bien.

—¿Qué pasa con Djedi?

De nuevo, el secretario fue claro en su respuesta.

—El mensaje decía que se apartará a Djedi del proyecto de construcción y también que será interrogado por considerarse que podría estar relacionado con la muerte de Hemiunu.

Seshat mudó el semblante, dejó atrás el sentimiento de dolor por la muerte de su padre y mostró la expresión malcarada de la que solía hacer gala.

—¿Cómo pueden sospechar en palacio que mi padre ha sido asesinado cuando ni siquiera los médicos han terminado de examinar su cadáver?

La pregunta sacudió a Hesiré. Todo parecía indicar que realmente Hemiunu había sido asesinado, pero él no había dado ningún detalle sobre su muerte en el comunicado que mandó en cuanto descubrió el cadáver.

—Puedo leer tus pensamientos, Hesiré —dijo Seshat.

Dio media vuelta para dirigirse hacia sus aposentos. Pero se detuvo antes de abandonar el patio y miró a Hesiré.

—Dispón lo necesario para que comience el funeral de mi padre y el proceso sagrado de limpieza de su cuerpo —ordenó—. Que se encarguen los mejores talleres del templo en la casa de la momificación. —Bajó la mirada y, durante unos instantes, contempló sin ver los adoquines que cubrían el suelo del patio—. Si mi padre ha sido asesinado —dijo al cabo—, el delito no puede quedar impune. Manda preparar la embarcación, Hesiré. Saldremos hacia palacio enseguida. He de hablar con el faraón de inmediato.

16

Seshat se había preparado para la ocasión. Lucía uno de sus vestidos blancos más bonitos, decorado en la parte inferior de la falda con un bello plisado de colores azul turquesa y dorado, hecho con hilos de oro. Sobre el pecho llevaba el collar de amuletos de lapislázuli que Djedi le había regalado a su padre. La joven lo tomó de uno de los arcones de Hemiunu.

«Así será como si estuvieras presente con nosotros, padre», pensó la joven al tiempo que se lo ponía.

Había acudido en numerosas ocasiones al palacio, siempre con su padre. Pero ésa era la primera vez que iba a la residencia real de Ineb-Hedy sin previo aviso. Aun así, confiaba en que el faraón lo entendiera, puesto que las circunstancias eran extraordinarias.

Seshat y Hesiré, que la acompañaba, bajaron de la embarcación inmediatamente después de que los marineros hubieran colocado el tablón, de un turquesa muy vivo, que usaban a modo de pasarela para desembarcar. En uno de los extremos del tablón podía verse el dibujo de un ojo de Horus, talismán protector de toda suerte de viajes por la tierra de Kemet que garantizaba el éxito de la empresa.

—Necesitaremos de tu ayuda, Horus guardián —murmuró Seshat mientras evitaba pisar el ojo protector al abandonar la nave.

Los miembros de la guardia real bajaron la cabeza en señal de duelo por la muerte de Hemiunu en cuanto la reconocieron en la pequeña escalinata que, desde el puerto, daba acceso a las estancias del faraón y la dejaron pasar sin poner ningún impedimento.

La noticia de la muerte del constructor había llegado pronto a palacio gracias al mensaje de Hesiré, y los rumores sobre las causas del fallecimiento habían crecido de forma igual de rápida, lo que incomodó sobremanera a la joven. No le agradaba la idea de estar sorteando los pensamientos de la gente que la observaba con curiosidad. Conocía muy bien a los habitantes de su país. En la tierra de Kemet los chismes volaban como si tuvieran alas y se tergiversaban hasta límites insospechados por boca de cada una de las personas que formaban esa extraña cadena de transmisión.

«¿Has visto el rostro afligido de la hija de Hemiunu?», preguntaría uno. «Aún se ven en su cara las lágrimas derramadas por la pérdida de su padre», comentaría otro. Y un tercero diría: «¿Qué hará a partir de ahora?».

La hija de Hemiunu prefirió no prestar atención a los cuchicheos de los curiosos que se detenían a mirarla, dándose codazos entre ellos a su paso.

Continuó avanzando con decisión y se adentró, con Hesiré, en el palacio. Conocían de otras visitas el camino que debían seguir hasta la sala de recepciones. La joven se percató enseguida de un sutil detalle, y era que, aunque todos los miraban con curiosidad, nadie les impedía el acceso.

—Parece que están esperándonos —musitó al oído de Hesiré al ver cómo la observaban tanto los sirvientes como los oficiales que había apostados a ambos lados de la antesala.

Se volvió hacia su acompañante cuando llegaron a la doble puerta que se abría a la sala de recepciones.

—Espérame aquí, Hesiré —le dijo clavando una mirada encendida en los ojos del secretario de su padre.

—Pero… Seshat, sería conveniente que yo…

—Debo entrar sola, será lo mejor —lo atajó la hija de Hemiunu.

El secretario no supo cómo reaccionar ante esa petición inesperada y no replicó.

—Gracias, Hesiré —señaló ella ante la prudencia del secretario—. Siempre has sido leal. Mi padre te tenía en mucha estima…, mayor de la que crees, a buen seguro. Pero en este momento he de entrar sola.

—Esperaré aquí. Sin embargo, permite que te dé un consejo, Seshat.

—Sabes que tus consejos siempre han sido bienvenidos.

—Estarás sola ante el faraón, no lo olvides nunca. Es el monarca de las Dos Tierras, encarnación divina. Tenlo siempre presente.

Dicho esto, Hesiré dio un paso atrás.

Seshat asintió con un amago de sonrisa y, cogiendo aire, se dio la vuelta, dispuesta a entrar. Los guardias que había apostados a ambos lados de las enormes puertas de cedro que cerraban el paso al salón confirmaron sus sospechas. Sin que ella tuviera que decir nada, abrieron inmediatamente los portones como si aguardaran su llegada.

La hija de Hemiunu caminó con decisión hacia el ventanal junto al que se levantaba la pequeña tarima del trono. Las voces que se oían al fondo cesaron en cuanto resonaron en el suelo, anunciando su presencia, los pasos de las sandalias de papiro cubiertas con tiras decoradas con lapislázuli que la joven lucía.

De pronto, Seshat se detuvo en seco a pocos pasos del trono. Junto al monarca estaba el príncipe Hordjedef. El faraón y su hijo la observaban como si llevaran tiempo esperándola.

—Buenos días, majestad, Vida, Salud y Prosperidad —recitó la joven agachando la cabeza en señal de respeto hacia el monarca.

—Buenos días, Seshat. Nuestros corazones están consternados por la triste pérdida de tu padre... Ha sido un revés inesperado.

El faraón dirigió la mirada al príncipe. Keops continuaba conmocionado por la noticia que había recibido esa mañana. La muerte de su fiel jefe de los constructores iba más allá de la pérdida de su hombre de confianza para su proyecto de morada para la eternidad. Hemiunu se había convertido en un verdadero amigo y, como a tal, lo echaría de menos.

—Así es, majestad. —Seshat bajó levemente la cabeza de nuevo para agradecer el gesto del soberano—. Imagino que te cuesta creer que no esté ya entre nosotros después de verlo rebosante de salud aquí mismo, en palacio, poco antes de que muriera.

Avanzó despacio hasta detenerse frente al trono del faraón. En ningún momento perdió de vista los ojos de Hordjedef. Al contrario que su padre, cuyo rostro desencajado reflejaba el dolor por la pérdida de su constructor, la expresión del príncipe mostraba frialdad. A la hija de Hemiunu no le agradaba su presencia; es más, la consideraba un contratiempo ya que no contaba con él para la reunión con el monarca.

—Nadie puede atajar ni predecir los designios de los dioses, mi señor —reconoció Seshat con el tono más frío del que fue capaz—. Esos designios no pueden cambiarse, pero tampoco los de los humanos se ven, en muchas ocasiones, correspondidos por los dioses.

—Tu padre estuvo conmigo jugando al senet poco antes de fallecer —añadió Keops, ajeno a las insinuaciones de Seshat—. Siempre afrontó la muerte sin el menor temor. La aguardaba con cautela, atento, consciente de que podría llegar en cualquier momento. Lo admiraba por ello.

Hordjedef permanecía cerca de su padre sin mudar el gesto. Por primera vez en muchos años se sentía seguro y con el control de la situación.

—¿Qué te trae por palacio, Seshat? No esperábamos tu llegada —mintió el príncipe.

—Así es, Seshat, ¿a qué debemos tu visita? —apostilló el faraón—. Si necesitas ayuda para el enterramiento de tu padre, lo que sea, no tienes más que pedírmela. Pondré a uno de mis oficiales a tu disposición, si es el caso. Es lo menos que podemos hacer. La muerte de Hemiunu ha supuesto una gran pérdida para todos nosotros.

—Te lo agradezco, majestad, pero no será preciso. He dado la orden a Hesiré, el secretario de mi padre, para que se encargue de todos los detalles.

—¡Ah! Bien… Entonces ¿en qué puedo ayudarte? —insistió el monarca.

—Ha llegado a nuestra casa un mensajero de palacio con una información que, sinceramente, mi señor, me ha dejado turbada.

Seshat se mantenía implacable.

—No sé a qué te refieres... —respondió el faraón, sorprendido, frunciendo el ceño.

—Padre, debe de referirse a la misiva que yo mismo envié, en la que comunicaba al secretario Hesiré el resultado de la conversación que tú y yo mantuvimos al respecto del futuro de los trabajos de construcción de tu pirámide —se adelantó a responder el hijo de Keops—. Me tomé la libertad de hacerlo pronto, aprovechando que mandabas un mensajero con las condolencias a la familia de Hemiunu por su triste pérdida.

—Ah, es eso, pues... Pero podrás trabajar con el príncipe, Seshat —se apresuró a tranquilizarla el monarca—. No tienes que preocuparte por nada. Nadie ha hablado de retiraros a Hesiré y a ti del proyecto. El único cambio es que, a partir de ahora, Hordjedef desempeñará el cargo de jefe de los constructores.

—Pero eso implica empezar desde el inicio en todo, majestad —señaló Seshat de forma tajante—. El príncipe no conoce la naturaleza de las obras, y será muy complicado tener que explicar todo a un nuevo jefe. El trabajo de estos meses no habría servido para nada.

La hija de Hemiunu levantó las manos como para hacer entender al soberano que aquello era muy complicado. Sabía, por comentarios que había oído de boca de algunos oficiales de palacio, que para el príncipe las tareas de construcción se limitaban a dibujar algo bonito sobre un papiro y que luego el arte y el esmero de los albañiles era lo que realmente levantaba y aseguraba un edificio. No obstante, muchos de esos oficiales habían cambiado de opinión después de que el salón principal de la villa de Rekhmira, a las afueras de Ineb-Hedy, se viniera abajo y acabara con la vida de varios miembros de su familia. Entonces se echó la culpa a los albañiles, acusándolos de cometer errores en el empleo de los materiales. Pero corría el rumor de que el verdadero problema radicaba en el diseño de la columna que había en el centro del salón, proyectada por Hordjedef. Algunos constructores de la corte comentaron en pequeños círculos que los planos tenían numerosos errores. Se decía que la columna se había venido abajo porque no resistió el peso de la estructura que el príncipe mandó levantar sobre ella. Para Seshat, la incapacidad para los cálculos arquitectónicos de Hordjedef era algo tan obvio que no podía entender cómo el faraón lo nombraba ahora jefe de los constructores. Si Keops era consciente de ello, ¿por qué había cambiado de opinión, readmitiéndolo como uno de los constructores oficiales de la corte?

—El trabajo de estos meses se ha llevado a cabo prácticamente en las canteras, Seshat —dijo el príncipe intentando mostrarse conocedor de la situación de las tareas en la planicie de la pirámide—. Poco es lo que se ha avanzado en la construcción de la pirámide. Un grupo de obreros ha iniciado la excavación de varias galerías subterráneas, por debajo de la roca del suelo, pero los bloques se acumulan ya en las inmediaciones a la espera de ser colocados en algún lugar.

—Al contrario, príncipe Hordjedef —respondió la joven con vehemencia toda vez que procuraba dominar su, por naturaleza, airado temperamento—. En ese tiempo hemos trabajado muy duro en la planificación del monumento. El proyecto está casi terminado, y no ha sido una tarea fácil.

—Yo soy constructor —clamó Hordjedef con arrogancia—. No creo que me resulte un problema comprender el desarrollo de un edificio. Conozco bien todo lo que tu padre había hecho hasta ahora.

—Mi deseo es que el espíritu de mi padre siga presente en la construcción. —La hija de Hemiunu miró al faraón—. Permíteme, majestad, que lo tome como una suerte de homenaje. Él lo dio todo por tu pirámide. Me gustaría seguir su trabajo.

—¿Estás insinuando, Seshat, que el faraón debería nombrarte a ti jefa de los constructores? —Hordjedef se volvió hacia Keops—. ¿No es un poco pretencioso, padre, que esta mujer se proponga para el cargo?

—Entiende lo que gustes, príncipe —respondió Seshat antes de que el soberano pudiera decir nada—. No pretendo ostentar ningún cargo. Solamente quiero seguir liderando el proyecto en el lugar de mi padre sin que nadie se entrometa.

Keops observaba sin intervenir la discusión de su hijo con Seshat. Confiaba en que, a pesar del complicado revés que suponía la muerte de Hemiunu, el desarrollo de la construcción durante los meses siguientes aclararía las dudas y solventaría las dificultades que había en ese momento, que no eran pocas. Keops lamentaba sinceramente la muerte de Hemiunu, un hombre íntegro y capaz en quien había depositado toda su confianza. Le preocupaba, además, que alguien de su propia familia tuviera acceso a los secretos de la que sería su morada eterna. Mas, con las nuevas herramientas que Hordjedef había conseguido, se sentía inclinado a confiar en él.

—¿Sabes qué es esto, Seshat?

La pregunta del faraón detuvo en seco los pensamientos de la joven. La réplica que se disponía a hacer al arrogante comentario de Hordjedef se desvaneció sin ser pronunciada. Su atención se centraba ahora únicamente en el rollo de papiro que Keops sostenía con fuerza en una mano. Se preguntó de qué podría tratarse.

—Lo ignoro, majestad.

—Es la herramienta que nos ayudará a acelerar el proceso de construcción de la pirámide. ¡El sueño que llevaba años persiguiendo! —exclamó el faraón—. El secreto de la pirámide está aquí… El secreto de mi pirámide —recalcó.

Seshat captó enseguida el significado de esas palabras, y su rostro reflejó un sentimiento de espanto que no pasó desapercibido a Keops.

—¿Qué te sucede, hija de Hemiunu? —le preguntó frunciendo el ceño—. Es lo que estábamos buscando.

—Mi señor, el conocimiento del libro sagrado de Thot no garantiza la seguridad de nada. Si fuera tan sencillo, a sabiendas de que estaba en la biblioteca del templo de Iunu cualquiera podría haber ido a por él, ¿no es cierto? Pero nadie lo ha hecho antes, precisamente por la dificultad que entraña su comprensión y, también, por los peligros que comporta. Una cosa es leerlo, pero otra muy distinta es entenderlo y llevarlo a la práctica.

Al oír esas palabras, Keops se sorprendió aún más.

—No alcanzo a comprender lo que quieres decir, Seshat.

Aquí está el número de cámaras secretas que hay en el santuario sagrado de Thot. Es cierto, mi hijo el príncipe Hordjedef lo ha conseguido de la biblioteca del templo de Ineb-Hedy. Sólo por eso merece ya el cargo de jefe de los constructores del faraón. No entiendo por qué guardáis ese celo al respecto de este papiro. Vosotros podéis conocer su contenido, pero el resto de...

—Te equivocas, majestad —lo atajó Seshat, que comenzaba a crisparse por el rumbo de la conversación—. Nadie conoce el contenido de ese papiro.

Keops miró a su hijo en busca de una respuesta, que no recibió.

—No te comprendo, Seshat —dijo al fin.

—Muy sencillo, mi señor. Ni mi padre ni yo hemos visto nunca ese papiro. Sólo Djedi conoce su contenido, de ahí el éxito del proyecto. El propio sacerdote nos insistió en que ese conocimiento no debía estar al alcance de nadie.

—¿Eso os dijo? —exclamó el príncipe Hordjedef—. ¿Ves, padre, cómo empiezan a confirmarse las sospechas que yo albergaba y que ayer te revelé?

—¿Qué sospechas? —quiso saber Seshat con los ojos abiertos en un gesto interrogativo mientras dirigía la mirada al príncipe.

—Djedi era el único conocedor de los secretos de la pirámide, ¿no es así? —preguntó Hordjedef.

Seshat tomó aire para tranquilizarse. Recordó el consejo que Hesiré le había dado cuando se disponía a entrar en la sala de recepciones. La joven era consciente de dónde estaba y de a quién tenía delante. No le preocupaba tanto la arrogancia del príncipe —ella sabría emplear sus artes en cualquier otro momento para doblegarlo—, sino la impresión que pudiera llevarse el faraón, quien, al fin y al cabo, era el máximo responsable de aquel proyecto.

—Mi padre y yo diseñamos el monumento siguiendo sus premisas —explicó la joven moviendo las manos con sosiego—. El sacerdote, conocedor de la magia del santuario sagrado de Thot, se ha limitado a señalarnos cuántas habitaciones debía haber y dónde ubicarlas. Pero la ejecución del proyecto estaba en nuestras manos. De esta forma, la seguridad en el interior de la pirámide quedaba garantizada. Ninguno de nosotros ha estado al tanto de lo que hacía el otro. Djedi conoce el número de cámaras secretas, pero ignora dónde se situarán al final; sólo lo sabía mi padre y lo sé yo. Y, a la inversa, como he dicho, el único que conoce los secretos de ese papiro es Djedi.

Keops miró a su hijo, a la espera de que éste rebatiera el sólido y lógico argumento de Seshat. La mejor manera de preservar un secreto en un proyecto conjunto, ciertamente, era que ninguna de las personas que participaban en él conociera la parte de los demás. De ese modo, sólo se apreciaría el resultado final aunando el esfuerzo de todos. Si uno solo fallaba, el proyecto fracasaría, pero si todos arrimaban el hombro con el mismo ahínco, el éxito estaba garantizado.

—¿Cómo sabíais que Djedi estaba haciendo su parte?

La pregunta del príncipe Hordjedef cogió por sorpresa a la joven.

—¿A qué te refieres? Todos hacíamos nuestra parte.

—Ese mago veía vuestros planos, conocía el secreto del interior de la pirámide..., pero ¿él qué hacía? ¿Qué aportaba al proyecto?

—Él no veía nuestros planos. Mi padre preguntaba a Djedi sobre el número de habitaciones, su ubicación..., detalles que eran necesarios para ir desplegando un esquema previo —respondió Seshat, que procuraba explicar con palabras transparentes algo que a su juicio parecía ya obvio.

—¿Y cómo sabíais que los argumentos que presentaba Djedi pertenecían a la magia que había en el papiro de Thot?

—De la misma forma que Djedi confiaba en que los planos en los que mi padre y yo trabajábamos en nuestra casa eran los de la futura pirámide del faraón Keops, Vida, Salud y Prosperidad.

La respuesta satisfizo al monarca, quien se percató enseguida de que la confianza mutua era la base de aquel proyecto conjunto. Unos y otros se limitaban a confiar en lo que el resto hacía sin preguntarse más.

El faraón se levantó de su trono y descendió los escalones que llevaban hasta el enlosado del salón.

—Creo que el otro día Djedi te visitó en casa de tu padre... ¿Es así, Seshat?

La joven se alarmó. ¿Qué habría contado Hordjedef a su padre sobre ese encuentro?

—Así es, majestad. Djedi fue a mi casa para ver a mi padre, pero éste estaba en la cantera. Estuvimos hablando del proyecto, y me explicó algunos trucos de magia que había aprendido en el templo hacía años.

Seshat había sido sincera al reconocer el encuentro y la naturaleza de éste. Con ello pretendía dar normalidad a la situación y dejar claro que en aquella reunión no se habló de nada más.

—El príncipe me ha contado otra cosa, hija de Hemiunu.

—Lo que te he contado, padre, es lo que ocurrió —intervino de nuevo Hordjedef sin perturbarse, clavando la mirada en el soberano.

—Mi hijo aludió a cierta magia negra que Djedi hizo ante tus ojos —continuó Keops con el semblante serio—. Algo que nadie ha encontrado en los papiros mágicos del templo ni, por supuesto, en el papiro de Thot, que aquí tenemos.

Seshat se sobrecogió. Aquello no tenía nada que ver con el asunto por el que había ido a palacio.

—Creo que Djedi no es de fiar —afirmó Hordjedef, quien aprovechó el silencio de la joven—. La magia que vi con mis propios ojos hace pocos días no puede compararse con nada conocido. El uso del fuego es algo que implica purificación, pero también destrucción. ¿No es eso lo que Djedi dijo también? Es una herramienta muy peligrosa.

—¡Hordjedef, eran simples trucos de magia! —casi gritó Seshat, atenazada por el miedo.

—¿Serías capaz de repetirlos aquí, si tan sencillo te parece?

La propuesta del príncipe sorprendió a la joven.

—¿Y tú serías capaz de repetir alguno de los edificios que hice con mi padre, si tan sencillo te parece, ahora que eres jefe de los constructores?

Se diría que a Keops le divertía esa pugna entre Seshat y su advenedizo hijo. Aunque lo miraba con otros ojos desde que se presentó en palacio con el papiro de Thot.

Hordjedef levantó las cejas lleno de ira. Ni siquiera su padre, el faraón, había osado humillarlo de esa forma.

—¿Estás poniendo en duda mi trabajo, Seshat? —exclamó el príncipe con la voz entrecortada por la furia.

—No, príncipe —respondió ella muy ufana—. Me limitaba a preguntarte si serías capaz de repetir alguno de los edificios que hice con mi padre.

—¡Por supuesto que sí! —afirmó Hordjedef levantando la voz—. Nadie duda de mi capacidad. El faraón me ha nombrado nuevo jefe de los constructores. Desde hoy soy el director de los trabajos en la pirámide, y eso no cambiará por mucho que te desagrade la propuesta. Tengo el papiro de Thot, el pilar que sustenta todo. Ese papiro no es propiedad de Djedi, sino del faraón como encarnación del dios.

—En eso estamos de acuerdo, Hordjedef —asintió la joven dándole la razón—. Quizá únicamente los sacerdotes magos o el faraón deban conocer su contenido. Pero ¿tú? ¿O por qué habría de conocerlo yo? Al final, ese pequeño detalle sólo comporta problemas para la seguridad de la pirámide. Cuanta menos gente conozca los secretos de la pirámide, mejor.

—Este papiro otorga poder a todo aquel que lo posee —esgrimió el hijo de Keops señalando el papiro como si estuviera poseído por una fuerza maléfica—. Soy yo quien ostenta su magia ahora.

—Entonces ¿cuál es tu propuesta? —volvió a preguntar el soberano, cansado de aquella encendida discusión.

—Padre, ella no tiene que d… —El príncipe se detuvo cuando vio que su padre levantaba una mano ordenando silencio.

—Es mi deseo que conteste ella. —El faraón miró a Hordjedef, para luego dirigirse a Seshat, a quien le dijo con sosiego—: Continúa, hija de Hemiunu.

Ella volvió a tomar aire; debía sosegarse después del intercambio de frases airadas con Hordjedef. Era consciente de que debía mantener la calma si quería ofrecer una imagen de tranquilidad y profesionalidad. Aquél era su momento.

—Majestad, Vida, Salud y Prosperidad, insisto en mi propuesta de continuar con el trabajo como hasta ayer. Hesiré, el secretario de mi padre, podría llevar a cabo sus tareas como venía haciendo. En muchas ocasiones ya lo sustituía. Djedi, por su parte, seguiría añadiendo los elementos que estime oportunos para poder asegurar la pirámide con *heka* y el número de cámaras secretas del santuario sagrado de Thot. En definitiva, propongo que nada cambie, que las obras continúen sin injerencias exteriores, que sólo entorpecerían y dificultarían el trabajo.

Keops guardó silencio mientras caminaba de vuelta a su trono. Después de sentarse en él miró a Seshat.

—Veo que aprecias al mago Djedi, como lo apreciaba tu padre.

—Fuiste tú, majestad, quien nos lo presentó y nos lo recomendó vivamente..., gracias a la intervención del príncipe —se justificó Seshat, quien no tuvo nada que ver en la decisión de incluir a Djedi en el proyecto—. Si bien el sacerdote mago se mostró distante y esquivo en un principio, y me consta que también a vosotros os causó esa impresión, luego ha demostrado gran valía en el arte de la magia y las propuestas que ha hecho para la pirámide son brillantes. Mi padre lo tenía en mucha estima, es cierto, y así nos lo hizo saber a menudo.

—Quizá deberíamos buscar una alternativa ahora que tenemos el papiro de Thot —intervino el príncipe Hordjedef señalando el rollo que aún custodiaba su padre.

—¿Quieres ver su contenido, Seshat? —le ofreció Keops—. Nunca imaginarías los secretos que contiene este papiro.

—Por la seguridad del proyecto, no creo, mi señor, que sea conveniente que incluso yo lo vea.

—Detecto que Djedi ha sabido controlar tus ideas —añadió Hordjedef con recelo—. Seguramente quedará apartado del proyecto.

Seshat abrió los ojos con espanto ante la posibilidad de que eso ocurriera. Era incapaz de ver a otra persona que no fuera Djedi haciéndose cargo de la parte mágica del plan.

—Majestad... —Se dirigió al faraón dispuesta a convencerlo del error que estaba cometiendo el príncipe—. No creo que sea lo más idóneo. Djedi cuenta con una reconocida trayectoria en el arte de la magia que ha sido, precisamente, la que lo ha conducido hasta aquí. Apartarlo del proyecto sería una equivocación, mi señor, pues no conozco a nadie más que sea capaz de interpretar lo que dice el papiro. Él nos explicó en más de una ocasión que ese documento ha de ser interpretado. El verdadero mensaje mágico que subyace en el texto sólo se presenta a un sacerdote mago experimentado, no a un profano. No se trata de leer y copiar su contenido; hay que descifrarlo y, lo más importante de todo, adaptarlo a la edificación de la pirámide. Si fuera tan sencillo como el príncipe propone, se habría hecho ya antes. Al parecer, muchos sacerdotes sabían que el papiro de Thot estaba en esa biblioteca, pero nadie se atrevió a abordarlo, salvo Djedi.

—Padre, no hagas caso a lo que te dice la hija de Hemiunu —volvió a intervenir el príncipe mostrando desconfianza—. El clero pretende interponerse de nuevo en las decisiones del gobierno. El faraón Esnofru, Vida, Salud y Prosperidad, ya te avisó de sus intenciones.

Hordjedef quiso recordar al faraón el miedo y la desconfianza que su padre sentía hacia el clero de Kemet.

—¿Qué tienen que ver los sacerdotes con todo esto? —se quejó Seshat—. Ves fantasmas donde no los hay, Hordjedef. Estamos hablando de un sacerdote mago y de un papiro mágico.

Keops reflexionó durante unos instantes y finalmente habló.

—Eres muy valiente, Seshat, atreviéndote a aconsejar al faraón con esa vehemencia. En ese detalle me recuerdas a tu padre. Has heredado de él esa valentía. Hemiunu sabía cuándo había que callar y cuándo contestar para defender lo que él consideraba justo. Muchos de mis asesores no osan, ni de lejos, hacer lo que haces tú. Pero en estos momentos debemos ser prudentes y no dejarnos arrastrar por nuestras emociones. Están investigando si Djedi tuvo algo que ver en la muerte de tu padre.

A Seshat se le heló la sangre al oírlo. Sólo pensar en esa posibilidad le produjo una terrible angustia.

—Djedi no ha tenido nada que ver —dijo con firmeza.

—¿En qué te basas para estar tan segura? —preguntó el príncipe.

—¿En qué te basas tú para hacer esa acusación completamente infundada?

—Fue la última persona a quien se vio con tu padre.

—Que fuera la última persona a quien se vio con mi padre no obliga a conjeturar que él lo hiciera. Alguien más pudo ir después a la casa.

—Eso lo esclarecerá la investigación —sentenció Hordjedef—. No es más que una simple especulación, pero el hecho evidente es que uno de los sirvientes de tu casa vio a tu padre por última vez... con él —añadió con una sonrisa displicente—. En otras ocasiones Djedi ha utilizado magia negra. Yo mismo le vi hacer uso de ella en vuestra casa.

—Lo que viste no era más que un truco, ya te lo he dicho. Un burdo engaño infantil que crea una ilusión ante los presentes. Es un falso prodigio.

—Vuelvo a hacerte la misma pregunta que te hice antes y que todavía no me has contestado: ¿sabes, pues, cómo lo hizo? ¿Serías capaz de repetir ese truco, como tú lo llamas, para salvar a Djedi?

La interpelación del príncipe desmoralizó aún más a la joven. Guardó silencio. Era incapaz de reproducir aquella maravilla. A punto de estallar de ira, en ese momento tan sólo pensaba en abalanzarse hacia el príncipe y golpearle el rostro hasta perder de vista su odiosa imagen.

Respiró profundamente e intentó sosegarse. Si bien el sacerdote no le había explicado cómo hacer el truco, estaba segura de que habría un método natural para realizar aquel prodigio con fuego, de igual forma que Djedi había conseguido mostrarle los entresijos del otro juego que le hizo poco antes.

—Llamad a Djedi y que él os lo explique —dijo la hija de Hemiunu.

Sin embargo, sabía que no había vuelta atrás. Interrogarían a Djedi, pero era conocedora de que, por los votos a la clase sacerdotal a la que pertenecía, el mago jamás contaría cómo había hecho el truco. Eran secretos de los papiros de la Casa de la Vida del templo de Ptah y estaba terminantemente prohibido desvelarlos.

Seshat intuía que apresarían al mago pronto, acusado de lo que fuera que a Hordjedef se le pasara por la cabeza. Todo estaba perdido para ella.

17

Ese mismo día, poco antes del amanecer, Djedi abandonó sus habitaciones en el templo de Ptah para dar su habitual paseo matutino. Contempló, sin poder evitarlo, las dunas que rodeaban algunas de las villas de los hombres más notables de la ciudad. Se detuvo un instante para disfrutar de aquella luz grisácea del primer momento del día y del olor de la fría humedad que empezaba a disiparse. Sólo unos pocos campesinos salían de sus casas, levantadas con modestos ladrillos de adobe en los límites de los campos de cultivo. Los agricultores se disponían a comenzar las faenas de la jornada, a las que se sumarían en breve sus esposas e hijos. Todos los miembros de la familia formaban parte de esa cadena de trabajo que no solamente ayudaba a la comunidad a subsistir, sino que, más importante aún, generaba excedentes que entregaban a los recaudadores de impuestos del faraón para gloria y celebridad de la tierra de Kemet.

Tras retomar su paseo, se percató de que, en esa parte de la ciudad, no lejos de donde se encontraba, estaba la casa de Hemiunu. Lo tentó visitar a Seshat; sólo para verla y disfrutar, una vez más, de su compañía. Sin embargo, detuvo sus pasos cuando se hallaba apenas a dos calles de la villa. Reflexionó durante unos instantes y, finalmente, decidió dar media vuelta. Al hacerlo, evitó ver el tumulto que se había formado a la entrada de la casa del jefe de los constructores.

Pero lo que sí vio Djedi, otra vez, y ya había perdido la cuenta de cuántas lo había hecho antes, era a su misterioso amigo. Frente a él estaba el zorrillo que lo había acompañado en innumerables ocasiones durante las visitas a la casa de Hemiunu. Bajo aquella luz trémula de la mañana, su pelaje parduzco casi se confundía con el color de la arena.

Djedi no pudo reprimir una sonrisa, a la que el zorrillo respondió moviendo la cabeza hacia un lado y abriendo sus pequeños ojos negros con curiosidad. Aunque el animal no formaba parte del prolífico panteón de divinidades de Kemet, resultaba indudable que contaba con aptitudes para que se lo incluyera en él. Era sigiloso, astuto, rápido, feroz y, por encima de todo, uno de los animales más inteligentes del desierto.

El joven sacerdote miró al cielo y cayó en la cuenta de que debía regresar al templo de Ptah para cumplir con sus obligaciones. Saludó a su amigo llevándose la mano al corazón, como si se tratara de un personaje importante de la corte, y tras recolocarse el velo que le cubría la cabeza salió disparado hacia el río. La mejor manera de llegar al santuario con la mayor celeridad posible era tomar una embarcación en el cercano puerto, decidió.

Cuando entró en la pequeña plaza que se abría frente al embarcadero, un hombre casi lo lanza al suelo. Se trataba de un mensajero de palacio que corría en dirección a las casas de los nobles, donde estaba la villa de Hemiunu. Sin darle más importancia, Djedi se recompuso las ropas, volvió a colocarse el velo sobre la cabeza y los hombros, y se encaminó hacia una de las embarcaciones que se usaban para llevar a personas a otras partes de la ciudad. De este modo tardaría la mitad del tiempo que habría empleado de ir a pie.

Pagó de forma generosa al barquero para que lo transportara hasta el templo, pero le mereció la pena ya que, justo antes de que el sol comenzara a despuntar por el horizonte cubriendo todo el valle de una luz anaranjada, el joven sacerdote ya se encontraba en el lugar de sus obligaciones, como correspondía.

El templo de Ptah era un lugar bullicioso desde que el primer rayo de sol aparecía en el horizonte. Los sacerdotes iban y venían por el interior del recinto sagrado en un trajín continuo, pues, al contrario de lo que muchos creían, aquel lugar no era un espacio dedicado a la contemplación y a la vida regalada. Cierto era que se recibían allí muchas donaciones y ofrendas destinadas a la manutención del dios... y de los sacerdotes. Pero también había, en ese recinto tan grande, zonas de huertas, talleres y pequeños locales donde se afanaban cientos de aquellos hombres que dedicaban su vida al culto y al trabajo. El templo, en definitiva, se había convertido en una ciudad dentro de la ciudad de Ineb-Hedy. La proliferación de esas estructuras y el creciente poder que habían adquirido en los últimos años eran la razón principal por la que el clero se había convertido en un peligro para el faraón.

Pero Djedi no entraba en la polémica generada entre los altos cargos del clero y el faraón. Precisamente, su presencia como sacerdote miembro de la familia real había sido, en un principio, uno de esos intentos de acercar posturas entre los dos estamentos y, sobre todo, se buscaba que sirviera al propósito de que el faraón, por medio de personas de su confianza, tuviera el control de lo que allí sucedía. Sin embargo, el joven se había convertido en una suerte de espíritu libre y, por demás, había perdido prácticamente el contacto con su familia. Y todo porque lo que a él le gustaba era hacer sus abluciones diarias en soledad y luego acudir a la biblioteca de la Casa de la Vida solo, sin que nadie lo molestara y sin tener que dar explicaciones. Allí disfrutaba pasando el comienzo de la mañana rodeado de rollos de papiro que lo acercaban al saber ancestral de su pueblo. Pero esa semana su entrada en la biblioteca tenía que retrasarse ya que antes debía cumplir con las obligaciones que sus superiores le habían encomendado. El mago debía hacer las funciones de sacerdote lector en el culto matinal de la divinidad.

Antes de que hubiera ningún movimiento en el complejo, cuando el sol avisaba de su inminente aparición por el cielo oriental, un pequeño grupo de sacerdotes, ayudados de lámparas, se dirigían a la zona más sagrada del templo de Ptah, la parte más íntima del mismo, un lugar orientado expresamente hacia el sol. En ese deambular desde las puertas del templo hasta la capilla de Ptah, los sacerdotes iban de la oscuridad a la luz que iluminaba su existencia. El propio edificio era una metáfora del origen del cosmos y del surgimiento de la vida gracias a la acción de Ptah, dios creador de la palabra.

El grupo de sacerdotes se detuvo al alcanzar la entrada de la capilla. Cada uno de ellos llevaba en una bandeja los elementos que se emplearían en la ceremonia matinal. Uno portaba varios cuencos con aceites, natrón y perfumes con los que lavar y acicalar al dios. Otro transportaba pequeñas coronas de flores y un paño de lino recién tejido en los talleres del templo. Un tercero llevaba los alimentos que se depositarían como ofrendas frente a la estatua del dios para que pudiera nutrirse y, con ello, hacer efectiva su fuerza sobre la tierra de Kemet en un nuevo día.

Sin abandonar ni un instante la solemnidad del momento, Djedi y sus compañeros observaron cómo el sumo sacerdote se acercaba hasta el sello que precintaba el pestillo de las puertas del altar. Después de encender dos lámparas que había a ambos lados de la cámara sagrada, aprovechando la llama del candil que llevaba, rompió el sello. La capilla era de madera y estaba cubierta de láminas de oro que reproducían en relieve escenas religiosas del culto al dios Ptah. En ellas se veía al dios junto a su esposa la diosa Sekhmet, divinidad femenina con cuerpo de mujer y cabeza de leona, protectora de la medicina y azote de los enemigos en la guerra. La capilla no era muy grande, apenas medía un par de codos de alto, el espacio suficiente para albergar la estatua sagrada.

El sacerdote depositó los fragmentos del sello en la bandeja que portaba uno de sus compañeros. Luego abrió las puertas y dejó que las lámparas iluminaran la estatua del dios Ptah colocada sobre un pequeño trineo negro.

No se trataba de una figura modesta. Estaba fabricada en oro puro con algunas incrustaciones de lapislázuli de un azul brillante, el color de la piel del dios de Ineb-Hedy. En la imagen estaba cubierto por un velo mortuorio y entre las manos aferraba el bastón de mando de la ciudad, protegido por tres grandes amuletos: el pilar osiriano o *djed*, el cetro *was* y la cruz de la vida o *ankh*. Precisamente, el joven sacerdote disfrutaba siempre de ver al dios Ptah sujetando aquel pilar *djed* que simbolizaba la estabilidad y la fuerza, lo que daba una especial naturaleza a su propio nombre, Djedi: «aquel que aguanta, el que es fuerte».

Tal como la habían dejado el día anterior, la estatua de Ptah estaba envuelta en un paño de lino impregnado de los aceites y aromas usados en el ritual de limpieza.

Antes de que diera comienzo el de ese día, Djedi abrió el rollo de papiro que llevaba en las manos y, toda vez que se aproximaba a uno de los pebeteros que habían encendido junto a la capilla, empezó a leer:

—«Palabras dichas por Ptah, el de hermoso rostro, señor de la magia, señor de la verdad y del mundo oscuro, señor de las serpientes y de los peces...».

En ese momento, el sumo sacerdote se acercó a la figura y, casi siguiendo el ritmo de las palabras de Djedi, comenzó a desvestirla pausadamente, desenrollando el tejido hasta completar las cinco vueltas de lino que la envolvían. Luego tomó agua de una garrafa que había al pie de la capilla, humedeció un paño limpio y, con movimientos acompasados, lavó al dios. Después de un día, se habían secado sobre el oro las resinas con las que se había ungido a la figura. Con ayuda del agua, los aceites se disolvieron y la estatua del dios resurgió de nuevo brillante a los ojos de los sacerdotes.

Cuando el mago apenas llevaba leída la primera columna del texto sagrado de Ptah, el sumo sacerdote que dirigía la ceremonia lanzó un estruendoso bostezo. Se hizo el silencio.

—Lo lamento... Es que apenas he dormido —se disculpó el hombre con toda naturalidad mientras se secaba con el dorso de las manos las lágrimas que le caían de los ojos.

Acto seguido retomó el lavado de la estatua. Y Djedi continuó con la lectura.

Una vez que la figura estuvo limpia de las impurezas, el religioso ungió el cuerpo de oro y lapislázuli con nuevos aceites y con natrón. Dejó los cuencos de las fragancias a un lado y, tomando de una bandeja un paño de lino nuevo, volvió a envolver la figura. Sólo dejó visible la cabecita del dios, encasquetada en el gorro azul que lo caracterizaba. Para acabar esa parte de la ceremonia, depositó sobre la estatua pequeñas coronas de flores, a modo de guirnaldas, símbolos de la vida en la tierra de Kemet.

El sumo sacerdote se detuvo y aguardó delante de Ptah a que Djedi terminara de recitar el texto que acompañaba a la ceremonia de limpieza. Una vez completada esa fase, cuando el mago comenzó el último fragmento, dedicado a las ofrendas que debían colocarse ante la divinidad, el sumo sacerdote salió de su sopor y tomó de una de las bandejas que portaban sus acólitos una cesta llena de frutas, copas con cerveza y vino, y un pato recién asado en las cocinas del templo.

Finalizado el ritual, el grupo permaneció en silencio durante unos instantes. A un gesto del sumo sacerdote, la comitiva echó a andar sin dar la espalda al dios en ningún momento, de regreso a la salida de la zona más sagrada del templo. El séquito lo cerraba un religioso que, con un escobón en la mano, iba borrando las impuras huellas que dejaban sus compañeros en el impoluto enlosado del santuario.

Cuando todos hubieron salido, el sumo sacerdote tomó un cordón de fibra vegetal, lo anudó al pestillo de la puerta y lo selló con un trozo de arcilla sobre la que estampó el emblema del templo de Ptah en Ineb-Hedy.

Como si no se conocieran de nada, el grupo de sacerdotes se dispersó, cada cual en dirección a sus propias dependencias para guardar en ellas los objetos con los que habían atendido el ritual. Solamente volverían a verse al día siguiente, al amanecer, cuando harían coincidir la limpieza de la estatua con los primeros rayos del sol.

Djedi salió del templo de Ptah por uno de los accesos laterales. En ese momento de la mañana, Ra empezaba a cubrir de luz y color las gigantescas columnas del santuario. Tenían tal grosor sus fustes, casi 20 codos de alto, que ni siquiera cinco hombres cogidos de las manos podían rodearlos. Reinaba una atmósfera fantasmagórica. Las sombras empezaban a disiparse de los coloridos relieves que cubrían el interior del templo, dando la sensación de que los protagonistas de las escenas avanzaban y retrocedían, como si fueran partícipes de una extraña danza.

Acostumbrado a esas maravillas, Djedi apenas prestó atención a su alrededor. Sólo tenía en mente la idea de regresar a sus habitaciones, despojarse de las ropas del ritual, ponerse otras más cómodas y bajar, ahora sí, a la biblioteca de la Casa de la Vida, donde pasaría el siguiente tramo del día leyendo antiguos libros de magia y de ciencia.

No se percató de que varios soldados de la guardia real lo esperaban a la entrada del recinto del santuario, donde estaban las dependencias de los sacerdotes. Tan sólo cuando se fijó en que se había congregado allí un grupo de religiosos los vio. En un primer momento hizo amago de detenerse. Pero no llegó a hacerlo. Aminoró la marcha y continuó con decisión hasta la puerta. Sin embargo, pronto fue consciente de que algo no iba bien al reparar en que todos lo observaban en silencio.

Dos de los guardias llevaban, sujetos por el cuello, dos mandriles que estaban adiestrados para atacar a quienquiera que se resistiera a las órdenes de sus portadores. Los animales permanecían tranquilos mordisqueando unas frutas, pero sus largos colmillos no dejaban de ser una advertencia.

Al llegar a la entrada de la residencia, Djedi se detuvo y saludó a los guardias.

—Buenos días —dijo en tono cordial—. ¿Qué ha sucedido?

—El jefe de los constructores ha muerto —respondió el jefe de la guardia—. Debes acompañarnos a palacio de inmediato.

—¿Hemiunu ha...?

—Sí, apareció flotando esta mañana en el estanque de su casa.

—No puede ser... —El mago estaba profundamente impresionado—. Estuve allí con él anoche antes de retirarme a mis aposentos en el templo...

La terrible noticia le había impactado. En primer lugar, imaginó a Seshat, sola ante esa terrible circunstancia. Después, consideró el peligro que corría ahora el proyecto de construcción de la pirámide. Tras varios meses en los que parecía que todo empezaba a encauzarse, la totalidad del trabajo realizado podía perderse.

—He de dejar el papiro del ritual de la mañana en mi habitación y...

—Tenemos orden de que nos acompañes sin demora —advirtió el guardia—. Alguien hará eso por ti.

—Pero...

La expresión del rostro del jefe de la guardia no daba opción a réplica alguna. Djedi se ahorró las palabras, más aún al que ver que los mandriles, acabadas sus frutas, lo miraban con malsana curiosidad. Entregó el papiro a uno de los sacerdotes reunidos allí y le pidió que lo guardara hasta que él volviera.

—Estoy a vuestra disposición.

El oficial escrutó al mago. Había oído cosas sorprendentes de ese hombre y no estaba seguro de que no hiciera un gesto extraño y desapareciera. O quizá huiría después de dejarlos sin sentido con un sortilegio. Pero nada de aquello sucedió. Djedi esperó con las manos cruzadas a que la comitiva de soldados se pusiera en camino hasta el cercano embarcadero para seguirlos.

Una vez allí, el sacerdote subió a una embarcación muy modesta. Había suciedad por todas partes. No era la que la guardia solía usar para acompañarlo en sus desplazamientos habituales. En uno de los extremos había un hombre tumbado en el suelo, parecía enfermo.

—Siéntate donde quieras, pero no hagas nada raro —le advirtió uno de los soldados mientras lo agarraba del brazo con malas maneras y lo empujaba al interior de la nave.

Djedi vio que había, sentados, tres hombres y una mujer. Todos harapientos y malcarados, miraron los ropajes del mago como si estuvieran ante una aparición.

—¡Acomódate junto a mí, loto del río sagrado Hapy! —bromeó la mujer al tiempo que acariciaba el rico faldellín de lino del sacerdote.

Djedi se apartó a un lado. Comenzó a sentir miedo. Ninguno de los presentes se atrevía a moverse. Todos observaban con temor a los guardias, en especial a sus mandriles. Uno de los hombres tenía el tobillo cubierto con un trozo sucio de tela manchado de sangre, producto, sin lugar a dudas, de la dentellada de uno de los animales por haber desobedecido una orden.

Aquello no tenía sentido; no era la embarcación en la que se suponía que debían llevar al palacio a uno de los miembros del equipo de construcción de la pirámide. Por primera vez, se sintió preso. E ignoraba de qué se lo acusaba.

—Discúlpame, pero... —Djedi se dirigió al jefe de la guardia, con quien había hablado en el templo—. Creo que ha habido un error. Mi nombre es Djedi, soy sacerdote mago del templo de Ptah y trabajo en la construcción de la pirámide del faraón Keops, Vida, Salud y Prosperidad.

El oficial cogió el rollo de papiro que tenía sujeto por el cinturón, leyó la lista de nombres y asintió.

—Sí, Djedi, el ayudante de Hemiunu, ¿no es así?

—Sí, es correcto. Ése soy yo —respondió el mago esbozando una sonrisa de alivio al saberse reconocido.

—Pues vuelve a tu sitio. Es a ti a quien buscan. El soberano te espera. Te conozco de haberte visto en la planicie donde está construyéndose la pirámide. Eres tú —insistió el guardia, y le dio la espalda.

Djedi obedeció. Se dirigió hacia un extremo de la pequeña embarcación donde no había nadie. No le quedaba más que esperar al encuentro con el faraón.

El viaje se le hizo largo. Buscaba respuestas a las numerosas preguntas que martilleaban su cabeza con las posibilidades más extrañas. ¿Lo habrían confundido con un vulgar ladrón? Hemiunu comentó que varios trabajadores de la cantera habían sido expulsados por perpetrar pequeños hurtos entre sus compañeros.

Tan sólo estaba seguro de una cosa: el príncipe Hordjedef tendría algo que ver con todo aquello.

En el trayecto únicamente hubo una parada. La embarcación se detuvo unos instantes junto a una cantera para que los hombres y la mujer que iban con el mago bajaran a tierra. Djedi sabía muy bien qué lugar era aquél y quién había allí. No era una cantera convencional como la de la planicie del Occidente de Iunu donde levantaban la pirámide. En ésa se realizaban trabajos forzados; los prisioneros, acusados de todo tipo de crímenes, pagaban allí las cuentas pendientes con el faraón. Djedi observó cómo el grupo se alejaba por un sendero flanqueado por guardias. Se había quedado solo, sin más compañía que los guardias de palacio y los mandriles.

No tardaron en llegar a su destino. Sin embargo, la embarcación no atracó en el muelle donde él solía hacerlo. Parecía más un simple muelle de carga, sin ningún tipo de lujos. Allí sólo había hombres que descargaban fardos, alimentos para las cocinas, supuso Djedi.

El jefe de la guardia volvió a tirarle del brazo sin miramientos para conducirlo ante el soberano de las Dos Tierras. Keops lo esperaba junto al estanque donde se encontraron el día que el faraón disfrutaba de la lucha de aquellos hombres sobre sendas balsas. En esta ocasión, acompañaban al monarca dos jóvenes danzarinas con las que parecía divertirse. Al verlo llegar, las muchachas cesaron sus risas y se alejaron a toda prisa siguiendo el borde del estanque.

Keops escudriñó a Djedi. Un musculoso sirviente, a su espalda, movía rítmicamente un formidable abanico hecho con plumas de avestruz mientras el soberano se hallaba a la sombra de un enorme parasol. Todo parecía indicar que, una vez más, tendrían un día caluroso. Para apaciguarlo, el soberano también tenía junto a su silla una mesa con todo tipo de frutas frescas, procedentes de los huertos aledaños.

—Majestad, Vida, Salud y Prosperidad... —lo saludó el sacerdote agachando la cabeza y llevándose las manos a las rodillas.

—Buenos días, Djedi. Imagino que estarás preguntándote por qué te he hecho llamar con tanta celeridad...

—Desde mi salida del templo de Ptah, comienzo a intuir que quizá no has requerido mi presencia en palacio por las obras de tu pirámide, sino por otro... menester. Creo que no soy bien recibido.

Keops no respondió ante el impetuoso saludo de su sobrino. Tomó aire y comenzó su discurso implacable.

—¿Sabes que Hemiunu, mi jefe de los constructores, murió la noche pasada? —Su voz sonó quebrada, afectado aún por la pérdida de su hombre de confianza.

—Sí, majestad. Me lo han comunicado los miembros de tu

guardia antes de traerme a tu presencia. La noticia me ha sobrecogido. Es una gran pérdida para el proyecto.

—Las circunstancias que rodean la muerte de Hemiunu son extrañas —dijo el monarca con gesto preocupado—. Acaban de informarme de que los médicos que han examinado su cuerpo han llegado a la conclusión de que cayó al estanque de su casa después de recibir un fuerte golpe en la cabeza. Eso debió de hacerle perder el sentido, y se ahogaría sin remedio.

—Es horrible —se lamentó el mago, compungido—. ¿Quién habrá podido hacer una cosa así? Hemiunu no tenía enemigos.

—Todos en la corte los tenemos, Djedi —lo corrigió Keops—. Pero no siempre son visibles... hasta que ya es demasiado tarde. —Y añadió, cambiando de asunto de forma tajante—: He nombrado a mi hijo el príncipe Hordjedef jefe de los constructores del faraón.

Esa noticia sobrecogió aún más a Djedi que la de la muerte de Hemiunu. Le costó no mostrar sorpresa en el rostro.

—Trabajará con Hesiré, el secretario de Hemiunu, y con su hija, Seshat —añadió el soberano.

Djedi guardó la compostura al enterarse de los cambios que se habían realizado.

—¿Seshat lo sabe? —preguntó.

—Antes ha venido a vernos. No parecía muy conforme, pero confío en que reflexione y ceda finalmente a mis peticiones.

—¿Y qué sucederá conmigo?

—Por eso te hemos hecho venir aquí, mago Djedi.

El príncipe Hordjedef irrumpió desde uno de los laterales del estanque. De nuevo portaba en la mano el papiro del santuario sagrado de Thot que había tomado de la biblioteca de Iunu.

Djedi se estremeció. Su presencia, una vez más, no podía significar nada bueno, y menos en esas circunstancias.

—Buenos días, príncipe —lo saludó el sacerdote, a pesar de todo, sin dejar entrever sus temores.

—He ordenado que la guardia fuera a buscarte para comunicarte los cambios que van a producirse en el proyecto.

—Su Majestad, el faraón Keops, ya me ha adelantado algunos

pormenores —dijo Djedi con cierto retintín—. Te doy mi enhorabuena por tu nombramiento como nuevo jefe de los constructores del faraón. Seguro que pronto igualas y superas el trabajo que realizó Hemiunu. No sé si habrá algo más que añadir.

Hordjedef caminó despacio hasta situarse al lado de su padre. Djedi se limitó a recolocarse el velo para protegerse la cara de la luz del sol.

—No es necesario que ocultes tu rostro —aseveró el príncipe.

—Lo hago para evitar que el sol me impida veros como es debido —respondió Djedi mientras buscaba la sombra de una palmera que había junto a la silla del faraón.

Le pareció que algo había cambiado en el príncipe. Se lo notaba más seguro en sus movimientos y en sus afirmaciones.

—Te agradezco la felicitación, Djedi —dijo Hordjedef—. Pero permíteme desconfiar de ella. Tus palabras no parecen sinceras.

—No sé por qué razón no te suenan sinceras. Nunca he dudado de tu capacidad, príncipe Hordjedef. Estoy seguro de que serás capaz de descifrar el secreto de la pirámide.

Keops abrió los ojos dando un respingo. Por un instante, recordó su última charla con Hemiunu en la que estuvieron hablando precisamente del secreto de la pirámide y del santuario sagrado de Thot.

El príncipe se percató de la zozobra que sentía su padre y aprovechó el momento para rematar su diatriba contra el sacerdote mago.

—Djedi, has sido detenido por realizar magia negra y por ser sospechoso de la muerte del anterior jefe de los constructores, Hemiunu.

Al sacerdote se le demudó el rostro al oír la acusación.

—Pero...

—Te vi llevar a cabo extrañas artes en casa de Hemiunu ante su hija. No creo que puedas negarlo. La propia Seshat nos ha dicho esta mañana que todo era un vil truco de magia, un juego de manos, algo que yo no creo... En cualquier caso, no ha negado que lo hicieras.

—El juego que viste, príncipe...

—¿Juego? —exclamó Hordjedef levantando la voz—. ¿Llamas juego a lo que vieron mis ojos? No me engañas, Djedi. Cuentas con unos poderes que son peligrosos. Los empleas en tu propio beneficio, y eso supone una gran amenaza para el faraón y el palacio.

Como hacía siempre que se lo acusaba de ese tipo de tropelías, Djedi permaneció en silencio. Muchas veces debía justificar en el templo de Ptah que sus artes eran simples juegos, aunque en esa ocasión el faraón y el príncipe Hordjedef, en especial, no serían fáciles de convencer.

—¿No tienes nada que decir a eso, Djedi? —preguntó el soberano esperando una respuesta.

—Majestad —comenzó a explicar el mago con tranquilidad—, si realmente usara mis artes en el sentido en el que el príncipe Hordjedef afirma, ahora mismo podría hacer que cayera fulminado. Eso es algo que en ningún caso haría, por supuesto, pero, además, es que no sé cómo hacerlo. Mi formación como mago no alcanza a ese extremo. Es más, ese tipo de magia no existe. Los dioses prohíben emplearla con los seres humanos. Nadie sabe cómo hacerlo. Quien diga lo contrario está mintiendo. Si fuera cierto, el poder del faraón duraría muy poco, mi señor. Cualquiera de tus enemigos actuaría en consecuencia para arrebatártelo y las conspiraciones en palacio serían continuas. En mi modesta opinión, cuanto tu hijo dice no es más que una patraña.

Djedi se fijó en que Hordjedef comenzaba a enrojecer de ira. Sus ojos inyectados en sangre denotaban que estaba a punto de estallar.

—Entonces ¿qué es lo que hiciste en casa de Hemiunu? —bramó el príncipe.

—Lo que hice delante de la hija de Hemiunu fue tan sólo un juego de manos.

—Explícanoslo, pues —exigió el faraón.

—Majestad, no me está permitido desvelar el secreto de la magia sagrada de Thot. El propio dios me castigaría de inmediato. —Djedi reflexionó un instante, y añadió—: Pero podría repetir ahora mismo ese juego, si es tu deseo.

—Que así sea. ¿Qué necesitas?

—Padre, no te arriesgues —lo detuvo el príncipe levantando el brazo—. Djedi es un encantador de serpientes. Utilizará sus artes para manipular nuestras mentes. Lo ha hecho con Seshat y lo hizo con su padre, Hemiunu, para finalmente acabar con él.

El joven mago frunció el ceño, horrorizado por la acusación que acababa de oír.

—Yo no tengo nada que ver con su desgraciada muerte —afirmó—. Después de encontrarme con él, fui a dar un paseo y regresé al templo de Ptah. Esta mañana di otro paseo antes del amanecer y regresé a mis ocupaciones en el santuario justo antes de la salida del sol. Al cabo de un rato los soldados fueron a buscarme.

—¡Uno de los sirvientes de Hemiunu ha declarado que anoche discutías con él en su casa! —gritó Hordjedef—. Fuiste el último en verlo con vida... y se la arrebataste para hacerte con el control de la construcción de la pirámide del faraón.

—Lo que dices, príncipe, no se corresponde con la verdad —respondió Djedi con la misma tranquilidad e idéntico sosiego que había mostrado hasta el momento—. Es cierto que anoche estuve en casa de Hemiunu. Él acababa de regresar de la necrópolis del Occidente en Ineb-Hedy. Los trabajos están ya encauzados allí y el diseño de la pirámide empieza a tomar forma, la misma del santuario de Thot. Hemiunu protestaba porque yo no le revelaba el secreto del santuario. No era la primera vez que me reclamaba que lo hiciera. Y, como en tantas otras ocasiones, le expliqué que era preferible que esa información, por seguridad para con la morada de eternidad de Keops, Vida, Salud y Prosperidad, sólo la conociera yo.

—¿Y estuvisteis discutiendo acaloradamente? —preguntó el soberano con interés.

—No, mi señor —negó con rotundidad el mago—. Ni siquiera fue una discusión. Hemiunu suele... solía levantar la voz cuando algo lo contrariaba. Su espíritu pertinaz lo empujaba a querer saberlo todo, pero le expliqué, en esa ocasión como en tantas otras, que no era posible. Le dije que, al igual que él desconocía las técnicas del trabajo de la piedra y se limitaba a recibir los bloques ya desbastados o casi terminados, listos para ubicarse en su posición, en este caso debía hacer un esfuerzo y ser paciente. No todo podía estar en sus manos, añadí. La finalidad que se perseguía justificaba mi silencio.

—Y Hemiunu, ¿cómo se lo tomó? —preguntó de nuevo el faraón.

—Como siempre hizo, majestad. No era la primera vez que manteníamos esa conversación. Hemiunu se sentía inseguro cuando hablaba contigo ya que ignoraba qué podía mostrarte. El tiempo hizo que confiara en mí, cuando vio que, día a día, todas las expectativas iban cumpliéndose y que yo no faltaba a mi palabra. Pero todo por la misma razón: guardar el secreto de la pirámide..., el secreto del santuario sagrado de Thot.

—No comprendo tu reticencia a compartir el conocimiento del papiro de Thot —intervino Hordjedef, ahora más calmado—. Tú mismo dijiste que es una información accesible a cualquier sacerdote que vaya a la biblioteca de la Casa de la Vida en el templo de Iunu.

Djedi se limitó a asentir a las palabras del príncipe.

—Pues eso es lo que hemos hecho. —Hordjedef alzó el rollo de papiro que había tomado de la Casa de la Vida—. Aquí tenemos toda la información que necesitamos para la construcción de la pirámide.

—Pero... —replicó el sacerdote con apenas un hilo de voz—. Eso es muy peligroso. Cualquiera puede acceder al papiro, sí, pero debe controlarse su lectura y no todo el mundo está capacitado para comprenderlo.

—¿Insinúas que soy un estúpido, querido primo? —preguntó Hordjedef recuperando su espíritu más irascible. Hacía mucho que no llamaba así al hijo de su tío Rahotep.

—Lo que pretendía explicar es que hay que estar preparado para entender lo que el papiro dice —insistió el mago—. Es preciso saber leer sus símbolos y el significado de sus palabras. No es un texto normal...

—Pues a mí me ha parecido muy normal —respondió el soberano al tiempo que se encogía de hombros.

—Tú también lo has leído, majestad...

Djedi no alcanzaba a comprender lo que estaba sucediendo y cómo en apenas un día todo el trabajo de meses se había echado a perder.

—Es muy peligroso —repitió una vez más—. Nadie debe conocer el contenido de ese documento sagrado.

—Nadie debe conocerlo... salvo tú. ¿No es así, Djedi? ¿Qué sentido tiene eso? ¿Acaso te crees el nuevo sumo sacerdote del templo de Ptah? Eres un simple sacerdote que lee textos mágicos.

—Hordjedef, debes resolver el problema por ti mismo —señaló el faraón al tiempo que se levantaba de su silla junto al estanque y se encaminaba hacia la salida—. Tienes un nuevo cargo. Y además eres príncipe. Me tranquiliza saber que cuentas con el papiro de Thot para continuar el proyecto. Infórmame después de cuál ha sido tu decisión. Me voy a mis aposentos a descansar. La muerte de Hemiunu ha calado muy hondo en mi corazón. Espero que todo esto no afecte aún más al desarrollo de las obras. Lo que hagas estará bien.

Y sin más, Keops, abatido por los acontecimientos de las últimas horas, abandonó la sala acompañado del enorme sirviente que lo atendía con un abanico de plumas blancas. Otros dos hombres tomaron el parasol y lo siguieron hasta perderse en el jardín.

El sacerdote mago guardó silencio hasta que el faraón hubo desaparecido. Se dijo que no tenía ningún sentido responder al último exabrupto del príncipe. Sería como luchar contra un recio muro de sillares de piedra, imposible de traspasar. Todo había cambiado de forma repentina, y debía aprender a asumir su nueva situación.

—Djedi, has sido apartado del proyecto de la construcción de la morada de eternidad de mi padre. Como te hemos indicado, soy el nuevo jefe de los constructores, y continuaré los trabajos con Hesiré y con Seshat. Ahora que tengo el papiro de Thot con la información que precisábamos, podemos prescindir de tu ayuda.

—No objeto nada a esa decisión —dijo Djedi, resignado—. El faraón y sus consejeros habrán buscado la mejor solución.

—Así es, querido primo... Y mientras se resuelve el misterio de la muerte de Hemiunu deberás ingresar en prisión —apostilló Hordjedef—. Las acusaciones que pesan sobre ti son muy graves y por el momento no has sabido responder satisfactoriamente a las preguntas más delicadas...

El joven mago permaneció en pie delante del príncipe.

—Haré lo que mandes. Seré siempre vuestro humilde y fiel servidor. Estoy seguro de que se resolverá este malentendido y pronto...

—Yo no sería tan optimista —lo cortó Hordjedef—. Esta mañana se ha colgado de los muros de la ciudad a dos sirvientes de palacio que habían hecho mucho menos de lo que se te acusa a ti.

—Príncipe, mi conciencia está muy tranquila. Yo, al menos, no tengo secretos que ocultar a nadie.

—¿A qué te refieres, Djedi? ¿Acaso me acusas de conspirar?

—Hordjedef, todos sabemos que el cargo de jefe de los constructores te viene grande. Ya de niño no sabías colocar unos simples bloques de madera sin que el conjunto temblara y acabara desmoronándose —se mofó el mago—. Tú sabrás lo que has hecho para llegar a donde estás ahora. Se diría que has cegado al faraón. O puede que la muerte de Hemiunu no le permita ver lo que sucede en realidad a su alrededor.

—Lo que pasa es que mi padre se ha percatado de tus malas artes, nada más que eso, Djedi.

—Mis actos siempre han sido claros y sinceros, como cuando reconocí ante el faraón hasta qué punto podríamos utilizar *heka* en la pirámide.

Hordjedef no respondió. Se sentía vencedor y le traían sin cuidado los argumentos que el mago presentara en su contra.

—Has de irte ahora, Djedi. No negaré que siento cierto placer al verte abandonar el proyecto y entrar en prisión. Creo que nunca mereciste estar en él y ha llegado el momento de que se haga justicia.

—Dudo que la justicia de la diosa Maat tenga nada que ver con esto —respondió el mago revolviéndose—. Más bien, estimo que nace de un sentimiento de frustración de hace muchos años, cuando ya en la Casa de la Vida eras incapaz de aprender nada y pretendías que sólo por ser hijo del futuro faraón los maestros te ofrecieran un trato de favor. No fue así, y eso es algo que te pesa desde entonces. Quizá creas ahora que aliviarás ese peso tuyo enviándome a prisión tras acusarme sin fundamento de la muerte de Hemiunu. Yo no he tenido nada que ver en eso, bien lo sabes. Y me temo que mi defensa en el juicio no será todo lo prístina que debería ser. Puede que ahí esté la suerte de mi destino.

—¿Es que vas a echarte a llorar? —se burló Hordjedef—. No es la mejor manera de entrar en prisión.

—Podrías haberte ahorrado todo esto, la muerte de Hemiunu, acabar conmigo enviándome a prisión…, si hubieras ido de buen comienzo a la biblioteca de la Casa de la Vida para leer el papiro del santuario sagrado de Thot que tu padre anhelaba desde hace tiempo. Ahora lo tienes en tus manos. Ha sido muy sencillo, ¿no es así? Pero ¿por qué no lo hiciste antes?

El hijo de Keops permaneció unos instantes en silencio mientras buscaba una respuesta a los sólidos argumentos que le lanzaba su primo.

—El papiro… En la biblioteca… —balbuceó sin completar una frase coherente.

—No, Hordjedef, no busques excusas. Te diré por qué no fuiste antes a la biblioteca del templo de Iunu: por la sencilla razón de que ignorabas que estaba allí. Sólo supiste de su existencia cuando me oíste mencionarlo. Nunca te ha interesado el significado de la magia. No mereces recibir el privilegio de leer ese papiro. Seguro que Seshat te ha avisado, como yo he hecho, de los peligros que eso conlleva.

—No veo dónde está la dificultad ni el peligro —esgrimió Hordjedef levantando el papiro—. Toda la información está perfectamente explicada en este documento que ahora obra en mi poder.

—Te equivocas. No sabes cómo usarlo.

—Intentas amedrentarme como haces con los pobres ignorantes a quienes confundes la mente mientras presencian tus juegos de magia.

—Yerras de nuevo, Hordjedef. Tienes el papiro de Thot, pero eso no te hace conocedor de su contenido. Del mismo modo que tomar las frutas que hay en esa bandeja no te convertirá en cocinero ni por tener un mazo en tus manos serás carpintero. Puedes leer las veces que quieras el papiro, pero ten por seguro esto: no entenderás nada, y cuando el proyecto sea un fracaso caerá sobre tus espaldas el peso del engaño.

—Djedi, te revuelves como una alimaña que está a punto de sucumbir ante un cazador. Sabes que lo que dices no tiene ningún sentido. En la Casa de la Vida aprendí lo mismo que tú, y este papiro es la prueba de ello. No te hace más inteligente el hecho de memorizar las cosas que lees. Basta con saber dónde encontrar la información que se necesita.

—Muy bien. Ahora me marcho, Hordjedef, pero estoy convencido de que muy pronto volveremos a vernos.

—Mi querido… primo —recalcó el príncipe en tono cínico—, date por muerto. Del lugar al que vas no ha salido nadie con vida.

—Eso no me preocupa —respondió el mago con toda la calma de la que fue capaz—. Pero en algún momento tendrás que saldar tus cuentas con Maat. Las del presente… y también las del pasado.

Diciendo esto, Djedi se inclinó ante el hijo del faraón y, acto seguido, se dio la vuelta. Sabía que su destino estaba marcado por una delgada línea roja, una línea que sentía sobre su cuello, afilada como la hoja de un cuchillo del más fino cobre.

18

Desde siempre, Djedi se había considerado una persona íntegra y de carácter firme. Su entereza se fundamentaba en la fuerza de la que se había provisto después de superar cuantos contratiempos había sufrido a lo largo de su vida. Ser miembro de la familia real no le había evitado numerosos reveses. En la escuela del templo, no todos veían con buenos ojos que él se dedicara a la magia. *Heka* era una palabra casi prohibida para muchos alumnos y, sin embargo, a él los sacerdotes superiores lo autorizaban a estudiarla.

Todos esos pensamientos se arremolinaban en su mente cuando cruzó la puerta de la prisión de Ineb-Hedy. Sabía, por los comentarios que se hacían en las tabernas y por algunas personas que tenían parientes o amigos presos allí, que era un lugar del que nadie retornaba. Algunos lo comparaban con una muerte en vida, como si uno se hallara encerrado en el interior de una tumba y su única posibilidad fuera buscar la cámara funeraria y yacer en ella a la espera del final.

El escenario que se abría frente a Djedi superaba con creces las peores pesadillas que las historias que había oído le hubieran inspirado. El patio apestaba más que una granja de animales. Y, no obstante, los guardias se movían por él como si nada, acostumbrados quizá a esa realidad. El suelo de aquel amplio espacio descubierto, hecho con tierra compactada, contaba con más desniveles que un camino del desierto abandonado en el que, noche tras noche, el viento arrastrara la arena y modificara su superficie con relieves y oquedades que lo hacían impracticable. Había hoyos en algunas partes con agua estancada y restos de excrementos y orín. Bajo un toldo destrozado podía verse un montón de huesos. Djedi pensó que alguien habría abandonado allí, hacía semanas, un animal muerto. Sin embargo, al aguzar la mirada se dio cuenta, horrorizado, de que se trataba del cadáver de un hombre negro cuya calavera aún tenía restos de tejido. Se diría que con ese rostro tétrico pretendiera darse la bienvenida a los recién llegados.

A ese ambiente sobrecogedor había que sumar el ruido. Voces, gritos, alaridos, movimientos bruscos de objetos... Todo hacía que mantener una conversación en ese entorno resultara poco menos que imposible.

Según caminaba por el patio, que se abría frente a la puerta principal, empezó a recordar sus orígenes. De nada le servía ahora ser de noble cuna. Conocía muchos casos como el suyo. La caída en desgracia de alguien como él en determinadas circunstancias o ante personas poderosas suponía un terrible lastre para salir con vida de aquel lugar.

El empujón de uno de los guardias lo devolvió a la realidad. De pronto se vio inmerso en un grupo de unos veinte hombres. Todos estaban sucios y sus rostros reflejaban el miedo y el desconcierto de quien pisaba por primera vez la prisión y sabía que su breve destino estaba escribiéndose con letras de sangre.

—Eh, vosotros, ¡os quiero en este lado del patio! —ordenó con rudeza uno de los guardias, quien, látigo en mano, intentaba poner un poco de orden en el barullo que se había formado—. Haced una fila y decidle vuestro nombre y oficio al escriba que hay frente a vosotros.

El grupo obedeció sumiso. Formaron una fila y, uno a uno, comparecieron ante el amanuense de la cárcel.

Cuando le llegó su turno, Djedi se presentó con la naturalidad que lo caracterizaba.

—Mi nombre es Djedi, hijo de Nofret y del príncipe Rahotep. Soy sacerdote en el templo de Ptah.

El escriba detuvo su labor y levantó la cabeza para observar al insigne visitante. No era la primera vez que un noble entraba en esa prisión, pero le picó la curiosidad por ver el rostro de aquel prisionero.

—Entrégame todas las posesiones que llevas encima —dijo tras escudriñarlo.

El mago acercó la cara para escuchar mejor al escriba entre el griterío que había en el patio. Cuando comprendió lo que le decía, se señaló el sencillo collar y las pulseras que lucía. No eran joyas de postín, pero sí tenían un gran valor sentimental para él.

Djedi interrogó con la mirada al escriba.

—He dicho que me des esas joyas.

El sacerdote obedeció.

—Dame también ese paño de lino con el que te cubres la sesera.

Djedi le entregó también la rica tela. Al ver su cabeza perfectamente afeitada, reluciente, el resto de los presos se percató de que se trataba de un sacerdote. Todos lo miraron con cierta animadversión, lo que hizo que el mago se estremeciera.

—Ponte con el grupo que hay a la derecha —dijo finalmente el escriba.

Djedi miró hacia el lugar que le señalaba, pero no vio a nadie. Esperó a recibir una nueva orden o a que le aclararan aquélla.

—¿No te he dicho que vayas a unirte al grupo de la derecha? —gruñó el escriba al tiempo que levantaba la cabeza después de escribir el nombre de Djedi en la lista.

—No sé a qué grupo te refieres —se disculpó Djedi alzando la voz, si bien con educación—. Ahí no se ve a nadie.

El escriba miró y asintió. El joven sacerdote tenía razón.

—Eres el primero… Hummm. Pues ponte ahí, a la derecha, junto a ese cesto con telas.

Djedi obedeció y se dirigió hacia donde le había indicado. El cesto no tenía muy buen aspecto. Estaba lleno de ropas sucias, muchas de ellas ensangrentadas.

El resto de los presos no perdía de vista a Djedi. Las prendas que vestía, inmaculadas aún, señalaban su procedencia y lo convertían en una suerte de luminaria en aquel lugar siniestro. Todos ellos iban sumándose a un nutrido grupo que se apiñaba frente a él en el otro extremo del patio de entrada a la prisión.

Djedi tuvo tiempo de observar el lugar. Era inmundo. Ni siquiera se parecía a un cuartel como los que había a las afueras de la ciudad, tras los muros de Ineb-Hedy. Aquello era el inframundo convertido en cárcel donde encerrar a todo tipo de canallas.

Se preguntó qué habría hecho cada uno de esos hombres. Nunca, en todos los días de su vida, había visto rostros con expresiones tan dispares. Allí habría asesinos, ladrones, timadores..., y también personas que, como él, habrían sufrido un desencuentro con el poder y el destino.

No tardaron en unírsele dos presos más. Ninguno de ellos lo saludó ni hizo el menor comentario. El semblante contrariado de ambos no era más que un espejo de los pensamientos que debían de pasarles por la cabeza. No parecían trigo limpio, desde luego, ni hombres tranquilos. Y no llegaron solos, pues al poco se les sumaron seis más, con dos guardias de la cárcel.

Cuando no había más presos que consignar, el grupo que había delante de Djedi, más nutrido, fue encaminado hacia un edificio que tenía el aspecto de un simple barracón de adobe, sin encalar y sin celosías en las ventanas, tan diminutas, por otra parte, que por ellas apenas si entraría un ave. Parecía más un habitáculo para guardar animales que para alojar a personas.

Junto a todas las puertas se veía, al menos, un soldado. La seguridad era extrema y nada se había dejado al azar. En los muros que rodeaban la prisión había cada pocos pasos una caseta, a modo de torre, desde la que uno o dos guardias vigilaban todos los movimientos de los presos. Resultaba fácil identificar a estos últimos por la mugre que los cubría y porque únicamente llevaban una especie de taparrabos; además, se les había afeitado la cabeza para evitar los piojos. Los guardias, los escribas y los oficiales, en cambio, vestían de una forma más decorosa.

Djedi se fijó también en los mandriles adiestrados que había allí, similares a los que llevaban los soldados que esa mañana habían ido a buscarlo al templo de Ptah. Había un buen número, y todos jugueteaban con la cadena de metal unida al collar, esperando la orden de sus dueños para saltar y propinar una profunda dentellada en la pierna a cualquiera de esos desgraciados. Y no tardó en ocurrir. Del barracón en el que instantes antes había entrado el otro grupo de presos, salió, dando alaridos, un joven con uno de aquellos animales aferrado con uñas y dientes a su muslo. Con los aspavientos que hacía para liberarse del mandril, el pobre muchacho tan sólo empeoraba la situación. El desgarro en su extremidad era brutal. Apenas podía moverse, y al final cayó al suelo entre las risas de los guardias y el aliento contenido de los compañeros que, aterrorizados, observaban la escena desde el interior del barracón.

Un fuerte bastonazo, producido por la vara de madera de la lanza corta de uno de los guardias, hizo que el grupo en el que se hallaba incluido el mago atendiera a los requerimientos del oficial.

—¿Qué miráis vosotros? —les espetó el guardia, que también reía ante aquel espectáculo tan inhumano—. ¡Seguidme!

Obedientes, los presos fueron tras él. Djedi, intranquilo, volvía el rostro de vez en cuando para conocer el destino del pobre muchacho.

—No te apures, que vosotros vais a correr mejor suerte. Evitaréis la prisión de la forma más rápida.

El sacerdote no alcanzó a entender a qué se refería el oficial.

—¿Adónde nos llevas? —quiso saber empleando, como era su costumbre, un tono educado.

—Tú debes de ser un cargo importante del templo, ¿a que sí? Tu manera de hablar es demasiado refinada para provenir de los barrios bajos de la ciudad.

El guardia remató la frase con una risotada que coreó el resto de los soldados que escoltaban al pequeño grupo de presos en el que estaba Djedi.

—Soy sacerdote del templo de Ptah —respondió el mago de forma inocente, sin saber que esa información carecía de interés para ellos.

Djedi miró al guardia esperando un simple comentario, siquiera. Pero no lo hubo.

Continuaron caminando un poco más hasta alcanzar una zona situada detrás del patio principal y a unos trescientos pasos de lo que parecían ser los barracones de los oficiales, en la que, al otro lado de una duna, había una suerte de estanque que en nada se parecía a los de las casas que Djedi frecuentaba. Esa agua olía mal, y la capa verdosa que flotaba en la superficie llevaba a deducir que estaba estancada... o putrefacta.

De pronto, a todos se les heló la sangre al ver que de las aguas salían brazos, restos de extremidades y algún torso con la cabeza abierta y el rostro desfigurado. Al instante supieron dónde estaban. Y el olor y el aspecto inmundo de las aguas se lo confirmó. Aquél era un lugar de ejecución.

—Colocaos en fila en este lado y no hagáis tonterías.

La voz del jefe de la guardia vino acompañada de la llegada de cinco soldados más. Tanto Djedi como los otros ocho presos de su grupo permanecieron mudos. Todos sabían qué iba a suceder a continuación.

Colocaron a los nueve hombres delante del estanque de cara al agua y, detrás de cada uno de ellos, se situó un guardia armado. Les ataron las manos a la espalda a fin de que todo fuera más sencillo. Había otro guardia presente; parecía ser el verdugo, el experto en tajar cuellos de una manera rápida y expeditiva.

Djedi no tuvo tiempo de reaccionar. Cuando cayó en la cuenta de que realmente había llegado su final, pasaron por su mente, en un instante, las últimas palabras que el príncipe Hordjedef le había dicho: «Date por muerto. Del lugar al que vas no ha salido nadie con vida». La idea de someterse a un juicio ante el propio faraón o, en el mejor de los casos, pasar varios años encerrado en aquel lugar a la espera de un fin incierto, de pronto se volatilizó.

Por primera vez en su vida, lo dominó el miedo. Su magia no podría salvarlo.

—Ya sabes qué tienes que hacer —dijo el jefe de la guardia al presunto verdugo. Acto seguido se volvió hacia los soldados—. Cuando acabéis, llevadlos al pozo que hay detrás de aquella duna, al otro lado del patio. Esto está repleto ya de cuerpos. Me voy a la cantina. —Pero antes de irse apostilló—: Esta tarde recibiremos, del sur, una nueva remesa de presos, y creo recordar que algunos de ellos deben ser ajusticiados nada más llegar. Así que no perdáis el tiempo.

El sacerdote se hallaba en el extremo izquierdo de la fila, y el verdugo comenzó por el lado opuesto. Un grito ahogado y el sonido de la sangre cayendo a borbotones sobre la tierra húmeda del borde del estanque anunciaron la primera ejecución. Luego, sólo se oyeron los pasos del soldado que arrastraba el cuerpo desangrado hasta el pozo.

Djedi no se atrevió a mirar. Oyó dos, tres, cuatro, cinco tajos... y la abrupta exhalación postrera de otros tantos finados. Después, cada uno de ellos desapareció detrás de la duna llevado por un soldado.

A medida que la muerte se acercaba a él, el sacerdote se sintió más nervioso. Intentó relajarse y respirar hondo.

Pronto le llegó el turno al preso que había junto a él. El hombre hizo amago de resistirse, pero comprendió que no tenía escapatoria. Un golpe en la cabeza lo dejó sin sentido en el suelo, momento que el verdugo aprovechó para sajarle el cuello como haría un matarife con un animal.

El mago notó bajó sus sandalias la sangre de aquel desgraciado expandiéndose por el suelo. Volvió el rostro y cerró los ojos para no ser testigo de aquella carnicería.

—Llévatelo junto a los otros —ordenó el ejecutor al soldado que había escoltado al preso.

Sólo quedaba Djedi. Con los ojos cerrados todavía, esperaba su suerte con la tranquilidad de la que había conseguido hacer acopio.

—Bueno, eres el último... —El verdugo, con las manos ensangrentadas, se situó al lado del sacerdote—. ¿No tienes miedo a la muerte?

—La muerte es sólo el principio —respondió Djedi con vehemencia abriendo los ojos para mirar a su interlocutor, que blandía un enorme cuchillo de cobre en la mano derecha del que goteaba profusamente la sangre mezclada de los ocho hombres que acababa de ejecutar.

—¿El principio de qué? —preguntó curioso el verdugo.

—Mañana te lo diré.

El verdugo miró al soldado que custodiaba al sacerdote y estalló en una sonora carcajada.

—Así que piensas venir mañana a contármelo, ¿eh? —susurró a Djedi al oído mientras se colocaba a su espalda—. ¡Aquí te esperaré!

Y dicho esto, la negrura de la noche cruzó la mirada del joven sacerdote Djedi, oscureciéndola para siempre.

Segunda parte

El comienzo del viaje

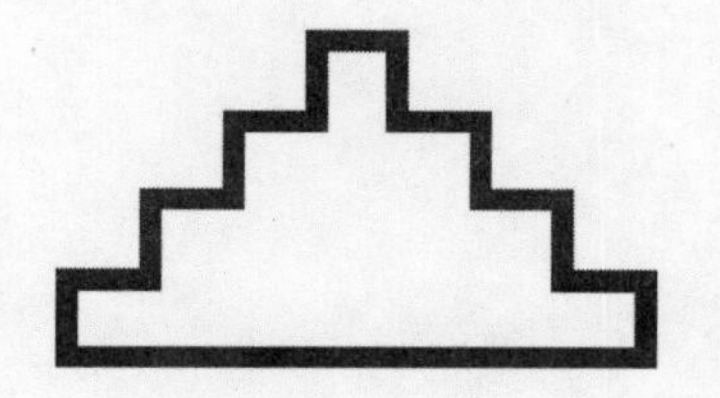

19

Necrópolis de Ineb-Hedy, la pirámide del Horizonte de Keops (2580 a. C.)

Cuando el sol alcanzaba su cénit a mediodía, el espectáculo era glorioso. El dios Ra brillaba con toda su fuerza derramando su poder sobre el Horizonte de Keops, nombre con el que se referían a la construcción. Allí, en la vertical del Occidente de Iunu, el perfil del monumento se recortaba sobre el cielo, alcanzando ya los 60 codos de altura, lo que apenas si suponía una quinta parte de la altura que se estimaba que tendría finalmente, si bien se había empleado ya gran parte del volumen de piedra total. Sobre el lado norte podía verse el enorme agujero de la entrada a la pirámide, enmarcado por enormes losas de caliza, una imagen que recordaba la puerta de acceso al inframundo que debería recorrer el faraón llegado el momento de iniciar su viaje.

Aquel monumento grandioso era un fiel reflejo del gobierno de Keops. Sus contactos con gentes que habitaban más allá de los límites del Gran Verde* le garantizaba todo tipo de suministros. Los pueblos extranjeros admiraban, respetaban y temían al faraón. De esos lugares llegaban riquezas sorprendentes: maderas exquisitas imposibles de encontrar en la tierra de Kemet, vasos de piedra de una finura extraordinaria, metales... Y aquellos que no cedían a los deseos del soberano, como los pueblos insurrectos de los alrededores de las minas de turquesa que había en las montañas del este, eran sometidos sin piedad. Todo formaba parte del engranaje que permitía el avance sistemático de las obras. Kemet

* Así llamaban los antiguos egipcios al mar Mediterráneo.

era un país rico, y el gobierno de su faraón lo hacía aún más rico y poderoso.

Después de casi una década de trabajos continuados, la colina de roca natural, que en un principio sobresalía del suelo y que se había empleado para facilitar la construcción, estaba ya cubierta por completo de sillares perfectamente pulidos. Su ubicación había ayudado a que los tiempos se acortaran y pudiera avanzarse a buen ritmo. Las tareas en la cantera se habían normalizado a tal punto que la extracción de piedra se había convertido en algo casi mecánico, como el movimiento pendular de un *shaduf** para sacar agua del río. Todos los hombres trajinaban como hormigas a lo largo y ancho de la enorme planicie. Formaban grupos de trabajo muy bien organizados que se desplazaban, cada cual en su dirección, sin estorbarse los unos a los otros. Lo hacían dejando espacio a las primeras rampas que aparecían en las esquinas de la pirámide. Su pendiente era muy baja, por el momento, pero suficiente para permitir el acceso a los límites que los constructores habían marcado.

El sonido de la fricción de los bloques sobre la arena alcanzaba todos los extremos de la meseta. El cántico improvisado de los obreros tiradores retumbaba en las paredes de la pirámide como un monótono canturreo. Las piedras más pesadas se transportaban en trineos tirados por dos o tres parejas de bueyes. Pero en la mayoría de las ocasiones, en los muchos espacios por donde las bestias no podían maniobrar, tiraban de ellas grupos de hombres que se esforzaban al unísono siguiendo las órdenes de su capataz. Frente al bloque, otros dos hombres que llevaban sendas tinajas con agua iban vertiéndola en el suelo para facilitar el deslizamiento sobre la arena.

En el extremo oriental y en el occidental, las obras de construcción de las tumbas de varios familiares y nobles vinculados a

* El *shaduf* es una máquina formada por una vara larga con un recipiente en un extremo y un contrapeso en el otro. Con un simple movimiento pendular, se consigue que la vara baje, recoja agua y ascienda de nuevo gracias al contrapeso.

la corte iban tomando forma. Algunas de las sepulturas se habían terminado ya, como la de Hemiunu, en el cementerio occidental de la pirámide, ubicada junto a la de otros personajes importantes de la administración fallecidos en esos años.

El ambiente entre los obreros era muy tranquilo. Las condiciones eran óptimas. Vivían en una ciudad levantada no lejos de la planicie a la que acudían a diario. No era como estar con sus familias en las aldeas de las que eran originarios, pero tampoco había razones para quejarse. La comida era buena, y muchos de ellos disfrutaban de más carne y más pescado de los que sus recursos habituales les permitían.

Cierto que el trabajo era duro, pero esos hombres lo realizaban con esmero y dedicación. Para todos ellos, reclutados a lo largo y ancho de la tierra de Kemet, suponía un orgullo participar en la construcción de la morada de eternidad del faraón, su dios. Por eso incluso cantaban y bailaban en algunos momentos de la jornada, como después de colocar un bloque de gran peso o de rematar una tarea especialmente complicada.

Todo ello había contribuido a que los trabajos avanzaran a buen ritmo los últimos años. Siguiendo los planos que Hemiunu había dejado por escrito en la primera etapa, se había hecho una cámara subterránea y la base de las estrechas galerías que llevaban a la zona inferior y la superior del monumento. Para probar ángulos y la efectividad del sistema, en el lado este de la pirámide se decidió excavar en la roca del suelo un modelo de esos pasajes en un tamaño menor. Hemiunu había propuesto esa idea para comprobar, mucho mejor que sobre un modelo de madera, las proporciones de las galerías para cuando fuera necesario añadir el componente más esperado en la construcción, *heka*, la magia que proporcionaba el papiro de Thot. Y ese momento había llegado.

En los años anteriores apenas se habían producido contratiempos. Sólo tuvieron que corregirse sobre la marcha unos pocos detalles. Continuaban empleándose entre los obreros los sistemas de seguridad que se establecieron al principio de la construcción. Así, los turnos cambiaban continuamente, y ningún grupo repetía tarea o lugar los mismos días. Es más, esas cuadrillas no siempre estaban compuestas por los mismos hombres, lo que generó cierto desajuste en la pericia y habilidad de algunos de ellos, si bien pronto todos desarrollaron las mismas capacidades para adaptarse a las obligaciones diarias. Es cierto que muchos obreros echaban de menos a sus compañeros más habituales, pero, a pesar de ello, reconocían que preferían ese sistema de rotación puesto que les evitaba lo anodino y repetitivo que podría suponer, por ejemplo, estar todos los días en el mismo lugar durante meses, cuando no años. Era tanto lo que había que hacer y tan variadas las tareas, que podrían pasar cinco o seis meses antes de que un hombre repitiera el puesto. Y si eso sucedía, en ese tiempo el trabajo había avanzado tanto que ese obrero apenas distinguía lo que él mismo había hecho meses atrás. De esa forma, de los miles de trabajadores ocupados en las obras de la pirámide muy pocos podían decir cómo era el interior del monumento. Muchos habían transitado por alguno de sus angostos pasadizos, pero la transformación era tal cuando regresaban que eran incapaces de reconocerlos.

En el área meridional de la meseta, en un enclave ligeramente elevado, Hordjedef observaba, a la sombra de un toldo y vestido con sus lujosas ropas de príncipe, el desarrollo de los trabajos.

Los años apenas habían dejado huella en él, y, a pesar de su vida disoluta, conservaba un físico envidiable. Rozaba la treintena, y debía considerarse un afortunado ya que la inmensa mayoría de sus coetáneos, sometidos a una vida de privaciones y de trabajo duro, no solían pasar de los veinticinco años. Cuando no los mataba una enfermedad lo hacía un accidente, y si no la falta de nutrientes. En la última década, Hordjedef había visto morir a muchos obreros más jóvenes que él.

La responsabilidad del cargo que desempeñaba, jefe de los constructores del faraón, que ocupaba desde la muerte de Hemiunu, verdadero artífice de aquel prodigio constructivo, lo había hecho madurar en muchos aspectos. Sin embargo, seguía manteniendo el espíritu del muchacho despreocupado y juerguista que tan mala fama le había acarreado en palacio y no podía decirse que hubiera sentado la cabeza por completo. Quizá éste fuese su principal defecto frente a su hermano mayor, Djedefra. No eran pocos los nobles y los sacerdotes de rango elevado que se alegraban de que este último fuera el heredero al trono, pues no querían ni imaginarse cómo sería el gobierno de la tierra de Kemet si caía en manos del constructor.

En cualquier caso, nada de eso suponía ahora una preocupación para Hordjedef. La desaparición de Hemiunu primero y la de Djedi después habían allanado su camino hacia el éxito. Y era consciente de ese sentimiento de triunfo desde la posición en la meseta donde se encontraba. Desde allí, podía ver perfectamente la evolución de los trabajos en su pirámide, suya, sí, pues consideraba suyo todo aquello desde que era el jefe de los constructores. Y aunque era consciente de que no había añadido nada nuevo al proyecto original de Hemiunu, no le importaba. Por fin su nombre como constructor estaba consolidado y la pirámide quedaría ligada por siempre a su figura, lo que, en definitiva, era lo que perseguía con más ahínco.

Con todo, era una sensación de falsa serenidad la que experimentaba el príncipe Hordjedef. Bajo el toldo, trataba de convencerse de que las cosas marchaban como él quería, pero el pulso le temblaba desde hacía unos días, cada vez más. La seguridad que había marcado el paso de los años, la toma de decisiones importantes debido a su cargo en la corte y, sobre todo, la confianza que había depositado en él su padre, el faraón Keops, no eran capaces ya de disipar los miedos que por momentos abrumaban al constructor.

Sabía que, en pocas semanas, deberían empezar a añadir por fin elementos mágicos a la pirámide. La temible *heka* que lo había subyugado durante tanto tiempo. En los últimos años había preparado esa parte con entusiasmo y ahínco. Había consultado toda clase de documentos antiguos en las bibliotecas de los templos, no sólo el papiro de Thot, y contaba con un esbozo para desarrollarlo sobre los planos originales de Hemiunu. Aun así, en numerosas ocasiones asaltaban su mente las palabras de Seshat y, especialmente, las de Djedi sobre la validez de sus métodos para trasladar la magia del papiro a la construcción. Pero ya era tarde para arrepentirse. Djedi había muerto, y el príncipe se repetía que debía estar seguro de sí mismo. Era consciente de que lo que había en el viejo documento no era más que una retahíla de datos con números y formas en las habitaciones que no resultaría difícil proyectar sobre un nuevo plano. Así lo había esbozado durante los últimos meses y, según él, con éxito.

Sin embargo, el peso de la duda y la inseguridad ante el momento que estaba a punto de vivir empezaron a perseguirlo día y noche. Lo peor de todo era que, si fracasaba, ya no tenía a nadie a quien echar la culpa. Ni siquiera el antiguo secretario de Hemiunu, Hesiré, ahora un hombre mayor, o la todavía hermosa Seshat, podrían servirle de excusa de sufrir un infortunio en la construcción de la pirámide. ¿O quizá ésa era su única opción? No todo el mundo estaba convencido de las aptitudes de Hordjedef. El príncipe no podía hacer oídos sordos a los rumores que corrían por la corte.

Lo suficientemente lejos del hijo de Keops, se hallaba Seshat. Se había mandado levantar un toldo a unos cien pasos de donde estaba la tienda de Hordjedef. Allí solía estar con Hesiré, supervisando la marcha de las obras y detectando posibles errores para que, al día siguiente, en una nueva jornada de trabajo, pudieran solventarse.

El paso de los años la había convertido en una mujer cuya belleza había trascendido la corte para ser reconocida por todos los habitantes de Ineb-Hedy. «Construye la pirámide una bella mujer», decían unos. «La hija del antiguo jefe de los constructores, Hemiunu, tiene encandilados a todos los hombres de palacio», comentaban otros entre expresiones de incredulidad. ¿Cómo era posible que una mujer dirigiera los trabajos de la pirámide dejando a un lado al mismísimo hijo de Keops? Pero esos comentarios no perturbaban a Seshat. Tenía claro que carecían de fundamento, pero tampoco perdía su tiempo en desmentirlos. Todo lo que supusiera un quebranto para el enorme ego del príncipe Hordjedef lo tomaba como bueno, aunque fuera incierto. La pirámide era obra de su padre y de Djedi, y ahora no estaba ninguno de los dos.

Hordjedef observaba ahora, desde la distancia, los movimientos de Seshat. Ella mantenía la fuerte personalidad y el carácter rebelde y luchador que siempre la habían caracterizado. No dudaba en protestar o en dejar claro su punto de vista, incluso ante el faraón, si entendía que se cometía una injusticia o un error. Virtudes esas que, añadidas a su natural atractivo, la convertían en una mujer muy deseada. A pesar de todo, aunque los comentarios que corrían sobre ella eran en ocasiones hirientes, en todos esos años no había buscado un hombre con quien contraer matrimonio. Más aún, cuantos se habían postulado habían salido escarmentados. Seshat no tenía padres ni hermanos y, por lo tanto, no debía responder ante nadie. Otras mujeres se habían visto obligadas a ceder ante las presiones familiares para casarse y formar un hogar, fuera con quien fuese, pero el matrimonio no le interesaba a la hija de Hemiunu. Prefería estar sola en su enorme casa y seguir trabajando sin rendir cuentas a nadie; ser, en definitiva, una mujer libre como su madre lo fue hasta que se unió a Hemiunu. Ella había decidido cuándo, cómo y con quién casarse. Nadie se lo había impuesto, y ése era el camino que ahora quería seguir Seshat.

Además, en todo ese tiempo el recuerdo de Djedi seguía acompañándola. Por primera vez en su vida, había sentido algo muy especial por un hombre, y no perdonaba que de la noche a la mañana se lo hubieran arrebatado de una forma tan injusta. Seshat supo siempre que Djedi nada tuvo que ver con la muerte de su padre. Y mientras trató con el joven mago había aprendido muchas cosas de él, no sólo como persona; Djedi también le había infundido su interés por los textos, por la construcción de edificios y, por encima de todo, por formarse. Todo eso no podía decirse de Hordjedef, quien había optado por la comodidad de trabajar con los papiros del antiguo jefe de los constructores o delegar en sus ayudantes, algunos más inútiles, a los ojos de Seshat, que el propio príncipe. Pero muy pronto, se decía ella, descubrirían todos, por fin, su poca valía como constructor, en especial su padre, el faraón, a quien había hecho creer que tener el papiro de Thot le garantizaba el conocimiento que entrañaba. No era cierto, y la propuesta que Hordjedef hizo a Keops se diluiría en breve como un trozo de barro en el agua.

Seshat, que seguía a resguardo del intenso sol debajo del recio toldo, dejó su copa sobre la mesa que tenía al lado. Había decidido ir a donde estaba el príncipe.

Cuando se hallaba a unos pasos, llamó su atención agitando la mano.

—Antes de que acabe esta semana, los obreros colocarán los cuatro dinteles que cubren la entrada de la pirámide —le dijo elevando la voz al tiempo que señalaba las obras, a sus pies—. Desde ese momento, Hesiré y yo no podremos hacer mucho más. Todo el trabajo quedará en tus manos. Espero que estés preparado.

—¿Acaso no confías en mi buen hacer? —exclamó con ironía el príncipe—. Has de saber que el plano que he hecho reúne todo el conocimiento de Thot, lo que busca el faraón. Y está listo para ejecutarse —añadió mostrando falsa seguridad.

—Mientes, Hordjedef —le espetó Seshat, acostumbrada a las fanfarronerías del hijo de Keops—. No tienes ni la más remota idea de cómo afrontar lo que se te viene encima. En cualquier caso, eso es algo que a mí no me compete. Mi padre estaría disgustado por cómo se han desarrollado los acontecimientos, pero no puedo hacer más. Tengo otros asuntos de los que ocuparme. Imagino que tendrás una buena explicación para dar a tu padre ahora que no cuentas conmigo para ayudarte ni con los conocimientos de Djedi para solventar las dificultades.

Hordjedef permaneció unos instantes en silencio. Apartó de malas maneras el papiro que estaba leyendo y caminó hasta donde estaba Seshat.

—¡No irás a ninguna parte! Podría ordenar que te detuvieran y te azotaran por lo que has dicho.

—¿Quieres hacer conmigo lo mismo que hiciste con Djedi? ¿Acaso me quitarás de en medio cuando ya no me consideres útil?

—¡Djedi asesinó a tu padre para hacerse con el control de la pirámide y pagó con su vida, como era justo a los ojos de los dioses! —gritó el príncipe, exasperado.

—Sabes que eso no es cierto —respondió Seshat, segura de sí y sin alterarse—. Es absurdo. Djedi ya tenía el control mágico de la pirámide, lo más importante de todo. No necesitaba de ninguna argucia para acrecentar su poder. Tampoco lo quería. Si hubiera podido elegir, habría rechazado la oferta que el faraón le hizo. Aceptarla sólo le acarreó problemas. No era una persona apegada al poder. Cosa que no puedo decir de ti... Cada vez estoy más convencida de ello, Hordjedef. Algún día responderás por la muerte de Djedi y también... por la de mi padre.

El príncipe levantó la mano con la intención de abofetear a la hija de Hemiunu. Pero no se atrevió. Al contrario, bajó el brazo y acercó su rostro a un palmo del de ella. La rodeó por la cintura y la atrajo hacia sí con la intención de besarla.

Seshat reaccionó. Se zafó a tiempo de Hordjedef, que la miraba con impotencia, y antes de que el príncipe pudiera darse cuenta, le propinó un sonoro bofetón. Los guardias se volvieron para ver lo que sucedía en cuanto oyeron el manotazo.

—Podría convertirte en reina de la tierra de Kemet, Gran Esposa Real...

Seshat abrió sus enormes ojos negros y esbozó por primera vez una sonrisa.

—Por lo que parece, sigues siendo igual de cobarde que hace años. No has cambiado nada, hijo de Keops. Aún te empeñas en prosperar en la corte... ¿No te basta con haberte librado del constructor del faraón para robarle el puesto? ¿Ahora pretendes acabar también con tu hermano el príncipe heredero?

Y dicho esto, la hija de Hemiunu dio la espalda al príncipe para volver al cobijo de su toldo.

Hordjedef, lleno de rabia, siguió con la mirada a Seshat mientras ésta avanzaba contoneándose por el camino de la colina. Se sabía observada, y eso lo irritó aún más. Furioso, volvió a su mesa de trabajo repleta de papiros con extraños bocetos que había copiado una y otra vez de los modelos que le entregaban en la casa de Hemiunu.

Con los brazos apoyados en la mesa, miró con atención esos planos una vez más. Y de pronto contuvo la respiración. Acababa de detectar un grave error en ellos. Tomó uno de los planos y lo levantó para colocarlo en el horizonte frente a los trabajos de la pirámide que tenía ante sí, a apenas tres centenares de pasos. Sabía que no era el mejor de los constructores y que no alcanzaba la perfección de Hemiunu, pero su preparación en la Casa de la Vida y la experiencia adquirida en algunos de los edificios de su padre le permitieron percatarse del desnivel existente entre la hilera sobre la que se levantaba la entrada a la pirámide por su lado norte y el suelo de la planicie. Hasta ese momento, confiado en el trabajo de Hesiré y de Seshat, no había reparado en ello.

—¿Cómo no me he dado cuenta antes?

Hordjedef levantó la mirada para ver dónde estaba la hija de Hemiunu, pero ya había desaparecido. Bajo el toldo de Seshat, su mesa de trabajo estaba vacía.

20

Ranefer no paraba de reír. Dos incontrolados regueros de lágrimas caían por sus mejillas mientras su rostro adquiría un tono púrpura cada vez más acentuado. El escriba estaba sentado en una cómoda silla de tijera hecha con madera y cuero. Las carcajadas podían oírse desde el patio de la casa anexa al palacio real donde vivía el príncipe.

—¿Cómo pudiste dejar que te abofeteara? ¡Es sólo la hija del antiguo constructor de tu padre, Hordjedef! —dijo Ranefer mientras se apartaba de la frente un mechón de su peluca.

El hijo de Keops había pedido a su amigo que fuera a verlo al despuntar el día. Un mensajero había llevado presto el aviso a la lujosa villa en la que Ranefer vivía, en el barrio de los escribas. El príncipe guardaba silencio observando cómo se mofaba de él. En ese momento, le daba igual. Sabía que la mayor afrenta no estaba en la bofetada que Seshat le había propinado, sino en lo que había descubierto después en el papiro que tenía sobre su mesa en la planicie. Aquello sí había trastocado sus planes, acrecentando el miedo a caer, finalmente, en una trampa.

Hordjedef estaba sentado en un banco corrido que había en la pared de la estancia donde se hallaban. Le gustaba arrellanarse allí, rodeado de mullidos cojines que hacían más cómodo el reposo. Con los dedos de una mano, nervioso, reseguía el dibujo de los almohadones, líneas curvas y rectas en forma de flores enmarcadas en elementos geométricos. Miraba ahora el techo, ensimismado en las estrellas que había mandado pintar allí tiempo atrás, después de una conversación mantenida con Ranefer en esa habitación. El pintor de palacio se había extrañado de tan inusual petición, pero supuso que era una más de las excentricidades a las que el hijo del faraón los tenía acostumbrados. El trabajo era magnífico. Recordaba los pasillos de los templos o las tumbas de la necrópolis donde se deseaba emular el cielo estrellado de la noche. Sobre un fondo azul, cientos de estrellas amarillas de cinco puntas tachonaban un paisaje increíblemente hermoso.

A lo largo de todos los años en los que había trabajado como jefe de los constructores, Hordjedef había visto crecer su influencia en la corte. Como Seshat le había recordado, dentro de pocos días debería desarrollar la parte de la pirámide en la que la magia desempeñaba el papel más importante, y a tenor de lo que había en aquel plano estaba seguro de que le resultaría imposible. Aquello no encajaba con lo que había visto en el papiro del santuario sagrado de Thot, y no podría ajustarse al proyecto que él había ideado.

Ranefer se dio cuenta de que el príncipe se había sumido en sus pensamientos y que no prestaba atención ya a sus bromas sobre el lance con la mujer.

—Querido amigo, ¿en qué piensas? —preguntó el escriba recuperando la seriedad en su rostro.

Hordjedef se removió en el banco y, al instante, tras apartar de malas maneras los cojines, se levantó y empezó a caminar por la habitación como solía hacer cuando estaba preocupado. Ranefer, que lo conocía muy bien, sabía que lo que inquietaba al hijo del faraón no era sólo el tropiezo con Seshat.

—Mi desencuentro con la hija de Hemiunu viene de lejos.

—Le has dado razones para ello, Hordjedef —advirtió Ranefer—. Es lógico que la incomodaran ya aquellas visitas que hacías a su casa sin previo aviso y que te sirvieron para descubrir los manejos de Djedi. E imagino que seguirá sin tener un gran concepto de ti. Te culpa de la muerte de las dos personas que apoyaron su trabajo, entiéndelo.

—Incluso llegué a insinuarle que podría desposarla y convertirla, con el tiempo, en Gran Esposa Real, en reina de la tierra de Kemet.

—¿Sigues todavía con esa idea en mente, Hordjedef? Pensé que la habrías desterrado ya después de conseguir el puesto de jefe de los constructores. No sé si te merece la pena remover antiguas aguas. Sabes que son turbulentas… y podrían no ayudarte a conseguir tus objetivos. En ocasiones, la aparición de un remolino inesperado puede engullirte hasta fondo del río…

—He de reconocer que casarme con Seshat no es mi prioridad —admitió el hijo de Keops—. El poder cuenta con muchas ventajas, pero también supone un desgaste que no sé si estoy dispuesto a sufrir. Lo he visto durante todos estos años en mi padre. Es el faraón y todo el mundo lo respeta, pero al mismo tiempo su vida se ha visto reducida al palacio y a las entrevistas con sus consejeros o a recibir visitas de aburridos embajadores extranjeros. Él no dispone de momentos de tranquilidad como este que compartimos ahora tú y yo, Ranefer.

—Aun así, la idea te roda la cabeza todavía, ¿me equivoco? —insistió el escriba.

Hordjedef no respondió, tan sólo esbozó una sonrisa que reflejaba la mayor de las ambigüedades.

—Descubrí algo en los planos de la pirámide el último día de trabajo —confesó el príncipe por fin, y apoyó el índice sobre uno de los papiros que tenía junto a él—. No sé cómo no me he percatado antes.

Ranefer se incorporó para ver los dibujos que su amigo le mostraba. Los observó con detalle. Allí no había más que anotaciones aparentemente inconexas, líneas que delimitaban zonas de trabajo y el dibujo de un enorme cuadrado que parecía ser el corazón de la pirámide.

—Bueno, se supone que yo no debería ver esto, ¿no es así? —dijo el escriba con ironía—. Podría costarme la vida…

Hordjedef hizo un ademán con la mano mostrando absoluta indiferencia ante las palabras de su amigo.

—¿De qué se trata? Aquí lo único que veo es el dibujo del interior de la pirámide que estáis erigiendo en la necrópolis del Occidente de Ineb-Hedy. ¿Me equivoco? Las obras están muy avanzadas. Pueden verse desde el río. Y la pirámide tiene ya una altura considerable.

—Si la miraras de frente te darías cuenta del problema —replicó el príncipe—. Hay un desnivel de dos o tres hileras de piedra en el perfil que están levantando ahora. La construcción es más alta de lo que aparentemente se ve en los planos. Sólo si dispones de ellos puedes percatarte.

—¿Y eso qué significa? —preguntó Ranefer, incapaz de encontrar una explicación desde su ignorancia en todo lo relacionado con la construcción de edificios—. ¿Que han avanzado más de lo que se esperaba?

—No, Ranefer, sólo puede ser una cosa: debajo de esas hileras hay algo oculto..., algo que no aparece en mis planos —dijo en tono preocupado el príncipe mientras se acercaba a su amigo y ponía un dedo en el papiro sobre el lugar donde, a su juicio, estaba el problema—. Si la puerta de la pirámide está más alta de lo que muestran los planos es porque hay algo debajo. Hemiunu no cometería semejante error. Eso solamente puede significar que están ocultándome algo.

El jefe de los escribas miró con inquietud a su amigo.

—Eso explicaría por qué Seshat va todos los días a la planicie... Si todo era tan sencillo y estaba tan bien planificado, no debería ir tan a menudo, ¿verdad? No ha faltado jamás, y ahora veo cuál es la razón. De ahí la obsesión por parte de la hija de Hemiunu con estar presente todo este tiempo en los trabajos de la pirámide, incluso en los que parecían más simples.

Ranefer se acercó a la mesa auxiliar donde los sirvientes dejaban siempre las bebidas, junto con varios vasos de fayenza y varias copas. Se sirvió vino en una y ofreció otra a Hordjedef. Bebió un trago largo y, apoyado en una de las paredes, bajó la vista al suelo buscando una respuesta a las dudas que atormentaban a su compañero.

—El puesto que ostentas ahora en palacio es parecido al de un gran visir —continuó el escriba ante el silencio del príncipe—. No sé si tu pasión por la buena vida iba a permitirte más. Puede que por eso le propusieras matrimonio a Seshat empleando el artificio de la corona de Kemet. Sólo quieres yacer con ella, el resto te da exactamente igual.

El hijo de Keops observó a su amigo. Se conocían muy bien desde que eran chiquillos y no existían secretos entre ellos. A veces no era necesario expresar en voz alta una cosa para que el otro la comprendiera de inmediato. Y quizá ésa era una de aquellas ocasiones.

—Veo que no me equivoco, Hordjedef —dijo el escriba. Se apartó de la pared y puso la mano en el hombro al príncipe. Acto seguido, se acercó de nuevo a la mesa donde estaba la jarra de vino—. ¿Te sirvo más?

El hijo de Keops asintió. Tenía demasiadas cosas en la cabeza, y quizá la bebida lo ayudaría a ordenar sus ideas y aclarar sus preocupaciones.

—Pero no es lo más importante ahora. —Hordjedef chascó la lengua después de dar un enorme trago a su copa en forma de loto, la flor de la vida—. Lo que me atormenta es esto.

Señaló de nuevo el papiro desenrollado sobre la mesa del centro de la habitación. Aquél no era su cuarto de trabajo habitual, pero acostumbrado desde hacía años a la privacidad y el recogimiento que le ofrecía ese espacio, mandó poner allí una mesa y algunos enseres indispensables para sus tareas, huyendo de las dependencias que su padre le había asignado en palacio, repletas siempre de personas con las que no mantenía ninguna relación de interés.

—A partir de ahora los problemas se acumulan —reconoció Ranefer, que empezaba a divisar el sombrío futuro que se abría ante la construcción de la pirámide del faraón.

—Hasta el momento, el trabajo ha sido sencillo, cuando menos en apariencia —reconoció el príncipe a regañadientes—. Los planos que Hemiunu dejó eran precisos, exactos... Yo sólo he tenido que ampliar la parte que se relaciona con el papiro de Thot. Todo está hecho ya. Pero si parto de una construcción incorrecta, nada de lo que he planificado podrá ejecutarse... y deberé empezar desde el principio.

—¿Y qué vas a hacer? ¿Has pensado en algo?

—No lo sé. Ahí está el problema. Lo que se ha construido hasta hoy no es más que la base de la pirámide. Hemos llegado a la entrada en la cara septentrional. En estos días se erigirán ahí los dinteles que reforzarán el acceso a la puerta, orientada hacia las estrellas imperecederas.*

—Quizá deberías ser más optimista, Hordjedef. —El jefe de los escribas sacudió la cabeza intentando disipar las preocupaciones de su amigo—. Las obras están muy avanzadas. No creo que te cueste ajustar tus planos a lo que ya está hecho. Han pasado casi diez años, y ya habéis construido toda la base y gran parte del cuerpo de la pirámide. No soy muy bueno en matemáticas, pero eso significa que, en volumen de piedra, habéis alcanzado casi la mitad de la construcción, ¿no es así?

—Así sería si el resto del monumento estuviera diseñado...

—Pero acabas de decir que Hemiunu dejó hecho todo el trabajo y que tú tienes tu parte hecha también. No te entiendo, Hordjedef. ¿En qué se fundamentan, en realidad, tus preocupaciones? No tendrás más que examinar lo construido hasta hoy y continuar el trabajo con los planos de que dispones. Tu nombre aparecerá como el del constructor de la pirámide más colosal jamás erigida. Nadie se acordará de Hemiunu, de su hija Seshat ni de su secretario, Hesiré. ¡Todo el mérito será tuyo!

—Quizá el problema está en el papiro de Thot... Djedi tenía razón.

—Pero tú tienes ese papiro. ¿Dónde está el problema?

—*Heka.*

Ranefer torció el gesto al oír a su amigo.

—¿*Heka*? ¡Vamos, Hordjedef...! El sol ha debido de sentarle mal a tu sesera, aun estando cómodamente a la sombra en tu tienda frente a la pirámide. Todos sabemos que la *heka* que Djedi empleaba no eran más que burdos juegos de manos.

* Así llamaban los antiguos egipcios a las estrellas circumpolares, las que nunca se ponían al estar alrededor de la estrella polar, motivo por el que se las consideraba eternas, imperecederas.

—Pero el uso del fuego, hacer que un objeto se volatilice y reaparezca poco después lejos, en el interior de una caja sellada... ¡Tú mismo dijiste que aquello era magia negra! Eso no aparece en los papiros convencionales. Era una creación de Djedi, algo que nadie ha sido capaz de volver a hacer... ni creo que hombre alguno se atreviera.

—Hordjedef, no te engañes. ¿Crees realmente que si él tuviera conocimiento de ese tipo de magia no habría acabado librándose de la muerte en la cárcel? La habría evitado con un simple chasquido de los dedos, ¿no te parece?

El príncipe se sentía como un estúpido. Fue hacia la caja donde guardaba siempre, como un tesoro de valor incalculable, el papiro de Thot y se lo mostró a Ranefer.

—¿Esto qué es?

—Es el papiro de Thot —respondió el escriba—. El mismo que robaste en la biblioteca de la Casa de la Vida en Iunu. Me lo has enseñado otras veces. No sé si es buena idea tenerlo ahí donde cualquiera podría encontrarlo.

Ranefer lo tomó con curiosidad. El documento estaba ajado del uso que había sufrido en los últimos años. Durante noches enteras Hordjedef había leído y releído sus columnas intentando buscar en aquel texto en verso las claves que pudiera aplicar a la construcción de la morada de eternidad de su padre. Pero el secreto de la pirámide se perdía entre los dedos del constructor como un puñado de arena en la mano.

—Después de ver esto, ya puedo dar por acontecida mi segunda muerte, la destrucción absoluta —bromeó el escriba—. Se supone que este tipo de documentos son de libre acceso, pero sólo para los sacerdotes magos, ¿no?

—Tú eres el jefe de los escribas, puedes leer lo que quieras —sentenció el príncipe, que no parecía estar para muchas bromas—. Ese maldito sacerdote de Ptah estaba en lo cierto cuando decía que la lectura del papiro sería críptica.

Ranefer no escuchó las palabras de su amigo. Estaba leyendo con curiosidad el documento.

—Éste es el papiro mágico del que todos hablan...

De pronto, frunció el ceño y permaneció pensativo unos instantes con la mirada fija en el suelo.

—¿En qué piensas, Ranefer?

—¿Nadie ha preguntado por él en todo este tiempo?

—No me consta. Siempre ha estado al alcance de todo el mundo, pero nadie ha sentido la curiosidad de acercarse a él, hasta que mi padre lo precisó.

—Qué extraño... ¿Y de qué lo conocía el faraón?

—Acuérdate de que nosotros también habíamos oído hablar de él siendo niños, en la Casa de la Vida. Algunos maestros nos hablaban del papiro del santuario sagrado de Thot como una herramienta mágica. Imagino que ese eco le llegaría a mi padre.

—Es cierto. —El escriba asintió con la cabeza—. Los documentos como éste suelen requerir de otros papiros que ofrecen la clave para poder desencriptar los mensajes que hay en él. Por lo que leo, es una suerte de poema relacionado con Thot. Pero hay algo más...

—El secreto está en el significado de lo que dice.

—Ese significado viene de la mano del papiro al que acabo de referirme. Es como romper el sello de un arcón en el que hay oculto un importante tesoro.

De pronto, Hordjedef abrió los ojos de manera desmesurada. Se acercó a donde estaba Ranefer y le arrebató el papiro de Thot. Releyó en voz alta sus primeros versos, tal como había hecho cientos de veces antes.

—«Palabras dichas por el dios Thot, señor de la ciudad de Khemnu, hijo de Horus, señor de la escritura y de la sabiduría... En su honor se ha levantado este templo utilizando para ello las piedras más ricas procedentes de las mejores canteras de la tierra de Kemet. Su planta es cuadrada. Cuenta con un número par de habitaciones en su subterráneo...».

Dio la vuelta al documento y lo miró al trasluz en busca de la tinta oculta que a veces algunos sacerdotes empleaban para esconder mensajes. Pero allí no había nada. Era un simple papiro de la biblioteca del templo.

—¡Aquí falta algo! —exclamó el príncipe—. No puede ser tan

fácil. No tendría ningún sentido. De lo contrario, cualquiera podría acceder a esta información tan sensible.

—En efecto, como te he dicho, todos los papiros mágicos se acompañan de un documento que ayuda a su comprensión.

—No, Ranefer, no me refiero a un documento. Falta algo más. ¿Te acuerdas de lo que Djedi dijo la primera vez que se presentó ante mi padre cuando fue llamado porque afirmaba conocer el número de cámaras secretas del santuario sagrado de Thot?

—Lo recuerdo perfectamente —respondió Ranefer haciendo memoria—. Yo no estaba allí, pero me lo contaste con todo detalle. Djedi dijo que el papiro se encontraba en el templo de Iunu, dentro de una caja de sílex.

—Eso es, Ranefer, ¡en una caja de sílex!

—¿Dónde tienes esa caja?

—No había tal caja.

—¿Cómo...? —Ranefer frunció el ceño—. No puede ser, todos los papiros mágicos cuentan con un texto que ayuda a descifrar la clave con la que se ocultan sus secretos. Ambos documentos han de estar en la misma caja.

—Me llamó la atención que no fuera así —reconoció el príncipe llevándose la mano a la barbilla—. El documento estaba en la estantería de la biblioteca dedicada a los papiros mágicos vinculados a los lugares sagrados, pero no había caja alguna. Sólo contaba con el sello que lo identificaba como el papiro de Thot.

—¿No la buscaste?

—Sí, lo hice, pero al encontrar el documento y no verla di por hecho que él solo bastaría para desentrañar su contenido. ¡Fui un estúpido! Djedi tenía razón.

—Esa caja debe estar en la biblioteca, y será la herramienta que te ayudará a descifrar el verdadero significado del papiro.

—Debemos ir hasta la Casa de la Vida de Iunu cuanto antes. Ya no será necesario esconderse como hice la última vez —dijo Hordjedef esbozando una sonrisa—. Tú eres el jefe de los escribas y yo soy el jefe de los constructores del faraón. Tenemos acceso a todos los documentos secretos de la biblioteca. No podrán negarnos nada.

21

El príncipe y Ranefer llegaron al puerto del templo de Iunu a bordo de una veloz barcaza, junto con varias más en las que viajaba la guardia real que solía acompañar al jefe de los constructores cuando éste realizaba una visita de carácter oficial. Y aquélla lo era.

El sumo sacerdote había sido avisado de la naturaleza de la visita para que recibiera como se merecía al hijo del faraón Keops y atendiera todas sus peticiones. Hordjedef deseaba ir a la Casa de la Vida y ver la biblioteca. Para los religiosos del templo de Iunu suponía todo un orgullo tener allí al príncipe. Desde el reinado de Esnofru se había puesto de manifiesto cierta separación entre el clero y la casa real, pero aquel inesperado interés de Hordjedef por la biblioteca, uno de los lugares más importantes del templo por la antigüedad de los documentos que albergaba, hizo sospechar a los sacerdotes que las viejas tensiones podrían transformarse en una nueva vía de cooperación por la que ambas partes saldrían beneficiadas.

Sin embargo, a pesar del aviso, en el embarcadero no había ningún miembro del alto clero de Ra. El hijo de Keops se extrañó de que no apareciera comitiva alguna para recibirlos. Tan sólo un joven sacerdote, que ni siquiera tenía un rango relevante en el escalafón del santuario, se acercó a ellos cuando pusieron pie en tierra. Iba ataviado con un vestido de un blanco purísimo, su cabeza estaba perfectamente rasurada y cubierta de aceites. Pero no portaba joyas ni complemento sacerdotal alguno, lo que indicaba que no era más que uno de los iniciados adscritos al templo en las últimas fechas.

Muy cerca del joven había unas andas preparadas con porteadores para hacerles el camino más cómodo.

—Alteza, el sumo sacerdote del templo te espera —dijo el muchacho al tiempo que juntaba las manos sobre el pecho y doblaba el espinazo para saludar al recién llegado.

Hordjedef se detuvo y observó el puerto vacío que tenía ante sí.

—¿Por qué razón no ha venido en persona a recibirme al embarcadero, como es su obligación? Soy el hijo del faraón.

—El sumo sacerdote nunca abandona el recinto del templo en el uso de sus funciones —replicó el sacerdote intentando dar una explicación que satisficiera al príncipe—. Lo tiene prohibido. Estaría cometiendo un sacrilegio al santuario.

—Pero sí que lo abandona para ir a palacio a pedir dinero a mi padre, ¿no es así? —dijo Hordjedef en un tono arisco.

No obstante, el joven no se amedrentó. Permaneció en silencio y evitó responder a esa realidad, limitándose a indicarle educadamente con la mano que tomara asiento en las andas para comenzar el camino.

—Prefiero ir a pie.

Dicho esto, Hordjedef, acompañado de Ranefer y su séquito, avanzaron con paso decidido hacia el patio principal del templo. Conocía muy bien ese lugar. La Casa de la Vida que tanto frecuentara años atrás y su biblioteca no quedaban lejos del patio.

El embarcadero era un lugar fresco y lleno de vegetación. Varios sirvientes se apresuraron a secar el agua que había sobre la pasarela de madera que unía las aguas del río sagrado con la orilla en la que se levantaba la puerta del templo. En esa época del año, crecían en los márgenes altos tallos de papiro, nenúfares y otras plantas que ayudaban a generar una sensación de sosiego y tranquilidad. Sin embargo, el príncipe nunca se sintió cómodo allí. Tenía muy presentes las cosas que había oído decir a su abuelo y a su padre sobre los sacerdotes de Iunu, y desconfiaba de ellos. Keops los consideraba buitres que se aprovechaban del temor de la gente para beneficiarse de suculentas ofrendas y peticiones con las que se enriquecían rápida y deshonestamente. Empleaban a los dioses como escudo de sus pretensiones y anhelos de poder, lo que había quedado en evidencia, una vez más, al no presentarse el sumo sacerdote para recibir en persona al hijo del faraón. De no acudir él, qué menos que mandar en su lugar a un alto cargo para darle la bienvenida, excusándose con cualquier pretexto.

—No... Ha enviado a un simple muchacho... —mascullo el príncipe mientras iba hacia el templo.

Al cruzar la puerta por la que se accedía al recinto sagrado, Hordjedef descubrió que el paisaje de viviendas, almacenes, talleres y demás no había cambiado en los últimos años. No entraba allí desde el robo del papiro, y no había sido por miedo, sino porque no se había dado la circunstancia. Su padre tenía vetado a esos miembros del clero en la corte y, por otro lado, tampoco había sido necesario realizar en aquel lugar ninguna ceremonia real. Pero las riquezas continuaban entrando a espuertas. Saltaba a la vista que, pese al distanciamiento con el palacio, la gente común seguía confiando en ese clero corrupto para sus ofrendas diarias.

El ir y venir de hombres y mujeres era continuo. Todos parecían tener algo que hacer en ese momento de la mañana. A apenas un centenar de pasos estaba la entrada del santuario de Iunu. El príncipe prosiguió su camino acompañado de Ranefer, precedidos a su vez por el joven sacerdote que había ido a buscarlos al embarcadero.

—¿Lo recordabas así? —preguntó Ranefer—. Yo suelo venir casi todos los meses, aunque no pasaba por aquí desde hacía bastante tiempo. El trabajo de los escribas es muy intenso y siempre hay cosas que hacer en el templo. Por mucho que desee delegar, la orden del faraón de que seamos nosotros mismos quienes vigilemos de cerca a los sacerdotes hace que estemos obligados a venir más de lo que nos gustaría.

—Yo no venía desde que visité la biblioteca de la Casa de la Vida... —respondió el príncipe sin dejar de observar cuanto los rodeaba—. Parece una gran ciudad dentro del muro de Iunu.

—Y todos los años crece. Es algo que no podemos frenar.

El comentario hizo que Hordjedef mirara extrañado a su amigo.

—Los sacerdotes van comprando las casas que hay pegadas al muro del templo —añadió el escriba—. Unas veces haciendo una buena oferta, otras porque los inquilinos han muerto y las viviendas quedan libres... Todo eso hace que, año tras año, el recinto sea mayor y el propio muro del santuario vaya ensanchándose, absorbiendo Iunu cada vez más.

—De seguir así, dentro de poco Iunu y el templo serán la misma ciudad. ¿Lo sabe mi padre?

—Me consta que lo sabe porque ese miedo está presente en la corte desde hace años. Durante la última peste pudieron hacerse con una buena parte de la ciudad. Las muertes fueron muchas. Nadie quería comprar las casas de los fallecidos por miedo a contagiarse. Los sacerdotes fueron más inteligentes... Las compraron, las quemaron, las derribaron y levantaron el muro perimetral del templo a su alrededor, incorporándolas a la tierra que ellos llaman del dios.

Al llegar a las enormes puertas del templo, éstas comenzaron a abrirse solas. Las colosales hojas de madera giraron sobre sus goznes sin que, en apariencia, interviniera mano humana alguna mientras, de fondo, se oía el sonido de unas trompetas que parecían dar la bienvenida a los recién llegados.

—Esto es *heka* —bromeó Ranefer.

Pero Hordjedef sí estaba sorprendido ante ese prodigio con el que, sin lugar a dudas, los sacerdotes habían querido impresionar al hijo del faraón en su visita. El escriba conocía el secreto de otras veces que había ido al santuario. Se trataba de un mecanismo que, mediante agua y vapor, hacía que las puertas se abrieran y, al mismo tiempo, sonaran unas trompetas ancladas en una maquinaria oculta. Con ese tipo de sortilegios, los sacerdotes solían engañar a los más supersticiosos al respecto de los poderes sobrenaturales de las divinidades que allí habitaban.

Delante de ellos se extendía el patio del templo. Era muy espacioso, cubierto por un enlosado pulcro y brillante. Formaba el perímetro una zona porticada sobre la que se levantaban altos muros cubiertos de estuco. Todo ello hacía que el sol se reflejara con fuerza sobre esa superficie inmaculada, de tal manera que resultaba casi obligado cubrirse el rostro en los momentos del día en los que la luz era más intensa.

En el centro había un pequeño grupo de sacerdotes, altos cargos del templo, a la vista de sus blanquísimas ropas y sus cabezas recién afeitadas, que relucían bajo el sol por los aceites empleados.

Como si fuera una estatua de sal, el sumo sacerdote, acompañado de sus ayudantes más próximos, permanecía al refugio de un pequeño parasol de mano que sujetaban dos sirvientes. Se lo distinguía por sus ropajes. Portaba una piel de leopardo con decoración de estrellas sobre los hombros y joyas con piedras de brillantes colores y metales preciosos. El sumo sacerdote de Iunu era también el jefe de los astrónomos del faraón.

Pero lo que impresionaba de aquella estampa que recordaba a los ritos de Osiris representados por actores era el escenario que había detrás. El sumo sacerdote resultaba más imponente aún por la posición que ocupaba en el patio. Cualquier persona que entrara allí por las puertas principales lo vería flanqueado por dos obeliscos colosales que se levantaban a su espalda, a unas decenas de pasos. Eran dos inmensas agujas de piedra cubiertas con textos que recordaban el vínculo del dios sol con ese lugar sagrado en el que se lo veneraba. En el vértice de los obeliscos refulgía un piramidión cubierto de electro.* Las dos agujas delimitaban el norte y el sur sobre el eje este-oeste en el que se enclavaba el templo del dios sol de Iunu, justo donde, según la tradición local, había surgido la vida en un tiempo inmemorial.

Detrás de los obeliscos, dos nuevas puertas daban acceso a la parte más sagrada del santuario, la capilla en la que se conservaba desde hacía generaciones la reliquia enviada por el propio dios Ra y encontrada no lejos de allí, en el límite del desierto. Se trataba

* El electro es una aleación natural de oro y plata en la que esta última sólo supone una quinta parte del total, de ahí que su color sea más claro. En ocasiones, puede tener trazas de otros metales. En la Antigüedad se utilizó también para fabricar monedas y joyas.

de la piedra Ben-ben,* el símbolo y la energía que hacía vivir aquel santo lugar y, por extensión, según contaban los sacerdotes de Iunu, todo el valle de la tierra de Kemet. Una muestra, según afirmaban también, de que el dios sol estaba con ellos, y era obligado seguir sus consejos y peticiones para continuar viviendo con fuerza, paz y armonía.

En cuanto el príncipe y su pequeña comitiva accedieron al patio, las puertas se cerraron de la misma forma mágica que cuando se abrieron.

Los pasos de Hordjedef sobre el enlosado sonaron con firmeza mientras se acercaba al sumo sacerdote.

—Bienvenido seas, príncipe Hordjedef, hijo del faraón Keops, Vida, Salud y Prosperidad, jefe de los constructores en la tierra de Kemet. Mi nombre es Sahure. ¿En qué puedo servirte?

La voz del sumo sacerdote resonó entre las lejanas paredes que formaban aquel primer patio del templo.

Hordjedef observó al anciano con curiosidad. Tenía la mirada fija en el horizonte si prestar atención a nada de lo que lo rodeaba. El príncipe miró de reojo a Ranefer.

—La luz de mis ojos se apagó hace años —se adelantó a responder el sacerdote al percatarse del silencio generado después de su saludo.

—¿No pudo salvártela el dios de este templo al que sirves con tanta benevolencia? —preguntó Hordjedef de forma insolente y descortés.

—El dios de Iunu tiene menesteres más importantes que atender, como el buen devenir del gobierno y los ejércitos del faraón en las campañas en el extranjero. Yo sólo soy un grano de arena en la inmensidad del desierto.

* La piedra Ben-ben de la que tenemos noticia en los textos antiguos del templo de Heliópolis debió de ser un meteorito, seguramente de forma cónica a causa de la fricción con la atmósfera, que se recogería en el desierto después de observar el fenómeno. Los antiguos egipcios lo entenderían como una señal divina del sol. Su forma cónica es, quizá, la que los hizo levantar pirámides y obeliscos acabados en pequeñas pirámides.

Hordjedef se percató de que el sumo sacerdote no había perdido ni un instante en introducir en la conversación un comentario político.

—No he venido, gran sacerdote, a hablar de los asuntos del faraón. Ése no es el motivo de mi visita.

—Lo sé, príncipe —respondió Sahure, resignado—. Tienes interés en ver los documentos sagrados que se conservan en la Casa de la Vida. Nuestro templo guarda los secretos de la tierra de Kemet desde sus inicios, hace ya miles de generaciones, cuando los dioses gobernaban este valle antes de dejárselo a los seres humanos. Estoy seguro de que cualquiera de mis colaboradores te será de ayuda para encontrar lo que buscas.

—Tan sólo deseo ver la caja de sílex donde se conserva el papiro del santuario sagrado de Thot.

El religioso guardó silencio un instante. No movió ni un músculo del rostro ni sus ojos muertos se desplazaron un dedo del punto del suelo donde los tenía clavados desde hacía rato.

—¿Tienes curiosidad por conocer los secretos del dios Thot? —preguntó Sahure tanteando la situación.

—Mi padre, el faraón Keops, Vida, Salud y Prosperidad, es un devoto seguidor de ese libro y del dios, pero no supo de él hasta que descubrió, hace años, que se encontraba en vuestra Casa de la Vida.

—Y no podía ser otro el lugar —reconoció el anciano con orgullo—. La biblioteca de este templo es la más antigua de toda la tierra de Kemet y en ella se conservan los textos que forman los sólidos pilares de nuestro reino. Hay copias exclusivas y únicas. Entre ellas está el documento al que te refieres. Una verdadera joya, desde luego...

—Nos gustaría ver ese texto, si eres tan amable —dijo Ranefer, interrumpiendo así de forma abrupta al sacerdote antes de que soltara un interminable panegírico sobre las bondades del clero de Ra en el templo de Iunu.

Sahure movió la cabeza hacia donde estaba el jefe de los escribas sin separar la vista del suelo

—Buenos días... —lo saludó—. No te esperaba por aquí.

—Veo que conoces a Ranefer, el jefe de los escribas. Me ha dicho que suele venir a menudo, precisamente para consultar vuestra extraordinaria biblioteca.

—Así es.

—¿Querrás mostrarnos ese papiro que solicita el príncipe? —insistió en tono amable Ranefer.

—Será un placer y un honor —respondió Sahure—. Si me acompañáis, yo mismo os lo mostraré. Conozco muy bien el lugar donde están los documentos que son objeto de vuestro interés. Seguidme, por favor. Sois bienvenidos a nuestra humilde casa.

El sacerdote ciego comenzó a caminar en dirección a una de las esquinas del patio. Como si pudiera ver por dónde avanzaba, incluso esquivó, para sorpresa de Hordjedef, un enorme pilar de piedra cubierto de jeroglíficos que había en un extremo.

El príncipe intercambio con Ranefer una mirada de complicidad. Ese lugar no había cambiado prácticamente nada desde que ambos correteaban por los patios próximos a la Casa de la Vida. Allí, en determinadas temporadas del año, tomaban algunas lecciones de astronomía y ciencias. Era el mejor lugar para hacerlo ya que la biblioteca estaba repleta de rollos de papiro con conocimientos que sólo allí se atesoraban.

—Veo que tu presencia no pasa desapercibida ni siquiera a un sacerdote ciego —susurró el príncipe a su amigo.

—Pese a ser ciego, cuenta con un oído extraordinario —respondió Ranefer con una mueca—. Es muy anciano, pero se lo ve con salud.

Decenas de recuerdos empezaron a aflorar en los dos amigos mientras avanzaban por el templo. No lo habían hecho juntos desde que eran apenas unos críos de diez años. Pero Hordjedef tenía en mente sobre todo el recuerdo de su entrada furtiva en la biblioteca. El encuentro con el sacerdote lector al que tuvo que dejar sin sentido durante unos instantes haciéndole una maniobra de asfixia controlada y, después, su intrusión a hurtadillas en las salas del edificio para buscar un tesoro del que prácticamente nadie había oído hablar.

La biblioteca se hallaba delante de una pequeña plaza en la

que destacaba un estanque con frondosa vegetación. Era el mismo edificio blanco de siempre, aunque supusieron que se habrían realizado arreglos en todo ese tiempo. Las puertas de la biblioteca estaban abiertas, y hasta allí se dirigió la comitiva.

Una vez en el interior, sintieron el frescor que proporcionaban los muros de adobe con que estaba construido el archivo. Se retiraron los sirvientes que acompañaban al príncipe y los dos que cubrían con el pequeño parasol al sumo sacerdote; el espacio no era lo bastante amplio para acoger a demasiadas personas. Sólo quedaron Sahure y su inseparable ayudante, Ranefer, el príncipe y el jefe de su guardia.

Al percibir el cambio de temperatura, el anciano extendió el brazo derecho para guiarse por las paredes. Fue palpando una pared encalada hasta que llegó a la habitación en la que se hallaba el encargado de aquel lugar.

Hordjedef se puso tenso. Habían pasado muchos años y sabía, por las pesquisas que llevó a cabo posteriormente, que el robo del papiro de Thot había sido detectado. Sin embargo, nadie pareció hacer nada para recuperarlo. No se llevó a cabo ninguna investigación ni el pobre desgraciado que debía haber evitado la sustracción presentó denuncia alguna por el ataque.

—Tengo entendido que el papiro del santuario sagrado de Thot fue robado hace casi una década. Eso es lo que oí en su momento, aunque no hay registro de ello.

El sumo sacerdote torció el gesto al oír las palabras del príncipe.

—Sabes más que yo, hijo de Keops, Vida, Salud y Prosperidad —respondió el anciano esbozando una sonrisa sin levantar el rostro del suelo—. ¿Quién te ha dicho tal cosa? No me consta que haya desaparecido nada.

Hordjedef no acertó a responder.

—Es un rumor que corre entre algunos escribas de la corte —intervino Ranefer para ayudar a su amigo. Le sorprendía que el sumo sacerdote de Ra ignorara el asunto del robo—. A sabiendas de que el faraón Keops, Vida, Salud y Prosperidad, lo deseaba para la construcción de su morada de eternidad, alguien, ignoramos quién, dijo hace tiempo que el papiro había desaparecido. Ya sabes que hubo cierta polémica con un sacerdote del templo de Ptah... Por lo que se cuenta, actuó de manera un tanto turbia tiempo antes de la muerte de Hemiunu, el antiguo jefe de los constructores.

—Conocía muy bien a Djedi y no entiendo lo que sucedió con él...

El sacerdote de Iunu no quiso entrar en detalles, pero sus palabras manifestaron claramente su contrariedad ante la muerte del mago de Ptah.

—Al parecer no hizo un uso adecuado de su *heka* y actuó con malas artes —apostilló el príncipe—. No quiso compartir el conocimiento del papiro de Thot aun siendo un documento...

—¿Libre? —concluyó el religioso—. Todos los papiros que hay en esta biblioteca son de libre acceso. Tú mismo podrías haber venido a consultarlo cuando quisieras, hace años incluso, y no esperar hasta ahora. Tu padre pudo haberlo hecho también... si tanto interés tenía en nuestros valiosos libros.

—Lo que buscamos no es el documento en sí sino la caja en la que estaba el papiro. Una caja de sílex.

Las palabras de Ranefer volvieron a encauzar la conversación viendo que empezaba a adentrarse en aguas turbulentas.

Sahure dirigió la cabeza hacia el jefe de los escribas y sonrió.

—Constato que eres un avezado seguidor de Thot.* Conoces el funcionamiento secreto de las antiguas palabras de los dioses y del dios protector de los escribas —dijo. Y añadió—: En efecto, muchos de esos papiros mágicos están custodiados en una caja de piedra para proteger no sólo su contenido, sino también la herramienta que ayuda a su comprensión..., me refiero a otro papiro no menos mágico en el que se explica todo lo necesario para desentrañar el mensaje del primero.

—Vayamos a comprobarlo, pues.

Las palabras de Hordjedef sonaron al tiempo que daba ya un

* Thot era el dios de los escribas, y a su vez de la escritura, la magia y las humanidades.

paso hacia el pasillo que conducía a la sala que atesoraba los textos mágicos. Aun siendo ciego, el sumo sacerdote del templo de Iunu se percató.

—Deduzco que sabes dónde se encuentra esa habitación, príncipe Hordjedef. ¿Acaso has estado en ella con anterioridad? No es un lugar muy frecuentado por los escribas ni por los estudiantes...

—Siendo críos solíamos venir —mintió Ranefer para sacar del atolladero a su amigo—. Todo aquello que sonara a magia y conocimiento secreto nos atraía con fuerza.

—Es extraño, porque se trata de una zona restringida a los estudiantes. Pueden entrar, es cierto, pero sólo si cuentan con un permiso especial de sus maestros y siempre acompañados de éstos. Sería una travesura vuestra, ¿no es así?

—Sí, así es, tan sólo fue eso —afirmó Hordjedef dando crédito a la historia que acababa de improvisar Ranefer.

Sin más dilación, el sumo sacerdote de Ra comenzó a caminar en dirección a la habitación en la que se encontraban los papiros mágicos.

La comitiva lo seguía de cerca. El príncipe tuvo presente no volver a cometer el mismo error, y, sin anticiparse, esperó a ver en todo momento qué hacía el sumo sacerdote.

El anciano se detuvo a la entrada de una estancia, se apoyó en el marco de la puerta y aguardó unos instantes con la mirada clavada en el suelo. El príncipe y Ranefer se armaron de paciencia; no se moverían hasta que el sumo sacerdote lo hiciera. Ambos sabían que allí no estaban esos papiros. Se diría que Sahure estaba poniéndolos a prueba. Él no veía, pero sí su inseparable ayudante, quien seguramente no perdería la oportunidad de contarle luego todo lo que había pasado.

Como si fuera una musaraña, con extraños movimientos del rostro, pareció olisquear el interior de la habitación. Sin decir nada, retomó su pausado caminar, pasillo adelante, hasta detenerse en la sala que Hordjedef tan bien conocía. El príncipe apenas percibió cambios en su interior. No recordaba si había más o menos papiros en las estanterías que cubrían las cuatro paredes, pero sí reconoció al instante el lugar donde estuvo el papiro de Thot. Allí debería estar la caja de sílex relacionada con él.

De forma apenas audible, Sahure llamó a su ayudante. El joven sacerdote se aproximó, acercó la oreja al rostro del anciano y, tras recibir una orden suya, se dio la vuelta para empezar la búsqueda.

El ayudante se dirigió hacia una pared de la habitación. Hordjedef estuvo a punto de delatarse levantando la mano para llamar su atención. Él se acordaba de que el papiro estaba a la derecha del muro largo de la estancia, casi en la esquina, y el joven sacerdote buscaba en la esquina opuesta. No obstante, el príncipe dominó su impulso a tiempo, y esperó a que el buscador del papiro se diera cuenta del error.

El joven se subió a una silla de madera que había junto a la pared y, durante un rato, estuvo removiendo los sellos que pendían del extremo de los papiros allí guardados hasta que pareció encontrar lo que buscaba.

—Aquí está, maestro.

El sacerdote bajó de la silla y caminó hasta donde estaba su superior.

—Confirma que es el sello y rómpelo para poder leerlo.

—«El santuario sagrado de Thot» —leyó el ayudante.

Al oírlo, Hordjedef intercambió una mirada de incredulidad con Ranefer. ¿Cómo iba a estar ese papiro en la esquina opuesta...? Además, ¡él lo había robado! Aquello no tenía sentido.

—Comienza a leer, por favor —pidió el sumo sacerdote, solícito, a su ayudante.

El muchacho rompió el sello en el que constaba el nombre del manuscrito y lo desenrolló con cuidado. El crujido del documento denotaba que nadie lo había manipulado desde hacía muchos años. El calor natural en esa parte de la tierra de Kemet hacía que las bibliotecas estuvieran siempre secas, facilitando la conservación de los tesoros que allí se guardaban.

El papiro era de un amarillo brillante, idéntico al que el príncipe tenía en su palacio bien protegido en una bella caja.

El joven sacerdote se acercó a la luz de la ventana que había en la pared, por encima de los nichos a modo de estanterías donde se amontonaban perfectamente colocados todos los escritos.

—«El santuario sagrado de Thot» —repitió el religioso al tiempo que el anciano asentía con la cabeza como si siguiera el ritmo de la lectura—. «Palabras dichas por el dios Thot, señor de la ciudad de Khemnu, hijo de Horus, señor de la escritura y de la sabiduría...».

—Sáltate la introducción —ordenó el príncipe, cada vez más nervioso—. Esas fórmulas aparecen en todos los papiros donde se habla de Thot.

Molesto, el joven sacerdote levantó la mirada del documento para clavarla en los ojos del hijo del faraón. Tomó aire y continuó la lectura, un poco más adelante.

—«En su honor se ha levantado este templo utilizando para ello las piedras más ricas procedentes de las mejores canteras de la tierra de Kemet. Su planta es cuadrada...».

—«... Cuenta con un número par de habitaciones en su subterráneo, doce en total. Todas ellas están fabricadas con piedra de granito duro, traído de las canteras del sur» —continuó Hordjedef, recitando de memoria.

El sumo sacerdote y su ayudante se quedaron perplejos.

—Entiendo que conoces muy bien este documento —dijo el anciano con una falsa sonrisa en el rostro—. ¿Qué te trae por aquí realmente, amado Hordjedef?

—¿Dónde está la caja de sílex que está vinculada al papiro de Thot? —preguntó el príncipe casi sin aliento—. Acabas de decir que estos documentos cuentan con otro papiro que ayuda a comprender su oscuro contenido.

—Las cajas están siempre detrás de los rollos. Mira a ver dónde está la del papiro de Thot...

El joven sacerdote enrolló de nuevo el documento y obedeció a Sahure, volviendo a la estantería de donde lo había tomado. Removió los cilindros que custodiaban los secretos de los antiguos templos y, en efecto, detrás de ellos había una serie de cajas. Pero su número era menor de lo que cabía esperar.

Hordjedef frunció el ceño al descubrir las cajas. No recordaba haberlas visto cuando estuvo allí. La llegada de nuevos documentos a la biblioteca habría obligado a los sacerdotes custodios a modificar la posición de los papiros sagrados. Ésa sería la razón, se dijo el príncipe, por la que ahora se hallaba en la esquina opuesta a donde él lo cogió. Pero estaba seguro de que en su momento había removido los rollos y no vio caja alguna. Extrañado, se acercó hasta la estantería y, casi de un manotazo, apartó al joven sacerdote que escudriñaba los textos con denuedo buscando la caja correspondiente al papiro de Thot.

—No parece estar, maestro.

Al sumo sacerdote no le sorprendió el comentario de su acólito. En ocasiones los papiros más crípticos no contaban con un documento que aclarara su contenido.

—Así será por siempre un documento secreto —aseveró el anciano—. Sólo podrán comprenderlo quienes verdaderamente estén preparados para ello.

—¿Quién ha consultado este papiro? —preguntó el príncipe, que empezaba a airear su nerviosismo.

El sacerdote miró a Sahure esperando que éste respondiera. No estaba permitido facilitar el nombre de quienes visitaban la biblioteca ni el de los documentos que se consultaban. Se llevaba un registro de todo por razones de seguridad, pero en relación con los papiros mágicos, los que se guardaban con más celo, esas medidas eran más estrictas aún.

El anciano sacerdote de Ra se limitó a asentir. Su ayudante fue a una de las esquinas de la sala donde, en un nicho de la pared, había un montón de cajas de madera. Tomó la de color rojo y la abrió. No era de gran tamaño, apenas un par de palmos de largo, suficiente para que dentro cupieran perfectamente enrollados un par de papiros: la lista de los documentos que se habían consultado de esa pared en los últimos años y la de quienes habían estado allí.

—Tenemos el último registro del papiro sagrado de Thot en el año 34 del reinado de Esnofru, Vida, Salud y Prosperidad, padre de nuestro actual faraón y abuelo tuyo, príncipe Hordjedef —dijo el joven sacerdote con solemnidad—. Se hizo casi al final de su reinado, poco antes de que fuera coronado Keops, Vida, Salud y Prosperidad.

—¿Y quién hizo uso de ese papiro?

—El nombre que veo en esta lista encaja con lo que habíamos oído anteriormente. Pocos años antes de la muerte de Esnofru, un joven sacerdote mago vino en varias ocasiones a estudiar estos papiros. Al parecer, tenía especial predilección por el de Thot...

—¿Te refieres a Djedi? —quiso saber Hordjedef, que no entendía nada de lo que estaba pasando.

—Así es —respondió en esa ocasión el anciano—. Djedi era un habitual de la biblioteca de Iunu. Es cierto que toda su preparación tenía lugar en el templo de Ptah, en Ineb-Hedy, pero al pertenecer a la familia real..., era vuestro primo, alteza, si no recuerdo mal..., disponía de transporte para venir a esta biblioteca todas las semanas para leer los libros antiguos. Algunos de ellos pertenecen a los primeros faraones de la historia de Kemet y no existen copias en otras bibliotecas. Son documentos muy valiosos.

—¿Libros antiguos? —Hordjedef arqueó las cejas—. Ese papiro parece la copia de un libro antiguo, pues no creo que el material del que está hecho tenga muchos años.

Ahora fue Sahure quien torció el gesto.

—No, querido príncipe. Te equivocas. Ese papiro es de los más antiguos de la biblioteca. Es cierto que no se ha consultado muchas veces..., pero sí más de las que aparenta, al menos en varias docenas de ocasiones, ya que es una de las joyas de la Casa de la Vida.

—Pues para ser un manuscrito antiguo y haber sido consultado docenas de veces, como dices, se conserva como el primer día —replicó Ranefer.

El anciano, sin levantar la mirada del suelo, dirigió la cabeza hacia su ayudante intentando buscar una respuesta satisfactoria.

—Es cierto, maestro —reconoció el muchacho—. El papiro es bastante nuevo. La trama que se ha usado para su confección no encaja con la de los papiros primitivos.

Desconcertado, Sahure indicó con un gesto de la mano a su ayudante que se acercara con el papiro. Cuando lo tuvo delante, acarició con delicadeza la textura del documento. Por sus manos habían pasado, a lo largo de todos sus años de trabajo, miles de papiros similares. Conocía perfectamente su oficio y los distintos materiales que se usaban en las artes de la escritura. La trama era reciente. Se trataba de una copia actual.

—Es cierto, sí... —reconoció el anciano—. Pero el texto es el mismo, lo recuerdo muy bien. Hacía años que no lo tenía delante, casi desde que era un adolescente, y han pasado muchas crecidas del río desde entonces. Sin duda en ese tiempo el papiro se deterioró. Ahora que recuerdo... Sí... Había partes que estaban un poco desgastadas.

—Probablemente éste sea una copia fidedigna del original, como hay muchas en esta biblioteca —apostilló el muchacho dando la razón a su maestro—. El material se deteriora de manera irremediable, a pesar de todas las medidas que tomamos para que eso no ocurra.

—¿Y qué sucede con el original? —quiso saber el príncipe.

—Suele usarse como ofrenda en el enterramiento de algún sumo sacerdote del templo.

—Pero ¿quién garantiza, entonces, que es una copia completa del papiro original? —preguntó nervioso el hijo de Keops—. Si existiera un solo error, el significado del documento se perdería para siempre. Todos sabemos lo que ocurre en el interior de las tumbas. Los ladrones las saquean y luego las queman para no dejar huellas. ¡El papiro sagrado de Thot podría estar ahora mismo desaparecido!

—Debemos confiar en el buen hacer de nuestros escribas —señaló el anciano eludiendo cualquier responsabilidad—. Ranefer, como jefe de los escribas del faraón, sabe muy bien que su trabajo se supervisa.

Hordjedef no acababa de encajar la inseguridad que todo aquello le generaba. ¿Y si el papiro estaba mal copiado? De ser así, ¿cómo iba a trasladar su magia a la morada de eternidad de su padre? Y lo peor de todo era que no había ni rastro de la caja de sílex donde supuestamente debía encontrarse el manuscrito anexo que completaría al primer papiro.

—Si podemos ayudarte en cualquier otra cosa, será un honor para nosotros hacerlo —sentenció Sahure mientras se inclinaba ante Hordjedef y se llevaba la mano al pecho—. El papiro está a tu disposición. Lamentablemente, no está permitido sacarlo del templo, como sucede con todos los documentos que atesoramos. Aun así, si lo precisas, podemos hacer una excepción y mandar a uno de nuestros escribas más avezados que te haga una copia. Pero debes prometerme que la destruirás cuando acabes de usarla. Prométemelo, príncipe.

—No será necesario —respondió con sequedad el hijo de Keops.

El anciano frunció el ceño, confuso.

—Creí que precisabas este documento para la construcción de la pirámide de tu padre...

—Te agradecemos toda tu ayuda, sumo sacerdote de Ra —lo atajó Ranefer antes de que su amigo lanzara algún exabrupto que rompiera la cordialidad y la colaboración que habían recibido hasta entonces—. Ahora debemos irnos, pero lo más probable es que volvamos en breve para tomar una decisión. Guardad el papiro como se merece; es una verdadera joya.

Y sin decir más, el príncipe y el jefe de los escribas salieron, seguidos por el jefe de la guardia, de la habitación donde se conservaban los manuscritos mágicos.

Cuando estuvieron fuera de la biblioteca se les unieron los guardias que los habían acompañado hasta allí, quienes los esperaban junto al pequeño estanque que se abría frente a la Casa de la Vida.

Durante unos instantes el grupo caminó en silencio. Hordjedef continuaba abrumado por la situación. No esperaba aquel contratiempo. Se había convencido de que saldría de la biblioteca del templo con la caja de sílex en la que se encontraba el documento que debía ayudarlo a comprender el papiro del santuario sagrado de Thot.

—¿Crees que nos ocultan algo? Yo estoy seguro de ello.

Las palabras de Hordjedef mostraban claramente su enfado.

—Pues yo no tengo esa impresión.

—¿Cómo puedes decir eso? —protestó el príncipe levantando los brazos—. Estaban informados de nuestra visita. Han tenido tiempo de sobra para crear un escenario falso.

—De ser así, nos habrían conducido a otra habitación y habrían hecho aparecer la caja de sílex.

—Entonces ¿qué crees que ha sucedido?

—Está muy claro, querido amigo. El sumo sacerdote no tiene ni idea de lo que tratan esos papiros. Los conoce, como los conocemos todos, pero nunca ha sentido la curiosidad suficiente para acercarse a ellos y prestarles atención. Todo lo contrario que...

—¿Djedi?

Hordjedef había pronunciado el nombre del sacerdote mago mientras aferraba del brazo a Ranefer, haciendo que se detuviera en medio del camino que estaban siguiendo por el perímetro columnado del gran templo.

—¿Quién si no? Su nombre está en la lista de las personas que lo han consultado. Es más, él fue el último en hacerlo.

—Ahí te equivocas —lo corrigió el príncipe—. El último en «consultar» el papiro fui yo... Y me hice con él. Ahora lo tengo en mi palacio, como bien sabes; no sólo lo has visto, sino que también lo has leído. Su contenido es idéntico al que acabamos de oír de boca de ese joven sacerdote.

—¿Y eso no te resulta extraño, Hordjedef? ¿Te parece normal que después de haber robado el papiro, años más tarde reaparezca en la biblioteca, en el mismo lugar, con el mismo sello, como si nada hubiera pasado?

La pregunta de Ranefer tenía su lógica.

—Es evidente que se trata de una copia —concluyó el príncipe mientras reanudaban el camino hacia al embarcadero del templo—. Alguien debió de hacerla antes de que me apropiara del papiro.

—Yo creo que el asunto es más sencillo.

Hordjedef lanzó una mirada interrogativa a su amigo. ¿Cómo podía ser?

—Djedi fue el último en consultarlo, justo al final del reinado de Esnofru. Él conocía la existencia de la caja de sílex porque la vio. Si no, no habría sido necesario mencionarla... ¿Qué sentido tendría hacerlo? Y luego...

—Luego robó el papiro y la caja, y dejó una copia.

—Exacto, Hordjedef. Djedi tenía el papiro del santuario sagrado de Thot, y también la caja donde estaba el documento con las claves para descifrarlo. Él sabía que alguien iría al templo a robarlo. Muy posiblemente sospechó de ti, y te tendió una trampa. Te dejó una copia del papiro, y cuando regresó, con cualquier excusa, dejó una tercera con el sello de la biblioteca en su lugar, que es la que hemos visto ahora. Nadie sospecharía nada. No es un documento de uso frecuente. Es más, ningún escriba se atreve a enfrentarse a un enigma tan grande como el que ofrece ése. Sólo los estudiantes que se cuelan en la biblioteca entre clase y clase para curiosearlo, críos que no tienen ni idea de lo que dice. Levantan una de las esquinas del papiro para no romper el sello y leen tan sólo las primeras líneas. Tal como nosotros hicimos de niños el día que entramos en la biblioteca para descubrir sus secretos.

—De ahí el recelo que el maldito mago manifestó siempre en torno a su lectura —sugirió el príncipe—. Nadie alcanzará a comprenderlo a no ser que tenga un conocimiento avezado de la magia de los antiguos manuscritos o, sencillamente, cuente con el segundo papiro de la caja de sílex.

—Si no estuviera muerto, Djedi tendría la respuesta a tus preguntas, querido amigo.

El hijo de Keops no contestó. Ranefer se percató enseguida de que tramaba algo.

—¿Sobre qué cavilas, Hordjedef? A buen seguro, tu silencio esconde algún plan.

—Quizá no esté todo perdido. Esa caja no ha podido desaparecer —respondió el príncipe.

—¿A qué te refieres? Si la caja estaba en posesión de Djedi, ahora estará en la biblioteca del templo de Ptah. Lo más probable es que la tuviera oculta en sus habitaciones, y cuando murió, quien revisó sus pertenencias puede que supiera qué era, que la entregara al sumo sacerdote de Ptah y que éste la guardara en la Casa de la Vida, aun intuyendo que había sido robada de este santuario de

Ra. No creo que la devolviera... Y mantendrán el mismo mutismo de siempre. Allí seguro que no encontrarás nada. Un documento de ese valor estará escondido en un lugar secreto. ¿No lo crees así, amigo mío?

Pero el príncipe continuó en silencio, esa vez con el rostro demudado. Ranefer lo observó. Hordjedef tenía la mirada fija en una de las capillas que se abría en el centro del patio, a pocos pasos de donde se encontraban. El jefe de los escribas dirigió la vista hacia allí, pero no había nadie.

—¿Qué sucede, Hordjedef? ¿Qué pasa?

El hijo de Keops no dijo nada y apartó con la mano a su amigo.

—¿Adónde vas, Hordjedef?

El jefe de los constructores anduvo los pocos pasos que lo separaban de la pequeña capilla que había en un lateral del patio, no lejos de la puerta de entrada al gran santuario de Ra en Iunu.

No era una capilla muy grande. Al igual que el resto de los muros del templo, las piedras que le daban forma estaban cubiertas de estuco. Sobre la suave superficie de las paredes blancas había relieves y dibujos de vivísimos colores que plasmaban escenas de culto a los dioses. Tan sólo había en ella una estancia, en la que, sobre la pared del fondo, destacaba un altar portátil. Del pebetero que los sacerdotes habían colocado al inicio de la mañana salía un humo denso que llenaba toda la habitación. El aroma del sagrado incienso hacía que el aire en el interior de la capilla estuviese cargado. Pero a pesar de la neblina, Hordjedef pudo verlo claramente.

Como si fuera una aparición fantasmal, un religioso acercaba un papiro a las llamas del pebetero. Pronto, el documento comenzó a arder avivando el fuego y llenando la habitación de un humo oscuro y fuerte. Hordjedef no tenía dudas de quién era ese hombre. Y recibió la confirmación cuando el sacerdote se volvió hacia él.

Al hijo de Keops se le heló la sangre. Con los ojos desorbitados, pegó su espalda cubierta de sudor frío a la jamba de la puerta, negándose a creer lo que veía.

—¿Sigues teniendo dudas sobre el papiro del santuario sagrado de Thot, Hordjedef? Han pasado muchos años, pero sabes que te lo advertí. ¿Acaso lo has olvidado?

Junto al pebetero estaba Djedi. Tenía el mismo aspecto de siempre, tal como Hordjedef lo recordaba. Apenas unas pocas arrugas bordeaban aquellos ojos que aún mantenían la viveza y el misterio que lo habían caracterizado. Se diría que había sido ayer cuando lo vio salir por última vez del palacio camino de la prisión.

Djedi lucía las mismas joyas, la misma camisa, el mismo vestido de lino, idéntico pulcro afeitado de la cabeza cubierta por un velo blanco e idéntico maquillaje sacerdotal que no ocultaba el envejecimiento de sus ojos. Su rostro reflejaba la sempiterna expresión de placidez que tanto crispaba al hijo de Keops. En sus brazos, el mago sujetaba un zorro, aquel que lo había acompañado cuando visitaba la casa de Hemiunu; se habían convertido, finalmente, en compañeros de viaje por ese misterioso sendero del reino de Osiris.

—¿Cómo...? ¿Qué haces aquí, Djedi? ¡Se supone que estás muerto! —bramó Hordjedef, incapaz de dar crédito a lo que estaba viendo.

Miró a su alrededor. Pero no era un sueño. Estaba en el templo de Ra en Iunu, adonde había ido con Ranefer para buscar la caja de sílex que albergaba el secreto del papiro de Thot.

—Tus miedos nunca desaparecerán, príncipe Hordjedef, y sé que estoy entre los que más te aterran.

—Siempre escondiste algo de tu pasado. Nunca supe quién eras realmente...

—¿Quién era, dices? No, Hordjedef. Estoy aquí, ante ti. Soy el que miras —afirmó Djedi mientras acariciaba al pequeño zorro que sostenía en brazos—. Estás viéndome. Y... bueno, si crees que escondí algo de mi pasado es porque albergas dudas. Yo, en cambio, tengo muy claro cuál ha sido el tuyo, y desde luego no es, al igual que tu futuro, nada halagüeño. ¿Sabes ya cómo leer el papiro de Thot?

—¿Qué hiciste con él?

—¿Con el papiro? Lo tienes tú. ¿No recuerdas que lo robaste? —dijo con una risotada la extraña aparición del mago.

—Ese papiro no sirve para nada.

—¿Por qué no? Es el auténtico papiro del santuario sagrado de Thot. No hay otro.

—Mientes —le espetó el príncipe apaciguando un grito entre los dientes—. El contenido de ese papiro no sirve para nada. Sólo ofrece cifras inconexas, números que no tienen ninguna lógica. Se necesita la clave que estaba en la caja de sílex para poder completarlo y comprenderlo.

Djedi caminó un par de pasos ante el muro del fondo de la capilla. Parecía real, corpóreo, tangible... Incluso sus sandalias hacían ruido al rozar el enlosado, lo que llevó al príncipe a estremecerse aún más.

—Te dije que no sería tan sencillo descifrar su contenido. Con todos los años que han transcurrido desde que lo robaste... ¿y aún no has conseguido desencriptar su secreto?

—El papiro que había en la biblioteca de este templo no era más que un juego de adivinanzas, un sinsentido que no ayudaría a ningún arquitecto a desarrollar sus planos. El edificio que se describe en el papiro no puede replicarse. ¡Es una ensoñación!

—Ah, una ensoñación... ¿Y qué crees que es la magia, Hordjedef? ¿Acaso lo descubres ahora? ¿Pensabas que por leer un texto antiguo ya ibas a convertirte en el mejor mago de la tierra de Kemet? *Heka* es una herramienta muy poderosa. Hace ver lo que no es real, lo que no existe... Incluso los dioses la emplean con profusión, al igual que los seres humanos, para luchar en las situaciones más adversas.

—Pero ese papiro cuenta con un secreto que hace factible su interpretación. Y ese secreto es aún mayor que el que esconde el propio documento.

—Yo lo hice. Yo pude leerlo, Hordjedef. No diré que sin gran dificultad, pues empleé muchos años de duro trabajo. Si te molestaras en visitar lo que hay construido de la pirámide hasta ahora, descubrirías que esa magia ya es visible, aunque dudo que tus ojos, cegados por tu incompetencia, sean capaces de verlo.

El príncipe no supo qué contestar. Carecía de argumentos. No podía amenazar a una visión que parecía atenazarlo con fuerza por el cuello dejándolo completamente inmóvil.

—Pero no seré tan estúpido como para dejarte la clave a la vista y que te arrogues todo el mérito —añadió el espectro—. Deberías esforzarte un poco más... Aunque no sé si tienes capacidad y tiempo para ello.

—¡Hordjedef...! ¿Qué sucede?

La voz de Ranefer acabó de sobresaltar al príncipe. Con la respiración entrecortada, miró desconcertado a su amigo.

—¿Te encuentras bien, Hordjedef?

El escriba recorrió con la mirada el interior de la capilla, pero no vio a nadie. El ambiente estaba muy cargado, y por las dos únicas ventanas que había en la parte superior apenas se escapaba el intenso humo. Aun así, se fijó mejor y descubrió a un pequeño zorro del desierto. No le extrañó que estuviera en la capilla; esos animales eran muy comunes en esa parte de la ciudad y su intrusión en los templos era conocida por todos.

Ranefer se acercó al pebetero donde aún ardía con profusión el papiro. Lo arrojó al suelo pinzándolo con dos dedos y lo pisoteó para evitar que la estancia siguiera llenándose de humo.

—¿Qué has estado quemando? ¿Qué es esto? Podrías haberte asfixiado.

Hordjedef seguía ausente, con la mirada perdida.

—Se ha ido...

—¿Quién se ha ido? Aquí no hay nadie. Sólo he visto a ese zorro que acaba de salir y que, seguramente, estaba buscando comida entre las ofrendas que los sacerdotes dejaron ayer.

—Ése era su zorro. Lo sostenía en brazos.

El escriba no comprendía nada de lo que le decía su amigo. Volvió a mirar en el interior de la capilla, y se aseguró de que no había nadie. ¿Quién iba a haber allí, con lo pequeña que era? Nadie habría podido ocultarse. Lo estarían viendo.

—Ha quemado el papiro y se ha ido —insistió el príncipe.

—Salvo a ese animal del desierto, no he visto salir a nadie de esta capilla. No me he movido de ahí fuera, estaba esperándote.

Ranefer se preocupó. Era la primera vez que lo veía en semejante estado. Había compartido con él infinidad de fiestas y borracheras, pero aquello era distinto.

—¿Quién se supone que estaba aquí contigo? —preguntó, temeroso de la respuesta que Hordjedef pudiera darle.

El príncipe pareció recuperar el sentido lentamente. Todavía con la respiración entrecortada, miró a Ranefer.

—Te juro que lo he visto. Vi, desde el patio, que entraba en la capilla. Mi corazón se estremeció, y cuando entré lo descubrí junto al pebetero, quemando el papiro que acabas de pisotear.

El jefe de los escribas se acercó de nuevo al pebetero y se agachó para observar el papiro quemado. Estaba en muy mal estado. Debido a la combustión, apenas quedaban unos fragmentos libres de hollín. Y no en todos ellos había texto. Removiendo las cenizas, tomó del suelo un pedazo en el que aún podían verse unos jeroglíficos.

—«El sant... hot. El santuario sagrado de Thot...». Es una copia más del papiro de Thot. ¿Qué hace aquí? ¿Por qué la has quemado, Hordjedef? ¿No habrás sido tan estúpido de deshacerte de la copia que está en tu poder?

—Él la trajo —insistió el príncipe, mucho más tranquilo ahora que su amigo había tenido en sus manos los restos del papiro y eso confirmaba la extraña visión que había vivido—. Lo vi con mis propios ojos, Ranefer.

—Pero ¿a quién? —le preguntó tomándolo de los hombros.

—A Djedi...

Ranefer bajó los brazos y se apartó del príncipe.

—¿Cómo dices?

—Era Djedi... Y he hablado con él.

—Djedi murió hace casi diez años en la prisión de Ineb-Hedy. Lo sabes perfectamente. ¿Vas a creer ahora en historias de fantasmas? La imaginación te ha jugado una mala pasada, amigo. Estás nervioso por la situación que vives... Además, todo el mundo habla de Djedi desde hace unos días. Eso te ha llevado a creer que estabas delante de su aparición. Pero sólo estaba en tu cabeza, créeme.

—¿Y el zorro? ¿Y ese papiro? ¿También crees que el papiro está en mi cabeza? ¿Se trata de un simple sueño, en tu opinión?

Ranefer se quedó pensativo tras oír las palabras de Hordjedef. El príncipe no podía haber tramado algo como aquello… ¿Qué sentido tenía que sacara una copia del papiro y la quemara en el pebetero?

—Quizá la magia sea más potente de lo que pensábamos —añadió Hordjedef—. Te juro que lo he visto como te veo a ti ahora mismo.

El escriba no respondió. Sin embargo, no podía negar que el papiro estaba ahí, ante sus ojos, como una prueba clara de la visión de su amigo.

—Insisto en que debemos ir al templo de Ptah. Hay cosas que no encajan —recapacitó finalmente Ranefer—. La desaparición del papiro y la caja de sílex y ahora esta misteriosa presencia. ¿Con qué clase de conjuro nos han hechizado, Hordjedef?

—No creo que en el templo de Ptah sepan nada de esto.

—Daré orden de buscar esa maldita caja de sílex y el papiro que contiene en todas las Casas de la Vida de la tierra de Kemet. Puede que Djedi hiciera que nos ofuscáramos solamente en el templo de Iunu para, de esa manera, alejar tu atención de otros lugares de conocimiento como el tempo de Ptah. Está claro que la necesitas para descifrar el contenido del papiro que ya posees… No pierdo nada haciendo una búsqueda.

—Estoy seguro de que la respuesta a las preguntas que nos hacemos las tiene Seshat. Ella ha de saber, por fuerza, qué contenía el papiro de la misteriosa caja de sílex —sentenció el príncipe.

22

La comitiva real se adelantó al momento acordado para llevar a cabo la inspección de las obras. Poco antes de la puesta del sol en el Occidente de Iunu, cuando la temperatura en la llanura era mucho más suave, los tambores anunciaron la llegada del señor de las Dos Tierras.

Hacía meses que Keops no visitaba el lugar. Las campañas militares en el sur del país, en la frontera con Nubia, lo habían tenido muy ocupado durante ese tiempo.

La tierra de Kemet estaba convirtiéndose en un estado poderoso y peligroso para todo aquel que se negara a sus pretensiones. Los tesoros obtenidos en la tierra del Oro estaban ayudando a consolidar las arcas reales. Cientos de hombres habían cargado desde Nubia con decenas de cestas repletas del precioso metal. Su abundancia entre las arenas del desierto del sur era tal que el faraón centró su interés militar en esa región para obtener todo el oro que le fuera posible y así avanzar en sus proyectos constructivos, especialmente en su pirámide. Esas riquezas también se invertían en la conquista de otras zonas fronterizas, engrosando las arcas del palacio cada vez más. Ello propiciaba la estabilidad en la corte, y ahora que la frontera meridional se encontraba pacificada y sometida, el faraón había decidido aprovechar las últimas luces de ese día para disfrutar de la puesta del sol y supervisar los trabajos en su pirámide.

El camino entre el embarcadero, situado cerca del santuario de la imagen viviente de Horemakhet, y la zona de las obras se hizo con rapidez. Al pasar junto al enorme león de piedra de casi 150 codos, el soberano levantó la mano para que la comitiva se detuviera. Los porteadores obedecieron al instante y se volvieron levemente hacia la izquierda para que su señor viera de frente el colosal monumento.

Keops observó la expresión vehemente del dios solar. Su mirada permanecía clavada en el horizonte por donde el sol salía cada mañana. Sobre su cabeza portaba un majestuoso tocado idéntico al que el monarca llevaba en ese momento. Las líneas azules y amarillas representaban una suerte de ofrenda a la naturaleza de la que estaban hechos la piel y los huesos de los dioses, de oro y lapislázuli, respectivamente.

El faraón había mandado transformar esa enorme figura al principio de su reinado, aprovechando el bloque natural de roca que sobresalía en esa parte de la cantera y que ya recibía culto desde hacía varias generaciones. Él se había limitado a añadirle su propio rostro y a embellecerla, siguiendo las directrices del desaparecido Hemiunu, con algunos bloques de piedra en las patas y en los cuartos traseros del león sagrado.

Al contemplar al gigantesco felino, Keops se sintió henchido y orgulloso. Sólo cuando se encontraba delante de la Esfinge se sentía en verdad el dueño y señor de la necrópolis, la encarnación del dios protector de la tierra de Kemet. El aspecto del león invitaba a ello. El brillo del ocre en la figura de la cobra que se erigía sobre su frente atemorizaba a todos los que se acercaban con anhelos impíos a la nueva necrópolis. Horemakhet se había convertido en el guardián de su pirámide al tiempo que miraba con cautela y sigilo, vigilante, los movimientos del clero de Iunu, cuyo templo se erigía en el otro extremo del horizonte.

En ese momento todo estaba tranquilo. Corría una pequeña brisa que hacía el paseo muy agradable. No había sacerdotes ni feligreses depositando entre las patas del león una ofrenda con la que solicitar la ayuda de la divinidad solar.

A otro gesto del soberano, los porteadores continuaron su camino, cruzando esa parte de la planicie hasta ascender por una loma rocosa al final de cual el príncipe Hordjedef había asentado su centro de operaciones. Una vez arriba, Keops descendió de su trono portátil y fue a asomarse a aquel improvisado mirador natural.

Entonces lo vio todo como nunca lo había hecho. Desde allí el paisaje era asombroso. Divisó la meseta justo cuando los rayos de Ra empezaban a despedirse para iniciar un nuevo viaje por el occidente nocturno hasta el inframundo. La luz anaranjada del astro teñía la piedra blanca que formaba la base de la pirámide. Los trabajos estaban muy adelantados, más de lo que Keops imaginaba. Día a día, bien sus oficiales, bien el propio príncipe le informaban del estado de las obras, pero no imaginaba que estuvieran ya en aquel punto. Sus pesadas tareas al frente del gobierno, en la mayoría de las ocasiones, no le permitían prestar demasiada atención a esos informes, pero nunca sospechó que, cuando apenas habían pasado diez años desde el comienzo de la construcción con la colocación de la primera piedra, el edificio hubiera avanzado tanto.

De fondo solamente se oía el canturreo de los centenares de obreros que de forma organizada iban de aquí para allá moviendo los últimos bloques de piedra del día. Poco a poco, iban colocándose de forma precisa, siguiendo las indicaciones de los capataces. Todos portaban en la mano un papiro con el dibujo del trazado que debían realizar cada jornada, y ésta no se acababa hasta que hubieran completado sus objetivos. Si todo había ido bien, sin dificultades, adelantaban trabajo del siguiente día, como hacían todos ellos en ese momento, aprovechando las últimas luces.

Enormes rampas levantadas con piedras y adobe iban ganando altura de forma paulatina alrededor del monumento, abrazando sus cuatro caras. Sobre ellas, varios grupos formados por decenas de obreros arrastraban sobre trineos bloques de caliza de un tamaño medio. Delante de cada uno de ellos, un hombre vertía agua sobre la reseca superficie de la rampa para evitar que el trineo de madera se recalentara. La gravilla se incrustaba en la base produciendo un estridente sonido que se repetía paso a paso, con cada uno de los briosos tirones de los obreros. La rampa era lo suficientemente ancha para permitir la subida de un trineo. Para el descenso, empleaban otras rampas con diferente pendiente que hacían la operación más sencilla.

Keops observaba con orgullo todo aquello. En su reciente campaña en Nubia había oído las increíbles leyendas que se contaban en los estados vecinos a la tierra de Kemet sobre la tumba de oro que el faraón estaba construyéndose junto a su palacio. El soberano sonreía cada vez que le llegaba alguno de esos rumores exagerados. Sin embargo, una vez allí, viendo el brillo de la piedra blanca procedente de las canteras cercanas y el reflejo dorado que emanaba bajo los rayos del todopoderoso dios Ra, le pareció realmente que esa pirámide estaba hecha con el metal precioso.

—¡El espectáculo es magnífico! —gritó el soberano mientras trataba de abarcar con los brazos abiertos aquella proeza—. Supera con creces cuanto he imaginado.

Keops alzó la vista hacia el cielo siguiendo las aristas de las caras de la pirámide para calcular cuál sería la altura final del monumento.

El príncipe Hordjedef, sentado en su silla de trabajo, lo miraba con rostro anodino, como si supiera cuáles serían las palabras que su padre pronunciaría continuación.

—Nadie podrá superar jamás una construcción de tal magnitud —añadió el faraón con los ojos desorbitados por la emoción—. Mi nombre y mi reino serán recordados por toda la eternidad. ¿No es así, Hordjedef?

El príncipe miró a su padre con indolencia. No era la primera vez que lo oía hablar en ese mismo tono sobre las bondades de sus logros.

—Sí, al contemplar la pirámide... a uno le dan ganas de morirse —bromeó con voz queda.

—¿Cómo dices? —quiso saber el faraón mientras se daba la vuelta para mirar a su hijo.

—Aún queda mucho por hacer. Apenas si está en sus inicios —improvisó Hordjedef.

Se levantó de su silla para compartir al lado de su padre la belleza de aquel horizonte de piedra en construcción. Nadie podía negar que, en efecto, el espectáculo era magnífico. El príncipe tenía que reconocer que jamás había visto nada igual en todos sus años como jefe de los constructores. Cada día que pasaba, una parte de la pirámide avanzaba en altura. Nada era igual a lo contemplado el día anterior. Y a pesar de todos los esfuerzos sumados, sabía que aquello no era obra suya. De no haber sido por los planos de Hemiunu, la pirámide, sencillamente, no existiría. Ahora debía comenzar su verdadero trabajo. Su padre no había elegido al azar ese día para visitar la pirámide. Sus confidentes le habían dicho que estaba lo bastante avanzada para que la parte de *heka* del monumento empezara a cobrar forma.

Keops se aproximó más a su hijo y posó una mano sobre su hombro derecho.

—Hordjedef, es el momento de que me expliques cómo va a continuar la pirámide. Hesiré me comentó que la parte más importante del edificio ya está prácticamente construida.

—Es cierto, padre —dijo Hordjedef con tanta elocuencia como falsa seguridad—. Desde aquí puedes ver la entrada en la cara norte y el pasillo que lleva hasta una habitación subterránea.

—¿Sigue el mismo esquema que proyectamos en su momento con Hemiunu en el modelo excavado en la cara oriental?

—Exacto, es el mismo trazado, pero a una escala mucho mayor. Fue de gran ayuda realizar ese modelo previo. Hemiunu fue muy inteligente al hacerlo, un verdadero innovador.

—Estoy convencido de que tú lo superarás, Hordjedef.

Keops miró a su alrededor. No lejos de allí estaban los enterramientos de algunos miembros de su familia fallecidos en los últimos años. A los ojos del faraón, todo aquel cementerio empezaba a cobrar vida.

Pero lo que más llamó su atención fue la rampa vacía que había, precisamente, en ese extremo oriental de la planicie. Guardó silencio, y el príncipe se dio cuenta de inmediato de que algo lo perturbaba.

—¿Qué observas con tanto interés, padre? —le preguntó al percatarse de que había perdido el entusiasmo.

—¿Por qué nadie emplea esa rampa?

—Es una rampa... en la que nunca hay movimiento en este momento de la tarde —mintió el jefe de los constructores—. Se usa más por las mañanas.

—¿Y para qué?

—Para llevar bloques hasta el centro de la pirámide.

—Pues no veo ningún bloque en esa parte —objetó Keops—. No soy un experto en estas cuestiones, pero parece que la rampa no se usa desde hace tiempo. Lo que sé por las explicaciones que tú me has dado y las que Hemiunu me dio, es que se humedecen continuamente para evitar la fricción de los trineos que arrastran las piedras. La superficie de esa rampa es demasiado irregular. Es imposible que nadie pueda arrastrar nada por ella.

—Últimamente la usamos más para el paso de los obreros de un lado a otro de la pirámide.

—Pero acabas de decirme que durante las mañanas la usáis para transportar piedras —señaló el soberano ante el viraje de su hijo—. ¿Qué está pasando, Hordjedef?

El príncipe guardó silencio, un silencio que inquietó aún más a Keops.

—Seshat ha hecho que algunas partes de la construcción se retrasen —volvió a mentir, en un intento desesperado de eludir cualquier responsabilidad.

El faraón abrió los ojos y, extrañado, sacudió la cabeza. No acababa de entender las explicaciones de su hijo.

—¿Cómo puede ser...? Hesiré me informó de que su parte estaba completa, aunque añadió que él y Seshat continuaban a nuestra disposición para cualquier cosa que necesitáramos.

—Todo un detalle por parte de Hesiré, padre.

Hordjedef caminó con paso nervioso por la plataforma rocosa que servía de punto de observación de las obras de la pirámide.

—Pero el caso de Seshat es diferente... —añadió el príncipe.

—Si crees necesaria mi intervención o la del visir, házmelo saber. ¡No pueden retrasarse los trabajos por el capricho de una mujer!

—No será necesario, he de ir a verla mañana mismo.

La incertidumbre de Keops fue en aumento cuando reparó en la ausencia de obreros en otro lugar de la pirámide, quizá el más crítico de todo el monumento. El faraón conocía perfectamente los planos. Tenía grabado a fuego en su mente el dibujo del interior de la pirámide, y recordaba también los comentarios que Djedi y Hemiunu le habían hecho al respecto en su momento. Cierto era que nunca llegó a conocer los detalles, como no hizo nadie de la corte. Ése era el acuerdo al que llegaron entre todos desde el principio, pero Keops sabía dónde empezaban lo que podrían considerarse las estancias y los espacios mágicos de la pirámide.

El inicio de la galería que ascendía hasta lo que en un futuro sería su cámara sepulcral era uno de esos lugares sensibles.

—¡Bajemos a la meseta! Quiero ver con mis propios ojos cómo es el interior de mi pirámide.

La solicitud de Keops sorprendió a todos, en especial a su hijo.

—Pero... padre, en breve la meseta quedará oculta por la oscuridad de la noche —se adelantó el príncipe con la intención de convencer al faraón de que esa decisión quizá no era la más acertada—. No es un lugar seguro. Debido a los trabajos, el suelo, en muchas partes, ofrece un tránsito dificultoso.

—¿Acaso no hay antorchas con las que iluminar el camino? ¡Que mis guardias hagan un pasillo de luz con teas, si es necesario! Quiero verlo ahora.

—No es posible, padre. Apenas cabe una persona en el pasillo. Impedirían el descenso.

—Pues entonces bajaremos tú y yo solos. Mejor así, de hecho. De esa forma, nadie conocerá el secreto de la pirámide.

Y sin añadir más, Keops se dirigió hacia su silla de manos y se sentó en ella para que sus sirvientes lo transportaran hasta la pirámide.

Nadie podía negarse a las órdenes del faraón. Uno de los oficiales corrió todo lo rápido que pudo colina abajo para avisar del cambio de planes y suministrar las antorchas que se precisarían para iluminar correctamente el camino.

La procesión no tardó en recorrer la corta distancia que había entre la colina en la que Hordjedef supervisaba los trabajos y la pirámide. Un sendero de antorchas dibujaba en la arena del desierto el trayecto que la improvisada comitiva real seguía hasta la cara norte del monumento, donde estaba la entrada.

Los obreros iban abriendo paso al soberano, apartándose a un lado y agachando la cabeza. Sorprendidos por la inesperada visita, muchos de ellos, asustados, se lanzaron al suelo entre el polvo y los cascotes.

—Será mejor que ascendamos por esta rampa —dijo Hordjedef, y señaló la cuesta que comenzaba en la esquina nordeste del monumento.

Los trabajos estaban muy avanzados. Una veintena de hiladas de piedra, perfectamente imbricadas sobre la colina natural que se levantaba en esa parte de la meseta, daba solidez a la estructura de la pirámide.

Al llegar al centro de la cara norte, la comitiva se detuvo a una señal del faraón. Cuando Keops levantó la mano, uno de los oficiales corrió para dar a todos la orden de parar en ese punto preciso.

Los porteadores bajaron las andas y el faraón pudo poner sus pies en el corazón de la pirámide. No había ningún obrero en las inmediaciones; habían abandonado esa parte del monumento siguiendo la indicación de uno de los capataces.

A pesar del ocaso, la luz en la meseta bastaba para disfrutar de aquella maravilla. No era necesario todavía, pero varios hombres acompañaban ya a la comitiva con las antorchas encendidas.

El soberano observó con satisfacción el trabajo realizado. Advirtió la precisión de las tareas llevadas a cabo por los canteros. Como le habían informado sus oficiales en numerosas ocasiones, el desbastado y el pulido de los sillares era encomiable. Unos encajaban con otros con una exactitud pasmosa. Keops se agachó y acarició la superficie de la piedra caliza. Se admiró de su suavidad y, más aún, de que las aristas apenas si rozaban los lados de los sillares. Cuando se incorporó, uno de sus sirvientes se acercó presto para ayudarlo. Pero Keops se lo impidió con un aspaviento.

Nunca había imaginado que el corazón de su morada de eternidad tuviera ese aspecto tan magnífico.

—Es hermosa incluso así, desnuda y carente de todo recubrimiento —dijo el monarca casi en un susurro.

Nadie contestó. El príncipe Hordjedef seguía los pasos de su padre. Estaba inquieto. Esperaba que, en cualquier momento, se percatara de un posible error o que hiciera algún comentario desdeñoso al respecto del trabajo. Pero no fue así.

A pocos metros de donde se encontraban, se abría en el suelo lo que a simple vista parecía ser el comienzo de un pasillo descendente. Estaban en el centro de la pared norte de la pirámide, justo en el lugar donde se hallaba la entrada.

—¿Ésa es la puerta?

—Así es, padre —se apresuró a responder Hordjedef—. Hay una zona excavada en el subsuelo de la meseta a la que se llega por esa misma galería. La habitación está acabada ya, pero lamentablemente resulta muy complicado acceder a ella. La pendiente es muy pronunciada y peligrosa, y el suelo aún no está...

—Lo recuerdo, no te preocupes —se adelantó a señalar el faraón al ver la inquietud que esa posibilidad generaba en su hijo.

La galería descendente que tenían delante, y que en un primer tramo se hundía en el suelo de la planicie atravesando la dura roca, contaba con un punto en el que una ramificación ascendía y ganaba altura. Atravesando varios pasillos, se alcanzaba la cámara funeraria donde sería depositado el faraón.

Los obreros que quedaban, más allá, estaban finalizando sus tareas. El rey de las Dos Tierras posó la mirada en un grupo de hombres que en ese momento llevaba los trineos vacíos hasta la zona del embarcadero donde al día siguiente, al comienzo de la mañana, volverían a ser cargados con nuevas piedras para continuar la construcción. Todos ellos habían pasado la jornada desempeñando tareas diferentes en lugares distintos y ahora regresaban a sus casas juntos, entre bromas y risas, muchos de ellos ajenos a la presencia del divino faraón que los observaba desde el corazón de su pirámide.

Cuando los soldados se fueron, el silencio lo cubrió todo durante unos instantes. El sol estaba cada vez más bajo y la luz era cada vez más mortecina.

Keops hizo una señal a uno de sus guardias para que le acercara una antorcha. El oficial se aproximó de inmediato y levantó la tea. Pero el faraón se la arrebató de la mano. Acto seguido, se dio la vuelta y avanzó unos pasos hasta colocarse en el lugar donde pronto se ubicaría la entrada de su pirámide y donde comenzaba el pasillo descendente hacia el inframundo.

El soldado lanzó una mirada interrogativa al príncipe.

—Padre, debo insistir en que es peligroso entrar ahí. No está finalizada...

—¿Nunca te has preguntado cómo es el reino de Osiris? Yo quiero saberlo. ¿No tienes curiosidad por descubrirlo?

El hijo del soberano no supo qué responder. Había zonas de la pirámide que no conocía. En unos casos no iba a ellas porque las consideraba en verdad peligrosas; en otros, sencillamente, no le había interesado confirmar si allí los trabajos se ajustaban a los planos.

—Acompáñame —ordenó Keops, cuyo rostro rezumaba emoción y sorpresa, deseoso como estaba por recorrer el sendero que llevaba hasta una muerte en vida y con ello descubrir algo que nunca nadie había experimentado.

Hordjedef resopló con resignación. Hacer que desistiera era imposible, y no debía contravenir sus deseos. Al fin y al cabo, era el faraón. Tomó una antorcha de uno de los ayudantes y lo siguió.

—Deja, al menos, que avance en primer lugar.

Keops no rechistó y le cedió el paso. El príncipe consideraba aquello una locura. Sabía, por los comentarios de sus capataces, que el aire allí abajo era prácticamente irrespirable, e ignoraba qué iban a encontrarse en realidad. En todos esos años, nunca había estado al pie de las obras. Su trabajo se había limitado a supervisar el desarrollo de la construcción desde la roca alta en la que tenía su tienda, y había dejado esa otra tarea, que él consideraba menos digna, al cargo de Seshat y Hesiré. Él era el jefe de los constructores, se decía, y no tenía por qué rebajarse a estar junto a los obreros.

El faraón se quitó la doble corona que lucía sobre la cabeza y se la entregó a uno de sus guardias. Éste se quedó muy sorprendido al ver que tenía en sus manos tan valioso e inesperado tesoro. No supo cómo reaccionar, hasta que el jefe de los oficiales le indicó con la mirada que permaneciera donde estaba sin hacer ningún movimiento.

Cuando el príncipe se hubo adentrado en el pasillo descendente, Keops fue tras él. Al instante, uno de los soldados, siguiendo la indicación de su superior, hizo amago de acompañarlos, pero el faraón se lo impidió.

—Debo ir solo con mi hijo. Esperad todos aquí —ordenó de forma tajante—. No hay más entrada que ésta. Nadie, salvo el príncipe y yo, puede acceder a este lugar.

Como Hordjedef presumía, el descenso no fue sencillo. El pasillo tenía apenas un par de codos de alto y otro tanto de ancho. Era necesario ir casi en cuclillas para poder avanzar, y sólo con relativa comodidad. Además, el suelo estaba hecho de sillares en el primer tramo, tan pulidos que resultaban resbaladizos, y más lo serían en cuanto el pasadizo se adentrara en la colina rocosa de la meseta, donde se había excavado en la piedra natural.

Los dos hombres comenzaron la bajada con lentitud. Toda precaución era poca para no acabar resbalando y rodando pasillo abajo. Las antorchas apenas alumbraban un par o tres de pasos. Mas allá sólo se percibía la negrura de lo oculto.

Keops y Hordjedef no cruzaron palabra en ningún momento. Estaban más pendientes de cómo avanzar y no quemarse con cada uno de los movimientos bruscos que se veían obligados a hacer para seguir adelante por el interior de aquel angosto pasillo descendente.

Llegados a un punto, sobre sus cabezas se abría un enorme agujero. Desde allí podían verse las estrellas y la luna, que ya reinaba sobre el cielo del valle.

—Éste es el comienzo de la galería ascendente que, según el esquema de Hemiunu, llevará a la cámara principal donde depositaremos un sarcófago. Esa estancia simulará ser la cámara funeraria. En esta parte es donde los obreros se han detenido.

Keops aprovechó el momento para incorporarse y estirar los músculos de las piernas y de la espalda. Asintió a los comentarios de su hijo observando con asombro la calidad de los trabajos que se habían llevado a cabo en su pirámide hasta entonces.

Pero el pasillo descendente continuaba más allá, adentrándose de nuevo en la oscuridad.

—Sigamos hasta el final de este pasillo.

Hordjedef esperaba que su padre se hubiera cansado y que estuviera satisfecho con esa visita improvisada a la pirámide. Sin embargo, pronto se percató de que no era así. La curiosidad del faraón parecía no tener límites. Resignado, volvió a agacharse y reanudó el descenso hacia la cámara subterránea.

Se le hizo eterno. A medida que bajaban, la atmósfera en el estrecho pasadizo era cada vez más pesada y el calor iba en aumento, acrecentando la sensación de ahogo. Las gotas de sudor de sus rostros se esparcían a cada movimiento que hacían, y cada paso les suponía un enorme esfuerzo.

Una vez que llegaron al final de la galería, a más de 200 codos de distancia de la entrada a la pirámide, se abrió ante ellos una habitación con paredes apenas desbastadas en la roca de la planicie.

Keops y Hordjedef permanecieron en silencio observando la misteriosa oquedad. La luz de las antorchas hacía que la piedra natural pareciera cobrar vida. Las sombras creadas sobre la superficie rugosa de los muros de caliza semejaban figuras fantasmales.

—¿No decías que esta habitación estaba ya acabada?

—Eso me aseguró Hesiré hace pocos días.

Keops miró a su hijo con curiosidad.

—Es la primera vez que visitas este lugar, ¿no es así?

El príncipe guardó silencio durante unos instantes y luego se limitó a asentir. Sabía que no engañaría al faraón. La sola expresión de su rostro revelaba a su padre que nunca había puesto un pie en ese lugar. Aun así, Keops no se lo reprochó. El esfuerzo físico necesario para llegar hasta donde se encontraban había sido inmenso. El pasillo no permitía el tránsito de más de una persona, y si el trabajo de los obreros durante el vaciado de la cámara ya debió de ser extremo, no quería ni imaginarse cómo habría sido la supervisión hecha por el responsable de las cuadrillas.

—Tengo la sensación de que estamos en el inframundo... Debe de ser algo así, no me cabe duda —dijo Keops apenas con un hilo de voz.

Tras esas palabras, en la habitación sólo se oyó el sonido del silencio y el lento movimiento de las antorchas cruzándose de un extremo a otro para ver el enigmático espectáculo que los rodeaba. La entrada norte de la pirámide quedaba muy lejos.

Hordjedef permanecía mudo al lado de su padre, intentando desentrañar el significado de aquel misterioso lugar. Los dos hombres tenían las ropas cubiertas de polvo. El faraón incluso se había hecho algunas magulladuras en los brazos y en las piernas durante el descenso. La sangre había manchado parte de sus vestiduras regias, pero no le dio mayor importancia. No era nada si lo comparaba con las duras expediciones militares que había vivido en los últimos meses. Lo que ahora estaba viviendo era especial, y era consciente de que el fatigoso paseo hasta allí había merecido la pena.

La habitación estaba limpia; ni siquiera había herramientas ni escombros, nada que pudiera señalar la presencia de los obreros un rato antes. En la parte este se abría en el suelo un enorme agujero. Se trataba de un pozo. En el lado opuesto, los canteros habían desbastado sólo a medias la piedra, dejando un estrecho paso entre el techo y un nivel de roca al que podía accederse por una suerte de escalones que apenas se intuían en la roca.

—Según los planos de Hesiré, estamos a 60 codos por debajo del suelo de la meseta —dijo el príncipe, y su voz resonó con fuerza en la estancia.

—Es posible que sea el sitio más cercano al inframundo en el que jamás estaremos sin haber fallecido —comentó el faraón mientras iluminaba con su antorcha la roca viva de las paredes de la habitación—. Siento como si hubiera muerto en vida...

Las dimensiones de la cámara no eran pequeñas: 16 codos por 30 en planta, y una altura de unos 10 codos. Los dos hombres se sentían como hormigas en la entrada de un inmenso túnel hacia lo desconocido.

—¿No tienes miedo a la muerte?

Keops acababa de repetir la misma pregunta que hiciera en su momento al anterior jefe de los constructores.

El príncipe acercó la luz al rostro de su padre. El faraón, despreocupado, seguía mirando con asombro el confuso aspecto de la habitación en la que se encontraban. Estaba sumergido en un mar de pensamientos que lo hacían imaginar cómo sería ese viaje al Más Allá.

—Cuando regresé de mis campañas en Nubia, durante el largo camino por el desierto, pensaba en qué habría sido de mí si la suerte no me hubiera sonreído. ¿Qué habría sucedido si los dioses me hubieran dado la espalda? Me habría visto obligado a comenzar mi viaje al inframundo aun sabiendo que la pirámide estaba a medio construir.

—Pero tú eres el faraón, padre. Eres la encarnación de un dios. Eres el hijo de Ra vivo.

—Eso mismo quiso explicarme el bueno de Hemiunu... Y han pasado diez años desde entonces. Soy diez años más viejo, y sigo sintiendo la misma zozobra ante las preguntas sin respuesta que nos plantea el mañana.

Durante unos instantes el soberano guardó silencio. Caminó hacia una de las paredes de la cámara subterránea y acarició con la yema de los dedos la rugosidad de la piedra fría. El príncipe no cesaba de observarlo con curiosidad. Su padre tenía razón, pensó. Había más preguntas que respuestas, y era natural que a cada día que pasaba las inseguridades se acrecentaran.

—Cuando era niño y estaba en la Casa de la Vida, muchos de mis compañeros se hacían esa misma pregunta —dijo por fin Hordjedef—. Copiábamos textos sagrados en los que había afirmaciones que nadie podía confirmar.

—«Conozco el ayer, he visto el mañana...» —recitó el faraón recordando un viejo texto funerario en el que se aludía a los dos leones Aker que custodiaban, como si fueran un horizonte, el viaje del sol por el firmamento.

—Es uno de los textos más hermosos que he leído —reconoció el hijo del soberano—. Aunque el conocimiento del pasado no te garantiza saber qué va a suceder en el futuro. Nadie puede saberlo. Estamos en manos de los dioses.

—Es cierto, hijo, pero a medida que pasan los días, los años, ves a tantos soldados y oficiales morir en el campo de batalla, personas que estaban contigo en el amanecer de un día y a los que no vuelves a ver con la puesta de sol, que esas preguntas sobre el inframundo se tornan cada vez más obstinadas.

Keops abandonó la pared de la cámara y se aproximó hasta el enorme pozo que se abría en el centro de la misma.

—¿Adónde lleva este agujero? Desde aquí no es posible ver el fondo. Los obreros que lo hayan excavado han debido de usar escaleras inmensas.

Hordjedef se acercó en silencio al borde del pozo y se asomó al vacío extremando la precaución. Bajó su antorcha con la intención de averiguar qué había en sus profundidades, pero fue en vano.

—No sé adónde conduce... —respondió al fin—. Fue una idea de Hemiunu.

—¿De Hemiunu? No lo creo —dijo el faraón negando con la cabeza.

—¿Por qué, padre? —preguntó el príncipe levantando la mirada hacia el soberano—. Él fue quien hizo los planos de esta parte de la pirámide.

—¿No sería Djedi?

—No. Yo mismo vi los planos hace años... Quizá te refieras a una de las cámaras superiores que aún están por construir, en la parte que se eleva sobre la planicie.

Keops estaba seguro de haber visto en esa zona una habitación con imágenes en los planos de la pirámide.

—¿Dónde están los textos sagrados?

La pregunta del faraón pilló desprevenido al príncipe.

—¿Qué textos, padre? Las pirámides nunca han tenido textos.

Ni siquiera han contado con imágenes. Todo ese aspecto más sagrado y mágico está dispuesto siempre en el templo funerario del exterior.

—Hemiunu me habló de ello la noche antes de morir. Lo recuerdo muy bien, Hordjedef. ¿No hay más habitaciones en esta zona?

—Sólo lo que ves, padre —respondió el príncipe abriendo los brazos, muy ufano.

Keops no quiso seguir por ese camino. Estaba convencido de que lo había visto en los planos y de que había hablado sobre ello durante sus charlas con el anterior jefe de los constructores. Era evidente que su hijo desconocía algunos aspectos de la construcción, y eso lo hizo dudar.

—Esto parece más bien ser idea de Djedi… —insistió el monarca—. Aún hoy no me explico que los celos que sentía hacia Hemiunu lo llevaran a acabar con su vida. Aquí se evidencia que el trabajo que estaban realizando de forma conjunta era extraordinario.

El príncipe se estremeció al oír de nuevo el nombre del sacerdote mago. Inmediatamente, le vino a la mente el recuerdo de la aterradora visión en el templo de Iunu. Asustado, miró de soslayo a su alrededor buscando en las sombras su huella fantasmal. Pero allí no había nadie más que él y su padre.

Keops se percató enseguida del malestar que nacía en su hijo cada vez que alguien mencionaba al antiguo sacerdote del templo de Ptah.

—Imagino que esta habitación ya está acabada —continuó el faraón como si no se hubiera dado cuenta—. Sin embargo, parece todo lo contrario. Hemiunu no dejaba nada al azar. No lo hizo nunca en ninguno de sus edificios, mucho menos lo habría hecho en uno como éste.

—Preguntaré a Hesiré si sabe algo al respecto —contestó el príncipe, ansioso por reconducir la conversación hacia otros derroteros al tiempo que procuraba superar sus temores—. Algunas cosas que se han realizado en los últimos años no estaban proyectadas en los planos originales de Hemiunu.

—¿Crees que Hesiré dejaría una habitación a medio hacer? —insistió el monarca—. De ser así, no me cabe duda de que responde a alguna acotación que Djedi haría en los planos. Esto es un reflejo del inframundo, estoy seguro, y lo más probable es que tenga su propio reflejo en el papiro mágico del santuario sagrado de Thot.

—En ese papiro no aparece nada de esto —se adelantó a decir Hordjedef—. Conozco perfectamente ese documento, y no consta en él la descripción de nada que se asemeje a lo que estamos viendo.

Keops continuó caminando por la habitación. Mientras avanzaba iluminaba cada recoveco con su antorcha, en busca de alguna evidencia que diera sentido a aquel insólito lugar y que encajara con lo que él recordaba de los planos que vio.

—Aquí no hay textos… —volvió a decir—. Seguramente porque no son necesarios. La fuerza de la roca en su estado natural tiene suficiente valor simbólico para contarnos todo lo que precisamos saber.

Keops tomó aire y se sentó en uno de los salientes rocosos que había en el lado oeste. La piedra estaba fría, debido a que se encontraban a gran profundidad y apenas había contacto con el exterior.

—He decidido venir hasta aquí porque me habían informado de que estos días comenzarías a usar esa *heka* aprendida en el papiro del santuario sagrado de Thot… ¿Es así? —preguntó el soberano en un tono sosegado.

—Así es, padre, los trabajos empezarán pronto.

—Ah… Así pues, no lo han hecho aún.

—No, todavía no. Quedan dos detalles sin importancia.

—Mis oficiales no me contaron eso… Creí entender que tú mismo les habías comunicado de los inicios.

—Bueno…, es cierto que les dije eso. Así aparece en uno de los últimos informes —se adelantó a reconocer el príncipe antes de que su padre lo tildara de embustero—. Sin embargo, hemos sufrido un pequeño retraso de unos días por las razones que acabo de exponerte.

—Entiendo... ¿En eso consisten los dos detalles sin importancia a los que te referías?

El faraón parecía estar arrinconando al príncipe y éste no veía manera de salir airoso de aquel trance.

—En efecto... —balbuceó el príncipe.

Keops no estaba satisfecho. El entusiasmo que había sentido al constatar el avance de las obras acababa de venirse abajo al descubrir los problemas que había detrás, los cuales nadie le había comunicado hasta ese momento.

—¿Cuál es la naturaleza de ese desencuentro? —le espetó a su hijo volviéndose repentinamente hacia él.

La pregunta cogió por sorpresa a Hordjedef. No terminaba de entender por qué su padre mostraba tanto interés.

—Ya te lo he explicado, padre. La hija de Hemiunu...

—Tanto ella como Hesiré han recibido una compensación muy generosa por los servicios prestados —lo atajó el soberano de forma abrupta—. Su presencia aquí era realmente un homenaje a mi fiel Hemiunu. Me consta que él fue quien hizo la mayor parte del trabajo que ellos han proyectado. Pero ahora, hijo mío, tú tienes la oportunidad de cerrar la boca a todos esos sacerdotes que tanto nos critican con el papiro del santuario sagrado de Thot. Su magia convertirá mi pirámide en un lugar único, y eso será algo que sólo tú podrás lograr. ¿Cómo tienes pensado aplicar la magia en la construcción?

—He estudiado el papiro con detenimiento durante todos estos años. Tengo muy buenas ideas —mintió el príncipe.

—¿Vas a compartirlas conmigo?

—Sabes que no puedo hacerlo, padre.

Hordjedef no quería dar explicaciones. No podía. El peso de la responsabilidad de pronto lo hizo zozobrar. ¿Cómo iba a revelar a su padre que no tenía forma de interpretar la magia del papiro? ¿Cómo le haría entender que, a buen seguro, la magia ancestral de aquel valioso documento se había perdido para siempre con la muerte de Djedi hacía casi una década?

—Ahora deberías descansar —dijo el soberano colocando una mano en el hombro de su hijo—. Es tarde y queda mucho trabajo por hacer. Mañana al amanecer sin duda surgirán nuevas ideas en tu cabeza.

—¿Para qué esperar a mañana? Esta misma noche resolveré el problema. Te lo prometo, padre.

Con paso decidido, el príncipe comenzó a ascender por el pasillo que llevaba a la salida de la pirámide.

Keops permaneció aún un tiempo en el interior de la misteriosa habitación subterránea, intentando descubrir qué secretos ocultaría el viaje al inframundo.

23

Hordjedef se dirigió a toda prisa hacia el embarcadero que había frente al enorme león de piedra que vigilaba la necrópolis. Sus porteadores corrían detrás de él más despacio, agobiados por el peso de la silla. El príncipe prefirió desfogarse caminando por su propio pie hasta la barcaza real que retrasar su visita yendo al paso de las andas.

Junto a la imagen viviente de Horemakhet, la Esfinge, lo esperaba su navío privado. La comitiva, iluminada por un grupo de hombres con antorchas, comenzó a descender la loma de la planicie que llevaba hasta la pirámide. Al verlo, los marineros se dispusieron prestos a desatar los recios cabos que amarraban el pequeño barco al puerto del Occidente de Iunu.

—Vamos al templo de Ptah.

La tripulación se sorprendió al escuchar la orden del hijo de Keops.

—Príncipe, la visibilidad no es buena —dijo el capitán—. El embarcadero del palacio es grande y abierto, pero el que hay junto al templo no reúne esas condiciones. Es noche cerrada y...

—Se hará lo que yo diga —insistió Hordjedef frunciendo el ceño—. Vamos a Ineb-Hedy.

Los hombres se miraron entre sí. No tenían otra alternativa que obedecer a su señor. Y así lo hicieron. Acabaron de desatar los cabos y desplegaron la vela para que, aprovechando el viento del norte, la nave pudiera navegar contra la corriente del río hacia la ciudad.

En algunas de las casas que había junto a la orilla se veían lámparas encendidas en el interior. En otras resplandecía la pequeña chimenea con apertura en el techo que las familias solían usar para cocinar. Aquellos destellos de luz aparecían y desaparecían entre los palmerales que crecían en las márgenes del río. Hordjedef pensó por unos instantes cómo sería la vida en aquel lugar tan cercano y tan distante al mismo tiempo. Nunca había entrado en una de las casas de los barrios más humildes ni había caminado por ellos. Siempre había vivido rodeado de sirvientes, jamás había pisado una cocina salvo cuando era niño, junto a Ranefer, para robar unos dulces de miel de la despensa. El príncipe no sintió lástima ni compasión. Él era el hijo del faraón y no debía plantearse esas cosas. Pero se acordó de Djedi y de su deseo de abandonar la vida en palacio para encerrarse en la biblioteca de un templo. Pasarse la vida leyendo extraños libros de magia que realmente no llevaban a ninguna parte... La imagen del sacerdote mago regresó a sus pensamientos, martilleando el recuerdo de lo sucedido tantos años atrás.

El golpe de la embarcación contra un matojo de papiros cuyos tallos sobresalían en una de las orillas lo devolvió a la realidad. No era muy común navegar de noche. En otras zonas del río había pequeños islotes en medio de las aguas que lo hacían muy peligroso. Dependiendo de la época del año en la que se vadeara, fuera de los meses de verano, cuando las aguas estaban altas, podían hacer que el barco encallara en mitad del río. Pero el hombre que capitaneaba la embarcación de Hordjedef conocía perfectamente ese tramo del sagrado Hapy, a tal punto que incluso era capaz de guiarlo con los ojos vendados. De hecho, se había arrimado hacia una de las orillas con el fin de esquivar los bancos de arena que había en el centro. El príncipe lo sabía y estaba tranquilo, por lo que se dirigió a la proa para disfrutar de la vista y de la brisa nocturna.

El templo de Ptah no tardó en aparecer ante sus ojos. Dos enormes teas a modo de señales advertían a las embarcaciones que pudieran llegar por la noche hacia dónde avanzar. Al ver que una nave se aproximaba, varios hombres de la guardia del templo salieron de sus casetas de adobe para averiguar quién se acercaba al santuario del dios tras el ocaso.

Cuando descubrieron los símbolos de la casa real con el nombre del príncipe Hordjedef en la vela del barco, los guardias se extrañaron aún más. Les habría parecido menos insólita la llegada de un barco con cargamento proveniente de un lugar lejano o una inesperada visita de sacerdotes de otro templo de Ptah.

En cuanto la embarcación golpeó los maderos del muelle, un grupo de marineros saltaron a tierra y se encargaron de colocar la pasarela para que el hijo de Keops desembarcara. Sin embargo, antes de que la tabla estuviera puesta, el príncipe ya había saltado con agilidad al muelle y caminaba a grandes pasos hacia el interior del santuario. Su jefe de la guardia apenas si podía seguirlo.

El complejo que constituía el santuario de Ptah era enorme. En ese momento de la noche, la soledad del lugar sobrecogió al propio jefe de los constructores. Recordaba cómo, de niño, a veces saltaba el muro para colarse en el interior de la sala columnada del templo de Ra en Iunu. Con la luz de la luna como única iluminación, las imágenes de las paredes parecían cobrar vida. Ahora, a la luz de las teas, la escena era muy similar. Las imágenes grabadas en el pilono de entrada al recinto parecían bailar al son del fuego.

Pero Hordjedef no tenía tiempo ni para buenos ni para malos recuerdos. Su futuro dependía de un documento que seguramente se encontraría en ese lugar sagrado. Y no estaba dispuesto a irse de allí sin averiguar la verdad sobre su existencia.

—Quiero ver al sumo sacerdote de Ptah.

La insólita petición sobrecogió a quien parecía ser el guardia al mando esa noche. Avisado por los soldados, había llegado casi a la carrera ante la visita imprevista del hijo del faraón.

—Príncipe, imagino que se debe a una urgencia. No es el momento más...

—Lo es —lo atajó Hordjedef antes de que pusiera excusas—. Se trata de un asunto que afecta al propio faraón.

—En estos momentos tan sólo están despiertos los sacerdotes

astrónomos. El resto descansa a la espera del alba, cuando comienzan las tareas en el templo.

—No puedo esperar a que amanezca —dijo el hijo de Keops con apremio—. He de hablar con el sumo sacerdote de Ptah... de inmediato —insistió, haciendo hincapié en las últimas palabras para recalcar la premura de la situación.

—Príncipe Hordjedef, ten la amabilidad de seguirme. Veré qué puedo hacer.

Al oír esa última frase, Hordjedef acabó por perder los estribos.

—Creo que no me has entendido —dijo levantando la voz mientras cogía por el brazo con fuerza al guardia—. Quiero ver al sumo sacerdote ya. Me da igual que esté durmiendo. Llámalo y que se levante. ¡Quiero verlo ahora! —repitió.

El guardia abrió los ojos y tragó saliva. Consciente de la situación, hizo una señal a uno de sus hombres, quien salió a toda velocidad hacia el interior del edificio.

—El sumo sacerdote del templo te recibirá como mereces, por supuesto. Vamos a su encuentro.

Con esas palabras, invitó a Hordjedef y a su guardia personal a cruzar la puerta que llevaba a uno de los extremos del recinto sagrado de Ptah. Caminaron en silencio por el patio y, antes de llegar a la puerta del edificio central, el templo propiamente dicho, el jefe de la guardia giró a la izquierda para salir a la zona donde se encontraban las viviendas del clero.

Hordjedef se percató de que sobre el tejado del santuario principal había una pareja de sacerdotes. Eran los astrónomos a los que el guardia había hecho referencia. El príncipe los conocía muy bien. Subían a la terraza con la puesta de sol para tomar nota en sus papiros del tránsito de las estrellas por el firmamento. Junto a ellos había una clepsidra llena de agua. El recipiente contaba con varios orificios que dejaban escapar el líquido de forma controlada, cierta cantidad cada hora. De esta manera, los astrónomos sabían en qué momento aparecía o desaparecía en el cielo una estrella determinada, y anotaban sobre el papiro la hora exacta del fenómeno. El recuento de todas ellas a lo largo de varios meses y años proporcionaba un registro muy valioso en el que los astros revelaban muchos de sus secretos.

Desde lo alto del templo, los dos sacerdotes se fijaron en la extraña comitiva que atravesaba entonces el patio. En un primer momento, les sorprendió ver al jefe de la guardia precediendo al grupo, pero enseguida volvieron a sus tareas.

El oficial condujo al príncipe y a su guardia directamente hasta la Casa de la Vida. El edificio era muy similar al que había visto en el templo de Ra en Iunu. La estructura interna era casi idéntica en todos los casos. Una puerta de acceso con una primera habitación donde se controlaba quién entraba y luego un pasillo que llevaba hasta las distintas habitaciones donde se conservaban los rollos de papiro como verdaderos tesoros. Lo único que cambiaba de una biblioteca a otra era la abundancia y la singularidad de esos textos antiguos.

El jefe de la guardia hizo una señal al príncipe para que esperaran junto a la puerta de la Casa de la Vida.

—Buenas noches, príncipe Hordjedef, jefe de los constructores del faraón Keops, Vida, Salud y Prosperidad. Sé bienvenido al templo de Ptah. Mi nombre es Neferirkara. ¿En qué puedo ayudarte?

La voz de un hombre maduro apareciendo como un fantasma del interior oscuro de la biblioteca sobrecogió al hijo de Keops. Apenas había tenido tiempo de cambiarse, pero las joyas y las ropas que lucía, puestas de forma precipitada y casi sin orden, indicaron inmediatamente al príncipe de quién se trataba. Sobre el vestido de lino blanco, el religioso llevaba una piel de leopardo, símbolo sacerdotal de los altos cargos del templo. La cabeza disecada del felino, que le colgaba a la altura del pecho, parecía observar con desconfianza al recién llegado.

—Buenas noches, Neferirkara, sumo sacerdote del templo de Ptah.

—¿Qué te trae a nuestra sagrada casa en un momento tan poco apropiado? —preguntó el religioso sin importarle quién tenía delante mientras se ajustaba la piel del animal y el broche de oro que servía de cierre—. Me han dicho que es algo que atañe al faraón. Espero que no haya sufrido ningún percance que obligue a que mi modesta presencia sea necesaria en el palacio.

El sumo sacerdote sabía que no era nada de eso. De haber sucedido una desgracia, no habrían mandado al hijo del rey a avisarlo. Cualquier mensajero podría haber hecho ese encargo. Por lo tanto, sólo quedaba una posibilidad. Fuera lo que fuese, era un capricho más de los que Hordjedef había hecho gala a lo largo de su vida.

—Quiero hablarte de un asunto en privado. Quizá podríamos hacerlo en el interior de la Casa de la Vida, ya que estamos aquí.

Las palabras del príncipe sorprendieron al sacerdote.

—Eso no es posible, alteza.

—¿Por qué? Estamos en la puerta... —dijo el hijo de Keops.

Hizo amago de entrar en la biblioteca, pero Neferirkara se plantó delante de él.

—No está permitido en ninguna circunstancia entrar de noche en la biblioteca del templo. Deberíamos usar antorchas y, como sabrás, está terminantemente prohibido hacer uso de ellas en el interior. O bien esperamos a que amanezca y la claridad del sol nos permita encontrarnos dentro, o bien lo hacemos ahora pero sin antorchas..., y en tal caso estaremos a oscuras.

Hordjedef torció el gesto al oír el argumento de Neferirkara. Él acababa de salir de su interior, aunque era cierto que no portaba lámpara alguna.

—Muy bien. Podemos quedarnos en el umbral —respondió el jefe de los constructores—. No habría imaginado mejor lugar para este encuentro.

El jefe de la guardia del príncipe frunció el ceño. No era seguro que estuvieran a oscuras en un sitio que no conocía. No sabía si dentro había alguien más. Pero Hordjedef lo tranquilizó con un gesto. Había estado en casas de la cerveza en circunstancias peores y nunca le había sucedido nada.

Los hombres que portaban las antorchas se retiraron unos pasos de la puerta de la biblioteca. Al alejarse, la penumbra cubrió la entrada del edificio. El sumo sacerdote invitó al príncipe a traspasar el umbral.

—Aquí está bien —dijo Hordjedef.

—Como gustes.

—Quiero ver la habitación donde vivía Djedi y los objetos que dejó en ella.

La solicitud dejó sin voz al sumo sacerdote. No acertaba a comprender qué relación podría tener eso con un asunto que afectaba al faraón, tal como había anunciado a su llegada, ni mucho menos con su visita tan tardía, rompiendo el descanso de aquel lugar sagrado.

—No sé a qué te refieres, alteza —dijo Neferirkara desde la oscuridad del vestíbulo—. ¿Qué tiene que ver eso con el faraón?

—Mucho más de lo que crees. ¿Cuál era la habitación de Djedi y qué dejó en ella? —insistió el hijo de Keops en tono serio.

—Eso pasó hace muchos años —arguyó el sacerdote, aún desconcertado.

—Diez exactamente.

—En aquella época yo no desempeñaba el cargo de sumo sacerdote. —El religioso bajó la mirada en la penumbra—. Sé que sus habitaciones no estaban lejos de aquí. Lamentablemente, esa zona se reformó hace un tiempo y se levantó allí un taller de trabajo de piedra... Creció la demanda de envases de todo tipo para los enterramientos, y tuvimos que ampliar los talleres de los artesanos. De manera que la habitación en la que Djedi vivía ha desaparecido...

Hordjedef, contrariado, chascó la lengua.

—¿Y no dejó nada? ¿Qué había en su habitación cuando se lo llevaron a prisión?

—El tiempo transcurrido nubla mis recuerdos, príncipe —se excusó Neferirkara—. Sé que dijeron que lo apresaron cuando volvía del templo de efectuar la lectura en el ritual de la limpieza diaria de la estatua del dios. Yo estuve con él esa mañana en la ceremonia, pero cada cual se fue a sus quehaceres cuando terminó y no volví a verlo nunca más. Sé que no tuvo tiempo de entrar en sus habitaciones ya que la guardia lo esperaba en la puerta del edificio que ahora son los talleres de los artesanos. Eso me lo contaron unos compañeros.

—¿Y qué se hace con las pertenencias de un sacerdote en un caso así? Djedi, aunque no vivía en palacio y apenas lo visitaba, era miembro de la familia real. Algo se haría con sus objetos personales.

El sumo sacerdote no se sentía cómodo con aquel interrogatorio. Había transcurrido una década; no recordaba prácticamente nada de lo ocurrido. El hecho de que hubiera compartido con Djedi sus últimos momentos en el templo hizo que aún retuviera en la memoria algunos detalles previos a la detención, pero escasos después de ella.

—Todos nos extrañamos de lo que había sucedido. Djedi era un joven que prometía. Fue muy buen estudiante ya de muchacho, y, aunque no se relacionaba con mucha gente, todos teníamos una buena impresión de él. Nunca se metió en problemas.

—Sin embargo, todos le temíais por su apego al mundo de la magia. No era inusual verlo en esta biblioteca hasta la puesta de sol rodeado de extraños documentos.

—Es cierto que se decían cosas de él —reconoció Neferirkara esbozando una sonrisa que el príncipe no pudo percibir en aquella negrura—. Pero no es menos cierto que muchos de esos relatos eran invenciones o exageraciones.

—Yo no estaría tan seguro de ello —le espetó el príncipe de forma tajante—. Yo mismo lo vi hacer cosas que estaban más relacionadas con las artes oscuras de la noche que con lo que podríamos esperar de un sacerdote nacido en el seno de la familia real.

—No sé lo que verías, Hordjedef —sentenció Neferirkara con serenidad—, pero todos le vimos hacer cosas que, de no saber que las había aprendido de los papiros de esta biblioteca, nos habrían llevado a pensar que era un brujo. Hasta aquí llegó la historia del ganso decapitado que hizo volver a la vida ante el faraón Keops, Vida, Salud y Prosperidad. Aunque luego ese relato se exageró hasta límites increíbles y la gente afirmaba que Djedi había hecho lo mismo con animales más grandes... No era cierto. Lo del ganso sí lo había realizado alguna que otra vez aquí, en el templo. Y también un juego en el que quemaba un papiro y éste reaparecía incólume en el interior de un cofre que había en el extremo opuesto de la habitación.

—¿Cómo dices? —preguntó desconcertado el hijo del faraón al tiempo que volvía la cabeza hacia la negrura de donde procedía la voz del máximo responsable del templo de Ptah.

—Sí, yo lo vi quemar un papiro que supuestamente otro sacerdote tenía aferrado en la mano. Al abrirla había desaparecido, convertido en cenizas, y después Djedi hizo que reapareciera íntegro, como si nada hubiera pasado, tras romper el sello intacto de un cajón que había lejos de donde nos encontrábamos. ¿Cómo lo hacía? Lo ignoro, pero ese juego aparece explicado con detalle en los papiros de *heka* de esta biblioteca. Sé que está ahí, aunque he de reconocer que nunca he ido a leerlo para averiguar cómo se hace. Comprende, príncipe, que mi curiosidad es limitada y prefiero disfrutar del juego con la inocencia que precisa. Tengo cosas más importantes que hacer en el templo, desde luego.

Neferirkara no parecía dar mayor importancia a su relato. No era más que una de las aparentes proezas que Djedi les había ofrecido en vida hace muchos años y con la que se hizo célebre entre los miembros de la comunidad de Ptah. Pero aquel recuerdo estremeció a Hordjedef.

Contrariamente a lo que cabía esperar, no sintió desasosiego por el engaño que rodeaba todo lo sucedido con Djedi, sino odio hacia aquel miembro de la familia real. Lo único que su muerte había traído eran prerrogativas para él.

—¿Y las cosas de Djedi? —insistió.

—Sus cosas, sí... —El sacerdote se esforzó en recordar—. Dudo que hubiera algo de valor o de interés en su habitación. Ninguno de nosotros cuenta con grandes propiedades —señaló mostrando una expresión de absoluta falsedad que, en la oscuridad, pasó desapercibida a Hordjedef—. Además, en el caso de Djedi su mayor tesoro eran los papiros de esta biblioteca, y no los guardaba en su habitación. Está prohibido sacar los documentos y él siempre respetó esas normas. Los pocos objetos personales con que contaba serían recogidos por su familia o por sus amigos...

Después del religioso nadie habló. Hordjedef estaba realmente cansado. La noche anterior apenas había dormido. Y ese día, desde la puesta de sol, que estuvo visitando la pirámide con su padre, hasta el viaje al templo de Ptah, todo empezaba a hacer mella en el cuerpo del príncipe. Sin embargo, pareció despertar de pronto.

—¿Qué quieres decir con «sus amigos»? —preguntó sacudiendo la cabeza.

—Djedi no contaba con muchas amistades —reconoció Neferirkara—. Su trabajo en el templo no le dejaba tiempo para esas cosas. Además, era reacio al contacto con otras personas. Prefería ocupar sus ratos libres en la biblioteca y en sus tareas. Sin embargo, en sus últimos meses de vida, hubo una persona que, al parecer, ocupó su atención. Muchos nos dimos cuenta de ello por sus continuas salidas. Estábamos informados de que trabajaba con Hemiunu y el faraón Keops, Vida, Salud y Prosperidad, en un nuevo proyecto, pero...

—¡Continúa! ¡Explícate! —le exigió el príncipe.

—Sus continuas visitas a la casa de Hemiunu eran..., cuando menos, llamativas.

El tiempo había transcurrido más deprisa de lo que el hijo de Keops había creído. El amanecer estaba próximo, y la claridad empezaba a divisarse en el extremo oriental del patio que se abría frente a la Casa de la Vida.

Al oír las palabras del sumo sacerdote de Ptah, que confirmaban muchas de las sospechas que había tenido esos años, Hordjedef acabó por estallar.

Torció el gesto y dirigió la mirada hacia la puerta de la biblioteca. Con el semblante agriado, el príncipe dio media vuelta y caminó a zancadas hacia la salida del edificio. Ni siquiera se molestó en despedirse de Neferirkara. El sumo sacerdote intentó seguirlo, pero sin éxito. El príncipe era mucho más ágil.

—¡Puedes ir tranquilo, hijo de Keops, Vida, Salud y Prosperidad! —le gritó Neferirkara desde el umbral de la Casa de la Vida—. Aquí no conservamos nada de Djedi. Tendrás que visitar a la hija del antiguo jefe de los constructores. Seshat es quien podrá ayudarte en este asunto tan delicado. De haber dejado Djedi algo, es ella quien lo conservará.

Y eso se proponía hacer Hordjedef, que en ese momento casi corría hacia el muelle donde su embarcación aguardaba. De pronto, su cansancio se había disipado tras oír las últimas explicaciones del sumo sacerdote del templo de Ptah. Debía ir cuanto antes a la casa de Seshat y recuperar la caja de sílex con el secreto del santuario sagrado de Thot, el secreto de la pirámide.

24

La comitiva no tardó en entrar en el pequeño puerto que había junto a la casa de Hemiunu. Llegó prácticamente a la par que el sol despuntaba sobre las lomas orientales del desierto que rodeaban las viviendas de los nobles.

Los porteadores de la silla de manos salieron prestos para llevar al príncipe, pero éste los hizo a un lado y, acompañado de un par de guardias, saltó a la orilla y ascendió el pequeño repecho que llevaba hasta la calle. Un perro, extrañado por la temprana visita, comenzó a ladrar de forma estrepitosa, alertando a los vecinos de la llegada del hijo del faraón. Algunos sirvientes, madrugadores para comenzar las tareas de la casa, se asomaron a la puerta tras entreabrirla con sigilo, pero en cuanto descubrieron de quién se trataba volvieron a cerrarla. Hordjedef no tenía muy buena fama en esa parte de la ciudad. Todos sabían lo que había sucedido años atrás con la muerte del jefe de los constructores. Su recuerdo aún rezumaba el sabor de la sangre. Nadie creía que hubiera sido un asesinato pergeñado por un ambicioso sacerdote. Además, Seshat se había encargado de hacer correr las dudas en forma de rumores en torno a las malas artes del hijo del faraón.

Poco antes de llegar a la casa de Seshat, Hordjedef se detuvo ante una calle en cuyo lateral varias dunas daban paso al puerto de la ciudad. Desde una de ellas, un pequeño zorro del desierto lo observaba con determinación. Al príncipe no le pasó inadvertido: era el mismo animal que había visto en el templo de Iunu cuando Djedi, su eterno enemigo y rival en la construcción de la pirámide, se le apareció de forma inesperada.

Hordjedef se detuvo y miró a ambos lados de la calle, esperando que el sacerdote mago volviera a hacer acto de presencia. Pero allí no había nadie... Salvo aquel animal. Era el mismo zorrillo, no le cabía la menor duda. Estaba muy acostumbrado a ver zorros en los alrededores del palacio, dentro, incluso, cuando se colaban en busca de comida fácil. Las cocinas eran uno de sus lugares preferidos. Pero ese cánido en concreto... Era el de Djedi, se dijo intranquilo. ¿Estaría esperando a su amo? Hordjedef se dio cuenta al instante de lo absurdo de ese pensamiento. Djedi estaba muerto, y lo que vio en el templo de Iunu no podía ser otra cosa que una aparición.

Enfurecido, extrajo de su cinturón una espada corta y se acercó lentamente hasta la zona de las dunas. El animal ni se inmutó. Permaneció como una estatua esperando hasta que el extraño hombre estuvo a apenas unos pocos pasos. Hordjedef se detuvo cuando prácticamente tenía el zorro al alcance de la mano. El raposo lo observó con curiosidad. Nunca había permitido que un ser humano que no fuera Djedi se le acercara tanto.

Hordjedef escondió la espada detrás de él. Se agachó e intentó acariciar con la punta de los dedos al zorro. Lo logró, era suave y cálido. Pudo sentir incluso el latido de su corazón por debajo del pelaje. Después de unos instantes, apretó la empuñadura del arma, pero el zorro volvió la cabeza con una expresión interrogativa y, de pronto, desapareció. Como si fuera el humo de una vela, el animal de diluyó en el aire ante los ojos del hijo del faraón.

Asustado, Hordjedef se incorporó y miró a ambos lados en busca de una respuesta al hechizo, sin duda oscuro, del que acababa de ser testigo. Pero no encontró nada que satisficiera las numerosas preguntas que se arremolinaban en su mente.

Desanduvo sus pasos caminando de espaldas, casi tambaleante, y se dirigió a la puerta de la casa de la hija de Hemiunu. La encontró cerrada. En la parte superior aún podía leerse el nombre del antiguo dueño. Seshat no lo había cambiado en memoria de su padre.

Hordjedef aporreó las hojas de madera de cedro. Pero nadie respondió. El príncipe, todavía con el resuello entrecortado por la experiencia que acababa de vivir, insistió durante unos instantes hasta que, por fin, en el silencio del amanecer, oyó unos pasos apresurados en el jardín que había tras la puerta.

Cuando ésta se abrió, el príncipe la empujó sin miramientos y entró en la villa. La mujer que había detrás se asustó al principio por la ausencia de modales de aquella visita inesperada, pero enseguida pasó al enfado al ver de quién se trataba.

—No tienes ningún derecho a entrar aquí con estas malas maneras. ¿Qué deseas? Nada bueno puede ser…

—¡Aparta de aquí, mujer estúpida! —grito Hordjedef al tiempo que le propinaba un manotazo que la mandó al suelo—. Soy el hijo del rey. No tengo que dar explicaciones a nadie, mucho menos a una sirvienta. ¿Dónde está tu señora?

El jefe de los constructores, nervioso, se inclinó sobre la mujer, aterrorizada ahora, y la agarró por el cuello del vestido.

Varias sirvientas, igual de asustadas, habían salido ya al patio del estanque al oír la trifulca. Paralizadas, ninguna de ellas se atrevió a abrir la boca. Aun así, de pronto se oyeron los pasos de unos pies desnudos corriendo hacia la parte trasera de la casa. Era una joven que se dirigía a avisar a la dueña de lo que estaba sucediendo.

—No eran necesarias esas formas para hacerte ver en mi casa, Hordjedef.

La voz procedía de una de las esquinas del estanque donde las columnas de capitel floral comenzaban a percibirse a contraluz con los primeros rayos del sol.

El príncipe entornó los ojos para distinguir su presencia, a pesar de que había reconocido ya su voz. Era Seshat. A grandes pasos, Hordjedef bordeó el estanque para llegar a la esquina donde estaba la hija de Hemiunu.

—Recuerda que no eres bienvenido, príncipe Hordjedef.

El hijo de Keops se detuvo en seco. Ahora la voz provenía de la esquina opuesta del estanque. Dirigió su mirada hacia allí, pero tampoco vio a nadie.

—No juegues conmigo, Seshat, o lo lamentarás.

—Veo que la luz del alba nubla todos tus sentidos... Es una lástima, hijo de Keops. Porque, sí, eres el hijo del faraón..., pero a mi entender sólo eso: uno más de los muchos hijos que tiene el soberano.

La voz ahora provenía de la esquina que el príncipe tenía a su derecha. Irritado por aquel juego, tomó su espada y, con semblante enfurecido, comenzó la búsqueda de Seshat entre las esquinas del pequeño estanque.

—Deberías decirme cuál es la razón de tu incómoda visita. No son formas de entrar en la casa de una persona tan importante como lo fue mi padre. ¿Acaso no has leído su nombre en el dintel de la puerta? Ésta sigue siendo su casa, y debes respeto a quien fuera jefe de los constructores y amigo de tu padre, el faraón Keops, Vida, Salud y Prosperidad.

—Yo soy el jefe de los constructores del faraón, y tú trabajas bajo mi supervisión en el proyecto real —respondió el príncipe deteniéndose finalmente en un punto del estanque, harto de jugar al ratón y al gato.

—Pero eso no te da derecho a presentarte aquí ni a tratar a mis sirvientes de una manera tan ruda. Ya sabes dónde está mi lugar de trabajo en la casa... Has espiado en él en innumerables ocasiones. ¿O te has olvidado ya de dónde robabas los planos de la pirámide que mostrabas al faraón como si fueran tuyos? Ve hacia allí... Te espero.

Antes de que Seshat acabara la frase, el príncipe había tomado el camino hacia las antiguas habitaciones de trabajo de Hemiunu.

La voz de Seshat resonaba aún en el patio de entrada a espaldas de Hordjedef cuando éste alcanzó las estancias y la vio sentada ante su mesa.

Lejos de enfadarse por aquel prodigio, el príncipe se estremeció. Era imposible que Seshat hubiera ido caminando, ni siquiera corriendo, desde la entrada de la casa. Cuando aún se oía el eco de su voz junto al estanque, se la veía, lozana y con resuello, delante de la mesa de trabajo.

—No te asustes, hijo de Keops, Vida, Salud y Prosperidad...

Por primera vez, Hordjedef tuvo miedo de aquella mujer. Seshat lucía un traje de lino blanco y llevaba las joyas que solía usar en las recepciones reales. Sobre la peluca, una cinta de cuero con incrustaciones de pasta vítrea de colores realzaba su belleza. Parecía estar aguardándolo desde hacía mucho rato. Pero era imposible, se dijo el príncipe, que hubiera recibido un aviso del templo de Ptah. Ninguna embarcación habría sido capaz de llegar más rápido que la suya hasta allí.

—¿Cómo lo has hecho?

Seshat se levantó de la mesa con una risotada.

—¿Sabes cuándo fue la última vez que te oí decir eso, Hordjedef?

El príncipe guardó silencio, mudo de espanto.

—Hace ahora diez años, delante de uno de los prodigios de Djedi que viste con tus propios ojos en esta misma estancia.

Hordjedef sintió un escalofrío al oír de nuevo el nombre del sacerdote. Tenía grabado a fuego su recuerdo en esas mismas habitaciones en las que ahora se encontraba. Y no quería revivir el terror que lo había embargado en el templo de Iunu cuando se reencontró con el espíritu del mago.

Seshat se percató enseguida del cambio que se había producido en el semblante del príncipe tras mencionarle a Djedi.

—Se diría que has visto un fantasma, Hordjedef... ¿Qué te ocurre? ¿Tienes miedo de tus recuerdos? Estamos los dos solos. No hay nadie más. ¿Qué te causa congoja?

El hijo de Keops no respondió. Permaneció en silencio contemplando cuanto lo rodeaba con la sensación de que Djedi aparecería en cualquier momento, tal como lo había visto, de una forma muy viva, en la capilla del templo.

—Tranquilízate, Hordjedef —le dijo Seshat en un tono sosegado con el que pretendía tanto apaciguar como controlar a su inesperado visitante—. Las cosas han cambiado mucho desde entonces. Lamentablemente, el sacerdote mago no está ya entre nosotros. Pero tú sigues siendo igual de ingenuo... o quizá habría que decir estúpido.

—Mi padre se enterará de las artes oscuras con las que te manejas tan bien, por lo que veo —reaccionó el príncipe después de comprobar que allí no había nadie más—. Descubro, no sin sorpresa, que te dio tiempo a aprender de él muchas cosas.

—¿Volverás a cometer el mismo error, Hordjedef? Cuando eres incapaz de comprender una cosa, enfrentarte a ella o aprenderla por ti mismo, ¿corres al faldellín de tu padre para buscar protección?

—La magia que usas no es buena, Seshat, se trata de...

—Eres un ignorante —lo atajó ella, cansada de oír las mismas explicaciones del príncipe una y otra vez—. Djedi estaba en lo cierto: el puesto de jefe de los constructores te viene muy grande. Cada vez que no entiendes algo, intentas acabar con ello. Veo que eres como los sacerdotes de Ptah... Si no mencionas el nombre de una cosa, crees que no existe. Y no es cierto, príncipe. Las cosas existen al margen de si se las menciona o no..., o si se dejan escritas en un papiro. El conocimiento de la magia va más allá del legado que se conserva en una biblioteca. Y, precisamente, no todo está conservado en los rollos que hay en las estanterías de la Casa de la Vida. Hay un conocimiento que sólo se aprende mediante la experiencia y, sobre todo, gracias a la paciencia y el saber de un maestro..., unas virtudes que desconoces.

Seshat dejó escapar una nueva risotada que no agradó al príncipe. Irritado, el hijo del faraón comenzó a indignarse cada vez más.

—¿Vas a acusarme de bruja como hiciste con Djedi únicamente porque eres incapaz de leer un papiro? ¿Cuál es la razón por la que vienes a mi casa tan temprano? ¿Cuáles son los miedos que ahora te causan zozobra?

A Seshat no le tembló la voz en el momento de increpar al príncipe. En los últimos diez años había descubierto que, aun siendo hijo del faraón, no era más que un desgraciado con mucho poder, lo que lo convertía en una persona peligrosa.

—He estado con el faraón en el interior de la pirámide y hemos visitado la cámara excavada bajo el suelo de la planicie —dijo el hijo de Keops mientras, en dos zancadas, llegaba a la mesa donde estaba Seshat.

—Muy bien..., jefe de los constructores —dijo ella con retintín—. ¿Y qué es lo que has descubierto? Esa habitación se excavó en el suelo rocoso de la meseta hace años, fue uno de los primeros trabajos que se hicieron de la pirámide —añadió con desdén al tiempo que agitaba las manos en el aire—. Pero veo que tu interés por la construcción no ha hecho que te preocuparas por ella hasta ahora, cuando tu padre te ha obligado a bajar hasta allí..., ¿verdad? No creo que saliera de ti ir a verla.

—¿Qué lugar es ése?

Seshat hizo una mueca como si no comprendiera de qué le hablaba.

—¿A qué te refieres, príncipe? Esa habitación está en los dibujos de mi padre. Hace muchas crecidas de eso. Acabo de decirte que fue lo primero que se hizo en la meseta.

—¡Pero la estancia está inacabada! ¿Por qué? ¿Qué escondéis ahí?

Ella cerró los ojos y negó con la cabeza.

—Hijo de Keops, Vida, Salud y Prosperidad... No entiendes nada. Esa parte de la pirámide fue la única de la que Djedi pudo hacerse cargo. Aparece en el papiro del santuario sagrado de Thot. ¿No lo has visto?

—¿Qué tengo que ver? —inquirió el príncipe, cada vez más encolerizado—. Djedi se fue del templo de Iunu tras robar el documento que explicaba las claves del papiro de Thot. Vengo ahora de su antigua casa en el santuario de Ptah. El sumo sacerdote Neferirkara acaba de decirme que allí no quedó nada de él, que todas sus pertenencias debiste de llevártelas tú. Djedi se limitó a dejar copias del papiro original aquí y allá. Incluso nadie garantiza que ese documento que hoy se atesora en la Casa de la Vida de Iunu sea auténtico. Puede que Djedi introdujera errores a conciencia para malograr el proyecto.

—¿Crees que yo tengo las pertenencias de Djedi? —Seshat se levantó de la silla y se dirigió al otro lado de la mesa, donde estaba Hordjedef, mostrándole que no le tenía ningún miedo—. ¿Y por qué lo sacas a relucir ahora, después de diez años?

—Es evidente que la construcción que hay en el cementerio del

Occidente de Iunu no se ajusta con exactitud a los planos que me proporcionasteis. No concuerdan los números de hiladas de piedra y parece que hay espacios ciegos. ¿Dónde está la caja de sílex?

—No hay ninguna caja de sílex —le respondió Seshat con rotundidad—. Tengo cosas de Djedi, sí, pero lo que me entregaron eran tan sólo recuerdos de su paso por palacio. Djedi siempre fue una persona recta. Habría sido incapaz de robar o de transgredir las normas del templo. Jamás habría hecho tal cosa.

Hordjedef se sentía impotente. Llevaba dos días sin dormir y en cada intento que hacía por enderezar el camino se topaba con un denso muro de piedra que le cortaba el paso.

—Veo que has olvidado la parte del papiro de Thot en la que se habla de una habitación subterránea, y del sepulcro que se hizo allí, dentro de una isla que se nutría de agua procedente del río sagrado...

El hijo de Keops escuchó en silencio, atónito y embelesado por la voz de la hija de Hemiunu.

—«Una habitación subterránea —repitió al poco el príncipe en voz baja—. Y del sepulcro que se hizo allí, dentro de una isla que se nutría de agua procedente del río sagrado...». Esas palabras hacen referencia a «la habitación que, bajo el suelo, servirá de enterramiento para el faraón, uniendo su espíritu con el del río sagrado que da vida a la tierra de Kemet y a las estrellas del firmamento».

Hordjedef estaba familiarizado con el papiro del santuario sagrado de Thot. En él había leído innumerables veces ese último pasaje. Era como uno de esos hermosos cánticos que los sacerdotes entonaban en los funerales reales para conectar el alma del faraón con sus ancestros estelares, el lugar del cielo donde surgió la cultura de Kemet. Pero en el papiro conservado en la Casa de la Vida de Iunu no se daban más detalles. Parecía un poema encriptado en el que tras la belleza de sus palabras se ocultaba un mensaje... Un mensaje que sólo ahora empezaba a cobrar sentido, en la voz de Seshat. No podía haber más que una explicación.

—¿Cómo es posible que conozcas el texto del papiro de Thot? —gritó el príncipe, colérico—. Se supone que nadie más que Djedi lo conocía. Si tú lo has leído, has contravenido el compromiso del templo sobre los papiros mágicos. Pero si el propio Djedi te contó ese secreto, entonces ese bastardo, una vez más, rompió su juramento de silencio como sacerdote mago.

Seshat se apartó del jefe de los constructores y caminó entre las mesas repletas de documentos de su habitación de trabajo.

—Pensé que todo eso formaba parte de tus miedos del pasado. ¿Sabes ya lo que harás mañana en la pirámide? Hordjedef, el gran mago...

Seshat se echó a reír de manera desaforada. Había esperado ese momento durante años y ahora que sucedía era incapaz de creérselo.

—Todo está diseñado y perfectamente dispuesto —mintió él.

La hija de Hemiunu cesó en su mofa.

—Estás mintiendo, príncipe. No puedes saberlo.

—¿Acaso tú conoces la respuesta? He venido a esta casa porque estoy seguro de que Djedi te dejó antes de morir al menos una copia del documento con las claves del papiro del santuario sagrado de Thot. ¿Me equivoco? De lo contrario, no me explico que hayas sabido interpretar de manera correcta el texto en lo referente a esa cámara subterránea.

—No sé de qué me hablas —intentó escabullirse Seshat, temerosa de que el príncipe estuviera acusándola de ocultarle algo—. Como te he dicho, mi padre dejó hecha esa parte de la construcción siguiendo las pautas que Djedi le dio. Es la única sección de la pirámide que cuenta con *heka*.

—Tú sí que mientes, hija de Hemiunu...

El rostro de Seshat se heló al ver la expresión de Hordjedef.

—Te aseguro que no tengo nada —afirmó casi a la desesperada—. Djedi no nos reveló nunca nada de ese papiro. Hasta ahora que te has referido a ese segundo documento que explica el primero, ni siquiera había oído de su existencia.

—No te creo, Seshat —masculló el hijo del faraón mientras miraba a su alrededor buscando algo que ni él mismo sabía qué aspecto tenía, en caso de que se hallara allí.

—Djedi nunca nos habló del papiro del santuario sagrado de

Thot —repitió Seshat—. Sabes que fue muy escrupuloso con eso. Nadie debía conocer su contenido, ni siquiera tu padre, el faraón, y mucho menos nosotros.

—El papiro original ha desaparecido del templo de Iunu. Allí ahora sólo hay una copia reciente. En los registros consta que Djedi fue la última persona en consultarlo. Estoy seguro de que lo robó, precisamente por el celo que decía poner en la construcción de la pirámide de mi padre. Quería evitar que nadie averiguara cómo era su interior. Pero para ello debía robarlo, insisto. Y te lo dio a ti, ¿verdad?

Hordjedef comenzó a buscar de manera frenética por las mesas y los arcones con documentos que había en algunas repisas de las paredes. Desenrollaba los papiros y leía las primeras líneas intentando encontrar la respuesta a las pesadillas que lo habían atormentado las últimas semanas. Pero allí no parecía haber nada que le resultara útil.

—¿Dónde lo tienes? ¿Dónde está esa maldita caja de sílex? —gritó mientras seguía escudriñando aquellos aposentos sin descuidar ningún detalle, pero sin éxito.

—¡Djedi no nos dio nada! ¿Por qué iba a hacerlo?

—Porque sabía que su vida... —El hijo del faraón calló de pronto.

Seshat abrió los ojos, espantada.

—¿Qué sabía Djedi al respecto de su vida, Hordjedef?

El príncipe seguía en silencio. Empezó a esbozar una sonrisa maliciosa que inquietó a la hija de Hemiunu.

—¿Qué ibas a decir? ¿Que Djedi temía por su vida? ¿Era eso?

—No sería extraño, a sabiendas de que fue él quien asesinó a tu padre. Aquel sirviente tuyo los vio.

—Tú pagaste a aquel sirviente para que afirmara tal cosa. Pero no vio nada... Lo sé, Hordjedef. Y luego te deshiciste de él como te deshiciste de mi padre, sólo por convertirte en el nuevo jefe de los constructores y ser para Keops uno de sus hijos predilectos.

—¡Mientes!

El príncipe alzó la mano para abofetear a la hija de Hemiunu, pero no se atrevió. Bajó el brazo y se apartó de ella para dirigirse a la mesa en la que Seshat solía trabajar. Nunca se había visto en una situación como ésa. Acostumbrado a resolver los problemas de forma expeditiva, esa mujer parecía dominarlo y tejer ante sus ojos un velo tupido que le impedía ver lo que tenía a su alrededor.

—Y hay más cosas que creo que no sabes sobre lo que ocurrió aquella noche.

Hordjedef se inquietó aún más. Tenía muy olvidados aquellos hechos. Había pasado mucho tiempo. La inmunidad que le proporcionaba ser el hijo del faraón lo había ayudado siempre a solventar cualquier contratiempo.

—Djedi no pudo ser…

—Estás muy segura de ello, Seshat. Era un sacerdote muy peligroso que jugó con fuego y acabó quemándose en las aguas del lago flameante, adelantando así su viaje al inframundo.

—Djedi no volvió al templo. Permaneció en esta casa —mintió para herir al príncipe, recordando otras noches que habían pasado juntos—. Estuvo conmigo hasta el alba… Es imposible que él lo hiciera.

Al oír esa afirmación, la crispación de Hordjedef alcanzó su límite. El sacerdote del templo de Ptah no le había mentido al hablarle de la relación que unía a Djedi y Seshat.

Se fue hacia ella en dos pasos. La agarró fuertemente por los brazos y la puso contra la pared.

Seshat se asustó y lanzó un grito ahogado.

—¡Suéltame! ¡No eres bienvenido en la casa de mi padre, Hordjedef! Exijo que te vayas ahora mismo.

—¿Me lo exiges? —El príncipe rio haciendo una mueca—. ¿Quién eres tú para exigir al hijo del faraón que abandone tu casa, una posesión más de su majestad? Mi padre le concedió al tuyo esta villa en la que ahora vives. Yo sí podría exigir a la doble corona de inmediato que me la devolvieras puesto que ahora soy el jefe de los constructores.

Hordjedef acercó sus labios a los de Seshat para besarla. Pero a pesar del vigor de sus manos, ella sacó fuerzas de flaqueza y consiguió darle una patada, zafándose de él.

—Prefiero morir antes que acabar en los brazos de quien asesinó a mi padre. Puedes estar seguro de que esto no quedará así, Hordjedef. El servicio de mi casa, Hesiré y otros grandes de la corte están avisados de tus juegos, te lo advierto.

Nervioso, el príncipe se echó a reír de nuevo para hacer ver a Seshat que no lo perturbaban sus amenazadoras palabras.

—Imagino que también estarás enterada de que nadie te cree en palacio, empezando por mi padre. ¿Quién hay más importante en la corte que el propio dios viviente? Nadie, mi querida Seshat... ¿Qué pretendes con esa actitud? ¿Qué crees que conseguirás acusándome sin pruebas de algo que solamente está en tu imaginación? El otro día en la planicie, frente a la pirámide de mi padre, te ofrecí convertirte en mi esposa..., quién sabe si llegarías a ser reina de Kemet. Hablas de mis miedos. ¡Menuda estupidez! Lo dice una mujer que aún no ha sido capaz de encontrar a nadie que la despose y que vive anclada en un pasado del que cree que todavía puede sacar rédito.

—Eres un necio, Hordjedef. Tú mismo te delatarás con tu incapacidad como constructor. Desconoces cuáles son los secretos de la vida. Has llevado una existencia regalada siempre, rodeado de lujos, apoltronado entre cómodos cojines en jardines y estanques con los animales más exóticos traídos de lejanas tierras. Lo mismo que hoy encuentras en esta casa, sí. Pero a diferencia de ti, a mí nadie me ha regalado nada. Todo lo que hay en esta villa me pertenece porque me lo he ganado.

Seshat hizo una pausa y tomó aire.

—No sabes leer un papiro —prosiguió—. Desconoces cómo interpretar las evidencias que tienes delante de tus ojos. Dices que se han cambiado los papiros porque crees ver más hileras de piedra en la pirámide. Te equivocas, una vez más, Hordjedef. Los planos originales de la morada de eternidad de tu padre tienen esos datos. Sólo hay que leerlos como es debido, cosa que sí han hecho, por lo que he constatado, los obreros que trabajan en ella, simples agricultores que jamás habían participado en una gran construcción. Pero tú, el hijo del faraón, con todos los estudios que se te suponen, eres incapaz de leer un simple papiro. ¡Increíble! Tus propios temores te atenazan. Ni te has preocupado de ello hasta que has sentido el aliento del fracaso en tu nuca...Y quizá ya sea demasiado tarde. Ahora comienzas a ahogarte en las marismas del río, y te aterra saber que no hay marjales a los que aferrarte en busca de salvación. Es la primera vez que te pasa algo así en tu vida, y eso te da miedo, Hordjedef, mucho miedo... ¡Vete de mi casa!

El príncipe no vio más salida que obedecer. Dio media vuelta, dispuesto a abandonar la habitación. Sin embargo, antes volvió el rostro para mirar a los ojos a Seshat.

—Busca ese papiro y llévamelo a palacio... O atente a las consecuencias de incumplir una orden del hijo del faraón.

25

Eres un ingenuo si crees que Seshat te llevará a palacio ese papiro. En pocos días tenéis que reuniros ante el faraón. Debes convencerte de que ella no hará nada por ayudarte. Además, no creo que lo tenga, y si lo tiene, descuida, que no va a ser tan estúpida como para allanarte el camino en tu trabajo entregándotelo.

Las palabras de Ranefer confirmaron a Hordjedef lo que ya sabía. Y eso lo angustiaba. Siempre había encontrado en su amigo el recogimiento y el consejo para superar los diferentes obstáculos que, a su juicio, la vida le iba poniendo. Pero el hijo de Keops no era consciente de que todos esos obstáculos se los ponía él mismo. Su ambición y, sobre todo, el sentimiento de personalismo que había alcanzado en los últimos años como jefe de los constructores del faraón hacían que ningún problema hubiera hecho mella en él. Sin embargo, había descubierto una piedra en medio del camino que era incapaz de superar.

—Me ha resultado imposible encontrar ni siquiera una copia del papiro del santuario sagrado de Thot que contenía la caja de sílex en otras Casas de la Vida —prosiguió el jefe de los escribas del faraón con desasosiego—. La búsqueda ha sido infructuosa. Hay decenas de ellas repartidas por la tierra de Kemet. En todos esos lugares están orgullosos de los documentos que atesoran, y si tuvieran alguno de la naturaleza del que buscas me lo habrían dicho, no me cabe la menor duda. Los sacerdotes, especialmente los magos, los escribas y los lectores, son los más fanfarrones de todo el clero.

Hordjedef escuchaba el soliloquio de su amigo con la mirada fija en las estrellas que decoraban el techo de la habitación. En realidad, nunca tuvo mucha fe en que Ranefer pudiera encontrar una copia del documento guardado en el templo de Iunu en el interior de una caja de sílex. Pero el fracaso de la búsqueda confirmó sus mayores temores.

—Estás metido en un buen lío, sí —añadió el escriba—. Y creo que es la primera vez que puedo decir que tienes un problema grande... por culpa de una mujer.

Ranefer reprimió la risa. Sabía que tenía razón, aunque en esa ocasión no se trataba de un vulgar desencuentro con una joven o una aventura con la hija de un noble de palacio. La mujer que atormentaba a Hordjedef era la hija del antiguo jefe de los constructores del faraón, y el problema no radicaba en lo que hubiera pasado una noche alocada después de una copiosa ingesta de cerveza en una taberna.

—Tienes que hacerte con esa caja de sílex o con el papiro que había en su interior. De lo contrario, no entenderás el que robaste en su día. ¿Seshat te ha dado la clave para que te hayas convencido de que ella tiene ese documento? Según tú, Djedi debió de dárselo.

—¡Ella lo negó en todo momento! —esgrimió sin mucho convencimiento el hijo de Keops.

—Lógico, querido amigo —asintió el escriba, un tanto extrañado por la respuesta del príncipe—. No creo que sea tan estúpida como para reconocer que el mago se lo entregó. Con el comentario que hizo de la cámara subterránea de la pirámide te dio a entender que conocía los entresijos del papiro del santuario sagrado de Thot. Sabe lo que significa y cómo leerlo..., y eso es lo que ahora necesitas.

Hordjedef caminó nervioso por la habitación en la que solía encontrarse con Ranefer para hablar en privado, lejos de miradas indiscretas. Junto a ellos había cestas de frutas, además de jarras llenas de cerveza y de vino traído de las plantaciones que el propio príncipe tenía en los límites del delta, no lejos del palacio real. Pocas veces se había molestado en ir a visitar sus plantaciones, para eso contaba con sus administradores. Pero el sabor de su vino era algo con lo que sí estaba familiarizado.

Hordjedef se acercó a la mesa baja, en la que habían dispuesto una jarra y dos copas de fayenza blanca ricamente ornamentada simulando hojas de loto en relieve, y se sirvió. Ranefer rechazó la invitación de su amigo con un gesto. Prefirió tomar una granada de una cesta de frutas y se dejó caer en el suelo, en la misma esquina donde solía recostarse. Entre cómodos cojines de vivos colores, señaló al príncipe con la mano en la que sostenía la fruta y le habló con la boca llena.

—Debes encontrar la manera de hacerte con él —le dijo al tiempo que lanzaba varias pepitas a una escupidera de barro que había junto a los cojines. Señaló luego el papiro de Thot que estaba al lado de Hordjedef—. Tú mismo te has percatado ya de que el documento que tienes no vale para nada si no cuentas con el que te falta.

—Ni siquiera tú, aun siendo jefe de los escribas, puedes acceder a un documento de ese valor.

—Ya te dije que di orden de hacer una búsqueda en todas las Casas de la Vida de la tierra de Kemet, pero en ninguna de ellas hay noticia de su existencia. Mi contacto en el servicio de la villa de Hemiunu también me ha dicho que no guardan nada a la vista. De haber algo como lo que buscas, han de tenerlo en otro lugar. No es sencillo, Hordjedef.

—Es algo tan precioso que seguramente quien lo posea se excusa diciendo que no lo conoce, para aumentar así su valor en un futuro. Todo el mundo sabe ya que lo buscamos —dijo airado el príncipe haciendo aspavientos—. Los sacerdotes del templo de Ra en Iunu habrán anunciado a los cuatro vientos nuestra visita a la Casa de la Vida y habrán hablado de lo importantes que son por tener la «única copia» de tan destacado manuscrito. Absolutamente toda la tierra de Kemet sabe qué es lo que nos traemos entre manos. Y todos tendrán una copia.

—Estoy seguro de que el papiro original ha desaparecido —dijo el escriba—. Djedi se encargó de hacer copias para generar incertidumbre sobre la misteriosa caja de sílex en cuyo interior se atesoraba el papiro que ahora buscamos. Pero creo que el resto de las copias son fidedignas, como la tuya, sólo que sin el otro documento no sirven para nada.

Ranefer se incorporó y, dejando el resto de la granada junto a un plato de metal que había al lado de las bebidas, se despidió de su amigo.

—He de irme, Hordjedef —se excusó el escriba mientras se alisaba el vestido de lino que le llegaba por debajo de las rodillas—. Me esperan en palacio. Nos veremos al final del día. Acércate hasta mi casa. Podemos comer algo juntos antes de retirarnos a descansar.

—A veces no te encuentro. En más de una ocasión he mandado buscarte para traerte aquí o para intercambiar un mensaje, y resulta que te has ausentado —replicó el hijo de Keops en tono de reproche—. Por lo que parece, tienes una vida social muy intensa, incluso después de tu jornada habitual de trabajo como escriba.

—¿Cuál es la jornada habitual de un escriba? —preguntó Ranefer zafándose de responder—. Un buen escriba nunca descansa... Y en mi caso es peor. Ya sabes que soy escrupuloso en todo cuanto hago.

Hordjedef asintió. No sabía lo que iba a hacer ese día. Por primera vez en mucho tiempo se sintió solo, y ante una situación a la que no sabía enfrentarse.

—Sé lo que estás pensando, querido amigo —añadió el escriba antes de abandonar la habitación—. Quizá te embarga un sentimiento de desamparo. No es así. Estoy contigo, y sé que tu padre, el faraón, también lo está. Pero has de afrontar esta situación tú solo y buscar por ti mismo respuestas a las preguntas que van surgiendo en el camino. Estoy seguro de que lo lograrás.

—Te lo agradezco, Ranefer. Ahora debería ir a la meseta a controlar los trabajos de construcción de la pirámide, pero me hastía tener que seguir respondiendo con evasivas a los capataces que reclaman saber qué avances deberían realizarse.

Ranefer se limitó a asentir y cerró tras de sí la puerta. Al poco de hacerlo, el príncipe fue hasta la mesa sobre la que estaba el papiro sagrado de Thot y lo cogió. Lo acercó a la luz del ventanal y buscó entre sus columnas de texto la parte en la que se hablaba de una habitación subterránea. No tardó en encontrarla, y leyó en voz alta:

—«La habitación que, bajo el suelo, servirá de enterramiento para el faraón, uniendo su espíritu con el del río sagrado que da vida a la tierra de Kemet y a las estrellas del firmamento».

Al tiempo que leía imaginaba la habitación que había visitado días antes con su padre en el subsuelo de la pirámide. Encajaba a la perfección. Aquel sortilegio encriptado cobraba sentido con las palabras de Seshat: «Una habitación subterránea. Y del sepulcro que se hizo allí, dentro de una isla que se nutría de agua procedente del río sagrado...».

Pero ¿cómo resolver el resto de los enigmas del papiro si no contaba con el documento que le proporcionaría la solución? Hordjedef siempre había conseguido de forma inmediata cualquier cosa que se le antojara. Y rara vez se encontraba con una dificultad que parecía irresoluble, como en ese caso; un escollo que debía sortear en un río de aguas turbias y densas.

Su irascible temperamento le hizo lanzar el papiro al suelo con violencia.

—¡¿De qué sirve ahora este juego si hay copias de él por doquier?! —gritó desesperado.

—Ese documento que ahora desprecias es un valioso tesoro basado en un conocimiento ancestral. Muchas personas han perdido la vida por custodiar sus secretos.

Hordjedef se quedó como una estatua al oír a su espalda la misteriosa voz. No la reconoció, por lo que, con sigilo, se llevó la mano a la espada corta que siempre llevaba en su cinturón de cuero. Cuando la tenía bien aferrada se volvió para averiguar quién se había colado en su habitación sin su permiso.

—Es más valioso de lo que crees —añadió la inesperada visita—. Su valor se incrementa a cada momento.

Al descubrir de quién se trataba, el príncipe dejó caer la espada al suelo. La punta de cobre se melló cuando impactó contra las losas, haciendo saltar chispas.

—Djedi... —El nombre del mago se ahogó en un hilo de voz entre los labios del hijo del faraón.

La aparición fantasmal lo sobrecogió de nuevo. Imposible de creer... Vestía de idéntico modo a como lo recordaba, con las ropas pulquérrimas del clero de Ptah, sin apenas joyas ni adornos, algo que el sacerdote siempre había evitado. Sobre la cabeza, cubriéndosela en parte, llevaba el clásico velo que lo protegía de los rayos del sol.

Djedi permanecía inmóvil, casi etéreo a pocos pasos del príncipe, tal como se le había aparecido el día del templo.

—Veo que te sorprende mi presencia, Hordjedef —dijo por fin—. ¿Acaso no has descubierto, gracias al papiro que robaste en la biblioteca del templo de Iunu, que la frontera entre la vida y la muerte es una línea muy delgada que sólo los dioses pueden restituir?

—No eres más que una simple aparición producto de mis miedos —se defendió el príncipe intentando racionalizar lo que estaba viendo.

—Ya conoces los preceptos de la casa del dios de donde vengo, la casa de Ptah. Si algo existe es porque dices su nombre. Acabas de pronunciar el mío... y eso me devuelve a la vida.

Hordjedef recogió la espada y se abalanzó hacia Djedi. Con un rápido movimiento, deslizó el arma sobre su cabeza. Pero fue en vano. La imagen se desvaneció en el aire como si fuera una bocanada de humo, para volver a formarse en el extremo opuesto de la habitación.

Espantado, el príncipe se pegó a una de las paredes y buscó a su alrededor con la mirada algo con lo que poder hacer frente a la aparición, pero no encontró nada.

—¿Qué es lo que quieres de mí? —casi suplicó el hijo del faraón.

—Mi petición es muy sencilla, príncipe Hordjedef. Quiero que te retires del proyecto de construcción de la pirámide del faraón Keops, tu padre. Y que reconozcas ante los jueces lo que sucedió hace diez años. Quiero que te presentes como lo que eres, el asesino de Hemiunu, y que expliques que me enviaste injustamente a la prisión de Ineb-Hedy, donde me mataron el mismo día de mi llegada.

Hordjedef comenzó a respirar de manera acelerada, nervioso, previendo lo que podría suceder si aceptaba las condiciones de aquel fantasma.

—Y si no lo hago, ¿qué? ¡No puedes hacerme nada! ¡Sólo estás en mi imaginación!

—Lo harás, Hordjedef, porque no tienes otra salida —respondió el espíritu de Djedi con su voz calmada de antaño—. De lo contrario, antes o después, tu vida correrá un serio peligro.

—¡No! ¡No lo haré! Seguiré con el proyecto de la pirámide y mi nombre será recordado por toda la eternidad. Seré inmortalizado como el constructor más grande que haya existido.

—Sabes que eso no va a suceder, Hordjedef. Ignoras siquiera cómo avanzar en la pirámide ahora que debes retomar los trabajos para insertar entre sus piedras la magia que hace tiempo desprestigiabas y rechazabas.

—No son más que trucos sin sentido.

—Trucos que, por lo que veo, sigues sin entender.

—Porque escondiste la caja de sílex y el papiro que había en su interior con los secretos para poder comprender el documento sagrado de Thot. ¿Dónde está esa maldita caja?

Djedi guardó silencio durante unos instantes. Hordjedef lo observaba sin creer todavía lo que estaba viendo. Ahí, frente a él, tenía a la misma persona que había sido ejecutada en la prisión de la ciudad hacía una década. El oficial le dijo que arrojaron su cuerpo a la charca que había frente a la loma donde se llevaban a cabo los ajusticiamientos diarios. Los soldados se repartieron lo poco que llevaba encima, y ahí se acabó el recuerdo del inefable Djedi, el sacerdote mago.

—La caja de sílex y el papiro que había en su interior siguen en el templo de Iunu.

—¡Mientes! Estuve en la biblioteca con el sumo sacerdote y los encargados de la Casa de la Vida. Ellos no saben nada de esa caja. El propio Ranefer ha estado buscando en otras bibliotecas y no hay rastro alguno de lo que dices.

—Quizá no han buscado donde debían —señaló el espíritu—. Nadie podría robar un documento tan preciado como ése. Sería un sacrilegio... que, desde luego, yo nunca cometí.

—¡Se lo entregaste a Seshat! ¡Reconócelo!

—Ella no tiene la culpa de nada de esto. No pagues con ella tu frustración. Déjala en paz.

—Entonces ¿por qué sabe cuál es el significado de la cámara subterránea de la pirámide? Debería ignorarlo, a no ser que haya leído el papiro de la caja de sílex o...

—O fuera lo suficientemente inteligente para poder interpretar lo que decía el papiro del santuario sagrado de Thot —apostilló el espíritu de Djedi—. Buscas excusas para justificar tu carencia de virtudes y no vas a encontrarlas, príncipe Hordjedef.

El hijo del faraón no replicó. Estaba atrapado en una encrucijada de la que difícilmente podría salir airoso si no encontraba de inmediato el papiro de la Casa de la Vida de Iunu.

—Piensa en lo que te he dicho —insistió la aparición—. Todo está llegando a su final. No tienes otra alternativa que seguir los consejos que te he dado. Recuerda que mañana al mediodía tienes una reunión en palacio con el faraón para explicarle cómo se desarrollarán los trabajos a partir de ahora. ¿Ya sabes lo que le expondrás?

Hordjedef bajó la cabeza y se dirigió hacia donde había lanzado el papiro del santuario sagrado de Thot. Se agachó para tomarlo. Al incorporarse, se volvió para enfrentarse una vez más a Djedi. Pero allí ya no había nadie.

El jefe de los constructores estaba una vez más solo en la habitación. La puerta se abrió y apareció uno de los sirvientes.

—Alteza, he oído voces y me preguntaba si requieres de nosotros.

—No..., todo está bien. —El hijo de Keops, con el rostro desencajado, escudriñaba a su alrededor al tiempo que negaba con la cabeza—. ¿Dónde está la bandeja con la jarra de agua? Quiero agua y aquí sólo hay vino.

El sirviente se adelantó a atender a su señor.

—Está aquí, junto a la hornacina, donde dijiste que la pusiéramos.

—Pero siempre ha estado junto al vino —refunfuñó Hordjedef maldiciendo el cambio de sus normas.

—Alteza, dijiste que la colocáramos en este lugar —insistió el sirviente—. Si prefieres que vuelva a ponerse donde siempre, junto al vino, así lo haremos.

Hordjedef negó con la cabeza. El hombre permaneció unos instantes con el príncipe, sabedor de que algo no iba bien.

—Tú... —empezó a decir el jefe de los constructores.

—¿Sí? ¿En qué puedo ayudarte?

—¿Tú... has visto salir a alguien de la habitación?

La pregunta sorprendió al sirviente.

—Solamente he visto salir a Ranefer, jefe de los escribas.

—Sí, pero después de él... ¿no has visto salir a nadie?

—No, mi señor. No me he movido de la puerta, y nadie ha salido de la estancia salvo Ranefer.

Hordjedef asintió y lo conminó a marcharse con un gesto de la mano. El hombre se despidió con una inclinación de cabeza, dejando solo al príncipe de nuevo.

Por un instante, Hordjedef estuvo tentado de salir y preguntar a los guardias que solían estar apostados cerca de la puerta si habían visto abandonar la habitación a alguien. Pero no lo hizo porque sabía de antemano la respuesta. De allí no había salido nadie. Sólo él podía ver al fantasma de Djedi.

De pronto, abrió los ojos con desmesura como si hubiera tenido una nueva visión. Miró la bandeja con los vasos de fayenza llenos de agua y al instante se dio cuenta de lo que sucedía.

—¡He sido un estúpido! No es más que un sueño... —se dijo esbozando una sonrisa—. No es real. Y voy a demostrarlo. Mañana iré a la biblioteca de la Casa de la Vida en el templo de Iunu al amanecer. La caja de sílex ha de estar allí, como ha dicho la aparición. No tengo más que ir y cogerla. Entonces podré reanudar y finalizar el trabajo en la pirámide de mi padre.

26

Hacía mucho tiempo que no se reunían en palacio para debatir cómo afrontar el avance de la construcción de la morada de eternidad de Keops. Hemiunu dejó el trabajo tan bien proyectado que durante años fue innecesario realizar ningún encuentro. Hordjedef se había encargado también de que así fuera. La razón era evidente: temía que sus escasas propuestas perjudicaran la imagen que se tenía de él. Se había cansado de que Hesiré y Seshat llevaran el peso de las conversaciones con su padre y de que él se viera relegado, sencillamente, a asentir y aceptar sin objeciones cuanto se proponía.

En el momento acordado para la reunión, al mediodía, el sol caía implacable desde lo más alto del cielo. En la sala de recepciones, junto al estanque donde la temperatura era más agradable, el faraón había convocado a Seshat y Hesiré, como continuadores del trabajo de Hemiunu, y al príncipe.

Sin embargo, tan sólo la hija del antiguo jefe de los constructores estaba en el centro del salón ante la escalinata que llevaba al trono del soberano. Keops se sorprendió de no ver a Hesiré.

—¿Dónde se encuentra el fiel secretario de mi apreciado Hemiunu? ¿No nos obsequiará con su presencia y sus ideas geniales, como ha hecho siempre?

—Lamentablemente, Hesiré no puede venir hoy, majestad —dijo Seshat, excusando la falta del amigo y colaborador—. Está enfermo, y el médico le ha recomendado descansar. Ya es un hombre mayor y debe mirar por su salud.

—Desde luego, Seshat —dijo el faraón con resignación—. El tiempo no es benevolente con nadie. Hesiré debería descansar más, es cierto. Ha trabajado duro durante toda su vida y ha llegado el momento de que se tome las cosas con tranquilidad. Si fuera necesaria la ayuda de alguno de mis médicos personales, házmelo saber e irá de inmediato a vuestra casa.

Seshat agachó la cabeza en señal de agradecimiento ante el generoso gesto del faraón.

Como había sucedido en las reuniones anteriores, el salón estaba más tranquilo de lo que solía estar. No había camareros con cestas repletas de dátiles y bebidas, ni el habitual grupo de arpistas y flautistas interpretaba suaves melodías desde una de las esquinas del estanque, a la sombra de las enormes palmeras. Todo aquello solamente podía significar una cosa: el faraón no quería que nadie perturbara la reunión ni que oídos profanos pudieran escuchar los secretos de la pirámide.

Seshat se había vestido para la ocasión con uno de sus trajes más hermosos. Colgada del hombro, llevaba una bolsa de cuero en cuyo interior portaba un par de rollos de papiro, necesarios para las posibles explicaciones que tuviera que dar en la reunión. Pero esa carga, incómoda y fatigosa, no desmerecía la belleza del traje. Su blanco era espectacular y la finura del lino hacía que en algunas partes el tejido fuera casi transparente. Como era costumbre en ella, las joyas eran mínimas. Sólo destacaba sobre su pecho el precioso collar de cuentas de fayenza azul, producto de la magia de Djedi, que su padre le regalara tiempo atrás.

El faraón, por el contrario, lucía uno de sus vestidos más austeros. El faldellín y la camisa, tejidos con lino, no eran de la mejor calidad y las joyas que se había puesto eran las que solía llevar cuando disfrutaba de un momento de solaz dentro del palacio real. Saltaba a la vista que era un vestido regio, pero no contaba con ninguno de los elementos propios que los soberanos ostentaban en las recepciones para marcar distancias con los invitados, extranjeros casi siempre.

Todo aquello tranquilizó a Seshat e hizo que se sintiera más cómoda.

—¿Y dónde está Hordjedef? —El faraón chascó la lengua mientras buscaba con la mirada al príncipe por toda la sala—. Debería haber llegado hace un buen rato.

Seshat se encogió de hombros al tiempo que esbozaba una leve sonrisa. Parecía que las cosas comenzaban a ponérsele de cara.

—Lo ignoro, majestad —reconoció titubeando levemente.

No había acabado la frase cuando oyeron los acelerados pasos del príncipe desde el otro lado de la estancia. Hordjedef, sin apenas aliento, se detuvo delante del trono de su padre y lo saludó con el mayor de los respetos, siguiendo el protocolo que regía para los encuentros en los que había visitas.

—Siento el retraso —se excusó el príncipe intentando recobrar el aliento—. He tenido que ir al amanecer al templo de Iunu y me he demorado en mis tareas.

El hijo de Keops miró a su alrededor. Reparó en Seshat, pero no le prestó atención. Y al no ver al secretario de Hemiunu, preguntó:

—¿Dónde se encuentra Hesiré? Por lo que veo, no soy el último en llegar.

—Hesiré está indispuesto y no podrá asistir. Eres el último en llegar —replicó ella en tono airado.

—Al parecer, todo me sonríe hoy... —susurró el príncipe.

Keops, ajeno al comentario de su hijo, tomó la palabra para comenzar la reunión.

—Como ambos sabéis, hace unos días, a la vuelta de mis campañas en Nubia, visité las obras de la pirámide en la necrópolis del Occidente de Iunu. Constaté que los plazos acordados se han cumplido con precisión. Por desgracia, mis obligaciones militares, que últimamente he estado llevando a cabo en tierras extranjeras, no me han permitido seguir los trabajos como me habría gustado. Aun así, creo que mi presencia no ha sido necesaria puesto que todo se ha desarrollado a la perfección, ¿no es así, Seshat?

—Así es, majestad —respondió la hija de Hemiunu dando un paso al frente—. Los plazos se han cumplido y los trabajos en las canteras han sido cuidadosos para que la provisión de materiales fuera paralela a las exigencias constructivas. De esta forma, hemos logrado que en todos estos años no hubiera más piedra ocupando espacio innecesario que la que se precisaría cada día. Ésa era una de nuestras mayores preocupaciones porque contábamos con una extensión relativamente pequeña. No hay que olvidar que, además de tu pirámide, mi señor, también han seguido excavándose las tumbas de nobles y principales de palacio a su alrededor, lo que habría complicado aún más la falta de espacio.

—No se ha dejado nada al azar... —observó el soberano, satisfecho con las palabras de la hija de Hemiunu.

—En absoluto, majestad.

Seshat le resumió, con vehemencia, todos esos años de construcción al tiempo que señalaba los papiros que llevaba en el interior de la bolsa de cuero que colgaba de su hombro.

—Mi padre, Hemiunu —añadió—, y el sacerdote mago Djedi dejaron todo bien atado. Las excavaciones de la galería subterránea hasta la habitación inacabada y las que hay a su alrededor son producto del ingenio de Djedi.

El faraón dio un respingo al oírlo. Hordjedef sintió la misma sacudida, aunque nadie se percató de ello. Había algo que no encajaba en la descripción que la hija de Hemiunu acababa de hacer de la parte más profunda de la pirámide.

—No entendí cuál era su función, Seshat. ¿Por qué está inacabada? —preguntó Keops haciéndose el distraído—. Visité la habitación con mi hijo y él tampoco supo darme una explicación. Deduzco que los trabajos deberán continuarse en ese lugar en pocos días para completar su excavación, ¿me equivoco?

Seshat apretó los puños. No esperaba que el faraón hiciera comentarios sobre esa parte de la construcción. Era un elemento mágico al que ella, en principio, no debería tener acceso.

—Desconozco... cuál es su función, majestad —dijo dudando mientras miraba con el rabillo del ojo la reacción del príncipe Hordjedef. Éste se limitó a esperar con atención la respuesta de Seshat—. Ignoro cuál es su sentido ni qué finalidad tiene en el conjunto de la pirámide. En los planos que dejó mi padre la habitación aparece tal como se ve ahora.

—Pero acabas de mencionar el resto de las habitaciones que

hay junto a la cámara subterránea... ¿Acaso están en esa zona de la pirámide?

Seshat se sintió acorralada. Había hablado más de la cuenta y buscó la manera de salir airosa de esa situación.

—He de reconocer que... que he bajado en muy pocas ocasiones a esa parte de la pirámide —adujo, casi trastabillándose—. Hesiré es quien, siguiendo los designios de mi padre y las pautas marcadas por Djedi en su momento, mejor la conoce.

—Pero has dado a entender que allí hay más habitaciones, y cuando bajé con mi hijo tan sólo había una abandonada y el comienzo de unos pozos que, en apariencia, no llevaban a ninguna parte.

Seshat no sabía qué responder. Conocía a la perfección todo lo que había bajo el suelo de la meseta. Lo había visto con sus propios ojos y también sobre los planos que dejó su padre antes de morir, los mismos que habían usado para seguir fielmente las instrucciones del mago Djedi.

El faraón era consciente de que Seshat ocultaba algo, pero asimismo sabía por qué lo hacía. Realmente, ni él mismo, aun siendo el jefe supremo de las Dos Tierras, debía tener acceso a esa información. Apreció la honestidad de la hija de su fiel amigo y constructor, al tiempo que crecían en él las dudas sobre el trabajo de su hijo.

—Has heredado muchas de las virtudes con que contaba tu padre, Seshat. Recuerdo que en la última conversación que mantuvimos él y yo en privado, en una silenciosa habitación de este palacio mientras jugábamos al senet, me refirió, aunque sin comprometerse, algunos de los secretos de la pirámide. Siempre fue honesto en todo lo que hacía, y veo que tú posees esa virtud.

Seshat no contestó. Se limitó a asentir, agradecida, y a esbozar una sonrisa.

—Quizá cuente con algún elemento que desconozcamos —dijo el faraón retomando la conversación—. ¿Qué opinas de ello, Hordjedef?

El príncipe mostró a su padre, desde el pie de la escalinata, varios rollos de papiro que había preparado para la reunión.

—Aquí puede estar la clave de todo. —Alzó los documentos—. Aunque Seshat también es conocedora de la respuesta, ¿no es así, hija de Hemiunu? El otro día me avanzaste algo que me gustaría que compartieras con el faraón.

Seshat frunció el ceño. El príncipe la ponía en un compromiso del que no sabía cómo salir. Su trabajo se limitaba a excavar y construir siguiendo los planos que dejó su padre. Cualquier elemento relacionado con la magia, con *heka*, le estaba vetado como al resto.

—¿Sabes para qué sirve esa habitación y las que la rodean...?

La pregunta del príncipe la inquietó aún más.

—Hordjedef, me temo que te confundes y te refieres a la charla que mantuvimos sobre el modelo del pasaje que se excavó a escala en la cara este de la pirámide —improvisó la hija del antiguo jefe de los constructores al mismo tiempo que sacaba de su bolsa uno de los papiros y comenzaba a desenrollarlo—. Pero en él no se llegó a perforar hasta esa cámara subterránea. Es más, apenas he estado un par de veces allí. Es un lugar peligroso... y falta el aire. Desconozco qué hay. —Y se dirigió a Keops—: Puedes verlo aquí, majestad...

—Pronto has olvidado tus palabras —se apresuró a interrumpirla el príncipe—. Acuérdate de lo que me dijiste sobre la explicación del lugar según se cita en el papiro del santuario sagrado de Thot.

Keops abrió los ojos, desconcertado al oír las palabras de su hijo. Le molestaba descubrir que Seshat había compartido con Hordjedef algunos de los secretos de la pirámide, mientras que con él se había mostrado esquiva y falsamente honesta.

—Seshat, ¿conoces el papiro de Thot?

—No solamente lo conoce, padre, sino que además posee la clave para desentrañar todos los enigmas que contiene. Algo que, como ella misma ha repetido hasta la saciedad desde un principio, es muy peligroso. Deberíamos tomar algunas medidas para poner fin a los enredos que puedan aflorar de su débil boca. Si me reveló a mí el secreto de la habitación, sería capaz de contárselo a cualquiera.

—Majestad, si compartí ese conocimiento con el príncipe fue porque se trata del jefe de los constructores. No entiendo dónde está la incoherencia.

—La incoherencia está en que no deberías conocer ese dato —apostilló Hordjedef echando más leña al fuego que empezaba a quemar a la hija de Hemiunu.

—Yo no tengo la culpa de que en los papiros de mi padre estuviera esa información —intentó justificarse Seshat, nerviosa, mientras levantaba en el aire el rollo que tenía en la mano—. Djedi y él trabajaron juntos durante mucho tiempo.

—Ah... pero desconocía que Djedi le hubiera confiado a tu padre esos datos. Pensé que el sacerdote mago era muy celoso al respecto de todo lo relacionado con la magia que iba a usarse en la pirámide del faraón... Padre, no entiendo nada de lo que está pasando aquí.

El príncipe miró contrariado al faraón. Pretendía que Keops se decantara de su lado, en contra de la propuesta de Seshat. Y lo consiguió.

—Hija de Hemiunu, mi hijo tiene razón —intervino el monarca en tono preocupado—. Djedi, tu padre y tú misma siempre habéis recordado la importancia de que ninguna de las partes estuviera al tanto de lo que hacía el otro. Y ahora descubro que tú eres conocedora de uno de los elementos más sensibles de la pirámide, aquel que está relacionado con *heka*...

—Pero... todo eso estaba en el papiro de mi padre —balbuceó ella, cada vez más acorralada—. Hesiré y yo no podíamos hacer otra cosa. ¿Cómo va a construirse la pirámide si no sabemos qué hacer? ¿Acaso se espera que sea el propio sacerdote mago quien, en la oscuridad de la noche, se dedique a excavar y colocar aquí y allá los bloques de piedra necesarios para replicar el santuario sagrado de Thot...? Eso no tendría ningún sentido.

Keops se levantó de su trono. En las recepciones solamente lo hacía cuando estaba alterado. Debía reconocer que la mujer tenía razón, pero por un instante volvieron a aflorar los mismos temores que lo atenazaron una década antes cuando descubrió todo lo que sucedía en las pirámides que su padre, Esnofru, había mandado erigir. El miedo al saqueo y a la segunda muerte comenzó a atormentarlo de nuevo.

El soberano caminó por el borde del cercano estanque, casi fuera de la vista de Seshat y el príncipe. La hija de Hemiunu miró de soslayo a Hordjedef, quien mostraba una sonrisa victoriosa ante el repentino giro que habían dado los acontecimientos.

—¿Tú qué harías en mi lugar, Seshat? —preguntó Keops levantando la voz.

La insólita consulta dejó paralizada a la hija del antiguo jefe de los constructores. Seshat permaneció en silencio unos instantes. El faraón no parecía tener prisa por oír la respuesta. Continuaba con su pequeño paseo en los alrededores del estanque, disfrutando del reducto de naturaleza del jardín.

—Dime, ¿qué harías en mi lugar, Seshat? —repitió al cabo de unos instantes—. La situación es compleja, reconócelo. Hemos luchado durante años por guardar un secreto que ahora parece desvanecerse y corremos el peligro de que todo se sepa. No sería justo, ¿no crees?

—Sería necesario tomar alguna medida —apostilló el príncipe.

Seshat, desconcertada por lo que estaba oyendo, comenzó a impacientarse.

—El secreto de la pirámide está a salvo, majestad. Confío en que no dudes de mi honestidad en el trabajo —aseveró con semblante serio—. En ningún momento se me ha pasado por la cabeza traicionar el legado de mi padre ni el de Djedi.

—Si me permites intervenir, padre, me gustaría recordarte lo que ya te anuncié hace pocos días, cuando, después de mi visita a la cámara subterránea, fui al templo de Ptah y a la casa de Seshat. En mi búsqueda de respuestas sobre el significado de esa extraña habitación, esta mujer me reconoció saber cuál era.

—Hordjedef, la única razón por la que no sabías nada de esa habitación es simplemente porque nunca te interesó el trabajo que Hesiré y yo estábamos haciendo —respondió Seshat alzando ligeramente la voz—. Desconoces el porqué de esa cámara subterránea como desconoces el porqué del embarcadero en la cara oriental de la pirámide... o por qué los trabajos en la cantera a veces han tenido que detenerse. Sólo tienes una obsesión en mente... Y es averiguar cómo leer el papiro del santuario sagrado de Thot para hacer la parte que resta de tu cometido.

Hordjedef se rio con sorna.

—No sabes lo que dices, hija de Hemiunu. Ignoro de dónde salen esas suposiciones tuyas. Es evidente que Djedi te legó el documento que descifra el papiro de Thot, pero eso no significa que sólo lo tengas tú.

Hordjedef se volvió para mirar al faraón. Su rostro había recuperado el odio y la crispación de los que hacía gala en todos sus encuentros.

—Lo único que Seshat quiere es apartarme del trabajo, tal como ha intentado hacer desde el principio. Pero ha llegado el momento de que las cosas empiecen a estar claras —prosiguió el hijo de Keops—. Desconozco de dónde surgen esos comentarios con los que se me acusa de no ser capaz de entender el papiro de Thot. Como dijo Djedi en su momento, el secreto estaba en el interior de una caja de sílex que se custodiaba en la biblioteca de la Casa de la Vida de Iunu, y de allí he tomado precisamente el preciado documento.

Nada más pronunciar esas palabras, Hordjedef les mostró una caja de piedra amarilla en cuyo interior estaba el tesoro que durante tanto tiempo había buscado. Al verla, Seshat la identificó de inmediato.

—El sacerdote mago intentó desorientarnos con comentarios absurdos sobre los secretos de los papiros. Sin embargo, la realidad es mucho más llana.

El príncipe consiguió atraer por completo la atención de su padre cuando depositó la pequeña caja sobre una mesa que había junto a una de las columnas del salón y la abrió. Dentro había un rollo de papiro viejo, con los bordes deshilachados y quebradizos. Hordjedef retiró el cordel de lino que lo cerraba. Al abrirlo, Keops frunció el ceño.

—¿Qué es esto? —preguntó sorprendido.

—Es la clave que hará de tu pirámide una construcción impenetrable. ¡Es el acceso a los secretos del papiro de Thot! Djedi nos ocultó que, sin este documento, el papiro de Thot que él señalaba no valía nada. El papiro del santuario sagrado de Thot que nos proporcionó hace diez años no es más que una descripción en forma de versos del interior del templo del dios. Pero nada de ello tiene sentido si no se interpretan correctamente sus claves, sus números, sus medidas..., y este otro papiro es la herramienta para poder hacerlo.

—¿Tenías conocimiento de este papiro, Seshat?

La pregunta del faraón volvió a confundirla.

—La magia no forma parte de mi trabajo, majestad. Eso es algo que lleva sobre los hombros el príncipe —se exculpó la hija de Hemiunu con aplomo.

—Pero ¿lo conocías?

—Sí que lo conocía, padre —se adelantó a responder el hijo del faraón—. Y estoy seguro de que en su casa cuenta con una copia, lo que le permitió rematar el diseño de la cámara subterránea de la pirámide.

—¿Eso es así, Seshat?

—Hesiré y yo nos limitamos a seguir los planos que dejó mi padre —insistió, y señaló los documentos que había llevado a la reunión. Abrió uno en el que se veía claramente la habitación—. Desconozco de dónde tomaron Hemiunu o Djedi esa información que tanto preocupa al jefe de los constructores.

Molesto, el faraón cerró los ojos.

—¿Y qué propones hacer, Seshat? —preguntó al cabo de unos instantes.

—Hesiré y yo hemos llegado al final de nuestra parte. Mi padre dejó diseñado el resto del edificio. Sólo hay que introducir los cambios que el papiro de Thot señale. Pero eso ya no está en nuestras manos. No podemos hacer más. Es Hordjedef quien debe hacerlo..., con la mayor prudencia.

—Y tú, hijo, ¿qué propones?

Hordjedef volvió a recuperar su euforia. Sabía que Keops estaba de su lado, y había conseguido, además, que el faraón abrigara dudas al respecto de la participación de Seshat y de Hesiré en aquel proyecto. La pirámide sería suya y de nadie más.

—En este papiro está la solución final de tu pirámide, padre.

—Pero acabas de decir que es posible que Seshat tenga una copia de ese documento tan valioso.

—Si me lo permites, mi recomendación es que apartes a Seshat definitivamente del proyecto y le prohíbas acercarse nunca más a las obras de tu pirámide en la necrópolis de Occidente ni a sus canteras. Además, deberá entregar hoy mismo el papiro y todos los documentos relacionados con la construcción. La acompañará a su casa la guardia, que requisará todo el material allí guardado, tanto el de Hemiunu como el que ella misma haya desarrollado junto a Hesiré. Por respeto a su padre, y a la familia a la que pertenece, evitemos recluirla, por ahora, en su propia casa.

Seshat se estremeció al ver que el faraón Keops asentía mostrándose conforme con el consejo de su hijo.

—Me has decepcionado, Seshat. Si devuelves el papiro y todo el material que reclama el príncipe confirmarás el delito grave de haberme mentido cuando decías que no lo tenías. Aunque si no lo devuelves tu situación tampoco mejorará. Tu padre fue un gran hombre y trabajó siempre de manera honesta para mí. ¿Qué tienes que decir a esto, hija de Hemiunu?

—Mi destino está escrito con signos de sangre, majestad —afirmó con rabia—. ¿Qué puedo decir? Estoy en tus manos. Diga lo que diga, no lograré rebatir las mentiras que Hordjedef ha vertido sobre mí y mi padre.

—Démosle una oportunidad —dijo el príncipe dirigiéndose a su padre—. Ella sabe cómo salvar su reputación y, al final, su propia vida. La elección es suya.

Seshat clavó los ojos en él y, acto seguido, dejó caer al suelo la bolsa con los papiros que llevaba al hombro. Defraudada, se acercó un par de pasos hasta donde estaba el príncipe mientras lo miraba con una sonrisa indolente. La hija del antiguo constructor sabía que él había vencido y que el trabajo de los últimos diez años no había servido para nada.

—Eso nunca, Hordjedef. ¿Me has oído? Nunca…

Y dando la espalda al faraón y a su hijo, se dirigió con paso brioso hasta la entrada del salón. A una señal de Hordjedef, los dos guardias que custodiaban la puerta rodearon a Seshat, que estaba plantada delante de ellos con la cabeza bien alta. El grupo desapareció por uno de los laterales de la antecámara.

27

Aquí están todas las claves. ¿Lo ves, Ranefer? —le dijo el príncipe al tiempo que le mostraba la caja de sílex que tenía en las manos—. Aunque, pensándolo bien, quizá sería mejor que no la vieras... porque correrías la misma suerte que Seshat —añadió entre risas.

La caja, amarillenta, era más grande de lo que esperaba. Medía casi un par de palmos. Carecía de adornos, y tenía el brillo mate típico de ese mineral que tanto se usaba en el desbastado de piedras duras como el granito o la diorita. Hordjedef se limitó a abrir con cuidado la tapa para que su amigo pudiera ver el precioso tesoro que había en su interior. Lo hizo con el máximo de los cuidados, como si le mostrara una fastuosa joya. Miró a su alrededor, si bien, como de costumbre, no había nadie en la habitación donde se encontraban en su villa. Pero, al contrario que en otras ocasiones, esa vez el hijo del faraón era consciente del valor extremo de su nueva posesión y no quería que cayera en manos extrañas bajo ningún concepto.

—No entiendo nada, Hordjedef. —El jefe de los escribas señaló sorprendido la caja que contenía el preciado documento—. Estuvimos allí y no hallamos lo que buscabas. ¿Cómo lo has encontrado de pronto?

—He usado el mismo método que empleé hace diez años... Lo he robado —confesó el príncipe con una nueva risotada—. He de reconocer que me ha resultado más complicado ya que el objeto es más voluminoso que el simple papiro que oculté bajo mi camisa aquella vez. Pero sabes que me da exactamente igual —se jactó presuntuoso—. Soy el hijo del faraón Keops, Vida, Salud y Prosperidad, y el jefe de los constructores, así que nadie va a decirme cómo debo actuar. En definitiva, lo que busco es el triunfo en los trabajos de mi padre, y eso está por encima del celo o de los temores de cualquier bibliotecario del templo o sumo sacerdote.

Ranefer no escuchó los argumentos de su amigo, absorto como estaba en la caja de sílex que atesoraba la clave de lo que durante tanto tiempo había anhelado Hordjedef.

—Pero no había cajas por ninguna parte. Lo comprobamos cuando el sumo sacerdote removió los rollos de papiro —dijo poco después.

Hordjedef sonrió con condescendencia, sabedor de que Ranefer no entendería nada de lo sucedido si no se lo explicaba.

—La respuesta es muy sencilla, mi querido amigo —le explicó bajando la voz, sintiéndose conocedor de un gran misterio—. Cuando visitamos el templo, los sacerdotes nos engañaron. Parecían tenerlo todo preparado de antemano. Recuerda que esperaban nuestra llegada. Tuvieron tiempo.

—Pero ¿qué es lo que prepararon?

—La biblioteca, Ranefer..., la biblioteca. Nos mostraron otro sitio haciéndonos creer que estábamos en el lugar correcto.

—¿No entramos en la Casa de la Vida? No puede ser... He estado cientos de veces en ese edificio y lo conozco al detalle.

—¿Estás seguro de que lo conoces? Es posible que conozcas la ubicación de la biblioteca, pero no creo que estés al corriente de dónde está cada uno de los papiros que hay en su interior. ¡Son decenas de miles!

Ranefer frunció el ceño al tiempo que comenzaba a atisbar en el horizonte una explicación que aclaraba lo sucedido.

—¿Estás diciendo que cambiaron de sitio los papiros, que los colocaron en otra habitación? —propuso el jefe de los escribas.

—No, voy mucho más allá. Los sacerdotes se limitaron a reordenar los papiros en la misma habitación con el fin de confundir nuestros recuerdos. Todos sabíamos dónde estaban los papiros mágicos. De críos fuimos allí en numerosas ocasiones. Es una habitación oculta, pero conocida por todos. Es lo primero que te enseñan cuando entras a estudiar en la Casa de la Vida.

—Sabes que no puedes poner un pie en esa estancia, y se convierte en algo prohibido y, por eso precisamente, atractivo —reconoció Ranefer recordando sus pillerías infantiles.

—Así es. Yo mismo creía estar seguro de dónde se encontraba el papiro de Thot, porque lo robé hace diez años. Entré y salí de la Casa de la Vida con celeridad, pero recordaba a la perfección en qué parte de la habitación estaba ese documento.

—Y en nuestra última visita te percataste de que los rollos se hallaban en otra pared.

—¡Exacto! —confirmó el príncipe empleando un tono triunfante—. Estaban en otra esquina. Me acuerdo, sin sombra de duda, de dónde lo cogí. En un primer momento pensé que quizá habían ampliado el número de rollos, viéndose obligados a desplazar los papiros. Pero resultaba extraño. La producción de este tipo de documentos no es tan grande para llenar en unos años una enorme pared y hacer correr todo su contenido al otro extremo. Además, sabía que cuando lo visité no había huecos libres para depositar más papiros. Así que, de haberlos, deberían estar colocados en otra habitación y dejar intacta la ordenación que siempre habían empleado allí.

—Además, como has señalado, los sacerdotes del templo de Iunu estaban informados de nuestra visita... Y lo prepararon todo como si fuera una de las representaciones de religiosos que hacen en Abedyu* durante las fiestas en honor del dios Osiris.

—No solamente estaban al corriente de nuestra visita, sino que, además, tenían claro a qué íbamos: nuestro objetivo era el papiro del santuario sagrado de Thot. Los rumores en palacio corren deprisa; son más rápidos que el viento. Me gustaría saber cómo, pero alguien puso sobre aviso al sumo sacerdote, Sahure.

—En palacio los rumores vuelan ligeros, como dices, pero aún

* Se trata de la ciudad actual de Abidos, al sur de Egipto, lugar identificado con el dios Osiris desde las primeras etapas de su historia y que fue un centro de peregrinación para los antiguos egipcios.

más en los propios templos —apostilló Ranefer, que se enfrentaba a diario con las artimañas de los sacerdotes.

—Realmente, no tuvieron que organizar nada. Sólo cambiaron de sitio los rollos de papiro. ¿Recuerdas que te lo comenté? Te dije que yo no cogí el papiro de Thot de esa esquina sino de la del extremo opuesto. De pronto caí en la cuenta de ello... Y el resto fue muy sencillo.

Hordjedef seguía deslumbrado por el éxito de su deducción. Observó a su amigo un instante.

—Cuando fui por la mañana al templo de Iunu, apenas el sol había salido por el horizonte —prosiguió, rememorando ahora la aventura que había vivido ese día—, me deshice del sacerdote cuidador de la misma forma que la primera vez. Lo demás fue fácil. Entré en la habitación y me dirigí a la pared donde estaban las baldas con los rollos de los papiros mágicos que nos mostraron el otro día, y allí tan sólo encontré referencias de medicina..., tratamiento de heridas producidas por armas punzantes, cirugía e infecciones. Cuando miré hacia el lugar donde estaba seguro de haber cogido el papiro hace diez años, vi que volvían a estar en su sitio todos los rollos mágicos. No tuve más que retirar la copia del papiro de Thot y apareció la caja de sílex con su nombre.

—¿No lo echarán en falta? —preguntó el jefe de los escribas, desconfiado.

—Nadie usa ese documento. Recuerda que ni siquiera Sahure sabía que habían duplicado el original.

Ranefer asintió. Debido al cargo que ostentaba, sabía que los rollos mágicos eran los menos usados por los sacerdotes. Albergaban cierto recelo, cuando no miedo, al respecto de su contenido. Muchos no los entendían y se limitaban a hablar de su existencia, pero jamás habían leído uno solo de ellos. Otros no habían leído más que los títulos ya que habían descubierto por sí mismos que era cierto cuanto les habían enseñado en la Casa de la Vida: los papiros mágicos eran extremadamente difíciles de comprender. Ese temor era el que Ranefer quiso transmitir a su amigo.

—¿Y ahora qué vas a hacer con él? No te resultará fácil aplicarlo a una construcción como la pirámide del faraón.

—¿Acaso me crees incapaz de una cosa así? —preguntó el príncipe con arrogancia.

—Bueno, Hordjedef, todos los papiros mágicos son muy complicados…

—Éste no es un papiro mágico —alegó el hijo de Keops blandiendo el documento en la mano—. Es más precioso quizá que el propio papiro del santuario sagrado de Thot. Su valor reside en que explica lo que contiene. Mientras me dirigía hacia aquí para encontrarme contigo he leído algunos fragmentos y he entendido, por ejemplo, el significado de la cámara subterránea que tanto intrigaba a mi padre.

—¿Te refieres a la que ha hecho caer en desgracia a Seshat y ha relegado al pobre de Hesiré al mayor de los olvidos?

Hordjedef rio la ocurrencia de su amigo. Le pareció muy oportuna la explicación que Ranefer acababa de ofrecer.

—Hesiré está cansado. Es viejo y no cuenta con las fuerzas necesarias para afrontar un proyecto de estas características. El caso de Seshat es diferente. —Hordjedef torció el gesto al mencionar su nombre—. Se ha buscado por sí sola el destino aciago que ahora ensombrece su futuro. No podrá negar que le he dado todo tipo de oportunidades. La invité a colaborar conmigo y a trabajar juntos, pero siempre desestimó la ayuda que le ofrecí.

Ranefer se acercó a su amigo y le puso la mano en el hombro.

—Finalmente, has conseguido lo que buscabas. Tienes tus propios métodos, peculiares, es cierto, pero nadie podrá negarte el éxito de la pirámide. De eso no me cabe la menor duda.

—Gracias, Ranefer. Por fin estoy al frente del mayor proyecto constructivo al que se ha enfrentado la tierra de Kemet. No llegaré al trono, pero nadie olvidará en los tiempos venideros mi nombre. Yo seré el constructor de la gran pirámide de mi padre, el faraón Keops.

Tercera parte

El santuario sagrado de Thot

28

Necrópolis de Ineb-Hedy, la pirámide del Horizonte de Keops (2560 a. C.)

Quiero ver cómo ha quedado el pasadizo norte que hay sobre la cámara central de la pirámide. Es uno de los espacios más sensibles de la construcción y es mi deseo inspeccionarlo.

Las palabras del jefe de los constructores sorprendieron al capataz, que había subido hasta la colina desde donde Hordjedef supervisaba las obras bajo su toldo para dar cuentas de la finalización de los trabajos de esa mañana.

—Iré a verlo antes de que se ponga el sol. Ordena que los obreros abandonen la zona. Me acompañará mi guardia.

El capataz pensó la respuesta que debía dar antes de dirigirse a Hordjedef.

—Creo que eso no podrá ser, mi señor —dijo en tono quedo—. El pasadizo ha sido cegado. Debías haberlo propuesto ayer al finalizar las obras del día. Se te preguntó si querías verlo y no contestaste. Ahora es imposible. Entendimos que, como ha sucedido en otras ocasiones, dabas tu aprobación a lo realizado.

—Pues quiero verlo hoy —replicó el príncipe en un tono arrogante que, aun así, no amedrentó al encargado—. Prepáralo todo como te he indicado para antes de la puesta de sol.

—He de recordarte, alteza, que el pasadizo es de un solo trayecto —insistió en un intento de que el príncipe entrara en razón—. Es posible entrar, pero no salir. Ha quedado cegado hasta el día del entierro del faraón Keops, Vida, Salud y Prosperidad. Si accedes ahora... no podrás regresar.

—¿Y cómo saldrán los portadores del sarcófago cuando lo hayan dejado en la cámara funeraria?

La pregunta habría parecido lógica a oídos de cualquier profano, pero el capataz no alcanzaba a entender cómo, después de tanto tiempo, el príncipe no había comprendido nada de cuanto estaba realizándose en la pirámide del faraón. Su respuesta, una vez más, fue clara y directa.

—Mi señor, no habrá porteadores —dijo sin mover un solo músculo del rostro—. Nadie tendrá que salir de ninguna parte. El sarcófago del faraón se depositará allí y los obreros que lo transporten deberán descender por la galería central de la pirámide... No será necesario nada más.

Hordjedef levantó la mano para despedir a su capataz. No era la primera vez que quedaba como un incompetente delante de sus hombres. En los últimos años había madurado y sus estudios al respecto de la magia del santuario sagrado de Thot lo habían convertido en uno de los escribas magos más reputados en la tierra de Kemet. No hacía juegos de manos, como aquellos con los que el desaparecido Djedi solía sorprender a su público más entregado, incluido el propio faraón. Pero su dominio de la magia y de los textos que contenían *heka* había crecido ostensiblemente. Aun así, su exceso de confianza le había hecho cometer algunos errores. Y aquél parecía ser uno más.

La respuesta que el jefe de los obreros acaba de darle tenía sentido, de modo que decidió no profundizar en aquel escollo. Dar marcha atrás a los trabajos sólo habría abonado la idea de falta de disciplina de la que a veces se lo acusaba entre los capataces.

En cuanto el hombre se hubo marchado después de saludar cortésmente al príncipe, éste avanzó unos pasos y se asomó a la terraza de piedra que se abría delante de su toldo. Desde allí podía verse en todo su esplendor la pirámide del faraón.

En el vigésimo noveno año del reinado de Keops, Vida, Salud y Prosperidad, su estructura casi estaba finalizada. Desde el exterior, el peregrino que llegaba a la planicie para visitar los santuarios anexos que ya llevaban varios años en funcionamiento quedaba cegado por los destellos de la piedra que cubría el monumento.

Era blanca, y refulgía con un brillo radiante desde cualquier lugar del valle. En Iunu aún no daban crédito a su majestuosidad, infinitamente superior a la del magnífico templo de Ra. Sus enormes obeliscos habían sido relegados a un humillante olvido, avasallando al hasta entonces todopoderoso estamento clerical.

Sin embargo, aún quedaba mucho trabajo por hacer, sobre todo en el interior del edificio y en los aledaños. Muchas tumbas de príncipes y de personas cercanas a la corte de Keops ya se habían excavado y preparado para ser utilizadas. Algunas, como la de Hemiunu, antiguo jefe de los constructores del faraón, estaban ocupadas y selladas desde hacía tiempo. Formaban un entresijo de calles donde cada tumba era un rectángulo en los dos enormes dameros levantados en los lados oriental y occidental de la planicie, recibiendo en diferentes momentos del día los rayos vivificadores que se reflejaban en la pirámide de Keops. Pero lo único que destacaba desde la lejanía, a miles de pasos de distancia, era la enorme montaña pétrea erigida en honor del faraón.

Ahora que se habían retirado las rampas principales empleadas para elevar piedras hasta las zonas medias de la pirámide, había más espacio en la meseta. Las masas de obreros dedicadas en los últimos años al monumento del faraón se destinaron a construir los edificios lindantes que debían acompañar la tumba, especialmente el templo funerario y la calzada que lo uniría con el cercano valle del río Hapy. Parecía que la meseta se había transformado en una enorme ciudad en la que las calles que delimitaban las tumbas y las pequeñas aldeas, levantadas al socaire de la enorme pirámide, le conferían un aspecto urbano hasta entonces desconocido.

En los últimos años los trabajos se habían acelerado debido a que, a medida que la construcción crecía hacia su vértice, era menor la superficie que debía rellenarse con piedra o arena. Era cierto que la altura a la que había que elevar los bloques era cada vez mayor y conllevaba más problemas, en ocasiones extremos, en lo relacionado con el transporte, la erección y la ubicación. Sin embargo, el ingenio que demostró Hemiunu para inventar pasillos internos en el perímetro del edificio que ascendían como una espiral y ayudaban al movimiento de los bloques permitió aliviar esos trayectos y aceleró también el proceso constructivo. Si a eso se sumaba el hecho de que la pirámide estaba levantada sobre una loma rocosa que posibilitó llenar el corazón del monumento con roca natural, evitando con ello tener que llevar unas cuantas decenas de miles de bloques de piedra, todo parecía ir con viento a favor.

La pirámide blanca era colosal. Nunca se había construido nada semejante en la tierra de Kemet ni en los países vecinos. Hordjedef era consciente de que su fama había llegado a tierras lejanas, según atestiguaban los embajadores.

La altura de la morada de millones de años de Keops alcanzaba casi los 300 codos, toda una proeza constructiva* que nadie podría superar en tiempos venideros. Así lo sentía Hordjedef, el jefe de los constructores, hijo del faraón, quien, a pesar de todos los contratiempos que habían aparecido en el camino durante esos años, estaba orgulloso de su trabajo. Había conseguido elevar más de 210 hileras de piedra sin aparente ayuda de nadie y cuando muchos desconfiaban de sus habilidades para lograrlo.

Y ésa era la única verdad. Había oído críticas en forma de rumores, pero se había encargado de acallarlos de forma expeditiva. Hordjedef no consentía que nadie dudara de su trabajo. No había razones para ello y la evidencia estaba ahí, delante de todos.

Nadie recordaba ya que el diseño original era de Hemiunu. Habían pasado tantos años, tantas vidas, que el único nombre que brillaba con luz propia en la historia de la pirámide era el suyo. El antiguo jefe de los constructores había muerto hacía ya casi tres décadas y no se acordaban de él. Como había sospechado el hijo de Keops hacía tiempo, pronto comenzó a llevarse toda la gloria por la construcción de la pirámide del faraón. Con todo, tal era su ambición que aspiraba a más todavía.

* La altura original de la Gran Pirámide de Keops era de 146,59 metros y sus lados alcanzaban los 230,36 metros en la base. En la actualidad, sólo mide 138,75 metros de altura, debido a que durante la Edad Media se utilizaron sus bloques para la construcción de edificios en El Cairo.

A simple vista, aun siendo consciente de que había que ultimar algunos elementos, no menores pero sí de inferior dificultad constructiva, la pirámide parecía completa. Pero esa dificultad menor era, realmente, un espejismo.

Desde su atalaya, la misma desde la que había observado la evolución de los trabajos semana tras semana durante casi tres décadas, Hordjedef contemplaba la pirámide como algo finalizado, acabado, dispuesto para el uso de los sacerdotes. Sin embargo, aún quedaban algunos elementos mágicos que añadir a la construcción, quizá los más importantes. Se había preparado para ello estudiando los textos sagrados que hacían referencia al santuario sagrado de Thot. La realidad que ofrecían era tan insólita que incluso él dudó en más de una ocasión si aquello que habían puesto por escrito los antiguos sacerdotes hacía generaciones no sería más que el producto del desvarío de un loco, algo que no tenía ningún sentido. Pero no, para él todo tenía su lógica, y sería capaz de ultimar los trabajos, demostrando así quién era y qué había conseguido.

Desde que estaba solo al frente de las obras y a fin de completarlas, había depositado su confianza en los capataces que le habían servido con lealtad durante todos esos años, y había seguido lo más fielmente posible los esquemas encontrados en los papiros del dios Thot.

Pasado todo ese tiempo, ahora sólo restaba hacer el último esfuerzo para rematar la anhelada morada de eternidad de Keops. Su padre contaba con buena salud y, a pesar de que estaba a punto de cumplir setenta años, algo poco habitual entre los habitantes del valle, no mostraba evidencias de debilidad. Al contrario, había renovado sus perpetuos votos de poder y fuerza con la tierra de Kemet. Para ello consiguió superar de manera exitosa las pruebas físicas a las que fue sometido en la misma planicie, frente a su futura sepultura. Reiteró las oraciones de fidelidad a las estrellas del cielo y fue aceptado en la casa divina en la que residían los dioses como uno más.

Teniendo en cuenta su buena salud, no era necesario que la pirámide estuviera lista de inmediato. No parecía ser el caso de otros monarcas que lo precedieron en el trono de las Dos Tierras, cuyas tumbas no estaban acabadas cuando fallecieron de manera repentina y debieron rematarse a toda prisa, dejando en evidencia muchos problemas de seguridad e incluso de construcción. Eso había sucedido con Esnofru, padre y antecesor de Keops, razón que se tomó como causa de los repentinos asaltos a su pirámide. Pero esa excusa no serviría con Keops. Si todo iba bien, a su muerte la tumba estaría completada y lista para que la utilizase en su viaje hacia las estrellas.

—Buenos días, Hordjedef.

Ranefer, jefe de los escribas, lo sacó de sus pensamientos. No era frecuente que su amigo lo visitara en la meseta. No era algo que se permitiera a las personas ajenas al proyecto, pero con él se hacía siempre una excepción. Además, nunca bajaba del mirador desde el que Hordjedef supervisaba los trabajos, por lo que entendían que lo que Ranefer pudiera ver desde allí era lo mismo que podría ver cualquier campesino desde los no muy lejanos campos de cultivo situados al otro lado del río.

—Buenos días, Ranefer. ¿Quieres beber algo? —dijo el príncipe en tono alegre.

El escriba asintió. Él mismo le sirvió una copa de vino tomando de una mesa la jarra de cobre que usaban a diario para tal fin. Llenó un vaso de fayenza blanca en el que el color del vino resaltaba aún más y se lo tendió.

—No esperaba tu visita tan pronto. ¿Vas camino del templo de Iunu?

—Así es —respondió el escriba—. He visto desde mi embarcación la pirámide y no he podido resistirme. Espero no importunar.

Hordjedef negó con la cabeza. Siempre tenía un momento para su amigo.

Sobre la mesa de trabajo que había debajo del toldo, se veían varios papiros dispersos, sin aparente orden. Ranefer se fijó en que todos ellos contenían esquemas de la pirámide. Comparó los dibujos con lo que tenía ante sus ojos y volvió a sobrecogerse una vez más, como le había sucedido las últimas ocasiones que había tenido la oportunidad de visitar a Hordjedef.

—¡Es magnífica! —exclamó el jefe de los escribas—. Todo el mundo la observa con admiración desde el río y más allá. En Ineb-Hedy no se habla de otra cosa. Muchas familias suben a las terrazas de sus casas para contemplarla en todo su esplendor durante el amanecer. El destello de los rayos del sol sobre su cara este es fascinante.

El hijo del faraón se limitó a sonreír orgulloso. Durante los últimos meses había oído esos mismos halagos. En efecto, era una construcción majestuosa.

—Pareces muy satisfecho con el trabajo —comentó Ranefer al ver el brillo en el rostro de su amigo—. Es lo que soñabas. Siempre hablabas de convertirte en el jefe de los constructores de tu padre, el faraón. Lo has logrado, y has sabido demostrar que no hay obstáculo que frene tu entusiasmo. Todos te recordarán, Hordjedef. Nadie tendrá presente el nombre de Hemiunu. Lo has conseguido.

—Aún queda por hacer —reconoció el príncipe en un intento vano de quitarse importancia—. No te negaré que no estoy feliz por lo logrado hasta ahora. Pero no puedo cantar victoria hasta que la pirámide se cierre, sea sellada y el enterramiento de mi padre permanezca seguro durante millones de años.* No es algo que quiera que suceda pronto, por supuesto. La edad de mi padre es extraordinaria. Pocos habitantes de la tierra de Kemet alcanzan los setenta años. Los dioses decidirán cuándo ha de llegar su momento, pero me gustaría ser testigo de todo.

Ranefer se dio cuenta de inmediato del problema. Conocía a Hordjedef desde que eran niños. En el tono de la voz del príncipe percibió cierto destello de preocupación.

—¿Eso es lo que ahora te intranquiliza? ¿No se habrá inmiscuido de nuevo Seshat en tus planes? —preguntó el escriba.

Hordjedef dio unos pasos hasta la mesa donde estaban los papiros. Muchos de ellos no tenían nada que ver con la construc-

* Los antiguos egipcios concebían la eternidad en millones de años. No tenían una idea de tiempo lineal, sino circular, basada en la aparición del sol cada mañana.

ción de la pirámide. No eran más que correspondencia que debía atender de otros trabajos a los que también dedicaba su tiempo. De entre todos ellos, tomó uno. Era el más viejo.

—¿Sabes qué es esto? —preguntó a la vez que tendía a su amigo el misterioso documento.

A simple vista, a Ranefer le pareció un documento ajado. El papiro se había deshilachado por los bordes alcanzando casi al margen donde estaba el texto escrito. Pero al fijarse se percató enseguida de qué se trataba.

—Veo que ya no te preocupa mucho el secreto que guarda este precioso documento —dijo—. Hace años habrías sido capaz de cortar las manos a todo aquel que osara acercarse a él... Pero hoy lo tienes entre otros documentos, como uno más, sobre tu mesa de trabajo. Y a la vista de todos. ¿Acaso sus secretos ya no tienen ningún valor? Escóndelo, Hordjedef...

El escriba acompañó esas últimas palabras dejando el documento oculto bajo un montón de rollos de papiro que cubrían una de las esquinas de la mesa.

—Podría quemarlo si quisiera —afirmó el príncipe, muy seguro de sí mismo—. Llevo muchos años leyéndolo y conozco todos sus secretos. Podría recitar su contenido de memoria.

—Y, sin embargo, esos secretos siguen preocupándote como el primer día —sentenció Ranefer.

Hordjedef se dirigió de nuevo hasta el borde de la terraza desde la que divisaba la pirámide. El ajetreo de los obreros, el movimiento de las pocas piedras que aún se transportaban desde el cercano puerto y la algarabía de los hijos de los trabajadores, que jugaban en las proximidades de la meseta, donde estaban sus casas, formaban aquel extraño panorama, monótono ya para él después de casi tres décadas de observarlo.

—He estado en este mismo lugar tanto tiempo que me resulta increíble. ¿Recuerdas cuando mi padre apenas me tenía en cuenta? Creo que sólo confió plenamente en mí cuando supo que tenía el preciado papiro en mi poder. Aunque el término «preciado» es, quizá, muy atrevido...

—Así es... Luego descubrimos que parecía que todo el mundo

lo tenía —añadió Ranefer casi en tono bromista—. Había copias por doquier. Sin embargo, todo texto mágico cuenta con su propio secreto. Y ahí sí fuiste el más rápido en conseguirlo.

—¿Te olvidas de Seshat?

—Ella no cuenta para nada ya —replicó el escriba—. Esa mujer es parte del pasado. ¿Qué ha conseguido en todos estos años? Sigue haciendo cosas con Hesiré, un anciano a punto de cruzar el umbral del reino de Osiris... Por cierto, hace meses que no los veo. No volvió a intentar perturbar tu camino, ¿no es así?

Hordjedef negó con la cabeza. Era cierto. Seshat había desaparecido de su vida hacía tiempo, mucho más de lo que a él le habría gustado. Nadie había perturbado su trabajo en los últimos años. Ni siquiera el sempiterno Djedi había regresado otra vez del Más Allá para importunarlo con sus advertencias y amenazas. Y ahora que estaba a punto de rematar la pirámide, añadiendo los últimos elementos mágicos, eso lo inquietaba.

—No tienes que preocuparte por nada —insistió Ranefer—. Ayer me dijiste que la cámara secreta donde se ubicará el sarcófago del faraón estaría preparada hoy, ¿no es así?

—En efecto —reconoció Hordjedef, si bien con cierta pesadumbre—. Fíjate si es poderosa la magia que rodea a esa parte de la pirámide que nadie puede verla ya. Ni siquiera el faraón, porque cuando esté allí... estará muerto.

—¿Cómo dices? No te entiendo.

—No he podido ver cómo es o cómo ha quedado. Es una habitación tan secreta y con una magia tal que de entrar ahora en ella no podría salir.

Ranefer dio un respingo. No sabía cómo interpretar esas palabras. En un primer momento hizo un amago de sonrisa. Parecía una broma, pero la expresión de Hordjedef no dejaba lugar a duda. Quizá el uso de *heka*, la poderosa magia de los dioses que se había transmitido a los seres humanos por medio de esos papiros, era más peligrosa de lo que nunca habría imaginado.

El semblante de Hordjedef cambió de pronto.

—Tengo un presentimiento, Ranefer —le confesó con expresión preocupada—. Estoy llegando al final del camino. La pirámide de mi padre está prácticamente acabada. Sólo queda rematar algunos elementos que ni yo mismo comprendo, aunque sé cómo ejecutarlos.

—Sé que lo harás bien, Hordjedef —intentó animarlo su amigo—. De eso estoy seguro. Nadie podrá detenerte ya. En este tiempo te has convertido en un reputado mago. Conoces como nadie el papiro de Thot y otros textos similares. Ya no tienen secretos para ti. Has tocado el éxito, ahora sólo tienes que aferrarte a él.

—Lo sé, lo sé... Si he llegado hasta aquí, podré dar el último paso. Estoy convencido. Pero el presentimiento sigue golpeándome con fuerza...

—¿A qué te refieres?

—Me he convertido en un experto en papiros mágicos, es cierto. He tardado en adquirir la experiencia que Djedi demandaba al principio de los trabajos, pero al final lo he hecho. Y las cosas han cambiado mucho desde entonces. Pero hay algo que me hace desconfiar de la magia, *heka*... Es una herramienta tan poderosa como peligrosa, los dos lo sabemos. Creo que me enfrento a una lucha despiadada que nunca nadie ha tenido que afrontar hasta ahora.

Ranefer no quiso añadir nada a las palabras de su amigo. No se sentía cómodo en un terreno tan inestable como lo era el de la magia de los textos antiguos.

—Sé que la pirámide está acabada. Mi padre quiere verla en los próximos días.

—Entonces muéstrale tus logros, Hordjedef, y entierra esos fantasmas del pasado.

—Venceré —afirmó el príncipe, convencido—. Estoy a punto de desvelar el secreto de la pirámide.

29

Ese engreído es incapaz de dibujar un rectángulo en el suelo de su patio ayudándose de un tablero de senet. No me creo que haya conseguido dar con el secreto de la pirámide. Tus escuchantes deben de haberse equivocado, y si lo oyeron de boca de Hordjedef, estoy segura de que se trata de otra de sus bravuconadas.

Seshat caminaba con expresión airada de un extremo a otro de la habitación. Hacía aspavientos con los brazos mostrando su contrariedad. A pesar de los años, la hija del antiguo jefe de los constructores, Hemiunu, no había perdido un ápice de su atractivo natural. Como muchas mujeres de su edad, empleaba con más profusión el maquillaje, especialmente la línea negra que rodeaba sus hermosísimos ojos oscuros, resaltando aún más su brillo. Algunas damas de la corte, envidiosas de la belleza de la constructora, comentaban en corrillos que Seshat empleaba extraños sortilegios para conservarse tan hermosa y lozana. Para ellas la magia lo solucionaba todo. Y tener acceso a *heka* era algo que estaba tan sólo al alcance de muy pocas personas, entre ellas Seshat.

Cuando se enteró de esos chismes por una de las muchachas que trabajaba en su casa, le pareció incluso divertido. Sabía que muchas personas, especialmente los hombres, eran incapaces de reconocer su trabajo. El diseño y la construcción de viviendas era cosa de varones, de los nobles principales de la casa real cuyos estrechos vínculos con palacio lo hacían posible. Una mujer nunca debía meterse en esos menesteres, ni siquiera como ayudante. Pero a Seshat eso ya le daba igual. Ella pertenecía a la familia real, aunque fuera en segunda línea de sangre. Sólo quería ganarse el cariño de quienes estaban cerca de ella y jamás le habían fallado en las últimas décadas desde que sufrió la fatalidad de perder a su padre en aquellas circunstancias tan aciagas.

Seshat vestía con la misma elegancia de siempre. Un vestido largo, sujetado por dos anchos tirantes, siguiendo la moda de los últimos años, cubría ahora las antaño voluptuosas curvas de la hija de Hemiunu. Sus pies, cubiertos por ricas sandalias de cuero engalanadas con pedrería de colores, y sus delicadas aunque arrugadas manos eran el reflejo de una vida dedicada a un trabajo refinado. De niña había estudiado en la Casa de la Vida los relatos antiguos que referían las bondades de saber escribir. No especificaban si debía ser hombre o mujer. Lo importante era tener una buena educación y saber tomar la delgada caña necesaria a todo escriba y la tinta para trazar con soltura los ideogramas sobre el papiro. El resto sobraba.

Ganarse la vida como lo hacía ella, rodeada de esas herramientas, tinteros y rollos de papiro, la había alejado de las duras tareas en el campo, y con ellas del barro, la tierra, el polvo y los excrementos de animales. Por otra parte, las rentas que su padre le legó le habrían permitido vivir de forma holgada, buscar un buen marido y, quizá, tener una vida más cómoda. Sin embargo, Seshat siempre apostó por el trabajo personal y el esfuerzo para conseguir por sí misma las cosas. Era algo que había aprendido de Hemiunu y de las conversaciones que tuvo con Djedi, y ahora, cuando rondaba los cincuenta años, no se arrepentía de ello en absoluto.

La otrora joven aprendiz de constructor era ya una de las mujeres más ricas de la ciudad de Ineb-Hedy y, al mismo tiempo, más respetadas. Las habladurías que se contaban sobre ella no eran, a su juicio, más que la confirmación del respeto que le tenían, un respeto que, en ocasiones, se transformaba en envidia y rivalidad. La fama del buen hacer de su trabajo había cruzado las fronteras de la capital y en su taller recibía propuestas de otras aldeas y ciudades grandes de la tierra de Kemet. Desde la desembocadura del Hapy en el Gran Verde, hasta la frontera con la tierra de los nubios, Seshat había tachonado las márgenes del río de lujosas villas para nobles, comerciantes o sacerdotes de alto rango. Incluso el faraón, después de pasado un tiempo y aplacado el malestar que las acusaciones vertidas contra ella por Hordjedef le habían causado, le encargó más de una residencia real, para horror del príncipe, quien en más de una ocasión temió que la hija de Hemiunu fuera a arrebatarle finalmente su cargo y regresar a los trabajos en la pirámide de Keops. Pero nunca se dio el caso. Además, Seshat jamás habría aceptado el ofrecimiento. Ella sabía cuál era su lugar y con quién y en qué debía trabajar. Nunca quiso, pasados tantos años, volver al inicio de la rueda donde todo pareció torcerse, para su desgracia.

Aun así, era consciente de que las cosas no habían salido tan mal, por lo que agradecía a los dioses de Kemet la nueva oportunidad que le habían dado.

Nada de ello podría haber conseguido sin la ayuda del fiel Hesiré. El antiguo secretario de Hemiunu, aun siendo muy anciano, continuaba asistiendo en lo que podía, si bien cada vez con menos fuerzas, a su querida Seshat.

En ese momento descansaba sentado en su silla de siempre en un lateral de la estancia, desde donde observaba a Seshat. La mujer se movía de un lado a otro, alzaba la voz en ocasiones y gesticulaba de forma ostentosa. Pero la había visto así tantas veces ya que no le sorprendió.

—Al menos, eso es lo que le oyeron decir, según me cuentan mis informantes. Hordjedef afirmó que conocía el secreto de la pirámide —reiteró el anciano con voz quejumbrosa ante la incredulidad de Seshat.

Hesiré mostraba en su rostro ajado el paso de los años. Sus manos huesudas y llenas de arrugas se aferraban a los brazos de la silla como si temiese que todo empezara a tambalearse y él pudiera caer al suelo. Había trabajado durante toda su vida con perseverancia, manteniéndose siempre fiel a sus señores, sin destacar ni llamar la atención.

—El secreto de la pirámide —volvió a decir Seshat—. ¿Sabes lo que eso significa, Hesiré?

—Sí, que el príncipe conoce el último enigma de la construcción para poder rematarla con éxito.

La hija de Hemiunu paró de dar vueltas y se detuvo delante de Hesiré.

—¡Así, sin más! —exclamó con los brazos en jarras—. Dice que conoce el secreto y te da igual, ¿eh? ¡No has movido ni una ceja!

—¿Qué quieres que haga? Han pasado muchos años y por fin ha llegado el momento que tanto temías. En las últimas tres décadas ha tenido tiempo suficiente para prepararse y descifrar el contenido completo del papiro del santuario sagrado de Thot. Asúmelo, Seshat. Hordjedef ha vencido. Todo acabó.

Ella reanudó su ir y venir por la habitación, con la mirada fija en la tierra apisonada del suelo. Hesiré la observaba con aparente indiferencia. Estaba molesto por la situación, como era lógico, le disgustaba que el príncipe se hubiera salido con la suya, después de todo. Pero también era consciente de que no podían hacer nada. Si no lo habían hecho en todos esos años teniendo oportunidades para ello, no veía que fuera el momento para hacerlo ahora que la pirámide estaba a punto de ser rematada.

—Hordjedef no es un avezado constructor, pero tampoco es estúpido —insistió el anciano casi sin fuerzas, intentando convencer a Seshat—. ¿No has visto ganar una partida de senet en una casa de la cerveza a alguien que nunca había jugado? Estamos ante una situación idéntica. El príncipe no sabe cómo, pero lo ha conseguido. Será incapaz de explicarlo y, sin embargo, a la vista de todos habrá obtenido el mayor de sus logros.

Seshat no respondió. Tomó de una de las mesas un espejo de bronce bruñido y contempló en él el reflejo de su rostro envejecido. Aunque el paso del tiempo no la obsesionaba, no le gustaba pensar en ello.

Volvió a dejar el espejo donde estaba y retomó la conversación con el antiguo secretario de su padre. Era consciente de que la situación era muy compleja y de que difícilmente podrían convencerse con argumentos tan ingenuos.

—No sé lo que está bullendo en tu cabeza ahora mismo —añadió el viejo constructor—, pero estoy seguro de que no es nada bueno. Has de asumirlo, Seshat. La pirámide está acabada, y si ahora intentas imponerte y colocar obstáculos en el camino del príncipe para impedir que remate su pirámide, piensa que a quien estarás perjudicando será al faraón, no a él. Estarás privando a Keops de la pirámide que su hijo le ha construido. Podría considerarse traición.

—¡Esa pirámide es de mi padre y de Djedi..., y en parte tuya también! —gritó Seshat deteniéndose delante de Hesiré, tan de repente esa vez que el anciano dio tal respingo que la madera de la silla crujió—. Parece mentira que hayas olvidado ya todo el trabajo que realizaste para que ahora ese mentecato venga dándose aires y afirmando que ha levantado una pirámide y ha conseguido su secreto. ¡Lo ha robado absolutamente todo!

—No, mi querida Seshat. Hordjedef ha vencido —insistió el anciano con la mayor tranquilidad del mundo—. Debes empezar a preocuparte por otras cosas y no dejarte arrastrar por tus deseos de venganza. Es hijo de Keops, y no podrás hacer nada para evitarlo. Su padre es la encarnación de la divinidad, y su poder es absoluto y eterno.

Por primera vez, la hija de Hemiunu pareció rendirse a la evidencia. Bajó los brazos y soltó todo el aire de sus pulmones. Se dirigió a la mesa de trabajo que había junto a las columnas que unían la estancia con el patio del estanque y desde allí contempló con deleite el agua y la vegetación. Ese lugar no había cambiado prácticamente nada en todo aquel tiempo. Los árboles habían crecido, y los pájaros canturreaban como antaño... Incluso las paredes tenían los mismos desconchones en el zócalo de los muros formando extraños dibujos, tal como los había visto ya de niña.

Al bajar la mirada hacia la mesa reparó en un papiro con el plano de la pirámide que su padre había hecho con la ayuda de Djedi. Se trataba de un diseño sencillo, apenas un cuadrado representando la base sobre la que se habían trazado con gruesas líneas negras el dibujo de las galerías que se hundían en la roca del suelo. Las habitaciones, sus medidas, la orientación de los estrechos pasadizos que debían salir a una altura determinada desde sus paredes norte y sur, la inclinación de la enorme galería central que servía de columna vertebral para la pirámide..., todo estaba representado y perfectamente explicado en ese documento que, para desgracia de Seshat, había caído en manos de Hordjedef hacía años, allanándole el camino hacia el éxito.

—Está hecho —añadió Hesiré, que seguía intentando apaciguar los ánimos de Seshat al percibir el desengaño en su rostro—. No es el momento de cometer locuras, sino de ser inteligentes y olvidar.

—No digo que traicionemos al faraón —respondió ella con un enorme suspiro mientras ocultaba el papiro debajo de otros textos—. Ni se me ha pasado por la cabeza tal cosa. Estoy convencida de que Hordjedef conseguirá terminar la morada de eternidad de Keops. Pero también sé que no tiene ni la más remota idea de cuál es el secreto de la pirámide, ¡nuestra pirámide!

—¿Y qué te hace pensar así?

—Es algo que sé, Hesiré. Es imposible que el príncipe haya podido desentrañar su secreto. Sólo Djedi fue capaz de hacerlo en una ocasión, y así se lo transmitió a mi padre, pero él nunca lo pasó a los planos de la construcción. Todo lo que haga Hordjedef será de su cosecha, y te aseguro que no le saldrá bien.

—El príncipe ya no es el joven pretencioso de hace años —intentó convencerla el anciano secretario—. Ha aprendido y se ha rodeado de los mejores sacerdotes para estudiar la magia de los textos antiguos. Me lo han confirmado varios compañeros de la casa de escribas del palacio. No puedo estar seguro de ello, pero es muy posible que, para nuestra desgracia, haya dado con la solución.

—Nos han invitado a la planicie mañana para visitar la pirámide junto al faraón. Quieren festejar la colocación en el vértice de un piramidión de electro y oro.

—Sin duda será una celebración hermosa... Sin embargo, espero que sepas disculpar mi ausencia. Esas cosas ya no son para las personas de mi edad —dijo Hesiré—. Hace mucho tiempo que no vas por allí, ¿no es así?

—Varios años, aunque el monumento es tan grandioso que se ve desde cualquier punto de Ineb-Hedy —respondió Seshat casi refunfuñando—. La memoria de mi padre... y la de Djedi están en juego.

—¿Cuándo es la visita, exactamente?

—Poco después del amanecer. Al parecer, Keops quiere ver cómo los rayos del dios sol dibujan su pirámide. He de prepararme para la cita, no será un momento fácil después de tantos años y de tantos contratiempos.

—Tómalo como lo que es, el legado de tu padre, y aparta los miedos del pasado. Tu futuro es prometedor, créeme.

Seshat observó al anciano y le sonrió con cariño. Hesiré era una de las personas más justas y honestas que había conocido. Jamás había alzado la voz ni había dicho algo de lo que pudiera arrepentirse. Era la encarnación de la sabiduría de la tierra de Kemet. No iba a echarle nada en cara, pero tampoco quería mentirle.

—Sólo quiero saber la verdad, Hesiré. Resulta inverosímil que Hordjedef haya descubierto el secreto de la pirámide.

30

La meseta sobre la que se erguía la pirámide blanca estaba repleta de gente. Habían premiado a los obreros con el día libre para que pudieran asistir a la recepción real en la que, de manera oficial, el propio faraón Keops, Vida, Salud y Prosperidad, asistiría a la finalización de las obras desde la necrópolis del Occidente de Iunu. Aquellos esforzados artesanos estaban acompañados de sus familias. Había hombres, ancianos, mujeres y niños vitoreando y esperando con emoción la llegada del soberano. Habían trabajado con ahínco durante más de tres décadas. Realmente, de los primeros grupos no quedaba nadie. Debido a la dureza de los trabajos, las remesas de hombres se habían ido solapando unas a otras, acortando el tiempo natural de las generaciones de obreros que se esperaban en un proyecto como aquél. Muchos de los familiares habían perdido la vida en las tareas y a otros la muerte les había llegado de forma natural. Pero todos estaban agradecidos al faraón, quien les había otorgado su confianza para poder participar en un proyecto tan importante para la tierra de Kemet.

Por primera vez en mucho tiempo, los oficiales de alto rango de palacio se habían reunido en la plataforma del puerto de la necrópolis para dar la bienvenida al faraón. Delante de ellos estaba Hordjedef, cabeza visible del proyecto y gran protagonista de ese día.

—Enhorabuena, príncipe Hordjedef, has conseguido superar las expectativas que el soberano de las Dos Tierras había puesto en ti —lo alabó uno de los jefes de la administración real—. Nunca nadie había visto nada igual ni creo que nadie vea algo comparable en el futuro. Es una proeza.

—Es visible desde mi villa a las afueras de Ineb-Hedy —añadió otro oficial tras felicitar al jefe de los constructores—, pero vista desde aquí, al pie de la pirámide, el corazón se te encoge ante tanta grandiosidad. El rey nos había hablado de ella, pero no podíamos imaginar que pudiera ser así.

—He ido varias veces a las canteras, y he observado por mí mismo con qué celeridad se realizaban los trabajos —añadió el tesorero—. Y puedo afirmar que, en este caso, la celeridad no ha comportado mediocridad o dejadez, al contrario. El ritmo era frenético, pero la calidad es asombrosa.

Todos los presentes asintieron e intercambiaron palabras de aprobación entre sí mientras Hordjedef sonreía, agradecido y orgulloso por el reconocimiento que estaba teniendo. Más de un informante le había referido la buena acogida que su proyecto había recibido en la corte, pero le agradó oírlo de viva voz de personas que otrora lo habían criticado o simplemente lo habían considerado un advenedizo, un hijo descarriado del faraón. Y, aun así, estaba convencido de que más de uno estaría mintiendo. Su puesto como jefe de los constructores era uno de los más deseados de la corte. Fuera como fuese, ahora eso le daba igual. Su nombre había empezado a grabarse con profundos jeroglíficos en el enorme bloque de granito de la historia de Kemet, y nadie lo impediría ya. Nadie borraría su paso por aquella tierra.

De pronto, todo el mundo abandonó la conversación para mirar hacia las aguas del río Hapy. Cuatro embarcaciones se aproximaban hacia el puerto. Liderando el grupo, con la vela extendida con el símbolo real del faraón, el barco de Keops se disponía a atracar. Decenas de marineros y asistentes prepararon los maderos para que todo estuviera perfecto.

El príncipe Hordjedef, acompañado del nuevo sumo sacerdote de Iunu, Merikare, se adelantó unos pasos hasta situarse frente a la ancha plataforma por la que el faraón desembarcaría en su silla, portada por ocho hombres.

El hijo de Keops estaba acostumbrado a esas recepciones reales, en las que su padre solía tratarlo con absoluta indiferencia. El soberano proyectaba una imagen de frialdad. En esa ocasión, sin embargo, las circunstancias eran diferentes. Nunca había asistido a una ceremonia en la que hubiera tanto público. Más aún, estaba seguro de que tampoco ninguno de los oficiales presentes en el acto había visto tanta gente reunida. Ni siquiera en la coronación de su padre y en el posterior desfile por las calles de Ineb-Hedy se habían aglomerado tantas familias. Allí en la planicie no solamente estaban los obreros y sus parientes, sino también miles de curiosos llegados desde la capital para ser testigos de aquel momento único.

Los trabajadores y sus familias no cesaban de gritar y vitorear al soberano, aumentando su regocijo cuando vieron desde la planicie que su embarcación se adentraba en el pequeño puerto situado a pocos pasos de la cara oriental de la pirámide.

El griterío era ensordecedor. Apenas podían oírse los tambores que daban la bienvenida al rey ayudando con su rítmico atronar a que los navíos situaran las embarcaciones en sus correspondientes lugares de atraque.

También había músicos con panderetas y flautas que interpretaban una alegre composición, así como bailarinas abriendo la comitiva con sus danzas. Llevaban vistosos trajes de color turquesa, y hacían girar su cabello largo recogido en una trenza de cuyo extremo pendía una bola de cuero con la que hacían juegos balanceándola en el aire al ritmo de la música.

Aquella recepción se parecía más a la bienvenida del soberano después de una victoriosa campaña militar que a la inauguración de un monumento funerario.

Ni los más ancianos recordaban que con alguno de los predecesores de Keops se hubiera hecho algo así. Las pirámides de Ineb-Hedy se habían inaugurado únicamente cuando el faraón había fallecido; de hecho, en muchos casos no se había realizado ninguna ceremonia porque el soberano había muerto de manera repentina y los trabajos de construcción habían tenido que concluirse a toda prisa.

Pero en esa ocasión todo estaba preparado. El momento solemne de la ceremonia lo constituiría el remate de la pirámide con el piramidión, el vértice que daría visibilidad al monumento desde cualquier punto del horizonte. Esa pequeña pirámide estaba colocada y dispuesta frente a la cara norte. Su brillo con los primeros rayos del sol al amanecer no pasaba desapercibido. El piramidión estaba hecho de electro y de oro traído de las campañas de Nubia, en la frontera meridional de la tierra de Kemet. Medía casi 4 codos de alto y una vez puesto en el vértice de la pirámide, su luz marcaría la ubicación de la tumba del soberano como si fuera una estrella en el firmamento. Era el remate que confirmaba la finalización de la obra exterior del edificio. Aún quedaban cosas por hacer en su interior, pero, en palabras de Hordjedef, esos trabajos no le llevarían más que unos pocos meses, el tiempo necesario para desvelar definitivamente el secreto de la pirámide.

Por primera vez en muchos años, el príncipe vio a su padre sonreír en una ceremonia como aquélla. Las aclamaciones de la gente lo motivaron a hacerlo.

Keops se levantó de su silla en cuanto los porteadores la depositaron en el suelo de piedra que se abría ante el puerto de la cantera cercana. Se dirigió hacia la multitud desperdigada por toda la planicie y saludó levantando los brazos a la vez que extendía sus símbolos de poder, el cetro y el flagelo.

De inmediato, los vítores se multiplicaron formando un ruido ensordecedor a tono con la gloria que emanaba de la pirámide del faraón.

—Buenos días, pad..., faraón Keops, Vida, Salud y Prosperidad —se corrigió a tiempo el príncipe cuando se acercó a su padre.

Junto al jefe de los constructores iba Merikare, el nuevo sumo sacerdote del templo de Iunu. Era un hombre ya mayor que en los últimos años había preferido mantenerse al margen de todos los entresijos relacionados con la pirámide. Sabía que no era bien recibido en palacio y que la única razón que justificaba su presencia allí era que el faraón deseaba que el clero viera su poder sobre el resto de los estamentos. Y, al parecer, Keops lo había conseguido.

—Buenos días, faraón Keops, Vida, Salud y Prosperidad —saludó el religioso en tono apocado, y se inclinó.

—Buenos días, Merikare... Buenos días, príncipe Hordjedef.

Tras los saludos, el monarca dirigió de inmediato la mirada hacia el protagonista de aquel día, el jefe de los constructores. Aquel gesto no pasó desapercibido para el sumo sacerdote. Le confirmó que no era más que una comparsa del protocolo en esa celebración.

—Bienvenido, padre —añadió el príncipe ya en privado, cuando Keops y él se adelantaron, separándose de la comitiva que había recibido al soberano en el puerto—. Todo está preparado para colocar el piramidión e inaugurar la pirámide.

—Ha sido una sorpresa encontrarme con tantas personas del pueblo —reconoció Keops mirando el gentío a su alrededor—. Eso sólo significa una cosa.

—Sí, que todos están contentos y felices con su trabajo y con el resultado.

—A eso he venido, hijo. Quiero ver la pirámide. ¿Me la muestras?

—Será un honor, padre.

Entre vítores, Keops caminó unos pasos hasta el lugar donde lo aguardaba otra silla de mano. Se sentó en ella y, a un gesto de uno de los oficiales de la guardia, ocho hombres la levantaron y avanzaron por la vía paralela a la calzada que llevaba hasta el templo funerario situado junto al monumento. Hordjedef, subido a su vez en otra silla, lo siguió en su camino ascendente hasta la colina sobre la que se alzaba la pirámide.

En ese momento de la mañana el sol caía con fuerza sobre todas las construcciones que tachonaban la planicie. El príncipe recordó por un instante el aspecto que tenía aquel desierto yermo hacía apenas tres décadas. Con trabajo duro y dedicación, miles de obreros habían conseguido levantar una ciudad dedicada al mundo de los muertos junto al río, en el límite de las arenas.

Keops no era ajeno a esa sorpresa. Observaba con admiración cómo habían avanzado los trabajos en los últimos meses. A su lado se extendía un entramado de calles y tumbas que no había visto en su visita anterior.

—Se trata de las sepulturas que nuestra familia ha mandado construir en este lado de la pirámide —se adelantó a explicarle el príncipe desde su silla al ver la expresión de sorpresa en el rostro de su padre.

—Entonces, tú mismo tendrás tu morada de millones de años aquí, ¿no es así?

—En efecto, es aquella que ves en la esquina de esa calle.

—No has elegido mal lugar, hijo —reconoció el soberano al percatarse del enorme tamaño de la plataforma de piedra blanca que cubría la tumba del príncipe—. ¿Está completamente acabada?

—Sí. No he querido tentar a la suerte, aunque quedan algunos detalles por ultimar todavía.

—Igual que en mi pirámide… —dijo el faraón.

—Así es. He preferido dejar los aspectos relacionados con… *heka* para el último momento.

—No es necesario correr, espero vivir muchos años más.

Hordjedef rio con satisfacción. Estaba disfrutando de aquello como nunca habría imaginado. Los miles de obreros que se apiñaban junto al camino lanzaban gritos de alegría al tiempo que agachaban la cabeza en señal de respeto al paso del faraón y su nutrida corte. Apenas podían oír sus voces entre el griterío y la música que acompañaba a las bailarinas y la comitiva.

—Al final, te has convertido en todo un experto —reconoció Keops—. Debo admitir que las evidencias son consistentes y tienen su peso.

Hordjedef permaneció unos instantes en silencio. No era el momento de recordar malas etapas del pasado. Sólo el presente contaba y, con él, ese magnífico reconocimiento que estaba viviendo delante de la construcción más solemne jamás levantada.

—La respuesta a todas tus dudas está ante ti, padre.

Keops levantó la mirada hacia la pirámide que se erguía frente a ellos con una majestuosidad inusitada. Estaba completamente cubierta de piedra blanca. El refulgir del sol hacía casi imposible mirarla sin cubrirse los ojos con la mano. Era espléndida, más colosal de lo que intuía ya viéndola desde su palacio en Ineb-Hedy. En el vértice era visible el remate romo que esperaba la colocación del piramidión de electro y oro.

Al llegar a ese punto la música cesó. El cortejo entró en un recinto acotado al que los instrumentistas, las bailarinas y el público no tenían acceso. Mecidos por el parsimonioso vaivén de sus respectivas sillas de andas, el faraón y el príncipe fueron acercándose cada vez más a la pirámide hasta llegar al lado norte, donde, sobre una plataforma, se hallaba la pequeña pirámide de electro y oro que los porteadores debían llevar hasta la cima.

En el zócalo, dos filas de enormes jeroglíficos ofrecían laudatorias en alabanza del soberano y el dios Ra. Leía las oraciones de manera ininterrumpida un nutrido grupo de sacerdotes situados al pie del monumento. Eran los únicos textos que había en toda la pirámide. El resto de la enorme superficie que cubría sus caras era blanco como el más puro de los linos.

Keops hizo una señal para que los porteadores descendieran su silla. Atrás, en la zona más baja de la loma sobre la que se erguía la pirámide, había quedado la ruidosa comitiva. Los sacerdotes lectores, situados a unas pocas decenas de pasos, cubrían ahora el silencio de la mañana con una serie de cánticos.

Cada verso, cada palabra sobrecogía al faraón. La pureza de la piedra cubría su pirámide. Había visto otras construcciones similares. Las de sus padres o las de sus abuelos no contaban con unos bloques trabajados con tanto esmero, en ocasiones, se habían recubierto con una capa de color para disimular las imperfecciones. Sin embargo, en su pirámide la piedra caliza se había pulido con sumo cuidado hasta alcanzar una perfección nunca vista.

—Es más hermosa cuando la tienes delante de los ojos —señaló el soberano mientras acariciaba la superficie de uno de los bloques—. Los canteros han superado con creces el trabajo de sus padres.

—Ése es el objetivo de cualquier hijo, superar siempre las expectativas de su padre —respondió Hordjedef, orgulloso del comentario del faraón—. Nunca seré faraón, eso es algo que dejo a mi hermano Djedefra. Pero esta pirámide será mi legado.

—Hemiunu resolvió acertadamente la propuesta que le hice —añadió Keops ante la sorpresa de su hijo, que no encajó bien el comentario—. Tú has rematado el trabajo de forma brillante.

—Bueno, si observas ahora el boceto que hizo mi antecesor en el cargo —replicó el príncipe con cierto desdén— descubrirás que no se parece en nada a lo que tienes ante ti. Sobre todo, porque la pirámide de Hemiunu no contaba con los añadidos que he conseguido proporcionarle para convertirla en una máquina de resurrección indestructible.

Dichas esas palabras, el príncipe miró hacia el reducido grupo de invitados que había junto al piramidión. Se trataba de personas cercanas a la corte cuyo papel en la construcción de la pirámide se consideraba destacado. En un principio Hordjedef puso reparos en invitarla, pero los oficiales de la administración y, sobre todo, el propio soberano habían insistido en que Seshat debía estar en aquel importante acto. Era la hija del antiguo jefe de los constructores y su contribución en el diseño inicial de la pirámide estaba fuera de cualquier duda, por más que el príncipe intentara arrogarse todo el mérito del trabajo.

Seshat no alcanzó a oír la conversación. Solamente pudo oír las últimas palabras del príncipe cuando, emocionado por su discurso, alzó la voz para afirmar que aquello era una máquina de resurrección indestructible. Pero no se inmutó. Con los años, la hija de Hemiunu había aprendido a controlar su temperamento y más en aquella situación en la que, siguiendo de nuevo el consejo de Hesiré, asumió que todo indicaba que Hordjedef había ganado la batalla y nada podía hacerse ya.

Con un gesto de la mano, el príncipe invitó a su padre a aproximarse a donde estaba el piramidión. Al instante, todos los presentes se inclinaron en señal de respeto. La última en hacerlo fue Seshat, quien tuvo tiempo de intercambiar una mirada con el hijo del faraón.

Hacía tiempo que no coincidían. Hordjedef esbozó una sonrisa bobalicona al verla. Se sabía vencedor, y nada ni nadie iba quitarle la miel de los labios ahora que conocía el secreto de la pirámide.

—Buenos días, Seshat —se adelantó a saludarla el faraón—. Me alegra que hayas venido. Siempre es un placer verte. ¿Dónde está Hesiré?

—Buenos días, majestad. Por desgracia, sus piernas apenas le permiten caminar unos pocos pasos. Me pidió que viniera en nombre de los dos y también, especialmente, en el de mi padre, como promotor de esta obra que hoy inauguramos.

Seshat había hecho hincapié en esas últimas palabras. Aunque ya no tuviera nada que hacer en relación a la autoría de la pirámide, no quería que nadie olvidara cuál era la realidad del origen del monumento.

—Hordjedef ha superado el proyecto inicial de Hemiunu —señaló el soberano mirando a su hijo con reconocimiento—. Esta pirámide será la referencia de nuestro pueblo durante millones de años. ¿No lo crees así?

Seshat permaneció en silencio. Prefirió no responder para no incomodar a los presentes con lo que bullía en su cabeza.

—Creo, padre, que Seshat nunca reconocerá que su paso por esta pirámide quedó atrás hace años y que su trabajo, en comparación con el magnánimo esfuerzo de mis obreros, está, literalmente, enterrado bajo la arena del desierto.

—Compruebo, jefe de los constructores, que sigues sin conocer el suelo en el que pones los pies. Debajo de tus sandalias lo que tienes no es arena sino roca, la que mi padre eligió para que construir la pirámide fuera mucho más sencillo. Más de una quinta parte de su volumen es roca del suelo. Pero veo que eso queda a la sombra de tu increíble ambición.

Dos de los oficiales que acompañaban a Seshat junto al piramidión apenas si lograron contener la risa ante las palabras de la mujer.

—No has cambiado con el paso de los años —advirtió el faraón dirigiéndose a la hija de Hemiunu—. Intuyo cierto rencor o rivalidad ante el trabajo de mi hijo. No creo que te haya ido mal en todo este tiempo. Te recuerdo, de igual forma, Seshat, que has trabajado para mí en la construcción de edificios oficiales.

—Y con éxito y reconocimiento —afirmó ella con porte altivo.

—El mismo que no quieres reconocer en mi obra.

La voz del príncipe hizo renacer las antiguas afrentas existentes entre él y Seshat.

—Esta pirámide es la mejor construcción realizada nunca sobre el valle de la tierra de Kemet.

—Me alegra oír, por fin, ese reconocimiento. Tu aprobación me conmueve, Seshat —dijo Hordjedef todo lo cortés que le permitía su antipatía hacia la hija de Hemiunu.

—Desde luego que es una obra magnífica, pero eso no quiere decir que la hayas hecho tú. No veo en ella nada que se aparte de los planos iniciales que presentamos al faraón mi padre, Djedi y yo hace ahora tres décadas.

Los oficiales que acompañaban a Seshat dieron un respingo al tiempo que se susurraban cuál sería el final de ese nuevo desencuentro.

—Lamentablemente, Seshat, no es a ti a quien tengo que rendir cuentas, sino al faraón, quien sabrá reconocer mi trabajo, estoy seguro. Padre, cuando desees podemos dar comienzo al ritual de colocación del piramidión. Los porteadores están dispuestos para llevarlo hasta la cima.

—Me pregunto cómo lo harán —dijo Keops intentando olvidar los tensos momentos que acababan de vivir, antes de que Seshat pudiera abrir la boca.

La hija de Hemiunu se mantuvo impertérrita, como si las palabras del príncipe no le hicieran mella. Sin embargo, su corazón se tambaleaba ante la injusticia que se estaba cometiendo. Y el faraón no hacía nada para evitarlo. Él sentía mucho respeto por la familia de Hemiunu. Sabía que su antiguo jefe de los constructores había aportado grandes ideas al proyecto, pero también quería reconocer el trabajo de su hijo durante todos esos años en lo que respectaba a la construcción, al igual que a la magia, para levantar una pirámide sin parangón en la tierra de Kemet.

Hordjedef invitó al faraón a acompañarlo y juntos se acercaron hasta donde estaba el piramidión. Un grupo de religiosos, liderado por el sumo sacerdote del templo de Ra en Iunu, esperaba desde hacía unos instantes a recibir la orden para comenzar la lectura de las salmodias que consagrarían aquel último bloque de la pirámide.

Seshat y los oficiales que había junto a la pieza de electro y oro se hicieron a un lado.

Al gesto solemne del sumo sacerdote, un grupo de jóvenes que portaba grandes panderetas y sistros comenzó a hacerlos sonar rítmicamente. Otro de los religiosos dio una vuelta alrededor del piramidión para imbuirlo del purificador incienso que portaba en un brasero portátil. Poco después, en cuanto el humo comenzó a disiparse, aparecieron cuatro porteadores. Un pequeño número de obreros tomó el piramidión de la base de piedra en la que descansaba y lo colocó sobre las andas. Dispuestos a iniciar el viaje hacia la cima de la pirámide, los operarios empezaron a andar hacia el centro de la cara norte. Allí, una escalera de madera los conduciría al interior del monumento.

—Todo está preparado, padre —aseveró el príncipe mostrando absoluta seguridad en sus palabras.

—Me gustaría que me explicaras cómo van a subirlo —dijo el faraón mientras observaba a la pequeña comitiva de sacerdotes en su camino hacia la entrada de la pirámide.

—Será muy sencillo —dijo el jefe de los constructores bajando el tono de voz para adaptarlo al sonido de la música que los precedía a fin de que sólo su padre oyera su respuesta—. Esos obreros son veteranos que conocen como nadie la espiral que rodea el muro de la pirámide. Es un lugar secreto al que muy pocos han tenido acceso. Ni siquiera ellos han estado en el interior del monumento, pero son parte de las cuadrillas de hombres que hemos usado para transportar hasta arriba los bloques de piedra. Dentro del primer pasillo los aguarda un trineo. Dado el peso del piramidión, sería muy arriesgado que lo subieran sobre las andas.

Keops asintió aprobando la genialidad del método que su hijo había previsto.

—No soy constructor, pero parece ingenioso.

El faraón y el príncipe continuaron caminando a paso lento,

siguiendo a la comitiva. La lectura de las salmodias iba marcada por el ritmo de la música, al tiempo que unos bailarines hacían todo tipo de cabriolas para festejar el importante momento que estaban viviendo.

—Quiero verlo con mis propios ojos…

—¿Qué…? —se sorprendió Hordjedef.

—Sí, me gustaría verlo con mis propios ojos —repitió el soberano—. Nadie puede decir que ha entrado en su morada de millones de años sin haber muerto. Tengo derecho a conocerlo, se ha hecho para mí y es mi deseo saber cómo es.

—Puede ser peligroso, padre —le advirtió el príncipe de inmediato para quitarle esa idea de la cabeza—. Apenas hay luz.

—¿Tan peligroso como aquella vez que descendimos a las entrañas de la tierra para ver el corazón de la pirámide?

—Mucho más peligroso —aseveró Hordjedef—. Además de la escasez de luz, hay que contar con que siguen allí los andamiajes que no se retirarán hasta que el monumento esté completo. Ahora servirán para ayudar a subir el piramidión y ejecutar los últimos remates que han de llevarse a cabo para que la protección de *heka* sea completa en la tumba.

—¿Has estado ya en su interior? ¿O me hablas por los comentarios que te han transmitido los capataces? La primera vez que te pedí algo así terminaste por reconocer que nunca habías estado en el interior de la pirámide.

—Eso fue hace mucho tiempo, padre —intentó justificarse el jefe de los constructores—. Acababa de empezar y no…

—Llevabas ya casi una década al frente de las obras, Hordjedef, tiempo más que suficiente para comprender qué te traías entre manos.

—Conozco el interior de la pirámide a la perfección —mintió el príncipe—. Y ésa es la razón por la que mi humilde consejo es advertirte de su peligrosidad. ¿No querrás verte obligado a usar la pirámide antes de tiempo?

Keops torció el gesto, contrariado.

—Al menos, podremos acercarnos para ver cómo es, aunque sea tan sólo a unos pocos pasos.

—Como quieras, padre —cedió para apaciguar la curiosidad del faraón—. Tú mismo te darás cuenta de cuál es el punto a partir del cual ya no es posible avanzar y ascender más.

Cuando la comitiva llegó al zócalo del monumento, los sacerdotes se detuvieron. El grupo de hombres que recitaban los textos guardó silencio y el religioso que esparcía el incienso se paró junto al piramidión.

El faraón levantó la mirada para observar detenidamente la pirámide en toda su magnitud.

—Es prodigiosa... Enorme. Casi roza los rayos del dios Ra.

Hordjedef escuchaba con orgullo las palabras de su padre. Volvió la cabeza y se topó con la mirada de Seshat, que acompañaba al grupo de oficiales que iba detrás del piramidión. Mientras que el resto de las personas dejaban escapar discretos murmullos de admiración por la enormidad del monumento, el rostro de la mujer no expresaba ningún sentimiento. El príncipe sabía muy bien qué significaba aquello. Esbozó una sonrisa en señal de victoria y dirigió de nuevo la atención hacia su padre.

Frente a ellos había una escalera de madera dispuesta en zigzag para acceder a la entrada, unos 34 codos por encima del nivel del suelo. En los últimos días se había ensanchado para que los porteadores llevaran el piramidión con holgura hasta el interior de la pirámide.

A un gesto del sumo sacerdote de Iunu, los hombres comenzaron a subir con decisión la escalera, al cabo de la cual había una pequeña plataforma dispuesta para recibir a los miembros de la comitiva.

El sol seguía ascendiendo por el horizonte. Todo estaba calculado para que cuando los obreros alcanzaran el vértice de la pirámide, el brillo de sus rayos incidiera en la superficie pulida que cubría el piramidión. Uno de los religiosos, encargado de controlar el tiempo por medio de una clepsidra, dio la señal al sumo sacerdote para que comenzara sin dilación la ascensión.

Los obreros, seguidos de varios sacerdotes responsables de ritualizar la colocación del piramidión en su lugar, entraron en la pirámide y girando a la derecha empezaron a ascender la rampa interna de la pirámide a paso ligero. Antes de entrar, Keops hizo una señal a su guardia personal para que esperara fuera. El jefe de los oficiales puso mala cara, pero no le quedó más remedio que obedecer a su señor.

—Éste es el nuevo corazón de la pirámide —dijo el faraón, y su voz reverberó en el pasillo que se abría al cruzar el umbral.

La temperatura al otro lado de esa puerta era más fresca que en el exterior, advirtieron enseguida Keops y Hordjedef. Estaban solos. Conforme a las normas de seguridad propias de una visita y un ritual de esas características, no había nadie salvo ellos.

A unos pocos pasos se abrían en el muro dos accesos a unas habitaciones de paredes lisas. Siguiendo las indicaciones del príncipe, tomaron el pasillo derecho que los llevaba a una de esas estancias de piedra perfectamente pulida. Al fondo se abría otro pasillo ascendente de unos 6 codos que, supuso el faraón, conduciría hasta la cima del monumento.

Frente a ellos, comenzaba un pequeño canal que descendía hasta las profundidades de la tierra.

—¿Te acuerdas? —preguntó Hordjedef.

—Sí, fue una visita especial. Lo recuerdo muy bien.

—Cuando nos atrevimos a descender hasta la cámara subterránea de la pirámide ni siquiera imaginé que en algún momento podríamos llegar hasta este punto. Los dos éramos mucho más jóvenes y ágiles.

—¿Hay otras cámaras en la parte superior?

—¿Por qué lo preguntas, padre? Todo está repleto de habitaciones que jamás serán visibles al ojo del profano. El santuario sagrado de Thot es uno de los lugares más complejos que he conocido.

—Me pareció sentir una corriente de aire que procedía de este punto del pasillo, detrás de estos bloques..., como si hubiera algo detrás.

—Son algunas de las señales que quizá un profano no pueda interpretar...

—Se supone que, si soy el reflejo del dios en la tierra de Kemet, debería saberlo.

Keops lanzó una mirada intimidatoria a su hijo. El jefe de los constructores no esperaba que su padre fuera a hacerle tal petición en esa visita. Los porteadores ya deberían estar llegando al vértice de la pirámide y una vez colocado el piramidión bajarían por el mismo camino por el que habían subido. No tenían mucho tiempo. Sabía, por el relato de los capataces que habían trabajado allí, que el descenso era siempre mucho más rápido y ligero que el ascenso.

—Es cierto que no debería saber nada de los secretos que oculta mi morada de eternidad, pero no olvides que soy el faraón. No quiero que me muestres todo, tan sólo una pequeña parte con la que saciar mi curiosidad.

Hordjedef conocía muy bien esa parte inicial de la pirámide. No en vano, fue la primera que tuvo que diseñar a partir de los planos de Hemiunu. Eso había sucedido hacía una década, pero lo tenía muy fresco en la memoria. Fue precisamente allí donde hubo de luchar con denuedo para interpretar y plasmar en la tumba de Keops los primeros elementos del papiro del santuario sagrado de Thot.

Sonrió confiado. No estaría mal que mostrara parte de su genial trabajo para convencer aún más a su padre de la brillantez de su proyecto, pensó de forma arrogante.

Después de echar un vistazo a ambos lados para asegurarse de que no había nadie, Hordjedef hizo una señal al faraón para que lo siguiera. Al fondo de la galería aún podía oírse a los porteadores arrastrando el trineo en el que transportaban el piramidión sobre el suelo, acondicionado con arena para facilitar su empuje. Debían de haber doblado ya la siguiente esquina y alcanzado el segundo nivel de la pirámide, se dijo Hordjedef. Aún les quedaba el tramo de mayor inclinación y dificultad para llegar al vértice. Eso le daba cierto margen para que nadie los perturbara. Aun así, para evitar cualquier contratiempo se asomó a la puerta con el fin de advertir a los oficiales de la guardia.

—Aseguraos de que nadie entre hasta que nosotros hayamos salido.

—Pero... Príncipe, nuestra obligación es...

—Vuestra obligación es obedecerme, y os ordeno que permanezcáis en esta puerta para aseguraros de que nadie entre hasta que nosotros abandonemos la pirámide.

—Así se hará, príncipe —respondió solícito el oficial de la guardia bajando la cabeza.

Hordjedef volvió al interior de la pirámide y caminó hacia donde estaba su padre, a pocos pasos de la entrada.

—No tenemos mucho tiempo, es peligroso y nadie debe vernos. He dicho a los guardias que no dejen pasar a nadie. La comitiva del piramidión aún debe alcanzar la cima, colocarlo y hacer la lectura...

—Y bajar, que no será sencillo.

—Así es. Acompáñame.

Keops sintió la emoción de estar llevando a cabo algo que no debía. Estaba curtido en mil batallas, había asaltado campamentos y se había arrojado en más de una ocasión sobre enemigos al abrigo de la noche, pero aquello parecía diferente. Era la sensación, no exenta de peligro, de estar haciendo algo prohibido. Cierto que se trataba de su pirámide y también que nadie podía negarle el acceso a la que sería su morada de millones de años quizá en no muchos años, pero el respeto a lo sagrado invitaba a no ultrajar aquello que se desconocía.

Un estremecimiento le recorrió la espalda al experimentar el mismo impulso que, siendo apenas un chiquillo, lo hacía saltar el muro bajo del templo de Ineb-Hedy para ir a la capilla y ver bajo la luz de la luna la estatua del dios.

Hordjedef, en cambio, se mostraba muy seguro de sí mismo. Había logrado hacer un monumento funerario como su padre nunca imaginó y ahora iba a mostrarle sus conocimientos sobre *heka*, la magia que tanto había perseguido el faraón en todos esos años.

Los dos hombres caminaron unos pasos por la habitación por la que, poco antes, habían subido el piramidión. El príncipe la conocía como la palma de su mano. Hacía tiempo que no la visitaba, pero el esquema trazado en sus planos estaba aún muy fresco en su memoria.

Calculó mentalmente un número de bloques de piedra. Todos eran idénticos en la pared sur. La estancia se encontraba por encima de la loma rocosa natural que conformaba el núcleo de la pirámide, donde ya habían empezado a colocarse sillares de caliza de manera continuada y segura. Contó siete desde la esquina de acceso a la habitación. Lo hizo dos veces para cerciorarse de que no se equivocaba.

Keops lo observaba con curiosidad. De fondo, aún se oía el crujido del trineo en el que se arrastraba el piramidión sobre el arenoso pasillo hasta el vértice del monumento. No se oía nada más. Todo era silencio en el exterior.

Al llegar al sillar número siete, el príncipe aproximó sus dedos a una de sus aristas para asegurarse de que aquél era el bloque que buscaba.

—Aquí es —dijo con seguridad.

Luego, tomó una piedra azul de gran tamaño que colgaba de su cuello como remate de un hermoso collar de cornalina y pasta vítrea de colores.

Keops no perdía detalle de cada uno de los movimientos de su hijo.

Ayudándose de la piedra, Hordjedef deslizó el bloque. A simple vista, parecía un enorme sillar como los demás, pero no era sino una delgada capa de caliza que, a modo de puerta, daba paso a un estrecho pasillo.

—Resulta un poco incómodo, pero es la única manera de entrar. Sólo tenemos tiempo de echar un vistazo. Avanzar más sería peligroso.

El faraón no sabía qué decir. Estaba asombrado por lo que su hijo le mostraba. Nunca habría sospechado que en su morada de millones de años pudiera haber algo tan sofisticado. En un primer momento, pensó en los tradicionales bloques de piedra que descendían obstaculizando la galería e impidiendo de forma ingenua que se accediera a la siguiente cámara.

—Esto es el papiro del santuario sagrado de Thot.

Keops estaba maravillado por lo que tenía ante sí. Delante de sus ojos se abría un estrecho pasillo. Estaba cubierto de jeroglíficos de arriba abajo. Junto a ellos había escenas de dioses que conversaban con la imagen de un faraón.

—¿Soy yo? —preguntó emocionado.

Hordjedef se limitó a asentir con la cabeza.

El faraón volvió la mirada hacia las figuras. La poca luz que llegaba de la entrada de la pirámide apenas le permitía distinguir el colorido que rezumaban los cuerpos de los dioses o los jeroglíficos que componían los textos. Pero se percató de que había rojos intensos, azules con un brillo como nunca se había visto. Los verdes y amarillos eran de ensueño. Todo el conjunto era completamente mágico. Y los textos, con los jeroglíficos pintados también de vivos colores, lo sobrecogieron. Él había aprendido a leerlos siendo un chiquillo, pero casi había olvidado todo después de años sin tener necesidad de hacerlo.

—Lo singular del papiro de Thot —dijo el jefe de los constructores— es que describe galerías a las que se accede a través de claves matemáticas.

—No te entiendo, Hordjedef —señaló el soberano torciendo el gesto.

—Es complicado de explicar, padre —remoloneó haciéndose el interesante—. Me ha costado muchos años dar con la clave para poder descifrar el papiro del santuario sagrado de Thot.

Hordjedef había vuelto a mentir. En ningún momento reconoció que su conocimiento provenía del papiro descubierto en el interior de la caja de sílex al que Djedi se había referido. Parecía que todos debían ignorar ese detalle tan importante.

—Pero esta zona de la pirámide la habrá construido algún grupo de obreros, ¿no? —preguntó el faraón con voz temerosa, que no acertaba a comprender cómo era posible que nadie supiera de la existencia de aquel pasadizo.

—Cuando fue erigida, todos desconocían que se trataba de un lugar oculto. Ten presente que los obreros no repetían lugar de trabajo dos días seguidos. Los relieves y los textos se traían labrados ya de los talleres. Los artistas no sabían dónde iban a colocarse. Una vez aquí, sólo era necesario ensamblarlos. Una persona remataba, si era preciso, algún que otro detalle, pero lo hacía en poco tiempo y a plena luz del día, antes de que se cubriera el techo y se pasara a un nuevo nivel de la pirámide.

Keops siguió deleitándose con los colores de los relieves y las pinturas. El trazo era magistral. Nunca había visto dibujos de esa calidad. El orden y el ritmo de las figuras acompasaban el contenido de los textos, relacionados con el primer nivel de acceso al santuario sagrado de Thot y el pasaje a la tumba eterna del faraón.

—La morada de millones de años según el santuario sagrado de Thot… —susurró el faraón apenas con un suspiro.

—Uno de los accesos —lo corrigió el príncipe levantando el dedo—. La verdadera entrada está en un nivel inferior, muy cerca de la galería por la que bajamos hace años.

—Aquí el texto habla de la cámara subterránea cubierta de agua donde descansaré.

Hordjedef, nervioso por el paso del tiempo y pendiente de que nadie accediera a la galería que llevaba a aquella cámara secreta, apenas escuchaba los comentarios de su padre.

—La cámara está más abajo —volvió a corregirlo—, pero eso es un secreto —bromeó.

De pronto, algo llamó la atención del faraón. Alertado por la presencia de un extraño sonido, alzó la mano para pedir a su hijo que guardara silencio.

—¿Qué es ese sonido? —preguntó por fin al no identificar su naturaleza.

Hordjedef aguzó el oído. Pero a pesar del aparente silencio que había en la cámara, del exterior tan sólo llegaban las voces y los cánticos de la ceremonia.

—Yo no oigo nada extraño —respondió Hordjedef—. Quizá sea la ceremonia del piramidión que está a punto de empezar.

Aun así, se inquietó. Se asomó a la galería y durante unos instantes prestó oído. Pero allí no había nadie. Tan sólo, confirmó para sí, los canturreos del exterior y, en la lejanía, el arrastre del trineo que parecía estar llegando al vértice de la construcción.

—Padre, no percibo nada raro —insistió.

—Me pareció oír el sonido del agua —dijo el soberano—.

Como un lejano murmullo. Me ha llamado la atención porque de eso hablan estos textos del santuario sagrado de Thot.

—No puede ser, la cámara está abajo.

De pronto, sin embargo, Hordjedef también lo oyó. Se diría que al final del pasillo, en plena oscuridad, había un canal. Se alarmó. Aguzó la vista y leyó el texto de la pared:

—«El sonido de las aguas del río sagrado guiará los pasos hacia la cámara secreta, la habitación subterránea donde el espíritu del faraón vencerá los destinos del caos. Las estrellas lo protegerán dándole luz y calor en la oscuridad. De las aguas primigenias recuperará la vida como hizo Atum en el primer tiempo, el momento inicial de la creación. El agua calmará su sed y propiciará los cultivos para que tenga alimento durante millones de años. El faraón sigue el camino que el dios le ha marcado...».

—Es un texto muy hermoso, hijo —reconoció el faraón mientras, una vez más, admiraba los dibujos que cubrían la pared.

Pero Hordjedef no lo escuchaba. Desde el exterior comenzó a oírse el griterío de la gente. El piramidión acababa de alcanzar el límite de la pirámide y estaba a punto de iniciarse la ceremonia.

—Tenemos que salir cuanto antes —lo apremió el príncipe.

Azorado, el hijo del faraón dejó salir a su padre, no sin antes echar otra mirada a la galería. Estaba completamente seguro de haber dado con la puerta elegida y, sin embargo, era evidente que no se trataba de la cámara secreta. Antes de mover la piedra, miró por última vez con la poca luz que entraba desde la galería. No había duda, aquel texto dedicado a las aguas de la creación y la regeneración del difunto en el mundo del Más Allá no tendría que estar allí.

Una vez fuera, volvió a ayudarse de la piedra azul que pendía de su collar para cerrar la puerta secreta. De soslayo, sin que Keops se percatara, contó de nuevo los bloques de piedra que llevaban hasta la puerta que había elegido.

—Son siete... Es imposible —susurró Hordjedef en un tono imperceptible, ahogado por el griterío que llegaba de fuera.

En efecto, eran siete. Sin embargo, no daban paso al lugar que él esperaba. Y eso lo atormentó.

Las piernas comenzaron a temblarle. De pronto, todo empezaba a encajar. Al menos, ésa fue su primera sensación. Se acordó del problema que había detectado en más de una ocasión. Lo que ofrecían los planos no coincidía con lo que podía verse desde la colina donde supervisaba los trabajos. Había un desnivel de tres hileras de piedras que parecían estar ocultando algo. Creyó que había resuelto esa dificultad, pero ese descubrimiento casual lo hizo alarmarse, temeroso de que algo estuviera sucediendo a sus espaldas. Aquella puerta debía conducir a otro emplazamiento. Alguien había cambiado el sentido de esa entrada, seguramente escondida por alguna habitación que ahora quedaba oculta.

—Debemos salir al pie del monumento para ver la ceremonia.

Las palabras de Keops devolvieron a la realidad de forma brusca al príncipe. Al cruzar el umbral de la pirámide un golpe de aire caliente y los gritos de la gente vitoreando acabaron de retornarlo al presente.

Los músicos hacían sonar sus tambores y flautas con más brío ahora y los bailarines improvisaban nuevos movimientos acrobáticos cerca de la plataforma en la que los invitados al acto esperaban.

Hordjedef caminó hasta allí, con la mirada perdida, guiado por sus pasos. Era imposible lo que acababa de ver. Aquel pasadizo de las aguas que llevaba hasta la cámara subterránea donde se depositaría el sarcófago con los restos momificados del faraón no debería estar allí. Estaba completamente seguro de ello.

Abrumado por las dudas, el príncipe se aproximó hasta uno de sus capataces. El hombre, que acompañaba siempre a su señor en todos los trabajos de la planicie, permanecía a pocos pasos de donde estaban los invitados. Al hombro llevaba colgada una enorme bolsa de cuero en cuyo interior se guardaban algunos de los secretos de la pirámide.

—No es momento de tratar cuestiones de trabajo ahora, Hordjedef —le recriminó el monarca al ver que se acercaba al capataz—. Ven aquí y disfruta de la música y el baile. En gran parte son en tu honor. No olvides la excelente tarea que has realizado.

—Seré rápido —respondió Hordjedef—. Me uniré a la comitiva enseguida para continuar con la celebración.

El príncipe desoyó la advertencia de su padre. Era urgente resolver las dudas que laceraban sus pensamientos, cada vez con más fuerza, al respecto de aquel pasadizo.

En cuanto el capataz vio que el jefe de los constructores se dirigía hacia él, fue presto a su encuentro. Pero antes de que le preguntara siquiera qué deseaba de él, el príncipe ya le había arrebatado la bolsa de cuero con los planos de la pirámide.

El jefe de los constructores rebuscó en la bolsa hasta que halló el rollo de papiro que buscaba. Estaba cerrado con una cinta roja. Antes de abrirlo, tuvo la precaución de asegurarse de que nadie observaba sus movimientos. Todos estaban pendientes de la música y el baile que se había retomado frente a la entrada de la pirámide al tiempo que contemplaban el brillo del piramidión sobre el vértice del monumento. Hordjedef ni se había percatado. El espectáculo era asombrosamente hermoso, y el resultado final magnificaba aún más la belleza y la majestuosidad de la pirámide. Absorto como estaba en sus preocupaciones, tan sólo tenía ojos para aquel papiro que contenía el plano de los niveles inferiores. Allí debía estar el pasadizo cuya construcción había dirigido él mismo.

Pero no era así. Se percató en cuanto desenrolló el papiro. En el dibujo del cuadrado de la pirámide estaba marcado en su cara norte a siete bloques de la entrada principal el acceso a una galería. El plano era muy claro. Se trataba de una galería que conducía a uno de los recintos sagrados donde los textos mágicos ayudarían al faraón a reencontrarse con sus ancestros. No era la galería que llevaba a las aguas del caos, a las aguas primigenias de las que surgió la vida, y así se trasmitiría mágicamente al faraón difunto para continuar viviendo en el inframundo. Sin que él lo supiera, alguien había cambiado el sentido de los pasadizos.

Aterrorizado, Hordjedef empezó a sentir que el control sobre la pirámide se le escapaba de las manos. ¿De qué le valdría contar con el secreto de la pirámide si la estructura interna del edificio le era desconocida? ¿Quién habría podido trabajar a sus espaldas para rehacer el dibujo de la construcción?

Eran demasiadas preguntas. Preguntas que, además, no parecían tener una repuesta inmediata. Devolvió el papiro a la bolsa de cuero y despidió al capataz con desdén.

Volvió la mirada hacia el grupo de invitados de honor. Y la vio. También ella lo miraba.

Seshat tampoco estaba pendiente del brillo del electro en el piramidión. No había quitado ojo al hijo del faraón en ningún momento. Cuando sus miradas se encontraron, la mujer esbozó una leve sonrisa. A Hordjedef se le heló la sangre.

Enfadado por lo que acababa de descubrir, el príncipe avanzó con rapidez hacia ella para pedirle explicaciones. Pero cuando estuvo a apenas unos pasos, el grupo comenzó a caminar siguiendo la salida del faraón, cuya silla de manos empezaba a descender la loma de piedra sobre la que se había erigido su pirámide.

Los porteadores de las andas del príncipe lo apremiaron para que subiera y se uniera a la ceremonia cuanto antes.

Lo que parecía ser una fiesta de pronto se había tornado en una pesadilla. Los fantasmas del pasado volvieron a presentarse como si realmente no hubieran desaparecido nunca.

Ya en la procesión final del acto, Hordjedef acompañaba a su padre con la mirada perdida de nuevo. Ni siquiera los saludos y vítores de la gente que abarrotaba el camino que llevaba a la pirámide conseguían aplacar la desazón y el miedo que sentía.

Con el semblante blanco, Hordjedef miró a Keops. El faraón, si bien se había percatado desde el primer instante de que algo no iba bien, decidió que no era el momento de hacerle preguntas. Siguió representando su papel de dios viviente mientras su hijo se mantenía aferrado a los brazos de la silla como si temiera perder el equilibrio y caer al suelo.

La comitiva continuó descendiendo hacia el muelle. En más de una ocasión, el príncipe volvió el rostro hacia atrás. Se fijó en que Seshat continuaba luciendo la misma sonrisa. Dirigió luego la vista hacia la multitud que aclamaba al soberano. Y de repente lanzó un grito:

—¡No!

Keops volvió la cabeza hacia donde miraba su hijo. Y entonces los dos lo vieron.

El faraón, con el rostro demudado, frunció el ceño e interrogó con la mirada al príncipe buscando una explicación a aquella extraña visión. Hordjedef tenía los ojos clavados en un grupo de sacerdotes del templo de Ptah que se había acercado a disfrutar de la ceremonia de colocación del piramidión. Los jóvenes religiosos saludaron con frenesí y agacharon la cabeza cuando se percataron de que el faraón y el príncipe los observaban.

—No puede ser… —balbuceó con apenas un hilo de voz el hijo de Keops cuando lo vio mientras miraba de reojo a su padre, quien también era testigo de aquel prodigio sin sentido.

Detrás de los sacerdotes de Ptah, como si fuera una estatua, estaba Djedi. Mantenía el semblante de antaño, aunque era ya visible en su rostro el inevitable paso de los años. Vestía el faldellín y la camisa blanca de los sacerdotes del templo de Ptah, como siempre. El velo que le cubría la cabeza afeitada le caía sobre los hombros y tapaba ligeramente el espectacular pectoral de lapislázuli que lucía sobre el pecho, de un azul brillante con grandes pepitas de oro incrustadas en la piedra. En los brazos del mago descansaba su inseparable zorro del desierto, que parecía no perder detalle de cuanto sucedía a su alrededor.

Por primera vez, Hordjedef fue consciente de que no era una aparición fantasmal.

31

Después de que la embarcación arribara a tierra, Hordjedef se bajó sin apenas dar tiempo a sus hombres a poner la pasarela. Caminaba con paso firme y decidido. Ranefer, casi sin aliento, apenas podía seguirlo. Los oficiales de la guardia real que los acompañaban trotaban detrás de ellos como si estuvieran haciendo un ejercicio de adiestramiento.

El sol, que despuntaba ya en el horizonte, bañaba con su cálida luz un nuevo día. El trasiego de hombres y mujeres era continuo; todo el mundo tenía algo que hacer al comienzo de la jornada.

Nadie entendía lo que sucedía ni cuál era el motivo de esa repentina prisa por ir al templo de Ptah.

El único que tenía la respuesta a esas preguntas era el hijo de Keops. El príncipe estaba decidido a enfrentarse al pasado. E iba a hacerlo de la única manera que sabía: dando la cara.

—Creo que cometes un error, querido amigo —le advirtió el jefe de los escribas intentando apaciguar el brusco comportamiento del constructor—. Los fantasmas del ayer empiezan a abrumarte, y quizá estés cometiendo una equivocación que no puedas luego remediar.

Hordjedef se detuvo de pronto y se encaró con Ranefer.

—Mi padre lo vio —le espetó con los ojos desorbitados—. Torció el gesto cuando vio el... el... espíritu o lo que fuera del mago. Djedi estaba allí, entre la multitud, detrás de un grupo de sacerdotes del templo de Ptah. Su rostro acusaba el paso del tiempo, así que no se trataba de ningún espectro. ¡Era él!

—¿Y qué te ha dicho el faraón?

—Creo que, por un momento, ha dudado si su avanzada edad hacía que la vista le jugara una mala pasada. He fingido no entender lo que me decía y no he querido responder a sus preguntas. Al llegar al puerto que hay al pie de la pirámide subió a su embarcación y regresó a palacio. Por eso prefiero venir aquí y buscar las respuestas a las preguntas que yo también me hago antes de que recapacite, se convenza de que no fue una visión y me exija explicaciones que no puedo darle.

—Te dirán que estás loco, Hordjedef —alegó el escriba, que deseaba hacer entrar en razón a su amigo—. Podría tratarse de otro sacerdote parecido a Djedi. Tú mismo has reconocido que había mucha gente. No sería extraño que te equivocaras.

—Lo vi muy claro, Ranefer. No me equivoco. Era Djedi... Y llevaba en brazos el mismo zorro con el que lo vi en otras ocasiones.

—Pero los zorros no son eternos —señaló Ranefer casi bromeando—. ¿Cómo es posible que vieras al sacerdote y al mismo animal que dices que solía acompañarlo hace años...? ¡No puede ser!

—Si no estás de acuerdo conmigo o hay algo que te retiene, te pediría que permanecieras aquí. No es necesario que vengas conmigo al templo. Puedo ir solo y enfrentarme a este problema. Me haces perder el tiempo.

Ranefer nunca había visto a su amigo comportarse de ese modo. Desde la infancia había tenido la oportunidad de vivir con él situaciones de toda clase, algunas de ellas extremas. Peleas con otros muchachos, desencuentros con miembros de su familia... Pero nunca le había hablado en ese tono.

—Pareces muy seguro de ti mismo —reculó el jefe de los escribas—. En tal caso, te acompaño.

Hordjedef retomó el camino, ahora más calmado. Su amigo lo siguió.

—¿Qué esperas encontrar en el templo?

—Respuestas a mis preguntas. Y ten por seguro que no saldré de allí sin saber la verdad. Djedi estaba con un grupo de sacerdotes de Ptah.

—¿Te fijaste en sus rostros? ¿Les viste la cara?

—Lo cierto es que no —reconoció el príncipe con pesar—. Cuando vi al mago, todo lo que había a su alrededor se me nubló. Pero no creo que nos cueste mucho dar con ellos... o con el propio Djedi.

—El templo de Ptah está lleno de sacerdotes —lo previno el escriba levantando una mano—. Son un montón de vientres agradecidos, vividores que te pondrán todo tipo de obstáculos para impedirte conocer la verdad.

—Lo peor de todo es que, antes de ver a Djedi, cuando salimos de la pirámide, mi padre ya se había dado cuenta de lo que pasaba, de que algo no iba bien.

—Eso sí es raro —observó Ranefer frunciendo el ceño—. No es normal lo que cuentas de esa extraña galería. De ser así, sólo puede significar una cosa e imagino que sabes cuál es.

El hijo de Keops no respondió. Conocía perfectamente la respuesta. Alguien había modificado sus planos, cambiado el trazado de galerías, cámaras y pasillos. El jefe de los constructores sentía que había perdido el control de lo que consideraba su propia obra.

—Podrías revisarla las próximas semanas —propuso el escriba como posible solución—. No sé si eso es viable, pero te permitiría conocer qué hay y qué ha cambiado. Quizá esa galería, la que visitaste con tu padre, sea la única que ha cambiado. No descartes también que confundieras tus recuerdos. Tenlo presente.

—¡Imposible! —exclamó el hijo de Keops con rotundidad levantando la voz.

—No hay nada imposible, créeme, príncipe, hijo de Keops, Vida, Salud y Prosperidad.

La voz de un hombre interrumpió la conversación de los dos amigos. Volvieron la cabeza y vieron, a pocos pasos, al sumo sacerdote del templo de Ptah, Ptahotep. El religioso los observaba escoltado por dos acólitos.

—Espero no haberos importunado —añadió el sacerdote—. Me habían avisado de tu repentina llegada y he creído oportuno salir a recibirte.

—¿Quién te lo ha anunciado? —preguntó el constructor, inquieto—. Nadie en palacio lo sabía.

—No te alarmes, príncipe —dijo el sacerdote para calmar al hijo de Keops—. La llegada de tu barco al puerto es una señal más que evidente. Debes sosegarte y no recelar de tus fieles servidores, los sacerdotes de Ptah. Será un placer recibirte en nuestra modesta casa.

Hordjedef no respondió y se limitó a hacer un gesto con la mano para que el sacerdote fuera abriendo camino y los condujera hacia el lugar donde iban a reunirse.

Ptahotep era un hombre maduro. Tendría la misma edad que Hordjedef, cerca de la cincuentena. La buena vida que tenían en los templos retrasaba el envejecimiento de muchos de los altos cargos, aunque Ptahotep llevaba poco tiempo desempeñando el suyo. Lo había heredado de su familia. Como todos los sacerdotes que ostentaban puestos destacados en el clero de la tierra de Kemet, su porte era tranquilo y sereno. Hablaba de manera pausada y empleaba un tono en el que ninguna palabra resonaba más que otra.

Parecía que hubiera estado esperando la llegada del príncipe. Hordjedef lo observó con curiosidad. Sabía que los sumos sacerdotes no vestían a diario sus ropas de gala, y Ptahotep las llevaba. Su traje blanco, impoluto, relucía al sol, destacando bajo el amarillo de la piel de leopardo que lucía sobre los hombros. El maquillaje del rostro estaba aplicado con todo cuidado y el brillo de su cabeza recién afeitada denotaba que acababa de salir del tocador. El príncipe no se creyó que desconociera su llegada, por lo que desconfió de aquel hombre desde el primer momento.

—La fiesta de ayer en la planicie fue magnífica —señaló el religioso cuando cruzaron las puertas de entrada al templo—. Los comentarios sobre la pirámide han sido muy favorables. He de reconocer que nunca había contemplado cosa igual. El monumento se ve desde aquí. No hay más que salir al puerto o subir a la terraza del templo para divisarlo en el horizonte en todo su esplendor. Pero estar al pie de la construcción sobrecoge. La mirada no alcanza a ver el final. Y cuando colocaron el piramidión fue, sencillamente, sublime. Su brillo proyectaba la luz de Ra por toda la meseta.

El hijo de Keops no contestó. Estaba cansado de tantas lisonjas. Ahora sólo buscaba respuestas a las muchas preguntas que ocupaban su mente.

Al cruzar por el patio del enorme templo del dios de Ineb-Hedy, Hordjedef echó un vistazo a su alrededor. Estaba convencido de que en cualquier momento Djedi saldría de su escondite y se enfrentaría a él, tal como había hecho años atrás.

Pero no fue así. La pequeña comitiva continuó caminando en silencio hasta alcanzar el lugar donde estaba la Casa de la Vida. Algunos sacerdotes que iban y venían del santuario dispuestos a comenzar sus tareas en los talleres, la biblioteca, las cocinas o cualquier otra zona del enorme recinto consagrado al dios Ptah observaron al grupo con curiosidad.

—Aquí contamos con una de las mejores colecciones de papiros de magia —dijo el sumo sacerdote, orgulloso, mientras cruzaban el umbral del edificio—. Me consta que la conoces muy bien. Sé, por mis acólitos, que la has visitado con frecuencia en los últimos años. Y el resultado de tu aprendizaje salta a la vista en la pirámide de tu padre, príncipe —volvió a halagarlo. Acto seguido añadió—: ¿Cuál es la razón de tu visita? ¿En qué podemos ayudar al hijo del faraón Keops, Vida, Salud y Prosperidad?

En efecto, Hordjedef conocía muy bien aquel lugar. Había pasado en él mucho tiempo durante los últimos años estudiando y buscando evidencias que le permitieran descifrar el secreto de la pirámide que estaba construyendo. El hijo del soberano echó un vistazo a su alrededor. El olor del papiro reseco y viejo impregnaba toda la estancia.

—Quiero ver a Djedi —dijo por fin clavando los ojos en el sumo sacerdote de Ptah.

La demanda cayó como una losa en la habitación de la Casa de la Vida. Los sacerdotes intercambiaron miradas interrogantes entre sí, sin saber qué contestar.

—Discúlpame, príncipe, no te comprendo —dijo Ptahotep—. ¿Quién es Djedi?

Hordjedef no quiso responder. No apartó su mirada de los ojos del sumo sacerdote esperando una respuesta que lo satisficiera. Ante su silencio, uno de los religiosos que lo acompañaban, un lector de más edad, dio un paso al frente para apuntarle al oído:

—Djedi fue un antiguo sacerdote mago del templo —le susurró—. Fue encarcelado, acusado de estar relacionado con la muerte del antiguo jefe de los constructores, Hemiunu.

—Ah, entonces no encontrarás en esta casa a quien buscas, príncipe. —Ptahotep extendió los brazos con vehemencia—. Los hombres de mal que comenten asesinatos no pisan el suelo sagrado del templo de Ptah. Seguramente encontrarás a ese... mago en la cárcel, pero no aquí.

—Tampoco lo encontrará allí... Todos dicen que murió en la prisión de Ineb-Hedy hace treinta años —aclaró de nuevo el sacerdote lector a su superior.

—Ah, te refieres entonces al hijo del príncipe Rahotep, hermano del faraón Keops, Vida, Salud y Prosperidad... —dijo el sumo sacerdote frunciendo el ceño—. Ahora lo recuerdo. Yo era más joven, sí, llegué a conocerlo, pero sólo coincidimos en el templo durante algunas semanas. Yo vengo de las tierras del sur. Poco después de que yo llegara fue hecho prisionero y no volvió a aparecer por aquí. Ya has oído a mi asistente, príncipe. Creo que tu búsqueda es infructuosa. Djedi está muerto.

—Djedi está vivo —afirmó el hijo del faraón recalcando cada una de las palabras—. Ayer estuvo en la ceremonia del piramidión. Acompañaba a un grupo de sacerdotes de este templo.

—Me temo que te equivocas, príncipe Hordjedef —respondió Ptahotep con la misma mesura e idéntico tono sosegado con los que siempre hablaba—. Debe de haber un error dado que Djedi murió hace tres décadas, como el sacerdote lector acaba de decir. No pudiste verlo. Seguramente entre tanta gente deb...

—Djedi está vivo y ayer estuvo al pie de la pirámide —insistió el príncipe en un tono cortante—. El faraón también lo vio.

Ptahotep permaneció quieto como una estatua en la hornacina de una capilla.

—¿Dónde está? —insistió el príncipe.

—Djedi murió hace muchos años, ya lo has oído —repitió el sumo sacerdote con el mismo sosiego—. Te aseguro que ésa es la verdad que yo conozco. No sabía ni quién era hasta que has preguntado por él. Ya has visto que han tenido que informarme. Desconozco la historia de la que me estás hablando. Nadie de nosotros ha vuelto a verlo. El faraón y tú debisteis de confundirlo con alguien que se le parece.

—Esto no va a quedar así, Ptahotep —protestó el hijo de Keops—. Es una afrenta al señor de las Dos Tierras. Daré orden a quien sea menester para que registre este templo y busque lo que escondes.

La postura de absoluto desdén ofrecida por el sumo sacerdote había acabado por crispar al príncipe.

—Veo que tu silencio te delata. Vámonos de aquí, Ranefer.

Al tiempo que se daba la vuelta, Hordjedef hizo una señal a su amigo para que abandonara con él la Casa de la Vida. Antes de que cruzaran la puerta, Ptahotep habló levantando la voz.

—Mi silencio solamente es la consecuencia de que no tengo nada más que decir —señaló en tono altanero—. Ya he repetido en tres ocasiones que Djedi está muerto. Es imposible que lo hayas visto. Entiendo que decirlo una cuarta vez no despejará tu cerrazón.

Hordjedef lo dejó con la palabra en la boca. Apenas alcanzó a oír sus últimas frases. Cuando Ptahotep las pronunció, el príncipe y el jefe de los escribas casi habían cruzado ya el patio que llevaba a la salida.

—Sabes que no puedes hacer nada, Hordjedef —le advirtió Ranefer—. Ni siquiera el faraón tiene potestad para legislar entre estos muros del templo. Por mucho que solicites el registro de sus dependencias, pondrán todo tipo de trabas y al final tendrás que dar un paso atrás.

—Cállate. Pareces mi padre cuando me regañaba por algo siendo niño. Tú te has dado cuenta al igual que yo de que el sumo sacerdote estaba mintiendo. Se le notaba en los ojos. Sabe que Djedi vive... Y lo esconden, ignoro si en el templo o en otro lugar. Pero está vivo, no tengo la menor duda. Puede estar en cualquier lugar de la ciudad... incluso en casa en Seshat. Quién sabe...

—Pregúntaselo tú mismo.

—Eso me propongo. No estaría de más visitarla de nuevo... Hace mucho que no voy a su casa.

De pronto, Ranefer tomó del brazo a su amigo.

—¿Qué sucede? —quiso saber Hordjedef.

—Quizá no sea necesario que vayas a verla. Está aquí.

—¿Quién está aquí?

En ese instante el príncipe obtuvo la respuesta. En el extremo opuesto del patio. Allí estaba Seshat, acompañada de Hesiré. La mujer caminaba despacio, acompasando sus pasos al lento avance del fiel secretario de su padre, que se apoyaba en un largo bastón de madera negra con incrustaciones de oro.

No se veía a nadie más entre las columnas que rodeaban el patio porticado del templo de Ptah. Las grandes columnas con capiteles vegetales de vivos colores enmarcaban la escena.

Hordjedef podría haber pensado que se trataba de una nueva aparición, pero la advertencia de Ranefer lo había prevenido. Y los dos habían visto lo mismo. Si le quedaba alguna duda, ésta se desvaneció en cuanto oyó la voz de Seshat. ¿Qué hacía tan temprano en el templo de Ptah?

Sin pensárselo, el jefe de los constructores se dirigió hacia ella. Los guardias que lo acompañaban se disponían a seguirlo, pero en esa ocasión fue Ranefer quien se lo impidió.

A medida que se aproximaba, Hordjedef podía oír con mayor claridad a la hija de Hemiunu. Ella y Hesiré estaban hablando de *heka*.

—No hay mejor lugar en el mundo que el templo de Ptah para conversar de la magia de los dioses.

Al oír la voz del príncipe, Seshat se sobresaltó y se volvió de inmediato. Frunció el ceño en cuanto lo reconoció. Era la última persona que esperaba encontrar en el sagrado templo del dios de Ineb-Hedy.

—¿Qué haces aquí?

—Lo mismo podría preguntarte yo.

—Estoy con Hesiré y vamos a la Casa de la Vida a ver unos rollos de papiro para un encargo que nos han hecho en el sur.

—¿Un encargo relacionado con la magia como acabo de oír que hablabais ahora mismo? Además, la Casa de la Vida donde se encuentran los documentos a los que te refieres no está en el sentido en el que camináis, sino a mis espaldas, en el lado opuesto del patio.

—Ya hemos estado allí.

—Curioso..., porque no os he visto. He estado allí con Ptahotep, el sumo sacerdote.

—Todos dicen que la ceremonia que ayer tuvo lugar en la planicie fue un espectáculo muy hermoso. —Las palabras del anciano Hesiré pretendían apaciguar los ánimos y, también, que la conversación siguiera otro derrotero—. El faraón quedó altamente satisfecho con el resultado final. Los rumores sobre el notable trabajo que has realizado han corrido como el agua de un arroyo y han llegado pronto a todos los estratos de palacio. Incluso en nuestro modesto taller de construcción, todo son palabras de encomio para tu logro. Enhorabuena, príncipe Hordjedef.

El antiguo secretario no quería dejar de recordar al hijo del faraón con quién estaba hablando. Seshat, a pesar de haber sido relegada al olvido, no dejaba de ser miembro de la familia real y una de las constructoras más reconocidas de la corte.

—Hordjedef, ¿qué buscas en este templo?

Seshat intervino de nuevo, cansada de tanta loa por parte de Hesiré.

—He venido a buscar a Djedi.

El anciano se sobresaltó.

—¿Cómo dices? —preguntó casi tambaleándose sobre su bastón—. Djedi murió en la cárcel hace muchos años. Todo el mundo lo sabe.

—Creo que te equivocas, Hesiré, no todos creen esa afirmación.

—Eso es lo que te adelantaste a decir tú: «Sufrió un desgraciado accidente en una reyerta entre presidiarios —le espetó Seshat en tono de reproche emulando la voz del príncipe—. No supieron aceptar que un hombre de su calidad entrara en aquel lugar y pronto se creó enemigos». Recuerdo tus palabras como si acabaras de pronunciarlas.

—La magia de ese malnacido es poderosa y su espíritu ha conseguido regresar del mundo de las sombras al que sus pecados lo arrastraron —se defendió Hordjedef.

—Si su magia fuera tan poderosa ya habría vengado la muerte de mi padre —sentenció Seshat con firmeza—. Habría puesto sus manos alrededor de tu cuello para hacer justicia antes de que te salgas con la tuya.

—No sabes lo que dices, estás loca —se defendió el príncipe—. Te aterra la idea de que haya conseguido lograr lo que tú no has alcanzado. La pirámide es mía, Seshat, y por mucho que intentes quitarme el mérito con esos estúpidos comentarios en la corte, nadie te creerá.

—Pero ¿cuál es tu preocupación, hijo de Keops? —insistió Hesiré en un tono más bronco ahora—. No habrá ningún problema para ti si realmente conoces el secreto de la pirámide. Olvida tus miedos. Son cosas del pasado. ¿Qué es lo que te inquieta tanto? ¿Qué más da si Djedi sigue con vida o no? Acaba lo que empezaste y olvídate de nosotros de una vez. No haces más que molestarnos y despreciarnos.

—Yo no tengo miedo a nada —se defendió el príncipe con desdén—. Soy el hijo del faraón y nada impedirá que alcance mi objetivo.

—Pues haz caso a Hesiré —añadió Seshat con desprecio—. Es un hombre sabio. Tú, sin embargo, sigues siendo un niño malcriado. Lo tuviste todo en el harén del palacio y hoy continúas buscando consuelo. Sabes que no vas a hallarlo. Es muy triste que intentes justificar con un muerto una solución a tus miedos. Porque vas a fracasar... Y ayer cuando visitaste la pirámide con tu padre, el faraón, te diste cuenta de ello.

Hordjedef estuvo a punto de dejarse arrastrar por sus impulsos. Dio un paso adelante, pero Hesiré se interpuso entre él y Seshat. El anciano apenas tenía fuerzas para sostenerse en pie, pero sabía que de alguna forma debía intervenir.

—Déjalo, Hesiré —le pidió ella sonriendo—. Al final, tendrá que rendir cuentas en el tribunal de Osiris.

—¿El tribunal de Osiris?

Hordjedef se echó a reír.

—No me puedo creer lo que estás diciendo. ¿Ésa será tu forma de derrotarme, Seshat? —Envalentonado, el príncipe levantó un dedo—. ¿No tienes más argumentos? He construido una pirámide que ni en tus mejores sueños alcanzarías nunca a imaginar. No tiene nada que ver con lo que tu padre hizo. Mi proyecto tan sólo se parece al de Hemiunu en la forma. ¡Son pirámides, Seshat! ¿Qué esperabas? ¿Pensabas que la mía sería rectangular? ¡Es una pirámide, por supuesto! Y ahora todo lo que se te ocurre es que, una vez muerto, en el tribunal de Osiris me castigarán. Veo que en las conversaciones que has mantenido con mi padre no te ha hecho la misma pregunta que plantea a todo el mundo: «¿Tienes miedo a la muerte?». Pues yo no, mujer, no tengo miedo a la muerte. Lo único que me produce desasosiego es la gente que, como tú, se interpone en mi camino.

Hordjedef se desquició cuando vio que Seshat no movía un solo músculo del rostro. Sólo lo miraba.

—¿Tienes miedo a la muerte, Seshat? —repitió el constructor remarcando de forma sibilina cada una de las palabras.

—¿Acaso te crees ahora el nuevo oráculo de Ptah? ¿O estás amenazándome...?

—No es más que una pregunta, hija de Hemiunu. Me consta que mi padre se la hizo en su momento al tuyo y a Djedi. Ellos no captaron ningún doble sentido en ella. No sé por qué tú has de hacerlo.

—Te desprecio, príncipe —mascculló Seshat con ira—. No mereces la sangre que corre por tus venas. No has comprendido nada de la magia que dices haber aprendido todos estos años en la Casa de la Vida. Te has limitado a leer y plasmar sus fórmulas sobre los planos de las pirámides sin conocer su significado. Vuelve a tu pirámide, no busques entre los muertos. Djedi cruzó la montaña de Occidente hace tiempo. No hagas más daño a mi familia.

El hijo del faraón se irguió con altanería. Esbozó una leve sonrisa triunfal. Quizá Seshat tuviera razón. Djedi era sólo una pesadilla del pasado. Llevaba muerto casi tres décadas. Se había apresurado al sacar conclusiones, estaba claro. Cuando vio a aquel sacerdote con el zorro del desierto en brazos creyó que era él. Realmente se le parecía mucho... o sería más correcto decir que se parecía al nebuloso recuerdo que tenía de él. Era un hombre mayor. Seguro que lo confundió con otro sacerdote del templo de Ptah de la edad que Djedi tendría de no haber muerto.

El sonido de los pasos de Ranefer acercándose por detrás le hizo volver la mirada.

—Será mejor que nos vayamos, Hordjedef —le susurró el jefe de los escribas mientras lo tomaba por el brazo—. Aquí no hacemos nada.

El príncipe levantó la cabeza y se percató de que, a pocos pasos de donde estaban, varios grupos de sacerdotes se habían congregado al calor de la discusión entre él y Seshat. Los guardias que lo acompañaban no habían podido hacer nada para evitarlo. En ese momento, después de las ceremonias y las oraciones del mediodía, el patio del templo empezaba a ser un hervidero de sacerdotes, artesanos y curiosos.

—¿Qué miráis? —les gritó el príncipe.

—No los culpes, Hordjedef, hijo del faraón Keops, Vida, Salud y Prosperidad —respondió Hesiré alzando la voz con solemnidad—. Ha corrido el rumor de que el constructor de la morada de millones de años del faraón está aquí. Para todos ellos tu visita es un gran honor.

Al tiempo que escuchaban esas palabras, los presentes se inclinaron con las manos en las rodillas en señal de respeto.

Seshat hizo amago de enfrentarse al príncipe y volver a reprocharle cuanto estaba ocurriendo, pero Hesiré la contuvo.

—Ya no sirve de nada —objetó el anciano en tono quedo mientras le apretaba la mano con sus pocas fuerzas—. Sólo reconocerías su victoria una vez más.

Pero no era necesario. Hordjedef se sentía ganador. Henchido por la muestra de admiración de los sacerdotes de Ptah, se apartó de Seshat dándole la espalda. No había más que hablar. El hijo de Keops parecía haber derrotado otra vez a sus fantasmas del pasado.

—Quiero que me acompañes a la pirámide mañana al amanecer —urgió el constructor a Ranefer bajando la voz—. Me ayudarás a examinar los pasillos y cotejaremos la orientación de los planos. ¿Puedo contar contigo?

—Te ayudaré en todo lo que esté en mi mano —respondió el jefe de los escribas, satisfecho—. Lleva los planos y comprobaremos allí qué sucede. Cuenta conmigo.

32

En el momento acordado, poco después del amanecer, Ranefer estaba al pie del muelle de piedra que daba la bienvenida a la enorme planicie sobre la que se había construido la pirámide. Hordjedef aún no había llegado. El jefe de los escribas no se extrañó. Seguramente, el día anterior habría estado disfrutando de otra fiesta más en su honor para celebrar la finalización de las obras. Sin embargo, como el propio príncipe le había reconocido, aún quedaba mucho por hacer.

Aunque los trabajos más importantes de la pirámide habían finalizado hacía semanas, multitud de detalles estaban pendientes de ultimar. La construcción del templo funerario de Keops en la cara este del monumento no había hecho más que empezar. El escriba pudo ver a varios grupos de obreros arrastrando enormes losas de basalto negro en esa dirección para ser usados, supuso, en el adoquinado del suelo del santuario. Además, Ranefer se fijó también en que el suelo de esa misma cara oriental estaba perforándose en innumerables puntos para acondicionar las tumbas de los miembros de la familia real que quisieran acompañar al soberano.

El sonido de los mazos golpeando aquí y allá en la nueva necrópolis era continuo. Mientras tanto, la imagen viviente de Horemakhet, la Esfinge, era testigo mudo de todo aquello.

En el lado sur los trabajos tampoco cesaban. Allí varias decenas de obreros estaban abriendo en la planicie enormes pozos para recibir en un futuro las barcas sagradas que el difunto Keops emplearía en su viaje por las estrellas. Si a eso se sumaban las tumbas que estaban realizándose en la cara oeste de la pirámide, todo parecía indicar que las obras en la planicie no habían concluido. Es más, casi se diría que el proyecto estaba dando sus primeros pasos.

—Quizá no hayan hecho más que empezar —murmuró para sí Ranefer.

El escriba aguardaba la llegada del príncipe observando ahora el enorme monumento funerario que se alzaba a poca distancia de donde se encontraba. En ese momento de la mañana, una densa calima cubría aún algunas partes de la planicie en la que se erigía, majestuosa, la pirámide de Keops. El brillo de los primeros rayos del sol sobre el piramidión de electro hacía refulgir la cúspide como si se tratara de una enorme piedra rematada por un cristal de cuarzo extraordinario.

Ranefer no recordaba haber visto nunca nada igual. Aunque no era su trabajo, había consultado innumerables veces en la Casa de la Vida los planos de antiguos edificios, incluso de viejas pirámides levantadas para los soberanos de la tierra de Kemet. Pero tenía que reconocer que nada en la necrópolis de Ineb-Hedy podía compararse a aquello.

—¡Qué puntual! —exclamó una voz a espaldas del escriba—. Creo que es la primera vez en muchos años que llegas antes que yo a una cita.

—La ocasión lo merece —respondió el jefe de los escribas cuando se volvió hacia el hijo del faraón Keops—. No todos los días tienes la oportunidad de entrar en una pirámide y disfrutar de sus secretos.

Hordjedef dio un manotazo en el hombro a su amigo al oír las palabras que había lanzado en tono jocoso.

—No te burles, Ranefer —le recriminó.

—Seguramente, los cambios que atestigües ahora no serán muchos —dijo el escriba—. Cuando finalice la mañana, si no antes, podrás comprobar que el secreto de la pirámide está a salvo en tus manos. ¿Has traído todo lo que necesitas?

Hordjedef señaló la amplia bolsa de cuero que pendía de su

hombro. Asomaban de ella los rollos de papiro donde estaban dibujados todos los esquemas del interior de la pirámide que había podido reunir el día anterior.

—Veo que has venido solo —observó Ranefer tras echar un vistazo a su alrededor.

—Mejor así —asintió el príncipe—. Llegué hace un rato a la meseta.

—Pensé que te retrasabas por la celebración que tuviste ayer en palacio.

—No, anoche me retiré pronto a descansar porque quería madrugar para, aprovechando esta visita, ver también los trabajos de mi propia morada de eternidad. Está en el lado oriental.

—Bueno, en el lado opuesto de la de Hemiunu... —dijo Ranefer con cierto retintín.

—Exactamente. Tú deberías hacer lo mismo. No entiendo que aún no hayas buscado un lugar para reposar —lo atajó Hordjedef cambiando de tema.

—Mi familia tiene una tumba en la que podré descansar. Mis propósitos no son muy ambiciosos.

—Pero, Ranefer, eres el jefe de los escribas.

—Como lo fue mi padre y antes que él mi abuelo. No veo la diferencia. Me gusta la idea de reposar junto a los míos.

—Yo haré lo mismo, pero tendré mi propia tumba al lado de la de mi padre, el faraón.

Las palabras del príncipe resonaron con el eco propio de quien ambicionaba metas altas y manifestaba con orgullo su origen.

Ranefer no respondió. Nunca había tenido el prurito de construirse una tumba fastuosa para sí mismo. Sus padres y sus hermanos estaban enterrados en la necrópolis de Ineb-Hedy, junto a la pirámide brillante de Esnofru.

—He dejado a mis ayudantes y a los oficiales en lo alto de la colina para que sigan vigilando. Podemos acercarnos a la entrada de la pirámide. Iremos andando, me apetece caminar.

—Pero si no hay nada que vigilar —señaló el escriba extendiendo los brazos con sorpresa mientras comenzaba a andar—. Los trabajos casi están finalizados y las obras en las tumbas anexas o en los pozos para las barcas solares avanzan a buen ritmo, por lo que veo. Si no fuera por el... contratiempo que nos traído hoy hasta aquí, podrías haberte quedado en tu palacio tranquilamente.

—Gracias, amigo, pero llegados a este punto la desconfianza empieza a devorarme.

—¿Tienes miedo? ¿De qué? —preguntó Ranefer frunciendo el ceño.

Hordjedef tomó aire antes de responderle.

—El secreto de la pirámide es uno de los mayores tesoros —dijo con un resoplido—. El papiro que describe el santuario sagrado de Thot es de un valor incalculable y, aun así, no alcanza a lo que supone ese secreto.

—No deberías temer nada... a no ser que escondas algo —afirmó el escriba con la intención de reconfortarlo—. ¡Todos tenemos cosas que ocultar! Los papiros que llevas en tu bolso albergan secretos que solamente tú eres capaz de interpretar. Es cierto que has conseguido el papiro del santuario sagrado de Thot y que incluso obtuviste el documento que descifra sus enigmas. Pero no veo en ello nada punible. Esos documentos han estado ahí, en la biblioteca de la Casa de la Vida, durante generaciones, y nadie se ha preocupado de ellos. ¿Por qué ibas a encontrar obstáculos ahora que has conseguido hacerte con su secreto? No tiene mucho sentido.

Hordjedef no respondió, y continuó caminando junto a Ranefer por la loma que llevaba hasta la colina de piedra sobre la que se erguía la pirámide de su padre. El obstáculo que había encontrado en su camino y que le impedía resolver finalmente sus planes era Djedi. Sólo el hecho de pensar en su nombre, sin pronunciarlo, bastaba para que el príncipe se estremeciera. Sabía que Ranefer tenía razón. Todo lo que había hecho encajaba en la normalidad o en lo esperado, dada su situación. Los papiros eran accesibles a cualquiera en la biblioteca del templo. La única razón que lo había llevado a robarlos era, sencillamente, para que nadie pudiera copiar el secreto que estaba buscando para la pirámide del faraón.

—Todos ocultamos cosas, tienes razón, ¿eh, Ranefer?

—Yo no puedo negarlo —respondió de inmediato el jefe de los escribas. Y enseguida añadió—: ¿Sabes que nadie, a mi llegada, me ha preguntado a qué venía? Deberías reforzar la seguridad.

—Mis hombres te conocen, Ranefer. Me has acompañado aquí muchas veces. Tu presencia no les resulta extraña.

A medida que se aproximaban a la pirámide, varios capataces saludaron al príncipe con respeto. Alguno de ellos hizo amago de aproximarse para preguntarle si precisaba de alguna cosa, pero Hordjedef, absorto en la conversación con su amigo, los despachaba levantando la mano antes de que lograran acercarse. Los obreros, desprevenidos por la inesperada visita del hijo del faraón, se limitaban a observar desconcertados y, si eran capaces de reaccionar a tiempo, agachando la cabeza en un gesto de sumisión.

Subieron por la loma que se abría a la derecha de Horemakhet y no tardaron en alcanzar la esquina sudeste de la pirámide. La piedra blanca que recubría el monumento empezaba a reflejar con fuerza los rayos del sol. Una vez disipada la calima de la mañana, el color blanco iluminaba con fulgor esa zona de la planicie. Desde lo alto de la construcción, el piramidión marcaba como si fuera un faro en el mar la posición de la morada de eternidad de Keops.

Los dos hombres continuaron caminando hasta alcanzar la cara norte, donde se encontraba la entrada. En el centro de ese lado aún podían verse las escaleras que, pocos días antes, se habían empleado en la celebración de la colocación del piramidión. Dos oficiales daban órdenes a un grupo de soldados para ubicarse en zonas estratégicas de la meseta con el fin de vigilar los accesos al lugar.

—Llegamos en el momento del cambio de guardia —señaló el príncipe al ver a sus oficiales gritando las órdenes.

—Se siguen las mismas rutinas desde el primer día —se sorprendió Ranefer—. Eso dice mucho en favor de la seguridad del complejo.

—La verdadera seguridad está en su interior. Ya sabes que lo que queda a la vista de todos es lo que mejor pasa desapercibido.

—El secreto de la pirámide... —dijo el jefe de los escribas mientras ascendían ya hacia la entrada por las empinadas y zigzagueantes escaleras.

Una vez en el umbral, Hordjedef sintió un escalofrío en la espalda al volver a pisar aquel lugar. Recordaba la desazón que le había producido el inesperado descubrimiento que hizo en la pirámide días atrás en la visita con su padre. Al entrar por la galería natural de acceso al monumento giró sin pensarlo hacia la derecha. Nervioso, sacó de su bolsa de cuero el plano principal mientras Ranefer, a escasos pasos de él, lo observaba. El papiro estaba avejentado después de tantos años de uso. En algunas zonas la tinta se había desgastado hasta tal punto que apenas eran perceptibles las líneas maestras del dibujo. En otras, el trazo se había pintado de nuevo para no perder la información inicial.

—¿Es el plano original de Hemiunu? —preguntó el escriba, que ahora escudriñaba con curiosidad el dibujo para hacerse una idea de cómo era la distribución de aquella parte de la tumba.

—Sí, aunque cuenta con muchas anotaciones que yo mismo hice para perfeccionar su diseño —añadió el príncipe intentando atribuirse todos los méritos—. Mi mayor preocupación se encuentra en esta parte de la habitación occidental.

Dicho esto, Hordjedef giró a la derecha para acceder a la mencionada estancia. Una vez en ella, la luz procedente de la entrada les permitió ver con todo detalle el aspecto limpio y claro de la piedra que cubría las paredes.

El hijo del faraón caminó unos pocos pasos en dirección a la losa que marcaba el punto más extraño.

—Pero aquí no hay nada, esta habitación está vacía —dijo Ranefer.

—Aquí es donde aparece la primera dificultad —replicó el hijo de Keops con cierto desasosiego.

Su amigo se acercó mostrando interés. No parecía comprender a qué se refería el príncipe. Ante él solamente había una losa de caliza como todas las de esa pared. Era de la misma piedra blanca que los otros sillares y mostraba un pulido igual de extraordinario.

—¿Qué tiene de extraño? —preguntó el escriba con los brazos en jarras. Su voz sonó con fuerza en la estancia vacía—. No parece que haya nada especial.

—Atento, que lo verás con tus propios ojos.

Hordjedef repitió lo que había hecho días antes, junto a su padre, en la ceremonia del piramidión. Tomó de su pecho la piedra azul que pendía del collar para accionar la bisagra que permitía mover el sillar.

Ranefer estaba atónito.

—¿Qué estás haciendo? ¿Esto qué es? —dijo con un hilo de voz.

—Es el acceso a una de las habitaciones del santuario sagrado de Thot que he replicado en el interior.

—¿Esto es lo que aparecía en el segundo papiro que sacaste de la Casa de la Vida?

—De alguna forma, así es. Realmente, es sólo una de las partes... Sería muy complicado explicártelo ahora mismo —añadió el constructor intentando mostrar su pericia—. Pero la estructura de la pirámide es más enrevesada, sobre todo en su parte interior, en la que nos encontramos ahora.

—Me habías hablado de algunas estancias secretas, pero nunca me imaginé una cosa así.

—Sígueme —lo conminó Hordjedef tras asegurarse de que estaban solos.

Con sumo cuidado, el escriba cruzó la entrada a la misteriosa cámara secreta. Una vez dentro, ante la belleza de los relieves y los textos grabados con vivos colores, no tuvo fuerzas para articular palabra.

Hordjedef lo observaba orgulloso de su propio trabajo. Ranefer era, sin temor a equivocarse, la persona a la que menos debía convencer para obtener loas, en cualquier caso. Sin embargo, eso no disipó la preocupación del príncipe cuando se dio cuenta de que, como había sucedido con la visita que hizo con su padre, esa habitación, sencillamente, no debía estar allí.

Con los planos en la mano, intentó ubicarse de manera precisa en el interior del monumento. Asomó la cabeza de nuevo al exterior de la cámara para contar los sillares que llevaban desde la esquina próxima hasta la entrada que acaban de cruzar. En efecto, aquello no estaba en sus planos.

—El texto es muy hermoso —dijo de pronto el escriba—. Nunca había leído algo así: «El sonido de las aguas del río sagrado guiará los pasos hacia la cámara secreta, la habitación subterránea donde el espíritu del faraón vencerá los destinos del caos...». ¿Dónde has encontrado esta maravilla?

—En el papiro de Thot. Ahí ha estado durante generaciones —respondió el jefe de los constructores mientras rebuscaba en su bolsa de cuero un nuevo documento—. Pero no debería estar aquí, sino en otro nivel.

—¿Y eso qué más da, Hordjedef? ¿Para qué servía esta habitación?

—Es la que lleva a la cámara funeraria de mi padre. El sonido de agua que se oye al fondo lo evidencia.

Ranefer guardó silencio durante unos instantes y prestó atención. Enseguida abrió los ojos con desmesura, sorprendido.

—Es... absolutamente mágico.

—¡Aquí está! —exclamó el príncipe, ajeno al comentario de su amigo.

—¿Qué es eso?

—El papiro original que cogí de la Casa de la Vida la primera vez. El documento con los textos sagrados de Thot. Sigue leyendo la inscripción.

—«Las estrellas lo protegerán dándole luz y calor en la oscuridad —prosiguió el escriba, embelesado todavía por la belleza de los jeroglíficos—. De las aguas primigenias recuperará la vida como hizo Atum en el primer tiempo, el momento inicial de la creación. El agua calmará su sed y propiciará los cultivos para que tenga alimento durante millones de años...».

Hordjedef chascó la lengua, contrariado.

—Ni siquiera es el texto sagrado que debería estar en esta sala. ¡Este papiro no dice nada de eso!

El nerviosismo del hijo de Keops iba en aumento a medida que descubría las contradicciones en su trabajo.

—¿Estás seguro? Quizá haya un error en tu plano…

—¡Imposible! ¡No puede ser! —aseguró el príncipe, cada vez más intranquilo—. Salgamos de aquí. Quiero ver otra sala.

Ranefer no se opuso, poco podía objetar. Salió el primero. Cuando ambos se hallaron de nuevo en la galería, Hordjedef accionó el mecanismo con su talismán de lapislázuli a fin de cerrar la puerta. Nadie los había visto.

En esa ocasión, el jefe de los constructores dirigió sus pasos hacia la zona baja de aquel nivel, a la izquierda de la entrada original de la pirámide.

—¿No es demasiado evidente que en este pasillo pueda haber habitaciones ocultas tras sus muros? —preguntó Ranefer al percatarse de que su amigo volvía a otro punto del pasillo para accionar una nueva entrada.

—Nadie lo verá —respondió tajante Hordjedef—. El pasillo que ahora ves quedará oculto por un grueso muro de piedra de casi 4 codos. Nadie sospechará que tras esas piedras hay un acceso hueco. Ha sido una de las soluciones que tomó… Hemiunu para acelerar el tiempo de construcción y no necesitar tanta piedra en la construcción.

Hordjedef contó con los dedos los sillares que había entre la entrada y un punto indeterminado del muro interior sur de la habitación. Después de cerciorarse de que no se equivocaba, corroboró el dato sobre el plano. Acto seguido, tomó de nuevo el colgante de lapislázuli y volvió a aplicarlo sobre una insignificante muesca que había en un lateral del sillar. Al hacerlo, éste quedó liberado y sólo hubo que girarlo.

Como en el caso anterior, daba acceso a una habitación cubierta de figuras y textos.

Ranefer fue el primero en entrar y quedó fascinado de nuevo por la belleza de las imágenes y el color de los jeroglíficos. Incluso se atrevió a acariciarlos con las yemas de los dedos para notar su textura y relieve. No era de gran tamaño, al menos en la zona a la que llegaba la luz del exterior. Era una estancia de planta rectangular, aunque mucho más ancha que la que habían visitado antes. Dada su disposición, la parte más profunda se hallaba prácticamente a oscuras, y parecía que las figuras de los relieves se diluían en la negrura de la noche, perdiéndose su rastro en el Más Allá. La luz que entraba desde el exterior sólo alcanzaba para ver el inicio de las pinturas. Advertido de que eso podría ocurrir, Hordjedef había llevado consigo, en su bolsa de cuero, una lámpara de aceite. La sacó y, ayudándose de una piedra de encendido que también extrajo de la bolsa, en apenas unos instantes prendió la mecha de la lámpara y, con ésta, encendió otra, que depositó en el suelo a pocos pasos de donde se encontraban. Todas las pinturas de la habitación quedaron iluminadas con una tonalidad anaranjada que, aun así, hacía brillar los colores con intensidad, formando un mar de sensaciones.

—¿Dónde estamos? —preguntó Ranefer mientras contemplaba con curiosidad y admiración las imágenes.

—Se supone que en la sala del Juicio —respondió Hordjedef, quien también observaba los relieves y los textos al tiempo que echaba mano de nuevo a los papiros que llevaba en la bolsa de cuero.

—No, creo que no es la sala del Juicio —opinó Ranefer antes de que el príncipe hubiera encontrado en los documentos una respuesta a sus dudas.

—¿Cómo dices?

—Es la sala de la Verdad. Está muy claro por los textos que acompañan las figuras.

—Es cierto. —Hordjedef comprobó, aliviado, que el nombre coincidía con el plano que tenía en la mano—. Al menos, esta sala sí está bien ubicada. Ignoro, sin embargo, qué habrá sucedido con la otra.

—Nunca has estado aquí, ¿no es así?

La pregunta del escriba sorprendió al príncipe.

—¿A qué te refieres? Conozco perfectamente la disposición de los textos y de las figuras que los acompañan sobre las paredes. Ya tendré oportunidad en cuanto vuelva a mis aposentos de palacio de averiguar dónde está el error que hay con la habitación del otro extremo. Hablaré con los capataces también. Cuento con el registro de sus nombres y el de los obreros que han trabajado en cada lugar para saber quién está al corriente de cada detalle, en el caso de que haya problemas en un futuro.

—No me refiero a eso, Hordjedef. Sabes cómo abrir los accesos, pero ignoras lo que hay en su interior... Ésta es la sala de la Verdad. Me cuesta creer que no te hayas dado cuenta. Tu padre ya te lo advirtió. Confías demasiado en los que te rodean... o quizá confías demasiado en ti.

Ranefer observaba a su amigo con los brazos en jarras.

—«En verdad vine a ti y te traigo la Justicia y la Verdad —comenzó a leer el príncipe—. Por ti rechacé la perversidad. No herí a hombre alguno ni hice daño a las bestias. No cometí delito en el lugar de la Justicia y la Verdad. No conocí el mal; no actué perversamente. Cada día trabajé más de lo que se me pedía. Mi nombre no llegó a la barca del príncipe. No desprecié a dios. No causé aflicción ni ejercí aflicción. No hice lo que dios abomina...».

—Es uno de los textos mágicos más poderosos que se conocen —aseveró el escriba.

—¿Acaso tú estás más versado que yo en los secretos de *heka*? —bromeó el hijo del faraón—. Te queda mucho por aprender, querido amigo.

—«No hice que el amo obrara mal con su sirviente —volvió a recitar Ranefer mirando a los ojos a Hordjedef—. No robé de los huertos ni pisoteé los campos. No perjudiqué a la gente. No robé de las ofrendas de los templos ni robé los panes de los dioses. A nadie le hice sentir dolor. A nadie hice llorar...».

Hordjedef le escuchó. Y reconoció para sí que el texto de la pared coincidía, palabra por palabra.

—Bueno, veo que eres un avezado conocedor de los textos mágicos —dijo al cabo—. Pero lo que hay aquí es mucho más complicado que todo eso. No sólo es cuestión de memorizar como hacíamos cuando éramos unos críos en la Casa de la Vida. Los secretos de *heka* van mucho más allá.

—Pero resulta evidente que los ignoras por completo.

—¿Qué te sucede, Ranefer? Se supone que has venido a ayudarme —le recriminó Hordjedef, sorprendido por el tono que su amigo había empleado.

—Me limito a constatar una simple evidencia. ¿Acaso tú conoces los textos mágicos? ¿Debo recordarte que para descifrar el secreto del papiro de Thot necesitaste del segundo que contenía la clave? Ésta es la sala de la Verdad, no puedes mentir en ella. ¿Sabes cómo continúa el texto sagrado?

—Ya estoy cansado de este juego, Ranefer. Tenemos mucho que hacer aún.

El jefe de los escribas, desoyendo el aviso de su amigo, comenzó a deambular por la espaciosa habitación mientras observaba en detalle las figuras de los relieves de sus paredes. En ellos estaba representado el faraón Keops junto a algunas divinidades. A su lado, en un tamaño un poco menor que el del monarca, se veían varios príncipes. Al lado de cada uno de ellos había un nombre y un título. Ranefer identificó a Djedefra, el heredero, el hijo en quien descansaría en algún momento el trono de las Dos Tierras. Sin embargo, lo que llamó la atención al escriba fue la figura que había inmediatamente detrás de Keops. El nombre y el título no dejaban lugar a dudas. Era el propio Hordjedef, jefe de los constructores del faraón. Su amigo se había mandado representar junto al rey en un relieve de un cargado poder mágico, sabiendo que el monarca no llegaría a verlo nunca.

—¿Qué haces? —Hordjedef apremió a Ranefer—. Debemos ir a otro lugar para confirmar que el error sólo está en la primera habitación.

—No deberías hacer estas cosas en la sala de la Verdad —dijo el escriba mirando a Hordjedef mientras señalaba el relieve en el que éste aparecía por delante de su hermano Djedefra.

Pero el príncipe no respondió. Tenía el rostro pálido como si hubiera visto a un fantasma. El hijo de Keops tragó saliva intentando asimilar aquel extraño encuentro. En la penumbra del fondo de la habitación había alguien más. El sonido de las patas del pequeño zorro caminando despacio sobre las pulidas losas de caliza que cubrían el suelo le erizó el vello.

—¿Qué te sucede, Hordjedef? —preguntó Ranefer, sorprendido por la reacción de su amigo—. ¿Acaso tienes miedo de un simple animal del desierto? ¡Los zorros se cuelan por todas partes! Pero son muy tranquilos, no temas.

—Es que éste es... el zorro de Djedi.

—¿Qué?

—Es el zorro de ese fantasma que no deja de perseguirme —añadió el príncipe.

Miraba en todas direcciones, buscando al sacerdote mago en la sala de la Verdad. Y lo descubrió.

Se quedó sin aliento cuando vio que el cánido avanzaba lentamente por la estancia hasta sentarse al lado de Djedi. Éste lo cogió en brazos y empezó a acariciarle el suave pelaje.

La imagen acabó de turbar al príncipe. Estaba desconcertado. ¿Cómo era posible? Había visto esa misma escena pocos días antes, al término de la colocación del piramidión, cuando creyó que Djedi lo observaba entre algunos sacerdotes.

El príncipe permaneció mudo con la espalda apoyada en la jamba de la apertura que hacía las veces de puerta.

Ranefer, que también veía a Djedi, sonrió.

—No me has respondido si sabes cómo sigue el texto que acabo de recitarte —insistió.

Pero Hordjedef continuó sin hablar.

—Tranquilo, Ranefer, yo seguiré por él: «No asesiné ni hice que nadie lo hiciera por mí...» —empezó a recitar Djedi.

—No sé si puedes decir eso de ti mismo, Hordjedef —le echó en cara el jefe de los escribas—. Quizá de ese pequeño desliz procedan todos los contratiempos que estás sufriendo. Hasta que no consigas redimirlos, el secreto de la pirámide te estará vetado.

Hordjedef miró a su amigo con los ojos desorbitados.

—Tú lo sabías todo, ¿no es así? —bramó—. ¡Me has traicionado, Ranefer!

El hijo de Keops levantó la mano para asestar un golpe al escriba, pero éste, con un ágil movimiento, le sujetó con fuerza el antebrazo contra el relieve en el que el príncipe aparecía representado junto a su padre.

—Eres demasiado ambicioso, Hordjedef —le espetó sin mover

un solo músculo del rostro—. Tú eres el verdadero traidor. Nos has traicionado a todos con tus mentiras y tus viles anhelos de prosperar a toda costa, sin importarte qué medios emplear para conseguirlo.

—Después de todo lo que hemos vivido juntos, ¿me lo pagas así?

—Hordjedef —respondió Ranefer, sin perder la calma ni el aplomo—, yo no te debo nada. He conseguido cuanto tengo gracias a mis méritos. No soy hijo del faraón y no me he visto empujado a cometer crímenes para satisfacer mis deseos. No eres el mismo de antes, cuando éramos jóvenes en la Casa de la Vida. Tus ambiciones te han cegado. Hace años que empezaste a romper la sagrada Maat de la tierra de Kemet.

—Ranefer, no intentes hacerte el justo ahora —le recriminó el príncipe—. Si crees que soy culpable, lo eres tanto como yo. Recuerda que desde un principio me has ayudado en todo.

—No te engañes, Hordjedef —replicó el escriba mientras continuaba sujetándolo por la muñeca—. Sabes que eso es falso. Yo tenía contactos en la casa de Hemiunu para enterarme de lo que sucedía en ella, pero no pergeñé un asesinato. ¡Jamás! Eso fue tan sólo idea tuya. Desde entonces, sí, me he mantenido más distante de ti. Tú mismo lo has reconocido y me lo has echado en cara. Pensé que podrías cambiar, pero ibas de mal en peor. Y una vez que cometiste el primer crimen, te daba igual todo. Sólo querías conseguir un objetivo... Y, al final, tanta muerte no te ha servido para nada. Djedi me abrió los ojos y me advirtió de los peligros que corríamos los dos si no seguíamos tu juego. ¿Qué habrías hecho si desde un principio no te hubiera dado la razón en todo?

Hordjedef permanecía en silencio escuchando el discurso de Ranefer. Lo cierto era que no tenía ni un solo argumento con el que contradecirlo.

—¿Me habrías asesinado como hiciste con Hemiunu por ser un obstáculo en tu carrera?

—¡Yo no he asesinado a nadie! ¡Todas esas historias que cuentas son falsas!

Djedi se aproximó con su zorro en los brazos e hizo una señal a Ranefer para que soltara al hijo del faraón. El escriba lo obedeció y se hizo a un lado.

—Me has preguntado en muchas ocasiones quién soy —dijo el mago—. Pero creo que lo más importante es saber qué no eres tú, príncipe Hordjedef. Creías que estabas construyendo una pirámide, un horizonte de millones de años para tu padre, el faraón Keops, Vida, Salud y Prosperidad. Y realmente no hacías más que seguir las premisas que Hemiunu había establecido antes.

—Yo diseñé la pirámide siguiendo el papiro de Thot —respondió el príncipe apenas con un hilo de voz.

—Te equivocas —lo corrigió el sacerdote—. Tú mismo has comprobado más de una vez que la distribución interior de la pirámide no se corresponde con lo que habías propuesto. O, mejor dicho, lo que nosotros hicimos que creyeras.

—Ranefer, me has traicionado... —repitió el hijo de Keops al tiempo que miraba a su antiguo amigo.

—El Ranefer que tú conoces dejó de apreciarte hace años —respondió el jefe de los escribas acorralando aún más al príncipe—. Pero entiendo que prefieras pensar en mi supuesta traición antes que afrontar la realidad..., una realidad que a partir de ahora te atormentará.

Infinidad de pensamientos, a cada cual más terrorífico, bullían en la mente de Hordjedef. Entre ellos, la primera vez que tuvo la visión de Djedi en el templo de Iunu.

—Pero Djedi está muerto... Todo esto no es más que una pesadilla —dijo el príncipe apretando los ojos en un intento de recobrar la cordura—. Yo mismo hice que...

El jefe de los constructores no terminó la frase.

—No te detengas. ¿Qué ibas a decir? —lo animó Ranefer—. ¿Que tú mismo hiciste que... lo mataran? Y aun reconociéndolo y sabiendo cómo has actuado, ¿crees que engañarás a los dioses y te sitúas el primero detrás del faraón en la sala de la Verdad? Eso no está bien, Hordjedef... No está nada bien, desde luego que no.

Receloso, el hijo de Keops sacó de su bolsa de cuero el papiro en el que aparecían los nombres y el significado de cada una de las habitaciones.

—No, no tienes razón. Sólo hay un error en la primera sala que visitamos —afirmó Hordjedef casi a la desesperada—. El resto es todo producto de mi ingenio y del dominio de *heka* que he alcanzado durante los últimos años. He trabajado sin descanso para controlar la magia. Ya escuchaste a los sacerdotes del templo —añadió dirigiéndose a Ranefer—. Soy un maestro, y nadie va a detenerme.

Mientras decía esas palabras, se vio obligado a lanzar al suelo el papiro que sostenía en la mano. Sin que nadie más lo tocara, el documento había empezado a arder con la misma rapidez que una hoja seca cuando se acerca al fuego.

Hordjedef levantó la cabeza para observar al mago.

—Lo desconoces todo —añadió Djedi esbozando una sonrisa—. Nada de lo que hay aquí es producto de tu trabajo. Al contrario, es fruto del genio de Hemiunu y, por supuesto, también del mío... como gran sacerdote mago del templo de Ptah.

Hordjedef no entendía nada. Se sentía protagonista de una terrible alucinación que creía haber desterrado de su cabeza hacía tiempo.

—¡No eres real! —repitió el hijo de Keops una vez más.

—Sí lo soy, príncipe Hordjedef. Recuerda que tu padre, el faraón Keops, Vida, Salud y Prosperidad, también se percató de mi presencia en la celebración del piramidión. No has tenido el valor de hablar con él de eso porque el miedo a la verdad te carcome el corazón. Ahora estás viéndome de la misma forma que Ranefer me ve.

—¡Mentís! ¡Me has embrujado con uno de tus sortilegios!

—El único embrujo que ha acabado destruyéndote es tu propia ambición —añadió el jefe de los escribas—. Lo tenías todo en palacio, pero de pronto te poseyó un espíritu maléfico y solamente buscabas trascender por toda la eternidad y perpetuarte a cualquier precio junto al soberano, tu padre. Y eso es lo que te ha hundido.

—Estáis jugando con fuego, Ranefer —le advirtió el príncipe—. Recordad que soy el hijo del faraón.

—No vuelvas a amenazarme con esas fanfarronadas. —El

mago levantó la mano como si hubiera previsto lo que Hordjedef iba a responderle—. Sabía que después de que asesinaras a Hemiunu intentarías hacer lo mismo conmigo. ¿Creíste que no reaccionaría ante tus más que previsibles movimientos?

—¡Yo no maté a Hemiunu! —gritó el príncipe, acorralado.

—¡Mientes, Hordjedef! —sentenció una voz que salía de la oscuridad del fondo de la sala de la Verdad—. Y nadie creerá tus mentiras.

El hijo de Keops se estremeció al descubrir a Seshat. El zorrillo que sujetaba Djedi se arremolinó para dar la bienvenida a la mujer. La hija de Hemiunu se acercó a donde estaba el sacerdote mago y acarició al cánido del desierto.

—¿Qué haces tú aquí? —preguntó desconcertado el hijo del monarca.

—Incluso al faraón le costó creerte —le espetó Seshat, sin molestarse en responder su pregunta—. Todos sabían que Djedi era incapaz de hacer nada a mi pobre padre.

—Acabaste con él por el simple placer de hacerte con su lugar en la corte, junto al señor de las Dos Tierras —apostilló Djedi—. Luego no te resultó difícil convencerlo mediante mentiras y crímenes.

—Os vieron discutir —replicó el príncipe, casi sin fuerzas, al tiempo que volvía la cabeza hacia donde estaba Djedi.

—Fui a avisarle del peligro que corría, pero él no me creyó, por eso discutimos. ¿No tienes más argumentos para tu defensa, Hordjedef? Has llegado al extremo de creerte tus propias mentiras. Estás enfermo... Y eres un peligro para la tierra de Kemet.

Asediado, el príncipe estaba cada vez más pegado a la pared, casi inmóvil, delante de lo que ya no era una aparición fantasmal, sino algo completamente real.

Mientras Seshat guardaba silencio, los hombres se escrutaron durante unos instantes, cada cual intentando conocer los secretos que ocultaba su oponente. Pero los únicos que tenían las cosas claras eran Djedi y Ranefer.

—Ahora mismo estás preguntándote cómo pude huir de la

muerte cuando diste la orden de que me llevaran a prisión, ¿no es así?

El príncipe Hordjedef no respondió al mago. Atemorizado por su capacidad para leerle el pensamiento, no se atrevió a mover un solo músculo.

—Eres muy ingenuo…, amigo. Y tus guardias también —agregó Ranefer.

—Me dijeron que habían lanzado tu cuerpo al pozo que había detrás de la duna que cierra el patio de la prisión.

—Ranefer, como jefe de los escribas, organizó la guardia de la cárcel de ese día. Gracias a sus contactos en la corte no le costó mucho. Cuando llegó el momento de mi ejecución, sencillamente, desaparecí.

—Es la primera vez que reconoces uno de tus numerosos crímenes, Hordjedef —dijo el escriba—. Siempre has sido muy reservado, ni siquiera conmigo has hablado de ciertas cosas. Yo lo sabía todo, pero creías que ignoraba estos detalles. Una vez más, te equivocabas.

—Es mejor ser precavido. El tiempo me ha demostrado que tenía razón.

Dicho esto, el jefe de los constructores se dirigió a Seshat.

—¿Tú lo sabías? —le preguntó—. ¡Pues claro que sí! —se respondió a sí mismo enseguida—. Qué pregunta más estúpida…

—He tenido conocimiento de todo desde el primer momento —corroboró la mujer.

—Y habéis esperado tanto tiempo… —señaló el príncipe con incredulidad.

—¿Qué podíamos hacer? —Seshat se encogió de hombros—. El trabajo debía continuar. Nos ha resultado fácil hacerte creer que eras tú el que dirigías y mandabas en la construcción de la pirámide. Tu desconocimiento de las tareas en las obras lo ha hecho todo muy sencillo.

Hordjedef recordó las discusiones con la joven Seshat en lo alto de la loma desde la que observaban el avance de la erección de la pirámide. Todo había sido un engaño. Los capataces estaban compinchados con ellos y se limitaron a hacerle creer lo contrario.

Seshat lanzó una risotada cuando adivinó lo que el príncipe estaba pensando en ese momento.

—No puedo darme por satisfecho —intervino Djedi—. Aún tienes muchos crímenes por los que responder.

—¿Me enviarás a un tribunal de mi padre? —preguntó con socarronería el hijo del faraón—. Tenéis todas las de perder. No contáis con ninguna evidencia para demostrar nada de cuanto decís. Me habéis engañado, sí, pero la construcción de la pirámide seguirá siendo mía y así quedará grabado en la memoria de la tierra de Kemet.

—No olvides dónde estamos, hijo de Keops —le advirtió Seshat—. Ésta es la sala de la Verdad y aquí puedes ser juzgado y sentenciado…

—¿Me estás amenazando como hacían los sacerdotes cuando éramos chiquillos? ¡No soy un niño al que puedes atemorizar con sueños de dioses inexistentes!

—Crees en la magia y no crees en los dioses que la han creado… Eso sí que es sorprendente, Hordjedef —dijo Djedi mirando de soslayo a Seshat—. Tú mismo te contradices a cada paso. Pero quizá lo más grave de todo, más incluso que quitar la vida a un alto funcionario y a un sacerdote, es robar una pirámide para incriminar a otra persona.

—Destruir la memoria eterna de un faraón es el sacrilegio más vil que un ser humano puede cometer —apostilló Ranefer.

—¿A qué os referís? Eso es absurdo —protestó el príncipe.

—Entiendo que sabes de qué estoy hablando, ¿no es así? Quizá esto te refresque la memoria.

Djedi cogió la bolsa de lino que colgaba de su cinturón y le retiró el cordel que la cerraba. Sin prisa, introdujo la mano en ella. Sólo había un objeto. Lo sacó y, después de juguetear con él un instante, se lo lanzó al príncipe.

Hordjedef lo tomó al vuelo con un movimiento ágil de su brazo derecho y se acercó a una de las lámparas. Tan sólo cuando consideró que había luz suficiente para descubrir aquel secreto, abrió la mano. Sus ojos vieron una joya extraordinaria. Se trataba de un anillo de oro en el que, junto al amuleto de un escarabajo de lapislázuli, había un nombre grabado. Se estremeció al leerlo.

—¿De dónde has robado esta joya, Djedi? —exclamó casi indignado.

—Me sorprende que hagas esa pregunta, Hordjedef —intervino Ranefer—. Sabes bien que la pirámide de tu abuelo Esnofru fue saqueada hace más de tres décadas por un grupo de ladrones.

—Se capturó y se ajustició a aquellos malnacidos como merecían —aseveró el príncipe con una sonrisa—. Sus cuerpos colgaron de los muros de la ciudad hasta que las alimañas despedazaron sus cadáveres. ¡No tuve nada que ver con aquello!

—Ah, pues yo creía lo contrario —opinó Seshat con falsa incredulidad—. Tú fuiste quien encargó ese robo. Mandaste saquear la pirámide de tu abuelo para demostrar a todos que los ingenios de seguridad del antiguo jefe de los constructores no servían para nada y así empezar a minar el prestigio de Hemiunu entre los cortesanos del faraón.

—Yo no tuve nada que ver con aquello —se defendió el príncipe mientras, indignado, devolvía a Djedi el anillo que portaba el nombre de su abuelo, el faraón Esnofru.

—Para no tener nada que ver con esa historia —señaló Djedi levantando la mano antes de que Seshat hablara—, has identificado muy rápido este anillo que ahora me devuelves como si te quemara en las manos. Creo que es el objeto que pediste a Hapi, el líder de aquel grupo de ladrones, como confirmación de que había cumplido tu encargo. Lo tomó de la mano derecha de la momia del rey Esnofru, como le ordenaste que hiciera. Era la prueba que necesitabas para estar seguro de que habían llegado hasta su objetivo. Sólo así recibirían la paga acordada por el saqueo de la pirámide. Una fortuna, realmente, si a esa cantidad se sumaba el producto del propio saqueo. Cientos de *deben** de oro, plata, cobre...

* El *deben* era una medida de metales en el antiguo Egipto que acabó convirtiéndose en moneda para las transacciones comerciales. Todo tenía un valor en *deben* de cobre, aunque no existiera como tal. Su peso fluctuó a lo

—Una vez más os digo que no tenéis manera de demostrarlo. —El hijo de Keops se echó a reír—. Esto es todo una fantasía. ¡Nadie creerá a un fantasma!

—Bueno, lo cierto es que el fantasma está sólo en tu cabeza. Como ves, soy más real de lo que imaginabas. —Djedi se señaló el traje sacerdotal de lino blanco—. En el templo de Ptah podrán darte buena cuenta de ello. Allí saben que tú mandaste saquear la pirámide de Esnofru y que éste es el anillo que Hapi te entregó antes de ser ajusticiado. Te salió muy barata aquella afrenta. Al final, no tuviste que pagar nada a nadie y, además, pusiste la primera piedra en el camino de Hemiunu para menoscabar su prestigio.

—Aquellos ladrones recibieron su merecido a ojos de todos... Nadie te creerá.

—El propio Hapi comentó que uno de los ladrones que lo acompañaban había escapado antes de que detuvieran a los demás en la puerta del recinto de la pirámide de Esnofru, ¿verdad, Djedi? —le preguntó el jefe de los escribas al tiempo que volvía el rostro hacia él.

—Así se lo contaste a mi padre, Hordjedef —confirmó Seshat—. Lo recuerdo perfectamente. Me consta que intentaste dar con él para cerrarle boca para siempre, pero no lo lograste. Qué lástima...

Djedi dejó al zorro en el suelo. El animal comenzó a pasearse por la estancia con las orejas erguidas intentando dar sentido a la cantidad de estímulos de color y luz que emanaban de las paredes de la sala de la Verdad.

—Hordjedef, ese ladrón era yo —respondió Djedi con absoluta naturalidad—. Todos tenemos algo que esconder, ya te lo hemos dicho hace un rato. Yo era ese muchacho que huyó del grupo antes de que sus compañeros fueran apresados. Nadie pudo verme porque también conocía el secreto de la pirámide de tu abuelo. No abandoné el recinto por la puerta como hicieron aquellos es-

---

largo de la historia. En el Imperio Antiguo, cuando se construyeron las pirámides, un *deben* pesaba casi 14 gramos.

túpidos, lo hice por una de las galerías subterráneas que conecta con la entrada del monumento. Nadie me vio.

—Saquear la pirámide de un faraón es uno de los delitos más graves, Djedi. Tú mismo acabas de reconocerlo. Estoy ante un igual...

—No te engañes, Hordjedef —le espetó el sacerdote mago—. Únicamente estaba allí enviado por mis superiores del templo de Ptah. Todos sabían que urdías algo. Entre mis compañeros había auténticos miserables que decidieron participar en el saqueo de la pirámide de Esnofru... Más aún, muchos también habían perpetrado robos en otros lugares sagrados, moradas de millones de años de personas de la corte que vieron interrumpido su viaje hacia el mundo de Osiris simplemente por una ambición incontrolada de riquezas. Mis superiores me eligieron a mí para que me integrara en el grupo y diera la alarma.

—Si es así, ¿por qué no advertiste del día en el que iba a cometerse el robo? Con ello la tumba de Esnofru habría quedado a salvo —dijo Hordjedef—. Estás mintiendo una vez más, Djedi. La momia fue incendiada, yo mismo pude verlo cuando accedí con mis oficiales para valorar los daños que se habían producido y hacer un informe para el faraón.

—Sigues sin enterarte de nada. —El sacerdote mago se aproximó más hacia el príncipe—. El título de jefe de los constructores te queda muy grande.

Hordjedef lo observaba como si no comprendiera nada de aquel insólito juego al que lo sometían.

—Aquélla no era la tumba de Esnofru —intervino Seshat—. No era más que un señuelo para los ladrones. La auténtica tumba del faraón Esnofru, Vida, Salud y Prosperidad, está oculta en otro lugar de la pirámide..., y a salvo. Ni el propio faraón Keops lo sabía.

Hordjedef se negaba a creerlo. Pero la densa niebla que ocultaba sus vivencias más intensas de los últimos años empezaba a disiparse delante de sus ojos. En todo ese tiempo, había vivido en un continuo artificio y sólo en ese momento empezaba a comprender lo que sucedía.

—¿Y por qué Hemiunu no se lo explicó al faraón? —respondió indignado—. Mi padre ha estado sufriendo en su corazón el temor a que su morada pueda ser saqueada, cuando tranquilizarlo habría sido tan fácil…

—La seguridad del viaje eterno tiene un precio —respondió el sacerdote mago con la tranquilidad que lo caracterizaba—. Resultaba muy peligroso que él lo supiera. Ya nos dimos cuenta de que cometías graves errores durante la construcción, lo que confirmaba nuestros temores.

—¿A qué te refieres? —protestó Hordjedef—. La construcción ha sido impecable.

—Quizá te lo parezca a ti —dijo la hija de Hemiunu—, pero el hecho de que llevaras al faraón Keops, Vida, Salud y Prosperidad, a algunos de los lugares más sensibles de la pirámide durante su construcción ha puesto en peligro todo el proyecto.

El príncipe estaba cada vez más inquieto, tanto que incluso se cuestionó qué sabía, en realidad, de aquel enorme montículo piramidal que algún día albergaría los restos de su padre.

—La respuesta a tus miedos es obvia, príncipe. No sabes nada.

Hostigado por el increíble poder que Djedi ejercía sobre él, a Hordjedef sólo se le ocurrió una vía de escape.

—Olvidas que en todo este tiempo he aprendido mucho sobre el arte de la magia. *Heka* apenas tiene secretos para mí —añadió en tono pretencioso el hijo del faraón.

—*Heka* es la herramienta más poderosa que existe en el valle del río Hapy —apostilló Ranefer—. A lo largo de estos años, Djedi me ha enseñado cosas que no creerías. Pero solamente puede usarse, siguiendo las instrucciones de los dioses, si se hace el bien con ella.

—Y tú has hecho lo contrario de lo que predican los antiguos textos sagrados —añadió el mago—. No has comprendido nada, por lo visto. Al menos, te has alejado de sus leyes… y eso es muy peligroso.

—Los textos sagrados no tienen secretos para mí —replicó Hordjedef fuera de sí. Se dirigió en dos zancadas hacia la pared más próxima a la puerta—. Los pasajes que están grabados en estos muros han salido de los libros de magia y su poder es incuestionable. Yo mismo los he seleccionado. ¿Te has fijado en el color que hemos usado para los jeroglíficos? No es producto del azar...

—Es tu fin, Hordjedef. Ésa es la única razón por la que te he traído hasta aquí —sentenció Ranefer.

—Querías tu pirámide y vas a conseguirla —añadió Djedi—. Aquí permanecerás para siempre. Te lo advertí desde el principio y no has prestado atención.

Hordjedef comenzó a reír de forma incontrolada, como un demente. Sus risotadas podían oírse desde el exterior de la pirámide, pero los guardias habían recibido órdenes estrictas de no entrar en el monumento bajo ninguna circunstancia.

—¿Recuerdas lo que te dije cuando me hablaste por primera vez de este asunto? —lo interrumpió Ranefer.

—Te refieres al día que corríamos detrás de las gacelas, ¿no? —le contestó el príncipe—. ¿Ahí empezó tu traición miserable?

—Puesto que recuerdas el día, imagino que recordarás las palabras que te dije —continuó el escriba sin prestar atención a los reproches de su antiguo amigo—. «Las arenas en las que pretendes moverte pueden arrastrarte hasta un pozo oscuro...».

Hordjedef dejó de reír.

—¿Insinúas que... que pereceré en mi propia pirámide? —balbuceó. Pero enseguida reaccionó con ira—. No seas estúpido, ¡la puerta está a menos de quince pasos! ¿Acaso habéis puesto, como en las tumbas antiguas, una serie de cierres que caen como losas de granito sobre el pasillo? Ese juego inocente es el que hacía Hemiunu... y de poco le sirvió. ¡Tampoco os servirá ahora vuestra magia!

El príncipe se dio la vuelta, dispuesto a confirmar que desde el umbral de las jambas de acceso a la sala de la Verdad la entrada de la pirámide quedaba a pocos pasos. Veía la luz del exterior de la pirámide.

—Tendréis que hacer algo más para...

Pero no pudo acabar la frase. Cuando se volvió para continuar burlándose del sacerdote mago, del escriba y de la hija de

Hemiunu, éstos habían desaparecido junto con el zorro del desierto.

Estaba solo.

Los buscó con la mirada por toda la sala, y lo único que logró fue confirmar que en la estancia no había ni rastro de ellos.

«No deben de estar lejos», se dijo al tiempo que abandonaba la habitación a toda prisa. En la estancia contigua no había tampoco nadie. Recorrió los pocos pasos que lo separaban de la puerta de la pirámide con la esperanza de verlos bajar por la escalera de madera. El resultado fue el mismo.

—¿Adónde han ido? ¿Habéis visto salir a alguien de la pirámide? —preguntó el hijo del faraón a los guardias que permanecían apostados junto a la escalera.

—No ha salido nadie desde que entraste con el jefe de los escribas, mi señor —respondió el oficial al mando—. No nos hemos movido de donde nos encontramos. Tampoco ha entrado nadie desde que lo hicisteis vosotros.

Hordjedef ni siquiera agradeció el buen desempeño del trabajo a sus hombres. Con el rostro desencajado, retornó a la sala de la Verdad para coger las lámparas y su bolsa de cuero con los papiros.

Una vez en la estancia, volvió a comprobar que no había nadie. De repente, se acordó de lo que Djedi le había contado poco antes al respecto de cómo huyó de la pirámide de Esnofru, décadas atrás, por un pasadizo secreto que había junto a la entrada del monumento. Pero él no recordaba haber visto nada semejante en sus planos ni había evidencias que vertieran luz sobre ese hecho.

Tras tomar del suelo las lámparas, las dejó con cuidado en la galería, junto al vano que hacía las veces de puerta. Cogió su bolsa de papiros y, frustrado, accionó el mecanismo con el colgante azul de su collar a fin de que la piedra bascular y así cerrar la habitación.

—Recuérdalo, príncipe Hordjedef. ¡Yo he construido esta pirámide!

Aterrorizado, el jefe de los constructores miró a ambos lados para averiguar de dónde procedía esa voz. Pero, una vez más, comprobó que allí no había nadie más que él.

—¡Djedi! ¡No olvides que conozco el secreto de la pirámide! —gritó mientras aporreaba con fuerza la pared de la galería—. ¡Ahora me pertenece!

—Te equivocas, ingenuo maestro de obras. Yo soy el secreto de esta pirámide. La pirámide de Hemiunu.

Hordjedef no respondió. Se volvió presto hacia la salida, a apenas diez pasos de él... Pero no la encontró. Distraído por la misteriosa voz, no se había dado cuenta de que no estaba en la galería de entrada a la pirámide. Con la única ayuda de la luz de las lámparas de aceite, escudriñó el espacio a su alrededor. No había más que muros de piedra blanca, perfectamente pulida, formando una suerte de pasadizo. Era muy similar a la habitación original, pero estaba seguro de que se trataba de otro lugar. Alarmado, volvió a accionar la piedra que daba acceso a la sala de la Verdad, de donde acababa de salir. Sin embargo, tras mover el sillar no encontró el paso a la sala. Miró a ambos lados, sin saber dónde se encontraba. El colgante de lapislázuli no encajaba en ninguna muesca de los sillares de esa pared.

En un gesto desesperado, echó mano de su bolsa de planos en busca de una respuesta a aquel laberinto. Desenrolló varios papiros en los que estaban dibujados con todo detalle el perfil de las cámaras y el de las galerías de ese nivel anexo a la entrada del edificio. Pero no encontró nada que le sirviera. En ese momento, fue consciente de una sola cosa, y se estremeció. Sabía que estaba solo en esa misteriosa construcción.

Intentó buscar entre los bloques de piedra un resquicio, al menos, por donde entrara la luz del sol que para entonces ya debía de bañar con profusión el exterior del monumento. Acababa de dejar la sala de la Verdad, de modo que no podía hallarse lejos de la primera galería, se dijo.

Durante mucho tiempo estuvo buscando sin éxito una salida a aquel laberinto de pasillos. Horrorizado y agotado, con la luz de la única lámpara de aceite que aún no se había consumido, el príncipe se dejó caer en el suelo apoyando la espalda cubierta de sudor en la piedra caliza. Se volvió para acariciarla por última vez. Su tacto era como el de la madera recién pulida.

Aquel misterio se le escapaba de las manos, lo supo con certeza.

«Yo soy el secreto de esta pirámide», volvió a oír en su mente.

Y después, el silencio.

33

Keops no pudo conocer la noticia de la misteriosa desaparición de su hijo, el príncipe Hordjedef, jefe de sus constructores. Pocos días antes, el faraón había regresado a Nubia. La tierra del Oro necesitaba de su presencia debido a la insurrección de varias tribus locales que se negaban, luchando con denuedo, a satisfacer los impuestos que el trono de la tierra de Kemet les imponía. Finalmente, el monarca consiguió superar todos esos contratiempos, pero pagó un precio demasiado elevado. Ya no era el joven que treinta años antes había regresado con éxito de sus campañas militares en el desierto, cargado de joyas, animales, oro y esclavos. Sus oficiales le habían avisado del peligro que corría esa vez. Pero Keops sabía que, como soberano, no debía abandonar a su pueblo, aunque le costara la vida, como así fue.

En cuanto a Hordjedef, su desaparición hizo tambalear los cimientos del palacio. Si bien no despertaba mucha simpatía entre los nobles y los oficiales que rodeaban al faraón, el extraordinario trabajo que había realizado en la pirámide durante los últimos años había dulcificado los comentarios que se vertían sobre él. El hecho de que fuera Hordjedef quien hubiera presentado a la corte y al pueblo de la tierra de Kemet la magnífica construcción había disipado muchas de las dudas sobre la pericia del jefe de los constructores.

El sucesor natural al trono, Djedefra, contaba con todos los apoyos para la realización de una transición cómoda y rápida. El nuevo soberano había acelerado los trabajos en la planicie sobre la que se levantaba la pirámide de su progenitor. Se encargó en persona de mandar excavar las fosas que había en el lado sur para que pudieran contener las barcas solares que su padre, el faraón Keops, Vida, Salud y Prosperidad, necesitaría en su particular viaje a las estrellas.

El traslado de los restos de Keops desde las tierras del sur se realizó con premura. Un grupo de sacerdotes había llevado a cabo ya varias ceremonias para acomodar el viaje del soberano, pero el grueso del ritual debía hacerse en Ineb-Hedy, y cuanto antes.

Seshat y Hesiré habían sido consultados para resolver algunas dudas que se tenían acerca de la pirámide. Pero el antiguo secretario de Hemiunu, muy anciano y con las fuerzas mermadas, delegó todo el peso de los trabajos en Seshat. Ella era la persona que mejor conocía las entrañas de aquel edificio tan sorprendente, y no se amilanó; estaba acostumbrada a ese tipo de responsabilidades. Además, el hecho de saberse la única poseedora del conocimiento real de la pirámide le bastó para sortear los temores que pudieran derivarse de los exigentes administradores del palacio.

Poco después del amanecer, tras conocer la noticia de la muerte del faraón Keops, Seshat llegó al embarcadero principal de Ineb-Hedy con la discreción de la que siempre había hecho gala. Debía acudir pronto al templo ya que el número de visitas era limitado cada día. Podría haber obtenido un permiso especial, como Hesiré le había sugerido varias veces, para ir allí cuando quisiera, más aún en aquellas circunstancias en las que la premura habría justificado esa concesión privada, pero rehusó. Prefería ir sin pedir favores a nadie y sin que nadie supiera realmente quién era. Cualquier otro método podría haber llegado a oídos de algún administrador del palacio y frustrar todos los planes. Y aunque sabía ya que no corría ningún peligro, llevaba haciendo lo mismo desde hacía años y no iba a cambiar ahora.

Cuando iba a la pirámide no portaba ninguna joya y llevaba las ropas de una sirvienta de su casa, mucho más modestas que sus habituales trajes de lino con incrustaciones de colores. En esa ocasión, se había puesto un vestido de tela desgastada muy sencillo, unas sandalias como las que calzaban las mujeres del campo y un velo para cubrirse. Parecía una plañidera, pero no le importaba. Sólo quería pasar desapercibida.

Para evitar miradas inoportunas, tampoco usaba su lujosa embarcación, la que solía emplear en sus desplazamientos, sino que se hacía llevar en una barca modesta, más lenta pero más segura, pilotada por uno de los fieles sirvientes de la casa. Durante más de treinta años había actuado con miedo, y aunque ahora no había argumentos que pudieran justificarlo, prefirió mantener ese anonimato.

La embarcación no atracaba en el amarradero del templo, sino un poco antes, al comienzo de una aldea que había crecido a su sombra, a apenas unos centenares de pasos. Nada más poner el pie en tierra, se perdía entre las decenas de personas que iban y venían entre los puestos del mercado que había en esa zona de la aldea. Nunca nadie se dio cuenta de quién era. El bullicio y la proliferación de comerciantes y compradores entre los puestos que había en las calles hacía que no sólo Seshat sino cualquier persona pasara desapercibida. La gente se centraba en sus compras y en tratar de respirar entre la polvareda que se levantaba a cada paso. Por esa razón, muchos llevaban el rostro cubierto por una suerte de chal que también les servía de abrigo en las frescas mañanas de invierno.

A la entrada del templo de Ptah casi siempre había una pequeña aglomeración de fieles devotos que deseaban dejar sus ofrendas en el santuario o pretendían asistencia mágica por parte de los poderosos sacerdotes. La mayoría de esas personas eran enfermos que buscaban una curación o mejoría para sí, o bien familiares de otros que, más graves, estaban incapacitados para desplazarse hasta el santuario de Ptah.

Como una más, Seshat se puso en la cola. Se aseguró de que el velo le cubría bien la cabeza y miró a ambos lados para cerciorarse de que nadie reparaba en ella. En cualquier caso, ya no era la joven de cuya belleza se hablaba no sólo en todas las tabernas de Ineb-Hedy, sino incluso fuera de los límites de la ciudad, y tampoco era ya una figura tan popular y admirada como antaño en la corte. Difícilmente la reconocería nadie ahora, a pesar de haber aparecido en público junto a Keops en algunas celebraciones, como había sucedido días antes en la ceremonia del piramidión. Aunque su sangre era real, en parte, nadie la identificaba como la hija de Hemiunu, y mucho menos como uno de los artífices de la construcción de la tumba del faraón. Fuera de palacio, ya nadie recordaba siquiera quién había sido su padre.

Cuando llegó su turno, Seshat se limpió de polvo y arena las sandalias restregándolas contra una estera que había a la entrada del templo y avanzó hasta el sacerdote oficial que iba tomando nota de todas las personas que deseaban acceder al santuario. El hombre estaba sentado en el suelo con las piernas cruzadas sobre una esterilla de caña y tenía en el regazo un rollo de papiro en el que registraba todos los nombres.

—Soy Seshat, la hija de Hemiunu, antiguo jefe de los constructores del faraón —dijo con voz apagada.

Más tranquila al no estar ya en las calles, se retiró un poco el velo que le cubría el rostro para que el escribano pudiera verla. No era la primera vez que coincidía con él en la entrada del santuario.

—¿Vienes a lo de siempre? —preguntó el religioso.

—Así es —respondió escuetamente Seshat.

—¿No te acompaña nadie?

Ella se limitó a negar con la cabeza.

—Veo que tampoco traes ninguna ofrenda —observó el sacerdote al tiempo que echaba un vistazo a su alrededor por si le hubiera pasado desapercibido algún presente, lo que no sucedió.

Con rostro contrariado, completó con trazo firme y ligero los jeroglíficos que formaban el nombre y las credenciales de Seshat. Ella aprovechó el momento para volver a cubrirse parte del rostro con el velo. Aquella conversación se le antojaba ya demasiado larga y anodina teniendo en cuenta las muchas veces que había estado allí en los últimos años.

—Puedes pasar, Seshat.

Sin añadir más palabras, el sacerdote hizo un gesto al guardia de la puerta para que le permitiera el acceso.

Su destino no estaba lejos de la entrada del templo. Tapándose aún más el rostro para pasar inadvertida y, sobre todo, para no respirar el denso olor de los incensarios que trataban de disimular la hediondez de los sacrificios de animales del día anterior, caminó con pasos ligeros pegada al muro.

Nunca llegaba a cruzar por completo el patio. El olor a sangre era lo que más desagradaba a Seshat. En más de una ocasión, pensó que el inframundo del que hablaban los sacerdotes debía de ser parecido a aquel lugar de muerte, fuego y destrucción.

En ese momento el patio estaba repleto de personas que se dirigían a dejar sus ofrendas. Muchas lo hacían en memoria del faraón Keops. La noticia de su muerte fue un duro golpe para toda la población de Ineb-Hedy. El fallecimiento del soberano implicaba el inicio de una serie de peligros que podrían tener graves consecuencias para la comunidad. Comenzaba una etapa de inestabilidad que, creían, solamente se aliviaría por medio de ofrendas a los dioses.

En varios puestos levantados cerca de la entrada al edificio se vendía género de lo más variado para usar en esas ofrendas. Los más adinerados compraban animales para que fueran sacrificados en honor de Ptah. Otros debían conformarse con frutas, panes, jarras de bebida y otros alimentos con los que hacer sus dádivas a la divinidad. Y había quienes simplemente dejaban una figura del propio dios con el nombre del donante grabado en su base, o bien ataban al cuerpo del dios un pequeño rollo de papiro en el cual habían escrito una ofrenda o una salmodia protectora.

Cada cual estaba, pues, en lo suyo, así que nadie reparó en Seshat mientras caminaba todo lo rápido que podía, dejando atrás el bullicio de los fieles antes de que la sorprendiera cualquier desencuentro.

Al final de la pared, pasada la esquina, se abría un pequeño patio en cuyo extremo había una puerta de retazos de madera precedida por un par de escalones grandes como los que era frecuente encontrar en el exterior de las viviendas para evitar que los roedores se colaran. Seshat se subió un poco el vestido para superar los escalones sin tropezarse. Una vez arriba, tomó aire y empujó la puerta. La encontró abierta, como siempre que iba al templo.

—No te esperaba hoy tan pronto.

La voz de Djedi asustó a Seshat mientras cerraba la puerta.

—No te quedes ahí, sube. Estaba seguro de que ibas a venir hoy.

—¿Qué te hacía estar tan seguro? —preguntó la hija de Hemiunu conforme ascendía los diez escalones que conducían, desde la entrada, a una de las habitaciones de aquella torre.

—Acuérdate, Seshat... Yo estaba allí.

La voz del mago destilaba la misma serenidad de siempre. Jamás, se dijo Seshat, había tenido un mal gesto, ni una expresión de desasosiego ni hecho un aspaviento. El espíritu de Djedi no había cambiado nada en todos esos años. Y eso era lo que hacía que ella siguiera amándolo.

En cuanto estuvo arriba, se abalanzó hacia él. Lo abrazó y lo besó con idéntica pasión con la que había vivido esos encuentros furtivos durante los últimos años.

El sacerdote mago vestía sus ropas de religioso y, aun estando escondido en el templo, no había abandonado en ningún momento su pulcritud. Junto a una pared, un arcón atesoraba los aceites y los ungüentos que usaba a diario. En otro guardaba los inciensos y los textos que empleaba como lectura en sus ritos matinales. Allí estaban todas las cosas que poseía en el momento en que fue arrestado y que el sumo sacerdote del templo de Ptah rescató de sus aposentos cuando conoció su destino.

—¿Te has enterado de la noticia?

—Aquí todo el mundo habla de ello —respondió Djedi—. La muerte de un faraón y la coronación de otro siempre genera incertidumbre. El clero de Ptah, como sucede con el de otros dioses, ha estado trabajando duro en los últimos años para desvanecer los recelos existentes desde el reinado de Esnofru. No sé si lo conseguirán. Pero, en cualquier caso, la vida continuará.

—Y ya no tendremos que ocultarnos —dijo Seshat con una sonrisa—. Nunca podré agradecer como es debido al sumo sacerdote del templo de Ptah la ayuda que te ha prestado para mantenerte oculto durante todo este tiempo a los ojos del príncipe y la corte.

—No somos tan malos como creían el faraón y sus acólitos en

palacio —bromeó Djedi—. Al final, ha primado el valor del conocimiento y de los textos sagrados para que éstos se mantengan en secreto al menos una generación más.

—Realmente, casi nadie en el templo sabía quién eras —apostilló ella—. Tan sólo los sacerdotes de más edad recordaban lo sucedido.

Seshat volvió a abrazarlo y entonces se percató de la presencia del zorro. Estaba en el otro extremo de la habitación. Acurrucado sobre un montón de paños arrugados y viejos, el cánido observaba a la recién llegada con curiosidad. Junto a él había un ventanuco alto por el que solía salir hacia el muro del templo, para luego recorrerlo y descender por un árbol hasta una de las dunas, y de ésta correr hacia el desierto.

—Pronto todo habrá acabado —anunció el mago—. Se llevará a cabo el enterramiento, y la memoria de Keops permanecerá inviolada para toda la eternidad.

—Hoy nadie echa de menos a Hordjedef —dijo la hija de Hemiunu—. La muerte del faraón ha eclipsado su paso por la tierra de Kemet. Todos parecen alegrarse de que la pirámide se terminara a tiempo.

—Aún quedan algunas cosas pendientes, según me comunicó Hesiré después de leer el último de los informes de Hordjedef. Pero no es algo que deba preocuparnos. El enterramiento del faraón ha de seguir un estricto protocolo, por lo que disponemos todavía de casi setenta días para rematar esas obras. Todo estará listo para el día del enterramiento.

—Sus restos están trasladándose ya desde Nubia —señaló Seshat con cierto desaliento—. Los mensajes de palacio indican que la victoria ha sido rotunda y que traerá muchos años de paz en esa zona de la tierra de Kemet. Aunque lamento profundamente que...

No pudo terminar la frase. Sus ojos se llenaron de lágrimas debido a la impotencia que sentía en su corazón.

—No debes reprocharte nada, Seshat —la consoló el sacerdote mago—. Has vencido y has recuperado la memoria de tu padre, que es lo más importante.

—Pero el faraón murió sin conocer la verdad.

—¿Crees que no lo sabía? Tendrías que haber visto su cara y la mirada que lanzó al príncipe cuando me vieron junto a la pirámide el día de la celebración. Ahí yo sentí que todo había acabado. Por eso decidí quedar con Ranefer para acordar con él que visitara la pirámide junto a Hordjedef. Sabía que el propio Hordjedef caería en la trampa de sus mentiras.

—Ranefer me explicó que el príncipe le confesó que temía ese encuentro con el faraón porque le faltaban respuestas —apuntó Seshat—. Debía de estar terriblemente asustado y acomplejado por todo lo que se le venía encima.

—Ranefer ha tenido mucha paciencia y ha sido muy valiente —reconoció el sacerdote—. Su interés oculto por los textos sagrados fue lo que lo acercó a mí hace años, un interés que el príncipe sólo sintió cuando vio que podía sacar beneficio de ello.

—Le dolió descubrir cómo había cambiado su amigo con el paso de los años —apostilló la hija de Hemiunu, abatida—. No reconocía al joven con el que había compartido sus juegos y aventuras en la Casa de la Vida. Su ambición desmesurada y la vida regalada de palacio corrompieron su corazón hasta límites que nunca pudo imaginar siquiera.

El sonido de unos tambores comenzó a atronar a un ritmo pausado.

—¿Qué es eso? —preguntó Seshat, asustada.

—Tranquilízate, es la procesión en honor del faraón Keops, que sale ahora del templo. Es una forma de dar a conocer la noticia. Deberán recorrer las calles de toda la ciudad durante el día para regresar con la puesta de sol.

Djedi se acercó a una mesa que había junto al ventanuco de la habitación para servirse un poco de vino en un vaso de fayenza blanca. Con un gesto de la mano invitó a Seshat a beber, pero ésta negó con la cabeza.

—No debes preocuparte. En palacio tienen muy claras las cosas. El hecho de que hayan contado contigo como constructora para completar los trabajos de la pirámide dice mucho en tu favor. ¿Sabes de quién ha sido la idea?

—No, ¿de quién? —preguntó ella mientras se secaba una de las lágrimas que le resbalaban por la mejilla.

—Ranefer se lo pidió a Djedefra, el príncipe heredero. Éste consultó con algunos miembros del alto clero, entre los que estaba el sumo sacerdote de Ptah. Ptahotep no dudó un instante en ponerlo al día de las circunstancias, aunque todos sabían ya lo que pasaba.

—Pero si no lo hubiéramos quitado de en medio, Hordjedef se habría salido con la suya —protestó Seshat.

—No puedo decirte lo contrario. Sin embargo, estoy seguro de que la estupidez que caracterizaba a Hordjedef lo habría llevado, tarde o temprano, a su propia perdición. De hecho, estuvo a punto de extraviarse dentro de la pirámide la última vez que la visitó con su padre.

—¿Cómo...? —exclamó Seshat esbozando una sonrisa—. Lo ignoraba. ¿Qué pasó?

—Me di cuenta cuando Ranefer lo acompañó para revisar esos problemas que el príncipe decía haber encontrado precisamente en su visita con Keops. El jefe de los escribas me lo explicó luego. Enseguida me percaté de que había equivocado la posición de varios bloques. Los planos de la pirámide que él tenía eran los correctos...

—... pero entonces había caído en la trampa que mi padre y yo preparamos hace años, ¿no es así? —dijo la hija de Hemiunu, completando la explicación de Djedi.

—Exacto. No había comprendido nada. Ni siendo un buen arquitecto como era y con ciertos conocimientos en magia, aunque aún le quedaban muchas cosas por aprender, no supo alcanzar su anhelado secreto de la pirámide.

—Hemos tenido suerte con el funeral del faraón —reconoció Seshat—. De lo contrario, la desaparición de Hordjedef, queramos o no, ya estaría suscitando más de una pregunta. Su hermano Djedefra tal vez quiera investigar su muerte en cuanto sea nombrado faraón. De momento, los dioses nos han sido favorables, aunque de una manera muy dura.

Seshat caminó unos pasos hasta el revoltijo de telas que servía de cama al zorro. El animal, juguetón, al verla aproximarse se puso patas arriba y pegó la cabeza a las manos de la mujer. Sus grandes orejas con manchas de pelaje negro permanecían enhiestas, alertas a cualquier sonido que pudiera producirse en la habitación de su amo.

El sacerdote observaba la escena con la serenidad que le daba el hecho de haber alcanzado el final del camino.

—Han sido muchos años de espera —dijo por fin el mago.

—Pero ha merecido la pena —apostilló Seshat—. Lo aprendí de mi padre, y es algo que no me enseñaron en la Casa de la Vida. ¿Qué prisa hay cuando estás construyendo para la eternidad? La calma y el sosiego son los mejores acompañantes del constructor. Una morada de eternidad requiere pasión y esmero, virtudes que solamente se consiguen tal como hemos hecho nosotros.

—La paciencia ha sido la virtud más difícil de conseguir, Seshat —añadió Djedi.

—Es cierto, lo es —dijo ella sin dejar de acariciar al zorro—. Pero el recuerdo de mi padre permanecerá vivo en la memoria de todos. Él fue el jefe de los constructores que levantó la pirámide del faraón Keops. En cambio, la tumba de Hordjedef permanecerá vacía para toda la eternidad.

—Sé que recientemente había terminado de excavar su pozo funerario, así se lo contó a Ranefer. Incluso le habló, en cierta ocasión, de los relieves que habría en las cámaras superiores de su tumba al este de la pirámide, junto a otros miembros de la familia real. Imagino que serían tan reprobables como los que puso en la sala de la Verdad.

—¿Los dejaremos así? —preguntó Seshat, indignada.

—La respuesta la tiene ya el propio Hordjedef. Los dioses han actuado con sabiduría y harán justicia con él.

—Pero los textos de su tumba harán que reviva en el mundo de Osiris —protestó—. No debemos permitir que eso suceda.

—La magia que emane de esos textos no será suficiente para expiar sus pecados en esta vida. ¿Qué más podemos hacer? Un sacerdote del templo ha escrito un hermoso cuento en el que yo soy el protagonista. En él aparece el príncipe Hordjedef presentándome al faraón, quien está interesado en conocer los secretos del santuario sagrado de Thot.

—Seguro que es un cuento precioso.

—Así es, Seshat —asintió el sacerdote mago esbozando orgulloso una sonrisa—. Ese relato se copiará durante generaciones en las escuelas de la Casa de la Vida. Hablarán de mi magia y de mi dominio de los textos ocultos, en los que *heka* no tenía secretos para mí. No soy pretencioso ni es mi intención parecerlo, pero sólo así la imagen de Hordjedef permanecerá como la de un simple comparsa que únicamente fue capaz de hacer un viaje al sur para conocer a un misterioso sacerdote del que todos hablaban maravillas.

—Es un cuento que posee muchos elementos reales. —Seshat se incorporó y se acercó hasta una hornacina donde Djedi guardaba varios rollos de papiro—. Me recuerda a otros que leíamos en la escuela siendo niños.

La hija del antiguo jefe de los constructores cogió uno de los papiros. Lo había consultado docenas de veces en aquella diminuta biblioteca del templo de Ptah en la que se había convertido la habitación de Djedi.

—Cuando quieras ocultar algo, ponlo a la vista de todos —señaló el sacerdote mago.

Seshat desenrolló por última vez el papiro del santuario sagrado de Thot. No recordaba cuántas veces lo habría leído.

—Siempre me ha cautivado —dijo, y volvió a releer algunos de sus pasajes—. Ese lenguaje tan hermoso encierra secretos ancestrales que sólo buscan la belleza infinita de las cosas más simples... Secretos que ahora Keops, Vida, Salud y Prosperidad, podrá emplear en su viaje a las estrellas, donde lo espera el resto de los dioses. ¿Qué harás con él ahora?

—Lo devolveré a su sitio. A la biblioteca de la Casa de la Vida en Iunu.

—¿Y qué pasará con las copias que tenía Hordjedef?

—Ranefer ya se ha encargado de destruirlas —explicó el sacerdote mago—. Podemos estar tranquilos.

—Entonces ¿cuántas copias existen? Es un texto muy peligroso, bien lo sabes. Mira la cantidad de muertes que ha habido por su culpa…

Djedi observó a Seshat con complicidad. Sabía que la respuesta a esa pregunta no era sencilla y que podía tener trampa.

—Tantas como queramos porque sé que los dos guardamos en nuestra memoria el contenido de este papiro. Pero lo cierto es que sólo hay un original, que es éste. Y como tal, es justo que se atesore en la biblioteca de Iunu.

—Ahí es donde ha de conservarse su secreto —convino Seshat, y abrazó a Djedi.

—El secreto de la pirámide —le susurró él al oído.

34

La comitiva funeraria avanzaba de forma acompasada hacia la entrada de la pirámide. En los días previos, el nuevo soberano, Djedefra, había comenzado una investigación para localizar los restos de su hermano Hordjedef. Pero la búsqueda resultó infructuosa. Los guardias del príncipe aseguraron que lo vieron por última vez en la entrada de la pirámide, y que cuando pasado un tiempo, preocupados, intentaron dar con él no encontraron a nadie en la galería de acceso al monumento.

Salvo Djedefra, las personas más cercanas a la familia real y algunos pocos representantes de los templos y de la administración, nadie más había sido invitado a la ceremonia de enterramiento de Keops en su morada de millones de años. Más aún, el nuevo faraón, conocedor de la extrema seguridad que rodeaba a todo lo relacionado con la ceremonia, prefirió que todos permanecieran a cierta distancia de la entrada. Nadie debía presenciar qué sucedería en el interior.

Algunos sacerdotes se quejaron cuando se les negó el acceso a la pirámide, como ya había sucedido con el enterramiento de Esnofru. Todos los rituales debían llevarse a cabo al pie del monumento. Las protestas sobre la supuesta ineficacia de esas ceremonias y el peligro que comportaba para el viaje eterno de Keops cayeron en saco roto. Muchos oficiales de palacio sabían que los sacerdotes de los templos eran, precisamente, quienes alertaban de los tesoros que se habían apilado en las cámaras de la tumba a los saqueadores para compartir el botín con ellos, y no querían que algo así volviera a repetirse.

Djedi y Seshat sabían lo que pensaban los sacerdotes y los oficiales de la guardia del faraón. Sin embargo, el secreto de la pirámide estaba a salvo. Daba igual quién entrara en el monumento porque lo cierto era que nadie vería la mágica y compleja realidad que ocultaba.

Todo estaba dispuesto. Seshat había dado las instrucciones necesarias para que una sola persona la acompañara hasta el punto donde debían dejar el ataúd de madera de Keops, Vida, Salud y Prosperidad. El elegido fue el fiel Ranefer, extraordinario escriba y mago que nunca se separó de su amigo Djedi.

Ranefer había preparado todo para que el ataúd se colocara dentro de un sólido sarcófago de piedra, que se encontraba ya en la habitación secreta del monumento. Allí, siguiendo el escrupuloso trazado del santuario sagrado de Thot, Keops podría descansar para toda la eternidad.

Un grupo de plañideras seguía a la comitiva real que transportaba la momia del soberano. El cuerpo del faraón iba sobre un trineo construido con madera de cedro, el mismo medio que usaba el dios Upuaut, el abridor de caminos, para adentrarse en los designios del Más Allá.

Djedi avanzaba con otros dos sacerdotes encargados de leer los textos sagrados que debían proteger al difunto en el viaje que estaba a punto de realizar. Aquella máquina de resurrección estaba perfectamente preparada.

Pocos días antes, Ranefer, junto a varios obreros, había dejado todo ultimado en la entrada de la pirámide para que el ataúd tan sólo tuviera que ubicarse en el emplazamiento destinado a servir de morada de eternidad a Keops.

La hija del antiguo jefe de los constructores subió la escalera que conducía a la entrada. La galería que daba a las salas en las que estuvieron días antes con Hordjedefya habían sido selladas y cerradas a la vista de todos. Acarició con las manos la piedra del muro para comprobar que todo estaba en orden. Era completamente inapreciable. Ni siquiera golpeando sobre el muro se descubriría que, a más de 6 o 7 codos de piedra, se abría un nuevo espacio en la pirámide.

Junto a la puerta había una plataforma con rodillos. Sobre ella, los obreros que transportaban el ataúd dejaron la pesada carga con la momia del faraón y, acto seguido, dirigidos por Ranefer, abandonaron la entrada de la pirámide dejando a Seshat sola con la momia.

La hija de Hemiunu podía sentir la ira de los sacerdotes, envidiosos de que fuera ella, una mujer, ni siquiera una sacerdotisa, la que se encargara del último ritual ante el faraón. Pero realmente no había mucho que hacer, pues todos los fastos se habían realizado ya. Lo único que Seshat debía llevar a cabo ahora era usar el escarabajo de lapislázuli que pendía de su pectoral de oro y pasta vítrea.

El ataúd de Keops se había colocado delante de un muro de caliza. En la esquina de uno de los sillares que había en el suelo, existía una marca casi imperceptible. Seshat accionó un mecanismo con el escarabajo del collar y la piedra se abrió dejando paso a una pequeña hornacina en la que había un trineo de madera. Luego sólo tuvo que empujar sobre los rodillos el ataúd del faraón. Hecho eso, volvió a accionar el mecanismo para cerrar el sillar de piedra. Antes de que el bloque cayera sobre el hueco del muro, Seshat tuvo tiempo de echar un último vistazo al interior de la habitación. Al observarla, la hija del constructor sonrió. El ataúd ya no estaba en su sitio, había desaparecido, comenzando para siempre su viaje hacia el reino de las sombras.

Quedaba por hacer una última cosa. Seshat no había comentado con nadie, ni siquiera con Djedi, el gesto que quería tener con su padre. Antes de abandonar su casa, había entrado una vez más en el gabinete en el que durante tantos años había trabajado junto a Hemiunu. De la mesa había tomado los tres objetos mágicos que los constructores siempre usaban en sus trabajos. Los llevaba guardados en una pequeña bolsa de cuero que colgaba de su hombro.

Después de asegurarse de que estaba sola, se acercó hasta una hornacina que había en un extremo de la galería, a la altura de los ojos. Era tan evidente que nadie se había percatado del secreto que escondía. En ocasiones, se había empleado para poner en ella una lámpara, pero nadie le dio nunca importancia.

Seshat accionó con el escarabajo de lapislázuli un pequeño resorte que había en el suelo de la hornacina. De inmediato, la piedra que hacía de fondo del nicho se deslizó apenas un palmo, espacio suficiente para depositar allí las reliquias que portaba en su bolsa. De ella sacó una pequeña bola de granito, un arpón doble de cobre y bronce y la regla de madera de cedro que durante generaciones se había empleado en la construcción de los edificios de los reyes y que su padre siempre había utilizado en la pirámide.

Después de dejar con sumo cuidado en la hornacina los preciados objetos, no tuvo más que empujar levemente la base. Entonces el bloque se deslizó, sellando para siempre el secreto de la pirámide.

Nota del autor

La pirámide blanca es una novela, pero, como sucede con todos mis trabajos de ficción previos, cuenta con innumerables elementos basados en la realidad arqueológica.

La pirámide como tal debió de medir en origen 146,59 metros de alto y 230 metros de longitud en la base de sus lados. Semejantes proporciones hicieron que ya los griegos de la época helenística la consideraran, junto con el resto de las pirámides de Menfis, una de las «cosas dignas de ver» del mundo antiguo, lo que llamamos «maravillas» en nuestros días.

El faraón Keops reinó hacia 2600, o 2700 a. C. según las últimas dataciones. Era el segundo faraón de la IV Dinastía. En la novela he partido de una cronología estándar señalando que su reinado duró treinta años. Siempre se había pensado en una veintena, aunque hoy, gracias a los papiros encontrados en 2013 en Wadi el-Jarf, cerca del mar Rojo, relacionados precisamente con la construcción del monumento, sabemos que, al menos, reinó durante veintiséis años.

Hemiunu también existió; fue jefe de los constructores de Keops, tal como relato en la novela. Está enterrado en la meseta de Gizeh, en una tumba ubicada en el lado occidental de la pirámide (mastaba G 4000). En el *serdab*, capilla de culto, de ésta, el egiptólogo Hermann Junker descubrió una estatua fragmentada de Hemiunu que en la actualidad puede verse en el Roemer-Pelizaeus Museum de Hildesheim, en Alemania. En ella lo vemos representado como un hombre grueso.

Seshat, la coprotagonista, es un personaje de ficción, aunque podría haber sido perfectamente una de las hijas de ese alto funcionario de la administración. En la novela, Hemiunu aparece sólo como jefe de los constructores, si bien fue también visir de Keops, es decir, una suerte de primer ministro, el cargo más alto en la administración y que conllevaba un contacto cercano con el faraón.

El personaje de Ranefer es producto de mi imaginación, pero no el de Djedi, protagonista de *La pirámide blanca* junto con Seshat.

Esta historia arranca del llamado Papiro Westcar, que se conserva en el Museo Egipcio de Berlín (*papyrus* 3033). Está fechado en el año 2000 a. C., si bien recrea un hecho acaecido en la corte del faraón Keops, constructor de la Gran Pirámide de Gizeh, en algún momento hacia 2600 a. C. El texto apareció en torno al año 1825 en el mercado de antigüedades de Egipto, donde Henry Westcar lo adquirió y luego se lo llevó a Inglaterra. Estuvo en Oxford varios años hasta que, a mediados de siglo XIX, el egiptólogo alemán Richard Lepsius se lo compró a la sobrina de Westcar. El papiro permaneció en el ático de su casa, prácticamente olvidado, hasta que, tras la muerte de Lepsius, su hijo se lo vendió al Museo Egipcio de Berlín, y no se tradujo hasta 1890, cuando el profesor Adolf Erman reparó en tan sorprendente documento.

El papiro en sí es extraordinario. Mide 1,69 por 0,33 metros. Se fecha en época hicsa, hacia 1600 a. C., aunque el texto original del que se copió se sitúa en el Imperio Medio, hacia 2000 a. C. En él descubrimos cinco historias de carácter mágico relatadas por cinco hijos del faraón Keops. El relato que aquí nos concierne es el número cuatro, y lo narra el príncipe Hordjedef. Su tumba se encuentra en la meseta de Gizeh (mastaba G 7220A), en el cementerio este de la pirámide donde se hallan todos los familiares del monarca.

En el Papiro Westcar se habla del misterioso Djedi, un anciano que vivía en Djed-Snefru, seguramente lo que conocemos en la actualidad con el nombre de Dashur, a unos veinticinco kilómetros al sur de la meseta de Gizeh, donde se levantan las tres gran-

des pirámides de la IV Dinastía. El texto nos informa de que Djedi tenía ciento diez años, que comía al día quinientos panes y medio buey y que bebía más de cien jarras de cerveza.

Éste es el referido texto del Papiro Westcar:

> Keops le pregunta: «(8/13) ¿Es cierto lo que dicen, que sabes unir una cabeza cortada?». (14) Y Djedi respondió: «Sí, sé cómo hacerlo, soberano, Vida, Salud y Prosperidad, mi señor». (15) Entonces Su Majestad dijo: «Que me traigan un prisionero que esté en prisión (16) y que se ejecute su sentencia». A lo que Djedi respondió: «Pero no a un ser humano, soberano, Vida, Salud y Prosperidad, mi señor. (17) Mira, no se puede hacer eso al "rebaño elegido"». (18) Entonces se le trajo un ganso y se le cortó la cabeza. (19) El ganso fue colocado en el lado oeste de la sala de audiencias y (20) su cabeza al lado este de la sala de audiencias. Entonces Djedi dijo sus (21) conjuros mágicos y el ganso se levantó aleteando y (22) lo mismo su cabeza. Después de que uno se aproximara al otro, (23) el ganso se levantó cacareando.

Es Djedi el primero en hablar del santuario sagrado de Thot, una suerte de enclave mágico cuya ubicación, significado y dimensiones se desconocen actualmente. Aun así, debió de ser un lugar importante en el pensamiento de los antiguos egipcios. En época ptolemaica, después de la llegada de Alejandro Magno en el siglo IV a. C., el santuario de Thot aparece citado en otros papiros de corte mágico, redundando en el misterio que siempre ha rodeado a todo aquello relacionado con él. El hecho de que Djedi conociera sus secretos lo convertía en un personaje notable.

Sabemos, por las excavaciones en la tumba de Rahotep y Nofret en Meidum, que uno de los hijos de este hermano de Keops se llamaba Djedi, tal como se narra en la novela. Algunos investigadores han señalado que quizá fuera el personaje que inspiró ese cuento de la literatura egipcia que recoge el Papiro Westcar.

Heka es un término complejo con el que los antiguos egipcios denominaban a esa fuerza sobrenatural, a veces personificada en un dios llamado Heka, precisamente, con la que podían transformarse los designios del futuro y de la propia naturaleza. Comprendía oraciones, la medicina tradicional y lo que hoy llamamos ilusionismo. Nosotros no tenemos en nuestro lenguaje un término que se adapte con exactitud a esa idea ya que los antiguos egipcios aglutinaban en *heka* tanto el ilusionismo más manual, los trucos convencionales de prestidigitación, como los logros que, en su entendimiento o desconocimiento de las leyes naturales, producían efectos sorprendentes, ajenos a la normalidad. Por ello, consideraban que cualquier problema podía solucionarse por medio de una combinación de rituales, tratamientos médicos naturales o textos mágicos.

En cuanto al método de construcción de la pirámide, sigue siendo un enigma. No obstante, la presencia de rampas en la meseta y en otros yacimientos con pirámides ha conducido a considerar que este medio se utilizó con profusión. El empleo de una rampa interior en espiral, tal como describo en la novela, para llevar los bloques hasta la altura requerida, es una teoría que el arquitecto francés Jean-Pierre Houdin propuso en 2006.

Al igual que sucede con otras posibilidades, la teoría de Houdin ha recibido todo tipo de críticas, una prueba más de que realmente nos queda mucho por saber acerca de este monumento.

Los objetos que había en la mesa de Hemiunu y que Seshat dejó luego en el interior de la pirámide son reales. Aparecieron en 1872 en un pasaje de la llamada Cámara de la Reina, descubiertos por el inglés Waynman Dixon. La bola de granito tiene 12 centímetros de diámetro, y el arpón de cobre y bronce mide apenas 5 centímetros. Se conservan en el Museo Británico de Londres. La regla de madera de cedro estuvo perdida durante casi ciento cincuenta años en algún lugar de Escocia, hasta que en 2020 la egiptóloga Abeer Eladany dio con ella en el Museo de la Universidad de Aberdeen. La regla está en muy mal estado de conservación. Al entrar en contacto con el aire prácticamente se desintegró, de manera que ahora no es más que un puñado de astillas. Sin embargo, sirvieron para datar la pieza. El resultado sorprendió a todos cuando se las sometió a la prueba del carbono 14 y ésta ofreció una fecha anterior al reinado de Keops (hacia 2600-2700 a. C.), entre el año 3341 y el 3094 a. C. La respuesta podría ser que o bien el reinado de Keops debería retrasarse un siglo o poco más, cosa que muchos egiptólogos aceptan, o bien esa regla de cedro ya era antigua cuando se depositó en el interior del monumento.

Como vemos, el reinado del faraón que levantó la Gran Pirámide sigue siendo uno de los periodos más apasionantes de la historia y donde más lagunas existen. Aún no se ha dicho la última palabra sobre Keops ni sobre esa majestuosa construcción. Gracias a ello he podido escribir esta novela.